依兰民间故事

主编　刘忠生　刘玉琢　刘玉成

哈尔滨工程大学出版社
Harbin Engineering University Press

内容简介

刘忠生从20世纪70年代开始搜集整理民间故事，40多年来，共搜集整理民间故事3 000余篇，其中徽钦二帝的故事在全国少之又少。本书第一部分中“徽宗语”“徽宗谜”“徽宗舞”等颇具神秘色彩及历史地方特色的故事描绘了当时的诗词、饮食文化等；第二部分百余篇乾隆时期的故事，记述了清祖发祥、龙兴之地的传说、传奇，将传说与历史进行有机结合；第三部分故事记述了地方特色、英雄人物等。本书趣闻特色颇浓，可读性极强。

图书在版编目(CIP)数据

依兰民间故事/刘忠生，刘玉琢，刘玉成主编. —
哈尔滨：哈尔滨工程大学出版社，2020.8
ISBN 978-7-5661-2759-4

Ⅰ.①依… Ⅱ.①刘… ②刘… ③刘… Ⅲ.①民间故事—作品集—依兰县 Ⅳ.①I277.3

中国版本图书馆CIP数据核字(2020)第165379号

选题策划 薛 力
责任编辑 薛 力 李 暖
封面设计 李海波

出版发行 哈尔滨工程大学出版社
社　　址 哈尔滨市南岗区南通大街145号
邮政编码 150001
发行电话 0451-82519328
传　　真 0451-82519699
经　　销 新华书店
印　　刷 哈尔滨市石桥印务有限公司
开　　本 787 mm×1 092 mm 1/16
印　　张 21.75
字　　数 500千字
版　　次 2020年8月第1版
印　　次 2020年8月第1次印刷
定　　价 98.00元
http://www.hrbeupress.com
E-mail:heupress@hrbeu.edu.cn

编 委 会

序

一个人的故事王国

发源于长白山天池的松花江浩浩荡荡、一泻千里，把一个古老的故事带向远方。相传，清始祖布库里雍顺的母亲三仙女，因在长白山天池沐浴，吞下了仙果生下了布库里雍顺，他生下后瞬间就长大了，自己扎木排顺江而下，到达了一个叫三姓的地方，以他的谋略，统一了当地混乱的族人纠纷，当上了头人，从此使这里成为金都圣地，而这个“三姓”就是今天的依兰……

依兰是一个故事之都。这个神圣的地方，千百年来，除了盛产大豆、高粱、玉米、黄豆、瓜果外，最大的特产就是“故事”，这里简直就是故事的王国。故事，是浓缩的人生，有故事的地方，历史、文化都十分的厚重。恰恰如此，依兰是历史上的五国之都，特别是在金代，曾经将宋徽宗和宋钦宗两个帝王掠到这里，后到了清代，作为北疆重要边防地区的依兰，备受重视。据说乾隆曾私访到此，查看这里的边防军机，在这里建立了强大的军队，用于把守北国之门。

在人类的文化史上，文化再强，故事再多，也得有人去进行搜集、整理和传承，于是，依兰的自然、历史、文化造就了一个人，他就是刘忠生。刘忠生老人是1938年生人，其爷爷是当地的一个大车店的店主。当年走南闯北的老板子一进了大车店，便天南海北地开讲，刘忠生从小便在爷爷的大车店的炕头上，听遍了古老的故事和传说，对故事的爱便在那个时候养成了。以爱故事、爱乡土、爱地域为出发点，刘忠生走到了故事的对面，从此“故事大王”成了他的绰号，他的真名反而被遗忘了。

记得那是2016年的夏天，中国一带一路“重拾黑水魂”考察组来到了依兰，当地领导介绍这位老人，说他就是“故事大王”刘忠生。考察组见了此人，果然名不虚传。因考察时间有限，老人比我们还珍惜时间，他不断地给我们讲当地的各类故事，《徽宗与秃尾巴老李》《将心比心》《乾隆微服私访》等，他的故事有四大类——自然、人物、历史、传说。他甚至饭也不吃，只是给大伙讲、讲、讲……我们非常感动！同时他还把自己的故事传承给自己的女儿和女婿，还收了许多中小学生徒弟，总共有上千人。他已经成了名副其实的东北“故事大王”，让人们真正领略了王者风度。

故事啊故事，千百年来，一代代地在民间流传，哺育人类，传故事、讲故事也该有“领头人”，一个真正的故事“领头人”诞生了！那就是黑龙江省的“故事大王刘忠生”。

我们欣喜地看到了、感受到了他对故事的爱，爱得那么深、那么痴迷、那么倾心，这是一种对生活的爱。对故事的爱，就是对土地的虔诚、对文化的尊重、对民族的敬仰，这一切特征，都体现在他的身上了，爱故事、爱文化也必将得到人民的爱。我们有理由说上一句——刘大爷，您爱故事，我们爱您；您爱乡土，我们爱您；您爱文化，我们爱您。古老的依兰，因为有您而光辉灿烂。松花江穿过古老的依兰，向大海流去，它带着依兰的自然、历史、文化底蕴，传递着古老的故事，一路流向远方。

黑龙江省民协主席、中国民协顾问　曹宝明

2019年10月30日

目　　录

第一部分 徽钦二帝五国城坐井观天的民间故事

1. 五国城“坐井观天”

北宋靖康二年，金兵攻破汴京，徽钦二帝被俘，连同妃子、宗室、官吏三千余人被押至燕京，休养了一段时间后，又押往金国国都上京会宁府。徽宗父子二人被金太宗完颜晟分别封为昏德公、重昏侯，然后又将一干人送到韩州关押，因为韩州不适合关押囚犯，两年后宋徽宗等几百人又转押至五国城。

五国城地处牡丹江与松花江汇合处，松花江下游两岸有五大部女真人，分别是越里吉部、盆奴里部、越里笃部、奥里米部、剖阿里部，统称为五国部。五个部落的中心各有城堡，首部率部下居住在其中，从此，便有了五国城的称谓，越里吉部是最大的部落，被称为五国头城。五国城三面环水，群山围绕，地广人稀，交通不便，于是徽钦二帝被囚禁在此。当时条件太艰苦，盖房子非常困难，加上冬季漫长寒冷，当地人就掘地为穴，上面搭棚以茅草覆盖，只留一出口，老百姓称其为地窨子。二帝也住在地窨子里，又因返回中原的北宋官员不知地窨子其名，便把似井的地窨子说成了井，于是产生了徽钦二帝“坐井观天”的传说。

讲述：刘忠生

整理：吴晓东

2. 徽钦二帝夜访花子房

徽钦二帝来到五国城，金国对他们采用的是软禁，徽钦二帝与习古乃、八达曷他们处得像朋友似的，因此小自由还是有的。有一天坐探张尧臣回来说：“太上皇，北国对南朝的人看得很紧，但对逃荒要饭的不管，有工夫我领你们去五国城花子房溜达溜达。”徽宗说：“花子房离咱这多远？”尧臣说：“二里来地，五间破青瓦房那地方就是。那些花子他们白天出门要一天饭，晚上回来吃折箩、喝烧酒，连蹦带跳，唱什么‘莲花落’。”徽宗便说：“那咱们今晚就去看看。”

太上皇、钦宗等人来到门外，就听里面连跳带唱，还有打呱嗒板子的。其中男声这样唱道：“误信奸邪做井蛙。”女声又接着唱：“西风彻夜想回家。”又听一个尖声唱道：“三千粉黛不知愁，半路车中脚抹油。红粉佳人黄粱梦，谁说乞讨不风流？”这时太上皇咳嗽一声进了屋，众花子一看都跪下了，哭着说：“草民参见太上皇。”徽宗、钦宗、诸大臣也都哭了。徽宗说："接着唱，我愿意听。"这时一个蓬头垢面的女花子说："太上皇，我给你们唱北狩十大想吧。"说着，操起呱嗒板子自打自唱道："一想太上皇，无道无主张，偏信六贼今朝囚北荒；二想小九哥，一心想求和，亲娘回驾坐的是牛车；三想我的嫂，贤良世难找，不畏强和暴，词儿作得好；四想我的妹，正好十七对，跟着北狩流离又颠沛，红粉都垂泪；五想我的姐，个个都疼我，骨肉别离哪能不上火；六想我的相，割地把城让，心长肋巴上；七想我的将，寸土都不让，迎请圣还朝，功德可无量；八想我的郎，北狩在厨房，坐井同思过，不宰牛和羊；九想我的房，好像古庙堂，早出乞讨夜晚把香上，好像一个女和尚；十想我的命，命也不太强，不如投河去投混同江。"徽宗听着泪流淌，心中感触：好似入木三分，都乃朕之过也。钦宗说："哪位义士还唱？太上皇没听够呢，给太上皇解解闷。"欧阳野马说："草民再给太上皇来一段八出戏吧！头一出戏，绣上阵五雷，孙膑那双拐无人敢陪，王莽下山并吞六国，大毛盗抖雄威，孙膑进阵魂吓飞，盗仙丹金眼毛遂；二出戏绣上两条龙，北狩荒沙面带愁容，国家缺少擎天柱，岳元帅扫北领大兵，金国士兵美梦已成空，二圣还朝定太平；三出戏绣上魏蜀吴，刘备请诸葛三顾茅庐，卧龙岗请来诸葛亮，刘皇叔跑荆州诸葛亮东吴，赵子龙捧竹节令箭献出；四出戏绣上李靖王，李存孝认父在郊荒，闺阁女不该抛菜筐，石头人招亲大梦一场；五出戏绣上女班头李三娘在磨坊终日愁，杨秀英由命成国母，王三姐守寒窑一十八秋，无盐娘娘治国安邦美名留；六出戏绣上洪川城，穆桂英退番兵救公公，降龙木破了天门阵，烧火丫头杨排风；七出戏绣上义气男，单雄信访友下江南，两肋插刀秦叔宝当剑卖马真可怜，卖了儿子小秦山；八出戏绣我太上皇坐井观天在番邦，铁英飞霞压群芳，苗魁神算名天下，南朝坐下小康王，何时迎请你回乡？"徽宗听后说："虽话村言俚语，但字字千金。哪位义士再唱？"就在这时走来一个花子，像个地缸似的，人说话瓮声瓮气的："我叫韦斌，是韦贤妃的堂叔哥哥，也算是太上皇的小舅子，我给姐夫唱一个'十个字'吧。"他手拿筷子敲打黄瓦罐唱了起来"一个字来一条街，吕蒙正无事过长街，张飞无事卖过肉，刘备无事卖过草鞋。两个字来两条龙，北狩观天五国城。二郎担山赶过日，劈山救母留美名，玉皇大帝看他是条好汉，差他下凡拿过妖精。三个字来长坂坡，刘备摔孩子没得说，收买人心枭雄汉千古流传一大哥。四个字来四角方，船家摆渡王彦章，回马枪挑死高思继，滩外杀败了李靖王。五个字来是端阳，屈原投了汨罗江，楚王偏信奸臣语，老百姓吊祭万古流芳。六个字来四季花漂流塞北女娇娃，三千粉黛无颜色，道君把她配农家。七个字来七月七，二十八宿属姚期，姚期力举千斤顶，他保刘秀去登基。八个字来一片霞，伍子胥打马过沙江，怀中抱着小幼主，后跟下庄赶得忙。九个字来混同江，五国坐井两君王。仰首望断南天雁，不知何日可回乡。十个字来冷清清，单边救主尉迟恭，征东月下收薛礼，保住唐王锦江红。"徽宗说："韦皇亲唱得好，讲今比古太好了，你们这小唱将流传万世，警教后人啊！"接着又说："哪位还接着唱？"这时一个细高个的花子说："该我的了，我是汉刘备的后辈，如今沦落当了花子，也不敢高攀了，我给太上皇、皇上、在座的各位唱个'十二月花'吧！"

正月里什么花人人索戴？什么人不信忠偏信奸邪？

二月里什么花单根独立？什么人背书箱奔走前程？

三月里什么花满园红火？什么人在桃园结义传流？

四月里什么花盘龙上架？什么人掐花尖指地为生？
五月里什么花金星满地？什么人在磨坊口口为难？
六月里什么花粗糠细米？什么人造酒醉倒刘伶？
七月里什么花黑风旋起？什么人八百破十万番兵？
八月里什么花遍地白了？什么人穿白袍又去征东？
九月里什么花寒秋独艳？什么人在塞外坐井观天？
十月里什么花飘飘洒洒？什么人混同江冰雪吟诗？
十一月里什么花与雪斗艳？什么人替父从军？
十二月里什么花快如奔马？什么人留下乞讨营生？

这时，另一个女花子上场接着唱道：
十二月里要饭花快如奔马，范单祖留下乞讨营生。
十一月里红梅花与雪斗艳，花木兰替父从军。
十月里白雪花飘飘洒洒，宋徽宗混同江冰雪吟诗。
九月里黄菊花寒秋独艳，徽钦帝在塞外坐井观天。
八月里荞麦花遍地白了，有薛礼穿白袍又去征东。
七月里糯子花黑风旋起，有岳飞八百破十万番兵。
六月里谷子花粗糠细米，有杜康造酒醉倒刘伶。
五月里麦子花金星满地，李三娘在磨坊口口为难。
四月里黄瓜花盘龙上架，有刘全掐花尖指地为生。
三月里桃杏花满园红火，刘关张在桃园结义传流。
二月里冰凌花单根独立，孔夫子背书箱奔走前程。
正月里达子香花人人索戴，宋徽宗不信忠偏信奸邪。

徽钦二帝与诸臣听罢问答十二月，个个泪流满面。徽宗说："唱得好啊，一针见血！"徽宗深知老百姓对他爱戴，于是他放弃写诗词的时间，写了好多小唱，在五国城流行。他写的小唱叫"子弟段"，20 世纪 40 年代五国城很多人都会唱，花子房的人差不多都会唱几段。

讲述：刘忠生

整理：刘玉琢

3. 徽宗的百泉龙兴液

郑太后死后，徽宗整天借酒消愁，转眼又是十五，徽宗喝了三盅金人酿造的酒，总觉得不过瘾，他摸着胡子想了半天说："北方的酒好像没劲，还有点猫尿骚的味道。"钦宗说："酒德公潘师傅酿造的酒比南朝的酒好喝，不知道是什么原因？"徽宗说："皇儿你不知道这酿酒是有很多方法的。我修道的时候，有一个师父，他叫刘弼臣。传说他是八仙之一汉钟离的徒弟,还是个远近闻名的大孝子。他传给我一个酿酒秘方,秘方关键是踩曲子。”钦宗说:“内监,去把潘师傅叫过来,让太上皇把酿造秘法传给他。”这个潘师傅叫潘玉龙,潘玉龙来到五国城四合院跪在徽宗面前:“不知二位圣上把草民叫来有什么事情?”徽宗说:“朕修道时,跟恩师学了酿酒的方法,今天我把这个秘方传给你。”徽宗附在潘玉龙的耳边说了一阵,潘玉龙跪谢太上皇“恩师赐教”,接着开始筹备酿酒的事。潘玉龙先把当地产的五种粮食碾碎(玉米、高粱、谷子、粳米、糜子)制成曲子,然后再把高粱、玉米、谷子、粳米、糜子碾碎拌上曲子,踩实在大窖中发酵。又让木匠做了一套在中原烧酒的工具。七天后上料时下了三味药,装上渣子等气上来。再七天后等火烧得差不多了,酒也就烧好了。掐头去尾要中间的部分献给二帝。徽钦二帝品尝后连声说道:“好酒,好酒!”徽宗把潘师傅酿出来的酒赐名“百泉龙兴液”。命人把酒送给金人品尝,金人的侍卫品尝后也都说这酒好喝。

讲述:刘忠生

整理:刘帅辰

4. 徽宗请习古乃、八达噶吃饭

金国扣押徽钦二帝以及王公大臣,坐着牛车游走名叫北狩。经过几年的押解周折,由原来的数千人,减去走死逃亡的,到1130年时,徽钦二帝身边只剩下三百四十多人了。金太宗非常恼火,派御弟完颜宗贤(盖天大王)从韩州起身把北狩人员押往胡里改路五国城坐井观天省过。

完颜宗贤临上船时,把押解人员分成十人一组,用绳子把双臂背过来拴着,一个连着一个绑在一起。因路途遥远,押解人员中途经常大小便,每次都需要问大便还是小便,嫌麻烦统称解手,意思就是方便一下。

他们在江上漂荡了足足七七四十九天,终于踏上了五国城南岸。徽宗看到岸边早有两排列队的金兵等候,在随行人员的搀扶下下了船。抬头见一将军,此人长得浓眉大眼,高颧骨、大嘴叉、大块头,用不熟练的汉语说:“敝人习古乃,受我金主圣旨特来服侍德公大人,我已在这里恭候多时了。”他身边有个三十来岁的人走过来自我介绍:“我叫庆哥,是金国通事,太上皇有什么事跟我说。”徽宗说:“通事大人阁下,我们君臣来到贵宝地还指望将军多多照应了。”庆哥转身用满语翻译一遍,习古乃也用金语回了几句并点点头,然后用手示意,向着前面的四合院走去。

这座城的四合院是辽代一个节度使的,他因贪赃枉法被查办入狱,房子已经空闲十几年了,今天倒是派上了用场,三百多人如众星捧月般簇拥着徽钦二帝走进了四合院。北国秋天天气渐凉,已经很冷了,习古乃回头说:“德公还是先住地窨子吧,一来暖和,二来安全。”习古乃前面躬身走,扶着墙体一步一步地下到底,徽宗举目一看,东西室是个大长筒子,有好几十丈长,南北搭的土台子,上面铺的芦苇编的席子,用手一摸还挺热乎的。徽宗问习古乃这个土台子是干什么用的,庆哥说这个叫作火炕,庆哥叫几个金兵把他们的被褥搬进来。夜里，徽宗睡在火炕上，这一宿觉睡得比在龙床上还舒服呢！

第二天一早，八达曷、庆哥来陪徽钦二帝去看地上面的住宅，先看德公府，里面备有皇后、妃子的居所，和宋朝王府规格相仿。钦宗的居所和宋朝二品官的规格差不多。后参观了习古乃和八达曷的办公场所，参观押班兵营驻所。金人走后，二帝对视了好久，仰天长叹道："今日坐井观天了啊！"钦宗说："父皇这叫龙居潜水、虎落平阳，咱们在这说话得十分小心，那个庆哥能听懂咱们说的话。"徽宗说："咱们说机密时用我教你们的隐语他们听不懂。"钦宗说："咱们寄人篱下，必须得谦恭，哪天咱们请习古乃、八达曷、庆哥吃一顿饺子，多和点面，叫金人尝尝咱们的茴香葱花肉饺子，咱们也图茴香个吉利。"徽宗说："让薛安先包点，我饿了。"

当薛安把饺子包好端来时，金国人不知道什么是饺子，可是闻着挺香的，不管薛安让不让吃，金兵上前就给抢光了。薛安来到二帝面前说饺子被金兵抢光了，徽宗说："咱们寄人篱下，抢就抢了吧，你把面和馅端过来我们在这里包饺子吧。"到了腊八这天，请来了金国头目，徽宗说："我在这坐井观天能和你们认识也是缘分呀，今天我请孩子们吃饺子，我也教你们包饺子，先洗手，我慢慢地教你们。第一步要剁馅，把羊肉洗净用刀剁细，再剁茴香和葱，后放油、酱油和花椒面搅拌；第二步要和面，人多要多和，人少要少和，和面要手净盆净，和好面应该醒一会儿面团，之后揪成小剂子擀成皮子，开始包饺子，把馅放在皮子上面俩手一捏，把皮子捏紧馅包在里面饺子就成了。"可是金兵和面沾满一手，怎么也和不好，徽宗耐心教他们把手上的面搓下来一点一点地和成面团，直到和好了为止。

有个金兵头目名叫富察礼，老家也在五国城住，家有老父老母，惦记他们都没有吃过这样好吃的饺子。徽宗说："你是孝子，为人子能想到父母是大孝，为了你的父母我把我的技艺全部教给你。"此后富察礼隔几天就来和徽宗聊天，跟二帝学了不少知识。一天金兵们正在徽宗这里吃饺子，习古乃将军走了进来，金兵齐刷刷站起来向将军行鞠躬礼，习古乃来到徽宗面前行个鞠躬礼，说："德公辛苦了。"徽宗说："一样一样。"这时金兵见首领来了都放下筷子，习古乃坐在徽宗下首，夹着饺子尝起来，笑着说："德公的饺子比我们的烤肉香多了，以后咱们每逢今天就金宋联欢，吃茴香馅饺子、跳舞、唱歌、作诗、蹴鞠、书法、绘画、对对、喝酒，怎么样？"

徽宗说："太好了！"说话这工夫八达曷领着通事庆哥进来了，按序坐在习古乃的下首。八达曷是负责看管北狩人员的官，是习古乃将军的副手，看管北狩人的两个官都是老朗主当年的贴身侍卫，都是以孝闻名北塞的，武艺都是武科场拔尖的，这两个孝子跟二帝共处了三个月，对徽宗说："您是聪明绝顶的人，就是不会当皇帝，剩下啥都会。"

讲述：刘忠生

整理：刘玉琢

5. 徽宗与秃尾巴老李

徽钦二帝到了五国城之后，开荒种地，赶上的不是大涝之年，就是大旱之年。这一年又遇上了大旱，山上的树叶都枯萎了，草地上的草也都要旱没了，太阳天天挂在天上很灼热，连块云彩都没有，老百姓都期盼着老天爷快下几场雨。

这天上午徽宗领着青壮年，在几个金兵的看管下来到了城东倭肯河边儿，大家走到河边就散开了，仨人一伙俩人一伴，在河边上欣赏绿草和荷花。过去河道中心深的地方，现在浅多了，浅浅的河滩露出的泥土上还长有很多绿色的植物。虽然干旱但在河边走还是感觉凉快许多。宋徽宗独自一人沿着倭肯河由南向北散步，有时在河边捡起一块小鹅卵石投到河水里，泛起一串串水花。站在远处的众人看徽宗石子投得好看，也纷纷捡起石子向水中投去。就在这时，从水草里蹿出一条黑蛇，去扑食青蛙，“蛇！”徽宗吓得一声惊叫，身边的金兵立刻挥起枪柄砸向黑蛇。黑蛇见有人打它，非常快地蹿入水草丛里，那个金兵赶紧用枪柄在草丛里一顿猛砸，一下把黑蛇尾巴给砸断了。徽宗看见就立即制止金兵说：“它也是一条生命，没有伤害人的意思，还是放过它吧！”金兵听徽宗这样说就不再砸了，徽宗蹲下来，用草棍儿为断了尾巴的蛇进行了简单的包扎。那蛇好像是知道徽宗没有恶意，也非常顺从。徽宗在河滩上采来刺菜叶，放在嘴里嚼碎，涂在蛇的断尾处，过一会儿黑蛇就不怎么疼了，扬起头冲徽宗点了点头，然后沿河边的青草向前面爬去。徽宗纳闷，想看个究竟，就跟着黑蛇往前走着，跟着跟着黑蛇忽然不见了，徽宗左看右找就是没看到黑蛇的影子，不知道它跑哪里去了。

溜达了这么长时间徽宗又累又饿，就坐在草地上休息一会儿，这一歇就闭上眼睛睡着了，进入了梦乡。梦境里身体不由自主地被什么东西抬了起来，在空中飘舞，站在云端，有一个黑衣老者手里拿着一个蝇甩子，他向徽宗喊道：“太上皇，你可是真龙天子，如今遭难来到五国城。我是宋瓦江(今吉林松花江中、上游)水域的业龙，多亏你心善救了小神一命，为了报答你的救命之恩，请你带人到五国城北，在宋瓦江你们当初登岸的地方下网捞鱼即可渡过难关。”徽宗拱手致谢说道：“敢问大仙五国城什么时候才能下雨?”黑衣老者手捋胡须说：“你需带领五国城的子民表达诚意，感动天上的玉帝，只有玉帝降旨，小神才能给此地下雨，此乃天机不能多问。”说完黑衣老者大笑几声就无影无踪了。徽宗刚要施礼答谢却从梦中醒来，心里想这梦做得就跟真的一样，站起来立即对众人说：“大家都跟我来。”众人不知道怎么回事，都跟在徽宗的后面，没多大一会儿就从倭肯河边走回了五国城内。徽宗让年轻的男子去取渔网和木桶水筲，城门上的金兵也对忙忙乎乎的宋俘来了兴趣，看徽宗他们把东西准备好后，也跟随着徽宗和众人走出了五国城北门。

徽宗领着几十人来到了宋瓦江沿儿，由于天旱，江边原来登岸的地方已经没有水了，江水瘦得向江心推进了几百米。徽宗左右看看登岸处，发现其附近有一个深坑，里面有许多水，只是与江水绝了源。徽宗心里想着，黑衣老者是不是就指这个地方呀？于是就向那个水坑走过去，大家不知道他要做什么就只有跟他走，来到了大水洼子那里，徽宗低头捡起一个石头子扔进水洼里说："就是这个地方，是不是有咱们想要的东西?"让拿渔网的年轻人扯开网就向水洼子里撒去，不一会儿就见水里翻花冒泡儿。徽宗指挥年轻人拉网，这时大家都伸手用力拽网，越拉越看见水里出来许多大鱼，还有许许多多黑青蛙。大家把网拉上岸，网里的那些鱼得有好几百斤。徽宗命大家把鱼和黑青蛙带回去，分一些给看管的狱司、金兵等。徽宗则让厨房做青蛙面汤，徽宗把十几个青蛙放在盆里洗净然后放在锅里，此刻不能用火，然后一点一点加温度，把面团撒在锅里，因为青蛙都是活的，水温渐渐升高青蛙就抱紧凉面团，水温再高，青蛙仍然紧抱面团，这样青蛙就被煮熟了，加入香料和盐就行了，那一天大家可是开荤了。

晚上徽宗睡着了，那个黑衣老者又来了，向徽宗辞行："小神是你救的那条黑蛇，是管理宋瓦江水域的业龙，尾巴还是没保住，因我违背玉帝之命，现在要去管理黑龙江水域，我来和你告别。"徽宗一觉醒来，自言自语说："这就是了，这就是了。"这个被派到管理黑龙江水域的业龙就是后来北方人们传说中的"秃尾巴老李"。

讲述：刘忠生

整理：刘玉琢

6. 故臣李金遇徽宗

当年徽宗被软禁押往北国途中，并不是一帆风顺的，还有很多徽钦二帝的故臣旧部组成小股势力与金兵周旋，弄不好可能把徽钦二帝抢回去。所以金兵也不敢怠慢，怕半路遭到对方抢劫，便躲开驿道，专门挑山路走。由于道路不好走，损坏了不少车辆和马匹，中途吃的东西也不够，不少宫女和老弱病残者饿死、累死了，实在饿得没办法，徽宗就和大家一起到路旁的树林里找野果子吃。

这时押解这支俘虏队伍的金国太子说："我要你们看看我们金国的勇士是怎么围猎的。"金国太子想借此机会来羞辱这个亡国的皇帝。过了约一个时辰，只见有金兵挑着狩猎的战利品大摇大摆地走在了徽宗面前，把几只野物放在了徽宗面前来显摆。这时从队伍后面走来一个人，站在了马前。金国太子指着那个人问："昏德公，这个人你还认识吗?"徽宗看了一眼冷冷地说不认识这个人，金国太子说："他对南朝还是很效忠的。"这时那个人满脸通红赶紧在徽宗马前跪下说："故臣李金参拜太上皇。"徽宗把脸转向了一边，李金接着说"臣也是不得已投降金国，有负皇恩啊！今见上皇瘦了也晒黑了，心里很难受，但也没有什么办法，我给上皇准备一点干粮，臣只能尽这点孝心，请上皇接纳。"说完从怀里拿出一个纸包，尽管很饿，徽宗还是说："我吃得很饱，尽管是野菜山果，但吃了心里很踏实，睡觉也香。"转过头不再搭理李金。看热闹的金国太子神情有些复杂，本以为能借机会羞辱一下落魄的皇上，没承想他的故臣还是对皇帝忠心耿耿。为了缓解尴尬，金国太子对李金说："君臣一场情意总是有的,还不把干粮呈上来。"李金赶紧借机把纸包塞到徽宗的手里,在地上磕了三个头,眼角流下了两行热泪,悄悄地离开了。

徽宗回到队伍里的牛车上,打开纸包看见里面包着三张蒸饼,挨饿的路上这可是雪中送炭啊!徽宗先掰了一块蒸饼给郑皇后,这时正好一队金兵路过,看见徽宗手里的蒸饼,从马上顺手抢下扬长而去。徽宗先是发愣继而苦笑,看着金兵手上的饼,仰天长叹,说道:"天命不可违,天命不可违啊!这就是我的宿命吧。"

讲述:刘忠生

整理:徐文厚

7. 五国城苗魁给五太子相面

"坐井观天"的君臣刚吃完早饭,内探张尧臣进来说:"金国五太子要来看你。"徽宗问:"这人咋样?"张尧臣说:"是个花里魔王,细高个有点水蛇腰,就是头几天逼朱皇后陪酒的那个,他说顺便再看看娘娘、宫娥。"钦宗听罢头上直冒冷汗,苗魁说:"皇上放心,我对付他。"

绍光二年元宵节这天,徽宗正领着众人吟诗作对。完颜泽利穿着一身红袍走进四合院,太上皇、钦宗马上迎了出去,众大臣女眷也都站了起来,泽利说:"都坐下别客气,我今天是奉旨特来探望你们的。"但见他目不转睛地看着女眷,眼睛像二齿钩子似的搭住不放。这时苗魁站起来说:"五太子咱们有缘啊!我今天特意来给你相面的。"徽宗介绍说:"我们这位苗先生是大宋开国军师'苗广义'八世孙,算得可准了。"泽利说:"那就麻烦苗大人给我看看吧。"苗魁说:"别客气,五太子你长得太出贵了,龙蛇之相一身典故。"泽利忙问:"先生我都有哪些典故请你明说。"苗魁说:"一身三国,关二爷眼睛,颜良的眉,文丑的鼻子,孙权的手,貂蝉的脖子,黄盖的背,公孙瓒的腿。"泽利听后高兴得哈哈大笑,接着让苗魁算。苗魁说:"你写个字,我接着给你算。"泽利提笔写个"山"字,苗魁说:"坐山为、里七外、渔樵耕、麒麟送。"泽利说:"先生解释成白话吧。"苗魁说:"你是坐山为王说了算,你出门里七个人送,外八个人接,对不?"五太子说:"正好十五个人。""渔樵耕是三个贤人陪你读书吧,对不对?"五太子连连点头答道:"太对了,是那么回事。""麒麟送你家,王妃即将有孕,快送子来了。"乐得泽利蹦起来说:"先生神人。我眼下五个姑娘,这回再生就是小子了,太好了!"说着掏出十个元宝放在桌上说:"不成敬意,给先生买壶茶吧,三两天我单独请你。"

当泽利出四合院时,把大宋君臣女眷都笑倒了,徽宗说:"苗魁啊你算的什么卦?相的什么面?你都是骂人啊!这回他没带通事(翻译),要是他听明白可坏了。"

讲述:刘忠生

整理:刘玉琢

8. 钦宗丢掉两个手指

钦宗北狩五国城的路上，本来随行人员一共有数千人，由于路途遥远，皇宫里的人又都没吃过什么辛苦，在路上有累死的、病死的，粮食不够吃还饿死了不少人。看管的金兵也不太管那些身份低微的宫女和内监，任由他们自生自灭，偷跑的如果被发现就直接处死。但也有命大的偷偷逃走，也算捡了条活命。就这样还没到五国城人就没了一半。

一天钦宗他们坐着马车往前赶路，快到中午的时候肚子饿得咕噜咕噜直响，这些天粮食越来越少，钦宗他们每天只能吃一个干粮。大伙都饿得迷迷糊糊的，负责押解的金兵也都又累又饿。金兵让大家原地休息，钦宗看大家都没吃东西，就和金兵的头领说："能不能上前面的山上找些野果吃，好挺过眼前的饥饿。"头领一看确实好几天吃不饱，人都饿得不行了，再这么下去还没到五国城人都死没了，没法交代，就叫金兵带些人陪着钦宗他们出去找吃的。

钦宗领着还有一些体力的年轻人和金兵上山找吃的，走了挺长时间终于发现一些野果，还发现一些榛子和松塔，大家就都动手摘起来。钦宗发现一棵粗松树上松塔结得特别多。他就踩着树干上去摘松塔，正摘的时候发现上面的树干有个窝，顺手伸手往里摸，一下摸到一个毛茸茸的东西。钦宗吓了一跳，刚要把手拿出来，就感到手被什么东西咬了一下，一阵剧痛，大叫一声，便从树上跌落下来。下面的人赶紧围了过来，钦宗当时就昏了过去，大家一看钦宗的两个手指被咬断了，往上一看，一只松鼠从窝里出来嘴上都是血。可能松鼠以为钦宗要抓它就咬了一口，松鼠锋利的牙齿，一下就把钦宗的手指咬断了。大家赶紧把钦宗背回去，钦宗的手流了好多血，御医赶紧过来上药包扎，过了半个小时钦宗才醒过来，疼得他龇牙咧嘴。北狩的路上钦宗流了那么多血，粮食又不够吃，营养跟不上，药物也没控制住，钦宗的两个手指到后来活活烂掉了，命没丢就算不错了。可怜了这个重昏侯没做多长时间皇帝还遭这么大罪。

讲述：徐东玮

整理：刘帅辰

9. 宋钦宗梦游

三月初八，钦宗和皇后在五国城四合小院内闲聊。听内监禀报战琦前来拜见，非常高兴，赶紧叫人领进屋里。这个战琦原来是钦宗身边的御医，自从钦宗来到了五国城就失去了联系。战琦进屋赶紧拜见钦宗和朱皇后。钦宗道："先生自打上次分别，咱们好些年没见面了，不知道你近来可好？"战琦赶紧回复说："自打离开后，臣一直希望有一天能再见到皇上，还能为皇上和皇后诊脉。"钦宗和朱皇后听后非常高兴，钦宗道："你来得正好，朕和皇后这段日子时不时晚上睡不着觉，不知先生有什么办法？"战琦说："我给皇上把一把脉。"战琦让内监递过一个枕头放在炕上，又让钦宗把手腕放在上边，仔细地给钦宗把脉。把完脉后对钦宗说："皇上早上起来是不是嘴有点苦，嗓子有些干燥，心里还有些烦躁？晚间很晚了还睡不着觉？这属于心肾不交，没什么大事，我给皇上开些药吃一段就会好些了。”

钦宗说：“战先生说得对，朕确实是这个症状，先生诊病真的很准确，一会儿就让内监抓药回来。”这时朱皇后说：“我的病跟皇上一样，可以吃一样的药吗？”战琦说：“娘娘，还是让我先看一看脉再说。”朱皇后把手伸了过来，战琦把完朱皇后的脉说：“娘娘和皇上的脉不一样，您的身体很好，没有什么疾病，而且怎么还有一些仙家的脉象？”朱皇后说：“自从我那年替三霄娘娘当值后，回到五国城觉得轻松多了。不像以前一天愁眉苦脸的，什么心情都没有，现在我也想开了，我和皇上在这生活也挺好的。”战琦说：“我自从那年离开皇上和皇后，隐居到偃月天那个石洞里，每日修行参禅。饿了吃些野果、松子、榛子，渴了就喝山里的泉水，这些年从未吃过烟火烧过的食物，我也算是有半个仙体了。”钦宗问道：“你们都有仙缘，为什么我不能领略做神仙的滋味呢？”

战琦说：“我在那个古洞中，有一天来了一个穿红肚兜的小孩，对我一抱拳说：‘战先生，我们洞主请你去一趟。’我当时吓了一跳，怕是遇到妖怪假冒神仙骗我去他的洞府，再把我给吃了，可把我吓坏了。我稳一稳神，又仔细看看那个小孩，不像是个妖怪，就站起来和他一起来到一个大石洞外。这时石洞门开了，走出一个白胡子老头，对我说：‘战先生，久违了！’我说：‘老爷子，咱俩在哪儿见过？’那老头哈哈一笑说：‘我认识你老祖战雷，我叫尚尧，这回你知道我是谁了吧。’原来这白胡子老头是我老祖的师哥。我忙跪倒说：‘老祖在上，弟子战琦给您老人家磕头了。’尚尧扶起我对我说：‘不必客气，咱们爷俩有缘。你在此修行，我教你一个修真三法。第一种方法是小睡，就是打个盹。第二种是中睡，就是吃饱了就睡。第三种是大睡，睡个三五年没有问题。’于是就在老祖的指点下我开始修炼修真三法。”

战琦接着说：“这修真三法，每个方法都有口诀，我现在已经练了三个月了，练到了中睡。中睡实际上是一种催眠的方法，必须得平躺着放松，再配合呼吸及心念咒语，思无杂念。睡着之后，人就像做梦一样，三魂可以离开自己的身体，被人领着就可以去游山玩水、会亲访友，无论相隔多远。”钦宗问道：“战先生大睡的方法你也练会了吗？”战琦说：“老祖说练习大睡的方法，必须不能和尘世间再有瓜葛，要不稍有偏差就会长眠不醒，因此臣现在只练到中睡，因此只能教皇上中睡。”钦宗说：“朕想回南朝看一看，再祭拜一下祖先，还想再看一看九玉帝康王，不知道先生能不能帮我实现这个愿望？”战琦说：“皇上要想练成中睡，首先得戒五荤，就连地五荤也不能吃，然后我才能把口诀告诉您。”钦宗说：“从今天起，把我所有吃饭的锅、碗、瓢、盆，还有做饭的锅都好好洗干净，从现开始我不吃荤了。”朱皇后说：“既然皇上不吃荤了，我也跟着吃素。”战琦就把尚尧老祖的口诀告诉了钦宗。

时间过得很快，一晃半年过去了。这一天钦宗说：“先生，这中睡方法我也练了这么长时间了，朕想梦里出游回南朝看看。”战琦说：“那我现在就给皇上催眠，咱们先试一试，如果我能把您的魂领出去，咱们就溜达一圈。”钦宗说：“那要是让人发现不就完了吗？”战琦说：“皇上放心，咱们能看见他们，他们看不见咱们。”钦宗说：“那马上给我催眠！”战琦让钦宗躺下按照中睡的方法修炼，十多分钟后钦宗就睡着了。这时战琦也闭上眼睛说：“皇上请跟臣走。”钦宗听见有人叫他，迷迷糊糊就跟战琦出了四小合院，顺着大墙向西走。这是一段羊肠小路，走着走着前面有一条大江把他俩拦住了。战琦说：“这有两根芦苇。”说完就将两根芦苇放到水中。战琦一推钦宗，钦宗就站到苇子叶上面了，然后战琦也一跳站到芦苇上面，两个人被东风吹着很快到了西岸。

俩人上岸后，战琦说："再往前走四五里路就是金兵的帐篷了。"钦宗说："战先生我听你的。"二人走了一阵子，觉得自己轻飘飘的一点都不累。走着走着忽然听到有马蹄声传来，钦宗低声说："有人来了！"战琦摆手示意钦宗蹲下，就见两个番兵骑着马边走边唠嗑。左边这个长得像个黑塔似的，右边那个长得瘦小枯干。左边黑大个说："小瘦子，咱们大平章打猎到野马川看见一个姑娘，长得挺好看，这几天黑天白天睡不着觉，他编了个故事硬说那姑娘是妖精，叫咱俩来探一探虚实。"小瘦子说："大黑，我看大平章是坟圈子拉弓——没安好心哪。"黑大个问道："小瘦子，咱们离野马川还有多远？"小瘦子说："还有四五里地。"黑大个说："咱们把姑娘抓回大帐去，大平章一定有赏。"小瘦子说："那咱俩可做损了！"黑大个说："咱们可顾不得什么损不损的，有钱打赏就行。"俩人说的话，被钦宗和战琦听得一清二楚。钦宗说："他说的那小姑娘就是和谌儿来看咱们的那个孩子。战先生你快作法，把这二人吓回去。"战琦说："臣练的是初级阶段，哪会什么作法呀！"钦宗说："咱俩快走几步，拿把沙子打他俩。"俩人各抓一大把黄沙子，跑到二人前面，"啪！啪！"就是两下。这俩人"哎呀"一声就从马上掉了下来。两匹马咴溜咴溜直叫，二人痛得睁不开眼睛。小瘦子吓得说："咱俩快掉转马头回去吧。"钦宗说："再来两把石子，咱们俩把他们的马给吓唬回去。"战琦说："就听皇上的。"二人悄悄地来到两匹马跟前，对着马腿抛出两块鹅卵石。那两匹马后腿挨了石子，痛得向东猛跑。俩番兵觉得不对劲，这两匹马是有名的肉筋头[①]，平常打它两鞭子都不在乎，今天它怎么跑得这么快？小瘦子说："大黑别追了，就让它俩跑吧。今天也是鬼使神差挺邪性呀！咱俩也回去吧。"看见两个番兵走了，钦宗说："战先生咱俩也回去吧。"不知不觉俩人回到了四合小院。

战琦一推钦宗："皇上醒醒吧！"钦宗一睁眼，原来正头西脚东直挺挺躺着呢！钦宗此时觉得浑身酸痛疲劳得很，他赶紧问战琦："咱俩人扬沙子抛石子，把两个番兵吓回去了，这是真的还是假的？朕再练几天回南朝看一看九弟赵构行不行？"战琦说："皇上，我们这次出游对身体影响很大，下次得等到下个月初一或十五再定，现在得好好休养身体，要不然是不行的。"钦宗说："朕自静下心来参禅之后，就把名利看得很淡了，就想着梦里能够回南朝看一看，再祭拜一下祖先就知足了。"战琦说："只要皇上好好修炼中睡这个方法，一定能梦回南朝。"

讲述：刘玉林

整理：刘帅辰

① 肉筋头，东北话慢性子的意思。——编者

10. 宋钦宗死在五国城

宋钦宗赵桓来到五国城已经26个年头了，大院子里当年徽宗亲手栽下的榆树已经长大成材了，镇守五国城的首领由八达曷接替了习古乃。达八喇甘升为五国城副都统，小翻译庆哥也升为五国城狱司了，宋朝的俘虏中先后有很多人都去世了，但他们的后人依旧在这里生活。

某日，突然有五六个金兵，在一个大黑脸金人带领下，闯入了五国城大院，把阻拦他们的守城兵给杀了。庆哥带兵包围了这几个人，庆哥以为这几个是冒充的金兵，过去也经常发生这种事，五国城多次受到过冒充京城使者的袭击，企图抢掠。为了加强防范，没有江北军帐八达曷和达八喇甘两位将军的命令，外人不能随便到五国城里。

庆哥按照规定让他们先到江北大营，大黑脸却理直气壮地说是皇帝下的圣旨，要宣读皇帝圣旨，卫兵将大黑脸等六人都围住了，明确告诉他们，没有得到江北军帐的命令不许你们胡闹。庆哥发现这个大黑脸说话非常像水冒充的，根本不像京城来的钦差，于是就拒绝执行他的命令。大黑脸遭到拒绝就发火了，一边高声叫骂一边抽出宝剑向庆哥砍来。正在这危险时刻，只听大黑脸一声惨叫把宝剑扔在地上，原来卫兵看大黑脸袭击庆哥，就从大黑脸背后刺了一剑，大黑脸一下就死了，其他的人也都打在一起，剩下的五个人也都死了。院子里的人纷纷都围过来，谁也不知道发生了什么。在收拾尸体的时候，庆哥在尸体的周围发现了一卷黄绢轴，打开一看吓了一跳，这是金国皇帝（海陵王）宣明月进宫的圣旨，庆哥顿时害怕起来。就在这时，达八喇甘从江北赶来了。庆哥赶紧一五一十地把刚才发生的事都讲了，达八喇甘也很惊慌，和庆哥对看了一眼果断地说："立刻将那张圣旨烧了，把那六具尸体剥光衣服扔到江北山中喂熊，将咱们被杀的三名士兵的尸体保存好，向八达曷报告，就说又有野人来袭击监狱，被我们杀死了，我们士兵也死了三人，一定要说死了两个野人。"

这个金国皇帝（海陵王）非常残暴荒淫，闲暇时就想到调戏女人，后宫主管负责寝殿的吴都非常了解皇帝的心思与爱好。海陵王烦闷了就到御花园走走，吴都知道皇帝的兴趣在女人而不在看花园的景色。吴都就对海陵王说："陛下，五国城有好消息了。"海陵王说："你说说看是什么好消息？"海陵王心想吴都一定和以前一样又给他物色到了美女，有时是江南或者其他地方的，可说起五国城是什么意思？吴都说："陛下您还记得钦宗赵桓吗？"海陵王受到吴都的提醒，立即说道："赵桓那个重昏侯？赵桓还在五国城做什么？你不说我差点给他忘了，传我的旨，把他和他的族人都给我杀了。"吴都说："陛下，那里可有您想要的美人啊！那可是绝色佳人，有个明月姑娘长得肌肤白嫩，粉中透白，可漂亮了。"海陵王一听"美人"脸上露出了笑容，命令道："马派人去五国城让明月进宫，如果有人敢违抗圣旨就杀了他。"

五国城的初夏万里晴空，天气很好。城内突然来了数百金兵，领头的又是个大黑脸。大家以为庆哥杀钦差的事被发现了，都挺害怕的。金兵首领恶狠狠地向庆哥下命令把全体宋朝的俘虏都集合起来。他们把全体男女一百多人团团围住。大黑脸手持利剑，厉声说道："哪个是明月姑娘？"大家吓得个个护着家里的女孩，钦宗说："明月是天水郡公的孩子，因染疾病上个月已经死了。”天水郡公刚站出来想要分辩，钦宗却站在络腮胡子面前说：“你是奉哪位尊长的旨令，到此喝令？”络腮胡子说：“你就是天水郡公？今天你的死期到了，胆敢违抗圣旨不交出明月，是皇帝叫我杀你！你可别怨恨我呀！”就在钦宗毫无防备的情况下，络腮胡子刺中了钦宗的胸膛，鲜血从嘴里流出来，钦宗瞪着眼睛倒了下去。宋朝的俘虏立刻乱作一团，女人和孩子都吓得大哭起来。可怜一代天子，登基就受命于危难之际，一天皇帝的福也没享受到，就被金兵拿获成为俘虏人质，今天更是成为异乡的孤魂野鬼了。

讲述：田守一

整理：田　梅

11. 因果报应

这天韦贤妃、钦宗和一帮大臣、工匠喝酒打发时间，钦宗讲述了一件趣闻：“前几天城外有一户农家，家中有一头老牛因年老气竭，主人就想把它卖了换俩钱。在去集市途中，碰上一个挑着担子的货郎，老牛用力挣脱缰绳把货郎逼到墙角，一帮人怎么拦也拦不住。老牛疯了一样用牛角把货郎杀死了，牛主人一看闯祸了，连忙和众人把牛打死并在现场卖起牛肉，用卖出的牛肉钱再赔偿货郎。城东的王铁匠在场掏钱买下了牛头，打算回家炖着吃，走到半路王铁匠累了，就把牛头挂在树杈上，自己坐在树下休息。你说巧不巧，这时牛头把树杈压折，牛角落下来正好插在王铁匠的脑袋上，王铁匠当场气绝身亡。老牛一天害两命的事在百姓中越传越离奇。白天我和父皇也说起此事，父皇说这是老牛来报仇了。老牛前世本是一妇人，儿女都不在身边，有一天两个赶考人来借宿，他们见老妇人家境颇丰便起了歹意，两人把老妇人杀死后，将她家钱财洗劫一空，然后逃之夭夭。货郎和王铁匠前世就是这两个赶考人，老妇人后来即便托牛成牛也没忘记报仇。这就是天道轮回，因果报应。”

讲述：刘忠生

整理：刘忠生

12. 五国城的蚊刑

相传徽钦二帝在五国城幽禁那会儿，五国城蚊子和瞎虻[①]特别多，很多的蚊子和瞎虻到处乱飞。这恐怕是真的，20 世纪 50 年代依兰农村就是那样，在田野里放牧的牛群，总是遭到蚊子和大瞎虻的叮咬，一会儿牛的身上就被叮出血，无论是放牧的人还是牲畜都怕蚊子和瞎虻。

五国城的蚊子一团一团的，大白天的也四处找肉叮。负责看管徽钦二帝的金兵太困了，就睡了一会儿觉，命令宋朝俘虏的宫女为他们赶蚊子。宫女见金兵睡得很香，也被感染直打盹。蚊子就把金兵的嘴唇和眼睛都叮出了大包。金兵被叮，疼醒了，打盹的宫女也醒

---

① 瞎虻，学名牛虻，状似蝇而稍大，雌虫刺吸牛等牲畜的血液，危害家畜。

了,看见金兵的嘴被蚊子叮得肿了两个大包,就觉得样子好笑,捂住嘴忍不住笑出声来。金兵生气了就把宫女一顿打,不依不饶还要把宫女的衣服脱下来让蚊虫叮咬。徽钦二帝听到声音从屋子里走出来,反复为宫女求情,金兵这才罢手。据说过去女真人的祖先惩罚人就用这个刑罚,叫“蚊刑”。在争夺地盘的战斗中抓到对方的人,让他们做奴隶当苦力,后来苦力多了没有吃的养他们,就把俘虏扒光衣服绑在树上让蚊虫叮咬。有很多俘虏经一天一夜的蚊虫叮咬吸干血就死了,有命大的赶上有大风的天,蚊虫叮咬得少,只是蚊虫叮咬过的地方会化脓溃烂,但还能活命。自从徽钦二帝幽禁在五国城之后这个刑法又派上用场了。

讲述:田守一

整理:田　苗

13. 徽钦二帝住店巧遇“十八窝”

徽钦二帝来到五国城好几年了,虽然是坐井观天,却也老想着长生不老。小马倌说太上皇:“五国城东门外有个小店,有个小掌柜的,据说好几百岁了,也不知是真是假。”徽宗说:“真有此事? 跟八达曷讨个出城腰牌,哪天苗爱卿陪我一起出去看看。”

没过几天,二人约好了徒步出城到郊外,找到这家小店。只见这个小店足有五间大草房,四周用木头做的障子,门口挂一个圈,下面拴了十八根红布条。二人刚走进门口,迎面一个穿黑衣服的小伙子迎了出来,并问道:“二位是住店的吗? 有挠目(单间的意思)还有大铺,请问客官想住什么样的?”苗魁道:“住挠目。”二人进了小屋看到被子叠放整齐,屋内干净利落,二人放下行李歇息一晚。

第二天一早徽宗和苗魁四圈转了转,接近半晌,屋内还是没几个人,很安静。大铺上住着几位赶马车的老板子,炕头住着一位白胡子的长者,这时黑衣小伙子端过来饭菜对白胡子长者说:“你这孩子从小就不听话,唉! 这都是我的孽啊!”这话让旁边几位车老板子听到了,小声嘀咕了几句说:“这个年轻人太不像话,怎么能对他爷爷这样说话呢? 明天咱们临走时揍他一顿。”

到了晚上,就听老人喊:“小爷啊! 给我弄碗水喝,我渴了。”就听那小伙说:“你也不知道大人是闲是忙? 等一会儿!”大铺上几位车老板子实在听不下去了,都下了火炕把小伙子团团围住:“这么和你爷爷说话真是欠揍啊!”说着动起手向小伙子打去。可是打了半天,小伙子没咋地,五六个老板子却都摔倒在地了。“怎么回事?”小伙子嘟囔着,“你们是不是没事找事?”

徽宗和苗魁把事情的经过都看在了眼里,走出挠目对小伙子说:“他们不是没事找事,是你那么对待长辈犯众怒了。”小伙子这时才明白怎么回事,说道:“炕头那小子真是我孙子,不信你们问他!”这时那位白胡子老头说:“他真是我爷爷。”徽宗等人惊讶地说:“那你学一学事情的经过吧!”白胡子老者说:“说来话长了,几百年前,我爷爷是个庄稼人,有一天铲地,我奶奶送饭晚了,爷爷饿了,他看到地头有一棵绿色像萝卜缨子似的东西就拔了下来,磕打磕打就吃了,当时他刚吃完就觉得又香又甜,神清眼亮的。从那以后就不见老了,不知不觉过了五十年，奶奶已是白发苍苍，他还是吃萝卜缨子时的样子，来人去客常出笑话，那老太太是你奶奶吗？把我爷气得一声不吱。一天半夜他偷偷离家出走了，又到了一个人生地不熟的地方，再找媳妇。我爷爷一连找了十八个媳妇，他外号叫'十八窝'。"大伙问："你不是瞎说？"老头说："不信拉倒。"

这时徽宗对黑衣"小伙子"说："小掌柜到底咋回事？""小伙子"说："大家见笑了，几百年前我吃了那棵草就不老了。到二百岁左右有一天睡到半夜，来俩鬼对我说：'你已经违背天常，会变妖精的。'我说：'我本是憨厚老实的庄稼人。'二鬼说：'你说得好听，谁叫你娶八个媳妇啦？万恶淫为首。''我没强迫她们，她们都是自愿的啊！''那也不行，跟我俩走！'我没办法给了俩鬼五十两银子买酒喝他俩才走。接着我又娶了十个媳妇一共十八窝。"徽宗接着问道："最后为什么不娶了呢？""唉！有一天我梦见一个尖嘴猴腮的人，他自称雷公，他说你到此为止吧，你的一举一动都产生着一种光，这种光叫魔火，干扰正道，你毁了十八个青春少女已犯天条，如若再犯，天雷劈你。我当时说知错了。雷公说从今往后你要戒杀戒色吃斋行善，静坐常思己过，闲谈不论人非，领着孙子单过吧。"徽宗和苗魁听后说："世间之大无奇不有啊！"

讲述：刘忠生
整理：刘玉琢

14. 颜盏傻救村姑

自从徽钦二帝被迁移到五国城，金国表面上对二帝很宽宏大度，实际上城内每个方向都约有五百金兵把守。东南方向的领头叫蒲察达力，这个人有五十多岁，长得可难看了，八字眉、三角眼、鹰钩鼻、尿憋嘴还有一脸的疙瘩。虽说他其貌不扬，但一肚子嘎咕心眼，一肚子坏水，他能说会道溜须拍马，见人说人话见鬼说鬼话，仗势欺压老百姓。他最大的爱好就是好色，碰见漂亮的姑娘就迈不动步，想尽一切办法和手段强娶进家。老百姓家里女儿长得好看的都不敢抛头露面，生怕被他看到白白葬送了自己，可是还是有个别百姓家的姑娘没藏好被他发现的。

有一天他骑马领兵巡逻，走到东山附近的田家屯，觉得有些口渴，就叫当差的去附近农户家找些水喝。没多大一会儿当差的把水找来了，等蒲察达力喝完之后，当差的卫兵趴在他的耳朵上小声嘀咕，只见这个蒲察达力听完卫兵的话两眼放光，频频点头，嘴里嚷着快带我去看看。他跟着卫兵来到一户农家院里。

只见一位姑娘正在菜田里摘着青菜，姑娘名叫美玉，这姑娘长得大眼睛水灵灵的，十分好看。蒲察达力眼睛都看直了，看着看着就走过去往人家姑娘跟前凑，用手去摸美玉的脸，姑娘一闪，"啪"的一声就给他一个大嘴巴子，大声怒斥他放尊重点。这时屋内美玉的老父听到声音赶忙从屋内出来，看着面前的蒲察达力赶紧撒谎说："我女儿已经许配给了人家，不多日就要出嫁了。"老父刚说完，蒲察达力赶紧说："既然还没出嫁就不算数了，你准备好过两天我来娶她，是嫁也得嫁，不嫁也得嫁。”说完恶狠狠的狗眼一瞪，扬长而去，只剩下老父和美玉呆呆地愣在那里。

缓过神来的父女俩抱头痛哭，老父觉得愧对孩子死去的娘，没保护好美玉，眼看羊入虎口，一激动便晕了过去。美玉见状赶紧去给老父找大夫，她边哭边走跌跌撞撞着急赶路，迎面好悬没撞上骑马的一路人。马上的人及时将马勒住，甩镫离鞍下马扶起姑娘，看美玉哭得非常伤心便心生怜悯，禁不住问道：“姑娘因何事哭得这么伤心？”美玉赶紧躬身行礼，只见眼前这人三十多岁，棱角分明气宇非凡，原来他是宋徽宗御前侍卫，现在是北狩随行人员颜盏俊。美玉看颜盏俊非但没怪罪自己冲撞，还细心问候，于是就把老父昏倒着急找大夫的事情告诉了他。

颜盏俊带领手下人一路来到美玉家，救治了美玉父亲。老父醒来连忙感谢，他看着颜盏俊相貌不凡，一看就不是普通人，于是打算把女儿的事告诉他，看看他能不能救美玉一命，遂赶紧下地磕头求恩人救命。颜盏俊扶起老人，问他到底是怎么回事。老人就把蒲察达力调戏女儿，还要将其女儿强娶为妾的事告诉了颜盏俊。颜盏俊一听这个气，早就听说蒲察达力是个老色鬼，看上谁家的姑娘就强娶回去，糟蹋了好多老百姓家的姑娘，今天正好让他赶上了，看着长得水灵的美玉姑娘心生怜悯，确实可惜了这么漂亮的姑娘，就对老人说：“老人家别着急我来帮你想办法。”

颜盏俊本来是宋徽宗身边一个书童，他从小学习上进，人也聪明，徽宗也喜欢他，就让他陪在身边。颜盏俊学文习武都很用心，练就了一身好武艺。在南朝时，一次徽宗架六龙车辇南郊祭天回来的道上，辕马突然受到惊吓狂奔而跑，颜盏俊飞身上马拼尽全力及时将马制服，确保了徽宗的安全，从那以后徽宗很是看重他。今天本是奉徽宗之命出外办事，回来的路上正好碰上美玉姑娘跌跌撞撞冲到马前，美玉姑娘的命运就掌握在他的手里，此时颜盏俊想了一会儿就对老人说：“我有一个办法，但需要冒生命危险，如果成功我会安排你们去一个安全的地方生活，不知道你们愿不愿意？”父女俩一听都表示同意，只要不嫁给蒲察达力怎么都行，如果今天没碰到颜盏俊两天后也会是他们父女的死期，美玉是宁死也不会嫁给蒲察达力的。

此时，颜盏俊示意其他人都下去，对身边的人小声嘀咕，让随从去外边的行李中取一样东西。没多大一会儿东西取来，只见是一个木雕的小盒，非常精致。颜盏俊打开木盒从盒中取出一个红色小瓶，从瓶中倒出一粒棕色药丸递给老人说道：“这药丸名叫屏息丸，只有两粒，是当年师父送给我保命的，此药丸吃下之后就像睡着了一样，没有了气息，外人一看，就跟死人一样，故名‘屏息丸’。待十二个时辰之后药效一过，人自然恢复正常。但此药因用两百多种药材提炼，对于体质弱的人还是有很多伤害，或许有可能从此不再醒来，不知美玉姑娘敢不敢吃？”老父和美玉马上接过药丸对颜盏俊说：“不管能不能醒来我们都愿意试一下，横竖都是死，放手一搏，感谢恩人帮助。”

两天后的早上，美玉姑娘早早就起来给父亲做好了早饭，因为也不知道自己能否醒来，为了给父亲尽最后的孝道。父女俩哭着吃完了早饭，饭后按原计划吃下药丸，不多时人就没有了气息。老父见女儿没气了大声哭号，那真是哭得撕心裂肺，因为老父也不知道女儿还能不能醒来，怕以后再也见不着了。左邻右舍听到老父的哭声都赶了过来，得知美玉姑娘已死，邻居们都为这个漂亮的姑娘感到惋惜。

在邻舍帮助下，美玉姑娘的身后事顺利安排妥当，正当大家要抬着美玉的棺材去墓地安葬时，蒲察达力准时领兵来迎娶美玉姑娘了，蒲察达力根本不相信美玉已死，马上命人打开棺材验证，看到已经没有一丝气息的美玉姑娘心里实在不甘，但要把死人抢回去也没什么意思，所以气哄哄地领兵走了，这个蒲察达力鬼心眼子可多了，虽然他走了但他还是派手下悄悄地跟着，看看美玉有没有真的下葬，直到邻舍和老父安葬好美玉祭拜完都走了，蒲察达力的手下才回去禀报美玉确实下葬了，美人不可能活着，他才算是拉倒了。

时间过得很快一晃天就黑了，离美玉“去世”已经十个时辰了，美玉的坟前来了一些人，正是颜盏俊和他的手下，老父一直在美玉坟前不远的树林里藏着，他一刻都没离开女儿，就连蒲察达力派的手下来偷偷查看，老父都看在眼里，如果不按颜盏俊说的真给女儿下葬，还是断不了蒲察达力的念想和疑心。看到约好的时间颜盏俊带人来到了坟前，老父也赶紧从树林跑出来，大家一起把坟挖开打开棺材把美玉抱出，又把墓地回复原样。他们连夜赶路到达事先安排好的安全地方，此时美玉去世已过了十二个时辰，可美玉姑娘并没有醒，老父伤心不已，又过了两个时辰美玉的手动了一下，慢慢地睁开了眼睛，大家都很高兴，经过这次磨难美玉终于活了命，颜盏俊安排好父女俩就带领手下回到了五国城。

讲述：徐东玮
整理：刘帅辰

15. 朱皇后做梦断案

徽钦二帝坐在五国城大院里唠嗑，忽然东厢房来了一个内监说：“皇上，请你先回去一会儿，皇后她身体不太舒服，晕倒了。”徽宗说：“皇儿，你先回去看一看，让孙太医给皇后把一把脉。”钦宗来到东厢房朱皇后跟前，孙太医把完脉说：“皇上放心，娘娘着点风寒，养几天不用吃药就会好的。”钦宗说：“有没有撞邪？”孙太医说：“中指跳，可能梦中仙游，别叫人惊动，七天后自己就会好了。”

朱皇后梦里似睡非睡，忽然见一个白胡子老头，拄着拐杖作揖：“娘娘，我是奉我们娘娘法旨来请你的。”朱皇后坐起来问道：“你们娘娘是哪个？”白胡子老头说：“娘娘你就别问了，到地方就知道了。”

朱皇后跟着老头出了四合院，看见一辆车子套着两匹骡子，跟着老头就上了车。老头说：“娘娘请把眼睛闭上，一会儿就到。”朱皇后闭上眼睛，就听见呼呼一阵风响，不大一会儿就听“吁”的一声，白胡子老头说：“娘娘下车吧，到了。”朱皇后下来一看，是一座坐北朝南的寺院，东西两个配殿，正殿的牌匾上有三个大字“娘娘庙”。白胡子老头带路，由殿里面出来三位女子，穿着紫色衣服的女子说：“本宫叫琼霄，”又指着其他两位，“这位是碧霄，那位是云霄，刚才是我让当值土地去接你。我们明天要去天上开群仙大会，特意请你替我们值几天班。”琼霄娘娘又把手下黑白二位女判官叫来说：“这几天由朱皇后娘娘当值掌印，什么事都得听她的。”说完把令箭筒交给朱皇后，三霄娘娘各驾祥云飞走了。

朱皇后被让到正位坐下，隔日清晨，来了一个庄稼老头跪在朱皇后面前说：“人间当官的不公道，我前些日子劝我儿子别赌钱，他不但不听还打我，把我的门牙都打掉了。我到官衙去告他大逆不道，哪知道他花钱买通师爷，在大堂里却说是我咬他的背，他疼得一挣拽掉了我的门牙。官府的人向着他，就把我轰了出来，所以我来求娘娘给我做主。”朱皇后让二位女判官记下，四月十七这天，庄稼老头的儿子做贼心虚，来到庙里许愿：“如果我打我爹的事情不败露，我还给娘娘进香。”朱皇后心想：“本宫可不吃你这套。”朱皇后让黑女判官对着他被咬的地方吹口气，庄稼老头儿子觉得背上像被刀剜了一下似的疼，后来被咬的地方长了个搭背[①]，差点没把他疼死，最后给他爹认罪了才算没死。

过两日下面又跪了一个人，是个穿着朴素的俊俏女子，她哭着说：“娘娘，我是五国城本地人，我叫湘绣，几年前嫁人生子，前年我丈夫忽然得了病，他半夜自己就走了，不知道上哪里去了，扔下我和年幼的孩子，还有七十多岁的公爹。自从我丈夫走后我每天侍候老的照顾小的。半年后有媒婆前来提亲，还有无赖来骚扰，他们都被我骂跑了，他们串通长舌妇吃完饭没事嚼我舌根子，硬是无中生有说我与公公有奸情，搞得我人不像人，鬼不像鬼，娘娘我冤哪！我们是清白的，求娘娘主持公道还我个清白。”说完就给朱皇后一顿磕头，朱皇后让两位女判官记下。

娘娘庙在山顶上，有人在两个山顶之间搭了一座独木桥，桥底下是万丈深渊。这桥搭了好几年都没人敢走，相传谁能走过这独木桥可称是一个忠臣孝子、烈女节妇。这时五国城那个小媳妇来到了独木桥边说：“我要过独木桥，请把桥锁打开。”当时上香的香客都笑话她说：“你也敢过这忠臣孝子、烈女节妇桥？还是回家好好侍候你的亲公公吧！”湘绣走上了独木桥，往下一看是万丈深渊，眼睛一迷糊，一头栽下山崖。有几个好心人说：“不管是好人还是坏人，乡里乡亲的，还是把她的尸体抬回去吧！”大家找来四块板钉了口棺材，到山下把湘绣装在棺材里抬了回去。大概走了一个小时来到了湘绣家，他们又开始嚼舌根子：“善恶终有报，这小媳妇和好公公现世报了吧！”有个无赖喊道：“老头你快出来吧，你的孝顺儿媳妇回来了。”这时从屋里走出老头和小媳妇湘绣，大家吓得直伸舌头，“这是怎么回事？那棺材里面又是谁呢？”大家把棺材打开一看哪有什么小媳妇，里面是满满一下子金元宝，这回大家明白了小媳妇是烈女，这时来看热闹的人赶紧一起给老头和小媳妇鞠躬，湘绣这回终于洗刷了冤情。

---

① 搭背，中医病名：背痈。泛指背部痈疡。

再说三霄娘娘开会回来，问朱皇后当值这几天感觉怎么样，没等到朱皇后回答，二位女判官就把这几天的事说了一遍。三霄娘娘听完笑道："那你就是替民解忧的平安娘娘。"

五国城的君臣从朱皇后晕倒后就一直没敢惊动，钦宗日夜守在朱皇后跟前。一日正午，朱皇后突然坐起来问："哀家在哪儿？"钦宗说："皇后你醒了！"朱皇后说："我被三霄娘娘请去当值了，她们三位神仙要去天庭开会，我做了这几天的当值娘娘。"朱皇后还把梦里的事一一说给大家，听得徽钦二帝云里雾里的。

讲述：刘忠生

整理：徐东玮

16. 朱皇后魂断五国城

朱皇后是钦宗的正宫娘娘，是武康节度使朱伯材的女儿。她貌美如花、性情刚烈、聪慧贤德、为人正直，宣和七年，册封朱氏为皇后。后来金兵攻陷汴京，徽钦二帝和皇后都成了俘虏。徽钦二帝这些人一路北迁，到了上京之后徽钦二帝被要求换上女真人的服装，其他人被要求袒露上身，然后到大殿拜见金国皇帝吴乞买（金太宗完颜晟，编注）。

宋徽宗和宋钦宗等宋朝的俘虏跪在地上行君臣之礼，等候金国皇帝的发落。徽钦二帝分别被封为昏德公和重昏侯，宋朝俘虏则被当成物件一样随意进行买卖。虽然皇后没有被当成奴隶进行分配，但还是有不少金兵惦记朱皇后的美貌。仪式完毕之后，金国的皇帝招待徽钦二帝及金国的大臣喝酒，其中有一个金国的大臣金泽利酒过三巡，就想趁机打朱皇后的主意，硬缠着朱皇后饮酒唱歌，朱皇后被他气得心腹难受，金泽利借机用手去摸朱皇后，但朱皇后誓死抵抗，金泽利只好假意喝多返回座位。当天晚上，朱皇后想起做俘虏的屈辱和今天自己所遭受的侮辱，苦涩的泪水一滴一滴落在脸上，她乘人不备找了一根绳子，准备上吊自杀，多亏侍女及时发现才救下朱皇后一条命。

从上京出来后，徽钦二帝、朱皇后和那些宋朝的俘虏就继续北狩到五国城，一路过来朱皇后每天以泪洗面，郁郁寡欢。到了五国城，整个人已经瘦了一圈，吃不下东西，经常在噩梦中哭醒，钦宗看到十分心疼却又无能为力，也跟着上火，安慰朱皇后说："没事的，都会好起来的，我们现在是俘虏，凡事需要想开点。"朱皇后想到自北狩以来所受到的侮辱，再看看身边这个窝囊皇帝，所有的屈辱涌上心头，急火攻心躺在炕上不吃不喝昏睡两天。

第三天早上朱皇后睁开眼睛，看见钦宗端着碗坐在炕上，轻轻叫她："爱妃，你已经昏睡了两天，快起来喝点小米粥吧！"钦宗说完轻轻扶起朱皇后，朱皇后靠在钦宗怀里，钦宗一口一口喂朱皇后喝下小米粥，说道："你是我们大宋的功臣，生下嫡长孙，一定要保重好身体。"朱皇后说："放心吧皇上，我没事，好多了。"此时朱皇后的心里却有着另外一种想法，那日受辱之后，她就抱着必死的决心。她对钦宗说："下午我想出去走走，躺了这些天身子不大灵活。"钦宗说："下午我陪你出去吧。"朱皇后说："不用了，让侍女陪我就行，我也不远走。"

中午吃完饭，朱皇后就让侍女陪她出去溜达，朱皇后问侍女：“江在哪儿？”侍女说：“皇后身体刚好，别去那里溜达，江边风大。”朱皇后说：“没事的，我就想散散心，看看江水。”说话间二人来到了江边，朱皇后向着离岸边较近，水又深又急的地方走去，回头对侍女说：“告诉皇上我不能再陪他了，我先回汴京了。”说完，跳进了滚滚混同江，只露一下头就再也看不到了，刚烈的朱皇后就这样陨落在五国城混同江中。

讲述：徐东玮

整理：刘帅辰

17. 巴兰河香稻米的来历

金天会八年，宋徽宗和宋钦宗被囚禁在五国城，徽钦二帝刚来这个地方，那是心不甘情不愿啊！二帝在这五国城里生活清苦，跟以前在皇宫的生活没法比，唯一觉得好的地方就是这里的米饭特别好吃，这米香奇特，吃了第一口就想吃第二口，二人对此感到好奇：“这是什么米这么香？”这时旁边的禁卫接过话来：“这是巴兰河的香稻，这米来历还不小呢！”徽钦二帝又问：“那这米是什么来历呢？你给我俩讲讲呗。”这名叫居安的禁卫说：“这就说来话长喽，今天我就给你们讲讲巴兰河香稻米的来历。”

离咱们这不远有个长相俊美的姑娘，她种出来的稻子煮出来的米饭，香味儿顶风都能飘出去二十里，那米饭粒儿透明得像水晶一样。有一次我和我爹去放山，走得是又饥又渴，忽然看见山头有一处冒烟的地方，就直接往那里走。离小地窨子还有半里多地呢，就听见有条狗嗷嗷直叫，我们爷俩离房子不远的时候，从屋里走出一个姑娘。她吆喝她家那条小黄狗说：“你给我眯着。”又问我们是从哪里来的。我说：“咱们是邻居，我家在山那头——四块卧牛石下面那个山洞里。”

姑娘把我们爷俩带到屋里，一进屋里就见一个白头发老头在炕上躺着。就听那老头说：“姑姑你可真是的，来客人咋不跟我吱一声呢？”听他管刚才的姑娘叫姑姑，我们爷俩都蒙了。白头发老头叫我们爷俩坐下，我四下瞅了一圈，见他家屋里有个柜子通红通红的，上面有一把大铜锁。两把椅子铺的是一张金钱豹的皮，墙上挂一把刀、一把剑，然后还有一条虎尾三节棍。我坐在炕沿上，白胡子老头把炕桌放上后给我们倒了两碗茶水，就去外屋煮饭了。这饭刚开锅就香气四溢，我们爷俩不约而同地道：“这是啥大米啊！咋这么香呢？”那位白发老头说：“这米这么香是有一段来历呢！”

在我爷爷那辈，有一年四月初一，是地皇爷神农老祖的生日。那天半夜的时候我姑姑做了一个怪梦，看见一个人，身上挂着两片树叶，头上长两个犄角。那个人说：“巴兰姑娘，我是神农老祖，我领你去群仙聚会，你挨着我坐着，等他们让我喝酒的时候，你就把我给你的药偷偷放我碗里。临走时你再抓把籽带回来，记住了啊！”然后我姑姑就跟他腾云驾雾起了空，来到了一个地方。那个地方无论男女都光个膀子，下身都穿两片树叶。我姑姑吓蒙了，一声儿也不敢吱。这时候有个披头散发的人说：“地皇爷，今天是你大寿的日子，我们这上八洞仙人可都到了。”神农老祖说：“百草仙子，我要那几样东西你给我带来了吗？”百草仙子问百花仙子：“你带来没？咱一起献上去，让老祖乐呵乐呵。”只见一个头上长着百朵鲜花的姑娘说：“我带来了四时不谢之花。”百草仙子说：“我带来了八节长青之草。”二仙说完话就把两样奇珍异宝送到神农老祖面前。

这时百兽仙子说：“小仙带来一条小狗。”说着走到神农老祖面前，神农老祖笑说：“献上来吧。”百兽仙子伸开五个手指，只见掌心站着一条手指盖大小的小黄狗，它向神农老祖拜了三拜。百兽仙子说：“祖师爷，它给您拜寿了。”神农老祖乐得嘴都合不上了。百兽仙子接着说：“这小狗虽小，但耳朵特别灵，要有生人离洞府五里路远，它就嚎五声；离一里路远，它就叫唤一声。它的鼻子更灵，如果闻到有毒的食物，它的眼睛就像火虫似的，一闪一闪放出绿光；要是闻到坏人的气味，它就作呕。”神农老祖说：“看来这小犬比那杨二郎的哮天犬还厉害呢！”“小仙还给老祖带来一只绿豆大小的鹦鹉，它能知千里以外人仙动态、吉凶祸福，能说人话。这小东西晚间栖息在耳内即可，能知前后五百年的事，可预知天下大事、三界奇闻。”神农老祖说：“既然如此，就请鹦鹉小仙鸟入耳吧。”神农老祖觉得耳朵“嗡”的一下，鹦鹉就飞进了神农老祖的左耳朵里。

百谷仙子说：“祖师爷，今天我也带来了几样稀世之宝。”神农老祖说：“我知道，百谷仙子带来的这五种仙谷，需要天、地、人配合才能生长，缺一不可。百谷仙子，你快把这五谷稀世之宝的种法说一下，我让巴兰姑娘把它带回去，种下去让后世享用。”百谷仙子说：“这第一种，名叫‘稻’，它分水旱两种。旱的叫粳，水的叫稻，我带来的这稻种是张玉皇灵霄宝殿后，那二亩三分地种的。这米是三月三王母娘娘蟠桃会的御膳，人间是没有的，它需三月三日正当午时，用天河水浸种，再用十六岁的贞童女换水，僧道寡尼不能偷看，七天后把神稻秧插在黑龙土地上。等到幼苗长到半寸，栽在黑龙土池中放巴兰河水浇灌。到稻花飘香时，蜂蝶云集，百鸟齐鸣。八月仲秋时，香稻就成熟了，采割后每天晒一晒，干了以后给它碾开，那大米粒像水晶一样透亮。煮的时候香满山坡，病人闻到，顿开郁结，那大米的香味真是香气无比。”神农老祖说：“我在洞中掐指一算，就知道今日必得奇珍异宝。”百谷仙子道：“领此稻种者请站出来。”这时我的小姑姑站了起来。百谷仙子说：“姑娘叫什么名字？”小姑姑说：“我叫巴兰。”百谷仙子说：“那你就是这宝稻种的主人了。”说着在腰间取下一个小黄布包，双手恭恭敬敬地举过头顶，小姑姑恭恭敬敬地接了过去。神农老祖说：“巴兰姑娘呀！这件稀世之宝和刚才那几件可不一样，那个指甲犬、绿豆鹦鹉传不了几代就可能绝种了，这个稻种找到了主人，它将千秋永世供人间享用。”

神农老祖说：“今天是我大寿之日，咱们得喝个痛快。”众仙都来献酒，头一个献酒的仙人长得满脑袋瘤，金鱼眼凸于眶外，再往他身上一瞧更吓人，浑身上下长满了毒瘤，有大有小，癞嘟嘟的，他就是百毒仙子。手举一碗闻着刺鼻子的百毒液递给老祖，神农老祖一笑接了过来说：“多谢大仙盛情。”神家老祖一口就喝了下去，众仙都为祖师爷这一举动捏把汗。第二个敬酒的是百花仙子，她这碗酒是用闹羊花、阳金花、巴豆花、桃花、蝴蝶花酿制而成的，道行浅的仙人喝了她这碗粉红色的酒就要丑态百出，神农老祖一口喝下。第三个敬酒的是百妖仙子，她的酒是百妖的尿炼成的，即使道行再深者闻到这酒也受不了。神农老祖不在意地一笑道："多谢仙子盛情，我干了。"他接过来一仰脖就全喝了下去。第四个站起来的是一个脑袋都分了叉的仙子，仙子说："不受魔不成佛，我敬老祖一碗百魔血。"这位是百魔仙子，她这碗酒如果凡人喝下去，那是瞬间灰飞烟灭。神农老祖哈哈笑道："来吧，干了。"接过去一口全闷了，这时我小姑姑赶紧把神农老祖给她那小药丸化在自己跟前的水碗里，她抢先一步说："小女也提一杯自家酿的米酒。"神农老祖接过又干了。百谷仙子道："老祖你过了五关。"这时大家都来向老祖敬酒，左一碗，右一碗，我小姑姑一看，众仙都已经被老祖喝趴下了。神农老祖说："巴兰啊！刚才你都看见了，各洞仙子也是鱼龙混杂，有的人敬酒没安好心，我要是德行、道行浅那可就坏了。这四碗毒酒至少要损我五千年道行，在紧要关头你把解药呈给了我，助我闯过此劫，为此我收你为徒。"

神农老祖看各洞仙子互相敬酒都醉倒了，对巴兰说他们不仁，我不能不义，我这有解药，你把它化成水，往他们身上喷，不一会儿工夫，他们都会醒来。巴兰按老祖说的去做，用解药喷醒了各洞神仙。老祖见他们一个个醒来说："天快亮了，大家各回洞府吧。"只见神农老祖一声法旨，各洞仙人驾起祥云，有的骑鹿，有的跨鹤，飞回各自洞府。神农老祖叫巴兰站在一个柞树叶上，轻轻吹口法气，这柞叶便化作一只五光十色金凤凰。巴兰跨上金凤凰，神农老祖跨上独角金牛，两人驾着流霞紫雾回到了小地窨子。神农老祖说："巴兰姑娘明年三月三我来帮你取天河水育种，育种那天要静气平心，无论遇着什么事，你都不要把稻种扔了，你只要大喊一声'神农老祖快来救我'，就可化险为夷。千万记住了。"说完神农老祖一拍金牛，只听那牛"哞"的一声，连牛带人化阵清风而去。

第二年三月初三冰雪融化，巴兰姑娘按百谷仙子的嘱托，她斋戒沐浴后，静等天河水浸种。天刚交巳时，就见东北边天上来了一个大旋风，这旋风有如牛吼上粗下细，它直奔巴兰姑娘，一打旋就把巴兰卷走了。巴兰姑娘在半空中高喊："神农老祖快来救我。"

三月初三神农老祖正在瑶池蟠桃会上和天皇伏羲、人皇轩辕喝酒，伏羲老祖说："二弟，你快下去吧，你徒儿巴兰有难，她被东北沟的一个木妖抓去了。"神农老祖本来今天准备午时二刻离开瑶池去帮巴兰育种，结果这天刚交巳时就出了乱子。他急忙向天皇一拜道："大哥，你把这木妖的根底跟老弟交代一下。"伏羲说："这木妖是一个千年得道的站干松树，它染上了人的中指血，时间长了便修炼成人形，自报家门姓战名乾字立枯，你降伏它易如反掌，但巴兰姑娘在它的手上只可智取，不可鲁莽行事。"神农老祖对天皇说："那麻烦大哥跟王母说一下，老弟去救人先走了。"说完神农老祖跨上独角金牛，直奔东北沟而来，十万里路，不过三刻就到了。

神农老祖摇身变作一个庄稼院老头，又一指他的金牛，金牛立刻化作一个美丽的村姑。二人装作走亲戚的人正往东走，被一个狼首人身的山妖拦住，喝道："老头你要干什么去？"老祖说："我侄儿战乾今天结婚，我领他表妹前来贺喜。"这个山妖一听，狼嘴一咧哈哈大笑，这一笑比哭还难看，笑完了还有个回音勾一下，狼妖道："小妖有眼不识泰山，这就领你老人家去。"走了半个时辰，就听山上有吹吹打打的声音，离山不远时狼妖说："我去禀报二寨主，他马上就来接你。"狼妖进去不大会儿工夫，就见里面走出一个獐头人身的妖精。它见老头拜了一拜道："老人家大驾光临有失远迎。"老祖说："都是自己家里人客套啥！我侄儿立枯在哪儿呢?”这二寨主说:“寨主正在果仙厅等时辰呢!他说等到午时三刻就和巴兰姑娘拜堂成亲。”老祖说:“那巴兰在哪儿呢?”二寨主说:“这巴兰自从被抓来就是一直哭,我刚才派使女劝她呢!”老祖说:“这小事就交给我吧!这巴兰是我妹妹的老丫头,她和战乾是姑舅亲,我老姑娘这不也来了吗,金萍你去劝一劝你巴兰姐姐,她还想找啥样的啊?这大寨主一表人才我看挺好。”只见金牛化身的“村姑”说:“麻烦二寨主领我去见我姐。”这时獐头妖精道:“我不是信不着二位,我这坐二把交椅的,不敢擅自做主,我得先去问一问我大哥有没有这门子亲戚。”说完连跑带颠直奔大寨。这时一个白面狐狸精说:“这二寨主真是啥也不是,这老爷子的面相和我们大寨主长得多像啊!我领你们俩去看看巴兰,早点劝好早点成亲,别耽误老爷子抱孙子啊!”说完做了一个鬼脸。老祖趁这个机会说:“这位姑娘还是你有心啊,等办完事我跟我大侄提一嘴,提拔你当二寨主,刚才那个獐子精不行,太笨了。”白面狐狸一听这话乐得找不到北了。她领着二人直奔关押巴兰的石洞口。

这看守洞口的是一个虎头人身的妖精,问道:“你们有大王的金牌吗?没有不让进。”老祖瞪眼道:“你们都是干啥的?我是你们大王的亲叔还需要金牌?你是不是活腻歪了?”这虎头妖赶忙满面堆笑说:“老爷子,不知者不怪嘛,有你这句话就得了呗。”说完它就把洞口千斤重的大石头挪开,老头看见里面一群兽面人身的小妖正在那围着巴兰嘀嘀咕咕地说话。这时老祖说:“都闪开,我们来领巴兰去拜堂。”巴兰一听说领她拜堂,气得她猛一头撞向洞口的巨石。神农老祖一把拉住巴兰说:“巴兰你连师父都不认得了?”巴兰一看这老头有些面熟,但是想不起来什么时候见过。神农老祖道:“我领你去神农岗、醉仙洞的事你忘了吗?”巴兰是个聪明绝顶的姑娘,她一听就知道是神农老祖来救她了。她马上说:“我知道了,一切听老爷子的。”老祖说:“你快点梳洗打扮一下和战乾寨主拜堂成亲,然后咱们回山省亲。”巴兰见老祖给她使了个眼色,马上就明白了。老祖接着又说:“金萍快点帮你姐姐打扮打扮。”金萍马上给巴兰描眉打鬓,涂脂抹粉。这边正在化妆,只听山前喊声连天,老祖一看,一个大高个子领百十山妖水怪手执棍棒,直奔这边来了。二寨主说:“快点把这白胡子老头拿下,他不是大寨主的叔叔。”大寨主战乾手执长矛直奔老头咽喉就刺,神农老祖那是连躲都不躲,大骂道:“战乾,你这个小兔崽子,连你叔叔都不认了,你想遭雷劈吗?”但凡是妖精那都是最怕提“雷”字,他一听“雷”字,手一软,枪就落在地上了。老祖说:“我不是你叔是谁?你真是狗咬吕洞宾不识真假人,巴兰让我和金萍给劝好了,你俩快点回大寨拜堂吧。”战乾一听乐得不知说啥好了,不管这老头是不是真叔叔,只要巴兰同意嫁给他就行。马上八拜九叩道:“叔叔,您老人家那可是宰相肚子能撑船,别跟我一般见识。”老祖说:“你快起来吧,别丢人现眼了。”这帮山妖水怪众星捧月地把老祖领到大寨。战乾说:“叔父大人您就替孩儿主婚吧!”神农老祖说:“行,巴兰、金萍你俩跟我出来一趟。”于是二人跟老头走出寨外。这时神农老祖冲巴兰吹了一口气,就把巴兰变作金萍,他又对金萍吹了口气,又把金萍变作了巴兰。

老祖把两个姑娘领进大寨,神农老祖坐在上面,这白面狐狸当上了司仪,它放开尖细的嗓子喊道:“一拜天地!”这战乾和“巴兰”连叩三个头,“二拜高堂”时二人给神农老祖连叩三个响头,“夫妻对拜”战乾和“巴兰”对拜起来,没等二人拜完,这群妖怪笑倒一大片,大寨主战乾没弄明白怎么回事。这时二寨主说:“大王啊！你怎么和一头大公牛拜起天地来了?”战乾一瞧,对拜的确实是一头独角金牛,眼睛瞪得好像豆包子似的哞哞直叫。战乾刚要操起矛,神农老祖一个大耳雷子把战乾扇倒在地,说道:“我是地皇爷神农老祖,你胆敢把我的徒弟巴兰姑娘抢来,你是不想活了?”战乾赶紧说:“上仙饶命,小妖再也不敢作孽了,望上仙怜悯我千年苦修把我放了吧!”神农老祖说:“我这个人有好生之德,放了你也行,但你不能和巴兰为敌。”战乾发誓道:“上有天,下有地,如果战乾再找巴兰姑娘的麻烦,必遭天谴、雷诛,永世不得托生。”神农老祖一抬手,战乾化作一溜烟向南遁去。神农老祖说:“二寨主你想怎么办?”这獐子精当时就跪在神农老祖面前边哭边说:“望上仙怜悯赐我一条生路。”神农老祖说:“你没有大孽,放你回大山里,修身养性,治病救人。”那獐子精又拜了几拜,化作清风而去。神农老祖又对群妖说:“你们都回山里好好修行吧。”众妖如逢大赦各奔西东,巴兰拜别老祖后驾着金凤回到了家。

她见地窨子走出来这个白发老人长得好像爹爹,但细看又不是,巴兰姑娘说:“这位老爷子,我打听一个人,您老认不认识巴常山?”老头说:“姑娘你找谁?”巴兰说:“我找巴常山。”老头一愣说:“小姑娘你这么点岁数怎么拿我老头找乐子呢?”巴兰说:“不知道就算了,我可不是没事找你乐子。”老头面带怒色说道:“那你上南山去找他吧,他是我爷爷,我现在都八十一岁了。”巴兰一听眼泪就下来了,我走时候我爹才四十多岁呀！老头说:“爷爷在世时,每年到四月初一他都哭,说我大姑娘巴兰是那天在山上走丢的,然后就再也没回到家里来。”巴兰说:“我就是四月初一和神农老祖走的,走了还不到一年,家咋变成这个样了?”“你是巴兰？我不信,我姑姑走时还没生我呢!”巴兰说:“我真是巴兰,我爹名叫巴常山,我娘名叫兰翠花,所以我就叫巴兰。”老头说:“我爷说过我大姑左手有六颗红痦子,我看你有没有?”巴兰把左手伸开,老头一看说:“真的是我大姑！您老人家回来了,快跟小侄进屋吧。”

巴兰进了地窨子,一见这口通红的柜子更哭得伤心了,她对老头道:“这柜是你奶奶娘家陪送的,除了我谁也打不开它。”老头说:“大姑,你这一百多年,到底上什么地方去了?”巴兰把遇到神农老祖和获得宝稻,还有被妖精抓走的事详细地和她的侄儿说了一遍,洞中方七日世上已百年啊！巴兰说:“大侄你还有什么后人?”老头说:“我二十岁那年结婚,你侄媳妇生了两个小子、三个姑娘,他们长大了嫌咱们深山里憋屈,都搬到山外五国城去了,一年回来看我一次,我孙子、孙女都比你岁数大。”巴兰说:“家有家法,铺有铺规,他们多大也得喊我姑太奶。”“大侄你大号叫什么?”“我叫巴铁山。”巴兰说:“铁山,今年三月三日我奉神农老祖法旨,在那天午时三刻接天河水浸种,这天你给我把门,不许闲乱杂人闯进来,冲撞了咱宝稻。”老头道:“大姑您老就放心吧！有小侄看守万无一失。”

正日子这天巴兰姑娘把神农老祖的牌位供上,把八十一粒稻种放在瓷缸内,巴兰姑娘盘膝正坐,双手合十抱元守一,等待天河水。天交巳时,西北乾天来了一块五彩祥云,天到午时三刻,中间这块乌云降雨时好似倾倒天河,这雨足足下了一个时辰。这股净水如公牛似的开了一条长达三十里的河,这条河碧绿澄清(人们为了纪念巴兰姑娘,便给这条河起名叫巴兰河)。巴兰姑娘把这八十一粒稻种,用天河水浸泡,七天后发芽了,巴兰把神农老祖赠给自己那把黑土放在桦皮盆里,然后把八十一粒稻种按八卦九宫插在黑土上,等太阳出来时，再把稻秧子端出去，等日落时再端回来。每天用天河水浇灌，等到稻秧长到一寸多高时，又把这八十一棵稻苗栽在门前的小稻田池子里，稻子扬花时，这稻花香气沁人心脾。到了秋收八月，这八十一棵稻上有稻种一百零八粒，就这样巴兰姑娘把巴兰香米培育成了。

徽钦二帝问道："这么说这香稻米饭比刚才做的大饼还好吃吧？"居安说："巴兰香稻饭那可是连神仙都愿意吃，听巴兰说她每年还得给神农老祖留出来三斗三升米，听说是王母娘娘蟠桃会上群仙都要尝尝这巴兰香米。你俩如果感兴趣，以后有机会我领你们去一趟巴兰她家，认一认仙姑的门，人家巴兰都一百多岁了，看上去还和十七八岁小女孩似的，她大侄都八十多岁啦，还得喊她大姑，你们想不想去看看？那才有意思呢！"徽钦二帝赶紧说："有机会咱们拜访一下巴兰仙姑，顺便咱也向她要些稻种，等回五国城四合院，咱们也种三亩稻子，尝尝这巴兰香稻米。过两天咱们就和刁古乃将军说一下，就说想出去溜达溜达。"

三天后徽钦二帝动身跟随居安去拜访巴兰仙姑。三人顺着羊肠小路直奔巴兰仙姑的小地窨子，这天巴兰闭目盘腿在炕上打坐，猛然间睁开眼睛掐指一算笑道："原来是有三位贵客来访。"她喊道："铁山，快点抱柴烧火。"老头说："大姑，您老又犯什么邪？"巴兰说："两个时辰后，咱们草舍要来三位贵客。"老头道："咱们这穷乡僻壤的能有什么贵客？"巴兰道："一位是当今太上皇宋徽宗，另一位是当今皇上宋钦宗，还有禁卫居安。你小子少跟我顽皮，快把那五谷神米给我一样来一大碗。"老头也不敢怠慢，这五样米分别是：巴兰香稻米、丹青红高粱米、红石村玉米粒子、天柱山产的十里香谷米、四块石产的大黄米。

巴兰先把这五样米都用巴兰河水浸泡后捞了出来，然后用碗扣在帘子上，每碗放三粒莲子、五枚红枣用文火蒸。小菜都是山中所产的，第一盘是黑瞎子要棍——木耳炒绿豆芽子；第二盘是白虎卧沙滩——豆腐和盐面儿；第三盘是孙大圣捉山妖——猴头儿烩山菇；第四盘是紫霞伴青云——茄子炒青椒。饭菜都备齐了，巴兰姑娘接着坐在炕上闭目养神，绿豆鹦鹉道："主人，贵客离咱们这还有二里之遥，快叫咱大侄放桌子吧。"老头说："大侄儿也该你这个扁毛畜牲叫的？"绿豆鹦鹉说："我管巴兰叫姐姐，你说我不叫你大侄子叫啥？"老头正和鹦鹉拌嘴，这时指甲犬蹦下地，高声汪汪！

这巴兰姑娘心灵手巧，她自己编了一个龙头凤尾的柳条筏，铺上桦树皮，她从源头坐上，任其漂流，她躺在筏上自由自在地歌咏。漂流时遇到一个青年坐木排漂流，巴兰问这小伙是哪里人氏，姓甚名谁，那小伙道："我是本地五国城人，姓华双字丹青，生平爱好画画，无师自通地画了好几年，后来听说南朝的道君皇帝的画登峰造极，想通过人结识，拜他为师。"巴兰告诉他："明年四月十三到十五，这几天你常往我家来吧，必定会碰上贵人领你拜师。"

禁卫居安边说边走，一抬头，到了巴兰的小地窨子。巴兰带着巴铁山迎了出来，老头道："昨日灯花曝，今天家里来了贵客，快屋里请。"三人刚进屋坐好，就听巴兰袖子里"汪汪"地叫了两声，巴兰道："丹青来了，一会儿我让他拜见三位贵客。"居安笑着说："华丹青是你未来的夫婿吧。"巴兰脸红说："别胡说八道，大侄辛苦你一趟，快去把丹青接来，咱们好开饭。"老头一笑，道："谨遵大姑法旨。"六个人坐下后，巴兰说："四位贵客光临寒舍，薄酒素菜不成敬意。"徽宗赞不绝口地说："五种米饭各有各的特色，各有各的风味，好极了。"钦宗也说道："这些饭菜比皇宫里的饭菜还好吃。"酒足饭饱，徽钦二帝便和巴兰仙姑探讨香稻种法，还拿了一些种子回五国城试种，徽宗还与华丹青探讨了字画的技法，徽宗告诉华丹青还可以去五国城找他一起画画。众人一直聊到了傍晚才起身回到了五国城。

讲述：刘忠生
整理：刘帅辰

18. 徽宗死因的传说

相传离依兰县城东南十公里处，有一条状山脉（就在金兀朮演武基地的正南方不过一两公里），徽宗死后被金兵火化炼油的尸骨就埋藏在了这里。

公元1127年，是北宋靖康二年二月六日，金军命令宋钦宗跪听金太宗诏书：宣布宋徽宗与宋钦宗废为庶人，然后下令当场剥去宋钦宗的皇帝装。

四月初一，宋徽宗、宋钦宗父子二人，皇后、嫔妃、皇子、公主（帝姬）、亲王、宗室、外戚和朝廷大臣，甚至包括伎艺、工匠、厨师和娼优等各色人等约万人一起掳掠北上。到达金国首都会宁府，金人还要举行献俘仪式。宋徽宗宋钦宗两位皇帝，还有后妃、宗室、诸王、公主（帝姬）和驸马等，都得穿上金人百姓的服装，头缠帕布，身披羊皮，袒露上体，到金人的宗庙行“牵羊礼”。

有一次，宋徽宗父子遇到一位来自汴京的老人，回忆往事，三人抱头痛哭。被五国城的统领看见了，命令士兵抽打了父子二人各五十鞭子——宋徽宗当晚将衣服剪成条子准备结绳悬梁自尽，恰被宋钦宗看见从梁上抱下来。然而，父子俩也只能抱头痛哭。长期艰苦的生活以及被俘后的心理落差，精神与肉体双重折磨，使五十四岁的宋徽宗病得很厉害，不久就死在土炕上了。等到宋钦宗发现时，尸体都已经僵硬了。即使这样，金人也没有放过宋徽宗，他的尸体被架到一个石坑上焚烧，烧到半焦烂时，金人又用水灭火，将尸体扔到坑中。据说，这样做可以使坑里的水变成灯油。悲伤不已的宋钦宗见状也要跳入坑中，但被金人拉住，说活人跳入坑中后，坑中的水就不能当灯油用了。徽宗被焚尸后，钦宗趁着天黑，派人偷偷把父亲的残骨捡放在一起，埋在了依兰东南十公里条形山岗上。这里葬着一位没落的皇帝，怎么说也是龙冢，所以后人亲切地叫它“老龙岗”。

直到1141年，南宋与金国达成“绍兴和议”。作为和议的一部分，宋徽宗灵柩和宋高宗生母韦氏被金国送还宋朝。

由于当年徽宗的埋藏地点找不到了，金人交不了差，就找来了“能工巧匠”做了一个木头人放在棺椁里，替代了徽宗。只有钦宗知道，父亲尸骨早已经被金人给焚烧掉了，埋骨的地点因为天黑也记不清了，另一个角度也是为了大宋声誉，就把不便公开的秘密隐藏在心里，毕竟是一段耻辱啊！所以大臣们要求开棺验尸时，钦宗没有答应。以不便打扰父亲故去的英灵为由，直接把宋徽宗的灵柩放入椁（棺材外面套的大棺材）中，并在椁中放入礼服和陪葬器物，葬入永佑陵中。要不是多年以后的盗墓贼，真相或许将永远掩盖下去，从而在三姓这座古城中留下了“老龙岗”这样一段凄凉的传说！

讲述：刘玉林
整理：刘帅辰

19. 金花、银花救灾民的传说

这一年，松花江涨大水，把五国城淹了。没想到入冬了，水还是没退。五国城不少房子都倒了，而且瘟疫流行也死了不少人。泡在水里的庄稼颗粒无收，吃的东西越来越少，就在人们饿得不行时，出现了一件怪事，往年入冬后下的都是雪，今年却突然下了好几场白面。五国城里家家户户都把白面囤起来，人们蒸馒头、擀面条、打烧饼，终于能吃饱饭了。

原来五国城东山二百米的山腰上有座额且洞，洞里住着两个女仙姑，一个叫金花，一个叫银花，在此地看管下雪，她们把守着额且洞。这年入冬前，金花出去云游，留下银花看守额且洞。银花看见饿死了不少人于心不忍，就在应该下雪时，她却把堵白面洞口的石头搬开下起了白面。金花仙子回到额且洞问银花仙子是不是开错了洞口，银花仙子说："没有开错，我实在看不下去，饿死那么多人，就把下白面洞口的石头搬开，救济穷苦百姓了。"金花仙子叹了口气说："你这样做是违反天规的，咱俩下山看一看，如果老百姓知道感恩不浪费粮食节省着用，就算天帝降罪，咱们这份善心也算没白费；如果老百姓不拿白面当回事，把粮食糟蹋了，那我们也不用再可怜他们。"银花觉得金花说的在理，连连点头表示同意。

姐妹俩化身成两个乞讨者，从东门进入城内，先来到了城东头第一家，见一个妇女正在厨房烙白面饼。银花装出饿得有气无力的样子说："大嫂，我们家被大水淹了没有吃的，你行行好给一点吃的吧！"那妇女一见两个破衣烂衫的姑娘，就不给好脸色地说："出去出去，我家没东西给你们吃！"金花问："你不正在烙饼吗？""啰唆什么，我这饼是给孩子当尿垫子用的，不是给你们吃的。"那妇女说着抄起烧火棍把姐妹俩赶出了门。

姐妹俩又来到第二家，一进院，就看见满院子的人都在忙活，有的人把白面装进口袋，存到仓房里，袋子一直垛到顶棚，有的人在用筛子过滤白面里的沙土。原来这里住的正是宋徽宗，他正帮忙做早饭，熬的是面糊糊。金花觉得很奇怪就问："这有许多白面，你们怎么喝稀的？"徽宗回答："你们不知道哇，我们是饿怕了，如果每顿都能吃到一点，也就知足了。"听了徽宗的话，姐妹俩对视了一下，都赞同地点点头。银花对徽宗说："你们东院那家的人抡烧火棍把我们赶出来了，你领我们到西院邻居家看看他们怎么吃白面的。"

徽宗领着姐妹俩进了西院，见炕上无精打采地躺着一位大嫂，金花趴在炕沿上问道："大嫂你病了吗？"大嫂低声说："我要饿死了！"徽宗感到奇怪说："你脖子上不是套着烙饼吗？"大嫂一瞪眼说："前边的让我吃完了，可后边的没人给我转过来，吃不着。"气得金花、银花掉头就往外走，边走边说："这大嫂叫什么名？怎么懒成这样？"徽宗说："听说叫兰珍。"金花气愤地说："懒成这样她就该挨饿。"

徽宗又领着金花、银花来到另一户人家，进了大门，就见他家的猪食槽子里是白面，鸡食盆子里也是白面，连马槽子里的草都拌着白面。进到屋里，一位老大妈正给小孙子擦屁股，细瞅，擦屁股的居然是薄薄的春饼，银花问："大妈，你叫什么名？"她回答："我们家掌柜的叫赵大，人们都管我叫赵大妈。"金花不满地质问："赵大妈，你怎么能这样糟蹋粮食呢！"赵大妈头不抬眼不睁地说："姑娘，天上下那么多面，糟蹋点算个啥？"

姐妹俩又和徽宗走了几家，有很多家与这家的情况差不多。金花对徽宗说："看来，就你们知道珍惜粮食，你们院里的白面就不收回了，有事到东山额且洞找我们姐妹，凡是不知道珍惜粮食的，他们的粮食就都收回去了。"姐妹俩走后第二天，徽宗就听东院、西屋、前街的妇女哭叫："一夜之间白面都不翼而飞了！"没吃的，她们就管徽宗他们讨白面，讨回来不敢做干粮，只是做面糊糊喝。

到了第二年五月，三天两头还刮大烟炮，往年到这时冰雪早就融化了，可今年还像寒冬腊月似的。人们慌了，不知道怎么办，都在想是不是因为浪费粮食被老天惩罚了。徽宗想起金花、银花走时说的话，蹚过小河，穿过密林，攀上山崖，来到额且洞找到姐妹俩。金花说："我们要多下雪刮烟炮，惩罚那些浪费粮食的人。"银花说："看她们浪费白面把我气坏了，所以到现在没堵雪洞口。"但姐妹俩还是来到雪洞口，只见呼呼地还往外冒雪花呢，银花抱起石头把雪洞堵上了，打开了春天的洞口。

徽宗感到脸上有热气扑来，脚边的雪就化了，流成潺潺的小溪。徽宗非常高兴，见到雪洞口有一块平整的石壁，一时兴起，抄起一把扫帚，蘸饱了溪水，在石壁上写了两个一人多高的大字——"迎春"。据三姓老人传说，宋徽宗用水写的大字"迎春"系草书，印在了石壁上，每年只有开春头几天才能显露。

讲述：吕　品

整理：刘忠生

20. 习古乃听宋徽宗讲毛驴子溜须的故事

习古乃将军是五国城金人最大的官，可是他一点儿架子也没有，经常来地窨子与徽宗闲聊。有一天，习古乃领着八达曷和庆哥又来徽宗这里，徽宗把习古乃将军让到炕头坐，冬天的时候北方寒冷，炕头热乎。习古乃说："我们是来听德公讲瞎话来的。"徽宗说："恭敬不如从命，今个就讲毛驴子溜须的故事吧！很早以前啊，有这么一家养了一条狗和一头驴，狗呢看家护院，毛驴子磨磨拉车。本不相干的两个动物怎么会扯到一起来呢？话说主人这条狗吧，没别的爱好就会溜须，在主人面前前蹿后跳，又贴脸又舔手的，主人好不喜欢，当着宠物养着。毛驴子看见就很不服气，心想有什么呀，你也不会推碾子，也不会拉磨，更不会拉车，你不就会溜须吗？我也会。于是毛驴子学着狗的样子，看见主人走过来，它把兜嘴蹭，在主人身前身后前蹿后跳，给主人弄蒙了，心想这毛驴子今天也不知怎么了抽什么邪风？一来气抄起鞭子就是一顿抽。"

毛驴子没溜须好还挨顿皮鞭子抽，几人听后都哈哈大笑！习古乃说："德公讲得太好了，再讲一段。"徽宗说："好吧，我还接着给你们讲。话说这头驴挨了鞭子后，整天郁郁寡欢心中不舒服啊，在一次拉磨时不小心走神了把腿崴瘸了，待了好久也干不了活。主人一商量说还是杀了吧！吃肉算了，反正也干不了活了。主人开始磨刀，磨完了就把毛驴绑上了，可是当主人找刀的时候怎么也找不到刀了，正生气呢，看到地下趴着的小毛驴就是一脚，小毛驴踢疼了站起来的一瞬间，主人看到了刀就在小毛驴身下压着呢，主人一看小毛驴虽然是个牲口都知道救母，太感人了。从那以后，主人没有杀驴，反而把它好好地养了起来，把这两头驴一直养到抱重孙子了。”

讲述：刘忠生

整理：徐东玮

21. 徽宗五国城办学馆

徽宗到五国城之后，他的皇子又给他生了十多个孙子，自己的妃子也生了五六个孩子，工匠们也生了十来个孩子，转眼间这些孩子都到了该启蒙念书的时候了。这天八达曷又来和徽宗喝酒，不大会儿工夫门外站了十多位七八岁的孩子，男孩穿的黄马褂，女孩穿的红褂，每人举一酒盅，来给八达曷敬酒。把八达曷乐得不知说啥好了，忙问徽宗：“德公礼下于人必有所求，有事您就说。”徽宗说：“你猜对了，这些孩子都到了该上学的年龄了。”八达曷说：“我明白了，回去我向习古乃汇报，他会同意的。”

第二天，八达曷骑快马去松花江北大营，掏出徽宗的信，习古乃说：“这事还用问我？不论哪国的孩子，到了适合教育的年龄都应该让他们读书。”拆开信后，一看惊呆了，早对徽宗字画有所耳闻，闻名不如见面啊，这字写得太漂亮了，真是笔走龙蛇啊！我要好好珍藏起来。你回去告诉徽宗：‘我同意办学馆，教书先生由德公自己定夺吧。”八达曷回来见到徽宗说：“习古乃非常满意您的书字，并让我转达您，即刻操办学馆。”徽宗说：“我眼底下的文臣虽是不少，可不知道谁行啊？听人家说洪浩在冷山教学呢，能不能叫他来？”八达曷说：“这样的人才怕冷山不放，我们还是就地取材吧！”尧臣说：“咱们在金銮殿有个铲地领头的猪胳膊先生出口成章，让他教这帮孩子是‘老太太擤鼻涕——手拿把掐’。”徽宗说：“尧臣你这就骑马把他叫来我看看怎样。”尧臣骑上马一阵风去接猪胳膊先生。

大约一个时辰后，一个四十多岁红脸汉子来到徽宗跟前说：“参见太上皇。”徽宗说：“平身吧。”徽宗见此人浓眉大眼中等身材，左臂有一片巴掌大黑毛，忙问先生黑毛是怎么回事，先生说：“回太上皇，这一块猪毛是有来历的。”于是他就将怎么托生一胳膊猪毛的前因后果一一道来。

原来，先生未托生前就是个教书的先生——有一天正教孩子们四书五经，进来一个人给我一张请帖，叫我去邻村吃喜酒。我走时告诉“大学长”领着大家背书不许淘气。我酒足饭饱回来先来到茅厕，刚蹲下就见大墙向我砸来，我一蹿就跑出来了。往常每次进学堂前，我会先使个动静咳嗽一声，就该有人喊先生回来了，孩子们立刻鸦雀无声。可这次我连使几次动静，孩子们却像没听着似的，还唱着《四郎探母》，我心想这帮小羊羔子，我歇会儿再收拾你们，我进屋躺下，他们也像没看见似的连蹦带唱。

这时由窗外飘进二人，一穿白一穿黑进来就对我说：“走！”不容分说用锁链套上我拉起来就走。冷风刺骨的，不大工夫来到一个有门没窗的地方，他们二位说：“你先在这蹲一会儿，我们问问你犯了哪条？”我就蹲在门东旁，这时由屋里出来一个人手里拿着好多件衣服，我蹲在那冷得很，就说："先生把你手中的衣服借我一件，我实在冷得受不了。"那人顺手扔给我一件，我穿上后暖和多了。这时那两位出来说："起来送你回家。"我站来就跟他们俩走，不大会儿工夫他们说到了。我一看是个三角的土房，他俩说："你扒窗户看一下。"我扒那往里一看，就觉浑身一热，随后变成了一个花腰子猪羔子。我当时心里很明白，告诉自己不能吃猪奶。不一会儿掌柜的来了，看一会儿看到九个猪羔子都在吃奶，只有花腰子不吃奶，他想看我是不是长牙了，掰呀掰得满嘴都是血。这回我心想，可别再吃眼前亏了，吃奶吧。过了两个多月就听主人说："把障子好好挟一挟，明个劁猪别让它们跑了。"我听着吓得魂都没了，趁没人我拱开一条缝逃了出去，后来在高粱地里絮了个窝。

一晃开始割地了，割到我跟前我"哼"的一声蹿出来，东家看到说："这不是上次劁猪跑掉那个花腰子猪吗？打、打、打！"一棒打在我耳根子上，我不知不觉又回到那个借衣服的地方了。挟衣服那人来了说："把衣服还我吧，快穿一年啦！"我说我冷他也不听，不容分说伸手往下扒，我拽住袖子就是不松手，他使劲一扯，落下一块，他骂骂咧咧地说："没见过你这样的。"我正冷得没法，那黑白二位又来了，看到我了说："走，这回送你去个好人家。"呼呼一阵响，大约半个时辰，他俩说："到了。你扒窗户看看。"我扒窗一看又觉得身子一热，躺在一家炕上了，这时来了一只猫舔我，我说："猫。"我爹说："这孩子刚下生就会说话是个妖精吧？你看他胳膊上还有块猪毛呢！"我妈说："我十月怀胎不容易，他是我的心头肉啊！你是不是听错了？等他再说话再扔也不迟。"我吓得再也不敢说话了，从此，人家都以为我不会说话。

有一天我哥哥不愿意写信，我心疼他就替他写了一首诗。第二天老师问我哥哥："是你写的吗？"我哥怕替写挨揍，就没敢说实话，老师也看出来了就说："你撒谎也打你，说实话到底谁替你写的？"我哥怕挨打就实话实说了："我家小弟写的。"先生不信就让哥哥把我叫来当面写了一副对联，我提笔写了："日月两轮天地眼，诗书万卷圣贤心。"先生当时惊得是目瞪口呆："这书我是教不了了，我写得还不如小孩子呢！"从那以后我就开始教书了。徽宗听罢叹息道："看来真有今生前世啊！我从今要写悔过录！"大家听后惊叹不已，"猪胳膊先生这帮孩子就交给你啦。"第二天，八达曷、习古乃又送来十多个金国的孩子，后来，洪浩、朱弁来探望徽宗时特意看看这位猪胳膊先生。

讲述：刘忠生
整理：徐东玮

22."驴头平章"抢亲

话说这徽钦二帝被囚禁五国城坐井观天，金国表面看似对二帝管理松散，其实帐营十里之外按八卦乾、坎、艮、震、巽、离、坤、兑八个方向都有三百金兵严格把守，想要逃出去那是比登天还难啊！话说，这西北乾字帐的平章名叫雅力金达，外号"驴头平章"，他有个毛病那就是见到漂亮女人就迈不动步。有一天他骑着马去巡山，走着走着口渴了，于是来到一家找水喝，见这采参老头的姑娘长得如花似玉，顿生邪念。这驴头平章看得两只驴眼发直，看着看着就往姑娘跟前凑去，用手去摸姑娘的脸，姑娘一闪回手给他一个大嘴巴，打得"啪"

一声，姑娘说："你放尊重点儿！""驴头平章"一声奸笑："什么叫尊重？两天后我领兵来娶你！"说着由怀中掏出五锭金元宝放在炕上说："这是聘礼，留给老爷子买酒喝，后天我来迎亲。"说完扬长而去。

这天，完颜铁英领着张金虎按八卦乾、坎、艮、震的顺序逐个巡查，第一个就是"驴头平章"雅力金达。二人骑马来到山坳处，忽然冲出一只野鸡，两匹马吓得一摆头，冲着挖参老头家的青山屯跑去。说来也怪，离老头家不远了，马也放慢了脚步，离房子不远隐隐能听到有女人的哭声，二人甩镫离鞍下马，一进屋把哭作一团的三人吓了一跳，寻思抢亲的来了呢！举目一看并不是抢亲的，是两个陌生的年轻人，姑娘忙止住哭声，给二人让座，完颜铁英道："二位老人家有什么事哭得如此悲伤？"老太太说："你们有可能离得远有所不知啊……"便把"驴头平章"仗势欺人的事前前后后说了一遍。铁英听完二老所讲非常生气地说："还有没有王法了？他敢?!"这时老头说："他咋不敢，他相中谁家的姑娘说抢就抢，也不是抢一个啦！"张金虎道："这么办师姐，你进屋给我找些女人的衣服，我穿上帮我化化妆，让他把我抢去，我好好收拾收拾他。"又对完颜铁英说："你回去向你二哥宗望要一支金牌令箭，把这'驴头平章'给我撤了。"铁英道："好。"进屋和那姑娘找了些女人的衣服给金虎穿上，又帮他涂脂抹粉忙活了半天。金虎一照镜子"扑哧"一声笑了，自己都不认识自己了，铁英和那村姑拍手叫好："太像了！太美了！'驴头平章'一定能相中你，师弟这一打扮真是沉鱼落雁闭月羞花啊！"金虎说："师姐可别拿小弟开玩笑了，快叫姑娘骑我的马和你回营去吧！"二人骑着马一溜烟不见了，屋里只剩下两位老人和张金虎。

张金虎头顶盖头坐起福来了，天到三更，就听外面锣鼓喧天喇叭鞭炮齐鸣，不大工夫"驴头平章"十字披红来到院内，翻身下马单腿点地说："参见老泰山。"老头说："我们有规矩要新郎抱轿。""驴头平章"心想怎么都行啊！说着挽挽袖子左手一托新娘的头，右手搂着新娘的腿说声："起。"可是没抱起来，心想这丫头咋这么沉呢？又一使劲总算抱起来了，可这新娘一个鲤鱼打挺把"驴头平章"别了个跟头……这时新娘自己掀开轿帘上去了。驴头平章爬起想："上回她打我，这回这么顺溜，她一定是看上我的长相了。"这时就听有人喊道："起轿。"老头、老太假意啼哭……

大约半个时辰就到了，新人被搀扶下轿进了花堂。新郎新娘刚刚站好，正要拜堂之时，就听外面一声高喊："请雅力金达接旨！诏曰：'南宋岳飞北犯，命尔带兵五万南下御敌，钦此。'"雅力金达跪拜道："臣遵旨。"回过头对手下说："你们快去找只公鸡来，叫我妹妹金花抱鸡替我拜堂。"说罢上马如飞而去。这时金虎和雅力金花拜完天地被扶入洞房，金虎羞答答坐福，金花一伸手扯下盖头说："天不早了，嫂子休息吧！"金虎还是不出声，怕一说话露馅。金花拿着蜡烛一边走一边说："小嫂子你别上火，如果你是被我哥抢来的，我明早把你送回去。我哥回来要问，我就说没看住跑了，怎么样？"金虎还是一言不发……金花说："好歹咱俩入的洞房。"就去拉金虎的手，另一只手去摸金虎的头，这金虎就是柳下惠也扛不住啊。突然间冒出一句："这是天意啊！"金花吓了一跳这是男人的声音，"嗖"地一转身抽出防身宝剑问道："你是什么人？胆敢假冒姑娘骗婚？从实招来要不本姑娘要了你的命！"金虎说:“这事能怨我吗?要不是你哥欺男霸女逼得人家姑娘寻死上吊的,我路见不平出此下策来对付你哥,怎么能阴差阳错遇上了你呢?”金花说:“既然你已道出事情原委,此事我哥有错,他是木匠戴枷锁——自作自受,可是我一个大姑娘和你拜了堂又入了洞房叫我以后可怎么活啊?”说罢横剑要自刎,金虎手疾眼快一把抱住道:“贤妻,我娶你也是我的福分。”他二人就真入了洞房。睡到半夜金花问金虎:“咱俩是天作之合,把你真实身世告诉我。”金虎说:“说来也无妨,我是河间府总兵张叔夜的儿子,完颜公主是我师姐。”金花说:“咱俩这也算门当户对南北结合了。”

讲述:刘忠生

整理:徐东玮

23. 汤子的来历(一)

徽钦二帝北狩到五国城,被软禁的二帝每天都是没胃口,每顿吃不了多少就撂筷了。

御厨姓汤,有一天,他见皇上吃不下饭,就用小铁套戴在手上,拿一团面一转,攒出一个条,用这个方法攒出二十八条,正好是两碗,又用茴香打的卤,二帝从来没吃过,一人一碗没够吃。徽宗道:“小汤做得太好吃了,你发明的就叫‘汤子’吧!”后来徽宗看攒汤子太慢了,又造一个压条的“床子”取名河洛床子,一压就是三十六条,比汤子快多了也方便多了,取名“河洛”。后来有个姓金的御厨又用铁板打七十二个孔,用玉米面一搓就能出来一扎长的条,因为是玉米做的所以取名“馇子”。

讲述:刘忠生

整理:徐东玮

24. 汤子的来历(二)

这年夏天,徽宗在五国城内心情烦躁,吃着带血筋的烤肉,更是难以下咽,吃了几口就放下筷子,叹着气站起身走了,见太上皇没心情吃饭,被俘的大臣和御厨们商量着做点新奇的饮食,让太上皇开心。

御厨们琢磨了好几天,也没出结果,原因是五国城处在荒蛮之地,人烟稀少,与外界本是隔绝的,当地人只种一些玉米、土豆等作物,实在没有新鲜的食材。有个姓金的御厨灵机一动,将玉米馇子洗干净后,用一口大缸装满凉水泡起来,放在厨房阴凉处,泡上半个多月,稍微有酸味时捞出来,用清水洗一遍,然后用水磨磨成糊状,再用布做成的口袋装好,控去适当的水分。放一夜后,用大锅烧开水,将布口袋的汤面烫一下,汤面表面呈半透明状时,捞出来放在木盆内,再用筷子将面团打散,然后再加点开水,同时不断搅拌,使汤面有足够的黏度。将其放入一个薄铁片剪成的喇叭形的小铁筒里,双手十指用力挤压,使汤面从汤套内均匀地落到沸腾的开水锅里,用勺子搅开,避免粘成团。煮熟后,配上辣椒茄子卤,端给徽宗品尝，徽宗一连吃了三大海碗，边吃边说："太好吃了，太好吃了！"后来这种做法的汤子在当地逐渐流行开来，越传越广，成为了地地道道的东北特色食品。

讲述：刘忠生
整理：吴晓东

25. 奸臣张邦昌卖官卖国

靖康元年闰十一月，金国军队一举攻下了汴京，宋徽宗一看小命要不保了，于是赶紧和金国商量，用割地赔款来保自己的性命。在达成协议后，将太原、中山、河间等地割让给了金国，然后又给了金国五百匹宝马和一万头牛，用黄河来作为分界，同时交给金国人质和金银供奉。宋徽宗称金国的太宗完颜晟为伯父，称自己为臣（侄国）与金国请和，并让自己的九儿子康王赵构和宰相张邦昌这俩人去金国当人质，于是赵构和张邦昌就被金兵押到金营。

金国的四太子完颜宗弼又名兀术，这金兀术瞧见康王赵构长得是龙眉星目，通天鼻子，唇红齿白，看着挺招人稀罕。金兀术就问康王："你是谁啊？"康王一拜说："我是宋徽宗的第九个儿子康王赵构。"金兀术一听康王说话流利，不卑不亢，又增加了几分好感。又问康王："你多大？""我今年十九。"接着又问："如果让你来做出选择，忠和孝这俩字你选哪个？"赵构说："作为部下要忠心，作为子女要孝顺，如果不能同时兼顾忠心和孝顺，那我选择孝，我愿意为我爹肝脑涂地在所不惜。"金兀术一瞅这康王赵构小小年纪就能说出这些话，那是打心眼儿里稀罕他。马上说道："我若是收你当我干儿子你干不？"康王赵构赶紧说："您老这么看得起我，我肯定乐意啊！"金兀术哈哈大笑说："那以后我就是你干爹了。"康王一听，赶忙给金兀术跪下："干爹在上，孩儿有礼了。"金兀术乐得那是眉开眼笑，然后离开了自己的位子走到康王跟前挽起了赵构，说道："从今天起你就是我干儿子，你在金营内外走动谁也不许阻拦，谁拦直接拖出去斩了。"然后赐给康王一枚金腰牌，有了它，那就是可以随便检查五营四哨。康王可真是一步登天呀！

金兀术虽然生在北国，也稍微懂点相术，他一瞅那个张邦昌，是身高背驼、狮眉、鹰勾鼻子、枭眼、驴耳，这种面相呢叫作五兽面，也是一人之下，万人之上的面相。但他一生最烦乱臣贼子，于是他对身边人说："把那个张邦昌给我打入地牢。"身边人对这张邦昌那是连踢带打，吓得张邦昌一个屁也不敢放，没招了只能用那双枭眼向康王求救，康王一看他那可怜样就给金兀术跪下说："父王，请您看在孩儿的面子上，把张大人放了，让他陪着儿子吧！"金兀术一笑说："那就让他回来陪你吧。"

要说这张邦昌是个老奸巨猾的老狐狸，他用金钱收买金国的下人，打听出金兀术的嗜好，他要么不吱声，一说话那就是投金兀术所好。不过当着康王面他也不敢乱讲，一到背后就开始说徽钦二帝是无道无能的昏君，如果有一天能放他回去，他愿意秘密地做内应，倒卖东京汴梁。听到张邦昌表态后，金兀术对张邦昌说："交啥都不能交人。"张邦昌问："为什么呢？"金兀术说："你对狗好，你家贫时它也不嫌弃你家穷，有句俗话叫儿不嫌母丑，狗不嫌家贫，就是你给过狗一次干粮，等它再看见你，它还晃一晃尾巴呢。你是宋徽宗的大宰相，你说道理是不是这样?”张邦昌听后，脸红脖子粗地辩解说：“四太子，这你可就错了，你只知其一，不知其二，赵佶这位天子，那真是朽木不可雕也，他一身是五毒俱全，吃喝嫖赌样样不落，尤其是他还偏听偏信蔡京那老贼，我宁可给好汉拉马坠镫，我也不给赖汉当祖宗。”金兀术说：“好、好、好，说得好，那我这回就破例收了你这条与众不不同的狗。”张邦昌听后赶紧跪下声泪俱下说道：“谢四太子龙恩。”金兀术说：“别跟我在这整这些没用的，我就看你以后怎么对我了。”张邦昌弯着腰唯唯诺诺地退了下去。

金兀术坐在帅帐在那想事，忽然听到属下报告大太子与二太子到。金兀术走出来把两位哥哥迎进帅帐，他的两个哥哥坐在上边，兀术坐中间，哈迷蚩和朱禄坐在下面。金兀术把收康王为义子和收下张邦昌这条狗两件事和他两位哥哥详细地说了一遍。宗翰说：“那现在这不就是个机会嘛，给他放回国，叫他回去给咱们当探子。”宗望说：“等时机成熟他来一封密函，到时候就可以把汴梁一举拿下了，剩下的大宋君臣也都不过是瓮中之鳖罢了。”于是张邦昌被释放回国。

张邦昌回到徽宗身边后，他自称是功臣，然后想办法把朝中大权全揽到手里，并成了徽钦二帝的宠臣。他对徽钦二帝说：“现在是太平盛世，万民乐业，草木逢春，国史书面必须是得力大臣去办。等龙德宫建成时，必须把全国一流的画师都召上来装饰大殿。”他推荐两个精通诗书画的高手，吏部尚书何苏和吏部侍郎李若水来担此重任。徽宗说：“你这话可真是说到朕心坎儿里了。”然后转头问钦宗：“皇儿你看这事儿咋样?”钦宗说：“父皇同意就行，我一切都听父皇安排。”就这样，吏部的两名要员被调为闲职，掌管诗书画。

吏部是个重要部门，掌握着朝廷的命脉，却换上了张邦昌的两个心腹，一个叫杜种，一个叫都槐。他们两人为了标榜自己是清廉的好官，在上任那天，在吏部的大门两旁贴了一副对联，上联是杜种人情树，下联是都槐报国才，横批是选贤任能，这俩人上任一个多月来，一个送礼的都没有。这天上午吏部尚书杜种对吏部侍郎都槐说：“都侍郎，咱们吏部是掌握朝廷命脉的，要真按门上那副对联那么去做，咱俩怕是连西北风都喝不上。”都槐说：“杜大人，你这话啥意思呢?”杜种说：“我说实话，我也不瞒你，我不是科班出身，我这官还是从咱老恩师那买来的呢!”都槐说：“要说这买官、卖官还真是一门学问，如果露了馅，叫御史一弹劾，不但得丢官罢职，弄不好还得株连九族呀!”杜种说：“俗话说得好，姜还是老的辣，咱俩明天去探望一下老宰相，让老人家教一教咱俩。”

第二天，杜种和都槐来到张邦昌相府，坐下后张邦昌满面春风地说：“两位大侄儿，那吏部可是个日进斗金的衙门，我给你俩安排在那里，不知道你俩最近混得咋样啊?”这杜种还未等开口，那都槐就抢过话来：“恩师呀！你可快指点指点我俩吧，我俩眼瞅着都快饿死了，上任都一个多月了，一个送礼的也没有，这样下去可不行。”张邦昌听后说：“你们俩真是比木头疙瘩多副下水，简直笨到家了，白给你俩安排那么好的位置，你们俩回去就这么办……”张邦昌给两个人出了一些主意，二人听完就跪倒说：“恩师一言胜读万卷书，学生顿开茅塞。”

他俩回去后立即派下去百余人到各州府县去“考察”下属，这招果然立马奏效，各州府县送礼的往来不绝，吏部门前那是大车小车排满，杜种把门卫叫来说："凡是来吏部办事的，先问他们是公事还是私事，如果是私事，全都打发到我家后门去办，不能因为私事耽误公事。"就这样杜、都二人不到半年就受贿黄金五十万两、白银二百多万两。

八月十五这天，两人备了小轿，偷偷地去看望"恩师"，张邦昌一见他俩笑着问："我听家里人讲，你们俩发了大财，每天府第后门都大车小车挤满可热闹了啊！你俩这官都多少钱卖的啊？"杜种说："老恩师，跟您说实话，我们俩对卖官这方面都不在行，所以知府是五万两，知县是二万两。"张邦昌一听气得两眼通红，"呸"的一口唾沫吐在杜种的脸上："你们俩真是什么世面都没见过，那官就卖那么贱？那么不值钱？那知府把官买到手，一年就捞回去了，老话说得好，三年清知府，十万雪花银，你俩要是稍微有点心眼儿那一年一百万能挡住吗？我跟你们说，那知府没个三十万两白银，就别想当。"杜种、都槐连连作揖说："老恩师您的话，我们俩牢牢记在心里，我们知道该怎么办了。"张邦昌说："当官你得会当，咱们大宋的官哪个不贪？就是家家卖烧酒不露是好手，当官时不用白不用，不当官时想用也没人理你，机不可失，时不再来。"杜种说："那御史要是知道了弹劾我们怎么办？"张邦昌枭眼一瞪："你就是个死泥抹子，逢年过节派人上他们府上去拜拜年，送送礼，不就得了吗？他们吃人嘴短，拿人手短，有个万八千两银子，他们的嘴不就堵住了吗？"都槐说："感谢老恩师的指点。"

这俩人回到衙门后，就叫吏部下属的人放风说，吏部新上任的两个大人，心眼非常好，你要想当官，花点银子、托亲靠友就能当上。那时候就是一人当官鸡犬升天，这风放出去以后，这买官的人在杜种的后门排成了长队，都槐一看买官的都奔尚书去了，没他啥事儿了，于是他偷着又找张邦昌去问怎么办，张邦昌说："你真是个死心眼，你回去和杜种说，老恩师叫我管卖官总账，然后把得来的金银入库，到时候你俩五五分，不就完事儿了吗？这点屁事也来找我。"

东京汴梁南郊有一家姓王的，专门干屠宰的，他东边挨着的是家卖烧饼的，西边挨着的是个卖鞭炮的，他家的肉铺在中间。这老王家兄弟五个，个个身强力壮，外人称他们为王家五虎。王老三念过几天书，大年三十他拿笔写了一副对子，上联是东邻数一数二，下联是西舍动地惊天，横批是先斩后奏。

大年初一这天，汴梁有个闲散文人叫吴世来，他站在肉铺门口说："这屋中有人吗？"王老大一个高蹦了出来说："是谁在我门前大呼小叫的，我不是人吗？"吴世来说："我看你家要出大官，这东邻你数一数二，那西舍动地惊天，那你们家是生杀大权，先斩后奏。"王老大说："这是我家老三没事闲的，瞎写的，你怎么能当真呢？"吴世来说："王老大你不知道，现如今大宋吏部新换了两个官，如果要和他俩攀上亲戚，花点银子准能弄个一官半职的。"这时王老三由屋里慢悠悠地走出来说："你说的都是真事儿吗？"吴世来说："我这可是绝密的消息，绝对准确。"王老大说："要说亲戚还真能攀上点，新上任的吏部尚书是我二舅他老丈人的表兄弟。"吴世来说："那这就好办了，咱们托亲靠友多凑点银子准备进京，如果你家老三要当了官，咱们这些亲友就都沾光了。"

老王家在王大虎的带动下把田产都卖了，吴世来走亲串友凑了一些银子，算来算去还不到一万两银子。听人家说，头几个月买个知县一万两银子就差不多，但现在买一个知县得花十万两，这可咋办？吴世来眉头一皱，说："咱们冒一次险，咱们花一千两银子买一万斤锡，咱们自制假元宝，到东京买通吏部的管家，咱们把这五十万两假银子送上去，让老三先当个知府也行。如果这假银子露了马脚，咱们豁出来蹲大牢；如果不露，那咱们一步登天，贪个三年二载的，就够一辈子花的了。就算落个秋后处决，那也合算啊！"王家兄弟一商量一咬牙说："那就这么办。"

等银子备齐了，王老三就去了二舅孔山的家。他舅一看多年未上门的外甥来啦，赶忙把他请到屋里，王老三开门见山地和二舅说了想买官这件事儿。他二舅说："这事不好办啊，这亲戚拐的弯也太多了。"王老三说："你老丈人他家不是挺穷吗，先拿去这两千两银子解一解燃眉之急，等事成之后我还有重谢呢，二舅您老人家我也不能白用你，先给您一千两，给我二舅母买几件衣服。"他二舅说："看来是非得我出马不行了。"然后骑上马带着四合礼和两千两银子去老丈人家。

这孔山的老丈人老张头能说会道，一辈子无儿，就两个闺女，但他每年锄镰从来不用自己动手，专门靠嘴皮给人家说合事，说合好了，混顿酒喝。这天他正在仰壳望房扒，就听大门外喊道："老泰山在家吗？"老头一打挺就坐起来了，这是我二姑爷给我送酒来了，孔山把王老三要花五十万两银子去买官的事说了一遍，还把王老三拿的二千两银子给了老张头，老张头看见银子眼睛都直了，老张头疑惑地说："王老三他家就开几年肉铺，哪儿来的那么些银子？"孔山说："人不得外财不富，马不得夜草不肥，有一次他家的肉案突然陷了下去，他们哥五个竟然挖出好几十大缸元宝来。"老张头说："原来是这么回事，这个忙我一定得帮，但得找个人算一算，找个黄道吉日，我领着王老三他们去京城找我表弟杜种。但得说王老三是我亲外孙子，亲戚弯拐得太远人家不愿意管。"

过了几天一切准备好，黄道吉日那天老张头领着王家五虎假扮客商向京城出发。王氏兄弟怕露馅告诉老张头前头骡子驮的，浮上放的是锡纸做的假银子，因为怕有劫匪和山贼打劫，唬弄外人的，但其实银子都是假的，就王老三身上背着那些是真的。王氏兄弟押着这五十万两假银子就出发了。

一天来到一个密林深处，从树林中跳出来两个山贼拦住了他们的去路，老张头说："我们是小本经营，骡子驮的都是锡锭。"说完就打开一包让两个劫路的看，这两个山贼一看气得直骂："真是倒灶，驮些假银子冒充有钱人呢？赶紧滚吧。"

这天已到了吏部尚书府的前门，两个守门士兵气冲冲说："远点，远点。"老张头说："我来找我表弟杜种。"两个守门士兵告诉他们说："凡是办私事都到后门去办。"老张头说："你们五个都跟我来。"他们赶着骡子来到了后门，老张头"当当当"一阵敲，里面走出一个仆人打扮的人说："你们找谁？"老张头说："我找我表弟锁柱子。"这仆人说："我们这里没有什么栓柱锁柱的，你要是送礼买官到西角门那排队去。"老张头骂道："你真是狗眼看人低，你家大老爷小名叫锁柱，我是他大表哥，当皇上的还有三门穷亲戚呢，你快叫你们大管家叶六子过来接我。"这仆人一听这老头来头挺大，赶忙转身进院敲开大管家的房门说："叶管家，有个老头喊叫叶……"管家气哼哼地说："叶什么？""叶六……六子。"这叶六子和老张头是一个屯的光腚娃娃，吏部里谁也不知道他叫叶六，他说："人在哪儿呢？"仆人说："在门外站着呢！""啥也不是，怎么不快把他领进来。"这仆人出院外恭恭敬敬地把老张头领了进来，这老张头一见叶六，马上扑了上去说："小六子这一晃都二十多年没见了，你可想死我了！"这叶六子说："你表弟当上了吏部尚书，你也跟着光彩了。"这时老张头悄声地说："我亲外孙是个大财主，他想找锁柱弄个官儿当。"叶大管家说："你们咋不早些来呢，现在官价涨了，买个知县得二十万两呢！"老张头说："王三快过来见见你叶姥爷。"王老三从骡背上解下一个大包袱说："叶姥爷，这是五千两，是你外孙子孝敬你的。"叶六说："都是实在亲戚客气啥，用不着这个。"可是他还是把这大包袱接了过去，拎进屋里，打开一看雪花白银有五六千两。这时门外老张头说："叶六弟，快把库打开，这儿还有五十万两给锁柱的，你查收一下吧。"叶六从屋里出来说："张哥你领来的人我就不费事了。"叶六马上盖验印入库，这一关算是过了。

叶六领老张头来到杜种会客厅，叶六轻轻地敲了三下门，里面阴阳怪气地说："谁呀？进来吧！"叶六赶紧走了进去，俯在杜种的耳边悄声说了几句，杜种说："我表哥来了，怎么还不快给我请进来。"这老张头一见杜种激动得不知说啥了，半天才喊说："锁柱，我八姑身体现在可还挺好？"杜种说："好，好，她天天在佛堂内念经，快叫厨房给我摆一桌，给我表哥接风。"这老张头、王老三一左一右陪坐在杜种的两侧，那叶六坐在下边，四人边吃边唠。老张头跟他闲聊一阵子把话拉入正题说："咱外孙子王三彪文武全才，想借他姥爷点光，花点银子弄个'差使'。"杜种问叶六说："货验了吗？"叶六站起身来说："验了，验了，全是上等好货。"杜种说："有我表哥来，就算一两银子不拿，我也得给他面子，也能让你当个知县。既然外孙子都下了这么大的注，那我这当姥爷的就得给办了，这样，明天我和侍郎都槐商量一下，叫他当个'刺史'吧，去河间府上任。"这王老三一听，自己连连地掐自己看看疼不疼，是不是做梦。老张头说："老三，还不快谢谢你姥爷！"王老三马上跪在杜种面前说："姥爷知遇之恩，外孙子一辈子也忘不了。"杜种说："外孙快起来吧，这点小事用不着行此大礼，你明天就走马上任。"

王三彪到任后把本府的文武官员召集在一起，办了几桌薄酒素菜，王三彪特意穿一套破旧官服。师爷说："大人，今天你上任，这大喜之事，咋不穿新官服呢？"王三彪说："各位大人，百善孝为先，作为子女不能在高堂老母面前尽孝，心里难过，明天是八月十三，是我妈大寿的日子，我们弟兄五人就我不能在跟前尽孝，我很难受，哪有心思穿新官服。"在场的官吏一听就明白了，师爷说："令堂老夫人寿诞，我们当子侄的也应孝敬她。"师爷这一说，百余名官吏纷纷解囊，不大工夫就凑足十万两。王三彪说："众位，这可使不得，我身为一府之长，上任就这么干，不是坏了我们世代的廉正家风吗？"师爷说："刺史大人，这是我们借给你的，你别多心。"王三彪一拜说："那就恭敬不如从命了，晚生只好暂借了。"

晚间师爷偷偷地来到了王三彪的卧室，王三彪笑着把师爷的手拉住说："兄弟你贵姓？"师爷说："小弟是大人的本家，也姓王，排行在六。"王三彪说："太巧了，我们亲哥们五个，那你就是我家的老六了。"师爷受宠若惊地说："三哥，那今后我跟定你了，肝脑涂地万死不辞。"王三彪在师爷的配合下，不到二年就搜刮白银五百多万两，他使用的敛银招法刁钻古怪，今天是女儿出嫁，后天是儿子娶亲，再过几天是大哥的生日、二哥有病、四弟荣升、五弟赶考……各种名目,他手下的官哪儿来这些银子孝敬,只好羊毛出在羊身上,下去搜刮老百姓,老百姓不知道咋回事,谁直接勒索就去恨谁。老百姓来状告王三彪的下属,王三彪就叫王师爷查礼账,谁上货最少,就抓谁倒霉。就这样把倒霉的人给下了大牢。老百姓不明白真相,还给王三彪送了几把“万民伞”,这王三彪“受贿有方”,还得到了徽宗御赐的德政匾“清正廉明”。

有一次吏部清点库银发现了假银子,都槐怀疑是杜种独吞了这笔银子,这杜种明知上了王三彪的当,但他还是打碎牙往肚里咽,花银子买了个死囚,承担了这桩“假银案”。他二人在吏部三年,把各州府县都换上了张邦昌的人,张邦昌命杜种、都槐把吏部撤换各州府县要员的事写成奏折呈给太上皇、皇上:“臣杜种、都槐诚惶诚恐,感谢君恩委以重任,上任后马上派专员到各地查访,才知道各府县官员老化,墨守成规,不图进取,臣按照先帝的方法查办一批腐儒庸官,撤换一批边关守将,经过多年观察,国库盈实,老百姓安居乐业,边关城池固若金汤,特此奏闻二圣。”徽宗看完,御笔批说:“杜都二卿此举手段高明,堪为众官楷模。”哪知这张邦昌安插的杜、都两个贼子,早都把大宋江山给卖了,有才能的边关守将均被调离,忠心大宋朝的人都被罢免,换上了一大批用银子捐的无能将官。张邦昌一看,这倒卖大宋江山的时机已经成熟,就在密室中草拟一密函,派人送往金国。

讲述:刘忠生
整理:刘帅辰

26. 李钊买日录

七月十六这天,下了一天的雨,天还是阴蒙蒙的,傍晚五国城四合院里,宋徽宗坐在炕上,闭着眼睛不知道在想什么,屋外的树上不知道是什么鸟一声一声地怪叫。徽宗心烦意乱,突然内监李钊披着蓑衣走进来,尖声尖气地说:“太上皇我听到一个好消息。”这个内监叫李钊,从小被父母送进宫里,是徽宗的心腹,徽宗睁开眼睛说:“你听到什么啦? 快点说。”李钊说:“今天我在城东头一家小酒馆里,听到四个老头唠嗑,他们偷看到了南边日录(小报),听说康王要派使臣来和金国谈判。”徽宗说:“明天我给你拿些银子,你找机会出去,偷着买些南边日录。”

北宋末年和南宋都流行两份报纸,一种是官府发行的朝报,还有一种是民间的小报,小报是私人印刷的,为了提高销量,小报的消息都是找太监和宫女打探的各种内部消息,专门写朝报不敢报和不愿意报的内容,吸引了大批忠实读者。上到官府里的官员,下到平民百姓,都爱看小报。

天刚放亮,内监李钊就扮作宫女走出大院,大院外的金兵拦住了李钊,李钊把腰牌一亮就过去了。他顺着道往西走,走出去有三里多路,遇到两个醉醺醺的金兵,一高一矮,高的长得尖嘴猴腮,那矮的长得满脸胡子,看见李钊这个“宫女”就动了歪心思,不怀好意把他挟持到了大帐内,欲行不轨。李钊大喊救命,正在这时守将完颜宗贤从外面回来,大声问两个金兵:“你们俩干什么?”两金兵吓得连滚带爬,跑出帐外。完颜宗贤看着面前站着的“宫女”

就问:"你是新来的?"李钊说:"我是随军北狩来的,专门给主人洗衣服和缝补衣服,刚才那两个人要……"完颜宗贤说:"别说了,你家里还有什么人?"李钊说:"我从小父母都去世了,是叔叔把我送进宫里,这两年常听人讲金营里有个'二佛爷',就是你老人家吧!"完颜宗贤才三十多岁,听李钊叫他老人家,把他可乐坏了。他说:"你就留在我这里干活吧,我看谁还敢欺负你,每月你可以回到主人那里见两次面,如果有特殊的事情,和我说一声就放你回去。"李钊在完颜宗贤这当差,每天给完颜宗贤端茶送饭,为了能够买着南边的日录,还能顺便偷听些消息,好回去告诉给徽宗。

李钊趁完颜宗贤没事的时候就跑到城里溜达,看能不能碰到卖南边日录的。有一天他走累了,在茶馆里喝茶,听见有人在喊"日录、日录,谁买日录?"李钊赶紧冲他摆了摆手示意他过来,卖日录的是个中年汉子,身上背着一个皮篓,李钊假装挑了一会儿。压低嗓门问中年汉子:"有没有南边的?"中年汉子看着他:"你要看南边的?"李钊点点头。汉子解开衣服,从怀里快速抽出两本小报,告诉李钊说:"这就是这两天南边的小报,一手钱一手货。"李钊赶紧拿出银两交给中年汉子,中年汉子一转身也赶紧走了。

李钊八月中秋这天借口家中有事,就拜别完颜宗贤回到了徽宗住所,宋徽宗看见李钊回来了赶紧问有什么收获没有,李钊把怀里买到的小报拿给徽宗,徽宗打开小报看着看着眼泪哗哗地流了下来,原来是康王派使臣朱弁来和金国谈判。朱弁一来到金国,就被接到金国驿馆,金主给他预备了丰盛的酒宴召见了他。他见到金太宗就只是拜了一拜,金太宗气坏了发怒说:"小小宋朝使臣为何见朕不跪?"朱弁说:"我一跪天地、二跪国君、三跪父母,其余的人我是死都不会下跪的。"金太宗听完一笑说:"免了吧!"等朱弁坐下之后,金太宗说:"你能代表你们国家君主吗?"朱弁说:"我既然是我们国的使臣,当然就代表我国的君主。"金太宗说:"我们金国要你们大宋再割九个城池给金国,还要上贡黄金十万两,白银二百万两,名马万匹,牛五万头,两国互不侵犯,以淮河为界,才能释放二帝还朝。"朱弁说:"太宗皇上这话说得不对,前几次割地求和,都因为我宋朝出了几个像蔡京、张邦昌这些卖国的,做出了损害国家的事。我劝太宗你回头是岸,把我们割让的领地都还回来,送二圣还朝,退还我国上贡金银,要不然我们大宋的军队一定把你们打得落花流水屁滚尿流。"金太宗听完,气得立即下旨,把这个朱弁流放到五国城,永远不许回国。徽宗看完日录,让李钊拿来酒连干十多杯,心情复杂。高兴的是康王正想方法迎二圣还朝,恨的是金国欺辱大宋得寸进尺。徽宗对李钊说:"我们要想知道南边的情况,你还得找机会买南边的小报,也好多了解那边的情况。"可惜的是徽宗一直到死,也没等到二圣还朝那一天。

讲述:徐东玮

整理:刘帅辰

27. 东山怪坡

金人将徽钦二帝等人囚在五国城没过多久,金国的大都督完颜宗贤就想在倭肯河旁的东山上面盖一座城堡。因为他觉得这里环境很好,于是就让北狩的宋朝俘虏凡是有劳动能力的都去干活,徽钦二帝也只好领着一帮臣子去做苦力。

这个城堡是完颜宗贤亲自挑的一块儿地,在山的最顶上,为了建造这个城堡,光喂马的谷草就准备了三十大垛。城堡得用拉合辫(拉合辫就是把谷草放到和好的稀泥里面,然后拧成泥草坯来编墙皮)建造,于是徽宗这帮人就先做这些活,里面有拿里墙皮的,外面也有拿外墙皮的,这拿外墙皮还有说道,你必须得有劲儿才能干。

指挥徽宗他们干活的是个金国的汉子,长得五大三粗,他跟徽宗和俘虏们说:"这编拉合辫的谷草够用了,但是得再运十万车黄土才行。这取土的地方我都找好了,我先领你们推几趟你们瞅瞅。"说完就推个小车下坡了,然后装上满满一车黄土,又一步一步推上来,等到了坡顶,这汉子也累坏了,累得直喘粗气。他歇了口气儿说道:"完颜大都督让我把这'轻巧'活交给你们,你们好好干,知道吗?"徽宗一听,那是啥办法没有了,以后这重活就得他们来干了,只能硬着头皮接下来。这一帮人推了一晌午的土,都累得汗流浃背、浑身酸疼,一晃三天过去了,他们这些俘虏已经累得起不来炕,等盖完城堡人非得累死不可。

这天夜里,徽宗做了个梦,梦到一个白胡子老头跟他说:"玉皇大帝知道你在这里受苦,明天派土德星君领着金甲神将来帮你们这帮人。推土的时候,你只要念我教你的咒语,就有神人相助。"说完在徽宗的耳边说了几句,然后告诉徽宗此乃天机不可泄露,"你们明天就把车里面装上土,念咒之后,车就自动往坡上走了,这样你们就能轻松干完这些活了。"徽宗一听,乐得直蹦高,就问老头:"老人家,你是谁啊?"老头回答他:"小神是这个东山的山神。"徽宗又想问,老头已经化作一阵清风不见了。徽宗从梦里醒来,嘴里嘟囔:"有天神相助?明天试了就知。"

第二天,宋徽宗跟钦宗和部下们说:"今天咱们就把车里面装上土,放到坡前,你们不用使劲推,扶着它就行,它自个儿就能往上走。"大家都不相信,但也按照徽宗说的去做,果真没费力气车就自己往上走。大家好奇地问徽宗:"太上皇,这是咋回事儿啊?"徽宗哈哈一笑说道:"天机不可泄露,咱们快点干活吧。"这时候工头来了一看,吓了一跳,心里想他们这些人咋这么大劲儿呢?推个小车嗖嗖地就到坡顶上了,我一推都上气不接下气的,莫非是有神人相助,这些人都不是一般人?他没敢把这事跟完颜宗贤说,只能将疑惑藏在自己肚子里。于是他就把宋徽宗这些人都当成了神人看待,从来都不敢打骂,该歇着就歇着,决不催促。宋朝的俘虏和他相处得也很熟络,亲切地叫他大力。

时间长了,他终于忍不住自己的好奇心问徽宗:"你们这推车上坡,我咋感觉你们一点都不累呢?我自己一推能累个半死,我瞧着你们这车还能自己爬坡,这是有什么妖法吗?"徽宗笑道:"这事可就说来话长了,"他不敢泄露天机,就撒谎说:"我记得那还是我太祖开基创业的时候呢,他给我们留下一个咒法,念了这个咒语能够改变这里的风水,上坡像下坡一样轻松,咒语是'上坡容易下坡难,苦命偏乘顶水船。车装泰岱登峰上,留得怪坡几千年'。"大力一听,笑道:"你们的确是把这里变成怪坡了,你们真是有神人相助啊!"还不到一年呢,这城堡就建好了。

大力虽然是个金人,不过为人老实忠厚,这一来二去的,和徽宗他们混熟了,就拜了把子,做了兄弟,之后其他金人刁难宋徽宗,大力也没少帮忙,在他的心里一直把徽钦二帝当成仙人一样尊敬，觉得他们俩是仙人渡劫，必须经历一场磨难，方可圆满。

讲述：刘玉林

整理：刘帅辰

28. 宋钦宗兄妹聚会讲奇闻故事

五国城的夏天，火辣辣的太阳烤得地面滚热，这时徽宗已经死五年了，钦宗不及他父亲的才情，没有了父亲平日里的吟诗作画，钦宗在闲暇时间觉得寂寞得很。

六月十六早上，钦宗老早就起来了，因为今天十公主、十三公主、十七公主和她们的驸马要来看望钦宗。钦宗坐在炕头等着大家，不一会儿十三公主和驸马走进屋里，还没坐下就问钦宗："姐姐和妹妹还没来吗？"刚说完就听见院里传来爽朗的笑声："真是一日不见如隔三秋啊！你就这么想我？"这时十公主和驸马也推门进来，不一会儿十七公主也风风火火进来了。

钦宗赶紧把她们让到炕里坐下，钦宗说："今天是团圆之日，咱们相见不容易，大家伙好好唠唠嗑，讲一讲奇闻、传说、故事，咱们也高兴高兴，我让内监准备些酒菜，一会儿聊累了就吃饭。"十七公主说："这事就交给两位姐姐和姐夫了。"十公主说："那好，就让你十姐夫先带个头。"驸马李睿说："那我就先讲一个，以前我认识一个道长，他给我讲过一个故事。"

很久以前，有座山上住着一只老鹰，山腰上住着一条蛇，山底下住着一只大公鸡，它们都练了一身本领，都有自己的绝招，老鹰练的是一双铁爪，大蛇练的是两颗宝珠，大公鸡练的是一个铁鸡冠子，它们三个插草为香结拜为兄弟，请来了山上所有的鸟兽见证。按年龄，老鹰一千岁排行老大，蛇九百岁排为老二，大公鸡八百岁排为老三，结拜之后，它们为鸟兽表演自己的拿手绝技。

老鹰先表演，它变作一个英俊的小伙子，身穿紫色衣服，肋下生出双翅。它往上一蹿，挥舞着双翅在空中盘旋，猛地向下一冲，一棵百年大树被两个铁爪牢牢抓住，轻轻向上一拔大树就被连根拔起，鸟兽们一阵喝彩。第二个出来献艺的是大蛇，它摇身一变，变成了一个穿红衣的俊美少年。口中吐出两颗金光闪闪的宝珠，这两颗珠子随着呼吸上下浮动，照得满山金光闪闪，众鸟兽都赞不绝口。最后是三弟铁公鸡，它不慌不忙仰脖打了声长鸣，变成一个俊秀书生，身披锦袍，头顶红花冠。接着又打第二个长鸣，就看见它头顶上的红冠越变越大，离开身体，飘飘悠悠地飞到山顶上，发出耀眼的红光，鸟兽们看得目瞪口呆。"书生"又打第三个鸣，山上的红冠子又飘下来逐渐变小，落回到他的头上。这一招很神奇，鸟兽们禁不住拍手叫好，老大、老二也夸三弟的本领厉害。从此大公鸡以为自己的绝技比老大、老二都厉害，十分得意，于是就放松了练习，不求进取，可是老大、老二却仍然每天坚持苦练。

这样又过了一百多年，老鹰一连气能拔百十多棵百年大树，老二的宝珠也练得功力非凡。公鸡见大哥、二哥本领都超过他，又羡慕又忌妒，心里很不是滋味。它早就有想独霸这座山的心思，现在这个愿望眼看着就要化作泡影，急得他一连好几天吃不好，睡不好。

这天它终于想出个坏主意：我要是给它俩挑拨离间，让它俩自相残杀，到时候我坐收渔利，这座山不就是我的了？主意一定，公鸡先去找二哥说："鹰大哥最近要继承凤凰的王位，当百鸟之王。听说凤凰要老大献两颗宝珠给它，大哥却和我这样说：'蛇二弟算是野兽吧没有脚，算是飞禽还没有翅膀，不伦不类的，早晚天雷会劈死它。'这样它好拿你那两颗宝珠去献给凤凰。"大蛇听后气得骂道："这个不知死活的家伙，看我怎么收拾它。"公鸡离开大蛇又去找老鹰说："大哥有句话不知我该说不该说。"老鹰说："咱们兄弟有啥不能说的，三弟你快说吧！"公鸡故意拉长声调说："昨天我去二哥那，它说再练一百年就能变作条金龙，那时它就去投奔东海龙王，但它苦于没有进贡的宝贝，它想把大哥的两个铁爪咬下来去进贡。"老鹰气呼呼地说："什么？它连咱们的手足之情都不要了，看我哪天不把它扯为两段。"

就这样没过多长时间鹰和蛇就打了起来，老鹰的铁爪在蛇的身上乱抓，蛇的宝珠也在鹰的身上一顿狠打，顿时鹰的羽毛和蛇的鳞片像雪花似的满天乱飞，吓得山里鸟兽都躲了起来。它们打了三天三夜，没分出胜负，都遍体鳞伤，奄奄一息，到了第四天昏倒在半山腰里。这时躲在暗处的大公鸡出来了，它一脸奸笑地说："对不起大哥、二哥，这回三弟我要占山为王了，两位哥哥苦练的宝贝也都归小弟了。"大公鸡刚要上前取宝贝，老鹰和蛇却在这时醒了，心里全明白了，原来它们上了大公鸡的当了。同时用铁爪和宝珠把公鸡团团围住，打在一起，大公鸡大喊一声飞上山顶说道："二位师兄你们已经打得身受重伤，这座山从此后就是我的了，你们俩以后就听我差遣吧！"老大、老二一听这话火冒三丈，分别从两侧夹击。公鸡长鸣了两声铁冠子先向鹰大哥砸去，老鹰收回铁爪躲过公鸡的狠招，老二找准机会，运足内力将两颗宝珠喷出，正打在公鸡的双眼上，公鸡大叫一声跌倒在地，血流如注。老鹰上去，用铁爪把公鸡的头拧了下来，公鸡死了，鹰和蛇报了仇。

它们把山里的鸟兽都叫出来，把事情的经过讲了。当众把大公鸡的铁冠子取了下来，扣在山顶上，作为一面镜子警告大家，不要像公鸡这样挑拨是非，要吸取教训，不要听信谗言。从此以后这座山就叫鸡冠子山了，直到现在，老鹰和蛇还是见到小鸡就吃。

驸马李睿讲完了这个故事，大家都听得有滋有味，十分开心，十公主说："这个故事咱们也要借鉴一下，千万不要内部不合，像当年十五皇子和刘文彦骨肉相残。"十七公主说："如果咱们亲人中要再出这样的败类，我不管是谁，我就用剑给他砍成两段，我要大义灭亲。"接着又说："这回该哪位驸马讲了？"十三公主和驸马对视一笑，驸马王元笑着说："我讲得不好，大家不要见笑。"

我以前种地的那地方蚂蚁特别多，每到阴天要下雨的前一两天，蚂蚁就都出来往窝里搬东西，那地方有个很大的蚂蚁窝。有一天我干活累了，吃完饭就枕着锄头在地头睡着了。梦里，我好像在照顾太上皇，忽然，闯进了三个女子，左边的穿黑色衣服，右边那个穿红色衣服，中间是个穿黄色衣服的。三个人见到我一起说："姐夫你叫我们找得好苦啊！你在这躲清净。父皇都急了，你快点跟我们上车吧。"说着三个人连拉带扯地把我架到车上。这个车是九个绿毛马拉车，我还头一回见过这绿毛马，正在发呆，穿黑衣服的女子破口大骂，你这个死鬼，你跑了这些年，把我姐扔在家活受罪，孩子也不管。这时从车里面出来一个小孩，穿红衣服的说："二姐你先别骂，这回可别叫他再跑了。"然后对那个小孩说："小顺子快来拜见你爹！"我赶紧说："三位姐姐你们认错人了，你姐姐不是我媳妇，我媳妇和你们三个也不是姐妹，再说我也没有孩子呀！”这会儿穿黄衣的女子说：“你赶紧跟我们走。”

三个人硬把我给拽上车，穿黄衣服的和我并肩坐着，穿红衣和穿黑衣的还有那个小孩坐在里面。车跑起来只听呼呼风响，约有一个时辰车停下来了，来到一条小河边。穿黄衣的女子说：“顺子快搀你爹下来到河里洗一洗。”这三个人也不管我愿不愿意就硬把我按到河里洗。洗了一阵后，她们扔给我一条黑裤衩，把脸背了过去，让我把它换上，我有点犹豫。那个穿黑衣服的说：“你别敬酒不吃，吃罚酒，快点穿上。”我没办法只好把这条黑裤衩换上。她们三个把脸转过来说：“顺子快把这件帅袍给你爹穿上。”我只好穿上了这件长衫，接着又上了车，我就睡着了，听“吁”的一声车停下了，我睁开眼一看，一片青堂瓦舍，门口的士兵向我们行军礼，穿黄衣的女子向士兵摆了一下手。车到了第二个门，把门的士兵又向我们行了个军礼。这时从里面走出一个老头双手一拜说：“三位公主回来了，大驸马找回来没有？”小孩一指说：“找到了。”又走了一会儿到了第三道门，又有十六名穿红衣的士兵行军礼。然后扶着我下了车，顺道向右拐，就看见粮食堆积如山，干活搬运的人密密麻麻的，道路的两旁修得像猪圈似的，圈中养着各式各样的大虫子，我就问了一句，这是什么？穿红衣服女子板着脸说：“你刚出去多长时间怎么变得像个屯二迷糊？”

我也不知道拐了多少个弯，见到了世上许多没见过的东西，三位公主领我进了皇宫，这时我的眼被蒙上了，又隐约过了好几道门才打开我眼睛。小顺子说：“爹你先坐着等，我找我妈去。”不大会儿工夫，一个身披斗篷、长相俊美的女子来到我的面前，那女子一把扯住我：“孩他爹你可回来了，咱们回自己屋。”我正在进退两难之际，车上那个穿黑衣的女子一把揪住我的耳朵就走，痛得我直叫唤。到了屋里，那个俊美的女人说：“孩子他爹，你不想我，还不想孩子吗？来人哪，上菜！”这时我早就饿急了，也不管三七二十一，一顿猛吃猛喝。正在这时就听有人喊道：“皇上有旨让驸马上殿见驾。”我被领到了金銮殿见到了皇上，不由自主地跪了下去。皇上说：“大驸马，难道朕的大公主配不上你吗？为什么你要不辞而别？这回朕看在外孙子的面上，饶了你这次。现在正是用人之际，朕知你文武全才，封你为定北大元帅，休息三日，立即带兵北上。”我只好叩头谢恩。

这三天里大公主和我诉说了别离之苦，我只好哼哈答应，即使心里纳闷，但也不敢问这问那。第四天我身穿帅袍上了点将台，只见士兵多得如潮水般一浪一浪的。有几员大将来到点将台前向我行军礼后说：“请大帅讲话！”这时我心想：“我讲什么呢？”下边掌声雷动。我只好说：“我的兵像蚂蚁一样多，像大海遇疾风一浪接一浪的，一定所向无敌。”说到这我略停，下边士兵交头接耳地说：“咱们大驸马是个天才，讲得多好，净说实话。”正讲着，忽然有探马跪在台下报告：“大帅，敌人离皇城不远了！”我把帅令一举，“发兵！”我高兴地一抬腿把罐子给踢打了，“啪”的一声，我的梦被惊醒了。只见酒菜洒了一地，成群的蚂蚁来争抢地上的酒饭，我仔细观察这群蚂蚁像接到帅令一样排着一字长龙鱼贯而行，这时有四个蚂蚁爬到我的手上恋恋不舍不肯离开，两只红的一只黑的，一只黄的，还有一个小一点的红蚂蚁。我一想全明白了，我刚才枕着锄杠睡着了，被三只蚂蚁架上了螳螂车，这个黑蚂蚁是我梦中遇到那个泼辣的小姨子，这个红色鲜艳的蚂蚁就是我梦中的媳妇，那穿红穿黄的是大红蚂蚁的妹妹，这个小蚂蚁是我梦中的儿子，我慢慢把四只蚂蚁放到地上，人生如梦啊！

这时十七公主笑着说："姐夫看来你还是个抢手货，连蚂蚁公主都喜欢你，要不让十三姐把你休了得了，你去跟她们过？"说完大家也都笑得前仰后合的，十三公主说："你们舍得，我还舍不得呢。"

钦宗说："大家的故事讲得真好，现在我也给大家讲一个奇闻。"

在咱们五国城的北边有一个百里不见人烟的地方，那有一座山，山上有一个大山洞，那里至少能容下上万人。听说那洞是清风老祖留下来的，很早很早以前，有缕清风自行修炼了五千年，终于得道成仙了，人称他清风老祖。

这天，他驾着五彩祥云来到了一个奇峰突起的大青沥子上空，忽然闻到了一股刺鼻子的血腥味。老祖开慧眼，看见一条比大缸口还粗的蛇把血红芯子刺进了一个小孩的胸膛。老祖降下云头，见刚才那小孩只剩架白骨了。老祖心中大怒，"好一个妖精竟敢涂害生灵！"他摇身一变，变作一个胖乎乎的小男孩。大蛇见又有吃的送上门来，赶紧又吐出红芯子刺向"小孩"胸膛，可"小孩"连躲都不躲，一下就被蛇刺穿了胸膛，大蛇就吱吱地吸了起来，不大会儿工夫这大蛇就像气吹似的粗了三倍，一动不动地伏在地上，眼睛鼓得好像要冒出来似的。这"小孩"一看时机到了，他拽住大蛇芯子猛地一拉，就听嘎巴一声，大蛇的心肝肺全都拽了出来，血流满地，大蛇死了。接着清风老祖恢复了原样，伸手把蛇的两只眼睛抠了下来，把两颗眼珠子放进袖子里。

清风老祖来到大蛇栖身的山洞口，往里一看黑咕隆咚的，便把大蛇的眼睛托在手掌上，只见大蛇的眼睛金光闪闪，把山洞照得通明瓦亮。老祖一看山洞里一眼望不到边，异常宽敞，又往前走了半里多路，看见前面有个草堆，草堆上躺着两个孩子，这两个孩子一见亮吓得直哆嗦。老祖念了声："无量天尊，孩子们过来吧，我是来搭救你们的，大蛇被我给弄死了。"两个小孩大哭着奔老祖跑过来，老祖说："你俩到这里几天了？"俩孩子说："我俩也不知道几天了，就知道被它捉来时洞里有六个小孩，昨天它吃两个，今天又吃两个，明天就该轮到我们了。"老祖说："我这有两个桃，你们俩一人一个，先吃点解解饿。"说着把桃递给了两个孩子，这两个孩子，拿过桃狼吞虎咽吃了起来。

两个孩子吃完桃抬头看老祖，见是个白胡子老头，长得慈眉善目，两个孩子双双跪下放声大哭，开始讲述他们的经历。那个白脸的孩子说："我们家住在五国城，有一天我们俩到混同江边放风筝，突然来了一阵黑风把我们俩刮到这个山顶上来。大蛇把我们关在这石洞中，用块巨石堵住洞口，它盘卧在洞外，怕我们跑。"老祖说："你们都叫什么名字？"黑脸的说："我叫天佑。"白脸的道："我叫笛梵。"这天佑长得浓眉大眼，皮肤黝黑，笛梵长得唇红齿白，俊美白净。老祖非常喜欢这两个孩子，就收他俩为徒弟，白天教认字，晚间练习武艺，一晃在清风洞里十年了。每天吃些松子野菜、山梨野果。有一天，清风老祖说："你们哥俩跟为师在这深山老林已经十年了，你俩下山去吧，回家去看一看爹娘。"两个孩子听了师父的话都哭了，老祖说："别哭，你们长大了也该下山了，不能一直和师父待在一起，这是好事。"可是老祖的眼泪也止不住了。一狠心对俩孩子说："每人一颗珠子，一把宝剑，走吧。"

俩人顺着小路走了一天也没走出山，天快黑了，越走他俩越害怕，这时影影绰绰看到一个小马架。两人加快脚步来到小马架，轻轻地拍打房门，一个白头发的老太太出来说："你俩是找住宿的吧?”哥俩齐声说:“天黑了,我俩走得又累又饿。”老太太说:“那我给你俩做点饭,但是我的缸里没有水了。”天佑说:“我去挑,水桶在哪里?”老太太说:“水桶在房檐底下挂着呢!”天佑到房檐那找水桶,就看见有一根小棍一头拴一个鹅蛋壳,心想这点水够谁吃的?但又没有别的装水的工具,只好把它摘了下来说:“大娘井在哪儿?”老太太说:“在东海。”天佑心想:“这里与东海相隔万里,这不是开玩笑吗?”但又不好说别的,只好挑着鹅蛋壳往东走,不大会儿工夫就听水响,一抬头果然是汪洋大海。天佑用鹅蛋壳盛了一口用嘴一尝,这海水这么咸可怎么吃?他拔出宝剑往地下一插,突然顺着剑喷出甘甜的淡水。天佑接满了两鹅蛋壳,挑着水回到马架子。老太太说:“我还有一小酒盅米,你俩煮着吃吧。”笛梵饿急眼了,也不管米多少倒上水就煮上了,这点米煮出来小半碗饭,哥俩只好分着吃。可是这饭怎么吃也不见少,俩人吃饱饭,还是那半碗饭。俩人觉得奇怪,这水桶和酒盅一定是神仙的宝物。俩人就在这小马架住了一宿,临走时,老太太说:“我也没什么可送的,就把这小酒盅和那鹅蛋壳水桶送给你们俩做纪念吧!”

哥俩拜别老太太接着又往前走,也不知道走了多少个日子,来到一个山村小店,掌柜的留着两撇小黑胡,对人挺和气,南来北往过客真不少。掌柜的养了一头小黑毛驴子,有走不动的他就用这毛驴送客人。掌柜的说:“明天谁往东走?必经之路,须过一座冰桥,鸡叫之前得到桥下,否则太阳一出来,冰桥就化了。”第二天哥俩跟着大家一起走,果然看见一座玲珑剔透的冰桥,过客爬的爬,拉的拉都过去了,就剩下他们哥俩怎么也过不去。太阳出来了,霎时间冰桥化作水挡住了哥俩的去路,实在没办法只好又回小店。掌柜的说:“明天我领你俩过冰桥。”第二天,掌柜的拉着驴在前面,天佑拽着驴尾巴,笛梵拉着天佑的后衣襟,很容易就走过了冰桥。

二人谢过掌柜的继续往前走,走着走着天就下起雾来,哥俩也看不清东南西北,就来到了一个小河边,天黑得啥也看不见。忽然笛梵说:“哥你看那半山腰上有一点儿亮。”天佑说:“那咱俩就奔着亮走。”走到跟前一看是个半山穴居的地窨子,笛梵说:“哥你敲开门咱俩找个宿吧!”天佑敲打房门,从屋里走出来一个老太太说:“进来吧。”哥俩进屋,见炕上躺个皮包骨的姑娘,,吓得二人赶忙退了出去。病姑娘说:“二位哥哥别走了,我爹就是贪黑走丢的。”二人听说吓得又进了屋,老太太给他俩弄点吃的,吃完饭又困又累躺在炕上睡着了。睡到半夜,被剧烈的咳嗽声惊醒了。天佑说:“大娘,你家妹妹这病是怎么得的?”老太太叹了口气说:“自从她爹走丢了,她就想出病来了,一天不如一天。”笛梵说:“这病我师父能治。”笛梵就把七岁时他们二人被大蛇抓走,清风老祖救他们的事说了一遍。姑娘一听,马上跪在他俩跟前说:“二位哥哥,你俩就是妹妹的亲哥,哥哥救我。”说着磕了十几个响头,哥俩赶紧扶起妹妹说:“快起来吧!我们俩从小就离开了父母,你母亲就是我们俩的亲娘,你就是我们俩的亲妹妹,我们天亮就回去找师父,你的病一定能治好。”姑娘听完一个劲地流眼泪。

第二天早上,哥俩就启程往回走。边走边唠嗑,天佑说:“咱俩走到这,青草黄了两次,可能是已经过去两年了,咱俩再到师父那,再回来就是四年,咱们那个妹妹早就……”笛梵说:“你说那些丧气话干啥?吉人自有天相。”哥俩正走着突然一阵大风夹杂着沙子,吹得睁不开眼睛，天佑抽出宝剑，把宝剑上下挥舞，这风立刻就停了。二人坐在一块大青石上歇脚，就看见一只老鹰俯冲下来直奔二人身上的鹅蛋壳，哥俩赶紧一人抓住一个蛋壳，这鹰就飞了起来，把哥俩吓得闭上眼睛，不敢松手，怕掉下来摔死，他们不一会儿工夫就被老鹰带到了清风洞。

老鹰落了下来，只见恩师清风老祖坐在巨石上正看着他哥俩笑呢，哥俩赶忙跪倒给恩师叩头。老祖说："二位贤徒为什么又回来了？"天佑把路上的经过说了一遍。老祖说："你不说我也知道了，这劫难都是我点化的，是考验你们俩的。要想救你妹妹的病得用三种药：一是巴兰河的紫河车，第二样是巴兰仙姑的五谷粮，第三样是嫦娥宫里的灵芝草。二月二龙抬头这天，用巴兰的五谷粮煮成一碗饭，然后都吃了，这是第一服药；五月端午节这天，用巴兰河漂流下来的紫河车剁馅包六十六个饺子，一顿吃完，这是第二服药；九月九这天用灵芝炒木耳，一气吃完，是第三服药，吃完病就好了。"

第二天老祖又叫老鹰把这哥俩送回到病姑娘家，正赶上姑娘出来晒太阳，看见天上飞过来两个人，赶紧跪在地上一劲磕头。哥俩按照老祖开的方子，历经千辛万苦终于把这三服药配齐，姑娘按照方法吃了这三服药，出息得像朵花似的。

钦宗讲完，看着大家还沉浸在故事里，钦宗双手一拍，大家才回过神来，都说钦宗讲得太好了，都听入迷了。钦宗说："也讲半天了，大家也都累了，咱们先吃饭。"就叫内监把酒菜都摆上来，大家坐在炕上围着桌子，吃得这个开心。大家相约过一段时间再来钦宗这里接着讲奇闻故事，回去都访一访奇闻趣事，下次来这里讲给他听。酒足饭饱之后，公主和驸马们就离开了，钦宗也躺在炕上休息。心里想，这样相聚的时光是越来越少了，每一次他都很珍惜，如果能平淡地过完这一生他也知足了。

讲述：刘忠生
整理：刘帅辰

29. 宋徽宗认女

据说宋徽宗是历史上子女最多的皇帝，生了三十八个儿子，四十二个女儿，其中有六男八女是宋徽宗一路北狩到五国城后出生的。靖康之难，徽钦二帝及其妃嫔、子女都被送往大金国，宋徽宗已成年的女儿，都被像物件一样分给了金国的皇室和大臣为妾，还有一些女儿跟随徽钦二帝一路北狩来到五国城。

一晃徽钦二帝迎来了在五国城第三个春天，院子里的那棵榆树长出了绿色的枝丫。内监李钊进屋禀报说："听说金国公主完颜铁英要来五国城，协助金兀术看管宋朝北狩的女眷。"这个完颜铁英是十二年前，完颜阿骨打狩猎时救的一个女婴。

那天老朗主阿骨打狩猎，正在包围一只猛虎，忽然听到半空中有婴儿啼哭，只见一只大雕，双爪抓着一个两三岁的小女孩。老朗主刚要拿箭射这只大雕，不知为什么一向心狠的老朗主，听到孩子的哭声心里莫名的难受，就想救这个孩子。心想："要射中了大雕，这大雕从天上掉下来，孩子不也跟着摔死了吗？"这时他想起了懂鸟语的"鹰把式"李五，忙把他叫到跟前说："李五快点想办法救这个孩子！"这"鹰把式"向空中喊："康齐！康齐！"这只雕听到李五的叫声就慢慢飞了过来，快到地面的时候，李五"嗖"地抛过去一大块牛肉，老雕放开孩子，奔向牛肉双爪一钩，又飞了起来，孩子掉在地上。老朗主跑到跟前一看，是一个刚会咿咿呀呀的小姑娘，长得粉嫩可爱，一双水灵灵的大眼睛里都是泪花。老朗主当时就喜欢得不得了，抱在怀里就不撒手了，他只有四个儿子，没有女儿，见到了天赐这个女儿高兴坏了，就把她带回上京，给这个孩子取名叫完颜铁英。铁英虽然不是老朗主的亲骨肉，但老朗主非常疼爱这个女儿。铁英冰雪聪明，琴棋书画，诗词歌赋一教就会，十八般兵器样样皆通，虽然是个女子但却不输男儿。

完颜铁英两天后来到了五国城，把宋朝的女眷都集合在一起，和女眷们讲要成立一个巾英卫队，她教大家骑马射箭，成年的年轻女子都可以参加。同时她还要物色两个副将来协助她，在女眷队伍里，完颜铁英突然发现一个女孩长得跟她一模一样，除了穿着不同，面容长得却惊人地相似，铁英的心脏也不知道为什么跳得这么快，她浑身发麻，赶紧回到屋里告诉女侍让宋朝的女眷都先散了，把刚才那个跟她长得相似的姑娘留下。女侍把女孩领进屋后退了出去，完颜铁英和女孩互相瞅了一阵子，同时说："你怎么和我长得一样？"完颜铁英问女孩："你叫什么名字？谁家的孩子？今年多大了？"女孩说："我叫赵金玉，是宋徽宗第十七个女儿，今年十八岁。"完颜铁英又问："你有几个妹妹？"赵金玉说："我同父异母的有三十多个，但我母亲就生了我和我妹妹两个女儿，我们俩是双胞胎，十二年前我和妹妹在御花园玩，我那双棒妹妹被大雕叼走了。"哦！原来是这么回事。完颜铁英又和赵金玉聊了一会儿，两个女孩有种莫名的亲切感，好像有许多说不完的话，虽然是闲聊，但总是能说到一起。天都有点黑了，赵金玉才起身告辞。

赵金玉走后，完颜铁英躺下却怎么也睡不着，心想：父王从来没和我提过我有个妹妹，虽然父王拿我当掌上明珠，可是好像还有什么事瞒着我，不行，我得把这事弄清楚，找机会我去看看赵金玉的父皇宋徽宗。这边赵金玉回来直接来到徽宗屋里，和坐在炕上的徽宗说起今天的事情。徽宗也是一愣，真有这么巧的事情，他告诉赵金玉要多和完颜铁英接触，有机会把她领来详细问问，要真是他的女儿，那就要感谢老天，让他们父女相认，也算对得起她死去的娘了。

三天后，赵金玉又和每天一样去找完颜铁英探讨巾英卫队的事，她还在想找什么借口，把完颜铁英领到徽宗那里。聊了一会儿天，完颜铁英自己却提出要去拜见徽钦二帝，赵金玉心里一阵惊喜，赶紧领着完颜铁英来到徽宗住处。一进屋看见徽钦二帝和皇子们坐在炕上唠嗑，徽宗看见屋里进来两个长得一模一样的女儿，先是一愣，然后赶紧下地拜见完颜铁英。完颜铁英赶紧扶起徽宗说："太上皇就不要和我客气了，不知道你们在聊什么，我的到来没扫了大家的兴吧？"徽宗赶紧说："今天我们没去干农活，在家里待着没事正在讲故事，现在刚好轮到我讲，正好公主来了就一起听听。"

这个是本朝的真事，说在东京有这么一家，他家孩子挺多，姑娘都有十多个了，这家官人的小妾又怀孕了，后来生了一对双胞胎女儿。一晃长到三岁了，这两个孩子都会咿咿呀呀说话了，大的脚心有三颗红痣，小的脚心也有三颗红痣，小女儿的脖子上还有一块红胎记。有一天她们在后花园玩耍，忽然来了一只大雕，飞下来就把小女儿给叼走了，下面的人干着急，也不敢用箭射，怕伤着孩子，所以就眼巴巴地看着大雕把孩子叼走了。完颜铁英赶紧问："这件事有多长时间了？"徽宗长叹一声："整整十二年了！"赵金玉此时两眼紧盯着完颜铁英，脱下鞋袜说："被叼走的就是我妹妹，我们两个人的脚上都有三颗红痣。"金玉抬起脚给完颜铁英看，果然赵金玉的脚底下长了三颗红痣，完颜铁英摸了摸自己脖子上的胎记，又想了想自己脚上长的三颗红痣，上前抱住徽宗就哭了："我就是那个被大雕叼走的孩子。"说着脱下战靴让父兄看脚心上的红痣，这时徽宗父女抱头痛哭，屋中一片抽泣声，大家是既伤感又高兴。钦宗说："父皇终于等到这一天了，妹妹现在是金国的公主，这件事一定要保守秘密，绝不能影响到妹妹。今天是高兴的一天，我们弄点好酒好菜开开心心地喝一顿。"吃完午饭，完颜铁英就回到了大帐，她不能在徽宗那里逗留太长时间，以免引起怀疑，这个宋国公主自打知道了自己的身世，总是借口要训练女眷，有事没事就往五国城徽钦二帝那里去。徽宗父女相认后，连干农活都哼哼小曲，知情的皇子们看到徽宗这样，脸上也都挂着笑容。

讲述：刘忠生

整理：赵晓明

30. 宋徽宗立遗嘱

金天会十三年，这时已经是徽宗和钦宗被囚在五国城内的第五个年头了，徽宗病了很长时间了，皇子、公主、驸马轮流守护。这天正好钦宗值班，徽宗一早上醒来，精气神比每天都好，对钦宗说："儿啊，父皇也活了五十多岁了，也活够了，也该回到天上去享一享清福了。离开之前，我得把这身后的事都安排明白了再走。"钦宗一听蒙了，赶紧跪下："父皇您可别吓唬我，我们父子俩北狩到这五国城相依相伴，你要走了我怎么活呀！"

徽宗接着说："他们说了今年六月二十七的午时来接我。爹渡劫完毕，回到天上是大喜事，你们都不许哭，这葬礼就由你和苗魁主持，把我送到选好的那块风水宝地，然后再给我整一座假坟，安葬到同江畔郑皇后的墓地旁边。你们给我送去墓地的时候，千万别大张旗鼓，就穿着孝服，抬着棺材即可，一定要瞒过金人的耳目。再给我整一块石碑，把我的生平写在顶上，有些不能让别人知道的话，就用咱们的徽宗语去写，然后父皇的真墓地在哪儿你只许告诉咱们老赵家的后人，告诫他们，只要务农经商，千万别碰官场，平平淡淡过老百姓日子就可以了。第二件事，如果有一天，桓儿能回到南朝，就让九皇子康王把政权还给你，然后让他当个兵马元帅，再把朱皇后给立为正宫，把年长的宫女都嫁到民间。第三件事就是后宫的这些妃嫔和宫女，想办法让她们能离开的就离开，别在这受苦，愿意嫁人的就偷摸嫁给当地村民，让她们永远逃出这后宫，过普通人的生活。"钦宗说："行，父皇都按照你说的办。"徽宗又说："你去把十公主梦霞她们叫来，我得告诉告诉你们，我还有个心愿没了。"

内监赶紧出去叫公主们进屋，不一会儿十公主梦霞和其他公主都来了，都围在炕边。徽宗说："今天我给你们讲个事，当年的时候爹还是太子，有次微服春游，病倒在深山里，被一白头发老头救了。他说我得的病名字叫‘绞肠痧’。这老翁有个女儿年方十五，那是又漂亮又善良，老头说：‘你屁股眼里长了个紫泡，得拿针挑开，放出血水，再拿个蒜瓣或者药塞到里面，过几天就好了。’我不好意思，就表示不治了，后来我疼昏过去。他女儿为了给我治病，也不嫌弃男女有别，坚持给我上药，后来治好了我。我在他家的茅草屋里待了七天，每天她都精心照顾我，给我做可口的饭菜，现在回想，虽然没法和宫里的御宴相比，但老人家做的饭菜真是人间少有，那才好吃呢！那东西也不知道是怎么做的，金黄色像塔，但中间心是空的，吃一口好像吃仙果似的，再配一口疙瘩咸菜，真是老香了。我临走的时候还揣了俩，感觉现在嘴里还有香味儿呢。”十公主问：“这种吃的哪儿能买着啊？”徽宗说：“傻孩子，除了在老翁那吃过，别的地方还真没有。”梦霞说：“那个女孩子呢？”徽宗说：“那时候爹也没好意思问，就知老头姓郑，人家姑娘的名字爹也不好意思问。”梦霞说：“父皇，那姑娘长得好看吗？”徽宗叹了一声气：“那姑娘长得芙蓉粉面、柳叶弯眉、口似樱桃，长得可好看了。”梦霞说：“你们没说说话聊聊天？”徽宗这时眼泪在眼圈里直转，又叹了口气：“我走的时候，她还送我一首诗呢！”十公主说：“父皇您快说说。”徽宗说：“算了吧，这事儿都过去多年了。”梦霞撒娇地说：“好父皇您就说说嘛！”徽宗说：“朕实在是记不住了。”云罗公主飞霞说：“大家都想知道，父皇您就好好想一想吧！”徽宗说：“第一句是三春有幸云茅棚，奴晓君家在汴京。此去不知何日见？原将后约定来生。”梦霞说：“后来呢，父皇，你们见面没有？”徽宗说：“你这孩子咋老是刨根问底的。我走后就再也没和她见过面，父皇临走的时候，他们父女把我送出山门口，老翁对我说看我俩挺般配的，即便没有六礼也愿意把女儿嫁给我。可我从没想过这一别就是永别。听说她一直等到二十多岁，后来郁郁成疾，不幸去世。我听到这个消息之后很伤心，就作了一首挽联一直藏在心底。”梦霞说：“父皇那您都写的啥，你给大家伙念叨念叨呗。”徽宗说：“好，今天朕就把遗憾都说出来。‘尔何人？朕何人？虽未六礼告成，惹出这番烦恼。生时见，死未见，倘若是三生有幸，愿结再世姻缘。’我走以后，钦宗皇儿你把父皇和那姓郑的女人灵牌合葬在一起，让她永享赵氏子孙的祭祀。”钦宗连声说：“儿臣遵旨。”

这时，完颜铁英也来看望徽宗，望着这个女儿，徽宗又对众人道：“还有一件事就是铁英的事，任何时候也不能暴露她的身份，她是我们安插在大金国唯一的家人。父皇回不去南朝了，无论金国如何改朝换代，她都是大金国的‘金枝玉叶’，她能暗中保护咱们赵氏子孙。铁英你要牢记父皇的话。”完颜铁英眼含热泪呜咽地说：“女儿知道了。”徽宗说：“飞霞、梦霞、若梅、金玉你们四个要拧成一股绳，把众姐妹带好，爹把北狩这些女子交给你们，你们要多吃些辛苦，多替父皇分忧了。从今天起，若梅，父皇正式封你为碧罗公主。”若梅当时跪拜谢恩说：“女儿愿为父皇大忠大孝，在紧急关头誓死与大宋国共存亡。”说完跪地不起，徽宗说：“好女儿快起来吧！”然后又把儿媳朱皇后叫到床前，“我还有一件事要说，就是朱皇后贤媳，我走后，大宋国的重担就全都落在桓儿肩上了，你是大宋国大忠臣朱伯材之女，要替他在治国忧民上多分点心，父皇走了就没什么牵挂的了。”朱皇后双膝跪倒，泪眼蒙眬地说：“儿媳遵旨。”

徽宗说：“孙皇兄，苗先生，朕有一天要归仙境，二位多多地替朕分忧，替朕把他们带好。

朕感觉这几天身体轻飘飘的，这一定是升腾之象，你们大家要齐心协力，咱们赵氏一族中希望不再有像十五皇子赵愣和驸马刘文彦那样骨肉相残的人。”众人听罢一齐跪倒泪眼涟涟说“儿臣遵旨”。

讲述：刘忠生

整理：刘玉林

31. 徽宗病重魂游的故事

徽宗迷迷糊糊的，眼睛半睁半闭，忽然听见窗外吹打弹拉，有人喊：“大仙，我们来接你来了。”徽宗不知不觉走出院外，就看见西北方向的天上来了块黄云，里面站着很多美丽的姑娘，云彩时隐时现，徽宗看着这么美丽的景色，突然想把它画下来，赶紧进屋去拿画笔。刚一转身就看见那块黄云落在天井院里，变成一座黄色八抬大轿，众轿夫都长得异常俊美，齐声说：“请大仙上轿！”徽宗觉得来得突然，心里犯嘀咕，不是说六月二十七吗？还有一个多月呢，怎么这么快就来了，心里犹豫不决。又听一个清脆的声音喊说：“大仙快上轿吧，时辰已到，过这个村就没这个店了。”这时外边又喊：“时辰到，你不去我们接别人去了！”徽宗顺手把铜火筷子扔出窗外说：“爷不去！”徽宗就听仙乐慢慢地走远了。

不大工夫，养马刘三的徒弟来禀报徽宗说：“太上皇方才咱们‘大小姐’生了。”这“大小姐”是徽宗的马，徽宗问：“生了个啥？”“回太上皇，生了个金黄色的骡子。可是它一口奶也不吃，正在院子里撒欢。”徽宗跟小马夫到了院中，心里“咯噔”一下，这骡子咋跟刚才接我的那个轿子一样颜色呢。他回到屋里又倒在炕头上。快到晚饭的时候，小马夫进来说：“太上皇，我们五国城又出奇闻了。那头小黄骡不吃奶饿死了，肚子内扒出一双铜火筷子。”说着双手递给徽宗。徽宗接过火筷子一看，吓得毛骨悚然，这不是早晨扔出的吗？心想：“多亏我没上轿，要上了轿，我不就托生成那个小黄骡子了吗？真险啊，好悬没上当。这神仙也骗人呢？差点坠入六道轮回。”

从此后他的病更厉害了，每日恍恍惚惚的，这下可把钦宗等人吓得不知道怎么办好了，钦宗说：“苗魁快去找孙太医。”孙胜把了把脉直锁双眉，对钦宗低声地说：“皇上的病叫梦幻仙症。”然后又贴在钦宗耳边小声说了一些。又过了七天，徽宗倒在炕头睡觉，觉得心中烦闷，他穿上衣服，戴上瓜皮小帽，自己不知不觉地走出四合院，也没有人陪伴。

他顺着四合院小路就朝遛马的马场走了过去。这天是个假阴天，看不见太阳。走到一个小马架子前，他推开门就进去了，竟没有人拦他，徽宗见炕头躺着一个人，盖着被蒙头大睡，这时候徽宗又饿又冷，他也挨着那人就躺下了。这时走出来一个老头和一个老太太，就像没看见他似的，该干啥干啥。天眼瞅着快黑了，从外面走进一个壮汉，领着一个长头发老头，那壮汉说：“爹快出来，降妖的老爷请来了。”只见那老头手拿一个坛子，一边念咒，一边用棍子敲打坛子，徽宗觉就得浑身发紧，老头敲一下，徽宗觉得眼前就一黑，什么也看不见。这时老头说：“快把口封上，妖精被我抽进坛子里去了，快点把他埋了，别叫他再出来害人。”

徽宗就被人埋在阴山坡上了。

徽宗的真魂就被弄走了，他的病体躺在五国城四合院屋里的南炕上，面如死灰，气如游丝，眼睛睁也睁不开，把大家吓坏了，钦宗领着百十口人只能哭。孙胜说："皇上这回可能真是要苍龙归大海了，大家就按他老人家的遗嘱，给他办理后事吧。"韦贤妃、王妃、刘妃听罢，放声大哭，朱皇后、邢夫人也都泪眼涟涟，众皇子、众公主、众驸马都低头流泪。苗魁掐指一算说："不好了，太上皇的魂叫妖人给拘去了，埋在阴山背后了，快派人马上去找，凡是在阴山坡有新土的地方，都要深挖，发现坛子罐子之类的东西，要用铁锤击碎它，一定把太上皇的魂放回来。我算太上皇还有一个多月的阳寿，大家马上分头去找。"

大家按方向逐个寻找，大半天也没发现什么。这时苗魁抬头一看，看见东南方向有一团黑气，他掐指念咒，走进黑气里，看见有盆口大一块新土，苗魁赶紧招呼孙胜，快把土挖开，就看见一个酱紫色坛子，孙胜念念有词，一锹劈下去把坛子打得粉碎，徽宗的魂儿忽悠一下子就回到了四合院，他睁眼一看飞霞、梦霞、若梅、铁英、金玉等人都站在自己身边。徽宗说："好冷啊！"梦霞说："快给父皇盖上被，父皇你这七天七夜不吃不喝，上哪儿去了？"此时出去的人都回来了，见到徽宗果然清醒过来了，徽宗就把七天里自己所遇到的事详细说了一遍。于是众皇子公主都感谢苗先生救回徽宗的魂魄。之后大家在徽宗健在一个多月里，都掩盖悲伤，让徽宗享尽人间的天伦之乐。

讲述：刘忠生

整理：徐东玮

32. 徽宗给习古乃画画

五国城是徽钦二帝被幽禁之地，实际上就是囚禁的地方，用今天的话说就是监狱。这里囚禁着徽钦二帝及其皇室，接任的习古乃将军非常谨慎，他深知看守徽钦二帝这些人责任重大，不敢马虎大意。尽管习古乃将军和徽宗关系很好，可终究还是看押者和被看押者的关系，徽钦二帝到了五国城后，徽宗赵佶住在东院，钦宗赵桓住在西院。院子中间栽了几棵树，是一种小灌木树，树旁有一个石头桌子，石头桌周围有四个石头座椅，徽宗闲着没事的时候就在院里坐着。

这天钦宗赵桓从角门走了进来问："父皇！这个住处怎么样？"徽宗看了一眼难过地说："看样子我们要在这里过下半辈子了，只要不再那么辛苦东奔西游地走了，在这里待着也没什么，这地方离中原更远了吧？"钦宗说："父皇，远近没关系，只要清净。"徽宗说："想清净容易吗？这么多人想什么的都有，你的几个弟弟有几个是省油的灯？"钦宗说："我是不会闹事的，我看他们现在也都挺'省油'的。"说到这两人都笑了起来。正在这时，习古乃将军和狱司达八喇甘从正门进来，习古乃对徽宗说："太上皇对住的地方还满意吧？"徽宗说："还有什么不满意的，在通州、韩州时住的是土房子，一路上风餐露宿，遭老罪了，现在比那时不是好多了！现在我这一大家子人来到五国城了，人生地不熟的，谢谢将军和狱司的宽容和善待。”“这个好说好说，”刁古乃将军说，“我这个人，你是不知道，我是心直口快，有什么说什么，有时候说不定会冲撞了你们，所以也请你们多多包涵喽！”

刁古乃赞美太上皇徽宗写得一手好毛笔字，唠着唠着就说到金国朝廷的一个人，就是完颜希尹。刁古乃说：“完颜希尹收藏了太上皇许多墨宝，太上皇要是能够为我也题写一幅墨宝该多好啊！”徽宗看看刁古乃说道：“这个事不算个事，不知道刁将军喜欢题写什么字画？”刁古乃见徽宗没拒绝非常高兴，从怀里摘下一个玉佩，这个玉佩不是很大，是一只用喙歼袭（注：就是海东青偷袭天鹅的头）。徽宗拿在手里看着，问道：“这个是什么物件儿啊？”刁古乃道：“这个是海东青击天鹅玉佩，大的鸟是天鹅，小的海东青，是我们北方一种鹰，别看鹰小，它可是非常勇猛的猛禽，在我们金国人人都崇拜它，它是万物之神！”徽宗好像明白了，他过去曾经画过一幅《海东青击天鹅图》，刁古乃将军手里的玉佩仿佛和过去画的图是一样的。连续几天夜晚，徽宗都没有睡好，海东青、鹰、天鹅万物之神总在他的大脑里出现。过去画那张画的时候，大宋江山还在，现在却丢给了女真人，女真人就是海东青，想不到当初那幅画的构思，像预言一样把大宋江山这个“天鹅”让金国这个“海东青”给祸害了，现在刁古乃将军索要这样的画，是不是有这个寓意呢？徽宗因为这件事吃不下饭，睡不着觉。

海东青是一种鸟，也是一种猛禽，是古肃慎族的最高图腾，有万鹰之神、神的使者的意思，在神话中海东青是个浑身散发着巨大光芒、挥舞着巨大翅膀，永不停歇、永远怒翅飞翔的鹰神形象。在辽代的五国，海东青是出了名的，女真族普通老百姓是不能饲养海东青的，只有酋长有这个权力，女真百姓如果得到海东青，就要交给酋长保管，每年秋季辽国朝廷都会派遣“银牌天使”来五国收取海东青。

过里几天刁古乃将军弄来笔墨纸砚，一幅《海东青击天鹅图》就跃然纸上，栩栩如生。其实这个图，徽宗还是凭借记忆，把曾经的画重新画下来而已。内监把那幅画挂起来，然后悄悄地端上茶盘，徽宗接过茶碗，用嘴抿了一口，向后退了几步，仔细观赏着画作，觉得还有不满意的地方。放下茶碗，提笔在海东青的羽毛上点了几点墨，然后后退几步歪头看着，口里吐出一个茶叶梗儿，说道：“海东青和天鹅比，实在是小多了。”徽宗让内监把画收起来，等刁古乃将军再来时拿给他。

钦宗看完海东青图，并没有赞美，却说起五国城的景色来，五国城这个地方景色优美，画几幅山水也挺美的。晚饭时徽宗对钦宗说：“皇儿，你说说这幅画，画得怎么样？”钦宗说：“我说不出所以然来，听听驸马的意见。”驸马子辰吞吞吐吐地说：“我对这幅画也说不好，怕惹太上皇生气。”“怎么难道我画得不像？”子辰说：“像！太像了！简直就和真的一样。”徽宗端起了茶碗喝了一大口说：“一切都得让人家满意，咱们才能过得安稳啊！”子辰说：“是给刁古乃将军画的吗？”徽宗点点头，子辰流着眼泪说：“太上皇若是这样想，我就什么都不说了。”徽宗伸手搂过皇帝赵桓和驸马子辰无奈地摇了摇头，“你想说什么，皇儿心里想什么，我都清楚！这幅画，就是赞美了金国人，人家金国人就是鹰的性格，鹰一样的精气神。这个天鹅，就是我大宋国，活生生地给海东青这个雀鹰子给打败了！”钦宗说：“当初朝廷里，咱们大宋多少官宦拿金银和辽国做买卖，生生把国库弄空，民不聊生，大宋江山都让他们给卖了！”说完，三人抱头哭作一团，为了以后在五国城生活，徽宗这也是无奈之举。

讲述：田守一

整理：田　苗

33. 徽钦二帝祭天救孙儿

这一年秋天，五国城不仅庄稼丰收，徽宗的子嗣也丰收，接连得两个孙子，莘王赵植的儿子赵成定和济王赵栩的儿子赵成咸，一晃俩孩子就长到了三岁。小哥俩天天在一起玩耍，同时也与当地女真人的孩子一起淘气，徽宗见他们和当地女真族孩子一起玩，也非常高兴，就经常把他们集中到自己院子里，教他们识字、写字。

天会十二年(1134)冬季，第十二子莘王赵植到五国城北山伐木时，被倒下的木头砸死了。徽宗伤心了好长时间，此后就特别疼爱赵植的儿子赵成定。赵成定跟祖父徽宗格外亲近，只要有好吃的，徽宗宁肯自己不吃，也要偷偷地留着给赵成定吃。在徽宗的教导下，赵成定也养成了兄弟恭让的习惯，他从不吃独食。只要是祖父徽宗悄悄给他吃的东西，他是一定会分给小弟成咸一半，赵成咸也懂事，知道成定的父亲没了，同样知道尊敬这个哥哥。尽管有时候，两个孩子相互掐架，“你个臭豆子！”“你个臭糜子！”地说，可是弟弟看着哥哥不吱声了，低头掉眼泪的时候，弟弟就像个小大人一样哄着哥哥说：“哥哥，我错了，以后我不说你臭豆子了。”成定就搂成咸的肩膀说：“弟弟，以后我也不叫你臭糜子啦。”两个小家伙的一举一动，徽宗都看在眼里，有一种说不出来的感动。

有一天下午，莘王妃急匆匆抱着赵成定来见徽宗，走进院子就哭着嚷着：“快请太上皇救救我的豆豆吧！”徽宗听到声音赶紧走出去，从莘王妃怀里接过成定：“豆豆咋地啦？”“太上皇，您看看，他两只脚咋就红到脚脖子了呢？不敢下地，沾地就疼！”怎么红这样的也不来告莘王妃徽宗翻开豆豆的裤脚心疼不已，莘王妃说：“我怕太上皇着急，今天早上没敢告诉您，领到江边想用嘎牧坝井水洗一洗，可就是打不上水来。”徽宗心疼地问：“豆豆，告诉爷爷疼不疼？”赵成定也眼巴巴地瞅着徽宗说：“皇爷爷，救救我，我脚特别疼呢！”徽宗听了忍不住直掉眼泪，就在这个时候，济王赵栩两口子也抱着赵成咸跑了进来。徽宗把俩孩子放到炕上，一看这小哥俩得的是一种病，来到五国城后的宋朝俘虏们，都学会了用当地女真萨满办法治病了，徽宗说：“萨满用井里的水，洗洗就好了。”赵栩立刻说道：“今天早晨我俩也领赵成咸去了嘎牧坝井，同样是没打着水，我也没有啥招儿了，才来找父皇。”徽宗琢磨着，突然有了主意：“把孩子放这儿，我们去抓猪祭天神！”赵栩马上跑出去，找人去抓猪。很快，外面就传来了猪的凄厉的叫声。

自从徽钦二帝来到五国城，养的都是当地女真人的猪，猪型儿小，怎么也喂不大，最多长到百八十斤，就不长了，俗称“荷包猪”。20 世纪五六十年代，东北农户家还有这样的猪种,可惜后来被改良,这样的猪种就消失了。传统的荷包猪是女真人专门为敬祖祭天所饲养的。主要是接猪的生血做祭品,杀猪的时候,把猪卸成七大块,下锅煮熟,在祭祀的时候,把猪的胆、下水、下颚插在老榆树杈上,祭祀之后大家用树枝夹肉再吃掉。猪的骨头杂碎全都埋在树周围的土里,年轻力壮的后生们抬着"荷包猪"到天神庙,五国城里的宋俘和当地女真居民也都围观着,场面非常壮观。

徽钦二帝和诸王等人都来到了宋瓦江边。后生们早就堆起了木柈子,徽宗举起火把,走到架好的木柈子堆旁,把火把交给了钦宗,钦宗把火把塞进了木柈子堆里,顿时大火噼噼啪啪地燃烧起来。接着在大树外围堆放的篝火也都点燃了,火光冲天,映红了宋瓦江的江面。江北老萨满,被刁古乃将军用船送过来,在女真人的簇拥下走进了大榆树下的天神庙。萨满从钦宗手里接过两个手鼓,举在空中,嘴里说着话,然后把手鼓递给徽宗,徽宗不知是从哪儿学的舞蹈,就在火堆周围跳了起来。钦宗和众位亲王也跟在后面,"啊相玛啤嘻呢,酥巩味哩吱呻,吧见时……"(伟大万能的神啊,请你接受我敬酒焚香,请你来到这里,除去我儿孙的灾殃,我定给你补偿……)萨满唱诵着,徽宗和钦宗一起复诵着。

这样的《请神调》如今在鄂伦春族、赫哲族等少数民族地方仍然流传着。接下来萨满把杀猪的刀子接到手上,在火苗上反复烤着,嘴里哼着女真语,把刀子递给侍者,侍者接过刀子对准猪的脖子和心窝处刺去,另一个侍者用盆接着猪血,围观的人们静静地观看这一切,萨满把血给"玛珐""阿珐"两位天神涂抹在嘴上,接着又用猪血涂抹在大树根上,这叫作"珂天"。徽宗拿起木勺,舀了满满的一勺猪血,嘴里叨念着"乌什咔……"(神灵护佑)便倒在嘎牧坝的井里,只见那猪血洒到井里之后,就听到里边渐渐地由弱转强传来呼啸声。随着声音传出,声音越来越大,感觉大地都在颤抖,震耳欲聋的,围观的人们被这样的场景惊呆了,尽管有些女真人经常参加这样的活动,可是每到这样的时候,都会生出莫名的恐惧。接下来,滚滚的雷声从井下传上来,轰轰的声音仿佛就在每个人的脚下,围观的人们不自觉地倒退了好几步,随着声音越来越大井口就喷出水来,"咕嘟哪""咕嘟哺"地直翻花冲上地面。"看哪!上来水了!"不知道是谁喊了一声,人们立刻欢呼起来,徽宗、钦宗把成定和成咸摁在井水里一个劲地洗,洗过之后,两个孩子的红色斑点全部褪掉了,大家都夸嘎牧坝井水的神奇,两个小家伙的病好了立刻就玩耍起来。萨满完成仪式后,从徽宗手里接过酒一饮而尽,然后从钦宗端的盘子里拿起大块肉吃了起来,人们渐渐散去,徽宗、钦宗和眷属等人从树杈上摘下祭肉,两个孩子也接过祭肉香甜地吃了起来。

讲述:田守一

整理:刘忠生

34. 徽钦二帝逃不出金人的魔咒

今天要给大家讲的传说故事差不多快有一千年了,是关于徽钦二帝被囚禁的故事。那时候,金国人表面看对软禁的皇帝很好,其实骨子里那是蔫坏蔫坏的,怕他们死,又巴不得他们死,就用各种方法"调理"他们。因软禁带出来的人多,出行很不方便,白天不睡觉急着赶路，夜晚蚊虫叮咬睡不着，因此这一路跑了很多人。

当时金人过着游牧生活，居无定所，所以徽钦二帝包括所有家眷一直跟着游荡，走到哪里，哪里就是家，押送两位皇帝及其亲眷到五国城时差不多用了三年时间，北狩以来的一路艰辛和唐僧当年取经没什么两样，都经历了各种苦难。

宋徽宗刚来到五国城，生活在中原的他初到北方，一时适应不了新环境同时非常思念家乡。由于北方天气非常寒冷，身体和精神双层折磨，宋徽宗来五国城不到两年，于 1135 年便客死他乡了，死的时候只有 54 岁。他死后也不得安宁，身体被金人炼了灯油。又过了六年，1141 年南宋才与金人达成“绍兴和议”。作为和议的一部分，徽宗灵柩和高宗生母韦氏被金国送还南朝。

此后的十二三年里，为了防范囚禁皇帝被抢回，差不多每年都要换囚禁的地方，直到 1156 年长期受尽各种折磨屈辱之苦的宋钦宗在一次金国皇帝组织的马球比赛中，因身体虚弱、又不善马术，从马背上摔下来被成群的马践踏而死，死时只有 57 岁。金人为蒙蔽宋人，一直没有告诉他们，一直到 1161 年，宋朝才知道钦宗早在五年前就被迫害死了。

民间传说，即使徽钦二帝死得这样惨，金人也没有让他们灵魂得到一刻安息，他们利用当时流行的巫术对徽钦二帝进行控制。当时金国连年派兵南下进攻南宋，都被岳飞等人打败，金国皇帝找来巫师，想用巫术击败宋人的抵抗意志。他们认为虽然徽钦二帝死了，但他们的亡魂还在，便请来能工巧匠雕刻了盘龙的石柱，分别代表着二帝。作完巫术之后，石柱下潜到松花江里面，古代龙是帝王的象征，金人想把徽钦二帝永久地囚禁在五国城，这样做既可以鼓舞金国臣民的战斗意志，也能增加他们的自信心。当然，这只是民间传说而已。

要不是依兰县近年来干旱天气导致降雨量减少，致使松花江与倭肯河水位下降，怎么能使得倭肯河口龙兰港以东六百五十米处，巴兰河口对面松花江南岸露出浅滩。打鱼人在此路过时才惊讶地发现了七段盘龙石柱，恐怕金国人一手操办的囚龙传说似乎永远也得不到验证了。为何金人要把汉人信仰的真龙天子沉入江水之中呢？我们只能猜测在那个巫术横行的年代，金国人在军事上无法灭掉南宋，于是用现代人眼光看来，只有要一些雕虫小技，妄图借助神灵的力量才能征服南宋。金国将汉人的真龙天子永远地囚禁在了松花江下面，直到 2018 年炎夏，囚困在水里八百多年的真龙才得以重见天日。

讲述：刘玉林

整理：刘帅辰

35. 徽宗与兰花仙子

徽钦二帝北狩来到五国城的时候，住的都是地窨子，地窨子就像是地窖一般的房子。后来金人允许宋朝的工匠给徽钦二帝等人盖房子，五国城周围又有上好的土质，可以烧出砖瓦，在徽钦二帝来到五国城第二个年头，房子终于盖好了，比起以前的地窨子住得舒服多了。过惯了宫廷生活的徽宗，来到了五国城这个地方，简直是从天堂掉到了地狱，不停地思念家乡想要回到故土，就连睡着做梦的时候徽宗也会梦见回故乡了，他真是太想念家乡了。

徽宗梦醒之后睁开眼睛就看到了那盆他从汴梁带来的兰花，带来的时候它只是一棵小苗，徽宗为它了能够存活，费了不少心思，希望这棵兰花能够顽强地活下来，每天都精心地养护它，现在这棵兰花长得郁郁葱葱，也算是给徽宗一些安慰。

时间过得真快，转眼又到了秋天，中午的阳光照进来，屋子里暖洋洋的，徽宗叫侍者把他养的那盆兰花拿到外面晒晒太阳，于是侍者就把这盆兰花搬到了院子里面，徽宗给兰花浇好水后就坐在屋檐底下晒太阳欣赏兰花。突然院子里刮起一阵旋风，绕过兰花就朝徽宗方向刮过来，但还没到徽宗跟前，就转向房顶刮过去了，突然一声响动，一片瓦从房顶砸下来，这时又一阵大风再次刮过来，逼得徽宗赶紧用手蒙住双眼往下一弯腰，从房顶掉下来的那片瓦正好砸在徽宗的后背上，旁边的侍者吓坏了，慌忙扶起徽宗，徽宗说："好险哪，要没有刚才的那股大风，我坐在屋檐下正好被瓦片砸中脑袋，那可就把我砸坏了，幸好只是砸在后背上，虽然有些疼但没什么大事，这两阵风刮得太邪门。"说完赶紧让侍者把兰花搬进屋里，别再来什么风把兰花刮坏了。

吃完晚饭徽宗早早地就躺下休息了，睡到半夜时候听见有人叫他："太上皇、太上皇。"徽宗睁开眼睛，看见一位美丽的姑娘站在他的身边，身上散发着兰花的香气。姑娘说："太上皇受惊了，今天有一孤魂野鬼想要伤害太上皇，被我及时制止，我不放心特意前来看看太上皇有无大碍。"徽宗赶紧谢谢仙姑出手相救，"不知你是哪位仙姑?"姑娘说："我就是你每天精心养育的那盆兰花，我叫玲兰，是兰花仙子。我原本是个凡间女子，有一天独自出门游玩，正在高山与溪水之间高歌，突然看到天空中一朵祥云上站着一位美丽的姑娘，身穿五彩长裙，面如桃花对我微笑。我被眼前的景象惊呆了，赶紧跪下给仙女磕头，只见那个仙女飘飘来到我的面前，对我说：'我云游路过这里，突然被你的歌声吸引停住了脚步，这就是你我的缘分。我乃是灵芝仙子，看你长得灵美秀气有一些仙家灵气，我收你为徒，希望你好好修炼，早日修成仙道。'我赶紧跪拜师父，这一晃就修炼了一千年。五年前因为修炼历劫，我被法器所伤，于是躲进了你养的这棵兰花里，这就是我和太上皇的缘分，太上皇因喜爱兰花精心养育，我也借着太上皇真龙天子的灵气养好了身体。太上皇本是仙家之体下凡历劫，所经历的都是因果轮回，别人不能擅自插手。今日我因感念太上皇精心养育之恩出手相救，已经犯了天规，我得离开去天庭领罚，走之前来看看太上皇身体有无大碍。"

徽宗听到这再次拜谢兰花仙子出手相救，说完兰花仙子飘然而去，徽宗喊着兰花仙子，从梦中醒来。第二天徽宗把钦宗找来，对他讲述了昨天发生的事情和昨天晚间做的梦，二帝对着那盆兰花拜了三拜，感谢兰花仙子的搭救之恩。

讲述：徐文厚

整理：徐东玮

36. 郑皇后

郑皇后是开封人，直省官郑绅的女儿，长得美貌，聪明伶俐。郑氏很小的时候就入宫了，在向太后身边做侍女，端王赵佶经常到向太后这里请安，于是郑氏就对端王暗生情愫。

宋徽宗本来也是个风流天子,怎么可能不知道呢?他看郑氏长得花容月貌,温柔可人,也被吸引。一来二去,向太后就让郑氏服侍端王,等到赵佶做了皇帝之后,就把郑氏赏赐给了宋徽宗。

郑皇后喜欢读书,文章写得也好,是个比较有才气女子,宋徽宗夸奖郑氏有文采,字也写得好看。儒雅风流的宋徽宗没想到身边还有这么一个长得好看又有才情的女子,格外欣赏,便经常写些情诗赏赐给郑氏,郑皇后也会写一些情诗回赠给徽宗。获得徽宗宠爱的郑氏,地位越来越高,从贤妃升为淑妃,再成为贵妃,在王皇后死后入主中宫成了皇后。郑皇后很节俭,册封她为皇后时,本来要给她做新的礼服,郑皇后却说:"制作新衣服要花不少钱,用旧衣服改一下就行,省下的钱留着国家用。"

靖康二年宋徽宗和郑皇后被金人俘虏,押解北国,北狩一路受尽折磨,风餐露宿,吃了很多苦。来到五国城的郑皇后,这一路经过颠沛流离,身体本来就虚弱的她来到这冰冷的北国更是雪上加霜,身体一天不如一天,吃了很多药也不见好。

三月的五国城,外面雪花纷飞,郑皇后躺在炕上一个劲地咳嗽,徽宗用手轻轻拍打她的后背。徽宗流着眼泪握着郑皇后手说:"这些年你跟我受的苦太多了,也苍老了很多,要多保重身子,养好身体,咱们以后还要回汴京呢!"刚说到这里,郑皇后又是一阵令人揪心的咳嗽,喘不过气来,身体痛苦地缩成一团。徽宗赶忙说:"我明天跟平章雅力金达说说,到上京抓点药,一会儿让御医再给你把把脉。"郑皇后勉强笑了笑说:"太上皇,不用了,我的身体我自己知道,我剩下的日子不多了。"徽宗此时心里难过得不行,搂住郑皇后安慰她,郑皇后在徽宗的安慰和抚摸中睡着了。

第二天早上郑皇后睁开眼睛,对侍女说:"你去把太上皇和皇上叫来,我有话要和他们说。"徽钦二帝来到她的跟前,郑皇后让徽宗亲自给她梳头洗脸,弄好之后,又让侍女从她的包袱里拿出一个黄颜色的木匣,让徽宗打开。徽宗打开一看,是以前他和郑皇后相互传情时写的情诗,看着那些诗稿徽宗满脸是泪,虽然宋徽宗后宫嫔妃众多,但他最爱的就是这个多情才女郑皇后。郑皇后深情地看着徽宗说:"臣妾对太上皇的爱意都放在了这里,"说着把手放到了胸口上,"这些诗稿就留给太上皇做个念想,我要走了回南朝了,不能再陪你了,我走之后一定要想办法把我的骨灰送回中原。"徽宗流泪点头,赶紧拉住郑皇后手说:"你没事的,没有你的陪伴我活着也没什么意思了,你别扔下我。"郑皇后转过头接着又对钦宗说:"桓儿!"钦宗赶紧跪下说:"母后你还有什么事要嘱咐的?"郑皇后说:"我走以后,要多替你父皇分心,管好弟弟妹妹,不要让他们骨肉纷争,还要照顾好你父皇。"接着又看向徽宗:"太上皇这一世我没能和你白头到老,希望有来世我们还能和诗对答。"说完两眼一翻,吐了口气永远地走了。徽宗伤心欲绝,哭得死去活来,被内监搀着。钦宗和金国侍卫交涉出殡的事情后,郑皇后被停在排子上,盖上了蒙脸纸,缠上了绊脚丝。各位皇子、公主、驸马都穿上了重孝。平章雅力金达说:"可以把郑皇后暂时葬在松花江边附近。"钦宗领着二十九名皇子、二十一个驸马、三十多个文武大臣把太后葬在江边的坟地。

自从郑皇后死后,徽宗感到从未有过的悲痛,他天天不是跑去郑皇后的坟地哭,要不就是躲在屋子里哭,哭够了就喝酒。借酒消愁,把眼睛都哭瞎了一只,风流一世的皇帝宋徽宗对郑皇后那是真爱呀!

讲述:刘玉林
整理:刘帅辰

37. 苗飞虎忠杀额骨力

徽钦二帝执政的时候,有个河间节度使叫苗羽冠,为人正直无私,对大宋朝忠心耿耿。因张邦昌祸国殃民,苗羽冠多次上奏,希望徽钦二帝为大宋江山铲除奸人,只可惜徽钦二帝当时只听信张邦昌的谗言,张邦昌不但没有获罪反而把苗羽冠弹劾治罪,扁为庶民。

靖康之变后,徽钦二帝被虏离开汴京的时候,苗羽冠不但没有怨恨徽钦二帝,还忠心不二地领着两个儿子和士兵前去营救徽钦二帝,最后因寡不敌众,被金国的大都督打败。苗羽冠被迫逃到了悬崖处,本来想跳崖殉国,没承想跳下去却被悬崖的树枝挂住了,命不该死,他逃回老家找到了妻儿。

苗羽冠有一个小儿子叫苗飞虎,九岁那年正月十五元宵节观灯时被一个骗子给拐走了。这个骗子给他灌上药,用刀把他身上割出血,吓唬他说:“不听话就给他披上活剥的狗皮,过十天半月就长上了,变成狗身人头卖给杂耍的。”骗子还让苗飞虎管他叫爹,九岁的小孩哪扛骗子吓唬,乖乖地就跟骗子走了。饥一顿饱一顿走了半年多,来到了关外。

这天他们来到一个庙里,骗子说:“要是有和尚问你,你就说我是你爹,问你妈就说你妈死了,听着没有?”飞虎点点头说知道了。这庙里和尚是世外高人三空长老海静禅师,慈眉善目,有个绰号“紫面如来佛”,原是五台山杨五郎的七世玄孙叫杨勤。

今天骗子一进庙,他便看这个人长得贼头鼠目,孩子长得挺英俊,看着就不像一家人,心里不免有些疑惑。海静禅师念了声佛号:“阿弥陀佛,施主你是来借宿的吧!”骗子赶紧说:“是的。”海静禅师让小沙弥领他们二人去吃斋饭,又问骗子:“你家是哪里的?”骗子说:“我是山东河间府人。”吃过斋饭,海静禅师又叫小沙弥给那个骗子拿茶水喝,骗子吃饱喝足后就来了困劲,这些日子又累又饿终于找到地方能睡个好觉了,打了好几个哈欠就睡着了。这时海静禅师把飞虎领到门外问他:“他是你什么人?”飞虎说:“是我爹。”海静禅师又问:“那你娘呢?”“我娘?”飞虎听完哭了起来,海静禅师说:“不要怕,我能救你。”飞虎哭着说:“他不是我爹,他是个骗子,我是被他拐来的。我爹叫苗羽冠,我娘叫李桂花。”“苗羽冠?他是干什么的?”“我爹原来是河间府节度使,现在在家种地,我娘就照顾我和我爹。”“哦!原来是忠良之后,那你怎么被他拐出来的?”“我叫苗飞虎,从小爱学武术。我爹说已经有两个哥哥练武了,你别练啦,学点文化吧。就把我送到一家教书先生那里学习,正月十五元宵节那天我实在闷得慌,就偷着跑出来溜达,后来迷路了,碰见这个尖嘴猴腮的人说要领我回家,领我转了好几天,我才知道上当啦!我哭闹要回家,他威胁我,再哭就把我变成人头狗,卖给杂耍的。我害怕了,所以他让我管他叫爹我就叫了。”海静禅师说:“你要愿学武就留下来吧!我看你确实是个练武的好苗子。”飞虎说:“那个骗子呢?”“放心吧,这个骗子我会送他到官府衙门。”就这样,飞虎拜海静禅师为师,跟他学了八年武功。

飞虎悟性很高，武功练得炉火纯青。这天海静禅师说："飞虎你武功练得差不多了，我要把你送回家，你也好见见你父母。"苗羽冠夫妻俩看见丢了八年的孩子回来了，高兴地抱头痛哭，一家三口紧紧地搂在一起，海静禅师说："我这回云游到关外，除了去五国城看你师叔，更主要的是拜见徽钦二帝。一年后你到五国城三皇庙来找我，咱们有重要的事商议。"

时间过得真快，不知不觉大半年过去了，飞虎按照与师父的约定要去五国城找师父和师叔，苗羽冠夫妻俩送飞虎到村口时说："要是能见到徽钦二帝代我向二帝行君臣大礼，你和师父、师叔要想办法倒反五国城，迎请二圣还朝。但千万不要像你俩哥哥那样鲁莽，你年纪小又一个人在外，凡事要小心，虽然你武功不错，但千万别惹事。"飞虎说："父母大人回去吧！孩儿知道了。"

走了三个多月，终于来到了离五国城不远的地方。大道两边坐落着几间青砖瓦房，都做着小买卖，他走进一家写着"薛家老店"的店铺。拉门进去，店小二问道："客官住店？"苗飞虎说："不住店，上这干什么？"店小二咧嘴一笑："哎哟，小客官脾气可挺倔，请问住单间，还是睡大铺？"飞虎说："当然是单间。"

晚间吃完饭，苗飞虎和店里的伙计闲聊，问他这里离五国城还有多远，五国城的三皇庙在什么地方。伙计告诉飞虎这里离五国城还有十八里地，三皇庙就在五国城的西南边，还有一天就能到五国城。两个人正唠嗑就听隔壁有哭声，飞虎就问："谁在哭？"伙计说："你睡你的，别管闲事。"飞虎回到自己房间，可哭声越来越大，飞虎一拍桌子，喊道："红口白牙的哭什么？有什么委屈跟我说，我专打抱不平。"这时由里间屋走出三个蓬头垢面的女子说："客官耽误你睡觉了，我们不哭了！"飞虎说："你们因为啥哭？"其中一个穿白衣服的女子说："五国城内看管北狩那些人的二都督叫额骨力，他牛、羊奶喝厌了，非要喝人奶，我们三个是他抢过来的奶妈子，他硬叫我们给自己的孩子断奶，把奶挤出来给他喝，每人每天需挤出三碗奶，不够数就得打死我们，这不马上就要取奶了，我们每天连饭都吃不饱，哪会有奶水？我们三个没办法了就哭了起来。""呦呵！还有这样人，我没听说过，"飞虎年轻气盛，"我一会儿给他弄碗尿喝！"正说着一个小士兵进了屋，冲着屋里的三个女人说："快把奶拿出来。"飞虎说："来啦！说着，拎着大夜壶就走了出来。"小士兵一看，这是什么奶？用鼻子闻，"叭"一声就扔了，这是尿！说着抬手就打苗飞虎，飞虎往旁闪，"嘭"的转瞬就势把小士兵的手腕子抓住，往后一带，这小士兵当时就来个嘴啃泥，跄得鼻青脸肿。飞虎说："我不打你，去叫你们二都督来。"小士兵说："这个人太厉害了。"

不大一会儿，额骨力进来了，小士兵用手指着飞虎说："就是他！"于是额骨力和飞虎两个人就打在一起，二十几个回合不分胜负，这时飞虎一用内力把额骨力摔了个四脚朝天半天没起来。额骨力叫小士兵："快扶我起来，咱俩回去多叫几个人一起来收拾他，你在这等着！"说完连滚带爬地走了。

大家伙眼都看直了，哪来这么个愣小子，真不怕死，敢惹二都督，三个女人把飞虎拽进屋里，赶紧给飞虎跪下了。飞虎把她们三人扶起来，穿白衣的女子说："今天要没有恩公帮忙，我们仨早晚得让额骨力害死，可是恩公已经闯下大祸，这地方本来就由金兵管辖，额骨力一定不会就这么算了，恩公赶快走吧！"飞虎从怀里掏出一大块银子说："我一时鲁莽牵连了你们,这是一些银两,你们也赶紧远走高飞吧,别让额骨力逮着。”三个女人千恩万谢地走了。坐在屋里的飞虎一琢磨,我能耐再大,也架不住人多,好汉不吃眼前亏,我也走吧,算了店钱就走了。

额骨力回到大营,憋气又窝火,人奶没喝成,又挨顿揍,越想越生气,冲帐外喊:“来人!”一个小校进帐,双手一抱拳,“都督有何吩咐?”额骨力咬牙切齿地说:“你快给我点齐二百人,我要去把那人抓回来碎尸万段。”不一会儿额骨力骑着马,领着二百金兵直奔薛家老店来了,到店门口额骨力跳下马,吩咐五十个金兵拉开弓箭守在门口,然后领着其余的金兵就往店里闯。掌柜的慌忙出来赔笑脸说:“都督大人光临小店,不知有什么事?”额骨力啪就给了掌柜的一个大嘴巴子,说:“我问你,今天跟我交过手的那个小子在哪儿?”掌柜的说:“他把你揍了以后,就不知道去哪儿了?”额骨力又扇了掌柜的一个大嘴巴子:“谁说他把我揍了,我们俩没分出胜负。”掌柜的一咂舌,自己又扇了自己一嘴巴说:“对,都督没挨揍,再打一会儿说不定都督就把他打赢了。”额骨力对身边的金兵说:“给我搜,碰到那小子,把他给我杀了。”额骨力领着金兵在店里翻个遍,也没搜着飞虎,气得“哇哇”直叫,没办法只好收兵回营了。

额骨力回营的时候,有一个人在后面偷偷跟着他,一直跟到金营。这人正是苗飞虎。原来他并没有走,而是躲在薛家老店的对面,额骨力的所作所为飞虎看得明明白白。他摸清了额骨力大营的位置,回来找到一个小客店住下。晚间换上夜行衣,来到金营,躲过卫兵,到了额骨力大帐的北面,用刀划了一个小口往里瞅。看见有一个人面朝南,坐在椅子上,手里拿着酒壶,看不见那人脸,只能看见背影,也不知道是不是额骨力。这时就听这个人说:“我额骨力是二都督,连宋朝的皇帝都得听我的,你看我怎么收拾他们。”飞虎一听,你这个人不仅残害百姓,还对大宋皇帝指手画脚,真是该死。不管以后发生什么先把这二都督杀了,给金国的士兵一个下马威,看以后还敢不敢祸害人了。他用刀把大帐划了一个大口子,悄悄钻了进去,蹑手蹑脚来到椅子后面。额骨力还在自言自语,一点儿也没发觉背后站着人,飞虎把手中的短刀用力地刺进额骨力的胸部,额骨力哼都没哼一声就死了。飞虎见额骨力死了,从大帐钻出来,原路出了金营回到客店,换掉衣服,倒在床上呼呼大睡起来。

第二天早上,飞虎起来到一个小摆摊前,要了一碗馄饨吃起来。正吃着就听旁边的两个老头说:“你听没听说,金营的二都督让人家给杀了?”另一个说:“那个不是额骨力,是一个小兵。”这个老头又问:“这到底是咋回事。”另一个说:“咋回事咱们也不知道。快吃吧,一会儿馄饨凉了。”飞虎在旁边一听,好悬没蹦起来,自己拍了大腿一下,心里骂道:“白忙活了,让这额骨力躲过一劫,不能就这么算了,留下祸患以后更难办了,要迎二圣还朝,他也是祸根,还得探听消息想办法除掉他,我得把这个事办利索,再去找师父他们。”

这是怎么回事?原来额骨力没有抓到飞虎,回到大营觉得挺憋气,把衣服脱下来,搭在椅子上,换上便装找人喝酒去了。他的贴身金兵是个官迷,额骨力走了以后,这个金兵就把额骨力都督的衣服穿上,学着额骨力的样子,在大帐里吆五喝六地过官瘾,拿着酒壶坐在椅子上,边喝边说胡话。正好让飞虎碰上,就把他当成额骨力给错杀了。额骨力一直喝到天放亮才摇摇晃晃回到自己的大营,他走进帐内,一把拉起椅子上的士兵,看见士兵已经死了，把他吓了一跳，赶紧喊人！几个金兵跑进帐内，一看明白了，跟额骨力说："都督昨晚有人行刺，看来刺客是把他当成都督杀死了。"额骨力吓出一身冷汗，吩咐小校把尸体抬出去埋了，然后再让金兵加强巡逻，晚上睡觉的时候要换好几个地方，他怀疑行刺他的人就是飞虎，领着金兵在城里的客店挨个翻。

再说这边飞虎也没闲着，他白天在郊外的破庙里睡觉，晚上到金营附近观察动静，好几天也没摸清额骨力的住处，可把他急坏了。这天飞虎到城里买了只烧鸡，又打了一葫芦酒，回到破庙正在连吃带喝时，就听庙外一阵吵闹声，有人吆喝，还夹杂着女人的哭叫声。飞虎扒门缝往外一看，就看见几个金兵拿着鞭子，押着两个年轻妇女往前面走，飞虎刚想出去救那两个妇女，可又一想，不行！我这边事还没办利索，不能再节外生枝，只好缩回头，任由那哭声渐渐远去了。

他把一葫芦酒喝个精光。刚躺下，就听门外传来嘈杂的脚步声，飞虎一骨碌就钻进供桌底下。这时庙门被推开了，进来一个年轻的女人，衣衫褴褛，满脸泪痕，后面跟着一个老头和一个老太太，老太太怀里还抱着一个婴儿。飞虎挺纳闷，不知道这三人干什么的，就听老头说："这叫什么世道？咱们老百姓没活路了，咱们都吃药死了算了，省着活受罪！"老太太哭着说："咱们死了不要紧，可怜我那没满周岁的孙子可咋办？"年轻女人说："爹、娘，您二老抱着孩子快走吧，走得越远越好，把孩子抚养成人，也对得起死去的孩子他爹。如果金兵抓到我，我就跟他们拼了，大不了同归于尽。"老头说："那怎么行？要走一起走，要死一起死！"老太太说："我们是一家人，儿子临死的时候嘱咐我们好好照顾你，我们怎么能让你一个人去跳火坑？"年轻女人哭着说："爹、娘，无论怎么样也要把孩子抚养长大，好延续老何家的香火。只要我去金营，孩子和二老就会平安无事的。我给二老磕头了。"老头和老太太死活也不肯走，急得年轻女子把头都磕出血了。

飞虎在供桌底下实在猫不住了，掀开破帘子爬了出来，把正在抱头痛哭的一家三口人吓了一跳。"你们有什么难处跟我说说，我这人心肠软，说不定能帮上忙。"老头苦笑说："我们是宋朝人，因为连年战乱，和村里十几户人家一起搬到这里来，虽然不算丰衣足食，倒也吃得饱穿得暖。前几天，看守徽钦二帝的都督额骨力因为喝人奶让一个好汉给揍了，这额骨力贼心不死，还在到处找给小孩喂奶的妇女，抓到金营供额骨力喝人奶。今天早上，几个金兵摸进屯子，已经抓走两个妇女，临走时告诉我儿媳，这几天多吃点油水大的，三天后接她去金营。我们没办法想逃走，可是我儿媳怕我和老伴逃不出去，她就要一个人去金营……"飞虎心里想："额骨力我要不杀了你，老百姓都没法活了！"对老头说："你们不用怕，这忙我帮定了，前两天就是我把额骨力给揍了，现在我正找机会杀他呢！"一家三口听说他就是那个好汉，立马跪下，求飞虎救命。飞虎扶起一家三口说道："这几天我一直找额骨力，不知他在哪个大营？"老头道："额骨力晚上睡觉得换好几个地方，你找不到他，怎么杀他？"飞虎说："是啊！要不我早把他杀了。"老太太突然想到了一个主意说："要是装扮成女人的话，兴许能接近额骨力。"一句话惊醒梦中人，飞虎想："自己为什么不能装扮成女人进入金营，找机会杀掉额骨力。"老头看出飞虎的心思说："小英雄眉清目秀、唇红齿白，要再涂上点胭脂一定能骗过额骨力。"飞虎说："这个主意不错，那我就装扮成你们的儿媳如何？但我没有女人的衣服和胭脂。”老太太说:“这个好办,我家都有,小英雄先上我家去吧,好好休息两天,三天后额骨力才来接人。”飞虎说:“那好吧,只好打扰老人家了!”老头赶忙说:“你是我们家的恩公,我们感激还来不及呢!”飞虎就跟着老头一家回到五里外的一个小屯。

屯里人听说老何头请来一个武林高手要刺杀额骨力,都非常高兴,有拿鸡的,有拿肉的,还有拿酒的。第三天早上,全屯都起了个大早,来到老何头家,几个妇女给飞虎化好妆,穿上女人衣服。飞虎对着镜子一照,扑哧一下乐出声来。老太太说:“千万别露出马脚来。”老何头对大伙道:“你们快回去吧,一会儿金兵来了,该起疑心了。”大伙都散了,老何头给飞虎跪下说:“我们一家四口的性命都指望小英雄救了,在这里给恩公磕头了。”飞虎赶紧搀起老何头说:“放心吧!我走以后你们也赶紧离开这个地方,永远都不要回来了。”不长时间四个金兵闯进来,领头气势汹汹地说:“老头,你儿媳呢?快跟我们走。”老何头说:“我大儿媳妇这几天生病了,奶水不足,我二儿媳妇刚生完小孩不久,她去正合适。”领头说:“行、行,有一个就行。”老何头冲屋里喊,“金莲快出来!”飞虎一掀门帘从屋里走出来,假装羞涩地低下头一言不发,领头的上下打量飞虎,“就是你了,不过你大儿媳妇病好了,还得去伺候我们都督。”老何头赶紧说:“一定一定。”领头对手下三个金兵说:“你们再去找找看看,还有没有喂孩子的妇女?”飞虎连忙说:“不用了我的奶水足够你们都督喝了!”领头的一听差点没乐趴下,“你是不知道我们都督一顿喝多少奶吧?”飞虎说:“反正我奶挺多的。”领头说:“好吧!咱们先回去试试,如果你吹牛的话,我就扒你皮。”临走时,老何头嘱咐飞虎:“儿媳呀!你千万别乱说话,一定要让都督高兴。”飞虎对老何头和老太太说:“爹、娘你二老就放心吧!”

五个人来到都督大帐外,领头一个人去见额骨力,他一进大帐额骨力就问:“今天抓来几个?”领头说:“今天就抓来一个,不过她说她奶水特别足。”额骨力赶紧说:“那还不快把她带进来!”金兵把飞虎领进大帐,额骨力一见飞虎,怎么这么面熟,好像在哪儿见过。他把飞虎从头看到脚,猛然一拍桌子说:“你到底是男人还是女人?”苗飞虎心里一惊,赶紧假装害怕跌坐在地上,细声细气地说:“都督真会开玩笑,我当然是女人!”额骨力又问:“那你为什么没有耳朵眼?”飞虎镇定地说:“都督,你不知道,我老家是山东人,我们那有个规矩,女人都得到三十岁才能扎耳朵眼,我今年才二十四岁,所以没扎耳朵眼。”额骨力半信半疑,又仔细打量飞虎说:“那你脚怎么这么大?”飞虎心里这个气,暗骂这人真狡猾,这要一般人就得露馅,因为一犹豫,额骨力就会看出破绽。可飞虎脑瓜反应快说:“我们山东老家沙土地多,大部分都种花生,每年春天种花生时,男人扶犁点籽,女人在后面踩格子,踩格子脚小了不行,所以我们山东的女人不能缠脚的!”说完冲额骨力飞了一个媚眼,额骨力哪知道这些,被飞虎唬得一愣一愣的。看见飞虎对他有意,赶紧吩咐金兵:“你们去帐外候命,没有我的命令谁也不许进帐。”然后冲飞虎龇牙一乐,“今天大爷高兴,不用挤了,我要亲自用嘴喝,你说是不是小娘子!”飞虎假装害羞地说:“不要嘛都督!”额骨力一听,骨头都酥了。把脸凑过来说:“你要把本都督伺候舒服了,我赏你一百两银子。”说着就动手解飞虎的衣服,飞虎“哎哟”了一声说:“我这里你可动不得,这是留给我儿子的,你非要吃这口,就得给我跪下。”这额骨力以为飞虎和他调情,高兴地赶紧跪下说:“你就当我是你儿子!”飞虎娇嗔地说:“你这么大人给人家当儿子不嫌害臊?”额骨力贱兮兮地说:“姑奶奶呀!你可别拿把了,你就让我吃一口吧！”飞虎说：“你得叫‘娘啊，可怜可怜你儿子吧！’”额骨力说：“亲娘啊！你快点吧！”飞虎说：“你先把眼睛闭上，为娘好给你吃奶。”额骨力闭上两只淫邪眼睛，飞虎双手掐住了额骨力的脖子，丹田用劲一咬牙，“老娘这回送你上西天！”额骨力本来就被酒色掏空了身体，飞虎掐他时，他还觉得挺舒服呢！等他明白是咋回事时，已经晚了，一伸脖一蹬腿就死了。

过了一会儿，飞虎收拾好随身的东西不慌不忙地走出帐外。几个金兵拦住了他的去路，“我们都督呢？”飞虎说：“你们都督吃饱了奶睡着了，他叫我给他弄点好吃的，叫你们谁也不许进帐，不信你们看看我这令箭。”几个金兵连忙说：“是、是、是！”刚才他们也听到都督和这个女人打情骂俏。飞虎到了额骨力的大帐外，一个小兵正牵着额骨力的马遛呢！飞虎说：“遛马的，你过来。”这个金兵拉马走到飞虎的跟前说：“干什么？”飞虎一亮令箭说：“把马给我，你们都督吃完奶睡着了，叫我骑马去给他到五国城街里买点好吃的。”金兵把马交给飞虎，飞虎骑上马，转眼间就离开了金营。

飞虎骑马跑到郊外，心想：“我这回可惹下大祸了，我得赶紧把马扔到他们找不到的地方，再去找恩师和师叔。”走了一夜，飞虎来到了五国城三皇庙，说明来意，由庙里的僧人领着来到了海静禅师住的屋里。不一会儿海静禅师和师弟元弼禅师来到屋内，飞虎拜见了师父和师叔，海静禅师问飞虎：“怎么这么长时间才来，最近五国城里乱哄哄的，二都督额骨力被人打了，能有这么大胆子和能力的人不多。”飞虎一看瞒不住了，就把额骨力欺压徽钦二帝和百姓的事说了，还说进五国城之前已经把额骨力杀了。海静禅师一听说道：“飞虎你祸闯得可不小，叫你来的目的是想把你引荐给徽钦二帝，在他们身边保护他们，为二圣还朝做个内应。眼下你是不能待在五国城了，明天我领你面见徽钦二帝说明情况，然后你再出去躲一阵子，等这阵风过去了再回徽钦二帝身边。”飞虎说：“一切全听师父安排。”

第二天一早，海静禅师领着扮成和尚的飞虎来到了徽钦二帝的四合院。徽钦二帝也听到内监的禀报，知道海静禅师来了，从屋里迎出来，海静禅师赶紧一拜：“阿弥陀佛，太上皇和皇上可安好？”徽钦二帝赶紧上前扶住禅师：“安好、安好！”苗飞虎也按照父亲的嘱托跪地行君臣大礼，徽钦二帝问海静禅师：“这个孩子是谁家的？”海静禅师就把如何救飞虎，还有他的父亲苗羽冠的事情，以及这两天飞虎在五国城闯祸把额骨力杀了的事，都告诉了徽钦二帝。徽宗听后说：“这孩子疾恶如仇，一看就是忠良之后，我们大宋君臣要都能像他一样惩奸除恶、忠心为国，也不至于沦落到此，既然事情已经出了，就暂时躲避一下，等这件事过去了你再回来。”海静禅师和徽钦二帝聊了一会儿就告辞了，回到三皇庙。海静禅师给飞虎拿了一些银两，让他想办法去南边，一来躲避一阵子官府缉拿，二来到南朝之后想办法联系康王，为将来迎二圣还朝做准备，飞虎洒泪和师父分别，怀着师父和徽钦二帝的嘱托走上了回南朝的道路。

讲述：刘忠生

整理：刘玉林

38. 皇太子赵谌

皇太子赵谌是宋钦宗和朱皇后所生,他是宋徽宗的嫡孙,政和七年出生,长得龙眉星目白白净净的,很是招人喜爱。靖康元年,宋钦宗继位后,就立诏书封赵谌为"皇太子"。北狩以来赵谌跟随徽宗和钦宗也来到了五国城。

五月初六的早上,四合院里的榆树上飞来了几只小鸟,叽叽喳喳地叫个不停。钦宗一早起来看着叫得挺欢的小鸟,低声说道:"是有什么好事?"朱皇后从屋里出来对钦宗说:"谌儿一晃出去一年多了,也不知道他和师父学艺学得怎么样,我真的太想谌儿了。"夫妻俩吃完早饭就在院子里唠嗑,快到中午的时候皇太子赵谌穿着一身布衣,走进了四合院。他大声地喊道:"父皇、母后,孩儿回来了。"钦宗和朱皇后赶紧迎了上去,夫妻俩眼含热泪围住儿子,高兴地说:"我说今天早上小鸟叽叽喳喳叫个不停,原来是我们的谌儿回来了,真是大喜事。"朱皇后一看赵谌经过风吹日晒黑多了,一把拉到怀里心疼得直流泪。钦宗说:"都别哭了,儿子能够跟着师父学手艺,咱们应该感到高兴,这是我们赵氏的喜事,你们哭什么?总比咱们在这矮檐下吃嗟来之食强多了。"

钦宗拉住赵谌的手来到屋里,坐在炕沿和儿子攀谈起来。"皇儿你这一年多你师父都教你什么?快跟父皇说说,好让父皇高兴高兴。"赵谌说:"我学的是医人、医马的手艺,为了以后能够生活。师父教我可费心了,因皇儿生长在皇宫内院,连五谷六畜都认识不全。师父给我讲祖派源流,学艺必须尊重祖师爷。种田的祖师是神农老祖,传说他头上生一角,尝遍百草曾经中过七十多回毒,每次中毒时,手掐头上的角就能把毒吐出,所以我们后代才知道什么草能吃,什么草不能吃。师父亲自教我认识小麦、高粱、苞米、谷子和糜子。有时间我们就一起上山采草药,教我认识各种草药,给我讲各种草药的用途,还有炮制方法。你看我这么黑都是天天和师父上山采药晒的,虽然黑了些,身体却比以前结实多了。"说着还把衣服撩起来让钦宗和朱皇后看,钦宗和朱皇后眼里含泪欣慰地直点头,嘴里说着一定要和师父好好学习。

赵谌接着说:"师父又领我去拜见龙师叔,说他家的马厩里养着七匹马,一共是七种颜色,白、黑、红、花、黄、灰、青。吃完午饭师叔领着我们去看马,七匹马见我们过来了,嘶嘶地直打响鼻,师叔指着那匹嘶嘶直叫的大青马对我说:'这是去年捉的野马,你要是能把它驯服听你的话就送给你了。'我把马笼头拿下,对着那匹马'嘟'的一声,那匹大青马竟然向我走过来,我用手摸着它的头,它也乖巧地站在那里不动弹。师父和师叔互相看了一眼没说话,接着我又'喔'了一声,那匹马好像是能听懂的我话似的,竟然轻轻地卧在地上。我就跨上马背,用手一拍马的屁股说'走',大青马竟然驮着我出了马厩,向外面跑了出去。我骑着大青马在山野里一顿跑,别提多自在了,溜达了一大圈回到了师叔家。师叔说这匹马抓回来这么长时间,性子一直很烈。今天也不知道是怎么回事,它竟然如此温驯,还能听懂我的话,看来是缘分在此,就把它送给我了。这次回来没敢骑它,怕被人发现。"钦宗说:"我儿天性善良，惜老怜贫，人活在世上做一个好人不容易，希望你能躲过以后的三灾八难，日后我和你母后在地下也就安心了。”说完三口人紧紧地抱在一起。

讲述：刘忠生

整理：刘帅辰

39. 钦宗讲故事

钦宗一行人在北狩的路上都吃了不少苦，终于到了五国城，金国人给宋朝俘虏分了地，让他们农耕，自己种粮食和蔬菜，去田里干活。在田间午休时，钦宗说：“大家都累一上午了，我给大伙讲个故事，咱们也放松放松。”一听到钦宗要讲故事，跟前人的都围了过来。

从前有个书生叫榜文，学习很上进。每天读书到深夜，他每天都在桌子上放一碗凉水，困了就用凉水拍打自己的脑门，饿了就吃一口已经冰凉的干粮。经过十多年寒窗苦读，上京城去赶考，希望能考取功名，他走了两天两夜，又饿又渴，刚好前面不远处有一间茅草屋，他就寻思着能不能要点吃的，走到了茅草屋那里就上前敲门。出来开门的是一个白胡子老头，白胡子老头问榜文：“这位先生你有什么事？”榜文赶紧给白胡子老头作揖说道：“我是去京城赶考的举子，带的干粮吃完了，现在是又饿又渴，老人家能否让学生吃顿饱饭？学生感激不尽！”白胡子老头说：“你要是不嫌弃的话，就进屋吃吧！”屋里一个老太太正在厨房烧火，锅里煮着稀饭，上面烀的红薯。不一会儿红薯就熟了，老太太捡了一大盆，还给他盛了一碗稀饭，他狼吞虎咽地吃了好几个，直打饱嗝。连声说：“真香、真香，我从没吃过这么香的红薯。”白胡子老头说：“你要喜欢吃，多拿几个路上吃，省得挨饿。”

后来他考中了探花，官越做越大，当上了宰相，吃遍了山珍海味。时间长了他就吃腻歪了，突然想起来老太太给他烀的红薯来了。榜文让厨房给他烀红薯，煮好之后，没有吃出来以前的味道。就派人找到那老两口把他们接过来，让老太太给他煮红薯，烀好后也没有吃出来以前的口味，他奇怪问老头：“以前吃你们煮的红薯十分香甜，为什么今天却不好吃了呢？”白胡子老头一笑说：“红薯还是以前的红薯，煮法也一样，只是时间不一样。当年大人赶考时是又累又饿，所以大人是饥不择食，吃什么都香甜。现在大人每天都吃山珍海味，再吃红薯就不香甜了，大人你说是不是这个道理？”榜文说：“真是时间不一样，地点不一样，吃起来的感觉也不一样了，再也吃不到当时那个红薯的香甜味了。”然后命下人给老两口拿了一百两黄金。钦宗对众人说：“时间和地位可以改变人的一切，今天咱们也要忍辱负重，等有朝一日回南朝再报今日受辱之仇。”可是一直到钦宗死也没等到那一天。

讲述：刘玉林

整理：刘帅辰

40. 宋徽宗求月老婚配

南宋绍兴五年，宋徽宗病得越来越重了，整天昏昏沉沉的，头重脚轻，他的左眼已经看不见东西了，右眼看什么都直冒金花，他有气无力地问钦宗："皇儿今天初几了？"钦宗说："今天是三月二十一。"徽宗说："我的路快走到尽头了，朕这一辈子荒唐得很。在位二十六年，对不起臣民，听不进去忠臣的良言，宠信奸臣、残害忠良；爱美人，不顾江山，导致靖康之难，北狩之耻。我有个心事，跟着我来五国城北狩的宫女、嫔妃、贵人得给她们找一个终身归宿，南朝是回不去了，让她们找当地居民有愿意嫁的就嫁了吧，我成全她们。还有皇子和公主，不用管是民间普通的女子、工匠、侍卫，只要他们真心相爱，朕都成全他们。一会儿我给月下老人上炷香，求一求月老给这些人婚配。"说完让钦宗扶起他，点了三根香冲南拜了三拜，说了自己的心愿，做完这些又躺在炕上昏睡起来。

睡到了晚间，徽宗蒙蒙眬眬地听见有人叫他，睁眼一看炕边站着一个白发苍苍的老人。"太上皇！在下是月下老人，太上皇的悔过录已上达天庭，玉皇大帝说宋徽宗赵佶有改恶从善的心，你有意把这些红粉佳人配给民间，这是善事，玉皇大帝叫小仙下凡来五国城帮徽钦二帝把此事圆满完成。但姻缘一线牵，我只能尽力，最终也要看他们有没有缘分。我给太上皇讲个故事，你就知道是怎么回事了。"徽宗说："多谢上仙成全，这一世我后宫三千佳丽，也想听一听这姻缘到底是怎么回事？"月下老人说："那我就给你讲个故事吧。"

很早以前五国城有个叫大憨的小伙，做了一个梦，放牛的时候看见月下老人在摆土块，他凑到跟前说："老爷爷，你干啥呢？"月下老人一笑："我给人间婚配呢！"大憨说："那哪个是我媳妇？"月下老人说："这大土块是你，那个小土块是她。"大憨说："老人家能不能让我看看她？"月下老人说："天机不可泄露。"大憨说："老人家你就叫我看吧！"大憨把月下老人磨烦了，月下老人向东一指，大憨看见一个小马架摇车里有个小女孩。大憨这个气呀！我媳妇怎么能是个婴儿呢？顺手捡起一块土块向摇车抛去，正中小女孩的心口，小女孩一声惨叫，大憨再一看什么都没有了，一下就吓醒了。

二十年后，大憨当了五国城部落酋长，茫茫白雪的时候大憨骑马回家，看见远处雪里有一点红，走到跟前，看见一个长相貌美，穿红衣的年轻女子冻昏过去了。大憨赶紧下马把她抱起来，驮回家用姜汤救醒。就问这姑娘家住在哪里，红衣女子说："小女子家离这有十多里，家里靠打鱼、种地为生。"大憨说："那你怎昏倒在荒郊野外呢？"红衣女子一听问这事，她气得直咬牙。大憨说："到底怎么回事？"红衣女子说："我还没满月的时候，也不知道是谁扔进摇篮一块大土块，正砸在我的心口上，所以落下这个病根，一犯病就疼得昏迷不醒。"大憨听后感觉不可思议，这事好像是他曾经做的，非常内疚，后来他俩结婚了。

有一天大憨骑着马去五国城，回家的路上，有一个人向大憨借马，那个人说："大哥你身体这么好，你把马借给我吧！"大憨说："咱俩又不认不识，我凭啥借给你呀？"那人说："听说你媳妇是个聪明绝顶的人，你让她猜我这几句话就能找到我家。""我姓西北风，名叫通东京，家住半悬空，房前喷叭响，房后响叮咚，房东大镜子，房西大窟窿。"大憨就把马借给了那人。

回家后媳妇问大憨："马呢？"大憨详细地把那人的话说了一遍。他媳妇说："那人姓韩，西北风是寒，名叫路，通东京是路，半悬空住的是楼，房前喷叭响是个吹喇叭的，房后是个铁匠炉。房东是大泡子，房西是口井。"大憨按媳妇说的一下子就把这韩路家给找到了。临走韩路给大憨一个大布袋子，袋子里装了三样东西，一棵大葱，一个大南瓜，还有一枝花。大憨骑着马回到了家，媳妇一见这三样礼物就哭了，收拾收拾东西就回娘家了，住半年多也不回家，大憨不知道咋回事，接媳妇去了好几回，媳妇都不跟他回来。没招又去找姓韩的，姓韩的说："你回家牵匹马备上两个鞍子去接她。她要说'马备双鞍非好马'，你就说'女嫁二夫不算贤'，她就跟你回去啦。"果然这办法挺灵，大憨就把媳妇接回去了，可是他媳妇回去后天天哭，头不梳，脸不洗的。把大憨又整蒙了，气呼呼地问道："你到底中什么邪了？"红衣女子说："那几样礼物是骂咱俩的，你傻呼呼的什么也不知道，那意思是说聪明一枝花配个大傻瓜。"大憨听完笑着说："这有什么了不起的，我憨是憨，心眼好使就行呗。"就这样大憨和这红衣女子一直白头到老。

月下老人说："他俩的前因后果是这样的，这大憨前世是棵高粱，这红衣女子前生是棵荞麦。"那时候有个小猪倌名叫柱子，小猪倌弄个小鞭子见啥抽啥。有一天，一个十岁小孩要吃甜杆，这小孩一折这棵高大的高粱把中指划破了，手上的血直流。小孩就向这棵又高又大的高粱上甩，小孩边走边甩，旁边的荞麦也沾上童子的中指血。后来这两个东西都成了气候，一来二去这棵高粱变成一个小伙子，那棵荞麦变成了一个美丽的姑娘。小猪倌柱子快四十岁了他还放牛，可是他放牛不好好喂牛，专门用鞭子打荞麦头，荞麦姑娘便向玉帝告了状，玉帝派雷公把老牛官柱子给霹了。前任土地是个官迷，他知道这事的前因后果，就禀报了上天，玉帝派雷公、电母来抓这两个小妖精，他俩被雷撵得上天无路，入地无门，吓得钻进了土地庙。前任土地看升官的机会来啦！大喊："上仙妖精在这呢！"咔嚓一声二妖被击死了。月下老人掐指一算，他俩是红丝缠足，他先送这棵高粱托生成大憨，又过二十年送荞麦托生成红衣女子，后来小猪倌就托生到老韩家，取名韩路，所以是来拆散他们的，也是有前因的。徽宗说："仙人讲的我都听明白了，姻缘自有缘分，不能勉强，就请月下老人按照她们各自的姻缘，给她们牵线搭桥吧！"月下老人往前一拜说："小仙自会安排，还请太上皇放宽心，能一起来到五国城的人都是和这个地方有缘分的，天机不可泄露。"说完一转身就没了身影，徽宗刚要拜谢，一抬胳膊就醒了，起身向南拜了三拜。又过了一个多月徽宗病情加重，于绍兴五年四月二十七日中午去世了，享年五十四岁。

讲述：刘忠生
整理：徐东玮

41. 驸马洪石

完颜铁英自从认祖归宗后，她全身心投入了营救二圣的行列，铁英除了每月向金太宗亲自禀报二帝在五国城情况外，每天都和赵金玉谋划二帝还朝的事。她们四个女头领偷偷地在江北选了一处秘密练兵场，周围八个山头，天然形成了八卦地形。中央一座山做中宫，中宫山上修一座青堂瓦舍的三间正房。修了八门，一个点将台在八山中间方圆三里的平地。山根下各掏一个大山洞子，在山洞里建了两个烘炉用来打造刀枪，另外山洞里养了三百多匹战马，其他几个山洞里还住了三百多名宋人，她们四个分头操练女兵。

十七公主金玉听老兵讲述，当地有个异人，名叫洪石。传说在五国城东三十里处有一座山，山上站个石头人，人们都叫它石头山，这里以前住着一个大户人家，家里很有钱，牛羊满圈，家里有一位管事的大管家，长得猴头猴脑的，大家都叫他瘦猴子。这个大户人家有个小羊倌姓洪才十二岁，没爹没妈从小就给东家放羊，因为他年纪小，羊多看管不过来，因此经常放丢羊。每次都要挨大管家的鞭子，打完了也不叫他吃饭，还把他关进羊圈和羊在一起睡。

有一天他弄丢了两只羊，大管家又“赏赐”了一顿鞭子，然后把他撵出院外，小羊倌又饿又累就跑到村外山根底下，枕上一块石头哭着哭着睡着了。梦里一个白胡子老头对他说：“孩子，你别哭了，我教你一套咒语。一个是聚物咒，念上三遍羊就马上粘在一起，我再教你个开物咒，念三遍后，羊就自动分开。羊不吃草时你念聚物咒，让它们聚在一起，羊吃草时再念开物咒，它们就可以走开去吃草，这样你的羊就不会丢了。”白胡子老头说完，转身就不见了。小羊倌从梦里醒来，他半信半疑。第二天他赶着羊群来到野外，他把聚物咒和开物咒一念，真的和梦里白胡子老头说的一样，他乐得直蹦高，赶紧跪在地上磕三个响头，感谢神仙搭救。从此他就用这个办法放羊，羊再也不丢了。

一转眼几年过去了，大管家的妹妹也到了出嫁的年龄，按当地风俗出嫁上轿得哥哥抱上轿。这个大管家平时对所有的下人都不好，所以大伙都恨不得他在这大喜的日子里出丑，大管家准备抱他妹妹要上轿的时候，小羊倌偷偷地念了三遍聚物咒，大管家和他妹就粘在一起了。放又放不下来，管家婆伸手去拉也粘上了，东家急了忙喊来人，其他人一齐去拉，也都一个个粘到一起。东家一看说：“这是中了什么邪？谁要能把邪气驱散，要什么给什么。”大家听了没有一个出声的，东家又把话重复好几遍。这时小羊倌走上前说：“有个办法不知好不好使，要是成功了你可别反悔，要是不成功，另请高明行吗？”东家说：“你先试试吧，我粘在这里实在是挺不住了。”说完眼泪都快要流下来了，小羊倌说：“我要能把这帮人分开，就要娶三丫头当媳妇。”东家心想：你要真能分开，说明你小子有神通，那做我的姑爷也是件大喜事。于是他连连点头同意了。这时小羊倌让众人闪开，他上了房顶，面朝南天，假装向八方伸手，口中念了三遍开物咒，大声一叫“开！”一大串人当时都分开了。东家说：“就趁这个良辰吉日把三丫头和小羊倌的婚事一起给办了。”

这件事后，大管家心里总犯嘀咕，猜想这事一定是小羊倌干的。心想：我一定找机会报仇。三年后东家得了头痛病，大管家串通老道来给东家看病。老道说：“东家打猎得罪了虎王，必须到东海请龙王才能制服虎王。”东家听完老道的话把脸转向三姑爷，等他回答，小羊倌主动说：“我去东海。”临走时拉着三丫头的手说：“你现在有了身孕，我快去快回。生男孩就叫洪石，生女孩就叫丹青，万一我回不来，你就让儿子去北山，去找我师父。”夫妻俩洒泪分手。

一晃小羊倌走了九年，洪石已经九岁了。三丫头每天吃完饭就站在山上向东望，有一天她正站在山上向东望，看见远处有个白点向这边飞过来，快到跟前一看是一只海东青。三丫头对海东青说："莫非你给我带回来我丈夫的信了？"海东青摇头，嘴里叼着一颗红色的珠子。三丫头说："莫非是我丈夫托你捎给我的？"它一张嘴，这珠子正好落在三丫头的口中，她也没防备一下子就咽下去了。三丫头觉着身子发硬眼冒金花，从脚开始变成了石头。这时洪石正好来山上找他娘，三丫头对洪石说："娘就要变成石人了，十二年后你去江北红石山，有个山洞，那里有本书是你爹跟白胡子老头学的咒语，到时有用。"说完以后三丫头变成了石头人。

金玉听完说："这洪石现在在哪儿？"老兵说："就在咱北面五里外那个小屯，听说他找到他父亲那本咒书了，目前手下有二百多人，个个英勇善战。"金玉招呼铁英、梦霞、飞霞，姐四个一起去探访高人。老兵领着四人骑上马就出了五国城，走了不长时间，看见两间草庐，红石头院墙，只听里面有人说："谁呀？"十七公主轻声道："我是赵……"未等说名，门一下子开了，走出一个年轻人。虽是庄稼人打扮可是长得秀气，面如团粉、细腰阔背、八尺开外的身材。见面一拜说："我叫洪石，四位小姐哪位是金玉公主？"十七公主双手一抱拳说："在下是赵金玉，壮士，你咋知道我叫赵金玉呢？"洪石说："在下通周易，今早卜了一卦，知道有贵客临门，因此已经等候多时了。"铁英道："当着真人不说假话，我们是来请孔明先生出茅庐来了。"洪石笑道："我是一个山野村夫，虽会三拳两脚，但登不了大雅之堂。"飞霞就把她们的现在处境向洪石细细说了一遍。洪石是个重情义的人，听完马上说："我召集我的二百多弟兄，一起进山。咱们共同商量大计，迎请二圣还朝，我一介村夫愿在公主麾下做一名小卒。"十七公主说："还请洪石大哥把弟兄们召集到村头草坪上向大家讲明，看其他人的选择。"洪石向弟兄们说明投奔公主的前因后果，问弟兄们愿跟不愿跟着他一起去，二百人同声道："愿跟壮士一起，迎请二圣还朝！"金玉公主把洪石他们带回九宫山，把二百人安排在两个山洞居住。

一晃在九宫山练兵已经半个多月了，金玉说："不知道五国城那边的情况怎么样了？"梦霞和飞霞异口同声道："我想父皇了！"铁英说："不如咱们先回五国城看看，我也得向太宗汇报了。"洪石说："你们先回五国城，这儿的事就交给我了，你们放心回去吧，只是九宫连环堡各处的机关一定要记牢。"洪石送大家下山的时候，金玉恋恋不舍地说："这一走，不知什么时候才能回九宫山。"梦霞笑着说道："你是留恋这山，还是惦记着这的人？"飞霞也接着说："这叫醉翁之意不在酒！"金玉羞得脸通红低头一言不发。洪石送出十多里地，依依不舍，还是铁英说："送君千里终须一别，洪石兄别再送了，咱们就此告别吧。"洪石说："好吧！各位路上小心，见着二圣给我捎个好。"铁英说："行，你就放心吧！金玉会替你说的。"洪石在众人大笑声中，调转马头红着脸往回跑去。

自从金玉走了以后，洪石吃饭不香，睡觉不甜，眼前总是闪现着金玉的影子。每天都到山上转转，盼着金玉早日回来，可是半个月过去了，一点音信也没有。这天早晨，洪石刚起来，就听有人喊："洪贤弟在家吗？"洪石问了一句："谁呀？"这时门一响，进来一人。这人长得大饼子脸，配一对耗子眼，扫帚眉，大嘴岔，一乐露出满嘴大黄牙。洪石瞅着眼熟，好像在哪见过，但一时又记不起来。这人一见洪石愣在那，就自我介绍说："洪贤弟，你怎么忘了？

咱俩前年在邻村老魏家二小子结婚时坐一桌喝酒来着。”洪石一拍脑袋说：“你瞧我这记性，大哥是不是姓赵？”这人大嘴一咧：“对，我姓赵，排行老三，大家都管我叫赵老三。”洪石问道：“赵三哥，来我这茅屋不知有什么事？”赵老三说：“我今天来有一事相求，不知洪贤弟能不能帮忙？”洪石心想：早就听说他游手好闲，不务正业，所以才不搭理他，今天怎么忽然跑来要我帮忙？我得防备他点。因此洪石一笑说：“赵三哥真会开玩笑，我要钱没钱，要权没权，你要求人帮忙也不会找到我头上吧？”赵老三说：“哎！我这忙非你帮不可。”洪石问：“那你说说，到底什么事非得我才行？”赵老三站起来往外瞅瞅，然后挺神秘地压低声音道：“洪贤弟，你是不是和宋朝的囚犯有来往？”洪石说：“你听谁说的？”赵老三又说：“我还听说你们修了一座八卦九宫连环堡，要倒反五国城，是不是有这事？”洪石拔出短刀，逼在赵老三的喉咙上说：“赵老三，你到底要干什么？”赵老三一声奸笑：“我也没别的意思，就是我最近手头挺紧，想借一千两银子。另外我都三十多岁了，还没有媳妇，听说宋徽宗的女儿挺多，我也不挑了，能随便嫁给我一个就行，你说我算不算过分？”洪石“呸”的一声吐了赵老三一脸唾沫：“你也不搬块豆饼照照，就你那熊样癞蛤蟆还想吃天鹅肉，你做梦吧。”赵老三说：“我来时和我一个朋友说了你们的事，你们现在犯的都是死罪，想死想活，自己选择吧！你们一个也跑不了。”洪石一琢磨，先不能杀了赵老三，万一他说的是真的，我们大伙就有灭顶之灾，得先把他稳住，看情况再说吧！于是洪石把刀收起来，对赵老三说：“咱们乡里乡亲的，有什么话好说，钱我可以给你。但我得先出去借，至于你要娶宋徽宗女儿的事，我说了也不算，我去给你问问？”赵老三说：“识时务者为俊杰，事办成了，对咱们都有好处。”洪石恨得咬牙切齿，但表面装得挺亲近，“赵三哥，你回去听消息吧，只是这事你绝不能往外说。”赵老三乐够呛一拍胸脯说：“我赵老三最讲义气，你放心，我绝不往外说。”洪石心里暗骂：呸，你还讲义气呢，我早晚杀了你。可脸上乐呵呵地说：“你给我三天时间，三天之后，我给你个答复。”

赵老三乐颠颠地走了。洪石把家里的大小事务安排好，骑快马直奔五国城，洪石到了四合院把赵老三讹诈的事跟徽钦二帝说了一遍，大伙都吓出了一身冷汗，七嘴八舌地出主意。驸马王睿说：“咱们得把赵老三和他的朋友都杀掉，免除后患。”洪石说：“万一赵老三死也不说出那个朋友是谁？咱们不是引火烧身吗？”梦霞说：“那怎么办？难道答应他的条件不成！”徽宗这时急得眼泪都快出来了，“我死不足惜，这帮孩子可怎么办？我不能眼睁睁地看着你们陪我被砍头。”徽宗说着说着就哭开了，飞霞、梦霞、金玉等也跟着哭了，军师苗魁在一旁说：“太上皇不要害怕，我看没事。”徽宗听到军师说话，抬起头，擦了一把眼泪说：“军师你有啥办法快说出来。”苗魁不慌不忙地说：“赵老三不过是个贪财的小人，一千两银子先给他，先把他稳住，找机会再把他那个朋友问出来，再把他们灌上呆药让他俩傻一辈子。”钦宗说：“我这有三百两银子，其余的大家凑一凑吧。”大伙你一百，他一百，很快凑齐了一千两银子，徽宗拉着洪石的手说：“你和金玉的事，梦霞和飞霞都已经和我说了，你们俩郎有情妾有意，等以后安定了朕就给你们俩完婚。”洪石说：“大难当前，应当以国事为重，儿女私情，暂且先放一边，眼下最主要的是先渡过这一难关。”徽宗说：“唉！那边的事就全靠你了，朕也是干着急使不上劲呀。”洪石说：“太上皇，您就放心吧，我一定会办得妥妥帖帖的。”苗魁把银子交给洪石说：“天色不早了，此事宜早不宜迟，你快些回去吧。”洪石跟众人告别，当洪石走到金玉跟前，金玉的眼泪就止不住了："你回去以后千万要当心，有啥事赶快回来跟大大伙商量。"洪石说："我记下了，你放心吧。"洪石走出四合院跳上马，骑马如飞，回到九宫山。

洪石走了以后，苗魁跟徽宗说："铁英回金营，怎么还没回来？这事得让她在金营那边打探消息，有什么风吹草动赶紧想办法。"徽宗说："不是出了啥事吧？莫非铁英也被囚禁了？"苗魁说："咱先派个人去金营打听打听铁英的消息，如果她在金营，让她马上回来。"于是徽宗让飞霞以训练女兵为由到金营去找铁英。

飞霞刚出四合院，正好碰到金营的厨师叫牛义，也是宋朝人，跟飞霞认识，飞霞问他："牛师傅，你看见完颜公主了吗？"牛义说："我昨天中午看见公主了，今天四太子也可哪儿找公主呢！她没在四合院吗？"飞霞说："没有哇！她上哪儿去了呢？"牛义说："我出来买菜的时候，看见公主的马也没有了，没准出去打猎了。""谢谢你那我就先回去了，如果你看见公主的话，让她马上来四合院一趟，女兵还等着她训练呢。"牛义说："行，我要看见公主的话，一定转告，你放心吧。"飞霞看着牛义走没影了，才转身回四合院。

徽宗一见飞霞回来了就问："你怎么这么快就回来了？见着铁英没有？"飞霞坐下说："也不知铁英跑哪儿去了，金兀术也到处找她呢！"徽宗一听，浑身直哆嗦。吩咐飞霞："你快去把大伙找来商量商量，是不是铁英出事了。"飞霞把苗魁等人找来，把牛义说的话学了一遍，大伙顿时炸锅了，七嘴八舌地嚷嚷起来，梦霞提议把人都搬到九宫山里去，过世外桃源的生活。徽宗反对，说那样永远也回不了南朝了，驸马王睿说："干脆反了吧，拼个你死我活。"反正说啥的有，把徽宗听得头晕脑涨，他大喊一声："行了，都别吵了，洪石和铁英都没有消息，咱们还是再等等看吧，不能自乱阵脚。"这时钦宗见苗魁一直低着头不说话就问他："苗军师你有什么良策说出来大家听听。"苗魁抬起头欠了欠身说："众位，我昨晚卜了一卦，是平安卦，你们就放心吧，一定会化险为夷平安无事的。"徽宗说："谢天谢地，那最好了。"等大伙都出来，走到屋外时王睿问苗魁说："军师你算的卦准吗？"苗魁哈一哈笑说："我根本就是信口开河，安慰太上皇罢了！"王睿愁眉苦脸地说："那你说咱们怎么办？还能坐以待毙吗？"苗魁拍拍王睿的肩膀说："车到山前必有路，再等两天吧。"

再说洪石回到家里，气还没喘匀，赵老三就又来了，一进门就问："洪贤弟，事情办得怎么样了？"洪石拿起银子包在他眼前一晃说："银子都在这呢！不过先别忙，兄弟我备了一桌酒菜，请三哥赏个脸陪小弟喝个痛快。"赵老三心想你有把柄在我手攥着，你敢把我怎么样？因此，非常痛快地答应了。洪石炒了几个菜，搬来几大坛好酒，这赵老三是个酒鬼，一见酒连亲爹都不认识了，还没等洪石让，自己倒了一大碗，咕咚咕咚一口就喝下去了。洪石竖起大拇指，"三哥真是海量，来我给你倒上。"一边给赵老三夹菜，一边给他倒酒。洪石存心让他喝多，频频举碗，自己用嘴唇沾沾就放了。这赵老三还真能喝，左一碗，右一碗，足足喝了八碗才有了醉意，洪石一看火候差不多就问他，"三哥，你家里还有什么人？"赵老三舌头都硬了，说话直打绊："就我一个人。"洪石又问："那你拿了银子以后想干什么？"赵老三傻笑，"想干啥就干啥，先换个大房子，再娶三个，不五个、十个老婆，我这边搂一个，那边抱一个。"说着，赵老三两手直比画，洪石心里暗骂：你这个坏蛋死到临头了，还在做美梦。接着又给赵老三把酒倒满，“三哥你平时和谁关系最好？”赵老三神秘地趴在洪石耳朵上小声说：“不瞒兄弟说，我和王寡妇关系不错。”洪石听了直恶心，还接着问：“我说男的！”赵老三说：“没了！别人我不稀罕搭理他们。”说着，趴在桌子上睡着了，洪石一看赵老三那死样，恨不得一刀杀了他，但又没问出是谁去金营通风报信，这下可把洪石急坏了。抓住赵老三的肩膀一劲摇晃，可赵老三是呼噜连天，咋整也不醒，最后洪石拿过来一盆凉水，“哗”的一下全扬在赵老三脑袋上了，赵老三一激灵醒了。洪石赶紧问：“你让去金营送信的朋友是谁？”赵老三醉眼惺忪地说：“告诉你就完了，我可不能说。”说完倒头又睡着了。洪石一琢磨，不行，我不能坐家再等了，我得去他们村打听打听，难道去金营送信的是王寡妇？洪石把赵老三锁在厨房里，然后骑上马，就奔赵老三住的东屯去了。

东屯离九宫山也就十四五里路，洪石一会儿就到了。洪石想起屯里有个熟人叫李发，是个猎户。于是来到李发家门前，把马拴好然后敲门，“李大哥在家吗？”不一会儿门开了，出来一位四十多岁的壮汉，洪石说：“李大哥，好久不见，近来可好？”李发拉着洪石的手道：“洪老弟，快进屋！今天咱们说啥也要喝上几杯。”进了屋李发喊：“孩儿他妈，你快出来看看谁来了？”从里屋走出位端庄大方、衣着朴素的妇女。李发媳妇一见洪石赶紧说：“洪兄弟，好长时间没来了，今天是什么风把你吹到这来了？”洪石笑道：“嫂子，我这段时间挺忙，也没时间来看你们，这不，今天一有空，我就来看哥哥嫂子了。”李发媳妇说：“忙什么呢？是不是有心上人了？要是没有的话！嫂子给你找个。”李发在一旁说：“快去炒几个菜，我和洪兄弟喝几杯。”李发媳妇转身进了厨房。洪石说：“大哥还是那倔脾气。”

过了一会儿菜就炒好了，李发帮媳妇把桌子放好摆上酒菜，招呼洪石，“事先不知道兄弟你来，也没准备什么好吃的，这薄酒素菜，请贤弟见谅。”洪石说：“大哥，你这么说就见外了，咱们兄弟用不这么客气。”李发说：“那今天咱哥俩可得好好喝两杯！”洪石说：“我一定奉陪。”二人边喝边聊，洪石就问李发：“哎！大哥，你们屯赵老三这个人怎么样？”李发一愣，反问洪石：“你问他干什么？”洪石放下酒杯，叹了一口气说：“他到我家去找我借钱，我没敢得罪他，所以我来打听打听，这小子为人怎么样？能不能还我钱？”李发“啪”的一摔筷子，“这赵老三，熊人熊到我兄弟身上了，等我碰到他一定揍他一顿。兄弟你不知道哇，这小子好事不干，尽干坏事。这屯里人看他都绕着走，他是姥姥不亲，舅舅不爱的家伙，他借谁钱都不还。”洪石喝了一口酒，又问李发，“这赵老三有没有最好的朋友？”李发想了一会儿，摇摇头道：“这小子人性贼臭，没人搭理他，怎么会有最好的朋友。”洪石奇怪了，心想难道是赵老三故弄玄虚？李发拍拍洪石的肩膀说：“就凭兄弟的能耐，他赵老三敢敲诈你，真是瞎了狗眼了。不过话说回来，兄弟你也不能一辈子窝在穷山沟里呀！你应该干一番轰轰烈烈的事业，也算不枉此生，要不可白瞎了你那一身的本领。”洪石说：“大哥过奖了，我有什么能耐，能在山沟里混饱肚子就知足了。”李发说：“乱世出英雄，如今兵荒马乱的，金、宋两国战事不断，兄弟应该出山，定会有所作为。”洪石说：“宁做太平狗，不做战乱人，我可不愿意过那种刀光剑影的生活，还是待在山沟里比较安宁。”二人一直喝到天黑洪石才从李发家里出来。

洪石到家回到厨房看，赵老三还睡呢，像死狗一样，一动不动。洪石狠狠地踹了他两脚，然后把绳子解开，扶他到里屋床上，给他把被子盖上。看着呼噜震天的赵老三，洪石心想："你到底有没有让人去金国告密？如果没有那你的死期就到了，要是有的话那会是谁？"寻思半天也没有个头绪，加上酒没少喝，就回自己屋躺下。迷迷糊糊刚睡着，就听有人敲窗户，洪石猛地坐起来大喝一声谁？窗外那人低声说："我是铁英，洪兄快出来。"洪石一听，连忙穿上衣服，跑出来问："怎么回事？"铁英气喘吁吁地说："跟我去追到金营报信的女人，时间紧急，让她跑了就糟了。"洪石听明白了说："她往哪跑了？"铁英用手一指房后的树林说："她往树林里跑去了。"洪石二话不说，迈开大步就树林跑去，二人跑进树林，一看树林里静悄悄的。洪石问铁英："你看准了她往这跑了？"铁英说："没错，她上身穿白色的衣服，所以我看得特别清楚。"洪石说："那咱俩分头找吧，务必要把她找出来。"

再说五国城四合院的君臣们，真好像热锅上的蚂蚁一样，急得团团转。徽宗说："唉！洪石那也不知道怎么样了，铁英也没消息，真是急死人了。"钦宗也一个劲唉声叹气。飞霞说："没事，父皇你先休息吧，你都一天没吃东西了。"徽宗说："我怎能吃得下去呢？你们快想想办法吧！"苗魁不慌不忙地说："太上皇，众位，不要担惊害怕，依我看，金营到现在还没动静，说明他们还不知道咱们的事，梦霞和金玉，你们速去九宫山协助洪石把事情办好，飞霞寻找铁英，不能让金兵发现你们。"飞霞说："事不宜迟，那我们先动身了。"梦霞、金玉到自己的住处，装成打猎的样子骑上马出了五国城，奔九宫山而来。

二人到九宫山天已经黑透了，她们来到洪石家，进屋一看没人，梦霞说："这是怎么了，洪石上去了？"金玉说："别着急，这么晚了，他不会走远，你看房门都没锁。"两个人等了半天，洪石也没有回来，梦霞坐不住了说："咱们出去找找，是不是出事了？"她们刚要出屋，铁英急匆匆地走进来。梦霞一把把铁英的胳膊拽住问："你跑哪儿去了？都把人急死了。"铁英说："别提了我跑了一天，现在又饿又渴，都快支撑不住了，你们快到厨房去看看有没有吃的，我饿得不行了。"梦霞到厨房看，正好有现成的饭菜，就端出来。铁英狼吞虎咽地吃了个精光，然后一抹嘴说："快，咱们大家一起去找人。"梦霞不解地问："找谁？"铁英说："来不及解释了，咱们赶快分头去找一个穿白衣服的女人，她就是告密的人。"金玉说："那咱们赶紧去找吧，找不着就在这聚齐，别让大家担忧，咱们再想办法。"梦霞把门锁上，四个人分四个方向跑去。

洪石追了半天，也没见着人影，他一想，十有八九这个女人是王寡妇，她一定会回自己家，我到她家去等她。于是洪石回到家，用绳子把赵老三捆个结结实实，然后骑上马，摸黑到了东屯。把马拴好，藏在王寡妇家门前的树上，左等不回来，右等不回来，洪石强忍着睡意，一直等到天放亮，也没见王寡妇回来。洪石只好跳下树，刚要往回走，就见从远处慌慌张张跑来一个穿白衣服的妇女，洪石心想，莫非她就是王寡妇？洪石迎上去问："大嫂夫家可姓王？"那妇女顺口道："是啊！你是谁？"洪石一笑道："你跟我走一趟吧。"一掌砍在她的脖子上，那妇女一下就昏过去了，洪石把她放在马背上，他牵着马，一溜小跑回到了自己家。

洪石一进屋，见铁英几个人正愁眉苦脸地坐在那。飞霞迎上去道："我们都没找着，全指望你了，你找着没有？"洪石一笑说："她被我打昏了现在在马背上呢！"梦霞第一个跑出去，狠狠给了王寡妇一个大嘴巴，把王寡妇打得从马上掉了下来，铁英拿着绳子，把王寡妇绑好了抬到屋里。洪石说:“这回齐了,赵老三也在我这呢!”梦霞说:“他在哪儿呢?我们怎么没发现?”洪石道:“他在里屋床上睡觉呢。”他进里屋一看,赵老三还在呼呼大睡,洪石趴在他耳边说:“喂!起来了,天亮了。”赵老三睁开眼伸了个懒腰:“这觉睡得真香。”洪石说:“我给你准备好了酒菜,还喝不?”赵老三说:“这酒这么好喝当然喝了。”他来到外屋一眼就看见了绑着的王寡妇,他边往后退一边说:“怎么回事?这不可能。”洪石在后面推了他一把,“走吧,会会你的老情人。”铁英把剑拔出来放在王寡妇的脖子上厉声说:“你说说吧!你是怎么知道连环堡的事,你要敢撒谎,我一剑削下她脑袋。”赵老三一见这形势,不说实话不行了,就扑通一下跪在地上,“我都说,前两天我在山上打猎,蹲草地里上厕所的时候,听洪兄弟跟一帮人讨论连环堡,我全听见了。我当时就起了坏心,打算敲诈你们一笔钱,于是就找到王寡妇,让她去金营报信,事成之后准备拿钱远走高飞,哪知她也被你们抓住了。”洪石说:“铁英,你是怎么发现王寡妇的?”铁英说:“我昨天一早起来到营外练剑时,发现她正跟一个金兵说话,我上前一问才知道她是来告密的,我一剑把金兵杀了,她转头就跑,我也顾不得骑马,随后就追。她对地形十分熟悉,我怎么也追不上她,一直追到天黑,到了这里她才不见的。”洪石说:“她一直不敢回家,直到把你们都甩掉了才敢回去,哪知我早就在那儿等她了。”梦霞说:“你这回立大功了,父皇一定会重重赏你。”飞霞说:“那就把金玉赏给他吧!”金玉撵着她俩打,三人闹成一团。铁英说:“怎么处置他们?”洪石说:“扔到山洞里做苦役。你们回去报信吧,省着太上皇他们担心。”铁英说:“虚惊一场,我们得赶快回去,不知道四合院乱成什么样子了。”铁英四人赶回四合院的时候,众人正吵吵嚷嚷地商量办法。铁英把事情从头到尾说了一遍,徽宗长长吁了一口气道:“一块石头终于落地了。咱们以后一定要多加小心,千万别再出差错了。”钦宗说:“苗军师你算得太准了。”

时间过得真快,不觉过了两个多月。八月十七这天,徽宗坐在炕上念道:“我怎么好长时间没看到金玉了?”说着说着,门外一个清脆的声音喊道:“父皇孩儿来了。”徽宗见十七公主来看他,非常高兴,这时十七公主贴近徽宗的耳边道:“孩儿不是金玉是铁英!”徽宗一愣,啊?这金玉和铁英长得一模一样,只是从穿戴上能分出来。一个穿南朝的,一个穿北国的。徽宗一笑:“孩儿别骗父皇。”铁英说:“父皇不信,我脱靴子,你看红痣就知道我是谁了。”徽宗说:“那倒不必,父皇能不信吗?那你姐姐金玉到底上哪儿去了?”铁英说:“洪石哥的义父义母最近被邪教(摩尼教)钟相手下人给劝入教了,半夜失踪了。洪石是个孝子,他骑着马去找他义父义母去了。金玉三天没见到洪石哥哥,就把我叫去和她换了衣服,她拿着我的令箭出了五国城去找洪石哥哥去了。”徽宗听完说:“这个痴情的孩子。”

却说洪石化装成个乞丐,走屯穿山。茫茫林海人烟稀少,有时错过了宿店,就得打小宿。一连走了十多天,来到一个小村子。正赶上有家办喜事,洪石拿起瓜搭板子边打边唱:“一过大门抬头观,新人下轿贵人搀,一步一步倒红毡,红毡倒在花堂内,正喜欢空中来了三位仙,头前走的范丹祖,后边跟着老王禅。刘海不落凡尘地,一落凡尘洒金钱,一洒金、二洒银、三洒骡马成了群,荣华富贵万万年。”东家听了这些喜嗑乐够呛,这家的司仪听他唱完,赶紧把他让进里边。洪石饿急了,也不客气,就吃上了。吃完酒饭司仪把他带到里边的炕上，洪石也累了，放头便睡。可是练武的人耳朵特别好使，睡到半夜，只听房上有人踩瓦响。洪石假装熟睡，就见从房上跳下两个穿黑色夜行衣的人，那二人直奔上房。洪石偷偷跟了出去，看见他俩用竹管向窗内吹药，不大工夫，就听屋内呵欠连声。这两个人钻进屋里，一人背一个就出来了，纵身跳下大墙就跑，洪石偷偷跟在后面。走出有五六里地，二人放下了身上的人，打开火镰一照说："啊呀！不对呀！咱们寨主让咱俩给抢压寨夫人，咱俩咋给背回两个老太太呢？寨主还不把咱俩给剐了，这可咋办？再回去还不得被人家打更发现，咱俩也搭进去了。"

他二人一人背着一个老太太丢又丢不下，走又走不了。正犹豫怎么办时，洪石把聚物咒念了三遍，这二人再想放下老太太可就放不下来了，后面的那个人，着急去拉前面那个老太太，可是伸出去的手也拿不下来了。二人一看出错了，不敢往山寨背，可是往哪儿背呀？俩老太太都一脸皱纹了，一会儿她俩醒来，还不骂咱俩呀！这两个人，边走边哭起来。洪石在后边憋不住"扑哧"笑出声说："二位今天是每人抢了个妈吧？"二人大惊，问："什么人？"洪石说："我是找人的，我义父义母都入摩尼教信邪了，不知道去哪儿了。"这两人一齐说："我们的寨主也信这个教，你的义父义母能不能在我们山上？"

走着走着天快亮了，后边背上的老太太醒过来，就问："我在什么地方？"背她的那个人吓了一跳，前边的那老太太也醒了，用手一摸，手粘在那人脖子上了。"啊！我这是怎么啦？"洪石说："二位老大娘别害怕！是这么回事，我们三人正赶路，忽然你二位从天而降，落在他二人的背上了。他俩几次想放下你们二位都放不下，就像粘上了似的。"两个老太太一听，咧大嘴哭了："啊呀，我的天啊！这可咋办呀？这不是要我们的命吗？站下，你俩往哪里背？"这俩人也醒过腔来了："我俩也不知往哪儿背。"洪石说："你们家住哪里？"后边这老太太说："我们家住靠山屯，昨天来送姑娘出嫁的，睡到半夜不知怎么跑到你的背上了。"洪石问："你们屯在哪儿？"往前走五六里地就到我们屯子了。洪石又问："你们这一带有没有信摩尼教的？""我们这屯子有一多半信教的。"洪石又问："有没有外地来的老两口？""有！前几天走了。"洪石又问背老太太的那两个人，"你们俩到底是干什么的？如果不说实话，到地方屯里定会拿你俩当拐卖人口的贩子，一定把你俩打个半死，绑上送官。"当时二人吓得跪在地上说："我们说实话，我们俩是老黑山张寨主手下的小头目。他昨天看上两个俊姑娘，打听到她们在上房住，叫我们俩连夜去给背回来，哪知错背了这俩老太太。"这回俩老太太才知道咋回事，连哭带骂。前边那老太太说："多亏咱们换了房子，昨晚要睡觉时，我那老姑娘就说看见房上蹲着一个人，后来我们俩换了屋子住。"洪石对那两个男子说："你们俩要听我的话，到地方我帮你们解开法术，放你们俩走，你们今后必须改恶从善。如果不听我的话，不管你们走多远，我一念咒你俩还得回来。"两个小头目一齐叫："神仙大侠饶命，我们这就把这二位老人家送回家去，但千万别给我俩说露馅了。"

五人一起来到靠山屯，洪石说："二位老人家被风刮迷了路，被我们给送回来了。"老太太的儿女千恩万谢。三人吃饱了饭出了屯，二人又给洪石跪下说："我们回寨是不行了，那个姓张的一定不能饶了我们俩。"洪石说："二位起来，我这还有点银子，你俩回家去做买卖或者种田去，千万别再做这伤天害理的事。”二人拜谢洪石就走了，洪石听老太太说见过外地来的老夫妇，又继续去寻义父义母。

再说金玉公主自从和妹妹换了衣服，她就骑着马去找洪石。不知道走了多长时间，心里又急又累，也没找到洪石。有一天也不知道是走到什么地方，天黑得伸手不见五指，她从小生活在宫中，哪受过这些苦。她把马拴在树上，自己坐在对面树下，想要休息一会儿。闭上眼睛，刚要睡着就听见猫似的几声尖叫，叫得瘆人，头发都竖起来了。金玉忽地一下站起来，就看前面，有两盏绿莹莹的灯，正向自己逼近，这东西嗅到了人的气味“嗖”地一下猛扑过来。金玉一闪，伸手抓住这东西脑瓜皮，按倒在地。这东西好大力气，拼死挣扎，把金玉累得上气不接下气。她要松手就会被这条恶兽咬死，如不松手，自己会累得筋疲力尽。正在这危机时候，惊醒了一旁露宿的人，他本能地睁开了眼睛一看，一条似虎非虎，似豹非豹的野兽正在拼死地嚎叫，和一个人厮打在一起，离自己只有十多丈远。他飞快地跑过去，手拿木棒照着那野兽就是一棒，那野兽痛得“嗷”的一声挣脱金玉的手，它后半截身子又挨了那人狠狠几棒，瘫倒在地。原来这人正是洪石，洪石又上前补了几棒，那野兽就躺在地上不动了。他看见和野兽厮打的人也倒在地下，就打开火镰一照，啊呀！这不是金玉吗？赶紧把金玉抱在怀里，轻声呼唤：“金玉！金玉！”金玉醒来猛地一掌打在洪石的脸上。洪石说：“金玉！是我。”此时金玉已坐了起来，问道“你是什么人？”“我是洪石。”金玉说：“真是洪石哥吗？”洪石说：“那还有差吗？我打开火镰照一下，你看。”金玉借火光看清了，一头扎进了洪石怀里。今天若不是巧遇洪石，她就会死在这里。二人能在这荒山野岭相逢，真乃天意。

看见死在面前的这个野兽，金玉说：“洪石哥，我有点害怕，它到底是什么东西？”洪石道：“这个野兽名叫猞猁，也叫土豹子，咬死一头牛不费吹灰之力，可见公主武功盖世。”金玉说：“洪石哥可别逗了，它差点把我命要了，你再晚一会儿，我就叫它给吃了！”

洪石也把这段时间找义父义母所发生的事情都讲给了金玉听，二人商量在此休息一天就接着找两位老人。

第二天一早，俩人吃点干粮就接着赶路，快到傍晚的时候，才看到一个屯子。洪石对金玉说：“今天咱俩就在这里休息吧，顺便打听这里有没有摩尼教的信徒。”金玉点头应允，俩人牵着马就往屯子里走了过去。进了屯子就发现这里的村民很奇怪，对外来的洪石和金玉就像没看见一样，没有关注的眼光，也没有人和他们说话。走了一段路，洪石敲了几家门想借宿，都没有人给他开门。金玉说：“这里的人怎么这么冷淡，你和他们说话，他们也不理你怎么回事，像木头一样。咱们再往前走看看能不能找到住的地方。”俩人走了很远，天都黑了也没敲开一家门。金玉泄气地说：“前边还有一家，再找不到住的地方，咱俩就得在外边过一宿了。”说着来到了这家门前，洪石轻轻地敲打房门，过了好半天也没有人给开门，俩人一看又没成功刚要转身走，就听房门“吱嘎”一声开了，一个白发苍苍的老太太探出半个身子正上下打量着他俩也没说话。洪石一看赶紧上前一抱拳说：“老人家，我兄妹二人出来寻找双亲，路过此地想借住一宿，不知可否？在此多谢老人家。”老太太又看俩人一会儿没出声，转身把房门推开站在旁边等待两个人进屋。洪石一抱拳说：“谢谢老人家。”赶紧拉着金玉向屋里走去。来到屋里发现一位白发老翁正在厨房烧火做饭，看见老太太领了两个人进来就说："你这个老婆子胆子这么大，敢领生人来咱家，不是找事吗，要让那些人知道小心惹祸上身。"老太太说："我要不是看在这两个孩子是找他们父母这份孝心，我才不让他们进屋呢，哎！这么大年纪了，就当做点善事积福了。"接着又对洪石和金玉说："进屋吧，看你们俩满脸的疑问，一会儿吃完饭咱们再聊。"

吃完饭后洪石就好奇地问老太太这个屯子到底是怎么回事？老太太告诉洪石，这个屯子叫永安屯，意思是永远平安，老两口在这里住了一辈子，可就在五十多年前来了两个人在此传教，这个地方就不一样了，传教的人告诉村里人，说他们修炼的法门是得到成仙之术，从此再也不受世间之苦，若经过艰苦修炼和考验就可以羽化成仙。村里的信众越来越多，可这几十过年去了，村里每隔几年就有几个人信教徒不知道哪里去了，莫名其妙地就失踪了，教会说是那些人经过了考验已经羽化成仙了，今年马上又到了教会成仙日，好多信众都前往百十里地以外的圣山前去祭拜和参加考验。教会有严格的规定，对于不是信众的生人，不准接触，不能向外透露一点儿教会和圣山的信息，否则就是忤逆天神，必降罪于信众，影响他羽化成仙之路，即使不是信徒的村民也怕惹来麻烦，所以大家对外来的生人都是漠视的。洪石听到这，说："请问老人家，你说的这个教会是不是就叫摩尼教？"老太太回答说就是这个教会。洪石接着又说："我的义父义母就是被这个教会的信徒带走的，我觉得这就是个邪教。"老太太说："这么多年我也是这种感觉，我估计你的父母就是去圣山了，你们最好去那里找找看。"

第二天一早，洪石和金玉再三谢过老夫妻二人，就按照老人家告诉的方向前往圣山。走了大约一上午发现有几个人也往圣山方向走去，洪石暗想看样子是走对了。越往前走看到的人越多，一直到圣山脚下也没发现两位老人的身影。俩人一商量就在山脚下等着，再过两天就是法会了，有可能义父义母也会前来祭拜，如果寻不到人再另做打算。第二天聚集的信众越来越多，也没看到两位老人的身影。到傍晚的时候，洪石猛然发现大路的方向有几个人朝山脚走来，其中有两位老人步履蹒跚，正是洪石的义父义母，洪石心里一阵激动，但没表现出来，他和金玉耳语几句，金玉也往两位老人的方向瞟了一眼，俩人用余光看好两位老人所在的方位便不再出声。一直到半夜洪石突然睁开眼用手碰了一下金玉，看着别人睡得香甜，俩人默契地起身往两位老人身边走去，来到了两位老人身边洪石伸手啪啪两下点了老人的穴位，就这样洪石和金玉一人背起一个老人，把两位老人扶上马赶紧离开了圣山。

走了一宿天刚见亮，洪石把义父义母点醒。二老一看洪石立即惊讶得说不出来话了，洪石就把出来找他们所遇到的事及老夫妻所讲的事告诉了义父义母。经过洪石的劝导，义父义母同意和洪石一起回家。洪石看着金玉，金玉看着洪石，两人高兴得无以言表，彼此的眼神都充满深情。金玉对洪石说："洪石哥你的义父义母就是我的义父义母，既然找到了两位老人，咱们就一起回五国城吧。"洪石说："我正有此意，我要向太上皇和皇上求娶一样宝贝，也是我心中所爱之人，不知你是否同意？"说完深情地看着她。金玉害羞地把脸扭向一边，娇笑着说："我看你一定能心想事成。"两位老人看到他俩爱意，也高兴地说："走吧，咱们一起回去，咱们家可要办喜事了。"洪石和金玉领着义父义母开开心心地往五国城方向走去。

讲述：刘忠生

整理：刘帅辰

42. 邢夫人病逝五国城

自从宋徽宗病入膏肓，为了让徽宗安心静养以及保护他的安全，皇子、公主、驸马换班守夜，一晃又是十几天。和往常一样，这天是张尧臣和皇子六人巡更，半夜突然发现西北方向有道黑影翻墙下来，张尧臣和其他五人也赶紧偷着往西北方跟上去，看看他要干什么。就见黑影直接来到西厢房窗外，这里是康王赵构正房邢夫人和宫女梅香的住处。只见这黑影从怀里掏出一个竹筒向窗户里面吹去，等了一会儿见屋内没什么声音，黑影撬开窗户爬了进去。张尧臣和皇子们快步跑了过去，见那贼打开火镰正照看邢夫人，邢夫人长得面如芙蓉、肌白如玉，好像一个睡美人。那贼人两眼放光，开始脱衣服，马上脱得一丝不挂，像恶狼一样向那邢夫人扑过去。就在这千钧一发之时，张尧臣大声一喝"淫贼！"便拿箭对准了那贼屁股，瞄准就是一箭，就听"啊！"的一声，那贼人捂着屁股掉头蹿出窗外，一溜烟跳出院墙向东南方向逃去。尧臣等六人拎着兵器也撵了出来，六人追到金兵大帐不远处，就不敢往前追了。尧臣一摆手低声说："撤。"这些人就回到了四合院。

再说那贼人正在想入非非，突然一支小箭正中他的肛门。他痛得钻心，所以他狗急跳墙，一丝不挂地乱跑，他疼得眼冒金星，也不分男女大帐，一下就闯进了大平章的妹妹亚力银花的大帐内。银花正在和两个女兵闲聊，就听"嗖"的一声蹿进来一个一丝不挂的男人。三人一愣神，亚力银花赶紧捂脸说："哪来的淫贼敢一丝不挂闯入女兵大帐？快来人把他抓住！"两个女兵刚要一上前，见那贼光着屁股又羞得捂上眼睛，女兵扶起亚力银花掉头急忙往后营跑，进了后营大都督忽迷北的大帐，女兵气喘吁吁地说："大都督可不好了，我们女军帐中闯进一个光屁股的男人，我们没法拿他，请都督快派人把他拿住。"

忽迷北一听，马上带领二十几个金兵直奔亚力银花大帐。忽迷北看着帐内背对站着的这个人冷得直打战，于是吩咐两个手下找件衣服先给他穿上，一会儿好好审问。两个金兵找来衣服要给那个光着大腚的人穿上，但刚一给他提裤子就听见那个人大叫一声昏倒在地。忽迷北命医官给他看看怎么回事，医官到跟前一看，只见屁股流血，拿灯一照，肛门里插着一支小箭，医官一使劲把小箭给拔了出来，就见那人肛门流血不止。医官取出一个小药瓶，把药敷在患处，半个时辰才止住了血，然后又用冷水喷他的脸，那人才苏醒过来。这时忽迷北仔细一看大吃一惊，这不是自己的表侄完颜虎吗！他是金太宗的远方族孙。忽迷北让金兵都先退出去就问："贤侄，你这是怎么了？怎么弄成这样？"完颜虎不敢说实话，只好编了个谎话说，自己得了个"夜游症"，走出大帐遇强盗剥光衣服，还往肛门里插了一支箭。忽迷北半信半疑，也不好再问什么，就叫手下给他送回大帐。完颜虎此时疼得要死要活的，哇哇大叫，忽迷北又让医官又送来了止痛散叫他服下。吃下药的完颜虎心想，今天这么倒霉，看那邢夫人花容月貌，本想趁夜里去完成好事，没承想被人发现还射了一箭，这要被人家抓住那就砢碜了，这事就闹大了。

再说张尧臣和皇子们回去后，赶紧来到邢夫人的房内，邢夫人和梅香一直昏迷不醒。张尧臣赶紧把这件事告诉了太医孙胜，孙胜让侍女拿来冷水给邢夫人和梅香喷脸，两人不一会儿醒来都大喊头痛。孙胜给她俩吃下解药，邢夫人忙问出了什么事？尧臣把事情经过详细说了一遍，邢夫人急忙拜谢尧臣等人救命之恩。如果贼人得逞，自己的名节和性命都不保，多亏有人巡更护院，免遭此大祸。从此邢夫人便得了头疼病，时常发作。

第二天尧臣又向钦宗详细说了昨天晚间的事，钦宗说："此事千万不要向太上皇说，他现在的身体不能受一点儿刺激。"第二天钦宗和梦霞来到邢夫人的屋内，邢夫人看见梦霞放声大哭："我不活了，我的命怎么这么苦啊！我真是没脸见人了。"梦霞说："皇嫂，你要忍辱负重，不要寻短见，将来你回南朝时，你是正宫国母，你还得帮康王管好后宫呢！"钦宗说："梦霞你回去嘱咐尧臣和皇子们，这事不要让别人知道，你们几个知道就行了。"邢夫人转过身偷偷地落泪。梦霞说："皇嫂，我们被囚禁在此，难免会有意外发生，好在有老天相助躲过这一劫，希望我们早点回南朝就好了！你就不要伤心了。"邢夫人说："皇上、皇妹你们回去休息吧！别再为我劳神了。"钦宗和梦霞就回到了内院。

再说这个完颜虎，他是金达赖和完颜宗磐秘密派来的，是来监视五国城君臣有什么举动的。他一直扮成侍卫偷偷地观察徽钦二帝和各女眷的一举一动，有一天邢夫人到红粉谷沐浴去，他偷窥到邢夫人玉体后，脑袋控不住胡思乱想了。派人在江湖上买来"薰香"，好在夜里来行不轨之事，被张尧臣和皇子发现，肛门还中了一箭，险些丧命。这小子养好伤后，回到上京见到金达赖和完颜宗磐，他就开始编造五国城现在变成"世外桃源"，密访人员根本进不去，即使进去也听不懂他们的语言，他们每逢朔望之日聚在一起吟诗作画，一天可开心了。金国的铁英公主也不起监视作用，另外还发现一个和铁英长得一模一样的人，据说她是宋徽宗的女儿叫赵金玉，此人不可不防，她若是扮成铁英窥探我大金国的军情易如反掌。如果徽钦二帝和南朝主战派联合，对我国大不利，说到此，他又神秘地对二人使个眼色，二人屏退左右他这才说："康王的夫人长得花容月貌、国色天香、朱唇粉面、杏眼桃腮、肌白如玉，那是真漂亮。"金达赖本是好色之徒，听完后心里一动，但没表现出来，完颜宗磐听得手舞足蹈，直流口水说："咱们把她弄来不就得了。"金达赖生气地说："你成不了大器！凡是丢了江山的都是坏在女人手里，你也不搬块豆饼照一照你什么模样？还异想天开。唐朝的玄宗要不是宠信杨玉环，能丢江山吗？宋徽宗如果不是宠爱三千粉黛，能被囚禁在五国城吗？"完颜宗磐被训得哑口无言，"事情不能这么办，我帮你想个办法，不就是个女人吗？"金达赖嘴上说得头头是道，但他也是个好色之徒，只是他会伪装轻易不流露出来。金达赖和秦桧的妻子王氏也有一腿，一想到王氏，他就来了主意，他向金熙宗上奏说："两国交兵以和为贵，臣和南宋丞相秦桧有一面之交，我派一密使催促他，叫他们派使臣两国谈判。另外再派个亲信大臣去五国城严密监视他们一举一动。"金熙宗说："不知道派哪位去？"金达赖说："完颜宗磐文武双全可担此重任。"金熙宗下旨封完颜宗磐为监察使立即去五国城上任。

完颜宗磐为了接近北狩的女眷，假装善意，他找了身旧官服穿上，斯斯文文来到四合院外。让侍卫敲门，钦宗等人见有金人来，马上到院外参见完颜宗磐。侍卫说："这是刚上任的监察使，今天是特意来看徽钦二帝的。"说着拿出金熙宗的手谕，北狩君臣赶紧从内院出来，对着手谕行大礼。完颜宗磐说："我是特意来看望徽宗皇兄的，钦宗皇侄你把所有的人都叫来，我要训话。"除了宋徽宗生病不能起来，其他人都聚集在天井院中。完颜宗磐清了清嗓子说："本官奉熙宗皇上之命，今天特地来看望北狩群臣。自古以来两国就是兄弟之邦，乃唇齿相依之国，如今我大金国宽仁大度，既往不咎。熙宗皇上特意派我来保护你们，今后每个房中加派三名金人侍卫，以表对德公大人的尊敬，凡有要事要相互商量，这样才能看出两国之间的友谊。"宋钦宗听完，好像一盆冷水浇在脑袋上。接着完颜宗磐说："熙宗皇上要在下特别关照女眷，以增进两国之间友谊，每三十人要派一金国侍女教授学习。女侍卫长以亚力银花为首，每月学习三次，每月由本官训诫一次，并由本官亲自教女眷学习金国的语言。"说完把目光投向邢夫人，邢夫人吓得赶紧把头低下，"各位皇嫂、皇姐、御妹，咱们从此以后要多亲近，相处时间还长着呢！以后见面的时候都随便些，今天就说到这了，不必拘谨。"说完他倒背着手和侍卫缓缓地走出了四合小院。梦霞说："我看他是来者不善，他是打咱们这帮人的主意，什么多亲多近、情同手足都是话中有话，咱们得提高警惕，从明天起，凡是不会武功的女眷都要练点自卫本领。凡是遇到金人动手动脚，我们学习擒拿之术也能用上。"飞霞说："我们这帮女眷有三分之二不会武术，从明天起要勤学苦练，大家要往心里去，这完颜宗磐的目光好似馋狼，我们一定要多加小心。"梦霞说："我一看这小子就不是好东西，众位姐妹要多加小心。"

第二天一早，亚力银花的侍卫女兵来到女眷的居所。大声地喊道："各位听着，凡是四十岁以下女子全部列队到混同江边，监察使有事要对你们训诫。"梦霞对众女眷说："完颜宗磐的葫芦里卖的是什么药，暂时还摸不清，咱们只好见机行事。为女子者名节是大事，在紧急关头，宁以身殉国，绝不能失名节。"

北国三月末，江水刚刚解冻，冰排随波急下，冷气袭人。梦霞带领众女眷整齐地列成方队，完颜宗磐站在卧牛石上，居高临下，他高声对大家说："各位娘娘、嫔妃、夫人、公主、郡主、官家小姐，你们是大宋国的金枝玉叶，今随国君'北狩'，饱受风霜之苦，本官深表同情。但既然你们做了金国的朋友，本官也不忍看你们肩不能挑担，手不能提篮，混同江即将解冻，本官命令你们每日早晨下混同江沐浴，以增强体质。从四月初一开始，每天下水操练不得有误。"说完跳下卧牛石，四名侍卫紧跟左右，完颜宗磐用眼角的余光又瞟了一下道："你们听懂了吗?"众女眷敢怒而不敢言。宗磐冷冷地说："就这样吧！列队回营。"然后他跳上了花斑马扬长而去。

完颜宗磐命所有北狩的女子每天要到混同江里沐浴，他亲自监督，逼迫她们每天上午做水操。这哪是监督，分明就是想看众女子的体态，因做水操，必须穿得单薄，要不在水中行动不便。完颜宗磐每天望着这些美貌女子，看得直淌口水，眼珠子都要掉出来了。有一天众女眷刚下江，忽见邢夫人一个猛子不见了，完颜宗磐急忙脱去所有衣服只穿一个裤衩跳入混同江，不一会儿他抱着昏迷不醒的邢夫人上了岸，把邢夫人大头冲下控起来，然后由他亲自压按邢夫人的胸部、腹部。半个时辰后邢夫人醒过来，一睁眼看见一个赤裸裸满身黑毛的人在揉按自己，她“啊”的一声又吓得昏了过去。此时梦霞说：“完彦大人谢谢你的救命之恩，现在她醒过来了，你快穿上衣服吧。”完颜宗磐放下邢夫人到小树林中换上干衣服，骑着自己的大黑马，哼着小曲慢悠悠地走了。梦霞问邢夫人说：“皇嫂你今天怎么了，一个猛子就不见了，吓死我了！”邢夫人说：“我才三十岁就和康王分离，我想生离不如死别，因此我投水自溺，哪承想那个色鬼‘救我’。他哪是救我，分明是害我，自古男女授受不亲，我浑身上下都让他摸了个够，我还有啥脸面再活世上！”梦霞说：“皇嫂别这么想不开，我们回家去。”从此以后邢夫人开始精神恍惚，众姐妹劝导也无济于事，她经常胡言乱语，孙胜开了十几服药吃了也无济于事。

再说那完颜宗磐自从救了邢夫人，才过了半月，他却得了相思病，每天梦里号叫不止，张口邢夫人，闭口邢夫人，睡不着觉，吃不下饭。他从上京过来没带医官，万般无奈只好派人去请孙胜，孙胜给完颜宗磐把过脉后，见他六脉沉迟，舌苔黄厚，孙胜说：“大人这是得了相思病！”完颜宗磐说：“孙先生，怎样治？”孙胜说：“你这病必须找一个和你相思之人长相相似的装扮好，选个良辰吉日推进你的房中。”完颜宗磐说：“这里不同上京，我的八位夫人一个都没带来！那可咋办？”孙胜说：“大人你让我回去再想想办法，如果我能救你命，你要宽待我们这些北狩的人。”完颜宗磐说：“我们北方人虽然性格直爽，但也懂得知恩图报，我怎么能干忘恩负义的事，还请先生救我。”孙胜说：“那我这就回去想办法。”

孙胜回到四合院把这事和钦宗、孙傅、苗魁讲了。钦宗说：“你净胡来，你明知道他对邢夫人有意，你这不是把邢夫人往火坑推吗？”孙胜说：“就因为这样，我才和大家商量，咱们想个办法给他来个偷梁换柱之计如何？给他找一个和邢夫人长相相似的女子送过去，断了他的念想！要不邢夫人早晚得出事，不怕贼偷就怕贼惦记。”钦宗说：“你上哪儿去找和邢夫人相似的女子？”孙胜说：“那年咱们从人贩子手救回来的十八个女子，还有七个没有找人家，我叫飞霞她们去办。”中午的时候，就听院外有女子说话的声音，一挑帘子进来的是梦霞、飞霞、金玉等。孙胜就把完颜宗磐得相思病的事讲了一遍，逗得梦霞哈哈大笑。孙胜说：“我还没说完呢，他得这病叫‘单思病’，他想人家，人家不想他。我和他谈了条件，我如果救了他的命，他得对咱们放宽看管，让咱们自由些。”梦霞说：“这事不好办，咱们不能强迫人家去嫁给这个臭男人，他那一身黑毛就够一个人看半年的了。”飞霞也说：“人家虽是民间女子，咱们不能拿人家去交易，得她们自愿，咱们把事先说明白，动之以情，晓之以理，这也算为国献身。”

第二天，她们找到未嫁的七个民女。真是太巧了，有个叫张兰的女子长得和邢夫人十分相似，于是飞霞把事情从头到尾说了一遍。张兰听后眼泪直流，飞霞说：“三国时王司徒巧使连环计就是貂蝉献身救国，你如果能帮大宋君臣渡过这一难关，我在这给你磕头了。”说着三人同时跪了下去，张兰赶紧说：“使不得，三位公主折煞民女了，为了大宋君臣我愿效仿先人。”当时大家把张兰打扮起来，果然和邢夫人相差无几。选个良辰吉日，吹吹打打地就把张兰送进了完颜宗磐大营，完颜宗磐迎出大帐，偷着瞧一眼，看见女子长得和邢夫人一样，心里都乐开花了，自己赶紧换了衣服，和张兰拜了天地，封她为九夫人。钦宗给当主婚人，大摆宴席，宋金两国人欢聚一堂，一直喝到半夜宴席才散，二位新人入了洞房。完颜宗磐的病就好了，北狩君臣从此又宽松了。他每日迷恋这个邢夫人的替身，从前每月最少要来五国城二十次，可是自从有了九夫人每月只来两三次，众人默默感谢张兰。

再说邢夫人又连吃了半年的药，精神恍惚的病算好了，但落下病根，每遇着急上火的事心就跳得厉害。邢夫人和康王赵构是从小夫妻，现在天各一方，两地相思。康王也日夜思念邢夫人，虽然当了皇帝，正宫国母的位置却一直留给邢夫人。完颜宗磐被梦霞他们使了个偷梁换柱的计策后，完全被九夫人成功吸引。此时邢夫人的脑中只有一个念头，要回南朝和康王团聚。她知道康王是个孝子，最牵挂的就三个人，第一个是父皇徽宗，第二个是他的生母韦贤妃，第三个就是他结发妻子邢夫人。每当邢夫人想起来那真是肝肠寸断，满脸是泪，没事的时候她就到五国城院外的卧牛石上翘首南望，一站就是两个时辰，昏倒了好几回。可见她多想回南朝，但是她的身体却是一日不如一日。

绍兴九年，五月的一天中午，邢夫人在炕上盘腿坐着，忽然看见两个金甲神人闯进来对邢夫人说："外面龙车、凤辇已备好，请夫人登辇回南朝主持中宫。"说着飘着进来两个侍女，把凤冠霞帔给邢夫人戴上。邢夫人说："慢着，我还没向钦宗皇兄和皇妹们告别！"金甲神人说："不必了，请夫人马上登辇！"邢夫人只觉着背上直冒凉风，她用尽全身的气力大喊一声："皇妹救我！"这时金甲神人上来拽着她向屋外硬走，邢夫人觉着这两个神人身上怎么一股臊气，她伸手把苗魁军师画的那道符向金甲神人打过去，就见一道火光，金甲神人和车辇都不见了。邢夫人大喊一声："飞霞，快来救我！"这一声惊醒了正在午睡的侍女，只见邢夫人满头大汗，脸色煞白，直喘粗气急忙呼喊来人。正房和东厢房的人全来了，孙胜把脉时偷着给钦宗使个眼色，钦宗心中明白了八九。孙胜说："大家都先回去吧，邢夫人没什么事，刚才睡魇着了。"孙胜命侍女给邢夫人熬了姜汤喝。钦宗把孙胜拉到院外问："九弟妹到底怎么样？"孙胜说："皇上快给她准备后事吧，她就要离尘了。"钦宗忙招呼皇子、皇妹和众驸马，众人纷纷到西厢房去看邢夫人。邢夫人见这么多人来看她，她挣扎地坐了起来，拉住了梦霞和飞霞的手哭道着说："我这回是活不了了！永别了！我也没什么给大家的，求孙先生和苗先生为我主持下葬礼，把我埋在太上皇的脚下。飞霞、梦霞、金玉、若梅各位皇姐皇妹、皇兄、御弟咱们来生再会了。"说着面带微笑两眼上翻，就闭上了眼睛。钦宗说："九弟媳仙逝了，大家节哀顺变。"按照她生前遗嘱把她葬在徽宗和郑皇后脚下，密不发丧。太子赵谌为她打引魂幡送到墓地。

讲述：刘忠生

整理：徐东玮

43. 二帝在金国的"富足"生活

据民间传言，徽钦二帝在金国的生活虽然比不上在宋朝当皇上时奢华，但与平民百姓相比还是富足的。毕竟，瘦死的骆驼比马大，更何况他们当时只是被软禁起来，从南朝带来的细软也够徽宗等人生活一段时间的。当时徽钦二帝心中还存着有朝一日回南朝的希望呢！虽然作为俘虏，随时都有被杀头的可能，同时他们也是金人手里握着的两张制约南朝的王牌，生活也不是衣不蔽体食不果腹，如果没心没肺一点，日子还是能有滋有味地过下去。

他们到燕京时候，住在延寿寺，生活中的必需品还是挺丰厚的，仅徽宗宫眷就有九百多人，徽钦二帝又是重点保护对象，受苦受难的都是些无足轻重的远亲宗室和一般随行，那些人过着生不如死的日子，都是有今日没明日地苟且活着。

后来，徽钦二帝继续北行，临走的时候，徽宗让人分给每个身边的人生绢千段，试想在当时那个社会里，那可不是一般的富有啊。经过千辛万苦终于来到了五国城，一次，他们临时住的地方着了火，下人们出主意要求“聚夫修盖”，就是请附近的村民帮忙修盖房子，徽宗说：“正是农时，岂可妨废？”意思是说正是农忙时怎么能让村民丢弃庄稼不收割来帮我们修盖房子呢？这很像一方太守才能说出来的话。可见他们过得仍是大户人家的日子。另外，宋钦宗依然保持着一妻三妾的“男人尊严”，还生了四个孩子。宋徽宗更是了得，原来就有三十二个儿子和三十四个女儿，北狩后老当益壮，又生六子八女，真可称得上是儿孙满堂啊。

那么，徽钦二帝是靠什么争得这般优待过得如此潇洒的呢？说起来也许你不相信，这当了俘虏的爷俩，在宋朝时都是皇帝，就连在金国一个是国丈老儿，一个是国舅老爷，那可都是皇亲国戚呢。

金人原来是落后民族，就知道马上打仗，后来坐了龙庭，当然要学汉人的样子，岂能没有三宫六院？汉人讲究处女，金人却没有那么多讲究，只要温婉漂亮就行。所以，宋徽宗的女儿们一到北国，就成了“抢手货”。已嫁的大女儿改嫁了金太宗之子，已嫁的六女改嫁金太宗堂侄，九女还嫁给了金太宗四子——大名鼎鼎的金兀术，十三女也做了王妾，十六女嫁给了金太祖之子，还有一个儿媳跟六女嫁给了同一人。不久，这些人生了男孩，即获优待，升为次妃。金太宗告诉宋徽宗：“你的六个女儿、儿媳如今是我完颜家的媳妇，这个亲家你是结对了，这样在你穷途末路之时我可以帮助你，你就可以安度晚年了。”

金太宗死后，金熙宗即位。如果说老一辈还对徽宗他们多有防范，说话居高临下比较刻薄，可后辈们就不一样了，真当了亲戚更加客气。金熙宗是金太祖嫡孙，金太宗的侄孙，通汉语，能诗文，汉化程度颇高。自然，金熙宗对汉家美女更是垂涎三尺。于是，他一口气娶了宋徽宗的三个小女儿。这些女子出身皇族，国色天香，岂会不得宠于金国皇帝？所以，徽宗、钦宗的日子更好过了。可惜不久宋徽宗死了，但宋钦宗又活了二十六年，还“赐第上京”（注：在辽代都城上京赏赐的宅第）。不知是这些汉家女如西施般爱国使了离间计呢还是皇帝另有政治考虑，五年间，金熙宗几乎把参与灭宋的文武大臣杀了个遍，仿佛在为徽钦二帝复仇似的。

部分资料取材网络

整理：刘玉林

44. 宋徽宗画鹤

金天会十一年,已经是徽钦二帝囚在五国城的第三年了。有一天,徽宗在小院里待腻歪了,想着待着也是待着,不如做做我喜欢的事儿,徽宗就叫钦宗帮他准备画画的工具和材料,开始着手绘画。徽宗拿笔酝酿着:画啥好呢?没有什么思路,来这儿这么久了,一抬眼只能看见巴掌大的天,哪有什么景色可取。于是他放下画笔,来到五国城里面逛了一圈,可是走了一大圈,还是没取着什么景。突然五国城的上空传来几声鸟叫,五国城里的百姓都对天上指指点点,徽宗抬眼一看,好几只仙鹤在天空中盘旋。大家都说这是吉兆,很难得能看到这么漂亮的仙鹤。徽宗猛地一机灵,此时的美景不是最好的画作吗!他细细地观察仙鹤飞行中的姿势和每只仙鹤的颜色,而这些仙鹤好像知道徽宗在下面观察它们,并没有马上飞走,反而一直在五国城上空盘旋,忽而向左,忽而向右,变换着各种姿势。徽宗把仙鹤的动态都一一记在心里,一直到仙鹤飞走了,徽宗才回到四合小院。他躺在炕上心里酝酿着这幅画作的构思,不知不觉中,徽宗就睡着了。梦里自己在五国城下正在练习书法,突然一阵大风将徽宗吹起到空中,远方飞来一只七彩斑斓的仙鹤,仙鹤开口对徽宗说道:“我是仙鹤道人,与你有缘今天在五国城相见,你一直观察我们的飞行,心里可有构思?你现在的书法和绘画技术已经到达了你自身的极限,若想继续提高,必须要让它们有灵魂,下面我会再在你身边飞上一刻,你临摹一幅我的画,希望你能捕捉到我的灵魂,这个造化我赐给你,就看你自己的表现了。”说完仙鹤就开始在徽宗的周围不停地盘旋,只见它的羽毛时而似凤羽般火烈,时而又如参天大树般充满生机,徽宗连眼睛都不敢眨一下,仔细捕捉每一个细节,这画也是画了一幅又一幅,可他自己总是不满意,眼瞅着这一刻钟的时间就快到了,徽宗却没有一个满意的作品,正在这时,他灵光一闪:“古有张僧繇画龙点睛,那想必我画的这仙鹤一定是缺少像龙眼珠子一样的东西,是什么呢?”徽宗想来想去,脑中回忆刚刚看到的场景,突然一拍大腿:“我知道了!这神鹤时而似流光,时而似飞羽,它的灵魂是羽翼啊!”于是徽宗开始仔细描摹刻画羽翼,在他完成最后一笔后,画上栩栩如生的飞鹤,竟然从画中飞了出来,仙鹤对徽宗说道:“书画皆在于神而非形,你现在终于理解领悟了,恭喜你!”徽宗赶忙跪在地上大拜,道:“谢仙鹤道人指导,我一定会好好地继续完善。”

徽宗说完这句话,人就醒了过来,当即提笔开始画,徽宗先是勾勒出天空的轮廓,最后又在上面加了几只天空中飞翔的鹤,等他画好以后,他把钦宗叫过来问道:“你看看朕这画,怎么样?”钦宗认认真真地看过,对徽宗说道:“父皇,你这次画的鹤和以前比较感觉多了一丝神韵,怎么回事啊?”徽宗笑道:“傻孩子,不可说,不可说啊,这都是神人的教导啊!”

从这以后,徽宗在五国城的生活变得更加丰富起来,只是他仍然时不时望向天空,看向远方,没人知道徽宗究竟在眺望什么。

讲述:刘玉林

整理:刘帅辰

45. 徽钦二帝北狩真实生活

在徽钦二帝的传说里,父子俩在被俘期间过着富足的生活被描绘得有鼻子有眼的,让人浮想联翩。其实真实情况就是,原来对两位无道的昏君恨得咬牙切齿的人,听到他们凄惨的下场也要心软了。我们就看看他们父子有多可怜。首先,他们的皇权象征——黄袍被剥下了,换上了金国百姓穿的服装,晚上宿在竹篁旁边靠篝火取暖,这和乞丐有什么区别呢?乞讨者还有自由呢,他们却被金人随意训斥,想当年在皇宫谁敢啊?据描述当时徽宗的妻子郑皇太后心口痛也只能躺在一个破木凳上,儿媳妇朱皇后为婆婆抚摩,四眼相望眼泪汪汪。即使这样金人还要训斥说她装病,在钦宗皇帝苦苦哀求下,侍卫才给了一口热水喝。

为了赶路,第二天一大早就要上路,更苦了两位不会骑马的皇后,竟被"掖而乘之",用现在的话就是:用胳肢窝夹着皇后乘坐在马背上,哪能舒服呢!一个叫骨碌都的小头目看朱皇后有姿色便百般凌辱,朱皇后也是敢怒不敢言。骨碌都一看更加色胆包天,拉着朱后的手色眯眯地说:"能否从我?"朱皇后哪受过这样的侮辱,气得浑身发抖说不出话来,结果被骨碌都占尽了便宜。接着骨碌都又对钦宗说:"如果让你老婆好好伺候我,我就能帮你们!"钦宗心里这个恨啊!心想有朝一日回中原看我怎么收拾你们这些人!金太宗强迫徽钦二帝换下汉人服装,着素服,祭拜金人太庙,行三拜九叩大礼。不服从的人就用马鞭抽打,反抗严重的当场杀死。徽宗的随行太学博士、吏部侍郎李若水,实在不堪其辱,把金人骂得狗血喷头那真是一个痛快啊。可惜那是用鲜活的生命换来的一时之快,金兵当着徽宗的面,割开李若水的喉咙,任其血流不止而死,随意诛杀宋朝人质,其实是对被俘人员的一种震慑。

另外,金人还经常弄一些带有侮辱性质的"牵羊礼"活动。让徽钦二帝及所有被俘人员穿金人百姓衣服,手持荆条,男女皆"肉袒"(袒胸露乳),来到金太宗议事的乾元殿,朝拜金太宗,行臣子跪拜之礼,以示降服。宫嫔被奸杀的事常有发生,在徽钦二帝一行人被押往上京的途中,大多数女性都被强奸过,稍有不从,便被杀掉。就连恰逢天降大雨,宫女躲在金兵帐篷外屋檐下避雨也能遭到金兵绑架强奸,又如徽宗的嫔妃曹才人在上茅厕时被金兵轮奸、赵构的妻子邢妃被金将强奸……金人将俘获的女人根本不当人,像牲口一样随意赏赐、交换、奴役。年轻的女子供他们淫乐,年长的妇人就会被送到妓院或"浣衣所",包括宋高宗的母亲韦后也未能幸免于难。其实包括徽宗本人,54 岁时含恨惨死在五国城,死时身边一个亲人也没有。直到被发现后,钦宗乞求金人予以埋葬,结果尸体被焚烧了灯油,而钦宗也随着游牧民族部落迁徙,过着颠沛流离的生活。26 年后,在一次金太宗组织的马球比赛活动中,57 岁的钦宗因年岁较大,不善活动,又不精通马术一下跌下马,被马群践踏致死。纵观二帝一生,在金国被囚禁这段时间里,所有被俘人员没过过一天好日子,受尽了折磨。这才是二帝被俘后生活的真实写照。

部分资料取材网络

整理:刘玉林

46. 巴达曷瞒天过海救宋俘

绍兴二十六年六月初九，五国城的初夏，万里晴空，阳光明媚，五国城来了数百金兵，大家都觉得这次凶多吉少。首领是个大胡子千户。他恶狠狠地向钦宗和蔡樵下命令，把全体俘虏都集合起来。大胡子千户手执利剑，厉声喝道：“哪个是明月姑娘？乖乖交出明月姑娘，献给海陵王，要不然你们就是抗旨，都得死。”这时候，蔡樵站立出来，对千户一抱拳说道：“明月是天水郡公的孩子，上个月已经死了，千户大人，你奉谁的旨令到此发号命令？”大胡子千户拔出利剑说道：“既然交不出明月，你们的死期就到了，是海陵王叫我杀你！你可别恨怨我呀！”就在蔡樵毫无防备的情况下，千户刺中他的胸膛，鲜血从嘴角里流出来，瞪着眼睛倒下了。

宋朝俘虏立即乱作一锅粥，女人和孩子都大哭起来，这时达八喇甘将军带兵赶了过来。巴达曷将军和庆哥跟在他的身后，达八喇甘大声说：“你们这是干什么？怎么可以滥杀无辜，让我们如何向朝廷交代？”“这里还轮不到你说话！”大胡子千户胡甘用手拭去刃上的血冷笑一声，突然拿刀砍向达八喇甘，达八喇甘迅速抽出腰刀一挡，俩人打在一起。双方打得难解难分，达八喇甘和大胡子同时向对方刺去，大胡子和达八喇甘同时倒地，口吐鲜血，大胡子眼睛瞪得老大就死了。巴达曷将军大声对金兵说：“你们谁没有兄弟姐妹，谁没有父母老人。海陵王暴虐让我们自相残杀，我们不能上当，大家都给自己留条活路哇！”“说得好！”巴达曷循声望去，原来是巴达曷的堂兄巴特鲁。“堂兄！”巴达曷将军喊了起来。巴特鲁也应了一句：“堂弟！”那些打算继续执行杀人命令的士兵，见巴特鲁和巴达曷是兄弟，都不敢再动手了。巴特鲁是刚刚被杀的千户的副手。他早就对金国皇帝海陵王要杀宋俘不满，过去曾经多次听堂弟巴达曷提起过，五国城里宋朝俘虏的各种事情，他下令停止射箭。想和堂弟再了解一下情况，然后再决定如何处置。巴特鲁走上近前，和巴达曷拥抱在一起，然后命令手下把被杀的人都安葬好，又和巴达曷商量如何向燕京的皇帝交差。巴特鲁手下对他都十分忠心，对千户大胡子早已不满，都愿意听巴特鲁的安排。

巴达曷和庆哥安排伙房为巴特鲁这些人接风洗尘，做最好的菜肴。席间，巴特鲁问：“堂弟，你打算怎么办？”巴达曷端起了酒碗，一口干下去，双手一抱拳说：“堂兄，实不相瞒，我和中原人在五国城住在一起三十余年了，我了解他们。他们和我们一样，都有妻儿老小，都有兄弟姐妹……中原人很有教养，懂得仁义礼智信，懂得温良恭俭让，懂得忠孝悌友。这是为人之大伦啊！人啊，如果没了这个伦常，弑母的事都干出来了，那还叫人吗？”“堂弟说得极是！”巴特鲁听懂了堂弟的弦外之音，他暗指金国皇上海陵王暴虐无道，弑母迁都的事就是海陵王干的。这件事，金国上下都议论纷纷，只是敢怒不敢言。“堂兄，你今后打算怎么办？我打算着……”于是巴达曷将军搂住巴特鲁的肩头，两个人走出兵营伙房的门外去说话了，别人什么都听不清楚。但庆哥心里明白他们说的是什么。就见巴达曷将军指天指地，拍着自己的胸膛，大声说着什么。巴特鲁也双手抱拳，连连向巴达曷表达敬重之意。两个人说了好一阵，然后就拉着手走进屋子里，巴达曷给巴特鲁倒满了酒，两个人又端起酒碗，一饮而尽。

第二天巴特鲁来到五国城外，新埋的五座坟分别是天水郡公赵桓之墓、金国千户胡甘曷之墓、达八喇甘将军之墓、蔡樵的坟墓和巴达曷之墓，巴特鲁飞身上马，抱拳和巴达曷告别，带着金兵飞奔而去，巴达曷望着刻着自己名字的木牌，无奈地摇摇头。回身走进五国城。原来是巴达曷将军设计要放走宋朝俘虏，巴达曷将军安排好人，把五国城放火焚烧了。他自己也决定隐姓埋名遁入深山，巴达曷将军派手下用木头给宋朝的俘虏打造几条大木筏，在松花江上船，然后顺着江水流去下游，让他们自寻生路去了，还有些人躲进了深山老林。巴特鲁回京奏报海陵王，千户和他到五国城把钦宗赵桓杀了，千户胡甘曷贪恋酒色，遭到野人袭击。巴特鲁杀出重围，没有及时带出五国城里的女眷。返回到会宁府搬来救兵又杀回五国城，结果五国城里已经没了人迹。全城被火焚烧，草叶都没有留下，城里的宋俘等人均不知去向。后来在五国城外看见了几座新坟墓，有赵桓和狱司们的坟墓。据判断，这些宋俘和看守的金兵，都被野人给杀害，看样子野人数量不少，不然不能遭到屠城……就这样巴达曷将军和巴特鲁联手瞒天过海救了宋朝的俘虏。

讲述：刘忠生

整理：刘玉林

47. 徽宗悔过

金太宗颜晟让金兵扒掉徽宗二帝衣服，披上刚剥下来还带着血的羊皮，手里拿着毡条，向金太宗行表示臣服的牵羊礼，随后金人又想出一个作弄人的馊主意，将铺好的青石板上堆满木头，木头烧完后，青石板热气扑面，金兵给徽宗父子戴上彩带系上铃铛，再脱去鞋子，推到青石板上，烫得爷俩左右脚替换着上蹦下跳，惨叫连连，身上铃铛作响彩带上下飞舞，看得金兵拍手叫好。结束时，爷俩脚掌都烫得起了燎泡，走路脚不敢沾地，宫女、太监抬着二人回到住处，简单地上了点药，疼得爷俩也没睡好觉。天亮时刚要闭上眼睛，徽宗大叫一声猛然坐起，钦宗吓了一跳：“父皇怎么了？”徽宗长叹一声：“报应啊，真是报应啊！”原来徽宗做皇帝时特别讲究吃，他喜欢吃鹅掌，又嫌鹅掌不够肥，也不够大，吃着不过瘾，就想出了一个绝招，命令御厨将刚出壳不长时间的鹅雏拿棍子赶上烧热的铁板。鹅雏刚跑上铁板，这边的御厨又往回赶，慢慢地鹅雏适应了铁板的温度，随着鹅的长大，铁板的温度也逐步上升，过几个月再看鹅掌，简直像小蒲扇一样，又肥又大，砍下来的鹅掌被卤出美味，供徽宗下酒享用。徽宗迷迷糊糊刚睡着，梦见一群鹅围着他啄，吓得徽宗出了一身冷汗，对钦宗说：“万物皆有灵，都怪我一时贪口腹之欲虐杀了数不清的无辜生灵，真是现世报。”

讲述：刘忠生

整理：刘玉成

48. 徽宗书法

宋徽宗赵佶，神宗十一子，哲宗之弟，宋朝第八位皇帝，是位少有的艺术天才与书画大家。却阴差阳错地当了皇帝，为宋朝的灭亡埋下了伏笔，这位艺术家诸事皆能，做皇帝却是一塌糊涂，徽宗擅长的书法，独创字体修长硬挺，笔画纤瘦，如铁画银钩，特点鲜明，极具个性，自称“瘦金体”。徽宗的画功也十分了得，他擅长花鸟和山水，画技精湛，笔法严谨，色彩华贵，所画禽鸟翎毛运笔奇巧，尤其是点睛之笔，用生漆点染，仿佛能灵活转动一般，令人叹为观止。他擅长的墨花石画，画中一色焦墨，不分浓淡，只在丛密之处微露白道，独具特色，妙不可言。

艺术方面的突出造诣，生活上的荒淫无度，导致他统治下的国家，奸臣当道，社会黑暗。为了享乐，他疯狂地搜刮民脂民膏，使得民不聊生，不断有起义发生，金人的入侵使得徽钦二帝做了金国的俘虏。

徽宗囚禁五国城以后，写的字画被看守的金兵拿到市场上竞价出售，全国的贵族以搜集宋徽宗的手迹为时尚，几乎每人都有他的字画，不论红白喜事，大事小情都以悬挂徽宗字迹为幸事。徽宗的字画是杰出的，在历代皇帝中也是空前绝后的。

讲述：刘忠生

整理：刘玉琢

49. 徽宗南返

金兵攻陷宋朝都城汴京后，俘虏了宋徽宗赵佶、宋钦宗赵桓二位皇帝，北宋从此灭亡，历史称这次灾难为“靖康之耻”。

1127 年春，金兵押送包括徽钦二帝及皇子、公主、贵妃、大臣、宫女、匠人数千人北上金国。一路之上，年轻漂亮的公主或宫女，被金国将领强行霸占做了妻妾；年老体弱者不堪饥饿和虐待，死了不少人；沿途又留下一些人做了奴隶，最后到达囚禁地五国城时仅剩徽钦二帝与大臣、儿女、妃妾等 400 多人。

北宋的亡国君臣在路经金国的上京会宁府时被金兵强令穿上白衣孝服，头戴孝帽赶到金国开国皇帝金太祖完颜阿骨打墓前跪地磕头，哭奠请罪，最后又被金兵扒下上衣，披上羊皮，任由金兵拿皮鞭抽打。

到了五国城后，徽钦二帝一行人都押在靠江边的一座院落里，金人给徽宗等人发了农具，任其在附近开垦荒田，自种自收，徽宗等人哪干过这个，每天累得死去活来。就这样过了五年，宋徽宗连病带累，死在了异乡，尸首被金兵丢弃荒郊野外，不让收殓埋葬。

宋徽宗的第九个儿子赵构因为幸免被俘在临安登基，重建宋朝，史称南宋，金国对侵略中原贼心不死，命金四太子金兀术继续侵袭南宋，战争不断，可南宋有著名的抗金名将——岳飞，打得金兀术夹着尾巴退到了朱仙镇。赵构怕父亲回来会威胁到自己的皇位，便命秦桧连下十二道金牌命岳飞辙兵，又以莫须有的罪名将岳飞害死狱中，然后与金国签订了和议,划淮河为界,各自为安,互不侵犯。赵构又假惺惺地提出接父亲赵佶回南朝,可赵佶早就死了,尸骨已无处可寻,钦宗命工匠用好料做了一口大棺材,装饰得极其华丽,棺内装入一截大木头,跟棺底固定好,命金兵运到临安交给赵构。赵构哪知真假,身披重孝,带领大臣举行了隆重的葬礼,并将棺木原封未动地安葬于临安郊外的陵墓中。

过了几年临安城有个盗墓高手因为赌债缠身,被人追杀。由于徽宗下葬时他在现场,见棺木沉重,外观又华丽异常,便断定里面必定陪葬着金银珠宝。走投无路之下,就动了盗墓的心思。盗墓高手费了九牛二虎之力,终于挖通了徽宗陵的墓道,可撬开了棺木盖一看除了一截木头,连个大钱都没有。可惜一代风流天子连死后回南朝的梦都没做成。

讲述:刘忠生

整理:吴晓东

50. 徽宗与油条

徽钦二帝被囚禁在五国城后,金兀术与秦桧的老婆王氏勾搭在一起,秦桧只能睁一只眼闭一只眼假装瞧不见,还得给二人创造在一起的机会。

一次,金兀术与王氏约会过后,在院子里摆了几桌酒席,命金兵把徽钦二帝和几位大臣叫过来陪着喝酒。酒过三巡,金兀术借着酒兴,叫徽宗跳舞取乐,正巧徽宗身体不适便说:"难得四太子有此雅兴,奈何我身体抱恙,头痛眼花,实在是不方便,请四太子恕罪。"金兀术一听,眼珠子瞪得老大说:"好你个昏德公,胆敢扫本皇子的兴,难道你不怕人头落地?"徽钦二帝与众臣连忙跪地求饶,这时秦桧正一肚子气没地方出,借这机会冲上来就给徽宗几个大嘴巴子,一边打一边骂:"四太子叫你跳舞是看得起你,还敢推三阻四,你是嫌命长了吧,赶快给四太子跳舞赔罪。"说着用手拽着徽宗的耳朵往空地上拉。徽宗上来犟劲,任凭秦桧打骂,坐在地上就是一动不动,王氏见徽宗不给面子也上前拽住徽宗另一只耳朵,两口子使足劲拉扯徽宗,钦宗和大臣们劝的劝,骂的骂,顿时现场乱作一团,金兀术其实也不敢杀徽宗,见此情形一拍桌子:"都给我住手,本太子宽宏大量,今天就饶了你不敬之罪,如有下次,定斩不饶。"金兀术走后众人扶着徽宗冲秦桧夫妻二人"呸"了一声就回屋了。

此事过后,秦桧与王氏的名声在五国城是臭到家了,没有人与他们说话,见了面对他们也是骂骂咧咧,二人犯了众怒,夹起尾巴灰溜溜地做人。这天晚上,秦桧睡不着,便与王氏商量:"咱们这两头不是人的日子啥时候是个头,再这样下去我快要疯了,不如你找个机会把金兀术的令牌偷来咱二人溜出金营回南朝吧。"王氏妇道人家也没啥好主意,便点头应允了。一日金兀术又来到王氏的房间,秦桧知趣地出去了,过了一个时辰,秦桧拎着酒菜后到房间,赶上金兀术与王氏正唠着嗑,见状就忙起身摆上桌子三人喝起酒来。金兀术在夫妻二人的攻势下,一会儿工夫酒喝多了,趴在桌子上呼呼大睡,王氏摇着金兀术的胳膊娇声娇气地说:"四太子,四太子快醒醒,咱们再喝点。"见金兀术一点反应都没有,秦桧给王氏使了个眼色,王氏假意扶金兀术,实则把金兀术腰间的令牌偷了过来,二人刚到门外,看守的金兵就围了上来,秦桧拿出令牌一举说:"奉四太子命我二人去土城子办事,快去牵两匹马过来。”金兵看了看令牌是真的，也不多疑，就交给二人两匹马放他们走了。夫妇二人靠着令牌一路向南回到了南朝，并靠着花言巧语当了宰相。

徽宗听说秦桧跑了以后气得牙根都痒痒，一天见御厨和面准备包饺子，徽宗就上前揪了一块面捏成人形，对着面人骂：“该死的奸臣，欺君瞒上罪该万死，还敢拽我耳朵，今天我抻死你。”说完他先把面人抻成长条状，忽然又想起王氏咬牙切齿地骂：“不守妇道的淫妇，我咒你不得好死。”又揪下一块面，也抻成长条，两块面捏在一起，吩咐御厨烧开油锅把象征着秦桧夫妇的面人扔进热油锅，一边炸一边骂。时间不长，面人炸得金黄，徽宗用筷子捞出后，不解气地说：“就算千刀万剐也难解我心头之恨。”然后把面人塞进嘴里，使劲地嚼着，大臣们也争相效仿，把面人当作秦桧吃着解气。时间长了，此种吃法的面食被称为“油条”，在当地流传开来，成为著名的小吃，一直到现在。

讲述：刘忠生

整理：吴晓东

51. 子婿逆伦

徽钦二帝被囚禁五国城后，每日吟诗作画，以打发漫长而又无聊的时光。十五皇子沂王赵㮙、驸马刘文彦这二位过惯了花天酒地生活的公子王孙凑在一起每天大眼瞪小眼地干待着。无所事事的二人东一头西一头地瞎转悠，发现看守的金兵没事聚在一起赌博，这二位一开始是围观叫好，后来在金兵的蛊惑下也掏钱下注了。头两天，二人手气还挺好，赢了三吊二吊铜钱的还挺乐呵，买两个菜，喝壶小酒，美得二人直唱小曲。渐渐地两人身上的零花钱都输光了，红了眼的他们开始今天卖玉佩明天当首饰，可钱还是不断地进了金兵的口袋。赵㮙、刘文彦输得是毛干爪净，但又急着捞本，就跟金兵商量借钱，金兵痛快地答应二人，可利息挺高的，二人一咬牙，借！借来的钱还没等焐热乎，就又回到了金兵的口袋，钱越借越多，利越滚越高。这天二人又来赌博，可金兵不由分说，给赵㮙、刘文彦一顿胖揍，并让二人限期还钱，这回二人傻眼了，明白中了金兵的圈套，可为时已晚。金兵给他们二人下了最后的通牒，别说还钱了，他们二人兜里比脸还干净，可以说是蹦子皆无。

第二天，赵㮙、刘文彦猫在屋里，连院都不敢出，可怕啥来啥，几个金兵闹了进来，打得二人鼻青脸肿，然后翻箱倒柜地寻找值钱东西，可找了半天啥都没有，只好悻悻而去。

金兵离去，二人抱头哭泣，哭了一阵后又商量起解决办法，刘文彦说：“皇弟啊，说啥都晚了，咱们上了金兵的当，要再不还钱金兵还不打死咱俩，咱们得想办法去哪儿弄钱。”赵㮙咧着嘴，也想不出好主意，刘文彦说：“不如咱们找太上皇求救，只要太上皇帮咱们还上债，大不了咱以后不赌了。”赵㮙点头答应，二人半遮半掩地来到徽宗的房间，刚说明来意，徽宗一口拒绝：“自打来到五国城，你二人整日东游西逛不着调，好吃懒做，也不想想咱爷们的处境，我身上也没有闲钱，你们自己想办法去吧。”说完把二人轰了出去，二人一面害怕金兵毒打，一面又借不着钱，最后刘文彦说：“既然不给咱俩活路，不如咱们去找金兀术告状，就说他们要谋反，金兀术一高兴说不定赏咱们点钱，眼前就过去。”赵愕寻思半天，实在没有好办法，只好点头应允，二人连跑带颠，来到金兀术的帅帐，对把守的金兵说：“我们有机密要事向四太子禀报。”工夫不大，二人被带到帐里，金兀术吩咐金兵给二人落座，说：“二位皇侄，不知有何要事禀报？”刘文彦说：“太上皇和众人商量要派人逃出五国城去那南朝搬兵倒反五国城。”金兀术一听这还了得，立即吩咐，各平章都督马上兵围五国城，控制住二帝，找出证据。

金兵在金兀术的指挥下在五国城整整搜了三天，把徽钦二帝的住处搜了个底朝天，也没找到写给南朝的书信，金兀术暴怒之下，把赵楞和刘文彦捆起来押到徽宗面前让徽宗自己处理。宋徽宗见到儿子女婿老泪纵横：“你们还有什么面目见我？”吩咐人把他们关在柴房反思，赵楞、刘文彦无脸见人，就在柴房里上吊自尽了。到底是亲父子，徽宗将儿子、女婿埋在松花江边，让滔滔江水洗去他们身上的罪孽。

讲述：刘忠生

整理：吴晓东

52. 徽宗生病

一天早上，钦宗慌慌张张地来到徽宗的房间，徽宗问：“何事慌张？”钦宗说：“父皇，儿臣在快亮天时做了一个梦，梦见九弟和秦桧二人与金兀术坐在一起喝酒，九弟从怀中掏出一幅画，画着山山水水，十分漂亮，画还直放红光。金兀术十分眼馋，央求九弟：‘把这幅画卖给孤家吧。’康王赵构一听摇着头说：‘这乃是我心爱之物，送人万万不可。’金兀术一拍桌子：‘你要胆敢违抗我定不饶你。’秦桧在一旁打圆场对九弟说：‘我看就卖给四太子吧，要不咱们的日子也不好过。’九弟再三犹豫，还是舍不得，就与金兀术商量：‘要不然咱俩轮流保管？’听到这我说九弟不可，忽然惊醒了，忙来问父皇这梦是好是坏？”徽宗听完唉声叹气地说：“坏了，坏了！”钦宗追问：“父皇这梦到底是何意，快告诉我。”徽宗说：“老九手里的画乃是我大宋的江山，他这是要与金兀术分享我大宋江山，是卖国求荣啊。”说完低头擦眼角的老泪，钦宗见父皇如此难过，安慰着说：“只不过是一个梦，父皇不必担心，咱们还是出去走一走吧。”父子二人转了一圈，徽宗回来就喝了一口稀粥，然后上炕躺下了。等中午叫徽宗吃饭时，发现他发起了烧，怎么叫他也没反应，这可吓坏了钦宗、大臣还有嫔妃们，众人抓来药，熬好了给徽宗喂下，烧是退了，可徽宗茶饭不思整天卧床不起。

这一天钦宗和众人把徽宗搀扶着出了院，刚走不大工夫，徽宗有气无力地说：“皇儿，我好渴。”然后就晕倒了，钦宗抬头看见不远处有一眼泉水，赶忙来到泉水跟前，找了半天也没找到盛水的东西，正急地转圈时忽见一个半拉人脑瓜骨，人脑瓜骨里还有两条蟮在爬动。钦宗顾不了许多，捡起脑瓜骨，盛了泉水，端到徽宗面前，众人把水给徽宗喂了下去，说来也怪，徽宗喝完水不一会儿，就觉得神清气爽，啥病都好了。徽宗问钦宗：“刚才你给我喝了什么？”钦宗把事情学了一遍，徽宗说：“人脑瓜骨当瓢，又有两条蟮乃二龙也，此汤名叫‘二龙戏珠’,看来老天还是眷顾我。”

第二天徽宗领着人把泉水周围清理干净,又搭起井台,并赐名“观天泉”。

讲述:刘忠生
整理:吴晓东

53. 徽宗与火锅

徽宗被囚禁在五国城后,习惯了吃山珍海味的他对金人每餐都是烤得半生不熟的牛、羊肉,感到恶心难以下咽,因此茶饭不思,日渐消瘦。

这天中午,徽宗一看厨房里金兵送来的一只杀完的羊,已经两天没咋吃东西的徽宗,饿得前腔贴后背,正好看到桌上放着一个用来取暖生火的小火炉,灵机一动的徽宗在炉上架个汤锅,命御厨把羊肉切成薄薄的肉片,等汤烧得滚开时,把羊肉放进汤中涮熟,拿出来蘸点辣椒油和盐。徽宗吃得胃口大开,众人对徽宗的这种涮熟吃肉的方法感到好奇,纷纷拿起筷子品尝,尝过的人都说好吃。

吃过几次之后,徽宗觉得这种做法也有弊端,一是木炭不时蹦出火星,不仅落在锅里使汤变脏,还落在衣服上容易烧个窟窿,徽宗想了好几天解决办法,忽然在从李师师处看到的手炉上受到了启发,命随行的孙御厨做了个中间凸四周凹陷的夹层铁锅,底下烧火,夹层煮肉,这样既能吃肉又能喝到干净的汤。锅做好时,徽宗招待钦宗和众大臣一行人涮肉,在窗外大雪纷飞的寒冬中,徽钦二帝与众人围聚在一起谈天说地,席间有人问徽宗这种吃法叫什么,徽宗略一沉思,说:“有了,既有火,又有锅,干脆叫‘火锅’吧。”

后来,徽宗吃火锅吃出了心得,在锅中又加进了各种应季的蔬菜、鱼、中草药等,又用鸡汤做汤底,使火锅味道越来越鲜美,很快在五国城成为一种流行的吃食。

讲述:刘忠生
整理:刘玉琢

54. 徽宗舞

金兀术作诗输给了徽宗后,恼羞成怒,找来军师哈迷蚩商量怎么羞辱徽宗,以解心头之恨。哈迷蚩是真坏,眼珠一转,趴在金兀术耳朵“如此这般……”出了一个主意,金兀术听完拍手叫绝。

这一天,徽宗等人正在院内闲聊,忽然金兀术领着一队金兵不约而至,徽宗忙起身施礼说:“不知四太子大驾光临有失远迎,万望恕罪。”金兀术一摆手,“哎,我也是闲来无事,听说昏德公处有涮肉的吃法,我前来尝尝。”宋徽宗忙命人准备好锅和牛羊肉,金兀术也不谦让,和哈迷蚩坐下就开吃,金兀术是一员猛将食量甚大,这一吃就吃到了日落西山才打着嗝拍拍肚子连叫舒服。徽宗长出了一口气,心想赶紧送走这瘟神,就陪着笑脸说:“四太子吃好了吗？不够的话,再备些牛羊肉?”金兀术挺着大肚子说:“酒足饭饱,听说昏德公不仅擅长笔墨丹青还能歌善舞，今天咱们开个篝火晚会，大伙一起乐呵乐呵。”旁边的哈迷蚩心领神会，对旁边的金兵一使眼色，早有准备的金兵抬进屋几块大青石板，然后在青石板上堆起木头点燃，一会儿的工夫，热浪扑面，哈迷蚩吩咐金兵撤火，金兀术对徽宗说：“请吧，让我见识一下昏德公的舞蹈。”

此时院内的宋人大惊失色，钦宗忙把父亲拽到身后说：“四太子开恩饶了我们父子吧。”金兀术一瞪眼：“呔，我的话就是圣旨，胆敢违背，定斩不饶，既然你有如此孝心，你父子二人一同为本皇子跳舞。”金兵一拥而上，将徽钦二帝强行推到石板上，敲起鼓点，二帝在石板上烫得乱蹦。看着二帝上蹦下跳，金兀术心花怒放高声喊道：“尽情地跳吧，这舞蹈能祛病健身，取个什么名字好呢？”哈迷蚩一旁笑道：“这舞跳像是猫窜，狗跳，猪拱，驴叫，就叫禽兽舞吧。”金兀术拍手叫好，看了一会儿不过瘾，命金兵又烧热一块青石板，然后命人给父子俩披绸挂铃，再次将父子二人推上了青石板，二帝被烫得“妈呀妈呀”惨叫，一刻不停地蹦跳，一时间彩绸飞舞铜铃作响，金人看得兴高采烈，宋朝的臣子皆掩面而泣。

后来，金人将喝多了之后随意的蹦跳，都叫徽宗舞，意在羞辱大宋朝。

讲述：刘忠生

整理：刘玉成

55. 宋徽宗与金蟾抱月

宋徽宗囚禁在五国城时，为了能吃到粮食和蔬菜，就带领大火在倭肯河西岸边开垦了一块地，种植青菜和玉米等农作物。

一天快到中午时，徽宗、钦宗等十余人在地里给苞米苗除草，徽宗年老体弱又腹中饥饿，拔了一会儿草，就得直起腰擦汗，钦宗见状说：“父皇，您到树下歇一会儿，我们把这块地的草拔净就回去吃饭。”徽宗答应一声走到地旁的树下找块石头坐下，撩起衣襟擦擦额头的汗，然后眼望南方暗自垂泪。就在这时，忽然发现草丛中有一黑一白两条蛇互相纠缠着撕咬，打着打着白蛇一口咬住黑蛇的七寸，黑蛇拼命挣扎，徽宗捡起一根木棍，照着白蛇的头就是一下，白蛇一激灵松开口转身逃跑了。徽宗刚要近前看黑蛇，一阵风刮过，黑蛇变成一个黑大汉，冲徽宗抱拳施礼说：“谢谢救命之恩。”徽宗战战兢兢地问：“你是何人？”黑大汉说：“我乃是秃尾巴老李，游玩到此处，被一条白蛇暗算，要不是你出手相救，今天我命休矣，为了报答你救命之恩，你有什么要求可以对我提，我尽量满足你。”徽宗一听高兴坏了，赶忙说：“求你将我们送回南朝吧。”秃尾巴老李说：“汴梁沦陷是你江山气数已尽，此乃天意非外力所能改变，若我帮你回南朝，就会天下大乱，你九皇子也是真命天子，岂能容你回去。”徽宗听完长叹一声，就此断绝返乡的念头，就在这时，徽宗腹中饿得咕咕直响，灵机一动说：“我们在五国城人数众多，金国给的粮食不够吃，你能不能帮助解决这一难题？”秃尾巴老李伸手在怀里掏出一把虱子大小的东西说：“接着，以后你们靠它充饥。”徽宗忙撩起衣襟接住秃尾巴老李手中之物，定睛一看，是一堆活蹦乱跳红肚子的哈什蚂（青蛙），把他高兴坏了，连忙招呼钦宗等人回家。

众人回五国城时，正好御厨在做疙瘩汤，小拇指肚大小的疙瘩汤在锅里开得正欢，徽宗把衣襟里的哈什蚂朝锅里一抖，哈什蚂受烫后四爪乱抓，拼命挣扎，御厨往锅里扔了一把盐，然后盖上锅盖，加大火煮了一阵后，打开锅盖一看，每一个哈什蚂都紧紧抱着一个面疙瘩。徽宗盛了一碗一尝，味道鲜美无比，大家一拥而上，转眼一锅疙瘩汤就分光了。

此后，徽宗带领众人干完活就下泡子里抓哈什蚂，既解饿又解馋，徽宗还给这个吃食起了个形象的名字“金蟾抱月”。

讲述：刘忠生
整理：刘玉成

56. 太监变驸马

徽钦二帝被俘囚禁在五国城，时间长了看守的金兵放松了对他们的看管，徽宗就养了几头猪、几只羊，让太监张尧臣放养。一次腊月天，没有草料喂猪，猪饿得直拱墙，张尧臣实在没办法了，只好赶着猪和羊到深山里寻找吃食，可一去好几天没有回来，徽宗着急了，吩咐人马去寻找张尧臣。

梦霞公主一路寻找，来到北山，走着走着发现了人的脚印，就顺着脚印找到一个山洞，发现了一个快冻僵的人，走近一看这不是张尧臣吗，一摸鼻子，还有微弱的气息，梦霞知道冻坏的人忌火，所以不能点火取暖，救兵也迟迟不来，再这样下去，张尧臣必死无疑。她把心一横，将张尧臣抱到怀里，用自己的体温去救助冻僵的张尧臣，一会儿工夫，张尧臣醒了过来，感觉到女人的幽香，心中说不出的激动，情不自禁地抱住了梦霞，梦霞一惊，“啊，你这太监快放开我。”张尧臣说：“公主，我以前是太监，可现在不是太监了。”梦霞问：“你都给我说糊涂了，到底怎么回事？”尧臣说：“我详细说给你听。”

说起我这病够编一本书了。我老家在东京汴梁东郊一个小山村，我父亲他们哥仨，我两个大爷家每人都生三个千金，我母亲连生三个小子，每长到三四岁时都夭折，我母亲到处烧香许愿，在她四十八岁那年生下了我，全家乐得嘴都合不上。给我接生的是我二娘，她冷不丁看见我的小雀道：“哎呀，这孩子小雀儿咋就一层皮呢？”我爹生气地道：“你胡乱说啥呢？”我二娘一赌气，饭也不吃，下地就走了。可是我长到八岁的时候，我的小雀儿还是那个样。这时候我爹是老太太穿毡袜——“毛脚”了。

他左一个大夫，右一个大夫请来给我看，苦药水子喝了几水桶，可是啥用也不管，梦霞听到差点笑出声来。尧臣道：“我十岁那年，有个过路找饭吃的听说了我的病，他给我爹出了三个偏方，第一个偏方是找草迷死的头生小子[①]，把他的小雀割下来，用阴阳瓦焙黄用黄酒冲了给我喝，可这草迷死的头生小子上哪儿找去？我爹为了这事花了不少冤大头钱，在我十一岁的时候，我大姐生了一个小子，巧的是草迷没过来，我爹听信后与我二大爷他老哥俩找我大姐要用这个孩子的小雀给我吃偏方，我大姐一听直摇头道：“那可不行，他把我孩

---

① 头胎因缺氧死掉的男孩。

子的那个给吃了，我下胎如果也生个像他老舅那样的我可怎么活。”我爹听到这，双腿一弯就给我大姐跪下了，我大姐道：“三叔，你快起来吧，我把孩子给你们了。”就这样，第一样药总算弄到了。那第二样药得用单喂三年的童子鸡，这童子鸡不许和母鸡掺群，需喂阳起石拌小米饭，把毛喂掉光后，用竹刀杀死，用这雄子鸡的骨头。这第三样是猴的涎水（俗叫哈拉子），这三样终于备齐了，把我爹乐得不知咋好了。他认为我睡着了，他偷着和我两个大爷合计，他们把这三样怎么找来的过程让我听得一清二楚的，我一想心直翻个，没等吃就恶心。他们又找了一个善卜之人外号叫王半仙，他给我算道：“这孩子吃完这服药一定会恢复纯阳之体，生他那时叫‘半命人’（指寡妇）给冲了，所以阴盛阳衰。”吃药那天也选出来了，九月初九正当午，这天从清早起来，我就被家人看管起来了，不叫我可那儿乱跑，好不容易熬到了午时，我爹把配好的药端到我面前，我用鼻子一闻，又腥又臊又膻，我爹道：“孩子你就别任性了，憋口气一下子就咽下去了。”可是我一咬牙喝下去半碗，剩半碗咋也喝不下去了。我爹气得手直哆嗦，他老人家手举了几举又放下了，我又一咬牙一口喝下去后“哇”的一声，连先喝那半碗全吐到地上了，我爹气得直跺脚道：“费了九牛二虎的劲，这回白瞎了。”他一下瘫在地上，口吐白沫，手脚不停地抽搐，我这会儿可吓坏了，我跪在他面前大喊：“爹，你醒醒，那老道不是说还有两个偏方吗？”我爹听我这么一说，哼了一声，他一下子坐起了说道：“儿子，这是你说的，爹这就去给你配第二个偏方去。”这第二个偏方更阴损，是五畜尿，驴尿、马尿、牛尿、狗尿、猫尿。我听说这五样东西，比上回那三样更反胃，活着还不如死了。可是我又怕二老上火，有一天夜里我收拾好行李，我离家逃走了。跑出二百多里地给一家老员外家当丫鬟，伺候太夫人，这一晃就是半年。可是我家这头，我娘想我想得双目失明，我爹想我想得中风不语，全家撒下人马找了好几个月也没见个人影。我正月初二跑的，眼看到八月节这天，当货郎的二姐夫走村串屯来到我躲起来这地方卖货，老太太听见叫声叫我去给她买几尺花布，我听那声好耳熟，不想去买，但端人家碗叫人家管，我刚到货郎跟前我二姐夫一把拽住我：“小弟，你快跟我回家吧，三叔为你都瘫巴啦，三婶想你想得眼都瞎啦，你心怎么那么狠。”我“呸”了一声，“你心不狠，叫你喝那五种尿你喝呀？”二姐夫带着哭腔道：“这次回去谁也不能逼你喝偏方啦。”这时这个员外见有人来认领他的使女便拉住我二姐夫道：“这姑娘是你什么人？”我二姐夫见这王员外挺厚道，不像坏人，他便实话实说了，我二姐大道：“实不相瞒，这孩了是我亲叔伯小舅子。”王员外“啊”的一声，“她不是女的？”我二姐夫又向他把我胎带来的病说了一遍，我那时都是十三岁了羞得我头都抬不起来。王员外道：“怪不得的，他来我这说，家里什么人都没有，只要赏口饭吃就行，我看他长得像女的呀……这么办吧，在我这快半年了，我给他拿十两银子你领回去吧。”我说：“二姐夫我怕我爹还给我吃偏方，我恶心，我一听偏方就浑身打冷战。”我二姐夫道：“你爹都躺炕上半年了，你娘想你想得两眼都瞎了，难道你还不回家吗？”我听到这“哇”的一声就哭了。王员外道：“快回去尽孝道吧，你这病早晚会好的，吉人自有天相。”我回家不到半年，我的父母双双去世。后来我就和二大爷一家一起生活，我二个大爷对我挺好，我自己主动要求去放猪，在大草甸上，我们十多个小猪倌，玩得可开心啦。赵大宝是我们领头的，有一天他说：“咱们六个人玩一个两国开兵打仗，赵大宝当青松国的皇上，孙二当柳树国国王。大宝让我给他当太监。”我说：“我不干，太监男不男，女不女的，贱不哧咧的可烦人了……”我话还没等说完，我这些小伙伴全笑倒了。我大声喊道：“你们笑什么？没见过大世面。”赵大宝道：“尧臣啊，你这几嗓子，比唱戏的太监还像呢。”我当时脸红过耳道：“大宝你净坏，我不玩了。”说完我把鞭子摔在地上，回家关上门自己哭起来。我们家我二大爷最疼我，他轻轻地敲我的门道：“尧臣谁欺负你了，告诉二大爷！”我把门打开，一头扑到我二大爷怀里，眼泪可止不住了，我二大爷道：“明天我找这帮小兔崽子，问他们为什么欺负我侄？”我说：“二大爷，他们没打我也没骂我。”二大爷道：“那你红口白牙哭什么？”我说：“他们说我娘们声、娘们气的，还说我像演戏里的太监一样。”我二大爷道：“尧臣我给你拿封信，你去找我磕头兄弟跟他学大夫去，你愿不愿去？”我说愿去。第二天我拿二大爷的信，自己第二次走出家门。我找了一个多月，终于见到我二大爷的磕头弟兄，我见着他，我把信交给了他。他道：“孩子我不是什么大夫，我就有几个祖上传下来的方子，给穷兄弟解一解燃眉之急。”我细打量这老爷子，有五十上下岁，长得慈眉善目，我当时就跪在老人家的面前道：“师父，弟子张尧臣给你磕头了。”这老爷子道：“孩子，起来吧，你不嫌弃我，我就收下你这个徒弟，但你得吃辛苦。”我就这样起早贪黑地和我师父上山挖药，累得骨软筋麻。有一次有一个穷人气性挺大和人家吵架后，喝了一大瓢凉水，过几天，肚子一天比一天大，好像妇女有身孕似的，这家来求我师父，我师父道：“咱们丑话说前头，这病是九死一生，咱们死马当活马医。”病人就给我师父跪下磕响头，我师父道：“尧臣走，和为师一起去。”我们到了这家穷得连炕席都铺不起，那病人仰壳躺着，大口大口地喘，我师父叫我用面做了个圈，放在那病人的肚脐上，然后把皂矾三钱和其他两味中药末溶在黄蜡中倒进面圈里，用火点燃，一头晌烧了三个面圈后，叫病人歇息一个时辰，又给病人服大戟、芫花、甘遂末三钱，黄酒冲服，我师徒二人轮流看护病人。夜里服药后，病人大呼腹痛要大解，师父命我用盆接之，病人便下黑屎又腥又臭，又赶上我吃那偏方恶心，但这次我忍着没有吐，我内心高兴，我第一次治病救人，病人泄肚后奄奄一息，师父命我亲自喂参汤，这个危亡的病人终于一天比一天强了，这个穷兄弟终于起死回生了。

治第二个病人是转食，他吃完饭就吐，有名的大夫看完都洗洗手，表示这病人没治了，可是我师父专门治这种病人。他用祖传下来的绝招，先叫我专门生瓜秧，然后再加三味自己采的药，这个病人吃了三服药，好得利利索索的。我还记得有个四岁小孩姓肖，他臂部长了七个洞漏，一天只流清水，不流脓。后来这条臂黑了半截，我师父给他开了九服药治半个月后，这黑了的胳膊又转红了，用鹿角胶、白芥子、大熟地等，每天吞干蛇粉一钱，后来这孩子也好了。我师父不但精通医药，他有空还教我学诗，有一次他叫我按十三元的韵作一首学徒诗，我知道我作不好，但是我还是作了。梦霞道：“你给叨咕叨咕，我听听。”尧臣道：“二次离开在自家门，最怕我爹拿尿盆。又腥又臊驴马尿，恶心反胃如掉魂。人家骂我狗男女，心灵之上有伤痕。无处可求还阳草，今世今生不能婚。”梦霞听罢，笑倒在地上，道：“尧臣，你作的这叫什么诗？”尧臣道：“我师父夸我作得好，有真情实感，还说最后两句道出来了心底之言，说我一定能遇到还阳草，还我男儿本色。”梦霞道：“尧臣你讲得太有意思了，你接着讲。”

师父道：“你才十二三岁有天资，来为师给你算一算，你什么时候能还原成真正的男子汉大丈夫。”我一听师父要给我卜一下我的未来，我就操起笔来写了个“天”字，我师父看完我这个字，他顺手就来了四句诗，“天子必须得出头，二人奇遇好风流，梦中仙子成知己，霞落荒山笑牵牛。”我那时岁数太小，听了这四句诗，好像鸭子听雷一样，我央求道：“师父你老人家照直说吧，别拐弯抹角的。”我师父淡淡一笑道：“孩子，天机泄漏就不灵了。你等到大雪封门的时候，你那时就返璞归真了。”我问道：“师父，啥叫返璞归真？”我师父哈哈一笑道：“到那时候就知道了。”梦霞道：“后来你怎么和你师父分开的？”有一天来了一个求医的，我师父一看这不是十里八村出名的“张打爹”吗。我师父道：“张二，你来有事？”这“张打爹”道：“我娘得了一种怪病，求你救救命。”我师父问道：“她怎么个症状？”“张打爹”道：“她一天喝半缸水，吃一锅饭，越吃越瘦。”我师父道：“你娘得的是消渴。这病我治不了。”这“张打爹”腿一弯就给我师父跪下了，声泪俱下地道：“你就发一发慈悲，救一救我娘吧。”我师父终于站起来和“张打爹”走了。我师父叫我买一筐梨，一天吃九个，一顿三个，另外送给她三十服药，一个月过去了，他娘能下地了，可是这“张打爹”，赌钱输了，他回家拿他娘出气，骂不绝声地道：“要不是我磕头跪炉的，你这条老命早就喂狗了，你也不看你自己那个熊样。”他娘忍气吞声地道：“孩子，你爹叫你给活生生气死了，这回你怎么又找我邪火呢？”“张打爹”道：“你还有多少银子，快，快点都给我，我去捞一捞，如果捞不回来，等我来扒你皮。”这老太太道：“咱家下锅米都没有，哪还有银子。”“张打爹”道：“那天那个先生不是给你一锭银子吗？”他娘听到，用手去捂枕头，“张打爹”驴性劲上来了，他一把把他娘推倒在地上，顺手抢了银子就跑，他娘越想越没活路，她把砒霜找出来一包，用擀面杖压碎就喝了下去，然后就盖上被倒下了。这“张打爹”要了一宿，天亮回家一看，他妈七窍流血死了。这“张打爹”琢磨：我去报官就说吃那个先生的药吃死的。这小子昧着良心到县衙去告我师父。无巧不成书，前一个多月县官假充斯文请我师父去县衙，到了县官的公堂，只见他中堂挂一幅“孝廉方正”，可是这个县令却是个贪官，常逛青楼，因此还得了一身风流病。找我师父假装谈论诗词歌赋，实质是想叫我师父给他治一治花柳病，我师父看了他中堂条幅用鼻子“哼”了一声道：“什么是孝？逼得母亲上了吊；什么是廉？刮地三尺昧心钱；什么是方？浑身净生杨柳疮；什么是正？丫头老婆不干净。”这县令听罢道：“姜先生，咱俩常穿袍子，没有会不着的亲家，咱们骑毛驴看唱本——走着瞧。”

这“张打爹”击鼓喊冤，这胡县令问他告谁，师爷道：“他告神医姜老亲。”这胡县令眼睛一亮道：“准状！派两名捕快把这个江湖骗子抓回来！”我师徒二人在屋中坐，祸从天上来，这捕快进屋问道：“你是姜老亲吗？”师父道：“在下正是。”捕快掏出铁链子“刷”的一声把我师父脖子套上，我师父道：“什么事，无缘无故抓人？”捕快道：“我二人奉令抓人，有冤和我们老爷说去。”我师父被带到县衙大堂，胡知县一拍惊堂木道：“姜老亲，你可知罪吗？”我师父道：“我不知犯了哪条款？”胡县令道：“啊呀，你好嘴硬，来人，把原告张二带上来。”这“张打爹”跪在大堂道：“就是他害死了我娘，我娘吃了他的药七窍流血而死。”我师父分辩道：“你娘得的是消渴，你头一个月向我求的药，你娘吃了我的药已经好多啦，今天她死关我什么事？”这胡县令又一拍惊堂木道：“来人哪，把姜老亲拉下去给我狠狠地打。”我师父道：“胡县令，你逛窑子，逛了一身病，你找我给治，我没搭理你，你公报私仇。”这一骂公差听得都憋不住笑。胡县令气急败坏地道："打，往死里打。"我师父被打昏迷过去，这胡县令亲自拿着拟好的供词，趁我师父不明不白硬给画上了押。胡县令道："把他打入死囚牢，任何人也不许见。"我师父遭此飞来横祸，我去上告，可是我告到河间府，后来驳回我状子，我临走和师母道："我这回去告御状，告不赢不活着回来。"师母哭着送我到山头的路上。我此去打扮成一个姑娘，住在东京汴梁王家老店，这掌柜的为人挺好，他道："小姑娘，你这么小年纪出来打官司不容易，你要信着我我就给你帮个忙，吏部侍郎的管家是我表弟，等他来问问他，听说李侍郎老母亲想雇一个使女。"我当时给掌柜的作揖道："大爷，你老人家千万帮帮我吧。"那年五月节他表弟来王家老店来看望姑母，王掌柜在饭桌上就和李管家说了，他说："人在这吗？"王掌柜道："在这呢。"李管家一见我很高兴，他道："吃饭吧，吃完饭，我把你领着。"我被带到李侍郎太夫人的内室，老太太有八十多岁，但身体挺硬朗，她拉着我的手，"这孩子多好，你和奶奶住在一起吧。"我伺候老太太快两个月了，我们娘俩处得挺好。有一天，李若水进内宅给母亲问安，太夫人道："若水，娘最近又认一个干女儿，她跟若梅是个伴。"若水是个孝子，他道："只要母亲喜欢，儿子没有说的。"这时太夫人道："尧君还不快出来拜见哥哥。"我只好羞答答地给李侍郎道个万福。李若水道："妹妹不必拘礼，自家人随便坐吧。"这时候离立秋不到一个月了，我心急如焚，我每天给太夫人梳头，这天不小心把眼泪掉在老太太脖子上了，老太太一回头，见我哭得两眼通红，忙问道："二姑娘，你想家了？还是有别的事？你和娘说，娘给你做主，娘办不了，还有你哥哥若水呢。"我当时"哇"的一下就哭了，我把师父治病救人一辈子临了判个秋后斩立决的冤案详细地和太夫人说了一遍，这老太太晚上又把李侍郎叫到自己房中，我又详细向他说了一遍，李若水听罢道："尧君，你状子呢？"我拿出这张状子呈给了李大人，这李侍郎展开状纸一看，只见上书：皇上，草民张尧臣替师申冤，吾师姜老亲乐善好施，专救危难病人，县令胡图品行不端，寻花问柳，逛一身风流隐病，他求吾师疗疾。他自称"孝廉方正"，吾师却见其为人华而不实，不与其医治，此官怀恨在心，正巧吾师医张二母病，张二是个打爹骂娘无赖之徒，有邻居作证逼死其母，他伙同知县胡图栽赃吾师秋后处决，草民冒死上告御状望吾皇明察。草民愿吾皇万岁，万万岁。李若水看罢道："状子写得还可以，但朝廷有令不许大臣携带民间状子。"我听罢当时哭了起来，李大人道："妹妹，你到底叫尧君？还是尧臣？"当着真人不说假话，我当时跪在李若水面前道："我叫尧臣，我师父说我这病叫天阉症……"我又把我的身世和吃偏方等经历和他说了一遍，他听后叹息不止。忽然他一拍脑门道："尧臣你有救了，后天皇上来我家下棋，你趁皇上高兴时呈上你的状子，你师傅就有救了。"我当时也不知说啥好了，只是跪在太夫人面前流泪。太夫人心疼我，她忙道："孩子快起来，有娘给你做主。"第三天早晨外面进院两人，前边这人青衣小帽，后一个小生打扮（内监），李若水赶忙迎了出去，刚要跪倒，徽宗一摆手道："免了。"三人来到中堂，李若水让徽宗上坐，自己坐在下垂首，二人对弈起来，有三十多回合，就看徽宗龙眉双锁，李若水道："不妙。"徽宗把车往回抽道："将军，这叫解将还将，朕赢了。"徽宗正在高兴之时，忽见有一个素面素衣的"姑娘"跪在脚下，徽宗道："若水，这是何人？"李若水道："这是臣的妹妹。"徽宗道："令妹若梅我见过，这个是哪位妹妹？"若水道："这是我老娘给我新认的妹妹。"徽宗再一瞧尧臣哭得好像泪人一般，怜悯地道："你有什么冤屈的事，和朕讲，朕给你做主。”这时我把那张状子呈给皇上，他老人家看罢道：“还有这种事，李爱卿？”李若水道：“臣在。”“你去大理寺把此案查清楚，把姜老义士救出来。”李若水跪在地上道：“臣遵旨。”徽宗道：“姑娘你到底叫什么名字？”我吓得汗流满面道：“臣有欺君之罪。”皇上道：“从实讲来，朕不怪你。”我又把我的身世和太上皇讲了一遍，太上皇一听笑道：“等把你师父的冤案昭雪后，你和你家人商量一下，你进宫当朕的贴身内监如何？”我当时跪倒道：“谢主隆恩！”第二天，李大人带着圣旨去大理寺，大理寺正卿跪接圣旨，然后亲自和李若水去河间府，把一干人犯全都带到，主审台坐着大理寺正卿王伦，陪坐的是礼部侍郎李若水，三班衙役喊罢堂威，王伦一拍惊堂木叫：“带人犯！”三班衙役把吾师姜老亲推进大堂，王伦道：“下跪何人？”姜老亲道：“草民姜老亲。”王伦又一拍桌子，“你知罪了吗？”我师父道：“草民无罪，是被贪官胡图和无赖‘张打爹’合谋诬陷的。”“来人啊，把张二带上来。”李若水一看下跪这小子贼眉鼠眼的，李若水问道：“你把姜老亲害死你娘的经过再说一下。”这“张打爹”本来做贼心虚，今天又听说，他徒弟告了御状，嘴都吓瓢啦，他哆哆嗦嗦地道：“姜老亲见我老娘美貌，假装善人，给他治病，有天我回家见屋中只有我娘自己，他动手动脚地被我娘骂了，所以他怀恨在心，在药中掺了砒霜，把我娘毒死。”王伦又一拍桌子传了证人，不一会儿就见跪下一个老太太，李若水道：“你把所见到的都从实道来。”这老太太道：“这张二是打爹骂娘的人，他把他爹气死后，每天都去赌，输了就打他妈，那天他又输钱了，我隔墙听到，他骂他娘，‘还有多少银子快点，不要找不自在，你不拿出来我回来活扒你皮’。他娘吃姜老亲的药是一个月以前的事，第二天张二回来见他妈死了，他就去找胡知县，我就知这些。”王伦又一拍惊堂木，“胡知县！”这胡图当时由座上跌下来道：“卑职在。”“你说一说姜老亲这案子。”这胡图心里有鬼，腿上哆嗦，头上冒汗。李若水道：“贵县到底是怎么回事？”这胡知县道：“二位大人都是我误听张二一派胡言，加上我和姜老亲有点过节，所以就糊里糊涂地定了案，我只求二位大人笔下超生。”王伦又一拍桌子道：“张二，县令都招了，你还有什么说的？”这张二吓得屁滚尿流，他把输银子后又想借娘死讹诈姜老亲之事从实招出，“那砒霜是我爹养蚕药雀的，叫我娘吃了。”王伦问道：“李大人你看这二人犯怎么判？”李若水道：“按律当斩，但胡知县主动招供可免一死，这个‘张打爹’就判个秋后处决吧。”王伦道：“姜老亲无罪释放；判胡图贪赃枉法罪徒流三千里去做苦役；判张二忤逆，诬陷罪秋后处斩。”我师父回家第二天就归隐了。我回家和我二大爷一商量，我就进宫伺候太上皇了。

自从张尧臣给徽宗当猪倌以后，在山上采了一种草叶当茶喝，几个月的时间，奇迹发生了。尧臣的下身有了感觉，也长了胡须，一打听才知道他喝的这种草药叫淫羊藿。梦霞听后感叹：“真是天意，你误打误撞，竟然治好了隐疾。咱们已有肌肤之亲，我回去跟父皇禀明此事，希望他能成全我们。”二人回到五国城，宋徽宗了解事情后，替二人举行了婚礼，太监变驸马的故事也一直在五国城流传。

讲述：刘忠生

整理：吴晓东

57. 徽宗梦

徽钦二帝囚禁在五国城，九太子康王赵构在临安登基做了皇帝，徽宗得知心中十分高兴，这一天和钦宗喝多后睡着了，恍惚间就见赵构、秦桧二人正和金兀术商议着什么，赵构从怀中掏出一个果子，半红半白，放着五色光华，只听金兀术说："康王皇儿，把它卖给孤家吧。"赵构说："父王，咱俩一人一半分着吃吧。"这时秦桧在一旁说："皇上，还是把它卖给四太子吧。"徽宗刚要上前制止，迎面来了一个大黑脸，环眼虬须，上前一把抓住徽宗，大骂道："你这个无道昏君，你还记得梁山好汉是谁毒死的吗？"说着从腰间拔出板斧就要砍，徽宗吓得魂飞天外，又挣脱不得，只有闭目等死，就在此时只听有人喊："兄弟，住手，斧下留人。"黑脸大汉把举起的斧子又放了下来，徽宗松了一口气，睁开眼看时，面前站着两个人，一高一矮，矮个面色黑亮，高个白面长须，徽宗认识二人，一个是宋江，另一个是卢俊义。宋江、卢俊义双双跪倒，三呼万岁，徽宗忙把二人扶起，旁边李逵拎着板斧说："想我梁山一百零八位好汉，平大辽、诛田虎、讨方腊、为国尽忠，多数战死沙场，侥幸生还者却被这昏君罢官、赐毒酒害死，像这样的昏君留他何用？"宋江一瞪眼说："黑厮不得无礼，误国是蔡京、童贯一伙所为，圣上乃一代英明有道天子，我等兄弟都是顶天立地的好汉，要以纲常为重。圣上保重，我等告辞。"说完，三人转眼就不见了，徽宗大喊："宋爱卿，等等我，带我回南朝吧。"这时徽宗猛然惊醒，才知道是南柯一梦，醒后，梦中场景，犹在眼前。暗想，九皇儿手中的果子，就像我大宋江山，答应和金兀术分着吃，是想让给敌人半壁江山，以求自保，该死的秦桧想把整个大宋送给金人，真是可恨，再一想害死宋江等忠臣，悔恨不已，提笔写了一首悼念宋江、卢俊义的诗：

俊义宋江饮酒亡，奸臣误国胜豺狼。
花言巧语君王笑，舌剑唇刀节烈亡。
坐井思过黄菊晚，回宗忆祖白雪茫。
鹏飞万里空云坠，梦里归乡也断肠。

讲述：刘忠生
整理：刘玉成

58. 徽宗与茴香扁食

一天午后，徽宗在五国城内昏昏欲睡，恍惚间，一群宫女、太监捧着各色佳肴摆满了桌案，还有热气腾腾的扁食（饺子），徽宗拿起筷子尝尝这个，尝尝那个，最后夹个扁食送进嘴里，满意地点点头，自言自语地说："还是扁食最好吃。"这时，一阵敲门声把徽宗惊醒，徽宗抹了抹嘴，觉得美味犹在口中。

从此，徽宗对扁食念念不忘，可光有肉没有青菜做原料吃着实在太腻。有一天，徽宗在五国城闲逛，在一户人家的后园里发现了青菜，上前打听，原来主人是从燕山到这里做山货和皮张生意的，因为这里没有青菜，就从老家带来种子，自己种菜自己吃。徽宗说明来意，园主便薅了一大把茴香送给徽宗，可把徽宗乐坏了。心想：茴香，回乡，莫非我有生之年还能够重返南朝？

包饺子时，由于人多，工具不够用，徽宗就命人把牛肋骨磨制成打馅的匙子，因为饺子当时称扁食，打馅的牛骨片就叫“扁匙子”了。热气腾腾的饺子端上来，徽宗招呼众人围坐在一起，吃着茴香馅饺子，谈论着回乡的梦想。

讲述：刘忠生
整理：吴晓东

59.“乱炖”的由来

一天晚上，徽宗心中烦闷，睡不着，就提笔作画，这一画就到了半夜，徽宗觉得腹中饥饿，就叫侍从准备吃的，可侍从到厨房一看，啥菜都没有，就倒了一杯热水端给徽宗，徽宗喝完水，觉得更饿了，就和侍从又来到厨房，翻箱倒柜地找出了一小块肉，几个土豆，半个倭瓜，还有几个新鲜的玉米棒子。徽宗让侍从点着火，然后把食材都扔进锅里盖上，不大工夫，一股香味传来，徽宗盛了一碗一尝，赞不绝口，迅速把菜吃了个精光。第二天，徽宗让厨子把金兵送来的肉和各种青菜炖成一锅，大伙吃完也连声叫好，问徽宗这菜叫啥名？徽宗张口就说：“肉和各种菜炖在一起，当然叫‘乱炖’了。”这道菜一直在当地流行，至今也十分盛行。

讲述：刘忠生
整理：吴晓东

60.徽宗见李师师

在开封有一个染坊工匠叫王寅，媳妇在生女儿时难产死了，王寅无钱再娶只好独自一人带着女儿生活，十分艰难，最奇怪的是这个女孩从来不哭。

女孩三岁时，王寅带着她去宝光寺消灾祈福，住持问她：“为什么来到这里？”她竟然平生第一次大哭起来，住持摸了摸她的脑袋，她又止住了哭声，王寅见状纳闷地问住持：“这孩子怎么回事？”住持一笑说：“这孩子天生就具有佛缘，日后更是大富大贵之人。”宋朝当时风俗，凡是佛门弟子都叫师，从此她就叫王师师了。

过了几年，王寅一病不起，为了治病家里能借的都借了，能卖的都卖了，病也没治好，他死后，只留下身无分文的王师师，正当她穷困无助的时候，一个姓李的老鸨趁机收留了她，改名李师师。

在青楼长大的李师师真是风情万种，风华绝代，成了当时墨客骚人争相追逐的对象，一时间李师师艳名四播，在京城达到了无人不知、无人不晓的地步。她的大名传到了徽宗的耳朵里，宋徽宗心痒难耐，找个机会扮成商人偷偷溜出宫，来到李师师的镇安坊，一见到李师师如清水出芙蓉般的娇艳姿态，立刻魂就被勾走了，从此只要一有时间就跑到镇安坊跟李师师厮混。

后来开封沦陷，徽钦二帝被押至五国城，李师师不远万里，扮成乞丐一路乞讨，历经千辛万苦来到五国城寻找徽宗。徽宗看到已经瘦得没人形的李师师放声大哭，心想，朕被俘后，大宋的子民包括满朝文武没一个人想念朕来看看朕，就连九儿康王也当起了皇帝，只顾自己快活，哪顾父兄被囚之苦，谁能想到一个弱不禁风的女子，得遭多大的罪才能走到五国城。想到这，徽宗吩咐随行的宫女、太监烧水，做饭，让李师师吃饱后，换了衣服，几天工夫，李师师在宋徽宗的关心下恢复了过来。这天李师师正和徽宗说笑，看守的金将来访见到如花似玉的李师师起了歹心，上前就要把李师师带走，李师师一边拼命挣扎，一边大喊皇上救命，徽宗上前解围，却被金将一脚踹倒，李师师不甘受辱，万般无奈之下，拔下头上的金饰，吞进肚里。

可怜一代名妓，为了爱情不远万里寻找情郎，却葬身在这荒凉的北国。不久，宋徽宗也寿终正寝了，大概他怕李师师寂寞，所以陪她去了。

讲述：刘忠生

整理：吴晓东

61. 解手的来历

攻破汴梁后，金兵把城里的金银财宝等贵重物品搜刮干净，又俘虏了徽钦二帝、皇子、嫔妃、公主、驸马、太监、宫女和文武大臣，各色人等共三千余人，将他们押解北上做囚徒。

由于路途遥远，押解的金人稍有松懈，就有人趁机逃走，还没到金国境内，逃走了一千多人，这时金兵想出了一个馊主意，把徽钦二帝和嫔妃们绑在车上，其余的人用绳子把两只手捆牢，再将众人拴在绳子上连成一串，防止逃跑。

徽钦二帝和被俘的众人自打被捆住双手后苦不堪言，因为人有三急，总有大、小便的时候，小便还好办，实在憋不住了，就尿在裤子里，一会儿就干了，可大便就惨了，有个太监因为要大便叫金兵停车，也许是因为语言不通，导致金兵恼怒，不由分说一刀就把太监脑袋砍掉了。徽宗仔细地观察金兵，发现金兵要上厕所时，会用手捅咕同伴，同伴问"噶哈"，金兵回答"嗯哪"，然后金兵就跑到远处方便，一连几次，徽宗明白了，"噶哈"就是你要干啥的意思，"嗯哪"就是我有事的意思，徽宗把理解的意思告诉了大伙，随后，众人要方便时就示意金兵，金兵问"噶哈"，只要回答"嗯哪"，金兵就会解开手上的绳索。小便时，解开一只手，大便时解开两只手，此后，就有了解手一说，并且有"大解""小解"之分，"嗯哪""噶哈"也被人用习惯了，一直沿用至今。

讲述：刘忠生

整理：刘玉琢

62. 徽宗与杠子房

一天，徽宗、钦宗和何苏、苗魁、李若水等大臣聚在一起闲聊，钦宗说："咱们忍辱负重地活着就是为了有朝一日能够南返，可无所事事地过实在难熬，不知诸位有什么办法来打发这漫长的光阴？"苗魁看了众人一眼说："太上皇、皇上，臣小时候家乡有一种民间游戏叫'抬杠'，咱们不如开个杠子房吧。"徽宗问苗魁："何为'抬杠'？"苗魁答："就是辩论。"众人觉得挺有意思，就都点头同意了。

第二天，徽宗把众人召集在一起，宣布杠子房今天开业，大伙说笑了一阵，朱皇后对身边的梦霞公主和驸马张尧臣说："今天刚开业，就请你们夫妻二人先抬一下子，让大伙开开心。"张尧臣清清嗓子说："大伙听好了，早晨不喝空心酒，夜晚不落妇人手，不活八十八，也活九十九。"众人一听齐说："有理，有理，这乃是养生之道。"朱皇后说："都顺水推舟，这成什么杠子房了，必须用另一种说法去驳回他的论调。"梦霞笑嘻嘻说："我跟他抬杠，保赢，听好了，东院有个王二哥，烧黄二酒他都喝，夜晚搂着双妻睡，如今已经九十多。"徽宗等人听后乐得腰都直不起来了，这时，大臣李若水说："我来抬一杠，酒是穿肠毒药。"何苏说："我说无酒不成宴席。"钦宗说："我抬第三杠，叫贪酒不醉最为高。"李若水说："我三句一起说了，色是刮骨钢刀，气是下山猛虎，财是惹祸的根苗。"何苏回应说："无色世上人稀，无财不成世界，无气又被人欺。"众人拍手称是，这时钦宗说："我还抬第三杠，见色不迷是英豪，财帛分明真君子，忍气吞声祸自消。"李若水说："我说的四句杠词是酒色财气四字害人不浅，何大人的四句杠词是反其意的，说世上离不了这四个字是对人有利的，真正厉害的是皇上的杠词，任何事都不要'太过'和'不及'，这就是中庸之道。"徽宗说："咱们这个杠子房还真挺好，以后消愁解闷就靠它了。"

讲述：刘忠生
整理：吴晓东

63. 金兀术作诗

金兀术是大金国的四太子，人称"四太子"本是一员战将，却偏偏喜欢上了作诗，可他只会作上两句，不会作下两句，还谁也不服，自封"作诗老子天下第一"。

这天，金兀术听人说宋徽宗是一代风流天子，琴棋书画无所不通，特别是作诗简直是出口成章，金兀术不服气，就骑马从土城子来五国城找徽宗会一会。

走到半道上，金兀术遇到了一片榛窠子，张口吟道："远看黑嚓嚓，近看赛麻杈"，想了半天没词了，只好拍马继续赶路。

走着走着，又看见一个水泡子里有一群大鹅在洗澡，诗兴大发，又作了一首诗："忽遇一道河，一群大白鹅。"接着又没词了，只好又走了。快到五国城了，碰到有人种的几垄葱，又作了一首诗:“又遇几垄葱,去找宋徽宗。”他又习惯性地卡壳[①]了。来到宋徽宗的坐井观天园,宋徽宗听完金兀术的来意,不敢得罪他,只好说:“四太子好雅兴,咱们就交流交流。”金兀术说:“我遇到一片榛窠子,就作了首诗,远看黑嚓嚓,近看赛麻杈。”徽宗说:“未结黄金果,先开玉白花。”金兀术大手一拍宋徽宗的肩膀:“别说,对得还不赖,你听着,俺还有‘忽遇一道河,一群大白鹅’。”徽宗张口就来:“鹅在水面上,黄爪泛绿波。”金兀术不服气:“又遇几垄葱,去找宋徽宗。”徽宗叹了口气说:“被囚五国城,只怨天不公。”金兀术见难不倒宋徽宗,只好灰溜溜地走了。

讲述:刘忠生
整理:刘玉成

64. 徽宗语

一天,乾隆、刘墉二人在五国城的城墙附近游玩,忽然看见两个小孩一边挥着蝴蝶,一边喊“哈图大铁,哈图大铁”。二人听了不知啥意思,就问跟在两个孩子后面的老者:“老人家这两个孩子说的什么意思?我们怎么听不懂呢?”老者笑着说:“不瞒二位,我是徽钦二帝的后人,他们说的是二帝被囚时,在此地时说的一种暗语。”乾隆听说:“失敬、失敬,原来是二帝的后人,这暗语是怎么个说法,不知能不能给我们讲讲,让我们长长见识?”老者也不隐瞒,把原委说了一遍。

原来徽钦二帝被押到五国城时,思念故国,每日里都和人商量怎么还朝,可刚一转身看守的金将就来警告,反复几次,徽钦二帝知道了这是看守的金兵里有能听懂汉语的,于是徽宗发明了一种简单的反切法,把一个字变成两个字,反切的上字与所切之字的声相同,反切的下字与所切之字韵与调相同,就是上字取音下字取韵与调,然后用说话的速度连在一起,就成了一种新的语言,比如“杏花”可说成“夏令旱瓜”,“万老板”说成“挖探拉讨巴胆”,“家乡回首三千里”说成“鸡下上兰呼梅杀楼丝单七天拉底”。金人听后不知所云,也就无从告密了,后来人们把这种语法称徽宗语。

讲述:刘忠生
整理:吴晓东

65. 徽宗劝孝

一天傍晚,徽宗父子在五国城附近溜达,在北江沿看见一群人正围着一具尸体长吁短叹,还有的妇女抹着眼泪,二人上前打听原委,死者叫葛洪,今年十五岁。原来葛洪三岁丧母,七岁那年父亲在干活时摔断了腿,由于无钱医治,最后卧床不起。可怜葛洪小小年纪就扛起了生活的重担,给父亲洗衣服、做饭,伺候父亲吃药,从不说苦累。由于没有收入,家里

---

① 说话或办事不顺利而停顿。

能当的当，能卖的卖，最后一粒粮食也没有了，葛洪只好沿街乞讨，要来的饭菜也可着父亲吃，谎称自己吃饱了。今天是父亲的生日，葛洪就打算到江里抓条鱼给他改善一顿伙食，没想到鱼没抓着还淹死了。徽宗听完心酸不已，如此懂事的孩子怎么落得如此下场，再想自己从前锦衣玉食的帝王生活，如今的囚禁命运，指着天骂道："老天爷呀，老天爷，你真不长眼！"说完走到葛洪尸体前，扶起葛洪的左手，在其手心里写下"老天不公"。

一年以后，五国城最有钱的人家生了一个男孩，奇怪的是男孩左手攥得死死的，怎么掰也掰不开，找大夫看也不知道什么原因，后来听说宋朝的皇帝被囚于此，想到皇帝肯定见多识广就托人来请徽宗。

徽宗来到内院刚坐下，下人抱着孩子来到徽宗跟前，徽宗精通六爻、八卦，一看孩子的面相，就知道此子是个大富大贵之人，将来必成大器，就抓起孩子左手仔细端详，想看看究竟。说来也怪，无论什么办法都打不开的手在徽宗面前竟自己慢慢张开了，全家人都惊诧不已，孩子的手没有任何异样，只是掌心写着"老天不公"。徽宗一下就明白了，是葛洪的孝心感动了上天，将其托生到富贵人家。从此徽宗劝身边人一定要"孝"字当头，必有好报。

讲述：刘忠生
整理：刘玉桐

66. 徽宗审大树

宋徽宗囚禁在五国城时发生了一件趣事。一天宋徽宗和随身太监闲溜达，发现一个十岁左右的小男孩蹲在一棵树下哭泣，徽宗好奇地上前问道："你是谁家的孩子，为何在此啼哭？"小孩抹抹眼泪，讲出了原委。原来小孩姓李叫李小，李小父亲早亡，全家生活靠母亲卖炸油条勉强度日。这天李小照常挎着装油条的竹篮沿街叫卖，下午时油条卖完了，李小又累又困靠在树下竟然睡着了，一觉醒来发现卖油条的钱全没了，这才急得大哭。

徽宗低头寻思了半天说："孩子明天早上你还到这棵树这里来，我帮你问问大树是谁偷了你的钱。"李小半信半疑，回家后和他娘说了这件事，一夜之间，徽宗要审树的消息在老百姓之间都传遍了。第二天一大早，老百姓都赶过来，包括看守的金兵也凑来看热闹。

宋徽宗领着几个大臣来到树跟前，徽宗指着树问："李小靠着你睡了一会儿觉，钱就不见了，一定是你偷了他的钱，从实招来，免受皮肉之苦。"连问两遍大树一声不吱。

宋徽宗对身边大臣说："这树太刁了，死也不开口，给我打它五十大板。"大臣举起自备好的棍子，大树依旧毫无反应，这时围观的百姓和金兵都哄然大笑，徽宗也不好意思地笑着道："这该死的树死不承认偷钱，不过，李小实在可怜，大家念在他们孤儿寡母着实不易的分上，每人送给他一枚铜钱，我替可怜的母子谢谢大家了。"说完徽宗让大臣拿了一个装了半桶水的木桶，放在树下带头往里扔了一枚铜钱，然后蹲在桶旁，目不转睛地盯着桶里。

老百姓一个接一个地往桶里扔钱，轮到一个金兵扔钱时，徽宗站起身说："就是你偷了李小的钱！"金兵冷笑着说："你有何证据说是我偷的钱？"徽宗说："李小是卖油条的，铜钱经过他的手就会粘有油渍，钱扔入水中就会浮起淡淡的油花，你扔的钱正是如此，偷钱的不是你又是谁。”金兵顿时哑口无言，面对着老百姓的指指点点和同伴不屑的眼光，金兵乖乖地把偷来的钱还给李小。从此，徽宗审树的传说一直在当地流传。

讲述：刘忠生

整理：葛忠仁

67. 徽宗酒

徽钦二帝被押到五国城后，过惯了锦衣玉食的父子俩对金人的饮食难以下咽，御厨和徽宗发明了火锅以后，解决了吃的问题，但对金人用大麦烧制的酒徽宗喝着还是直咧嘴，因为金人制的酒没有什么度数，酒浑味又怪，难以下咽。爷俩想起从前的御酒，整日唉声叹气。

随行宫人有一位姓徐的御酒坊总管，见二帝为酒茶饭不思，就和几个匠人一商议，用黄泥烧制了一套酿酒工具，然后把当地产的高粱、玉米、谷子、粳米、糜子洗净晒干，用碾子压碎与曲种拌在一起放进坛中，密封好后埋入土中，七天之后将坛子挖出来放在锅台上，用木炭火烧制，一会儿工夫，蒸气上来了，酒也烧出来了，徐总管连忙将酒端给二帝品尝。徽宗小心翼翼地呷了一口后，闭上眼睛用心品尝，良久才长吐一口气说：“好酒，好酒，比起从前的御酒也不差分毫。”并赐名“五谷观天液”，很快看守的金兵、金将就发现了徽宗他们酿的酒，他们尝过以后也称赞不已，经常前来要酒喝，一来二去，越来越多的金兵来讨酒，徐总管他们难以维系，甚至断了供应。金兀术刚喝上瘾，见酒供不上喝，就帮忙添置了些设备，扩大了规模，还大量地供应五种粮食，使酒源源不断地生产出来，逐渐当地的胡儿酒被这种蒸馏酒所取代，直到今天仍然十分盛行。

讲述：刘忠生

整理：吴晓东

68. 徽宗受辱

一日，徽宗龙体欠安，钦宗和几位公主前来探望，徽宗看见面黄肌瘦的几个儿女，不由得老泪纵横，长叹一声说：“唉，想当初我近奸臣远忠良，每日花天酒地，致使国破家亡，连累你们陪我一起囚禁在此，受尽苦难，想想真是后悔，悔不当初啊！”钦宗也抹着眼泪说：“父皇不要胡思乱想了，咱们早晚有一日能回到南朝，到时候咱们一家骨肉团聚，尽享天伦之乐。”徽宗说：“我怕是等不到那一天了，我上对不起列祖列宗，下对不起黎民百姓，我死不足惜，可怜你们也跟着为父受这种囚禁之苦。”

钦宗和几位公主劝着徽宗放宽心，正在这时，就听门外有人咣咣敲门，飞霞公主说：“这么晚了，谁来敲门，我去看看。”说完来到门前把门打开，定睛一瞧，把她吓了一跳，只见金兀术一脸坏笑地站在门口说：“挺热闹的啊，我找皇兄唠唠嗑。”飞霞公主知道金兀术无事不登三宝殿，就说：“我父皇已经睡下了，有什么事明天再说吧。”金兀术大嘴一咧：“明天还有明天的事，难不成我找你父皇还有人敢阻拦？”说完大步闯进屋里，徽宗从炕上坐起说：“四太子深夜到此，不知有何见教？”金兀朮哈哈一笑说：“是这样的，再过两天呢，是我母后的生日，你和我是兄弟不分彼此，她老人家当然也是你的母亲了，母后过寿，哪有儿子不献寿礼的？所以你应该拿出两样宝贝来送给咱们母后。”徽宗一听明白了，这哪是祝寿，分明是勒索来了，苦着脸说：“我离开汴京时，是带有一些金银珠宝，可三年来已经变卖光了，手上确实啥也没有了。”金兀朮一听瞪着大眼珠子说：“昨天还有人看见你摆弄夜明珠呢，怎么今天就没有了？”钦宗皇帝陪着笑脸说：“肯定是看差了，我父皇实在是没有宝物了。”金兀朮一听，冷笑着说：“看来你是敬酒不吃要吃罚酒。”说完就拔出腰间佩剑，徽宗一看要吃亏，慌忙说：“四太子休要动怒，我这就给你拿。”说着从被底下掏出一个小黄绫布包，然后哆哆嗦嗦地打开布包，露出两颗晶莹圆润的东珠，每一颗都价值连城。金兀朮一见双眼放光，不由分说，一把抢过布包，揣进怀里，冲徽宗一抱拳说：“多谢皇兄，我告辞了。”说完乐颠颠地走了。

徽宗像被抽去筋一样，无力地瘫坐在炕上，两眼一闭，流下几滴浊泪，钦宗和几位公主痛骂金兀朮，徽宗有气无力地说：“咱们父子都是人家的阶下囚，生死都握在人家手里，钱财乃身外之物，只要人没事，东西没就没了吧。”

讲述：刘玉琢

整理：吴晓东

69. 徽宗猜谜

一日徽宗高兴，招呼一众宫妃公主太子大臣聚在一起，徽宗说：“今天是正月十五，在南朝时，观灯、猜谜是何等的气派，咱们今天也别闲着，因陋就简，乐呵一下。”回头对钦宗说：“你先来头一个吧。”钦宗清一清嗓了说：“孔明用计过大江，苏秦顺说六国帮，延昭要斩亲生子，宗保不舍穆家庄。”众人听罢鸦雀无声，都低头沉思，这时十三公主梦霞说：“孔明用计是个巧字，苏秦顺说六国是言字，延昭要斩亲生儿是令字，宗保不舍穆家庄是色字，合起来就是巧言令色，对不对？”徽宗捋须一笑：“对、对。”钦宗接着又说：“头儿尖尖狠狠收，有眼无珠不认亲，眼睛长在屁眼上，只认衣衫不认人。”这时一女工匠站起来说：“这是缝衣服的针。”众人拍手称对，徽宗说：“我给大伙出一个，出门一镐，横踢一脚，猜两个古人名。”驸马向子房答道：“出门一镐打白袍是唐朝大将军薛礼，横踢一脚是齐国的庞涓。”钦宗又出一题：“木把铁头像条龙，土里走来土里行，杀死草兵八百万，留得苗王好过冬。”这个谜顿时难住这些公子王孙，猜了半天也没猜到，这时，工匠中一人站起来说：“这是铲地用的锄头。”大家听后，都辩解说自己是内宫中人，四体不勤，五谷不分，所以对劳动工具不熟悉，钦宗摆摆手说：“下一题，五月将尽六月初，窗户破了用纸糊，皇帝北狩三年整，千里捎书一字无。打四味药材名。”众人又面面相觑，一位御医站起来说：“头一味是半夏，第二味是防风，第三味是当归，第四味是白芷。”众人拍手叫好，钦宗说：“还有最后一谜。”拿出一个白纸糊的四四方方的灯笼说：“这叫无字灯谜，打《四书》中的一句话。”众人正在思考时，吏部尚书何苏上前说：“臣解此谜。”说着把白纸罩撕了一面，众人都愣住了，接着何苏又撕了一面，瞧了瞧大伙,他又撕了一面,然后问徽宗:“圣上,臣猜得对吗?”徽宗点头:“何爱卿才思敏捷。”众人不明所以,就问何苏,何苏说:“这叫三思而后行。”

讲述:刘忠生

整理:刘玉成

70. 徽宗归天

这一年秋天,徽宗在院里正晒太阳,驸马向子房满头大汗地跑了进来,一把扶起徽宗就往屋里跑,徽宗连忙说:“子房,何事惊慌,快告知父皇!”向子房也不吱声,只是把徽宗搀扶到屋里。

一进屋,向子房两眼含泪,冲徽宗压低声音说:“恭喜父皇,贺喜父皇!咱们南归有望了。”徽宗一听,脑袋“嗡”的一声,连忙拽住向子房的手说:“你从哪儿听来的消息?快给父皇说说。”原来向子房喜爱钓鱼,经常去江边钓鱼,然后将钓来的鱼做好给徽宗他们吃,剩下的再与看守的金将喝酒吃鱼,一来二去和金将混得火热。昨天又和金将在一起喝酒,金将喝多了,告诉向子房一个消息,南朝大将岳飞已兵至黄河,准备直捣黄龙府,金兀朮也阵亡了,并嘱咐向子房谁也不许告诉,怕引起恐慌。向子房好不容易打发走金将,连忙来徽宗这报信。

徽宗听完激动地连声说:“好消息,好消息!”整个人仿佛注入了活力,焕发了青春一样,吩咐向子房找来纸笔写下一首牡丹诗:

异品殊葩共翠柯,嫩红拂拂醉金荷。
春梦几叠敷丹陛,云缕重萦浴绛窠。
玉鉴和鸣鸾对舞,宝枝连理锦成河。
东君造化胜前岁,吟绕清香故琢磨。

写完诗,徽宗嘱咐向子房:“事关重大,怕是人多嘴杂,你暂且不要将此事告诉别人,免得引起慌乱,但咱爷俩还是要庆祝庆祝。”

徽宗和向子房喝完酒,高兴得走路都哼起小曲,又叫人剪了头发,刮了胡子,苍白的面色也变得红润起来。钦宗等人十分纳闷,问徽宗缘由,徽宗只笑不答话,只是每日收拾干净利索地坐在院子里眺望南方。

转眼两三个月过去了,徽宗变得焦急起来,吩咐向子房每日出去向金将打探消息,一天,向子房阴沉着脸回来了,徽宗一见心里咯噔一下,拽着向子房回到屋里,关上房门问:“子房,可有好消息?”向子房长叹一声,端起桌上的冷茶喝了一口说:“别提了,父皇,金将说九弟赵构将岳飞杀死在风波亭,已经与金国言和了,将咱们彻底抛弃在北国了。”宋徽宗听完踉跄地走了几步,摔倒在地昏了过去。

徽宗醒过来后,只觉头重脚轻,昏昏沉沉,对围在炕前的儿女和众大臣说:“朕人生的路已快到尽头了,我这一辈子不堪回首,很是荒唐,在位二十六年,声色犬马,刀兵水火,盗贼蜂起，哀鸿遍野，民不聊生，这都是朕造的孽。老九啊老九，你可以不管为父的死活，怎么可以将众多兄弟姐妹和诸位国之栋梁舍弃在这茫茫北国，你居心何忍啊！”说完放声痛哭，众人倒水的倒水，宽慰的宽慰，乱作一团，过了一会儿，徽宗让人拿过纸笔写道：

江上寒冰去不归，
失群孤雁迁风飞，
玉皇若晓人间事，
接我回宫辞破扉。

写完徽宗尽最大力气坐起，看了看每一个人的脸，眼中热泪滚滚：“孩子们、爱卿，朕今天要归天了，你们要好好地活着，只有活着，才有希望……”说完头一歪，一代风流天子就这样在异国他乡驾崩了，享年五十四岁。

讲述：刘忠生
整理：吴晓东

第二部分　乾隆秘访三姓民间故事

71. “特”的来历

乾隆年间，在三姓城东有一户人家，他家的掌柜叫卢大发，一家四口挤在一间草房子里生活。大发既没有祖业，也没有一技之长，只能靠给大户人家打长工为生。大发为人老实、胆小，做事小心翼翼，主家倒也不过分为难他。

这一年冬天，大发正在院子里扫雪，忽然从院外进来一个五十多岁的乞丐，只见老乞丐衣不遮体，步履蹒跚，脸上没有一丝血色，跛着一条腿，可怜巴巴地拱手说：“可怜可怜我吧，我已经三天没吃东西了，快饿死了。”大发刚要说话，主家从房里正好出来，一看见乞丐，一脸厌烦地说：“赶紧滚开，穷鬼，别脏了我的院子，不然我放狗咬死你。”老乞丐气得直哆嗦：“虽然给不给凭你，可你不该恶语伤人，常言道，三十年河东，三十年河西，难道你就能富有一辈子？善恶到头终有报，后会有期！”说完转身走出院子，一跛一拐地走了。

大发等主家骂骂咧咧地回房后，又小心瞅了一圈，见无人影，就放下扫帚，朝老乞丐离去的方向撵去，乞丐腿脚不好，大发一会儿就追上了，气喘吁吁地从怀里掏出一块大饼子递给乞丐说：“老哥，这是我中午吃剩下的准备带回家的，你要是不嫌弃，就先垫垫吧。”老乞丐接过大饼子大口地吃起来，并向大发投来感激的目光。

过了几天，一大早大发给牛马添草，发现圈里的牲口一个个都蔫头耷脑，口角有白沫也不吃草料，大发慌忙叫来主家，主家也没见过这阵势，打发大发赶快去请兽医，城里的兽医差不多都被请来了，可没一个敢下药，因为牛、羊得的是瘟疫，无药可治。主家眼看着牲口一个个痛苦地死去，不到半个月，浩大的牲口群只剩下两匹骨瘦如柴的母骡子在苟延残喘，把主家心疼得直跺脚，对大发说：“来呀，快把这两匹骡子牵远点埋了，省得看着心烦。”大发说：“东家，这牲口还没死呢，埋了可惜了。”主家说：“你要看它们可怜，赶快牵你家去，别在我眼前转，真是晦气。”大发闻言，就把骡子牵回家，好生喂养起来。

第二天，大发正在为没钱请兽医而上火，突然老乞丐从远处走来，一见面拱手说：“老弟，恭喜了！”大发愣了神：“老哥，别开玩笑了，我不知这喜从何来？”二人进屋，大发给乞丐倒了一碗水，老乞丐端起来喝了一口说：“老弟，你不是得了两匹骡子吗，我今天来是给它们治病的，而且以后还有……”老乞丐说到这顿了顿，“反正是喜事，但天机不可泄露，你只需好生喂它们就行了，你的福报都在它们身上。”大发听得稀里糊涂，但也看出老乞丐一定不是凡人，说不定主家与牲口也是他给撒的灾，想到这赶紧让老伴做菜、打酒，老乞丐喝了个痛快。

酒足饭饱之后，大发把两匹骡子牵到院前的树下，老乞丐从口袋中取一根银针，两包药面，分别给每个骡子扎了针，再让大发用水把药面调匀，给骡子灌了下去，然后嘱咐大发几句，便扬长而去。

从此以后，两匹骡子的病日见好转，不到半月，就完全康复了，大发喜出望外。跟主家结算好了工钱后辞了工，领着老婆孩子挖了几亩山地，也算有了温饱。

庄稼人都爱牲口，大发对两匹骡子分外珍惜。一天晚上，大发半夜起来给骡子添草料，刚走到圈门口，就见圈内一片红光，以为着火了，吓得大发出了一身冷汗，慌忙扔了草料，冲进去救火。可跑进圈内一看，顿时目瞪口呆，脑瓜顶直冒冷气。只见骡子身上趴着一个庞然大物，头顶双角，身上的鳞足有碗口大小，两眼金光闪闪，看样子是一条龙，吓得大发转身就跑。回屋躺在炕上浑身发抖，直到天亮才壮着胆子蹑手蹑脚走到圈前，扒着圈门探头看去，发现龙早已无影无踪，这才出了一口气。打这以后，大发发现两匹母骡吃草挑剔起来，大发心中暗喜——这是怀上驹骡的征兆。看来真应了老乞丐的话，母骡怀的一定是龙种，这得老值钱了。大发日思夜盼，一直等了三年，母骡才生产，这两个小东西一生下来就活蹦乱跳，一个全黄，一个紫红，样子更是奇特，非牛非马，非驴非骡，头上有角，肚下有鳞，牛头骡面，马身骡腿，狮鬃虎尾，四蹄如龙爪。大发喜出望外，精心地伺候这两只不知是何物的小东西。这样养了三年，大发发现龙驹能爬山，能下水，所过之处，百兽纷纷避让，心想这东西绝不是池之中物，自己小门小户难以承受，不如就趁其羽翼未丰，把它们卖了，再买几垧好地，盖个大房子，让全家人过上好日子。就在大发张罗着卖龙驹时，这两匹小东西在夜里对母骡嘶叫几声，挣断缰绳，跃门而出，转眼不见踪影。大发闻声而出，一看龙驹不知去向，全家人哭作一团。

阳春三月，乾隆率领文武百官和八旗子弟兵三千余人，牵着狗架着鹰来到木兰围场进行一年一度的春猎，由于山高林密，野兽众多，数不完的狼虫虎豹、獐狍野鹿，东奔西跑，企图冲突伏围圈，令围猎的士兵防不胜防，工夫不大，已有伏兵受伤。眼看野兽如潮水一般朝此涌来，忽然不知从哪跑来两匹怪兽，跑到突破口，百兽吓得返身而逃，二兽一声怪吼，全部趴倒在地发抖。乾隆站在高处看得一清二楚，龙心大悦，传下口谕，不许伤那两只怪兽。

一场胜利大屠杀后，按祖规放掉大半野兽，乾隆带领狩猎队伍、摆驾回宫，两只怪兽也乖乖地跟在后面。

乾隆回到宫中，匆匆地来到马厩中看那两只怪兽正在温顺地吃草，看见乾隆点了三下头，乾隆越发心喜，问众臣："众位爱卿，此物为何拜朕？它叫什么名字？谁能为朕解惑？"只见刘墉跨前一步道："万岁，臣先恭喜了。古人说国运将兴，必有祥瑞，这两只神兽就是天降祥瑞，而它也只拜圣上，此神兽乃龙骡之子，名为'特'。"乾隆问刘墉："据朕所知，骡子是不产驹的，可刘爱卿刚才却说此兽乃骡子所生，似乎不妥。"刘墉回奏："万岁，不是骡子不生驹，而是没有交配对象，臣在一本古书中看过，骡须得龙交才能生驹。既是龙种，当然与众不同处，古书记载，此神特懂人语、识道路、能爬山、会涉水，奔跑如风，欲去何处，只需告诉一声，它就会自行寻路，不管多远，保证朝发夕至。"乾隆得此神兽高兴万分，与刘墉商议回三姓铲除草龙。宫中事宜安排妥当后，君臣二人带着足够的银票和日常用物出宫骑上特，奔三姓方向而来。双特追风逐日般，不到两天便到了三姓城外。二人下特舒展一下筋骨，正在商量到何处落脚时，不料双特奔不远处的一个草茅房跑去。乾隆连忙跟在后面，只见双特在房前摇头摆尾低声嘶吼。二人不解其意，这时院内传出牲畜的叫声，仿佛母亲呼唤儿女一般。双特一听兴奋异常不由分说就破门而入，正在这时房门打开一家人跑了出来一边跑一边喊："神兽回来了神兽回来了。"原来这正是卢大发家。双特跑进马圈与母骡亲昵不止。卢大发这时才发现乾隆和刘墉二人，连忙拱手抱拳说："二位客官如不嫌弃请进屋一叙。"乾隆二人进屋落座，卢大发倒上茶水，让老伴杀了一只老母鸡，做了几盘农家菜，款待君臣二人。吃腻了山珍海味的乾隆，偶尔尝一顿农家菜，连连叫好，吃得心满意足。饭后卢大发把两只神特的来历跟乾隆讲述了一番，乾隆听完向刘墉使了个眼色。刘墉心领神会，马上从怀里掏出一张银票。递给卢大发说："老哥，神特本生在你家后跑到我们掌柜家，说明我们两家有缘，你养神兽不易，这是我们掌柜的一点儿心意，请老哥收下。盖几间房再置点地，以后也不用再给人扛活了。"卢大发一听连连摆手："二位客官神特虽然出生在我家，但却跑到二位府上。这乃是天意，天意不可违，我要是收了银票，岂不是与老天作对，我万万不敢收。" 乾隆又劝了一番，卢大发就是不肯收银票。乾隆无奈地把随身携带的扇子拿出来说："既然老哥不肯收银票，我白得你的神特也过意不去。这是我心爱的扇子我再题上一首诗，你以后遇到困难这把扇子也能换几两银子用用。"刘墉连忙磨好墨汁，乾隆展开扇面略一思索写道：

三姓布衣叟，
与吾结挚友。
相交淡如水，
两情浓似酒。
今赠扇一把，
亦题诗一首。
凭此走天下，
官民需拱手。

落款是弘历，卢大发郑重地接过扇子收藏好，又聊了一阵，君臣二人谢绝了卢大发的挽留，牵着双特进了城。

讲述：刘忠生
整理：吴晓东

72. 乾隆为什么要秘访三姓

这一天晚上，乾隆皇帝睡得正香，忽然面前出现一位仙女，对乾隆说："咱们家的祖地出现异象，需你亲自去化解，否则有亡国之危，切记。"乾隆猛然惊醒，才知是南柯一梦。

第二天一早，钦天监慌忙赶来，跪倒三呼万岁之后说："圣上，臣夜观天象，紫微发暗，乃是一条草龙侵犯帝星，而草龙就在三姓一带，只因三姓是我大清的祖地，有龙气滋养，故能化身为龙，不过此草龙尚未成气候，需圣上亲去铲除，否则待草龙入水，将掀起风浪，我大清

危矣。”乾隆听完暗自心惊，好半天才缓过神来，联想到昨晚的梦，心想此事千真万确了，为保江山无恙，朕必须亲自走一趟三姓了，想到此，乾隆问钦天监：“离草龙入水，还有多少时日？”钦天监答：“回圣上，还有半年左右，由于有一白雾遮掩，看不准确，草龙在三姓的准确地点，臣也无法确定。”乾隆一听长出一口气：“半年时间够了，你去把刘墉请来，切记不可惊动任何人。”一会儿工夫钦天监领着刘墉前来见驾，乾隆让钦天监把事情的原委对刘墉又讲了一遍，然后问刘墉：“此事你有何看法？”刘墉忙跪倒：“圣上，千万不可，圣上乃万金之体，三姓距京三千里，山高路遥，舟车劳顿，圣上的贵体如何受得了？再者，您每日临朝，日理万机，一旦离京，引起百官惊慌，这如何是好？”乾隆说：“唉，刘爱卿，始祖母已托梦于我，天象也确有异变，朕亲自前去方保无恙，否则后果不是朕能承担的，你担心之事更不是问题，难道你忘了前几日围场神兽吗？至于早朝，可以宣称朕身体不适需静养半年，让太医配合，这样事不宜迟，你我二人明天就骑神特赴三姓，一来祭祖庙，祈保大清江山永固，二来除草龙，免天下百姓受刀枪之苦。”刘墉听罢忙说：“圣上英明，臣愿效犬马之劳，随圣上东行。”乾隆把一切事情安排好又吩咐钦天监带领御林军随后启程赶赴三姓，这才和刘墉二人骑神特奔三姓而来。

讲述：刘忠生
整理：吴晓东

73. 乾隆三姓马大屯祭祖

乾隆、刘墉骑着神特来到三姓，头一件事就是祭祖，但不知祖庙在哪儿。刘墉说：“这有何难，”拍一下神特的脑门，“请驮我们去三圣母庙。”二特听后，驮二人直渡牡丹江向西而驰，没过多久，面前出现一座青砖四合院。乾隆进大殿，见了三圣母金身慌忙跪倒，口称：“仙圣祖母在上，不肖子孙弘历祭祀来迟万望恕罪。”刘墉这时也在三步以外跪倒在地三拜九叩，乾隆从刘墉手中接过祭文，从头至尾朗声宣读，又双手把祭文供在三圣母神案上，乾隆和刘墉站起身来，在殿内恭恭敬敬地走了一圈，仔细打量三位神像及庙内一切设施，见一切古朴庄严，尘而不旧、华而不俗，一定是有人看管，这时有位慈眉善目的女尼一声“阿弥陀佛”后跪在乾隆面前，“老尼接驾来迟。”乾隆道：“师太你怎知道我是皇上？”老尼道：“老尼头三天就算出来了，昨日灯花爆，今日贵客临。长白圣母给我托梦说玄孙要来拜庙，要我好好伺候。”乾隆听后，又一次跪倒参拜三圣母，然后夸奖守庙老尼有功赏赐万两白银，临走时再三叮嘱千万不可把祭祖之事泄露出去，老尼诺诺连声遵旨。

第二天临别时乾隆和刘墉骑神特来到庙前，神特见到泥塑大青马跪在了地上三点头，乾隆忙问老尼是怎么回事，老尼道：“这匹马是当年仙童布库里雍顺的坐骑，大清国就是按它起的年号，你二位骑的是神兽是龙与骡所生，所以它俩跪拜大青马也是祭祖。”乾隆听后恍然大悟。

讲述：刘忠生
整理：吴晓东

74. 乾隆和刘墉在三姓的故事

乾隆和刘墉回三姓祭祖后，君臣二人闲来无事，骑神特溜达，两个人一边闲聊一边欣赏山水风光，不知不觉来到一个村子（今三道岗碾子沟），刚进村子就听见有结婚的喜乐。乾隆问刘墉："今天初几啊？"刘墉说："今天是春天的最后一天，四绝日，又是五鬼当值日。"乾隆说："按说今天是大凶日，不该办喜事，可为何还有人结婚呢？难道没请先生看日子？既然咱二人碰上了就弄个明白。"说完顺着唢呐声来到一户庄稼院，新郎、新娘拜过天地，酒席刚开始，乾隆、刘墉被当作贺喜的让到席上吃了起来。酒过三巡，菜过五味，乾隆清了清嗓子，周围顿时一片安静，刘墉站起来一抱拳说："诸位亲朋好友，我是个过路的商人，我对周易也略懂一二，不知是哪位先生选的日子？"主席上一位白发老者站出来抱拳说："这位老兄，日子是在下看的。"刘墉问："今天是五鬼当值的日子，大凶，你怎么会选今天做良辰吉日呢？"老者笑道："你难道没听说逢凶化吉的道理吗？我还算出今天会有真龙出现，后面跟着白虎，别说五鬼当值，就是阎王亲临，也会被冲散的。"乾隆和刘墉恍然大悟，暗暗佩服老者的神算，二人喝完喜酒继续闲逛。走着走着，乾隆一步三回头地向后张望，歪着头嘴里还嘟囔着，刘墉心里纳闷，皇上这是看什么呢？顺着乾隆的目光仔细一看，原来是一个农妇在院里抱着碾子在碾米，只是这农妇长得太漂亮了，有一种不加修饰的自然美，乾隆叹口气说："朕的三宫六院和这美人一比，全是庸脂俗粉啊。"说完吟了一首词："登古道、越荒庄，见一村妇碾黄粱，玉腕杆、头上抱，金莲裙下忙，轻抬起、慢簸扬，几度停歇整残妆，汗流粉面花含露，糠扑蛾眉柳带霜，勤又俭、温又良，可怜淑女配农郎。"这时天色已晚，二人顺原路骑神特返回三姓，路上，刘墉问乾隆："圣上，你说世上什么最有劲儿？"乾隆答道："虎、象最有劲儿。""非也，非也。"刘墉摇头道。乾隆问："那你说什么东西最有劲儿？"刘墉说："女人最有劲儿！"乾隆纳闷问道："此话怎讲？"刘墉笑道："女人连龙的脖子都能拽歪，你说是不是有劲儿。"乾隆仔细一琢磨，这是笑话自己呢，面色一改："大胆，放肆，竟敢戏弄朕，该当何罪？"刘墉连忙跪下："任凭责罚，君叫臣死臣不敢不死。""好，朕就罚你……"乾隆四周看了一圈也没想好怎么罚刘墉，突然看见远处有一断崖，下面是滔滔江水，就一指说："从那里跳江去吧。"刘墉磕头说："谨遵圣意。"说完向断崖跑去，乾隆说的是一句戏言，又抹不开面子，急得直跺脚，眼看刘墉就要跳下去了，乾隆也顾不得面子了，刚要喊，就见刘墉趴在崖上，连连点头，好像和人交流一样。然后起身，没事人一样，不慌不忙地又回来了。乾隆心里暗喜，嘴上却说："呔，朕命你跳江，你为何不跳了？"刘墉说："臣刚要跳，就听屈原在江里说：'当今圣上乃是一代明君，岂会杀害忠良，他是跟你开玩笑呢'，我这才回来问一问，是否真让臣跳江？"乾隆说："你胆敢戏弄朕，罪本该死，朕看在屈原的面子就饶你一回。"刘墉跪倒磕头："谢主隆恩！"

讲述：刘忠生
整理：吴晓东

75. 乾隆祭鸡冠山

乾隆与刘墉二人继续寻找草龙线索，来到一座山前。这座山远远望去，如一只硕大无比的公鸡，头北尾南地昂首而立，尤其那巨石的鸡冠子，更是惟妙惟肖，风吹树动时仿佛活过来一般，二人围山脚转了一圈后，遇见一樵夫，担着柴乐呵呵地从此山下来，二人迎了上去与他攀谈起来，樵夫还讲述起“鸡冠山”的由来。

远古时代的长白山天池里，天宫上有三位仙女经常来此洗澡。三位仙女是天帝的三个女儿，大女儿恩库伦，二女儿正库伦，小女儿佛库伦。一天她们三人在水中玩得正高兴时，一只神鹊嘴里叼着一个红色仙果，落在三位仙女的衣服堆上，神鹊把果子放下后就飞走了，三妹佛库伦最先上岸，发现了那枚仙果，她见其香甜诱人，便捡来放进嘴里，仙果却“咕噜”一声自动滚入肚子里，佛库伦吓了一跳。就这样，佛库伦无夫而孕。一天佛库伦在一片松林之间发现一座青砖青瓦的庙宇，上书“雍顺庵”三个大字。佛库伦心想出家人慈悲为怀，我何不前去找个落脚之地，想到这，来到山门前刚要敲门，门却自己打开，从庵中走出一位老尼姑，双手合十说：“恭迎仙女，我奉上神旨意，已在此等候多时了，快请进吧。”佛库伦恍然大悟，原来一切早已是上天安排好的，于是佛库伦就安心在庵内住了下来。说来也怪，一直等了三年孩子才降生。生产这天，金光满室，仙光绕梁，终于诞生了一个健康白净的大胖小子，老尼姑高兴异常，为男孩举办了一场除灾祈福的道场，佛库伦更是兴奋不已，望着婴儿，露出了幸福的微笑。

满月之后，老尼来找佛库伦商量，给孩子起个名字，老尼早有准备地说：“这孩子无父，乃是天生地养，你当初是因吞下仙果而怀的孕，就以布库里为姓，在雍顺庵出生就以雍顺为名，叫布库里雍顺，你看可好？”佛库伦听后，连连点头，就这样，这个男孩正式命名为布库里雍顺。

一晃八年过去了，一天布库里和心爱的大公鸡玩耍一阵后，有些卷乏，便在离山门不远的树荫下睡着了。睡得正香，布库里却被一声巨响惊醒，连忙坐起来，他不禁被眼前的一幕惊得目瞪口呆，只见整个庙宇被一团七彩祥光托起，缓缓地离开地面，越升越高，布库里雍顺一时惊得不知所措，高喊：“师太，等等我，公鸡等等我！”他刚喊完，只见公鸡从空中跳了下来，布库里雍顺高兴地张手迎接，不料位置太高，又刮着西风，公鸡竟随风向东飘去，落到了牡丹江东岸，化作了鸡冠山。

乾隆听完，整冠肃立，冲着鸡冠山默默祈祷始祖保佑这次铲除草龙顺利完成，江山永固。

讲述：刘忠生

整理：吴晓东

76. 马大屯的来历

布库里雍顺辞别仙女佛库伦后，乘木阀顺流来到鄂多里域，被一户渔猎人家收留。这家主人叫白化，妻子李氏，还有一个和布库里雍顺年纪相仿的女孩叫白里，他们在草房旁为布库里雍顺搭了一间房子，于是布库里定居了下来。一家人春夏捕鱼，秋冬狩猎，日子虽不富贵，却也吃穿不愁，十分自在。

几年之后，布库里雍顺在白化的指导下，练就一手百步穿杨的绝活，无论什么野兽都逃不过他的神箭，再加他长得威武英俊，气宇不凡，又性情豪爽，足智多谋，很快成为远近闻名的少年英豪。白家万分喜爱，于是便把白里许配给他，小两口更是形影不离，恩爱非常。

一天，小夫妻又进山打猎，到了中午，收获颇丰，二人肩扛手提的刚要下山回家，这时一阵狂风刮过，一声震彻山林的虎啸声传来。转眼间，一只斑斓猛虎奔了过来，布库里雍顺挡在妻子身前，摘弓搭箭，趁老虎立足未稳抬手就是一箭，这一箭正射中虎眼。老虎受伤更加暴怒，一纵身，朝二人猛扑过来，布库里雍顺再想起取箭已来不及，情急之下一手拔出护手短剑，一手抱着妻子身形一低，在猛虎从其头顶跃过的刹那，将短剑朝上使劲一举，整把短剑深入虎腹。猛虎落地时，肚子多了一道三尺多长的口子，五脏六腑都露在体外，气绝身亡了。白里想起父亲讲过，虎肠搓成绳可镇百兽，于是夫妻合力，将虎抬到溪边，掏出虎肠洗净，又拧成一根七八尺长的绳子，这才拖起死虎带着猎物下山回家。

到了秋天，以一匹八尺余高、一丈余长的青色马为首的一群野马，将快要丰收的庄稼夷为平地，村民奋起反抗，挖坑设套，却被大青马一一识破。村民的手段激怒了野马群，祸害完庄稼后，野马大军又冲进村庄，所到之处，房倒屋塌，鸡飞狗跳，村民们又生气又心疼，却又无可奈何。因为大青马凶猛似虎，奔跑如飞，又聪明过人，别说制服它就是靠近它都无法做到，其他野马仗着首领强悍，也一个个狐假虎威，不可一世起来。野马群根本不把村民放在眼里，予取予求、为所欲为，村民苦不堪言，多次围剿未果，只好来求布库里雍顺出手解决。

布库里雍顺携带弓箭、虎肠绳到群马经常出没的荒路旁，事先在草丛中埋伏好，单等野马来犯。到了中午，在大青马的带领下，群马浩浩荡荡，肆无忌惮地狂奔而来，等大青马刚跑到跟前，布库里雍顺看准时机猛然一跃，骑在了大青马的背上，大青马暴跳如雷野性大发，时而狂奔，时而跳跃，一会儿双腿直立长嘶，一会儿前蹬后跑怒吼，使出了所有手段想把背上之人甩下去，可布库里雍顺双手攥紧马鬃，两腿夹住马肚，如狂涛中一叶小舟，随浪颠簸。一人一马僵持不下，大青马恼羞成怒，准备使出撒手锏——来个就地十八滚，要把背上的人压成肉饼。布库里雍顺见势不好，急忙抽出腰间的虎肠绳，在马脖子上绕了一圈，正准备用力勒紧时，只听大青马惊叫一声，老老实实站立住，一动也不敢动，浑身颤抖不止，瞪着一双惊恐的大眼睛，扭头望向布库里雍顺，嘴里不断哀鸣着，还用头轻轻蹭着他的腿，表示臣服。其他野马一见首马被擒，就都乖乖地围在四周，等待发落。

后来，布库里雍顺一直骑着大青马南征北战，东讨西伐，此马多次救主人于危难。靠着它，布库里无数次死里逃生，毫不夸张地说，大青马为主人的辉煌事业与巨大的声威立下了人所不及的功劳。

后来，人们把布库里雍顺居住的小村庄叫“马大屯”，就是为纪念又高又大的青马。

讲述：刘忠生

整理：吴晓东

77. 乾隆演武基观擂

乾隆、刘墉君臣二人来到三姓后，每日明察暗访草龙的消息，这一天来到演武基，就见村子西头高搭一座擂台，西边挂着一副对联，上联：高擂择佳婿，下联：以武选东床，横批：群英聚会。刘墉见人山人海挤作一团，怕皇上出意外，就对乾隆说：“万掌柜，咱们快走吧，正事要紧。”乾隆是个武痴，见有擂台，来了兴致说：“不忙，咱们先看看再说，万一发现武功高强者，可以收为己用，再说这次铲除草龙也需要人手，不如观看一番如何？”刘墉只好提高警惕，紧张地盯着乾隆周围的人，以防不测。

这时，擂台上，一位老者满面红光地摆了摆手，大声说：“各位乡亲、诸位英雄，静一静，请听我一言。老朽刘凌风，今设擂台以武招亲，只因家中有一女芳龄二八，一旦老夫撒手西去，偌大的家业，无人继承，这才设下擂台，挑选一个乘龙快婿。丑话说在前面，必须是倒插门的女婿，生下孩子得姓刘，各位英雄好汉若是家中独子，可要考虑考虑了。这场擂台是挑战的方式，直到较出最后的胜者。不可用暗器伤人，不可取人性命，下面擂台开始！”话音刚落，擂台跑上一人，只见这个人身高体壮，长得浓眉大眼，虎背熊腰，但有些憨头憨脑，一看就不太伶俐，顶多会摔跤、掰手腕的招数，是个仗着自身大力侥幸赢过庄稼汉的角色，此人摇头晃脑地自我介绍：“俺叫丁三，因家贫困二十多岁也没娶上媳妇，听说今日摆擂台招姑爷，我来碰碰运气，万一老天开眼，让我娶上大小姐生个孩子，姓啥都无所谓。”台下顿时一阵大笑之声。这时，擂台上一名英俊的后生一个燕子穿月跳到台上，后生一上台，台下议论纷纷，这小伙长得太帅了，伟岸俊美、风流倜傥、英俊潇洒，往那一站，如潘安再世，宋玉重生。丁三一见气不打一处来，也不说话，趁小伙不注意，如犍牛一般，双拳齐出，也不知啥招数，冲小伙便打。小伙手形极快，脚踩八卦，一转身，就抢到了丁三背后，没等丁三反应过来朝着丁三尾巴骨就是一脚，丁三被踢得“嗷”的声飞下擂台，趴在地上半天才起来，一瘸一拐地钻进人群，逃之夭夭了。

刘凌风再次上台，问小伙：“不知这位小伙来自何处，尊姓大名？”小伙抱拳答道：“晚辈家居三姓城，叫葛云鹏，自幼父母双亡，被我师父带上山学艺十五载，今艺已成。下山听说小姐温良贤淑，特前来打擂，以求佳人结百年之好。”刘凌风暗自点头，心想这小伙不卑不亢，大方得体，是个好材料，对台下说：“云鹏贤侄已胜一场，不知有哪位英雄好汉上台来挑战他？”只见台下一黑大汉拨开人群，迈步走上台来，冲葛去鹏一抱拳说：“我叫张龙，来和你切磋切磋。”说罢，撤步摆开门户，葛云鹏一抱拳：“好汉，请。”张龙大喝一声：“得罪了！”一记如雷贯耳，朝葛云鹏脑袋打来，葛云鹏不慌不忙，闪身躲过，然后纵身而上，与张龙斗在一起，二人打了十八回合，葛云鹏摸清了张龙的套路，瞅准了空当，一掌打在张龙膻中穴上，张龙没等缓过神来就被一掌击落到台下。

转眼间又有三人登台挑战葛云鹏，却被其一一打落台下，一时间台下交头接耳，再无人敢挑战了，乾隆看了半天越发喜爱这小伙，小伙不但武功高强，又一团正气，日后必成栋梁之材，起了爱才之心，又觉得技痒，趁着无人应战，便一个旱地拔葱，跃上擂台，冲葛云鹏说："葛壮士，本人乃是外来商人，因见壮士光彩照人、身手不凡，前来切磋。我可不是为择婿而来，本人早有妻室。"刘凌风也怕冷了场说："既然如此，云鹏贤侄就陪这位掌柜的过上几招，也让大伙开开眼。"二人抱拳施礼，然后斗在一起。乾隆自幼随大内高手习武，练得一身好本领，只是往日在宫中对练，别人都不敢对他用力，所以不能尽兴，今日终找一个旗鼓相当，又无所顾忌的对手。乾隆越打越高兴，腾空挪步，拳掌翻飞，打得难分难解，二人斗了能有一个时辰，乾隆终于露出气力不支之相，被葛云鹏一掌震退七八步，葛云鹏见状说："承让了。"乾隆虽然败了，反而喜笑颜开，连声称赞，后来葛云鹏被乾隆带回京城，做了四品带刀侍卫。

讲述：刘忠生
整理：吴晓东

78. 乾隆烈女碑题诗

一日，乾隆、刘墉二人在城外闲逛，过了倭肯河，在离城南门三四里的路西，看见了一个十分高大、气派的碑坊，由于太远，看不清上面的字迹，乾隆说："刘管家，你看这个碑坊如此宏伟，不是忠臣孝子就是三姓名人或是贞节烈女，我们来一趟不易，不妨去了解一下。"刘墉说："掌柜所言极是，我也正有此意。"于是君臣二人跳下神特来，拨开荒草，绕到碑的正面仔细一看，碑上记载的是城中一年方二八的王姓女子，自幼许配给关家，但未婚夫尚未完婚就染病而亡，王姓女子在未婚夫坟前大哭三日，泪干吐血而死，殉夫于九泉之下。不仅是关家，满城的老百姓无不动容，纷纷称赞女子的节操，最后惊动了副都统衙门，经过官府和两家合议后，将其与未婚夫合葬并立了这处烈女碑坊。乾隆读过碑文也很受感动，见墓碑上只有"烈女关王氏之墓"，感到不够庄重，便让刘墉拿出笔墨，又沉思片刻，在墓碑背面空处题悼诗一首：

未见夫面为夫亡，岂是寻常烈女行，
白首依然慕晚节，红颜岂肯弃韶光。
魂游地府乾坤老，血染江山草木香，
朕泪从来不轻洒，哭尔千声重纲常。

此诗后来被一书生发现，见诗中露有"朕"字才知是皇帝御笔。由此，王氏烈女更加声名远播，不管是文人墨客还是布衣白丁，都是到此凭吊一番。三姓都统为了保护皇上的笔迹，请来能工巧匠，将诗刻在碑上，并派兵专门保护此碑。可惜墓碑毁于一九三二年特大洪水中。

讲述：刘忠生
整理：吴晓东

79. 乾隆品火锅

这天，乾隆、刘墉腹中饥饿，二人正好来到一处特敞亮、讲究的饭店，正门上写着“三江阁”三个大字，刘墉说：“万老板，此店干净整洁，就是这家了如何？”乾隆点点头，二人往店里走，小二满脸带笑迎出来，先把两只神特的缰绳接过来，牵到后院添草饮水，又毕恭毕敬地把二人请入雅间，刘墉问小二：“不知店里有何特色菜品，给我们介绍。”小二答：“二位爷，一看您二位就不是本地人，咱家的三姓火锅声名远扬，乃是宋徽宗赵佶所创，您品尝品尝如何？”乾隆一听来了兴致：“好，就品尝一下三姓火锅到底妙在何处。”

工夫不大，火锅端了上来，紫铜锅锃明瓦亮，光可鉴人，下面炉膛中通红的炭火，噼啪作响，锅中的飞龙、野鸡在老汤中上下翻滚，香气四溢，主厨首先将各种干海鲜和秘制的调料放入锅内，待煮了八个翻花后，又将切薄片的牛肉、羊肉、猪五花肉、狍子肉、鹿肉分别放入，又陆续摆上酸菜、豆腐、蘑菇、地瓜等和酱油、芝麻酱、腐乳、香油、韭菜花、辣椒等佐料。一时间汤翻肉滚，满室生香，令人食欲大增，二人举筷争先恐后地大吃起来，一边吃肉，一边喝汤，吃得大汗淋漓，直到再也吃不下去了，才恋恋不舍地放下筷子，吩咐小二：“去把老板叫来，本人有赏。”不一会儿，一名穿戴儒雅的中年人闻讯而至，先向二人抱拳施礼，接着说：“二位贵客吃得怎么样？可有什么意见？本店一定改进，让您满意。”刘墉道：“小二说这火锅乃是宋徽宗所创。能否请老板告知一二？”老板给二人倒上茶水，这才坐下把三姓火锅的来历款款道出。

原来，徽钦二帝被囚禁在五国城后，不习惯金人的饮食，成天吃烤得半生不熟的牛羊肉，难以下咽，很快就消瘦下来。徽宗到底是风流天子，在李师师处看到手炉受到启发，让随行的孙御厨做了个中间空起、四周凹陷的夹层铁锅，底下烧火，夹层煮肉。用这铁锅既能吃肉，又能喝汤，徽宗很是得意，便将此锅命名为火锅。孙御厨在吃法上又加进了各种应季的蔬菜和各种海物，使火锅越来越受欢迎，很快在金人中也流传开来。

孙御厨的后人把三姓火锅的来历向乾隆、刘墉介绍一遍，二人才尽兴而散，乾隆回家后一直对三姓火锅念念不忘，传旨将孙家的一个火锅高手请到了京城摆火锅宴，用火锅大宴群臣。很快三姓火锅就在京城流行开来，数百年来长盛不衰。

讲述：刘忠生
整理：吴晓东

80. 乾隆品观天液

乾隆、刘墉在副都统富尔松阿的府上吃饭，席间，下人双手捧上一个密封的酒坛来，二人抬眼一看，坛上写着“五谷观天液”五个大字，启开封盖一股醇厚浓郁的酒香扑鼻而来，直沁心脾。乾隆、刘墉都是尝遍天下美酒之人，如此酒香从来没遇到过，连叫“好酒”。于是，三人便推杯换盏，开怀畅饮起来，几杯酒下肚，刘墉问富尔松阿：“这‘五谷观天液’可是三姓所产？”富尔松阿答道：“禀刘大人，正是。这酒乃宋徽宗所创。”乾隆一听，兴致颇高地问：“怪不得这酒如此香醇，原来其来历不凡哪，不知道宋徽宗是如何创制的？”富尔松阿将徽宗造酒的传说向乾隆讲述了一番。

当年徽钦二帝被押到五国城后，酒瘾犯了，金人也给他们发一点儿酒，但那酒是金人用大麦烧制的，酒浑味怪，甚是难喝，二帝喝得直皱眉，整日唉声叹气。随行宫人中有个姓徐的御酒坊总管见二帝为喝酒犯愁，就联合几个匠人，用黄泥烧制了一套酿酒工具，把当地产的高粱、玉米、谷子、粳米、糜子用碾子压碎与麦种拌在一起放进坛中，又密封好后埋入土中，七天之后将坛子挖出来放在锅台上，用炭火一烧，竟真烧出酒来，献给二帝一尝，二帝心花怒放，连叫“好酒，好酒”。金人尝后也称赞不已，见其规模太小，难以供应，就帮着添些设备，扩大了产量。徐总管逐渐改进工艺，质量进一步提高，名声也越传越远，后来把金人的大麦酒也完全取代了。此酒没有名字，便请来有才子皇帝之称的徽宗为其命名。徽宗了解了此酒是用五种粮食和囚禁自己的观天园中的泉水酿成的，便将此酒命名为“五谷观天液”。从此，这酒在五国城便扎下根来，代代相传，直到今天。乾隆听完感叹道：“虽说徽钦二帝是丧权辱国之君，但其造的酒和创造的火锅也是对后人的一种传承。”后来，“五谷观天液”便作为贡酒献给乾隆。乾隆龙心大悦，将此酒赏赐给功臣和皇亲国戚，一时间，“五谷观天液”在京城的贵族间成了炙手可热的饮品。

讲述：刘忠生
整理：吴晓东

81. 乾隆除草龙

乾隆、刘墉和钦天监在三姓城找了一个多月草龙，一天晚上几个人在城东边倭肯河附近的一家房顶上发现一条白狗，头朝东北，趴在房顶，一刻不停地号叫，钦天监对乾隆说：“圣上，保护草龙墓地那团白云，就是这条白狗所化，把它打死铲除草龙就少了一个障碍。”乾隆一听，吩咐御林军张弓搭箭，一箭射中，就听见那只狗“嗷”的一声撕心裂肺地嚎叫，从房脊直接滚落地上。钦天监向紫微星方向望去，那块白云已无影无踪，紫微帝星金光闪闪，清亮透明，在帝星的东北方一颗小暗星，被帝星强盛的豪光冲得摇摇欲坠，钦天监按星象数计算，此星的位置在三姓的东山。

第二天一早，乾隆领众人浩浩荡荡直奔东山，在山腰处，钦天监发现一块风水宝地，在穴眼处有一座新坟，刘墉等人围着新坟转了一圈，便沿着坟前微微隆起的土塄朝下方河边走去，到了距河边只有十丈远的地方，众人停了下来，刘墉与钦天监低头交谈了几句，然后吩咐富尔松阿指挥兵丁扬锹挥镐动起手来。震得草龙恼怒不已，自知天命已绝，大骂儿孙不孝。

原来这条草龙是李自成帐中大将李错之子叫李忠，乃是大顺朝皇帝李自成的堂孙。李错十五岁就跟随李自成打进了北京城，屁股还没坐热，吴三桂就勾结清兵进了关，一直所向披靡的大顺军被清兵打得丢盔弃甲，四散奔逃。李错在逃亡中，被一猎户所救，养好伤后却无家可归，只好在猎户家暂住。可传来的坏消息让李错万分悲痛，叔叔李自成退出北京后，带领残兵退到西安，接着又兵败西京，不知所踪，也有人说他出家当了和尚。这时，李错有家难回，有国难投，万般无奈之下，在十八岁那年与猎户的女儿结了婚，安安稳稳地过起了日子。

一晃二十多年过去了，李错也有了一儿一女，女儿李兰、儿子李忠也都婚嫁完毕，本来平静的日子却因一次酒后失言，灾祸又起。有一天，李错和一个朋友喝酒，喝多后便把自己的身世和盘托出，这个朋友为了得到赏金，到官府告了密，李错一家都被捕入狱，李错在牢中撞墙自尽。刑部上报朝廷之后，康熙听说是李自成的后代，念其曾是大清国的盟军，推翻明朝也出不少力，而李忠也无反清的举动，就法外开恩，免了死罪，施以宫刑，并命终生守护皇陵。

本来与世无争的李忠被施以宫刑，对朝廷充满了怨恨，寻找到机会，逃出皇陵，找到妻儿，专走偏僻山路，直奔三姓城，一直艰难地走了三个多月。总算到了三姓城，原来李忠来三姓城是有预谋的，三姓城是大清的祖地，他打算挖清廷祖坟，断了龙脉，以报杀父和阉割之仇，可经过一段时间的打听，满人与汉人的传统、习俗根本就不同。满人征战时，大部分战死沙场，回归自然，因此没有祖茔之说，要说祖庙，只有三具泥像，且守庙尼姑众多，外人难以靠近，李忠万念俱灰，只好在三姓城东过起了隐居田园生活。尽管李忠平时十分低调，也不与人结交，但因他没有胡子和尖细的嗓音，得了个外号叫“李老公”。

李忠在三姓城一住就是六十多年，李忠八十五岁这年的腊月二十三，一大早起来，带着两个孙子，去买过年需要的东西，刚出家门不远，发现路旁的雪地里躺着一个“抱路倒”（指快要冻死的人），李忠忙吩咐两个孙子把他抬回家，反复用雪揉搓，折腾一上午，才抢救过来。被救者叫刘星，是刘伯温的后人，擅长看风水，刘星因“文字狱”牵连，被迫逃亡，最后走到东山见到一股龙脉，就顶风冒雪去找龙脉。不料年岁已高，龙脉还没找到，就因饥饿而冻倒，刘星感激李忠救命之恩，讲述了自己的身世和来三姓城的目的，李忠也毫不保留地将自己的经历说了出来，二人因共同的身世及对清朝的痛恨而结成了莫逆之交。

第二年开春，刘星领着李忠，在东山终于找到了龙脉，刘星对李忠说：“这里是块风水宝地，也就是龙穴龙脉，你百年之后，下葬要一丝不挂地下棺，千万不要穿衣服，棺材也越薄越好，而且你死之后，你家的白狗将不肯消停，但不管它怎么闹，都不要加害它，这样，可保你在百日之内入水化龙，然后聚拢起千军万马，推翻清廷，夺取天下。”李忠犹豫再三，这才点头答应，不长时间，刘星因看破龙穴而得到报应，无端暴死，李忠下决心按照刘星的吩咐去办，以报大恩，找人挑个好坟地，将刘星厚葬。

又过了三年，李忠自感去日无多，便把子孙叫到炕前，将身后事一字不差地交代一番，子孙们一听摇头不肯答应，李忠勃然大怒："谁要不按吩咐做，谁就不是李家后代！"见李忠态度坚决，儿孙们只好答应下来。第二天，李忠果然无病而终，儿孙们牢记李忠的话，一切从简，找几块板子钉了口棺材，抬起李忠就要盖棺下葬。就在这时，李忠的女儿李芳赶回来奔丧，听说父亲一丝不挂地薄棺入葬，气得大骂侄子不孝，无论弟弟怎样解释，李芳就是不听，非要给父亲穿寿衣，否则死也不让下葬。弟弟万般无奈之下跟姐姐商量，只给李忠穿了一条裤子，李芳这才同意把李忠抬到指定的龙穴入土为安。

李忠入土之后，在龙脉的滋养下，逐渐化身为龙，按家中房上白狗叫声所指示的方向，开始掘土挖洞，一点一点地向河北靠近，但由于下身穿着一条裤子使他成了龙身人腿的怪物，大大地降低了挖洞的速度，另外白狗被打死，使龙穴暴露，李忠气得咬牙切齿，都是儿女坏了大事。随着锹镐声越来越近，李忠万念俱灰，除了闭眼等死，别无他法。兵丁们奋力地挖着，一双裹着破裤子已经长满鳞片的人脚先露了出来，接着一条金翅金鳞的龙身也出现在众人面前，兵丁们在钦天监的指挥下将草龙团团围住，然后由乾隆亲自提着宝剑向龙头砍去，只听"唰"的一声宝剑斩落，龙头掉地。乾隆、刘墉见草龙已除，这才松了一口气。

讲述：刘忠生

整理：吴晓东

82. 乾隆题二帝墓

乾隆铲除草龙以后，心情大好，与刘墉商议决定在三姓城逗留几天，游山玩水一番再返京。

这天，二人走到城东一处荒地，乾隆感到口渴，乾隆找一块大石头坐下休息，刘墉取出随身携带的水壶，一边喝水一边四处张望，突然发现不远的草丛中有三块石碑，碑不大，后面各有一座荒坟。因为碑小，上面的字看不清楚，便招呼刘墉上前看个究竟。二人低头仔细一看，激动不已，原来这个碑上分别写着"宋废帝天水郡昏德公赵佶之墓""宋废后郑夫人之墓""宋废帝重昏侯赵桓之墓"。乾隆低声说："想不到宋朝二帝竟埋在如此荒凉之地。"放眼望去，碑上除了生、卒年月外，再也没有任何其他字迹，二人总想再找出一点关于二帝的东西，便四下搜索，找了半天也一无所获，只有清风和荒草伴着三座孤零零的矮坟。乾隆越看越伤感，同时也感到悲哀，心想，这座连普通老百姓的墓都不如的小小荒坟，就是那个独创瘦金体、以苍鹰图闻名天下、爱蹴鞠、宠幸李师师的一代风流天子的最后归宿吗？为何造化如此弄人，从一朝天子到阶下囚，再到最后埋尸荒野，其中的凄惨和苦楚，谁又能体会得到呢。想到这，乾隆对刘墉说："刘爱卿，创业艰辛，守业更困难，这次若不是始祖托梦提醒，朕的江山就会大乱，说不定还会被草龙推翻，好在危难已除，朕今后以宋徽宗为鉴，远小人、近忠臣，免得落此下场。同为帝王，真为他悲哀。"刘墉说："圣上乃是明君，自然与那徽钦二宗不可同日而语，圣上不妨在碑上题首诗，用来明志，以传后世。"乾隆思索一会儿，接过笔，在赵佶墓碑的背面题了一首七绝：

土里翻疑劫后灰，
荒坟唱出有余衰。
边庭谁欲题碑碣，
二圣三陵共一坯。

讲述：刘忠生
整理：吴晓东

83. 乾隆破疑案

一天，乾隆、刘墉骑特出城游玩，在城南的树林里，发现一群野狗你争我夺地在抢吃什么东西，二人赶走野狗上前一看，大吃一惊，原来野狗在撕咬一具尸体，只见尸体腹部被狗掏开，内脏拖出体外，大腿被吃得只剩白骨，只有面部尚清晰。乾隆让刘墉看着尸体，怕野狗再来，自己骑特回到副都统府，将情况对富尔松阿一讲，富尔松阿惊出一头汗，跪倒说："愧对皇上对我的皇恩浩荡，三姓近来连连出事，是我办事不力，恳请皇上责罚。"乾隆说："世间本有不平之事，任谁也无法圆全。还是尽快破案要紧。"富尔松阿擦擦汗，赶紧安排仵作，查验尸体，召集幕僚与捕头，商量破案事宜。

第二天，乾隆与刘墉决定协助破案，乾隆乃是一代风流天子，书、画都是一绝，便灵机一动，将自己打扮成一个画师，刘墉扮成手下，二人到热闹之处，摆上一张桌子，上面有笔、墨、纸、砚，然后把死者的大致容貌画出来挂在桌前，刘墉吆喝几声"画像喽"，一个画摊就这样开张了。

一开始，人们都是匆匆而过，直到乾隆给一人画完后，惟妙惟肖的画技折服了众人，围观的人越聚越多，纷纷称赞乾隆画得太好了，就在这时，围观的人群中有一个白胡子老头，指着挂在桌前死者的画像说："这不是'泰来参行'的王掌柜吗？画完像咋不拿走，莫不是给你们当样品挂在这？"乾隆、刘墉一听，互相对视一眼，心想有门。乾隆问道："这位老哥，不知王掌柜家住哪儿？昨天他已交了钱，马上要画完的时候他说有急事走了，请你告诉我们他家的住址，我这就把画像给他送去。"老头说："行，反正我也没事，我领你们去找他。"于是乾隆画摊也不要了，和刘墉跟着老头来到"泰来参行"，只见大门紧锁，叫了半天也无人答应，乾隆早已料到如此，就和刘墉假装找人，询问左邻右舍将王掌柜的情况摸清以后，这才离去。

原来这"泰来参行"的掌柜叫王道公，祖籍山东登州，自幼跟随父亲上山挖参采药，后来到了三姓城娶妻生子，不料妻子过世早，两个年幼的孩子又无人照料，只好开了一个小参行，方便拉扯儿女。

有一年，土城子附近的山上传说出了一棵参精，王道公决定去碰碰运气，便将儿女托付给邻居照料，自己前去土城子寻宝。

王道公进山的一天晚上，他想念家中的儿女睡不着，便趁着月光出了窝棚散心，走着走着，发现榛丛中有一根红线正在朝前移动，好奇之下，他顺着线绳移动的方向追了下去。过了半天，终于发现前边不远处有一个穿红兜兜的小姑娘正在一蹦一跳地走着，王道公猛跑几步，上前一把拽住了小姑娘，小姑娘惊慌失措地挣扎，并抽泣了起来。王道公看着胖乎乎的小姑娘，想起了自己从小就没娘的女儿，动了恻隐之心，便将小姑娘背上穿着红绳的针拔了下来，并放开了她，小姑娘感激地对王道公说："多谢大叔，我偷着跑去土城子看戏，被人暗中算计了还不知道，大叔，你救了我一命，我一定会报答你。我再有十年就会修成正果，到时大叔你再来此找我。"说完就红光一闪没入土里，不见踪影。王道公回到窝棚时，果然来了一帮人，吵吵嚷嚷地拔草巡苗，王道公一阵好笑，任由他们折腾，倒头就睡着了。

十年之后，王道公又来到此处，参精给了他一张八两重的参皮作为报答，王道公喜滋滋将参皮带下山，对外一直秘而不宣，可不知道为啥这几天不见营业，并大门紧锁。

乾隆和富尔松阿商议一番后，张出一纸榜文，称副都统府内有人患病，需要人参做药引，会根据人参的年头付钱。

第三天乾隆刚起床，富尔松阿来报说："有人拿着八两重的参皮来卖。"乾隆叫人把卖参的人带上来，就见来人捧着一个木匣子说："本人叫张山，是'鸿运参行'的掌柜，闻听大人府上需要人参做药引，小人不敢怠慢，特将祖上传下来的镇店之宝呈上，以解大人之急。"乾隆看完人参后，命人将张山拿下，张山连连喊冤，乾隆怒视着张山说："你可认识'泰来参行'的王道公？"张山一听顿时瘫倒在地，原来王道公在一次酒后对同行张山说出了得宝的事情，哪知贪念作祟，张山开始惦记上参皮了，带着两个儿子趁夜将王道公打死并扔到了野外，偷走参皮，把王道公的一儿一女掳到家里藏在地窖，准备找机会卖去外地，以为此事无人知晓，却不料天网恢恢，早晚有报。

乾隆将张山和他的两儿子处死，解救了王道公的一儿一女，又归还了参皮，命富尔松阿照顾店家两个苦命的儿女，直至成年。

讲述：刘忠生

整理：吴晓东

84. 乾隆赠扇

一天，乾隆和刘墉骑特，溜溜达达来到城东的马鞍山，正巧碰上一家出殡，乾隆问刘墉："刘爱卿，你说这穴是块什么地？"刘墉看了一会儿说："这是块马地。"乾隆又问："那咋不埋正穴呢？为什么埋在前胛畔子上了呢？"等棺材入了土，送葬的队伍都回去了，乾隆、刘墉才跟着送葬队伍进了屯，人家亲朋好友进屋喝酒，他二人也不客气，跟着走进屋里，乡亲们热情地招呼他俩喝酒，二人坐下就喝上了，酒过三巡，乾隆问道："今日丧者的阴宅是哪位先生看的？"旁边的一个白胡子老头一抱拳说："在下看的。"乾隆问道："坟地看得不错，可是你为何不让埋正穴，而埋在前胛畔子上了呢？"老头说："二位有所不知，今天我们刨穴时走来一条龙，后边跟着一只虎，如果埋在正穴马鞍上，马吓得一尥蹶子，不就颠下去了吗？而把棺材埋在前胛畔子上，马吓得一蹿，就正好坐在鞍子上了。"乾隆听完，连连点头赞同。

君臣二人回到城里，路过一家名叫“飞龙酒家”的客店，乾隆说：“刚才没吃饱，不如咱们进去再吃点。”于是二人进客店，上楼找了个雅座，要了四个菜一斤酒，二人边吃边唠。这时从外面走进一老一少，衣衫褴褛，满身泥土，好像要饭花子，老的七十多岁，少的二十出头，伙计跑过来问：“你们要干啥？”老者说：“这不是客店吗？来了当然要吃饭了。”伙计一撇嘴说：“你俩最好上路边的小摊上去吃吧，这的菜太贵，俗话说得好，贵人吃贵物，穷人吃豆腐，你们快走吧，别扰了各位客官的雅兴。”老头一听这话乐了，掏出一张银票往桌上一拍，“把你这客店最贵的菜都给我上一道。”伙计低头一看，嗬，三百两银票，顿时愣住了，半天没说出话来，一跺脚转身进了后屋，不一会儿从后屋冲出几个彪形大汉，把二人围上，不由分说就是一顿棒子。只见老者一个旱地拔葱跳出圈外，站那看热闹，年轻人三下五除二把几个大汉都打趴在地上，年轻人唾了口唾沫，开口骂道：“都说乾隆有道，我看是昏君！混蛋！朗朗乾坤、光天化日之下，竟有这样一群不说理的人，他们仗着谁？是仗着皇上吗？”乾隆看到这，站起来一拍桌子说：“壮士骂得好。”说完从楼上走了下来。一老一少见是个商人打扮的人，老者连忙道歉：“客官不要听小孩子瞎说，皇帝是有道明君，这也就是山高皇帝远，若在京城他们就不敢这样了。”乾隆说：“本来就不是你们的错，再说背后骂皇上不犯罪。”老者说：“我们还有事，失陪了。”揣起银票拽着小伙就走了。乾隆和刘墉结完账下楼在后面不远处跟着，工夫不大，就见街上一队兵马冲了上来，富尔松阿亲自领兵，把老者二人围住，富尔松阿指着小伙说：“大胆的狂徒，敢骂皇上，罪该万死，还不快快受绑，听候发落。”小伙说：“大丈夫敢做敢当，我是骂了皇上，甘愿受罚。”说完，被兵丁绑上押走。

晚上，乾隆蒙着面来到大牢，用剑劈开锁后，进了老者二人的牢房，乾隆说：“要是押到京城骂皇上可是剐罪，壮士你一身武艺，岂不是太可惜了，可你为何要骂皇上呢？”青年人说：“你有所不知，这飞龙酒家乃是跟皇上有亲戚的，我今天骂皇上也是被气的，为什么老百姓受欺负就没人管一管呢？”乾隆一听说：“你骂得好，就冲你这份胆量，咱俩非交个朋友不可。”说完从怀中掏出一把扇子，吩咐他保管好，“日后凭此扇可进京城找我，就说我是你的师父。”乾隆回京后，年轻人拿着扇子真找来了，后来被封为四品带刀护卫。

讲述：刘忠生

整理：吴晓东

85. 乾隆点探花

一天，乾隆、刘墉在客店刚要上床休息，就听见隔壁房间吵吵嚷嚷，好像有什么热闹事，刘墉叫来伙计询问，方知隔壁是准备乘副都统官船去参加乡试的举子们。

乾隆一听，心想，读书之人为何这般吵闹，便拉起刘墉，奔隔壁而去。

二人进屋一看，在一栋三间的南北大炕上，横七竖八地躺着十几位书生打扮的青年，地中间的桌上，四个人正在推牌九，还有几个人在旁观战，不时发出呼喊声。乾隆一见，心中不悦，想到考取功名是读书人的目的，只有勤学不怠、厚积薄发、博览群书、一刻不可松懈，方能榜上有名，现在考期已近，更该三更灯，五更对，这要是天下的读书人都如此颓废，朕的江山怎能长久，待我鞭策鞭策他们，于是双手一抱拳，高声说："众位举子，我乃过路商人，略通文墨，偶遇一副上联，至今没想出合适的下联，今天遇见各位青年才俊，望不吝赐教。"屋里人一听，炕上躺着地坐了起来，地下打牌的也停下手，都看着乾隆，那意思是，你说吧，我们听着呢，乾隆缓缓走向地中间，顺口说道："有限光阴三万六千日。"等了半天，众举子低头挠脑袋，大眼瞪小眼，竟无一人答上来，就在乾隆失望的时候，大炕上最西头，手中拿着一本书的青年说："无穷乐趣一百二十张。"乾隆一听，心中大悦，不仅所答工整，而且紧扣屋内情形，正合自己的心意，于是走到青年人身边对他说："一灯一人一影孤，一个举子一卷书。"青年书生见这是专考自己，就顺口答道："一桌一围一局赌，一生一世一念输。"乾隆听完不禁叫声"好"。接着又出了一联："立人披衣，依山依水依兰府。"青年书生略为迟疑一下，顺口答："横川祖卧，三岭三江三姓城。"乾隆和刘墉高举大拇指连连称赞，年轻书生，年龄不大，却满腹经纶，才智超群，真是令人刮目相看。出于爱才之心，乾隆不由得认真打量起这青年书生来，这仔细一看不要紧，一股失望之意，油然而生。原来这人虽然相貌清秀，五官端正，但可惜的是竟有一只眼睛是盲的。乾隆暗想，五宫不全者难登大雅，因为朝中官员代表着形象和门面，真是天不助人。想到这，情不自禁地顺口说："独目难登龙虎榜。"青年书生听完，不卑不亢地对道："半月依旧照乾坤。"乾隆听完不由一愣，心中暗想，这小伙虽说是独目，但学识渊博，文才出众，而且志存高远，真是个难得的人才，如果在相貌上为难他，是国家一大损失，也会让一大批有缺陷的有才之士寒了心，对朝廷起了失望之意，这才是失策。想到这，对书生说："这位青年，饱读诗书，才思敏捷，今日偶遇，相见恨晚，特请公子到我们房间，再请教一二，不知公子肯不肯。"书生欣然答应，随乾隆、刘墉到隔壁，分宾主落座，三人便交谈起来。

青年书生把自己的情况告诉了二人。原来青年书生叫舒亮，是满族人，家住三姓城南四十里外的欢喜岭，家里三口人，父亲舒元享读过几年私塾，粗通文墨，所以舒亮幼年在父亲的督促下，开始识文断字，由于天资聪慧，有过目不忘、举一反三的本领，七八岁的时候已是远近闻名的神童了。十岁的时候，有一天，小舒亮看见两头牛顶架，心地善良的他前去拉架，不料被其中的一头牛猛地一回角，刺瞎了右眼，真是天妒英才。舒亮并没因此而放弃读书，反而更加勤奋、更加刻苦，他访遍名师，继续求学。

听了舒亮的讲述，乾隆被舒亮身残志不残，逆境中求生的顽强精神打动了，便有了爱才之心，心想，如此英才，怎能弃用，待我再试试他的胆略，想到这，便对舒亮说："我的老师曾给我出了一联，怎耐我才疏学浅，至今不得其解，今见公子才思敏捷，能不能帮我对出下联？"舒亮忙站起来："不敢当，不敢当，咱们一起研究研究吧。"乾隆说："东启明，西长庚，南簸北斗，吾乃摘星手。"舒亮皱着眉头，踱了几步，一拍大腿"有了！"朗声答道："春芍药，夏牡丹，秋菊冬梅，我本探花郎。"乾隆、刘墉一听喜出望外，连称："妙对、妙对！舒公子真是奇才。"乾隆让刘墉送给舒亮五百两银票，作为赶考费用，舒亮果然不负所望，乡试高中解元，进京殿试，名列第三，但由于五官不整，礼部主考不敢轻取，只好上奏乾隆。此时乾隆已铲除草龙回京，正在惦念舒亮之事，一见奏章，龙心大悦，拿起御笔，舒亮为本榜探花。

三姓城闻听舒亮高中，又得知是乾隆慧眼识才，全城轰动，百姓深念皇恩。

讲述：刘忠生

整理：吴晓东

86. 乾隆刘墉破奇案

古城依兰，自古就有许多美丽动人的传说，也流传着许多乾隆密访三姓的故事。乾隆皇帝到沈阳祭祖，折腾一阵后又想起老祖宗的发祥地三姓，就和刘墉商量决定再次到三姓看看。

一行人由沈阳出发，一路饥餐渴饮晓行夜宿，这一天终于到了三姓，乾隆与刘墉找个干净的客店就住下了。第二天乾隆要去城南一带散步，体察民情，于是找刘墉商量。不一会儿君臣二人换上商人服装，招来御林军，刘墉说："我与皇上二人去城东南方向，天黑前回来，如果到时不回，你们就去那个方向迎皇上。"御林军说："遵旨。"乾隆二人溜溜达达奔东南来了，不一会儿到关帝庙，乾隆来了兴致，与刘墉一前一后进了庙里，只见大殿中央塑着关羽的塑像，两边是周仓和关平。上面挂着一个匾，匾上写着"义气千秋"，乾隆与刘墉看完之后出了关帝庙找了个饭馆，简简单单吃了一顿，然后继续往东南走，走了不到十里路，乾隆发现前边不远有很多人在围观，也不知因为什么事吵吵嚷嚷，乾隆二人走过一看吓了一跳，原来是在看一具无头尸体。

三姓城在那个时候，不像现在这么热闹，人烟稀少，在农村农民的房子是三五户住在一起，几户人家使用一口井，今天早上有人打水时捞上这具尸体。过往行人还有邻里邻居都围绕着死尸说长道短，乾隆刘墉也随着人群看这个热闹。有的人说人命关天，怎么官府没来人管一管；有人说得先报案，官府才能来人；也有人说多一事不如少一事，谁愿意找麻烦，大家议论半天，最后都走了。乾隆和刘墉也顺原路回到三姓，派人把副都统找来，找来之后就把城外发现命案的事告诉副都统，并让他尽快破案，以平民心。副都统吓了一身冷汗，心想，偏偏皇上来时发生命案，这不是跟我过不去吗？一定要找出凶手，不然皇上一生气我脑袋就得搬家。回到府衙以后，火速派兵分头调查案情。可由于事发地点比较偏僻，又没有人报案、认尸，所以几天过去了，也一无所获，把副都统急得像热锅上的蚂蚁团团直转。这天乾隆传旨，召副都统见驾，副都统当时汗就下来了，心想：皇上肯定着急了，说不定要砍我脑袋呢，心里七上八下地来到乾隆住的驿馆。乾隆一见副都统，脸往下往下一沉："朕问你，案子破得怎么样了？"副都统跪下说："臣无能，到现在一点进展都没有，不过，我正加派人手，争取早日破案。"乾隆一拍桌子："在你管辖的地方发生命案，就是你治理不严。几天过去了破案都毫无头绪，就是你无能，这样的地方官要他何用？来人，推出去斩了。"御林军把副都统官服和帽子扒下来，绑上往外就推，这时有人喊："万岁爷请刀下留人。"乾隆一看求情的原来是刘墉，乾隆问："刘爱卿，你为何要替他讲情？"刘墉说："万岁爷，这个案子实在是难破。没有人报案，也不能证实死者身份，不是副都统不想破案，而是太难破了，所以我想与副都统联手破案，请万岁爷给十天的期限。”乾隆要杀副都统也是在气头上，现在冷静一想确实是这么回事儿，就说：“那好吧。你俩联手破案，朕给你们十天期限，如果到时还破不了案，我就拿你们是问。”刘墉和副都统说：“臣遵旨。”晚上刘墉找副都统商量，看有没有办法先确定死者的身份，商量半天，最后刘墉决定装扮成算卦先生，到附近的村屯去查查线索。第二天一早刘墉换上长衫，手拿竹板一边走一边说：“八卦择吉，不准不要钱。”径直往东南方向走来了。走了一头午，也没有人算，将近中午时，刘墉来到一个小屯，有十几户人家，刚走不远，就见道旁一个小破草房里走出一个老太太对刘墉说：“先生，请到我家给我算上一卦。”刘墉一打量老太太也有六十多岁了，弯腰驼背、头发白花，老太太把刘墉让进屋，拿个凳子让刘墉坐下，然后给刘墉倒了一碗水，刘墉问这个老太太：“大娘您要摇卦吗？”老太太说：“麻烦先生好好给我摇一卦，是好是坏请直说，不要瞒我。”刘墉从包里拿出卦盒，老太太摇了六爻，刘墉说：“你要求什么？求财还是求平安？”老太太欲言又止，话到嘴边又咽下去了，刘墉说：“如果你要我说实话，你也要说实话，不然这卦就不灵了。”老太太站起来把门关上，然后回来坐下说：“先生我求平安。”刘墉说：“从你卦摇上看你求财有，这平安嘛……”老太太着急，赶紧问：“我求平安有什么说法，先生快说！”刘墉说：“你这财不是正道来的，所以说恐怕要吃官司。”老太太吓呆了，眼睛发直，一句话也说不出来了，过了好半天才缓过气儿来一边哭一边骂：“你个小杂种叫你学好你偏不听，你要坐牢了，我可咋活？”刘墉一听有戏，接着问：“大娘你跟我说说咋回事，我好给你破一破。”老太太止住哭声说：“好，我也不瞒先生，我丈夫早亡，我一个人抚养孩子，我儿子叫康七，从小就由着他的性子来，谁知道这孩子长大了却不守本分，吃喝嫖赌什么都干，没钱就去偷，我劝他也不听。最近几天，他突然富了，手里经常有三百两二百两的，我问他从哪儿来的，他让我别管闲事，我寻思是这钱也不是正道来的，所以请先生摇一卦，看这钱是怎么来的，最好先生能给我破一破。”正说着门外进来一个人，这人长得五大三粗一脸横肉，挺大个眼珠子，一瞅就不是好人。康七进来就问：“妈，这人是谁？他上咱家干啥？”老太太慌了，结结巴巴地说：“他，他是你远房的舅舅。”康七也没往多想，一听是远方的舅舅，不由分说就往炕上拽：“舅，今天咱爷俩说啥也得喝两盅。”刘墉正想摸摸底儿，就顺水推舟地答应了。老太太炒了四个菜，康七拿出一瓶酒，刘墉他俩就喝上了，刘墉一个劲儿劝康七喝，自己就点到为止。康七越喝越高兴，嗓门儿也越来越大，慢慢就喝多了。刘墉一看时候差不多了，就说：“外甥，你现在手头宽不宽裕，你手头要紧的话舅舅有两个养老钱，先给你娘俩花。”康七嘻嘻一乐：“舅，以前外甥穷，现在我可发了。实话跟你说，前几天那件无头案我知道是谁干的，我敲了他一笔，舅，往后的日子我就不愁了，那可是个有钱的主。”刘墉心中暗喜，连连劝康七喝酒，最后把康七灌得酩酊大醉。刘墉连夜赶回城里，第二天，天刚亮，刘墉让副都统派兵去捉康七，然后通知乾隆案子有了线索。等乾隆和副都统都到了，不一会儿康七就被带来了。原来康七昨晚上喝多了，今儿早上起得晚还没出去就被带来了，康七跪在大堂上抬头一看愣住了，原来的舅舅怎么变成一个身穿官服的大官儿了？刘墉说：“康七，我不是你舅舅，不过你别害怕，只要你把你知道的关于无头案的情况都说出来，实话实说，我就会放你回家。”康七连忙磕头说：“好，我说了你可要把我放了，事情是这样的。我是个不守本分的人，经常去赌场消磨时间，有一天我把身上的钱全输光了，我想偷点钱好去扳本，我想偷谁家好呢？后来我想到离我们二里地有个财主叫魏洪，此人为富不仁，打骂聋哑人、欺负老实人、敲寡妇门、扒绝后坟，坏事都干尽了。我就想去他家偷，我踩了几回点儿，发现他家没养狗，我就从墙上跳进去，看见一间房里点着灯，就没敢下手，偷偷溜到窗户底下想听听屋里的动静，可工夫不大就听了一个女人一声惨叫，我吓了一跳，手头儿沾唾沫捅开窗户纸往屋里一看，只见地上躺着一个女人，周围全是血。左边是魏洪，右边的人我不认识，就听魏洪说，'你把她背出去找个地方埋了，回来之后我必有重赏。'我听到这一想不好，这是个杀人案，我可别卷进去，想到这我起来往外就跑，哪知踩在一根木头上，把我摔了一个大跟头。魏洪和那个人从屋里跑出来就把我摁倒了，拽到屋子就问我是干什么的，为什么擅闯民宅，我一听，杀了人还想吓唬我，就说：'你俩不要猖狂，你们杀了人还说我私闯民宅，说吧，是我罪大，还是你们罪大。'这俩小子咬了一阵耳朵，一人拿把刀就奔我来了，我一看这是要杀我灭口。我急眼了，抄一把凳子就跟他俩拼命，由于身高力大，反把他俩人打趴下了，我拿绳子把他二人捆上，就要送到县衙。魏洪哭了，给我跪下，说只要我不报官，他答应每月给我一百两银子。我正缺钱花，就答应他了。我只是知情不报，杀人跟我一点关系都没有。"刘墉听完跟乾隆一商量，就让康七带路，副都统亲自带领一队精兵前去捉拿魏洪。康七轻车熟路抄小道直奔魏洪的家，一进门就见魏洪坐炕上正和一个人喝酒呢，康七用手一指："妥了，就是这俩人。"副都统一声令下，兵丁上去把魏洪与鄂学仁二人就绑上了，魏洪吓得尿了裤子。回到府衙，乾隆立即升堂问案，让刘墉主审，自己在一边旁听。还没等审问，魏洪一边磕头，一边说："我招，我全招。"乾隆看了刘墉一眼，二人一笑，刘墉说："好，你把杀人的起因经过要一五一十地从实招来，要有虚假的地方，那就是罪上加罪了。"魏洪说："我都实说，我杀的男人叫刘星，女的叫李倩，他俩是两口子，李倩二十多岁，长得有几分姿色，我和刘星早就认识，有一次去他家喝酒，发现李倩对我直飞眼，我乐蒙了，从此经常给她点小恩小惠。有一天趁刘星没在家，我和李倩勾搭成奸，时间长了，这事被刘星知道了，他拿刀威胁我，让我每月给他二百两银子，我假装答应，先给了他五十两银子，让他明天来取另外的一百五十两。等他走了，我马上把我一个叫孙斌的朋友找来，我们二人一合计，只有除了刘星才能长久霸占李倩。第二天刘星来取钱，我用酒把他灌醉，孙斌用绳子把刘星勒死，并把头砍下来，然后把尸体扔到井里，头埋到野外去了。我高兴地把李倩接来，告诉她刘星让我杀了，让她永远跟我做夫妻，哪知李倩翻脸了，扬言要到衙门告我。我急了，心想一不做二不休，索性把她也杀了，找来孙斌让他把尸体埋了，谁知杀李倩时让康七看见了，后来我被康七讹去不少钱，事情就是这样的。"刘墉派人把刘星的脑袋和李倩的尸体都挖出来，又把孙斌审了一遍，二人的口供完全一样，案情真相大白。魏洪和孙斌被砍了头，康七立了功，以前的罪都免了。乾隆十分高兴，第二天和刘墉就返京了。

讲述：刘忠生

整理：吴晓东

87. 龙凤棺罩的传说

乾隆秘访三姓时，有一天和刘墉君臣二人在一家茶馆喝茶。喝完茶刘墉喊："伙计，结账。"伙计过来说："客官，一共是三十文钱。"刘墉伸手一摸，没有碎银，就拿出一张银票递给伙计，伙计接过来一看："哟，三百两的银票。您老真会开玩笑，喝杯茶拿三百两的银票，莫非欺我店小找不起？"刘墉赶紧解释："我不是这个意思，我们二人身上真没有散碎银两了。"说着打开钱袋儿让伙计看了一眼，伙计伸脖一看，好家伙，厚厚的一沓银票。伙计仍不依不饶："您二位既然如此有钱，不如赏我一张银票算了。"正在这时，旁边茶座上一个中年人冲伙计说："二位兄台没有碎银就都算我的吧，一会儿一起结了。"伙计一听有人结账就忙端茶倒水去了，刘墉过来冲那人一抱拳说："多谢解围，你在此稍候片刻，我们去钱庄兑换银票，马上还你。"这人哈哈一笑："区区两杯茶算什么，看二位兄台不是等闲人物，不知道此次是走亲还是访友？有什么需要帮忙的尽管开口，小弟定当竭尽全力。"刘墉说："我先谢过了。我们既非走亲也非访友，我们是生意人，到三姓贩点药材，今日之事多亏兄台了，不知兄台贵姓高名？家住哪里？日后我们必登门拜访。"中年人说："不敢不敢，在下免贵姓朱，单名一个天字，家住城南不远的演武基，二位一定要去舍下，我备下薄酒素菜欢迎你们。"三人又寒暄了几句，就拱手分别了。

第二天一早乾隆吃过早饭，刘墉问："咱今天去哪儿？"乾隆说："不如我们去朱天家一趟，一来把昨天茶钱还他，二来交个朋友。"刘墉吩咐店小二把神特牵过来。二人骑上神特溜溜达达往城南走去。

二人边走边唠，工夫不大就到了演武基。刘墉见道边有一个老者放羊，上前问老者："老哥，您知道朱天家在哪儿吗？"老头用手一指："往前走一拐弯那个大院子就是。"刘墉谢过，和乾隆来到门前。刘墉伸手拍打门上铜环，刚敲几下，门就开了，朱天满脸带笑地迎了出来："二位大驾光临，欢迎欢迎，快里边请。"三人来到客厅，朱天吩咐下人："摆上酒席，我与二位要痛饮一番。"不一会儿酒菜端上来，三人分宾主落座。朱天端起酒杯说："两位走南闯北做生意，山珍海味一定吃腻了，我也没好东西招待你们，二位千万不要嫌弃，来，我先干为敬。"说完一扬脖，一杯酒下肚了。乾隆与刘墉也把酒干了。两名男下人过来把酒倒满，刘墉好奇地问："朱兄府上为何没有女眷。都是强壮的男丁呢？"朱天哈哈大笑："问得好，二位酒已下肚，我也不怕告诉你们，我本山东人氏，在老家犯了命案逃到三姓，与这两位结成兄弟，专门做杀人越货没本钱的买卖。二位是块肥肉，我早就盯上了。今天你们送上门来，这是老天帮我，这宗买卖做成了，我就金盆洗手，下半辈子享清福了。"刘墉忽地站起用手指着朱天："你好大的狗胆，我们是……"话没说完，眼前一黑，昏倒在地。

这时乾隆就觉得肚子像刀绞一样痛。刚要反抗，一阵天旋地转，也昏过去了。朱天三人把刘墉身上的银袋掏出来，又把二人身上翻了一遍，吩咐两个同伙："先把他们抬到后院，晚上再杀他们，咱们先庆祝一下做了笔大买卖。"

乾隆昏迷了也就两三个时辰，慢慢地睁开了眼睛，大腿试着动了一下，幸好没被绑起来。他推推刘墉，刘墉年老体弱，一点反应也没有，乾隆抱起刘墉咬着牙走出门，刚要寻找神特,被上茅房的朱天发现了。朱天大喊一声:“兄弟们快抄家伙,这俩人要跑!”屋里喝酒的俩人拿钢刀跑了出来,到跟前不由分说,迎头就是一刀,乾隆身子往后一仰,刀刃贴面而过,跟着一脚踢出,正好踢中贼人手腕,钢刀飞出一丈多远。朱天一看是个练家子,赶紧招呼:“快把他们围上,千万别让他们跑了。”乾隆一看要坏,放下刘墉,摆好架势,刚要动手,两匹神特觉察出主人有危险,咬断缰绳冲了过来,飞腿往朱天三人头上踢去,朱天三人抱头闪开。两神特冲到乾隆身边,乾隆赶紧抱起刘墉横放在神特上,然后自己也跳上神特,跃过高墙,向北跑去。

朱天醒过神来一看,二人跑了,赶紧牵出马飞身而上,向朝乾隆、刘墉的去向疾追。本来他们的马要想追神特,但连影儿也见不着,可刘墉药劲儿没过,又趴在神特的背上。刚到城南的树林边上就掉了下来。乾隆急得掐人中,拍后背,刘墉却一点知觉也没有。正在这时,从树林里走出两位砍柴的老人,乾隆站起身对老人说:“我们遇上强盗了,求二位老人家快去都统府报信,就说京城来的朋友遇难了,派兵前来。”其中一位老人说:“好!”回头往城里跑去。

转眼间,朱天三人已追到近前,跳下马二话不说,恶狠狠地扑向乾隆。乾隆施展大内拳法以一敌三,朱天一看难以取胜,悄悄地退在一旁,手中暗扣金镖瞅准破绽手一扬打向乾隆后脑。乾隆忽听脑后风声响动,知道有暗器袭来,头一偏躲过金镖。旁边的老头一看可火了,本来这老头就好打抱不平,遇见不平的事就要管一管,这三个打一个还使暗器,虽然自己不会武功,可也不能见死不救。想到这,老头举起斧子奔向朱天就来了。由于老头助阵,乾隆的压力小了许多,能喘口气了。朱天一看老头参战,急忙招呼两个兄弟像疯狗一样把二人围住。乾隆打着打着,一不留神滑倒在地,朱天举刀就砍,老头一看要坏,纵身扑了上去,用身子护住乾隆,这一刀正砍在老头后背上,顿时血如泉涌。三人狞笑着再次举刀,这时从北边一队骑兵急驰而来,领头的正是副都统。乾隆长长出了一口气,心想,你们可来了,再晚一会儿我的命就要扔在这了,副都统吩咐官兵把吓得呆若木鸡的朱天三人绑上,然后给乾隆跪下:“万岁爷受惊了。”乾隆吩咐:“快把老人抬回治伤。”可老人伤势太重,没几天就去世了,后来乾隆才知道老头姓韩,是三姓城的回民。他回京城后,念老头救驾有功,赐龙凤棺罩一副。此棺罩成为三姓回民的圣物,清真寺建成以后,一直供奉在寺内,成为镇寺之宝。

讲述:刘忠生

整理:吴晓东

88. 乾隆遇险

乾隆、刘墉来到城东南的一家悦来客栈,一进门一个贼头鼠目的店小二迎了上来,嬉皮笑脸地说:“哟,欢迎二位客爷,不知二位客爷吃点啥?”乾隆说:“我们二人是路过此地,请问贵店有什么特色菜肴?”店小二打量二人一番,油腔滑调地说:“二位客爷,不是我吹,我们这悦来客栈,在三姓附近地界的饭店里那得是这个。”说到这,一举大拇指,“我们葛店主的姐夫是副都统的管家，靠山老硬了，你说本店能没特色吗？不管你是天上飞的、地上跑的，还是水里游的，保证齐全。这样说吧，只要你掏钱，那是要啥有啥，活人脑汁也能现砸。”店小二嘴角冒沫的一顿吹牛，乾隆一听来气了，心想，如此大话连篇之人，真是太过分了，待我教训教训他。想到这，吩咐刘墉：“刘管家，这世间美味我都尝遍了，但不知活人脑汁滋味如何，也算今天咱二人来着了，这悦来客栈竟有这天下奇珍。此等美味，百年难遇，岂可错过，咱们今天要尝一尝，也算没白来三姓一趟。”刘墉会意，问店小二：“不知这活人脑汁多少银子一个？”店小二一愣，心想这是遇到茬子了，我得多说点，便阴阳怪气地说：“这活人脑子三千两银子一个，不知二位要几个？”刘墉一听，顺手掏出二张三千两的银票，往桌子上一拍：“这是官银六千两，你看好了，先来两个人脑汁，如果好吃就接着上，十个八个的也没问题，银票有的是。”这一下店小二被镇住了，没想到这二人竟如此有钱，但这是在自己的这一亩三分地上，平时欺客惯了，不认输地说：“这活人脑汁得新鲜的，二人来得不巧，刚卖完了，店里没存货了，但这位爷，”指刘墉：“反正你弯腰驼背，活着也挺费劲，况且岁数也不小了，干脆把你的脑汁砸出来卖给本店，本店做好后再卖给你这位伙计，这样不是两全其美，你放心，钱定少不了你的。”

乾隆勃然大怒，压着怒火问店小二：“你这个主意真不错，我既尝到了脑汁，又得到了银子，就是不知道卖脑汁是多少银子一个？咱先论好价，少得我们吃亏。”小二仍不知趣地凑了两步，准备与乾隆继续砍价，没想一个巴掌打下来，只听“啪”的一声脆响，将店小二牙齿打掉好几颗，随着一口鲜血吐了出来，疼得店小二一声怪叫，捂着脸，含糊不清地问：“谁？谁打的我？”乾隆一笑：“如此顽固不化之徒，打你都算轻的。”小二指着乾隆、刘墉：“好，你们给我等着。”说完连滚带爬地跑出去，奔后院柜房跑去……

工夫不大，一群打手模样的人拥簇着一个满脸横肉五大三粗的店主，气势汹汹地闯了进来，乾隆一见这阵势，知道不能善了，便跨前一步，一撩长衫，把刘墉掩在身后，自己摆好架势，准备拼斗。不承想，一个不经意的动作，腰带上的玉坠露了出来，被亦贼亦盗的店主瞧见了，一眼就认出这是价值连城的宝物，立即起了贪心，对此物是志在必得，于是对乾隆大喝一声：“哪来的大胆凶徒，竟敢在太岁头上动土，是活得不烦了吧，兄弟们给我上，让他们知道葛爷爷的厉害。”众打手呼啦一个个散开，把二人围住，挥拳就打，乾隆自幼习武，这帮小流氓岂是对手，没几个回合，就一个个东倒西歪，鼻青脸肿，光喊口号，竟也不敢上前了。店主葛横一见碰到了高手，拔出了匕首，趁乾隆不注意，溜到刘墉身边，一把拽住刘墉的辫子，把匕首架在脖子上对乾隆喊道：“住手！”乾隆见刘墉被擒，暗想：坏了，千万不能伤了刘墉。就掏出身上所有的银票说：“只要你放了我朋友，这些银两就全是你的，你只求财，千万不要伤害他。”葛横见乾隆投鼠忌器，就吩咐打手把乾隆绑牢，押到了后院库房。

葛横自己进了里屋，把银票数了数，又拿出搜来的玉坠，心想，这二人不但有钱，还有这等价值连城的宝贝，看来不是普通人，为避免夜长梦多，今天晚上就送他二人上路。

二更后，葛横领着四个得力的打手，来到后院，乾隆此时已挣断绳索，正在为刘墉解绑，就见有动静，连忙又坐在墙边，手里没武器只好手握断绳，准备迎敌。

葛横五人来到库房，狂笑着对二人说：“二位，对不住了，只怪你二人露了财，记住喽，下辈子小心点。”说完,举刀就砍,乾隆手里的绳子猛然一甩,正好抽在葛横脸上,抽得葛横“嗷”的一声惨叫,当即鼻血直流,乾隆一抬得手,挥舞着断绳与五人鏖战起来。

这时,就见一队人马闯进后院,当首之人看见乾隆,惊喜万分,连忙让人把葛横五人按倒捆上,乾隆累得气喘吁吁,定眼一看,原来钦天监率领御林军及时赶到。

乾隆查明此事与副都统富尔松阿无关后,葛横一伙及其姐夫全都处斩。

讲述:刘忠生
整理:吴晓东

89. 乾隆写对联

乾隆和刘墉秘访三姓城时,曾遇到一件令乾隆十分尴尬的事。

一天早晨,天空下着鹅毛大雪,乾隆拉着刘墉兴致勃勃地走出客店欣赏雪景。街上的行人不多,二人边走边聊,路过一家货店时,发现店门口有个卖字的年轻人,在一个用木头搭的棚子里冻得不停地跺着脚,有人买字时,年轻人抬起手哈一口热气,才能提笔再写。乾隆和刘墉走到摊前看年轻人写的字,两人相看了一眼,好悬没笑出声来,觉得这字只能用一般形容,就这样的字还不时有人来买。乾隆纳闷了,难道三姓城书法就这水平?如此难看的字都有人买?乾隆在刘墉的耳朵上说了几句话,刘墉转身就走了,不一会儿,刘墉雇了几个人抬来一张桌子,上面摆着笔墨纸砚,乾隆来到桌子前把红纸裁好,后边有人打着伞,只见他铺纸挥毫,刷刷刷一口气写十几副对联,那手写得苍劲有力,气势如虹,然后搁下毛笔,就等着有人来买。然而令乾隆十分尴尬的事情发生了,人们都到年轻人的摊上买字,对乾隆与他写的对联看都不看一眼,转眼到中午了,对联还是一副也没卖出去,乾隆的脸色越来越难看。刘墉急了,拽住一个要到年轻人摊上光顾的老者问:“我家老爷一副对联才要二文钱,难道孰优孰劣你们分不清?”老者说:“当然是你们的对联又好看又便宜。”刘墉皱眉说:“那我就不明白了,为何都去买他那又丑又难看的字呢?”老者哈哈一笑:“看来你不是当地人,我们其实都不是看字的好坏来买的。”接着老者告诉了刘墉事情的原委,原来年轻人小时候念过两年私塾,十岁时父亲病死了,母亲日夜啼哭,不久便双目失明了,他只好担起养家的重担,给人家放牛、上山砍柴,和母亲艰难度日,到了冬天啥也干不了,别人给他出主意,让他写字卖,大伙都来买,实际上这是变相地救济他们母子俩。

乾隆和刘墉这才恍然大悟,乾隆把写好的对联卷好走到年轻人的摊前说:“这几副对联送给你,日后定有用处。”说完和刘墉扬长而去。

过了一年,年轻人得知送对联的是乾隆皇帝时,他家挤满了买家,不惜重金购买对联,年轻人只卖了两副就吃穿不愁了。

讲述:刘忠生
整理:吴晓东

90. 老头和乾隆

乾隆皇帝秘访三姓城时，住进一家客店。第二天一早，就听老板娘喊："李乾隆，快起来烧水伺候客人。"乾隆爷听了一愣：谁这样大胆，敢用当今皇帝的名号。这时，一个满头白发的老者从屋里走出来，边走边说："好了，知道了。"乾隆爷强压怒火上前头问："你可叫李乾隆？敢用皇上年号当姓名，犯杀头之罪。"老头反问乾隆爷："当今皇上乾隆年号才几年？我今年七十六，打出娘胎就叫李乾隆，你说是皇上用我的名字，还是我用皇上年号？"乾隆爷被问得哑口无言，只好吓唬老头说："你不怕让官府知道，将你杀头吗？"老头一笑说："杀我，就是要昭告天下，说乾隆被杀了，这不更犯皇上忌讳吗？"乾隆爷又问："那要把你秘密处死呢？不就没有人知道了吗？"老头回答："我要是死得不明不白，我的儿孙就会给我设立牌位供奉我，每天祭奠乾隆，皇上能好过吗？"乾隆爷也不知道说啥好了，老头又说："要是我一家人都被杀，就会流传乾隆一家都被杀了，岂不是对皇上更不利？"乾隆实在无计可施了，只好说："乾隆就乾隆吧，希望你长命百岁，永保平安。"

讲述：刘忠生

整理：吴晓东

91. 乾隆学徽宗语

乾隆自吃完三江阁火锅之后，总觉得这道菜比宫中御厨做得好吃，再加上饭店老板赵人龙为人也厚道，所以隔几天就去三江阁闲坐。这一天乾隆、刘墉二人刚进屋，就听赵老板说："吃蛙君子之交谈如何？"跑堂的忙说："外国北方壬癸正调和。"乾隆听了半天也摸不着头脑，忙一抱拳说："赵老板，你俩说的是哪国话？我怎么听不懂呢？"赵老板笑了笑说："我俩说的是我祖传的徽宗语，我家太上皇囚居五国城那时为欺瞒金兵看守，自创的一种语言。"乾隆在深宫长大，头一回听说，甚觉稀奇，忙说："赵仁兄，能不能略说一二，叫我增加点见识？"

赵人龙一听说："万老板有所不知，这徽宗语是我们五国城老赵家的命根子，常言道，宁舍十两金，不舍一点寸，刚才我们俩说那句名叫露八分，乃寸典露吞二字，有水字没说，是让他给你沏茶水。"乾隆说："你说吃蛙是什么意思？"赵老板："我今天已违祖训，不该说的都说了。"乾隆说："我们乃是你的主雇，以后生意上常来常往，少说点不算泄露天机。"赵老板打了个唉声，"好吧，我给讲点。吃蛙是上字声母拼下字韵母名叫反切，这两字是茶，第二句我的是君子之交谈如何？是用的寸典水字没说，是茶水的意思，跑堂答北方壬癸正调和，意思是我正在沏茶水。"刘墉说："那天你在后园说夏令早瓜是说杏花二字对吧？"赵人龙说："刘管家你太聪明了！能举一反三，那你知道哈图大铁是什么？"刘墉说："是蝴蝶二字。"赵人龙一拍大腿说："我不用教了，你全会了。"

"第二种叫卷簾句更简单，啦来子达金，细奸有地此。"刘墉说："倒过来念金达子来拉，此地有奸细。"

赵人龙大声地说:“你哪是什么刘总管?你这两下子当宰相也够格。太厉害了!”

“第三种是太上皇给我们留下的江湖话(行话),他们三千多人最后由韩洲坐船四十六日到达五国城,一路上使用暗语留传下来江湖二字,所以也叫江湖语。”

早晨忌说八个字,龙虎梦脚牙,神鬼桥庙塔,谁犯忌谁付一天伙食钱。十个数是:流月汪泽中申信章爱居;吃三碗饭说:“吃汪数”,媳妇叫“并肩子”,兄弟叫“挨肩子”,吃饭叫“上啃”,喝酒叫“搬三”,醉了叫“三串了”,睡觉叫“伸条”,金兵看守叫“娄金子”,说话叫“团”,别说了叫“捻团”,猪叫“江子”,马叫“连子”,问姓叫“什么蔓子”,问年龄叫“多大尺寸”;“灯笼蔓”姓赵,“顺水蔓”姓刘,“棚水蔓”姓乔,“顶水蔓”姓于,“跟头蔓”姓孙,“虎头蔓”姓王;“三丈六”是三十六岁,“四丈五”是四十五岁,“八丈”是八十岁。他们写信表面都是一般问候,内藏天机,有头隐、中隐和尾隐。

赵人龙说:“不能再往下说了。”刘墉说:“多谢赵掌柜将祖传之语相教。”帝王乾隆也都领教会了,但乾隆给刘墉出了个题:让他骂张无天这对恶棍父子。

刘墉说:“那我就试一下吧。坐山为,里七外口,渔樵耕口,麒麟送口。”乾隆和赵人龙齐声叫好,“王八犊子”四字把他爷俩都骂了。

讲述:刘忠生

整理:吴晓东

92.乾隆到贵山

三姓城东百里有一座山叫贵山,说起来还有一段故事,乾隆、刘墉在三姓转了一圈,该办的事都办了,有一天,乾隆说:“刘管家,咱们出来快两个月了,该回去了。”刘墉答道:“是该回去了,这次秘访三姓,全仗着咱俩骑特快,要说这还得感谢卢大发。”乾隆说:“咱俩这就去看看。”二人上特不一会儿就来到城东,怎么卢大发的草房不见了,刘墉下特走不远碰见个老头,刘墉一抱拳说:“这位乡亲我打听一下,卢大发家搬哪儿去了?”这老头,四面望了一下才说:“这位大兄弟你不知道吧,李老万听说卢大发得他两病骡子后,下了两怪兽,发了大财,他串通他小舅子,把卢大发告了,卢大发吓得连夜跑了,不知去向。”刘墉说:“谢谢老哥。”回到乾隆身边说了一遍,乾隆说:“那可怎么办?”刘墉答道:“咱俩这神特一定能知道它们主人住的地方。”

于是他二人一拍特的脑门“快去找你的主人”。当时二特撒开四蹄,不到半个时辰,来到一个山脚下停下来了,二人抬头一看,是一个倚山半穴居的山洞子,二人叩门,卢大发闻声出来了,他出来一把抱住乾隆大哭起来,刘墉道:“大发哥别哭。”大发说:“李老万太坏了,他听说我得了神驹,他派他的小舅子,弄一个抱路倒(冻死的人)半夜送到我的门前,硬说我给害死的,县衙把我抓去夜审,我没有害人我能招吗?他们要用大刑,我万般无奈拿出你赠的那把扇子,县官看后当时就给我跪下了,说他有眼不识泰山,后来他派四人小轿把我送回家。但我怕李老万再找我麻烦,所以连夜逃到这地方。”乾隆听后大笑起来说:“大发呀,你是个愚公呀,往后你住的地方就叫愚公,你门前这座山就叫贵山,谁再欺负你,你就拿出我给你那把扇子，但要记住这把扇子万不可给别人。”大发止住泪水说：“你二人坐一会儿，我去给你俩下瓜去，门前是我自己刨的三亩地，我种的瓜可甜了。”乾隆、刘墉二人吃完瓜，就在卢大发的草铺躺下了，乾隆说：“这草舍茅庐、青山流水真迷人哪！”二人在卢家住了两天，卢大发每天都亲自去喂那两匹神特，那两特见他也特别亲近，用嘴叼住他衣服眼睛直淌眼泪，大发说：“孩子别哭，你俩享福啦，比待在我这强多了。但你们这一走说不上什么年月再见到啦……”大发和神特唠嗑被刘墉听见了，回去告诉了乾隆，乾隆道：“这大发真是个好人，但也太愚了，那我就封你愚公贵山吧。”刘墉道：“卢大发还不谢恩？”卢大发灵机一动就跪下了说：“谢万老板。”刘墉道：“什么万老板，实话告诉你，他就是当今万岁爷。从此以后（三姓）贵山也叫愚公屯了，这就是你家啦。那把扇子就是圣旨，你家世代保存不可遗失。”卢大发说：“草民遵旨，这扇子的诗我还会背呢，三姓布衣叟，与我是挚友，相交淡如水，两情浓似酒，今赠扇一把，亦赠诗一首，凭此天下走，官民须拱手。”

讲述：刘忠生
整理：吴晓东

93. 乾隆吃鸡蛋

乾隆和刘墉在三姓游玩，有一次在一农家借宿。第二天早上，农家熬了粥，煮了几个鸡蛋招待君臣二人。吃着吃着，乾隆问刘墉：“爱卿在家平时早餐都吃什么？”刘墉回答：“也是熬粥、煮鸡蛋和小咸菜。”乾隆又问：“那得煮多少鸡蛋？”刘墉说：“臣一家十几口人，怎么也得煮二三十个鸡蛋。”乾隆冷笑一声说：“刘爱卿还真有钱，一个鸡蛋需要十两银子，我每餐只吃一个。”刘墉明白这是内务府的人捣鬼，内务府负责采购的人都是皇亲国戚，刘墉不敢明说，只好敷衍说：“皇上每天吃的是特殊饲料喂养鸡下的蛋，因此甚是值钱，宫外卖的鸡蛋都是普通鸡下的蛋，不过几文钱一个，二者根本不能比较。”乾隆听见高兴地说：“等回京后，我送你几个御鸡蛋尝尝。”

讲述：刘忠生
整理：吴晓东

94. 乾隆戏村姑

乾隆和刘墉铲除草龙后，放下心来，决定好好游历一番三姓山水，探寻祖地的神奇。这天君臣二人过了江奔四块石而来，一边走一边观赏沿途的风景，二人久居朝廷，被充满诗情画意的山乡奇景深深吸引，不知不觉日已偏西，乾隆腹中感到饥饿，与刘墉商量着寻找地方食宿。赶巧，不远处的山脚下有一户人家，乾隆二人忙来到草屋前，轻轻敲了敲门，门开以后一位年轻漂亮的村妇走了出来，风流天子乾隆一抱拳说：“见过大嫂，我二人乃外地客商，错过宿地，前来讨些吃食，还望大嫂成全。”村妇客气地把乾隆二人让进屋说：“我丈夫也常年在外倒腾皮货,深知出行不易,二位如不嫌寒舍简陋,就在此歇息一晚,只是我一个妇道人家,粗茶淡饭,无好伙食还请二位多多包涵。”乾隆见村妇谈吐大方,待客有礼,就开了一句玩笑说:“有劳大嫂了,我二人只需米饭二碗,九菜十桌。”村妇听了微微一笑转身进了厨房,工夫不大,就听外边喊:“请二位用餐!”乾隆和刘墉走到房后一看,一张石头磨成的桌子,桌子上摆着二碗米饭和一盘炒韭菜,乾隆爷大为惊讶,好一个聪明的村妇,巧妙地回应了乾隆的九(韭)菜十(石)桌,二人高高兴兴地吃完了晚饭,并称赞三姓不愧是龙应之地,真是人杰地灵。

讲述:刘忠生

整理:吴晓东

95. 打乾隆

乾隆和刘墉铲除草龙后,乾隆龙心大悦,和刘墉一商量,左右无事,便决定暂时不回京,好好欣赏一番三姓的大好山水和秀美风光。这一天,君臣二人溜溜达达来到土城子,见天色已晚,就找了一家客栈住下。晚饭二人点了一桌子山珍野味,吃惯了宫廷御宴的乾隆,冷不丁尝到新鲜口味,顿时胃口大开,和刘墉频频举杯开怀畅饮。酒足饭饱后,乾隆回客房睡下,刘墉担心皇上安危,给乾隆泡上茶端到床前桌上,然后合身躺下想着心事,就在刘墉似睡非睡时,就听外面有拳打脚踢之声,刘墉翻身下床,蹑手蹑脚地扒着窗缝往外看。只见月光下,一个十七八的小伙子正在苦练功夫。刘墉看了一会儿,见小伙身手矫健、相貌堂堂,就起了结交之心,便开门来到屋外。冲小伙抱拳说:“壮士练了半天了,甚是辛苦,不如歇息一下,我泡壶茶,咱二人谈谈心如何?”小伙擦了一把汗水,见刘墉慈眉善目的一副忠厚相,不像坏人,就与刘墉坐在院子里石桌前聊了起来。原来小伙叫石柱,幼年父母双亡,哥哥游手好闲不务正业,整天和一帮狐朋狗友喝酒耍钱,也不管石柱死活,几年光景,败光了家产,然后不知所踪,石柱只好东吃一口西吃一口,吃百家饭度日,后来一个云游道士见石柱可怜,就把石柱领走传授武艺。一晃石柱长大,老道士一身本领他也学得差不多了,师父就让石柱自己下山闯荡,恰巧在客店碰上了刘墉二人。

刘墉听完起了爱才之心,就说:“我和掌柜的乃外地客商,掌柜的非常爱才,喜欢结交高手,你也无处可去,不如跟在我们身旁,也能保你衣食无忧。”石柱一听,寻思了一会儿说:“我空有一身本领无处施展,既然老先生不嫌弃我是一介武夫,我定保你和掌柜的周全。只是不知掌柜的能否同意?”刘墉笑着说:“万掌柜是个武痴,不如你二人明天比试一番,让掌柜的过过眼再定夺。”第二天一早,刘墉伺候乾隆吃完早饭,对乾隆说:“掌柜的,我昨天发现一个小伙,身手高强,又无去处,不如招在身边加以培养,日后定是一员猛将。”乾隆一听十分高兴,吩咐刘墉把石柱领过来,乾隆与石柱交谈一番后,决定试一试石柱的身手,二人来到院外,摆开架式,斗了起来。石柱有心卖弄,瞧到一处破绽,一掌将乾隆打倒在地,刘墉连忙上前搀起乾隆,乾隆拍了拍灰哈哈大笑,暗喜收了一员猛将。回京后,石柱才知道,万掌柜原来是当今圣上,吓出了一身冷汗,可乾隆不但不计较,反而将石柱封了官,从此出宫就将他带在身边,此事传开后,人们纷纷称赞乾隆真是明君。

讲述:刘忠生
整理:吴晓东

96. 乾隆除恶霸

乾隆收了石柱之后,与刘墉三人继续游山玩水欣赏风景,一路上乾隆不断称赞三姓风光秀丽、民风淳朴,一旁的石柱此时还不知道乾隆的真实身份,忍不住说:"掌柜的有所不知,我从小生活在土城子,对这一带非常熟悉,此地临山靠水,地方恶霸横行欺压百姓,我哥哥就是被他们带坏的。"乾隆听完与刘墉对视一眼,心中闷闷不乐。

第二天,一个算卦先生领着两个打杂的随从,在土城子附近的一个村子里走街串巷地吆喝着:"预测吉凶!铁口神算,算对给钱,算错赔钱。"这时从村东头摇摇晃晃地走过来两个壮汉,来到算卦的跟前说:"算卦的,你说的是不是真的,算错了赔钱?"算卦的好悬没让这俩人满身的酒气熏倒了,扇了扇鼻子说:"当然是真的!算错了赔钱,不知二位尊姓大名?可是要算卦?"其中一个说:"我叫张三,他叫张四,你就给我们算一算,我们今天喝了几杯酒?要干啥去?要是算不准,我兄弟俩可对你不客气。"说完二人哈哈大笑,算卦的掐指一算说:"你二人喝了两杯断头酒,之后要赶赴黄泉,路不知对否?"张三、张四听完,上前一把抓住算卦的脖领子,恶狠狠地说:"该死的家伙,敢咒我们哥俩,今天要不赔我们二十两银子,跟你没完。"这时一旁的年轻随从,上来三拳两脚将张三、张四打倒在地,哥俩一见年轻人身手高强,吓得爬起来就跑,年轻随从对算卦的说:"掌柜的,我说此地不太平吧,咱们还是走吧。"原来是乾隆扮成算卦的来暗访。见此,乾隆暗想:回三姓必让副都统彻查,还祖地平安。

乾隆三人刚出村,就见一个年轻女子坐在村口井边哭泣,哭着哭着就要跳井,石柱连忙上前拽住年轻女子,扶到路边,乾隆上前问道:"你年纪轻轻为何要自寻短见?"女子边哭边说自己的遭遇,原来女子叫葛玉,母亲早亡,父亲靠打猎为生把她养大。前几天父亲在山上打一头黑熊,爷俩高兴坏了,扒了皮卸了肉,准备卖熊掌换点零花钱,谁知本村恶霸张三、张四哥俩闻讯赶来,硬说这头黑熊是他家养的。非要父亲赔给他们黑熊,葛玉据理力争,可张三哥俩领着几个人,不由分说将葛玉爹打成重伤,抢走了黑熊。葛玉爹重伤无钱医治,几天后身亡,葛玉在乡亲的帮助下刚将爹爹下葬完,张三就大摇大摆上门,提出要娶葛玉,葛玉誓死不从,张三动手就要抢葛玉,多亏邻居前来,将张三赶走。张三不死心,天天来葛玉家骚扰,逼得葛玉实在没办了,这才要跳井自尽。乾隆大怒,吩咐刘墉拿出纸笔,写了诉状,并盖上了自己的印章,让葛玉收好,并派石柱保护葛玉,让他俩骑马去三姓城告状。

石柱和葛玉骑着马还没到三姓,天就黑了,石柱见葛玉赶了一天路水米未进,正好不远处有一个小村子,就和葛玉找了一户人家想歇息一晚,第二天再走。借宿的人家只有一个老太太,给二人简单地做了点饭菜,就转身出去了。一会儿工夫端来两杯茶,石柱口渴端起茶来一饮而尽，葛玉帮着老太太收拾碗筷，等收拾完了，葛玉端起茶刚要喝，发现石柱趴在桌子上一动不动，见状上前问："石柱哥你累了吗？快上床歇息。"可石柱依然没反应，一旁的老太太哈哈大笑："别喊了，他中了我的蒙汗药，好一个水灵的姑娘，我儿子总算有媳妇了。"葛玉云里雾里地问："老人家这是为何？"老太太高兴兴地说："我有一个儿子今年二十岁了，还没娶妻，老天开眼，将你赐给我家，正好给我当儿媳妇，至于他……"一指石柱，"杀了算了。"葛玉脑袋"嗡"的一声，心想，刚出虎穴又进狼窝，一看老太太瘦小枯干，于是一狠心，干脆拿起茶杯向老太太砸去，老太太一边躲闪一边喊："二狗！二狗快来帮妈。"这时从外边进来一个智障者，冲葛玉直笑，嘴里说："媳妇好看。"说着上前抱住葛玉，葛玉拼命挣扎，老太太也帮助儿子抓葛玉，三人打成一团。石柱没防备着了道，可是因武功高强，一会儿工夫就过了药劲，醒过来一看，怒从心头起，抽出匕首。一下就将老太太的儿子扎个透心凉，老太太一见，一边往外跑一边喊："杀人了！杀人了！"村子里的人闻声赶来，将石柱和葛玉堵在屋里。老太太跟乡亲们哭诉二人杀了儿子，不明真相的乡亲们将二人捆起来，连夜送往三姓城衙门。第二天一早，副督统升堂，老太太上堂告状，石柱二人开口分辩，可乡亲们都帮老太太作证，副督统就下令，将石柱、葛玉每人先打二十大棍。正在这时，葛玉想起还有状纸，就掏出状纸呈给副都统，说："我本是来告状，怎会无辜杀人，望大人明察。"副都统接过衙役递来的状纸一看，吓得面色如土，连忙亲自解开二人的绑绳，并扶了起来，连声告罪。因为这状纸上盖有乾隆的印章，副都统岂能不认识。查明真相后，将老太太收押大牢等候发落，副都统派人迎回乾隆、刘墉，乾隆下旨将张三、张四问斩。

讲述：刘忠生

整理：吴晓东

97. 乾隆在三姓

乾隆见街上五行八作吆喝声不断，人来人往非常热闹，一派繁荣景象。乾隆龙心大悦，对刘墉说："祖地越是兴旺，大清江山越是牢固，今见三姓百姓安居乐业，朕甚是欣慰。"刘墉说："圣上英明，如今四海升平，全是仰您的龙威。"这个马屁拍得乾隆哈哈大笑，与刘墉继续沿街观景，体察三姓民情，

走着走着来到一家临街的青砖房门口，乾隆看了门两旁的对联，顿时脸色一沉，怒气上升，原来此户上联写：惊天动地户，下联写：数一数二家，横批：先斩后奏。刘墉看完也说："这是何等人家竟敢如此狂妄，比肩圣上不说，还敢先斩后奏。定要问个明白，治他个大不敬之罪。"乾隆点头说："祖地不比别处，先找这家人问问。"二人推门进院，刘墉喊："有人吗？"这时一个五十多岁的老头儿走了出来，见来了两个陌生人，上前抱拳说："二位何事？"乾隆说："我二人见门口的对联甚是不凡，我们不明其义，请你解释一下。"老头儿笑着说："原来是问对联的事，衙门也来问过，你二位随我进屋，听我给你们说说。"进到屋里，老头儿给二人倒了茶水说："我老汉是个更夫，打了一辈子更，每天夜深人静，梆子一敲，整条街都听得清清楚楚，你说这是不是惊天动地户？"乾隆点点说："这也说得过去，可是'数一数二

家’是不是有点大，难道要跟当今皇上分个高下？”老头儿连连摆手：“可不是这意思，你听我说，我二弟在粮栈卖粮，每天卖粮都是一斗两斗的数，这是不是数一数二家？”刘墉说：“也合乎情理，你这横批，先斩后奏，可是有点目无国法的意思。”老头儿连忙说：“我三弟是个厨子，整日杀鱼宰鹅，做好后端上去都要报菜名，这不是先斩后奏吗！”乾隆、刘墉听完对视一眼哈哈大笑，乾隆说：“太有意思了。”二人告辞而去。

从老头儿家出来，乾隆边走边看，特别留意每家每户门口贴的对联，过一会儿在一个小草房前停了下来，这家门口的对联上联写：家有万金不算富，下联写：儿子五个是绝户，横批：孤家寡人。乾隆心想，家有万金还不满足，那得有多少钱才算富，真是人心不足蛇吞象，特别是横批，称孤家寡人乃是谋逆之罪，一定要查个清楚，问个明白。刘墉见乾隆脸色不对，二话不说就上前敲门。“谁呀？”门一开出来一个满脸皱纹的老太太，乾隆也不废话，指着门口对联问：“你家万金难道还不算富？要多少你才满足？”老太太说：“唉！别提了，也不知做啥孽了，一个女儿叫‘千金’，我一口气生了十个女儿，不就是‘万金’吗！小时候干吃不干活，长大了结婚还要陪送嫁妆，十个女儿都嫁出去了，我家也赔个底朝天，因此我说家有万金不算富。”乾隆说：“不对，你还有五个儿子呢？”老太太叹了口气说：“老话讲，一个女婿半个儿，我这十个女婿就是五个儿子，可生的孩子没一个随女儿的姓，于是我家是后继无人了，不是绝户是啥。”乾隆、刘墉差点没笑出声，刘墉强忍住说：“这横批称孤家寡人可是犯死罪要砍头的呀！”老太太说：“我老头为了养活十个女儿并给她们攒嫁妆，不停劳作，生病了也舍不得抓药，活活病死了，就剩下我一个孤老婆子，难道不是孤家寡人？”乾隆一寻思，也是这个情况，于是就和刘墉接着往前走。

走了一会，乾隆感觉口渴，就和刘墉来一户人家讨水喝，主人家热情地招待二人喝完水，就请二人坐下歇歇脚，乾隆问男主人：“别人家门口都贴对联，你家门口为何没贴？”男主人说：“你有所不知，我媳妇是接生婆，我是个劁猪的，这对联实在不知咋写。”乾隆说：“好说，我为你写对联，就当报茶水之谊。”男主人高兴地找来纸笔，乾隆略一思索，提笔上联写道：双手劈开生死路，下联：一刀割掉是非根，横批：出生入死。

讲述：刘忠生

整理：吴晓东

98. 乾隆破案

乾隆、刘墉秘访三姓体察民情，有一天二人来到城东八九十里的一个镇上，借宿在一户农家，这家只有一个老太太，吃完晚饭，乾隆见老太太两眼通红、无精打采，就问：“老嫂子，看你满腹心事，我二人是外地客商颇有积蓄，你有什么困难说出来，能帮你的我们一定帮你。”老太太一听这话放声大哭，乾隆和刘墉连忙安慰，哭了老半天，老太太才止住哭声诉说缘由。

原来老太太姓刘，夫家姓王，有一个十八岁的女儿叫翠儿，几个月前老伴病重，家里的钱都折腾光了也不见好，娘俩心急如焚、束手无策，正赶上镇里的财主汤虎因老婆不生育张罗着纳一房小妾，翠儿一咬牙主动上门找汤虎要了五十两银子，自己给汤虎当二房。老王头得知如花似玉的女儿为了给自己治病给人当二房，气得当天就吐血身亡，翠儿娘俩傻眼了，可木已成舟，在汤虎的张罗下将老王头下葬。日子原本过得风平浪静，可这一天汤虎在镇子里逛，迎面走过来一个五十多岁的道士，神神秘秘对汤虎说："施主印堂发黑，邪气缠身，想来是有不祥之物纠缠于你。"汤虎本是迷信之人，相信鬼神之说，忙将道士请回家中破一破，回到家大老婆张氏端茶倒水地忙活一通，道士手拿罗盘在屋里院外查看一番问汤虎："你家是否有外人来过？"汤虎说："没有，就我们一家人住这没有外人。"道士皱着眉说："不可能，就在最近你家中有一种鬼气吸你元阳，时间长了你命休矣。"汤虎摇头说没有，一旁的张氏说："老爷！莫不是刚进门的翠儿是……"汤虎骂张氏："翠儿怎么能是鬼呢？"道士说："是不是鬼，贫道一试便知，你二人领我去她的房间自有分晓。"汤虎、张氏领着道士来到翠儿的房间，正好翠儿去看母亲没在家。道士进屋，左看看右看看，来到炕前，抽出桃木剑，挑开叠好的被，只见一只被啃得血淋淋的死鸭子散发着浓浓的血腥味，吓得汤虎好悬没趴地下，哆嗦着嘴连声说："这……这……"道士说："看来你的二夫人真是鬼，可怜这只鸭子，成了她进补之物，只怕时间长了，你也难逃她的掌心。"汤虎听完，拽着道士胳膊说："道长啊！快帮我想想办法吧，求你千万救我一命，多少钱我都不在乎。"道士点点头："救人一命胜造七级浮屠，贫道与施主有缘，这样等天黑以后……"道士在汤虎耳朵一番言语，汤虎连忙称好。天刚擦黑，翠儿坐在炕上缝补衣物，忽然闯进一个道士，不由分说将一盆血从头浇下，然后上前在翠儿脖子后拍了一掌，翠儿顿时昏了过去。道士又念了几句咒语，在屋子里贴了几张符，这才转身出来，对等候的汤虎说："多亏我法力深厚，费了好一番手脚才将厉鬼制服。"汤虎眉开眼笑地递过一小袋银子说："多谢道长搭救之恩，略备薄酒素菜表示感谢，这鬼以后不会再来了吧？"道长说："贫道已经将她打得魂飞魄散，她已经化为一摊血了，以后你们可以高枕无忧了。"第二天，汤虎来找刘氏索要五十两银子，并称王家骗了他，刘氏惊恐万状，好好的女儿如何变成了鬼，要找女儿问个究竟，可汤虎告诉她翠儿已经化为血水了。刘氏不干，拽着汤虎衣襟让他赔女儿，汤虎见她疯疯癫癫只好离去。乾隆、刘墉听完刘氏遭遇，心想，这世上哪有鬼神，这事定有隐情，一定要查个分晓，帮助这可怜的一家。

第二天，乾隆换了一身行头，扮成算命先生，和刘墉俩人走街串巷地吆喝，寻找蛛丝马迹，二人明察暗访了好些时日，也无所收获。这一天他们来到个山脚下的小村子，村子不大，只有十几户人家。二人又累又渴，就进了一户人家找水喝。一个老头儿不冷不热地舀了一瓢凉水说："喝吧，喝完快点走。"乾隆纳闷，给刘墉递了一个眼色，刘墉对老头儿说："我二人走了一天了腹中饥饿，不知老丈能否让我们填饱肚子？你放心，伙食钱我们给。"老头儿寻思半天说："也就是我心肠软，这屯子不会有第二家搭理你们。"说完把二人让进屋里。吃完老头儿煮的面条，乾隆和老头儿聊起了家常。一会儿工夫老头儿就打开了话匣子，刘墉一看火候差不多了就问："不知老丈说这屯子人不搭理我们是何意？难道没钱算卦？"老头儿说："你二人是路过我们屯，不知道我们屯的情况，我们屯有个人，不务正业穷得叮当响，半年前突然吃穿不愁了，家里还盖了新房，全村人都十分好奇，就打听原因，后来他老婆跟别人炫耀她丈夫扮成道士，四处给人算卦看阴阳宅，靠连蒙带唬挣了不少昧心钱，因此我们屯对算卦的都反感。”乾隆听完心一动，问老头儿：“这个人叫啥名？多大年纪？没准我们还认识呢。”老头儿说：“他叫葛成，五十二三岁吧。”乾隆从怀里掏出一锭银子递给老头儿说：“我们走了一天，腿脚酸疼，你好人做到底，让我们在你家歇息一晚，请老丈收下钱给我们备点酒菜如何？”老头儿眉开眼笑地说：“客气啥，出门在外谁都不容易，一会儿我儿子回来让他杀只鸡款待二位。”说完伸手接过银子，过了半夜，乾隆见老头儿一家人都睡熟了，就悄悄起身，来到事先打听好的村东头第一间房葛成家打探消息。屯子人睡得早，家家都进入了梦乡，可葛成家两口子还没睡，俩人躺被窝里聊天，乾隆也不确定这葛成是不是那个道士，就悄声地趴在窗户上偷听俩人唠嗑，开始唠的都是家长里短，乾隆听得十分无趣，心想难道不是那个道士，忽然听他老婆埋怨：“你说你把一个大姑娘弄家里多少天了，我还得提心吊胆地伺候着，生怕露了马脚，啥时候能变成钱哪？”葛成说：“东家本意是直接弄死，我灵机一动不如卖了弄俩钱花，要是卖到城里的妓院吧，路途遥远，一个大活人整不好容易惹麻烦，我这几天出门联系上了不远处山上的土匪，卖给他们当压寨夫人。放心吧，这几天他们就来接人。”乾隆听到这悄悄出了院。第二天，乾隆让老头儿的儿子在屯子里买了一匹马让刘墉骑上，赶回三姓城搬兵，这一去一回足足跑了两三天，兵马一到，乾隆指挥着士兵把葛成家围住，然后领兵搜查，在地窖里找到一个年轻姑娘，一问叫翠儿，乾隆高兴地带着翠儿，押着葛成两口子回到三姓城。一审才知道，原来汤虎的老婆张氏见汤虎宠爱翠儿心生嫉妒，就勾结葛成设计捉鬼想把翠儿害死。可葛成临时起意财迷心窍，偷偷把翠儿藏好，趁夜运回家打算卖俩钱花，乾隆命人把汤虎的老婆张氏抓来，与葛成夫妇一同关入大牢等待判决，乾隆给翠儿几十两银子，让她与母亲高高兴兴地回家了。

讲述：刘帅晨
整理：吴晓东

99. 乾隆奇招判案

这一天，乾隆和刘墉游玩归来，二人商量，反正也没啥事，就去副都统府找富尔松阿问些事情，正巧富尔松阿不在，一问是去衙门办案了，二人溜溜达达来到衙门，只见衙门前围了许多百姓，乾隆挤进人群观看审案。大堂上跪着三个人，五十多岁的妇女是原告，被告是一个二十多岁的年轻女子和一个五十多岁的男子，原告妇女哭诉，年轻女子是她儿媳，儿子刚死，她儿媳就不守妇道与这个五十多岁的男子通奸，被婆婆当场捉奸。副都统富尔松阿一拍案问男子：“你是否和她通奸？”一指年轻儿媳，男子点头承认：“确有此事，是她勾引我的，还和我说要把她婆婆赶出家门，我们俩独霸家产。大人明察。”儿媳一旁哭着说：“你胡说！你胡说！”富尔松阿吩咐衙役：“儿媳与人通奸罪名成立，儿媳为主犯，须从重处理，先把二犯收监等待判决。”乾隆在一旁观看，见儿媳端庄稳重，一脸忠厚相，而婆婆半老徐娘一身轻浮相，这中间必有隐情，乾隆见衙役要上前动手，高喊一声：“且慢，此事蹊跷，我来断这个案子。”富尔松阿一看是乾隆，慌忙起身相迎，刚要叫万岁乾隆摆手制止，富尔松阿连忙改口说：“这位万大人乃是京城的官员，今天就让他来主审。”乾隆坐下质后问婆婆：“你说他和你儿媳通奸,你恨不恨他?"婆婆拿腔作调地说:"我当然恨他了,恨不得吃他的肉,喝他血。"乾隆说:"好,既然你如此恨他",他一指旁边的兵器架,"我给你个出气的机会,你挑一样武器,想怎么打他就怎么打他,你放心,打坏了也不追究你的责任。"婆婆闻听一愣:"这……是不是真要打?"问站在一旁的富尔松阿,富尔松阿哪敢说个不字,点头说:"万大人说让你打,你可劲打,打死也没事。"婆婆慢腾腾地起来,来到兵器架,拿起刀比画一下又放回去,拿起枪摇摇头又放回去,最后拿了一根棍棒,照着男人屁股上打了几下就停手了,假装气喘吁吁的样子,乾隆也不理她,对儿媳妇说:"你说你没和他通奸,那他污蔑你清白,你恨不恨他?"儿媳咬牙切齿地说:"我恨不得将他千刀万剐。"乾隆说:"那你也挑一样武器,打他一顿解恨。"儿媳妇站起身来来到兵器架前一把抽出鬼头刀,杀气腾腾奔男子而来,儿媳刚一举刀,男子吓得魂飞魄散,连声喊:"妈呀!救命呀!我招我全招!可千万别让她砍我。"乾隆一摆手,衙役上前从儿媳手里接过刀,然后一旁站定,乾隆呵呵一笑:"大胆狂徒还不从实招来!"男人说:"我跟她婆婆本就是相好,她儿子死了,她想独霸家产,就和我定下一计,我闯入儿媳妇房中纠缠她,婆婆刚好进屋,诬赖我二人有奸情,然后将她送入大牢。我全招了,望老爷开恩从轻处罚。"乾隆命人将婆婆和男人收监,将家产全部判给儿媳,围观的百姓都拍手称快。

讲述:刘忠生

整理:刘玉成

100. 乾隆考刘墉

一天,乾隆和刘墉在三姓闲逛,正好这天赶大集,街上人来人往热闹非凡,二人也随人流边走边看些热闹,乾隆见不少老头儿、老太太都挎着篮子,就问刘墉:"你说他们挎着篮子要去干吗?"刘墉说:"今天是赶集的日子,当然是去买东西。"乾隆接着问:"那为什么说买东西而不是买南北呢?"刘墉笑着说:"掌柜的,东属木、西属金,而南属火、北属水,篮子能装了木和金,却装不下水和火,所以说只能买东西而不能买南北。"乾隆暗暗称赞刘墉知识渊博,有心再考考他,走了一会儿,乾隆问刘墉:"你说这天下共有多少人?"刘墉略一思索:"两个人。"乾隆纳闷地问:"此话怎讲?"刘墉说:"天下之大分为男、女,所以我说有两个人。"乾隆见难不住刘墉,心想,我出一个绝点的题,看你如何回答,就问:"那你说每天生多少人?死多少人?"刘墉说:"生一个,死十二个。"乾隆哈哈大笑:"普天之下,何其之大,难道就生一个,死十二个?"刘墉说:"掌柜的,每年都有十二生肖值守,比如说今年是牛年,出生的人都属牛,而十二生肖每天都有死亡的,因此说出生一人,死十二人。"乾隆说:"刘爱卿真有才子也。"

讲述:刘忠生

整理:吴晓东

101. 乾隆游江遇险

一日，乾隆心血来潮对刘墉说："三姓的景色咱们都看过了，不如咱雇条船，欣赏一下沿岸的风光，你看如何？"刘墉说："好，我这就去雇船。"工夫不大，二人登上了一条半新的轻舟，沿着松花江顺势而下，欣赏两岸秀美风光，二人摆上卤菜，喝起小酒，乾隆不由得心情大好，小船走了半天，到了一个码头，船老板放慢了速度，对乾隆说："爷！前面是一个镇子，有人在此设卡收税，只要是过往船只，不论大小一律缴银。"乾隆正在兴头上满不在乎地说："我看他今天敢不敢收我的钱，你只管过。"船老板害怕地说："听说要是不交钱，不但没收船，还要打人呢。"乾隆听了打保票说："别怕，有我在，没收船我赔你一条新船。"转眼间到了码头，船老板仗着胆子，摇着橹继续前进，就听岸边有人喊："小船，赶快靠岸交钱！"乾隆吩咐船老板："别听他喊，咱们走咱们的。"见小船没有靠岸的意思，岸上的人一摆手，一条拦江索横在了小船前面，一条铁链甩过来。前端的铁钩正好钩在船帮上，岸上的人拽着铁链将小船拖向岸边，船一停稳，几个光着膀子的大汉跳上船，把三人连拉带扯地拽上岸。岸边的树下坐着一个年轻人，扇着扇子说："好大的胆子，竟敢不交钱就要过卡，我也不难为你们，只要你们交了三倍的税钱，我今天就放了你们。"乾隆冷笑着问："此处设关卡收税，可有官府的允许？"年轻人站起来走到乾隆跟前说："哟，此地我说了就算。谁敢不交钱，我打折他的狗腿。"说完吩咐手下将三人绑在岸边树上就要打，刘墉一看，心想好汉不吃眼前亏便说："我们今天没带银两，不如放我回去明天再补交上，你看行不行。"年轻人哈哈大笑："你还跟爷玩心眼，你当爷是三岁小孩，放了你们我上哪儿找你们去。这样吧，你们三个谁回去取银两，然后来赎人？"乾隆对船老板说："我二人也不会摇船，你且辛苦一趟，回三姓找……你拿着我的扇子给他，他必定拿银子来救我们。"

船老板心急如焚分摇着船，小船逆水飞奔三姓，船老板累得一身大汗终于回到了三姓，靠了岸，他撒腿就往都统府跑，下人将他带到富尔松阿的书房，船老板跪下说："大人快快救救你的朋友万老板吧！他让人绑树上了。时间长了不定出什么事呢！"吓得富尔松阿脸色煞白，点齐兵马登上官船，由船老板带路前往救驾，官船一到关卡，官兵赶紧上岸将年轻人一伙包围，富尔松阿哆哆嗦嗦地为乾隆、刘墉解绳松绑，然后跪倒在地，叩头说："惊扰圣体，下官该死。"乾隆派人查明，年轻人叫程四，乃是镇子一霸，仗着姨夫是八旗军中火器营的一个小头目，就拿几把淘汰的破枪，拉拢一帮地痞无赖在当地为非作歹设卡收税，乾隆命人将程四当场处斩，其他人流放的流放，收监的收监，从此江面恢复了畅通，乾隆为三姓的老百姓又做了一件大好事。

讲述：刘忠生

整理：吴晓东

102. 乾隆救急

三姓城边有一户靠种地为生的人家，男的叫王永发、妻子李氏，夫妻俩靠天吃饭，日子过得紧紧巴巴，连着两年，老天仿佛在跟王永发作对，王永发种西瓜一连下两个月的涝套雨，西瓜全是水瓤，一点甜味也没有，满地的西瓜一个也没卖出去，赔个底朝天。第二年，王永发求爷爷告奶奶借钱租了二垧水田种水稻，可整个夏天一滴雨也没下，稻田旱得直冒烟，到秋天颗粒无收，这时候债主纷纷登门讨债，家里能搬的都被搬走抵债了，只剩夫妻二人抱头痛哭。王永发让妻子在家，自己出来散散心，坐在松花江边看着蓝天，越想越是心灰意冷，心想干脆跳江死了得了，一了百了，想到这王永发一步一步朝江里走去，眼看着江水就要没脖了，走过了一个算卦先生朝他喊："哎！慢着，有何为难之事，本人都能替你化解，不信你试试看。"谁不惜命，王永发听了算卦先生的话，燃起了一丝希望，将信将疑地上了岸，向算卦先生倒起了苦水，算卦先生听完原委后对他说："我看你的相貌是个有福之人，日后必有万贯家财，你明天早上往西走，一炷香的时间你就停下，那里是你的福地，信不信明天见分晓。"

第二天一大早，王永发拿了一根香小心翼翼地点燃，然后向西而来，一炷香的工夫转眼就到了，王永发站在街上蒙了，自己叨咕："我真笨，咋没问问先生我的福地有何标志，这我上哪儿找去。"急得他在街上团团转，一直到中午王永发也没找到福地，连着急带上火眼前直发黑，只好进了一家新开的粮店里找口水喝，喝完水，王永发精神了点，和卖粮的老头儿聊了起来，老头了解他的遭遇后，对他说："你就是时运不济，不如你挑些粮食零卖，送货上门，这样也能换点零花钱。"王永发叹口气说："大叔你有所不知，我现在蹦子皆无，求借无门，哪有钱买你的粮食。"老头儿说："咱爷俩有缘，我看你不是言而无信之人，这样我赊给你粮食，你先挑着卖，一个月结一次账如何？"王永发一听还有这好事，给老头儿作揖鞠躬好一通感谢，挑着粮食走了。王永发心想，家里已经断粮了，还是先给家里送点，哪怕熬点粥呢，也不能让妻子饿坏了。回到家王永发跟妻子说明情况，李氏说："咱就熬点粥吧。不然你也挑不动粮食。"说完拿破碗舀了一点儿粮食，忽然有一两多碎银在粮食里露了出来，两口子拿起银子高兴地看了半天，李氏说："这备不住是粮店老板放里面忘了，你快给人家送去。"王永发一听说："谁把银子放粮食里？莫不是应了算卦先生的话，这是老天赐给我的。"第二天一早，王永发来到粮店，老头儿帮忙装了两担粮食。王永发挑回家，在里面又翻出一块碎银，第三天又翻一块，王永发干脆雇了几辆车，把老头儿店里的粮食全拉部回家里，夫妻俩忙乎半天，连一块银子也没找着，李氏乐观地说："看来老天帮助我们也有限，还得靠我们自己，咱们赶紧卖粮食去吧，千万不能再欠粮钱了。"王永发和妻子推着车挑着担，沿街叫卖，由于两口子粮食质量好，秤又足，所以生意十分火爆，积压的粮几天就卖光了，赚的钱把欠账都还清了。

王永发拿着钱来粮店还钱，一进屋就见算卦先生和卖粮老头聊天，他上前一步拽住算卦先生的手说："先生你算得太准了，我不但还清了欠账，还略有富余，说起来还得感谢老板，赊给我粮，二位都是大好人。"算卦先生和卖粮老头儿哈哈大笑，老头儿说："这都是你福泽深厚，我二人才帮助你，你种地不行，但是做生意是块好料，过几天我们就要离开三姓了，这个粮店就交给你经营，你要记住公道自在人心，千万不要缺斤短两、以次充好，不然得到的也会失去。”乾隆、刘墉回京后，秘访之事在三姓逐渐传开，老百姓听说这个粮店曾经是皇上开的，就都来这买粮，连官府也来照顾生意，王永发牢记刘墉的嘱托，诚信经营，买卖越来越兴旺，终成一代富商。

讲述：刘忠生

整理：吴晓东

103. 乾隆写寿联

有一天，乾隆和刘墉秘访三姓时，走到演武基附近的一个小屯子，见全屯人都喜气洋洋地向村东头走去，乾隆好奇地拉住一个老头儿询问，老头儿乐呵呵地说：“你有所不知，今天是我们屯最长寿的老人过生日，全屯都会给老人拜寿沾沾喜气。”乾隆好奇地问：“那他今年高寿了？”老头儿自豪地说：“他今年 141 岁了。”

乾隆和刘墉商量，人过七十古来稀，头一次听说还有人活到 141 岁，咱们也去凑凑热闹。刘墉说：“皇上治国有方，今四海升平，祖地出现如此高寿者乃我大清的吉兆，咱们不妨去看看。”

君臣二人随人来到长寿老者的家，只见门前空地摆满了桌椅，坐满了全屯的男女老少，大伙兴高采烈地说着吉祥话十分热闹，乾隆二人也找个空位坐下，不一会儿寿宴开始，长寿老者在儿孙的搀扶下，笑容满面地跟大伙打招呼，人们将礼物也纷纷献上，刘墉悄悄地对乾隆说：“咱是不是也送点啥？”乾隆说：“你给老者送点银子吧！”刘墉说：“太俗了，掌柜的，要送咱们就送点出彩的。”乾隆脑瓜子一转，站起身大声说：“乡亲们静一静，”现场顿时鸦雀无声，都看着乾隆，乾隆冲老者一抱拳：“我二人是外地客商，路经贵村，闻听老人今天过 141 岁大寿，真乃世间少有。我给老人写一副寿联，权当作寿礼给老人祝寿。”长寿老人当即让人拿出纸笔铺好，乾隆拿起笔上联写道：花甲重开外加三七岁月，下联写：古稀双庆内多一个春秋，横批：寿与天齐。老人高兴让儿孙将寿联挂在寿堂上，其实乾隆也玩了个心眼，他是当今天子，说老人寿与天齐，其实他也希望自己活到一百多岁，后来乾隆秘访三姓流传开来，长寿老人听说写寿联之人乃是皇上，惊喜万分，忙将寿联摘下来保存好，当作传家宝一代一代留传。

讲述：刘忠生

整理：吴晓东

104. 乾隆与鳇鱼

乾隆和刘墉秘访三姓时，有一天二人在集市闲逛，见不远处有一群人围在一起，指指点点地议论着什么，二人好奇人地挤进人群，只见一个打鱼人的摊上摆着一条刚打上来的怪鱼,此鱼呈纺锤形,头尖吻长,口前有四条吻须,背部有棘状突起,重有一百多斤。卖鱼人喊:“卖鱼了,卖鱼了,这么大一条鱼,只要十两银子。”围观的人问卖鱼的:“这是什么鱼?”卖鱼人支支吾吾地说:“这……我也不知道这是啥鱼,反正能吃,而且味道鲜美,好吃不贵谁买?”这时乾隆蹲下来,仔细打量怪鱼,见此鱼离水后已经半死,扑腾扑腾地还在挣扎,就吩咐刘墉掏出银子买下此鱼。刘墉说:“掌柜的,万物皆有灵性,此鱼肯定在水里活了多年,不如我们把它放生结一段善缘。”乾隆笑着说:“咱们想到一处了,我买它也是此意。”刘墉在集市雇了一个推车,把鱼拉到松花江,然后二人抬着鱼放到江里,看着它渐渐游走了。

几天后,乾隆心血来潮,拉着刘墉来到松花江,租了一条小船在江面上欣赏江景,船到江心时,船夫惊奇地说:“好大的一条鱼!”乾隆定睛一看,原来是他们放生的怪鱼,正在欢快地游着,还冲他们点头,好像在表达谢意,乾隆用手摸了摸鱼,鱼也不害怕,还往前凑了凑,把乾隆高兴坏了,和鱼玩了老半天。船夫收船上岸时问乾隆:“这条怪鱼是什么鱼?”乾隆暗想:此鱼和我有缘就叫皇鱼吧。就对船夫说:“之前叫啥不知道,但从今以后这鱼就叫皇鱼。”后来人们叫白了就叫它鳇鱼,乾隆临回京之前特意吩咐富尔松阿不要捕捞。乾隆六十大寿时,三姓进贡一条一千多斤的鳇鱼,满朝文武都震惊了,了解原委后,都称赞乾隆英明恩泽万物。

讲述:刘忠生
整理:吴晓东

105. 乾隆巧断家务事

有一天,乾隆、刘墉君臣二人来到三姓城南的一个屯子,午时的太阳晒得二人大汗淋漓,二人起身找了一户人家,进去歇歇脚,这家只有一个老太太看家,把乾隆让进屋倒了碗水,然后说:“你们坐这休息一会儿,我去给畜生们做饭。”乾隆问:“老人家此话何意? 有什么隐情讲出来,我们帮你出出主意。”老太太可算碰到倾诉对象了,鼻涕一把泪一把地说:“我老伴去世好多年了,我只有一个儿子叫王林,自打去年娶了媳妇,就忘了我这个娘,也不给我饭吃,整天让我干活伺候他俩,这几天他们俩口子还偷偷商量,要把我扔了省着连累他们。”乾隆一听火冒三丈,天下还有如此不孝之人,就安慰老太太:“此等恶子恶媳世间少有,你去三姓城衙门告他们,自会有人替你做主。”老太太眼泪巴巴地说:“我要是有盘缠钱,我早去告他们了。”乾隆让刘墉拿出一块碎银:“此地离三姓也就半天的路程,这块银子足够你花了。”

乾隆出了老太太家就回到三姓城,第二天一大早,乾隆穿上官服端坐堂上,等着老太太来告状,没一会儿工夫,就听有人击鼓喊冤,衙役带上来,正是要告儿子的老太太,乾隆跟老太太打招呼:“老人家您早!”老太太没认出乾隆来,道:“我昨天就到城里了,在客栈住了一宿,我要告我儿子不孝,求大人为我做主。”乾隆一拍惊堂木吩咐衙役:“速去将王林夫妇捉拿到堂。”不到中午,衙役骑着快马将王林夫妇带了进来。乾隆一指王林:“呸,不孝之子不但虐待老娘,还要丢弃她,今天本官非好好收拾你。”王林两口子跪倒在大堂上哭着说:“大人你有所不知，我爹去世后，就我们娘俩相依为命，可自打我娶妻之后，我娘性情大变，每日打鸡骂狗看我媳妇也不顺眼，挑鼻子挑眼，不给好脸色，这事屯里人都知情，请大人明察。”旁边的老太太大声说：“你俩前两天还商量要把我扔了呢！”王林哭笑不得地说：“娘，我们商量要把生病的猪扔了，怕你舍不得，所以才偷偷商量。”乾隆也不知相信谁好了，和一旁的刘墉、富尔松阿一商议，咳嗽一声说：“老人家，你说你儿子不孝，你看该如何处置？”老太太一咬牙：“我白生养你一回，真后悔小时候没掐死你，光顾着你媳妇也不管老娘，真是杀了你也不解恨。”乾隆立马说：“好，今天就给你解解恨。”吩咐衙役把一块大石头拴上绳子，拉到衙门口的大树杈上。王林夫妇二人就押到大石头的下面，衙役们拽住绳子把石头拉起来，然后递给老太太一把刀说：“只要把绳子砍断，你儿子儿媳就会死无全尸，你也就解脱了，来，你来执行吧。”老太太拿着刀比画半天也不动手，拽绳子的衙役喊：“快点砍啊！ 石头太沉拽不住了。”老太太说：“千万别松手拽住喽。”乾隆微笑着说：“一刀下去你就解恨了，快动手吧。”老太太说：“我可下不去手，我儿子要死了谁给我送终，儿媳死了我儿子肯定痛苦一辈子，算了我不告了，让我们回家吧。”乾隆听完一瞪眼：“大胆，公堂之上岂是儿戏，快快行刑吧！”衙役配合地松了松绳子，一看大石头要落下来，老太太嗷一声把刀扔掉，扑到儿子儿媳身上眼一闭说：“要死咱一家三口死一块儿吧。”说完三人抱在一起哭成一团。乾隆刘墉开怀大笑：“好了，本案已经了结，王林回去后孝敬母亲，老太太也不要胡搅蛮缠，好生过日子。”一家人跪下给乾隆磕头：“感谢大老爷！”

讲述：刘忠生
整理：吴晓东

106. 乾隆赐字

这天，乾隆、刘墉在三姓城体察民情，乾隆在街角碰到租轿的，心血来潮让刘墉租了两顶轿，沿着牡丹江一路向南观赏风景，一会儿工夫来到一个开满荷花的塘前，二人下轿观赏，只见满塘荷花竞相开放，岸边垂柳随风轻摆，好一派田园风光，看得二人心醉神驰。看了一个多时辰，乾隆才依依不舍上轿回城，刚转过一个山弯时，迎面走过来一支迎亲队伍，披红挂彩、吹吹打打、欢声笑语十分热闹。由于路面狭窄，乾隆坐的轿子和迎亲队伍同时停了下来，刘墉下轿对迎亲队伍说：“我们是京城来的商人，与副都统富尔松阿是朋友，你等速速把路让开。”迎亲的人刚要让路，这时坐在毛驴背上的新娘说：“婚姻大事一辈子只有一次，乃是头等大事，别说是副都统朋友，就是当今皇上来了，我也不会让路。”乾隆闻听此言，仔细打量一番新娘子，见驴背上坐着一个如花似玉大姑娘，走上前说：“你不让路也可以，但要答应我一个条件。”新娘子说：“什么条件？”乾隆说：“我出一副上联，你来对下联如何？”新娘子一笑说：“请出题！”乾隆想起荷花随口说：“上联：塘中荷花疯蝶硬要采。”新娘子立刻对道：“画中仙女狂生却难求。”乾隆听完拍手称赞：“对得好。”一指江岸边镇江铁牛说：“小姐以江里铁牛为题作诗一首如何？”新娘子出生在书香门第，擅长吟诗作画，所以不慌不忙地写了一首诗：“百姓令铸一铁牛，置堤镇水几十秋，狂风拂拂无毛动，细雨霏霏有汗流。青草河水难进口，无绳勒索却昂头。牧童有力牵不去，千年万载永驻留。”乾隆听完大声说：“小姐不仅容貌如花，才思更加敏捷，真是三姓城不可多得的才女，刚才是我耽误你工夫了，让我的轿子把你送到夫家。”然后让刘墉拿过纸笔，御笔亲书“大姑娘上轿头一回”赐给新娘子。后来知道乾隆的身份以后，新娘子在夫家的地位也水涨船高，等小姑子出嫁时，也效仿嫂子乘坐轿子。从那以后，大姑娘出嫁就都开始坐轿了。

讲述：刘忠生
整理：吴晓东

107. 乾隆改状词

乾隆、刘墉在三姓秘访时，有一次在江北碰到案件。这天，乾隆、刘墉二人在江北一个屯子游玩，借宿在一户农家跟人闲聊时，听说刚发生的一件事，这屯子里有个恶霸叫张大，仗着胳膊粗力气大，在屯子里为非作歹，横行霸道无人敢惹，前几天，张大喝多了，借着酒劲闯进别人家，见一老太太在炕上躺着，便翻箱倒柜地寻找值钱东西。老太太哆哆嗦嗦地下炕跟他撕巴，结果张大把老太太衣服也撕烂了，头上的银簪也抢了下来，老太太吓得大声呼救。正巧老太太儿子铲完地回来，听到母亲呼救急忙进屋，在邻居的帮助下将张大逮住捆上，送到三姓衙门，副都统将张大收押，让老太太儿子补写一张诉状，然后立案定罪。乾隆听完十分气愤说：“我略通文墨，你领我去老太太家看看状子写完没有。”然后与刘墉一起去了老太太家，老太太儿子大字不识几个，与屯子里几个长者商量了半天，才写出一份状子，罪名是撕衣夺簪，乾隆看完状子说：“诉词一定要直击要害，这状子只要改动一下，我保他吃不了兜着走。”随后，乾隆提笔把撕衣夺簪改成夺簪撕衣。老太太儿子接过状子，第二天直奔县衙，将状了呈了上去。副都统接到诉状，马上提审张大，张大被衙役带上堂跪好，副都统问：“你抢没抢老太太的银簪子？”张大说：“有。”接着又问：“你有没有撕老太太的衣服？”“有。”张大以为罪不严重，就痛快地招了，副都统说：“既然你全都承认了，就签字画押吧。”等张大按完手印，副都统宣判：“罪犯张大夺簪是抢劫财物，撕衣是想强奸。二罪并罚，故而判你秋后处斩。”这时人们才知道乾隆改动一下的厉害。

讲述：刘忠生
整理：刘玉琢

108. 乾隆审鸭

这天，乾隆、刘墉在三姓城闲逛，走到一个小巷时，发现两个人在打架，乾隆上前劝道：“啥事不能心平气和地讲，非要动手？”城里人打扮的说：“我养了一只鸭子，正在门口吃米糠，这个乡下人趁着没人抓起来就走，被我逮个正着，却不还我鸭子这不就打起来了。”乡下人脸红脖子粗地说：“你胡说，我娘生病了。我进城把这只鸭子卖了给我娘抓药，谁知他不想给钱，还诬赖我偷他的鸭子，气死我了。”乾隆问他们有没有证据证明这鸭子是自己的，两人都说没有。乾隆想了想说:“既然这样,我做个和事佬,帮你们解决如何?”两人见乾隆、刘墉的穿着,气质不像普通人,就都点头答应了,乾隆让刘墉把鸭子腿绑好,防止它跑了,然后拿根棍子指着鸭子问:“这二位哪位是你的主人快快讲来?”鸭子受惊呱呱一阵乱叫,就连刘墉也憋不住笑,不知乾隆葫芦里卖的什么药,审了半天鸭子只是拍了几下翅膀拉了一摊屎,乾隆凑近一看哈哈大笑,指着乡下人说:“鸭子已经承认是你的,你把它带走吧。”城里人不服气地问:“它明明是我的鸭子,你如何证明是这个乡下人的?”乾隆一指鸭屎说:“你说你的鸭子吃的是米糠,那么它拉出的屎一定是黄色的,乡下人喂鸭子吃的是草,拉出的屎是绿色的。你自己看看它拉出的屎是黄色还是绿色?”城里人顿时哑口无言,只好自嘲地说:“就赖我嘴馋,想讹人鸭子吃,既然你也想卖它,我就把它买下来吧。”说完掏出钱递给乡下人,乡下人接过钱,跟乾隆、刘墉道过谢后高高兴兴地走了。

讲述:刘忠生

整理:刘玉成

109. 刘墉题诗

有一天,乾隆和刘墉在三姓集市上闲逛,大街上人来人往十分热闹,二人转着转着,乾隆在一个卖字画的摊上看见了一幅画,顿时被吸引住了,这幅画叫《百鹅图》,画里的白鹅在水面上嬉戏,活灵活现,仿佛真鹅一般,乾隆越看越喜欢,让刘墉掏钱将画买了下来。回到都统府,乾隆将画铺在桌上,与刘墉、富尔松阿一起欣赏。富尔松阿见皇上如此喜欢这幅画,就不懂装懂夸这幅画有深度,画师功力深厚,乾隆高兴地提议道:“画确实是好画,但缺点东西,画面上没有题诗,有了题诗就堪称一幅完美的作品了。”然后对富尔松阿说:“爱卿你来给这幅画题首诗如何?”富尔松阿清楚自己肚子里没几滴墨水,怎敢在皇上面前献丑,不好意思地说:“圣上,臣乃是武将,对笔墨不是十分精通,不敢在圣上面前卖弄,请圣上恕罪。”说完将眼光投到刘墉身上。刘墉本不想写,写得太好怕卷了皇上的面子,写得不好自己又没面子,就犹豫了半天,乾隆将笔递了过来:“刘卿家你来试一试。”刘墉实在没办了,提笔写道:鹅鹅鹅鹅鹅鹅鹅,一鹅一鹅又一鹅,一旁的富尔松阿好悬没乐出声来,心想,这算什么诗?好在自己聪明,刘罗锅这回露怯了吧。乾隆也是满脸疑问地看着刘墉,只见刘墉接着写下后两句:食尽皇家知忠禄,凤凰何少尔何多。乾隆哈哈大笑:“刘爱卿啊刘爱卿,真不愧是我大清的栋梁,如果官员都似你这般,这天下自然就少了一群只知道吃饭而不知道干活的笨鹅了。”

讲述:刘玉成

整理:吴晓东

110. 乾隆遇难题

一天早上，乾隆在客栈洗漱完见刘墉还没起来。就一个人出门溜达，他走进一条小巷，见尽头的粉墙上写着“此路不通”，旁边站着一个十几岁的半大小子，看着墙上的四个字一动也不动，乾隆好奇地上前问：“小孩儿，你叫什么名字？”半大小子回答：“我叫王峰。”乾隆又问：“墙上的字你都认识吗？”王峰说：“后三个字认识，第一个字不认识。”乾隆觉得挺好笑，这么简单常用的“此”字怎么不认识，就问王峰，“你念了几年书？”王峰说：“我没念过书就我爷爷教我读完了《论语》，可就是没读过这个字。”乾隆想论语怎么会没有“此”字就说：“《论语》我也读过，一定有‘此’字，你一定读过，大概是忘记了。”王峰不服气地说：“老伯我确实没有在论语里读过这个字，你说有，那你说说看《论语》哪一句里有这个字？”乾隆被王峰将了一军，想了半天也没答上来，只好满脸通红地离开了。回到客栈，乾隆见刘墉就问：“刘管家，你读过《论语》吗？”刘墉答道：“当然读过。”“既然你读过，你说说论语里有多少个‘此’字？”刘墉想了一会儿说：“有百十多个。”乾隆说：“那你说说哪句里有此字？”刘墉想了半天也没答上来，刘墉干脆出去买了一本论语回来。君臣二人从头翻到尾也没找到“此”字，乾隆这才相信王峰说的没错，回京后乾隆对此事一直耿耿于怀，多方讨教后才弄明白，原来《论语》里凡是用“此”字之地方，都是用“斯”字替代了。

讲述：李亮
整理：吴晓东

111. 乾隆审羊

三姓城有个叫王文的木匠，因为手艺好，干活细致，经常被人请到家里打造桌椅板凳。这一天，天快黑了王文才干完活回家，他老婆伺候他吃饭，王文回屋休息，谁知他夜里被人在炕上割了脖子，钱财也被洗劫一空。王文老婆被惊，凶手刚要杀她灭口，可王文老婆是个大嗓门，连哭带嚎惊动了邻居，凶手只好逃走了，由于现场没有留下什么线索，案子一直拖着没有破。

这天早晨，三姓衙门贴了一张告示：城东张家的庄稼被一只羊糟蹋一大片，损失惨重，因为找不到它的主人包赔损失，所以衙门特召开审羊大会寻找羊主人，欢迎老百姓前来观看。三姓城顿时轰动了，老百姓炸开了锅，街头巷尾，议论纷纷。都说衙门荒唐透顶，人命案破不了，拿一只羊开涮。审羊这天，三姓衙门被围观的老百姓挤得水泄不通，只见堂前拴着一只羊，堂上坐着一位据说是京城来的官员。这位官员就是乾隆，他一拍惊堂木，堂上顿时鸦雀无声。乾隆微笑着走到羊跟前，低下头对羊说：“我且问你，你为何糟蹋张家的庄稼，你的主人是谁？快从实招来。”羊受了惊吓，咩咩地叫了几声。乾隆点头说：“原来你是饿坏了才吃别人的庄稼……你说你的主人就在人群中，你有何证据？”羊又咩咩叫了几声，乾隆抬起身说：“这羊说了，主人右手有块胎记，所以在场的人都伸出右手查看。”观看的人排成队，乾隆挨个细瞅，当乾隆走到一个屠夫打扮的人跟前时，忽然大喝一声：“来人把他抓住！”

屠夫刚要跑,衙役一拥而上把他绑了起来。乾隆命人牵走羊,将屠夫一顿棍棒伺候,他痛快地招认了杀害王文的经过。原来乾隆听说这个案子后,扮成算命先生找王文老婆了解情况,王文老婆终于想起一个细节,她跟凶手撕巴的时候,发现凶手是六指,乾隆利用审羊这个办法,让好奇的凶手自己送上门,当看见屠夫的六指,就将他逮个正着。

讲述:吴彦斌

整理:吴晓东

112. 乾隆送神

有一次,乾隆和刘墉在三姓城南的一个小镇私访,晚上借宿在镇子上的一户人家。睡到半夜,乾隆就听厢房一阵吵闹声,还有叮叮当当的打斗声,乾隆被吵得睡不着了就和刘墉聊天到天亮。第二天一早,乾隆问昨晚的事,这家主人长叹了一口气说出了缘由。原来这家主人叫李二,今年三十岁了,家里吃穿不愁,可老婆却没生出一儿半女,李二到处求医问药也毫无作用。这一天,李二听说镇里来了个萨满,人们向他求神问卦都一一应验,李二就把萨满请到家来。萨满到李二家房前尾后转了一圈,又给李二和老婆算了一卦,然后说:"你和你老婆身体没事,问题出在你供的赵公明身上。"李二特别信神,为了保佑自己发财,他在厢房里专门设一间神堂供着赵公明。李二一听忙问萨满:"错在哪?"萨满说:"财神赵公明虽能保你家财运不断,但他却和送子观音不对付,他二人本是仇人,有赵公明在,那些投胎的也不敢来呀。"李二听完一拍大腿,觉得有道理,忙问萨满怎么办? 萨满说:"想要求子就得把赵公明神位撤了,供观世音菩萨,观世音菩萨有求必应,只要你诚心拜佛早晚能得贵子。"

自打李二供起观世音菩萨后,不到三个月老婆就有喜了,可把李二高兴坏了,每天晨昏三叩首,早晚一炉香,虔诚供奉观世音菩萨。十月怀胎,老婆给他生了一个大胖儿子,李二视若珍宝,顶在头上怕摔着,含在嘴里怕化了,恨不得把星星摘下来给孩子玩。谁知孩子满月后经常生病,整日整夜地哭闹,李二急得满嘴起大泡,附近的大夫都请遍了给孩子看病也不管用。就在李二束手无策的时候,镇里来了一个道士,能驱神捉鬼看阴阳宅,十分灵验。李二一路小跑把道士请回家,道士看了看李二的宅院,又给他儿子相了面说:"你儿子的生辰八字和相貌,命中注定与我道家有缘,可你家却供着观音,这……"李二连连作揖向道士求救,道士说:"这也好办,只要你把观音撤掉供奉我道教太上老君,保你儿子平安无事。"李二为了救儿子,二话不说就把观音撤了,跟赵公明神位放在一起。神堂上请来太上老君,每日虔诚跪拜。说来也巧,自打太上老君一来,他儿子不药而愈,而且长得白白胖胖讨人喜爱,李二更加相信太上老君了。消停日子没过几天,李二家的神堂一到半夜就传出吵闹、打斗声,吓得李二请来道士、和尚,能找的都找来了,不管谁来家看,扭头就走谁也不敢接这个活,后来有高人告诉李二,请神容易送神难,这是神仙打架,凡人是管不了。乾隆听完胸有成竹地说:“原来是这样,这事我帮你,今天夜里帮你把他们送走。”李二半信半疑地答应了。到了晚上,厢房的神堂又传来打闹声,乾隆来到厢房,冲里面说:“神堂里几位神仙听着,你们几位为了点香火闹情绪,忘记佛家讲的是六根清净,道家讲的是清静无为吗?公明财神受天下人供奉,怎么会为了一个神位,就闹得不可开交,三位神仙应该以身作则,保一方平安。”乾隆是真龙天子,金口玉牙一番话说完,神堂里面顿时消停了。李二听里面再没动静了,壮起胆子打着灯笼,推开神堂的门,只见三个神仙都不见了。就问乾隆怎么回事,乾隆笑着说:“他们让我说得羞愧了,就都走了,你放心吧以后他们不会再来了!李二听完一屁股坐地上了,哭丧着脸说:“万先生啊万先生,你可把我坑惨了,我让你劝说,可没说让你都送走,好歹你给我留一个啊,都走了以后谁保佑我呀?”乾隆哈哈大笑:“这个好说,我给你请一尊最大的神来。”刘墉取来纸笔,在纸上写了一个“信”字,乾隆说:“做人以信为本,不讲诚信供多少神佛都白搭。”李二把“信”字挂在神堂上,有事没事都去看一会儿,从此李二家再也没有供神,日子却越过越好。

讲述:刘忠生

整理:吴晓东

113. 乾隆下棋

三姓城有个象棋高手叫陈山,开一间茶馆,每日和各路高手下棋,从来未尝败绩,陈山一高兴在茶馆挂了一副对联,上联:东来的让车,下联:西来的让马,横批:三姓棋圣。这一天,陈山捧着茶壶,正昏昏欲睡,忽听有脚步声,陈山睁开眼一看,一位气宇轩昂的富商后面还跟着管家模样的俩人站在门口,管家手里牵着一匹油光锃亮的马。陈山起身迎上来说:“欢迎二位光临,不知二位是喝茶?还是来下棋?”富商说:“听闻三姓有位棋圣,特来讨教。”陈山微微一笑说:“不知朋友是从东边来还是从西边来?”富商说:“我是京城人,自然是从西边来。”陈山皮笑肉不笑地说:“既然从西边来的,按我的规矩就让一个马吧。”富商一听乐了:“果然有棋圣风度,如此承让了。”二人摆好棋,陈山说:“和我下棋得有点赌注,不知你想赌多少银子?”富商说:“我主仆二人刚到此地,手头不宽裕,不如拿我这匹宝马做赌注,你看如何?”陈山打量打量拴在门口的这匹马,点点头说:“好,就赌你这匹马,你要输了把马给我,我要输了给你五十两银子,可别说我欺负外地人。”富商点头称好。陈山开局凶狠,连着吃了富商一车一炮,富商弃子认输,陈山接着又连赢两盘,富商扔下马扬长而去。

过了三天,富商又来找陈山,乐呵呵地说:“我做生意挣了五十两银子,今天来赎回我的马,要是再输,这五十两银子也归你。”陈山高兴地摆上棋局,可结局大出棋圣意料,他一连输了三盘而且是惨败,被对方杀得毫无招架之力,陈山脑袋嗡嗡直响,哆哆嗦嗦地问:“这位朋友,三天前你连输三局,今天怎么如此神勇,莫非有高人指点?”富商笑着说:“我二人经商路过此处,因为这匹马没处安置,就在你这寄放三天,多谢你费心照料了。”富商出了茶馆和管家相视大笑，管家说：“圣上，你如此‘棋圣’也让他知道人外有人，天外有天，他再也不敢称圣了。”原来富商是乾隆所扮，管家自然是刘墉，二人听说陈山口气甚大，特地来教训他一番。

讲述：刘玉琢
整理：吴晓东

114. 乾隆写贺联

一天乾隆、刘墉在三姓城南四五十里地的一个村子借宿，这家姓潘，正巧过几天要给儿子娶媳妇，娶媳妇是大喜事，要有对联贴在大门外讨个喜庆，可老潘头大字不识几个，这个村子也没有读书人，急得老潘头团团直转，乾隆听说老潘头为写对联着急上火，就自告奋勇地说：“我路经此处，借宿在你家乃是缘分，我略通文墨，这对联我帮你写吧。”可把老潘头乐坏了，忙给二人端茶倒水连称感谢。乾隆询问老潘头得知他儿子娶得媳妇姓何后，提笔写道：有水有田兼有米，添人添口又添丁，横批：鸾凤和鸣。老潘头一头雾水，忙问乾隆啥意思？乾隆喝口茶水说：“这水、米、田是一个‘潘’字，人、口、丁是‘何’字，取得是潘何联姻，人丁兴旺、五谷丰登之意。”老潘头乐得嘴都合不上了，给乾隆作揖道谢。说来也怪，老潘头自从儿媳进门后，他家的日子越过越红火，后来潘、何两姓联姻的也越来越多。

讲述：牛金成
整理：吴晓东

115. 乾隆找面子

乾隆、刘墉秘访三姓时，有一天，两人在回城途中又渴又饿，正巧碰到一片西瓜地，满地又大又圆的西瓜让乾隆直咽口水，便让刘墉去买一个，可刘墉一掏兜傻眼了，一个大子也没有，就说：“掌柜的，一路上咱的钱都给了贫苦的百姓，现在分文没有如何是好？”乾隆也渴急眼了对刘墉说：“你就不会想想办法，朕实在是饥渴难耐。”刘墉也没招了，见无人看瓜，就进地挑了一个大个的西瓜偷了回来。就在君臣二人蹲在地上啃得正欢的时候，忽然听见有人喊：“大胆的偷瓜贼，敢偷我的西瓜，看我怎么收拾你。”乾隆一听，坏了，看瓜的来了，忙和刘墉站了起来，一个五十多岁的老头气呼呼地走过来，打量乾隆一番说：“看你的穿戴也不像穷苦人，为何偷我瓜吃？”乾隆不好意思地说：“我们是外地客商，经过此处口渴难忍，这才吃了你一个西瓜，西瓜值多少钱？我们赔给你。”老头冷笑着说：“想赔偿也行，我这西瓜是留种的，值十两银子，少一分都不行。”乾隆、刘墉因为没有钱，又感觉理亏，只好低声下气地说：“十两银子不多，可我二人今天手头不方便，明天我们送来如何？”老头摇摇头说：“不行，你们当我是三岁的孩子，明天谁给我送钱，今天要是不给钱，我就送你们去见官。”乾隆心想，这要见官，我这面子就丢到家了，一国之君偷人西瓜，这天下人都要耻笑我，就摘下随身的玉佩说："这个玉佩押在你这，我明天拿十两银子赎回，你看行不行？"老头接过玉佩瞅了瞅，勉强地说："也行吧！虽然不值十两银子，看在你们挺可怜的分上凑合吧，记着明天一定要送十两银子来。"乾隆好悬没气炸了，这老头太不知好歹了，这块玉佩价值连城却在老头眼里不值十两银子。

第二天，乾隆骑马拿十两银子赎回玉佩，回到客栈越想越生气，感觉丢了面子，就和刘墉商量了一办法。乾隆雇人把附近的西瓜都买下来，然后用车拉到老头的西瓜地边低价售卖，老头三文一斤，乾隆卖一文一斤，气得老头暴跳如雷，找乾隆理论，乾隆说："你卖西瓜我也卖西瓜，卖多少钱是我的事，这有何不可呢？"老头气呼呼地说："好，赔死你！"这一天老头一个西瓜也没卖出去，第二天，乾隆依旧老办法，在老头旁边低价卖西瓜，一连几天，老头受不了了，满地熟透的西瓜再卖不出去就要烂地里了，就来到忙着卖西瓜的乾隆面前一作揖，哭着说："大兄弟我服了，你饶了我吧！我们一家人就指着这点西瓜赚钱吃饭呢。要都烂地里，我们一家老小都得喝西北风，你大人有大量，别和我一般见识，我给你跪下。"说完就要下跪，乾隆拽住老头胳膊说："我也就是和你置气，你要早服软，我找回面子，就不跟你抬杠了。这样吧，看你也不容易，这两车西瓜都送给你了，算是包赔你这几天的损失。"

讲述：刘忠生

整理：吴晓东

116. 乾隆断钱

一天早上，乾隆和刘墉在三姓城南的市场体察民情，看见俩人在争吵，旁边一群人围观。乾隆好奇怎么回事，有人告诉他事情的经过。原来卖菜的张三挑了一筐新鲜的菜刚到市场，就在路边捡了一锭二两的银子，乐得张三挑着菜就跑回家了。张三家境十分贫寒，母子俩就靠种点蔬菜维持生计，张三到家后就把银子交给母亲，张母说："儿子，别人丢了钱一定很着急，虽然咱母子缺钱，但不是咱的钱，咱不能要，你赶快去寻找失主还给他，说不定人家正着急找呢。"张三听了母亲的话，立马挑着菜又回到市场寻找失主。张三到了市场就看见一个人低头在寻找什么东西，张三是个实在人，上前就问："老伯你丢钱了吧！正好让我捡到了，快给你吧。"说完把二两银子给了那个人，旁边卖鸡蛋的老太太认识那个人说："李四你碰上好心人了，这要一般人捡到钱还会给你？你应该给张三点赏钱。"哪知李四说："我丢的是五两银子，这才找回不到一半，谁知道是不是他揣起来三两，我怎么能再给他赏钱呢！"张三一听顿时火了，好心好意还钱，却被人诬赖贪钱，便跟李四吵了起来，乾隆听完经过对张三、李四说："我是外地客商，能做到不偏不向，我给你们解决此事如何？"人们见乾隆衣着华丽，气质不凡，一看就不是普通人，就同意让他解决纠纷。乾隆让张三把母亲接来，当面核实，问清楚后，乾隆问张三："你捡的是二两银子？"张三说："的确是二两银子。"又问李四:“你丢是五两银子?”李四说:“我确实是丢了五两银子。”乾隆拍了拍手说:“各位,张三捡的是二两银子,而李四丢的是五两银子,可见这不是李四的银子,是财神爷见这对母子可怜,赏赐给他们的,李四你到别的地方再找找吧!”围观的百姓都拍手称好,李四只好自认倒霉,灰溜溜走了。乾隆把二两银子交给张三母亲说:“你教儿有方,是位贤德的母亲,这钱就给你了。”

讲述:刘忠生
整理:吴晓东

117. 乾隆题扇

有一天,乾隆、刘墉在三姓城北松花江边游玩,忽然看见一个中年人拿着一根绳子站在一棵大树下发呆。乾隆对刘墉说:“你看那个人好像要自尽,咱们过去看看。”二人来到中年人跟前,乾隆和颜悦色地问:“你可是遇到了难处了?”中年人长叹一声道出了原委。原来中年人叫李成,是个生意人,因为天气炎热就进了一大批扇子售卖,哪承想还没等生意开张,就遇到连雨天,大雨过后,天也不晴,扇子堆在仓库都快发霉了,一把也没卖出去。李成生了一场大病,积蓄所剩无几,买扇子的钱都是东拼西凑借来的,这几天债主纷纷登门讨债,见李成实在拿不出钱,就把他家里稍微值点钱的东西都搬走了,并放话再不还钱就告官,李成走投无路之下,这才准备一死了之。乾隆见李成是个老实人,就起了怜悯之心,便对李成说:“天无绝人之路,你不是还有扇子吗? 我二人跟你回家,想办法帮你还债。”李成一听喜出望外,见乾隆二人相貌堂堂,气质非凡,料想一定不是平常人,就信他们一回,想到这领着二人回到自己家。乾隆让李成把扇子都打开,然后在上面写道:声闻塞北三千里,名冠江南十六州,落款:弘历。乾隆的字苍劲有力,铁笔银画,透露帝王气息。两天工夫,李成的扇子卖得只剩一把了,他说啥也不肯卖了,留着做纪念,后来知道帮助自己的人是当今皇上,李成对着京城方向叩首谢恩,并把扇子当作传家宝一代一代地留传。

讲述:刘忠生
整理:吴晓东

118. 乾隆与财主

乾隆、刘墉有一天在土城子秘访,天色将晚,二人来到一个财主家借宿,财主听说二人是京城来的,非要讨教一番。财主摆好酒席,对乾隆说:“在下一个乡野村夫,对天子脚下素来敬仰,我读过几天书,今天跟二位显摆一下,我出上联,你们对下联,若对得好,我酒肉伺候,若对得不好,不好意思恕不远送。”乾隆自幼饱读诗书,吟诗作对更不在话下,上前一抱拳说:“好,我二人讨扰了,请出联。”财主说:“北燕南飞,东西北翼有上下。”乾隆、刘墉一听暗暗道好,这上联不仅有东、南、西、北、上、下六个方位,更有较量文才的意思,乾隆略一思索，对出下联："前车后辙，左右对轮无高低。"同样对出了前、后、左、右、高、低六个方位，显示了平分秋色的文学功底。财主一看没难住，就出了第二联："空竹着刀，外生枝节削背短。"乾隆不慌不忙地对道："窍藕遭锄，内牵毫丝抽还长。"财主有点急了，抹了把汗说："云镇高山，哪个尖峰敢出头？"乾隆见窗缝透过一缕夕阳对道："日穿漏壁，这条光棍却难拿。"财主见实在难不住乾隆，只好陪二人痛快地喝了一顿酒。

讲述：李咏仪
整理：吴晓东

119. 乾隆作诗

乾隆，刘墉到三姓城东愚公一带暗察民情，正巧碰到一个老秀才过生日。刘墉拿起一两银子作为贺礼，然后二人找一桌酒席坐了下来，正要喝酒时这桌的三个本村人王成、李武、杨贵见两个陌生人坐了过来，满心不愿意，王成就提议："今天是老秀才的生日，来的都是鸿儒，不如大家都赋诗一首来助酒兴，要是作不上来就一边坐着看别人吃吧！"李武、杨贵齐声称好，乾隆微微一笑也说行。

王成说："既然是我提议，我就先赋一首，大伙儿听着，一个朋字两个月，一样颜色霜和雪，不知哪个月下霜，不知哪个月下雪。"李武接着说："到我了，一个出字两重山，一样颜色煤和炭，不知哪座山出煤，不知哪座山出炭。"杨贵清清嗓子说："一个吕字两个口，一样颜色茶和酒，不知哪个口喝茶，不知哪个口喝酒。"三人作完诗眼神都看向乾隆。乾隆和刘墉对视一眼，差点没笑出来，就这水平还出来显摆，乾隆忍住笑，张口就来："一个二字两个一，一样颜色龟和鳖，不知哪一个是龟，不知哪一个是鳖。"乾隆一说完，三人都愣住了。王成急头败脸地说："你这作的什么一玩意儿，咋还骂人呢？"乾隆说："要说骂人，我可比不过三位。你想，霜和雪一见阳光就化了。煤和炭是被火烧成灰儿的。茶和酒喝进肚子里变成了屎尿，哪有一样吉利东西。而龟和鳖是长寿之物，象征着祝福，你们读书人连这个都不懂吗？"把自认为读书人的三位问得哑口无言，只好灰溜溜地走了。乾隆、刘墉高高兴兴地享用了一桌子酒席。

讲述：刘忠生
整理：吴晓东

120. 乾隆与夜明珠

一天乾隆、刘墉在离三姓城东六十多里地的一个屯子秘访，正巧在屯子里碰见一个壮汉在卖艺表演吞铁球。壮汉接连吞下两颗鸡蛋大小的铁球，刚要吐出来，有好事者掏出一块碎银说："你要再吞一颗铁球，这块银子就归你了。要不吞，我们大伙分文不给。"壮汉面露难色，犹豫半天，一咬牙又吞下一颗铁球。然后走了一圈儿，运了半天气，大喊一声，只听到"噗"的一声，吐出一颗铁球，接着又吐出一颗，壮汉第三颗不管咋运气也吐不出来，憋得脸色通红倒在地上。乾隆拨开人群快步上前，让围观的两个小伙把壮汉倒提起来，然后使劲地拍打后背，连拍好几下，第三颗铁球才从壮汉的嘴里吐了出来。刘墉扶起壮汉到街旁的树下坐下，壮汉缓了半天才抱拳道谢。乾隆说："你为何冒生命危险吞第三颗铁球？多危险啊。"壮汉叹了口气说："您有所不知，我叫王永，自幼丧母，与老父相依为命。前几天老父忽然病倒，家中一贫如洗，无钱医治。因小时候给江湖卖艺的打过几天杂，这才冒险卖艺。哪知道学艺不精，不但没挣着钱，还差点搭上性命。要不是您出手相救，只怕我命都保不住了。"乾隆听罢，让刘墉拿出十两银子说："你是个孝子，这银子就拿去给你爹治病吧。"王永接过银子，扑通跪在地上，双眼含泪说："恩人，您的恩情我永远记在心里，日后我一定加倍奉还。"说完就要给乾隆磕头。乾隆扶起王永说："快回去给你爹抓药吧，别耽误了治病。"

乾隆和刘墉回到三姓城，有一天，二人在街上闲逛，看见一个摊位前摆着两个圆形的石头。乾隆好奇地摆弄着问摊主："这是何物？"摊主说："这是夜明珠。"刘墉也凑上前仔细看，看了半天也没有看出哪像夜明珠，乾隆和刘墉刚要走。旁边一人过来一把拉住乾隆，乾隆吓了一跳，转身一看，原来是王永。就问："你爹的病怎么样了？你怎么来三姓了？"王永回答："我爹吃过药后病情好转，我想着来城里打短工，挣钱糊口。恩人，您要买这石头？"摊主一听不乐意了说："你可瞧仔细了，这可是夜明珠，不懂别瞎说。"王永说："这根本就是石头，一颗多少钱？"摊主这两个石头已经摆卖有半个多月了，也没人买。好不容易碰见问价的，摊主便说："一颗二十两银子咋样？"王永对乾隆说："恩人，你就买一颗吧。"乾隆也不好意思拒绝，就让刘墉掏钱买了一颗石头。乾隆领王永回了客栈。王永说："恩人，你把石头放在我这儿，三天后便知分晓。"到了中午，乾隆点了一桌子菜，王永对伙计说："你给我拿一壶陈醋，我这几天胃口不好，只想喝醋。"醋送上来，王永"咕咚咕咚"两口就喝了下去，然后躺下休息了。乾隆摇头暗笑，只好与刘墉边说边笑地吃完了饭。到了晚上王永还是要了一壶醋喝光，一口饭也不吃。第二天，王永早中晚仍旧喝了三壶陈醋，到了第三天晚上，王永喝完醋与乾隆回到屋内，他扎好马步，运好了气，一张嘴"噗"地吐出一颗圆溜溜的石头。王永熄灭了灯，再一看，石头在漆黑的环境里竟然发出绿莹莹的光，乾隆大吃一惊，仔细看竟是一颗夜明珠，乾隆这才明白，王永喝了三天醋，是为了用醋化掉夜明珠表面的石头。乾隆拉住王永的手说："为了这颗珠子，你遭了三天罪，这让我情何以堪！"王永笑着说："恩人的救命之恩就是让我遭多大罪都不为过。"乾隆回京之前，命富尔松阿将王永带到三姓衙门任职，并赐他一所宅院。这颗夜明珠深得乾隆喜爱，死后也成为随葬品，后来被孙殿英盗墓取出，不知所踪。

讲述：刘忠生
整理：吴晓东

121. 乾隆与半文钱

眼看进腊月了，三姓城一早就下起了鹅毛大雪，乾隆和刘墉兴奋地在街上欣赏雪景。二人看得正高兴时，从南边儿过来一个挑着烧柴的十几岁孩子，乾隆问街边卖年货的老头儿说:“这是谁家的孩子? 天气如此寒冷,还穿着单衣卖柴,他家大人呢?”老头儿告诉乾隆:“这孩子叫杜天,父母双亡,小时候挨家乞讨,吃百家饭长大。稍大点就上山砍柴换钱养活自己。”乾隆叹了口气,对刘墉说:“这孩子挺有志气,宁可挨累受冻,也不接受施舍,真难为他了。”刘墉说:“天下之大无奇不有,就是圣上如此圣明,也难管所有百姓的疾苦啊!”

快中午了,乾隆、刘墉在回客栈的途中,看见杜天在一条小巷的墙缝处低声抽泣。乾隆忙上前询问原由。杜天哭着说:“刚才李财主来买我的柴,过秤之后算钱时,有零头儿的应该算合半文钱,李财主非要抹掉,我说一会儿再砍柴补上,李财主死活不肯,最后他拿斧子把好好的铜钱剁成两半儿,给我一半儿让我滚。这黑心的李财主,宁可毁了铜钱,也不多给我半文。这一半的铜钱,我上哪儿花去。”气得乾隆七窍生烟,对杜天说:“你到衙门告他去,让他赔给你钱。”杜天摇头说:“李财主有钱有势,我才不去干傻事。”乾隆摸了摸杜天的头说:“你就听我的,保你有钱过个像样的年,还能有棉衣穿。杜天半信半疑地答应了。杜天刚到三姓衙门,从里面出来一个衙役问:“杜天,你是来告状的吧。”杜天点点头,吓得连话都不敢说,好在衙役十分客气。紧张的杜天这才随衙役来到大堂。抬头一看,堂上坐的不正是让自己告状的人吗? 原来,乾隆为了替杜天出头,赶回都统府对富尔松阿讲明情况,自己亲自上堂办案。杜天顿时心里有底了,将事情讲述一遍,并状告李财主。乾隆命衙役将李财主传唤到场。李财主一上大堂连声喊冤:“大老爷冤枉,不知小人何罪之有?”乾隆让衙役将杜天手中的半个铜钱呈上来,问李财主:“这枚铜钱是不是你劈两半儿的?”李财主说:“是我劈的。有零有整一人一半,这样才公平,何罪之有?”

乾隆一拍惊堂木大喝道:“睁开你的狗眼,看看铜钱上的字。”李财主看完,哆哆嗦嗦地说:“是乾隆通宝四个字。”乾隆立刻变了脸色:“大胆,这国号是皇上亲口起的,铸在铜钱上,你这刁民目无我大清,竟敢把国号劈两半儿。你劈的不是铜钱,而是我大清江山,这是死罪你可服罪?”李财主吓得都尿裤子了,连忙磕头,请求恕罪。乾隆说:“你犯死罪当斩。”李财主说:“大人饶命! 我上有老娘八十多岁,下有幼子。”乾隆道:“那你认罚?”李老财说:“我认罚。”乾隆道:“那就罚你二百两银子。”李财主说:“谢大人不杀之恩。”后来乾隆将这二百两银子赐给了杜天。

讲述:刘玉桐

整理:吴晓东

122. 乾隆巧断遗产案

一天乾隆、刘墉在三姓副都统富尔松阿的府上休养。晚饭时,富尔松阿心不在焉地陪他们喝酒聊天,乾隆见状就问富尔松阿原因,富尔松阿讲述了一桩遗产案。三姓城有个王姓兄弟二人,兄弟俩都有经商的天赋,各自的家庭都过得十分富足。弟弟王二娶妻李氏,精明又善于持家,日子过得比哥哥王大还红火。但美中不足的是,王二两口子结婚二十多年,却没有生下一儿半女。几个月前,王二因心情不好,酒后失足坠江而亡。李氏守着万贯家财却无后人,就想着认个干儿子继承遗产。哥哥王大知道弟妹的想法后,找上门来说:“二弟去世，我当哥哥的十分心痛，可人死不能复生，我有两个儿子，你挑一个过继给你当儿子，这也算肉烂在锅里。”李氏清楚两个侄子的德行，仗着家里有俩钱儿，吃喝嫖赌，挥霍无度，并对婶母多次出言不逊。李氏当即拒绝，王大见李氏不答应，当场翻脸说：“按大清律例，叔叔没有后人遗产必须由侄子继承。”李氏也不甘示弱，谁说我没有后人，干儿子也是我儿子，我爱给谁就给谁。王大争吵几次无果，就一纸诉状将李氏告到衙门。富尔松阿审理了几次，公说公有理，婆说婆有理。无法判定，谁是谁非，因此烦恼。

乾隆听完哈哈一笑说：“你通知下去，此案明天由我审理。”第二天，乾隆吩咐衙役将原告、被告都带上公堂，乾隆一拍惊堂木问王大：“原告，你有几个儿子？”王大回道：“回老爷，小人有两个儿子。”乾隆又问：“你弟弟王二是不是没有儿子？”王大说：“我弟弟没有儿女，按照大清律例，我的儿子应该过继给弟弟家一个。”乾隆问堂上围观的街坊邻居说：“原告王大所说都是真的吗？”大伙儿都点头称是。乾隆问李氏：“你有什么理由拒绝你大伯，也就是原告王大的提议呢？”李氏哭着说：“大老爷，国有国法，我本该依法行事，可你有所不知，大伯的两个儿子不务正业，整日游手好闲，若让他们继承，不出几日，我夫妻辛苦攒下的家业就要被他们败光。而且他们目中根本就没有我这个婶子，多次对我顶撞打骂，所以我才要挑一个对我孝顺的孩子，做我的儿子。”乾隆听完李氏的话说：“在公堂之上，自然只能讲法律，不能讲人情，国法威严，岂是你想怎样就怎样，你必须从王大的两个儿子中挑一个做儿子，继承你的遗产。”乾隆不管李氏如何哀求哭诉，都让她在状子上签字画押。然后把王大的大儿子叫到堂上说：“此案已结，从今天起，你就是你婶子的儿子了，你赶快认亲吧。”王大的大儿子喜出望外，给李氏跪地磕头认了母亲。李氏死活也不答应，给乾隆磕头说：“大老爷，快收回成命吧！我要认他当儿子就等于要了我的命，我还不如死了好。”乾隆微微一笑说：“你说你儿子不孝，可有证据？”李氏说：“我这侄子嗜赌成性，街坊邻居可以作证。将卖豆腐的张老头逼疯，霸占其女儿，张老头的女儿可以作证；几次无故讨钱未遂，打骂于我，我可以作证。其他的罪证，只要大老爷明察，也会有结论，如若我有虚言，甘愿认罚。”乾隆一听勃然大怒：“按大清律例，只要父母状告儿子不孝，儿子便是犯了十恶不赦之罪，罪该至死。来人将不孝子带下等候处置。”王大一听，吓得魂飞天外，连忙跪下磕头求饶，王大的大儿子直打哆嗦，大喊饶命，堂上乱成一团。

乾隆这时才说：“律例不可更改，为今之计只能有求你婶子不做她的儿子。只要她还是你婶子，就不能以不孝之罪告你，你才能免于一死。”王大和儿子一听，连忙给李氏磕头哀求。乾隆宣判，由于李氏的反对，母子关系不成立，但死罪可免，活罪难逃，打了王大和儿子二十大板，且不得干预李氏挑选继承人。李氏感激地磕头谢恩。

讲述：刘玉琢

整理：吴晓东

123. 乾隆遇名医

一天乾隆、刘墉在都统府与富尔松阿喝酒，席间三人谈天说地，酒兴甚浓，不知不觉乾隆有点儿喝多了，刘墉见状，赶紧将乾隆扶进屋，伺候乾隆睡下。第二天，刘墉来给乾隆请安，见乾隆脸色甚差，忙问："圣上，今天感觉怎么样？"乾隆摸着心口位置说："胸闷透不过气来，难道是以前的隐疾又犯了？"刘墉不敢怠慢，将富尔松阿叫来，把乾隆的身体状况说了一遍，让他赶紧请三姓的名医给圣上诊治。富尔松阿吓出一身冷汗，这还了得，要是圣上在自己府上有个三长两短，乌纱帽不但保不住，脑袋还得搬家，想到这立即吩咐备马亲自去请医生。工夫不大，富尔松阿请来一个四十岁左右的大夫。给乾隆诊过脉后，从药箱拿出银针，在乾隆的胸口上，深浅不一地扎了十三针，乾隆立刻感觉一股热流在腹中涌动，心也不疼了，气也顺了，病情好了一大半。大夫施完针洗过手后，乾隆对大夫说："先生真乃神医，我这病是以前练武时留下的隐疾，不知先生能否根治？"大夫笑着说："你这病情是气滞血瘀，我用针灸通络经脉，以后自然就好了，只是还需要行两次针。"乾隆听完大喜，让刘墉倒茶，马上与大夫攀谈起来。

大夫名叫赵天顺，祖居三姓。祖上的医术不是很高明，传到赵天顺这也就是勉强糊口，直到他二十岁这年。有一天半夜，赵天顺已经睡下，忽然外面一阵急促敲门声，赵天顺问："谁呀？有什么事儿？"外面一个男子说："赵大夫，我是隔壁王二，我媳妇难产快要不行了，求你赶快去看看吧！"赵天顺迷迷糊糊地说："你找错人了，我不会接生，去了也白搭。"王二都急哭了："咋说你也是个大夫，这大半夜的你让我上哪儿找接生婆，救人一命胜造七级浮屠，我求求你了赵大夫，去看看吧，晚了怕来不及了。"赵天顺无奈地隔门冲王二说："你先回家，洗个脸，我马上就过去。"王二答应一声就跑了。赵天顺赶到王二家时，看见王二抱着孩子乐得直蹦高，孩子母亲也平安无事地躺在炕上。王二一见赵天顺就给他鞠躬施礼，连声道谢，赵天顺问王二："这是什么情况？你媳妇不是难产吗？"王二说："多亏了赵大夫的方法，这才母子平安。我家三代单传，赵大夫是我们家的大恩人哪！"赵天顺问过王二才知道，原来是王二误会了，赵天顺的意思是说，我洗把脸马上过去，王二却以为赵大夫让他回去给媳妇洗把脸，结果王二用凉水给媳妇儿洗脸，媳妇被凉水一激，精神了许多，精神一放松，孩子平安地生下来了，王二一家对赵天顺的医术奉为神明。第二天，逢人就夸赵神医，有人质疑，王二就说："我去求赵神医，赵神医居然只说一句，洗一把脸，我就给我媳妇洗了把脸，就真的平安把孩子生下来了，这不是神医这是啥？"王二全家老少给赵天顺送了一块"妙手神医"的匾额，热热闹闹地挂在了赵天顺医馆的门沿上，赵天顺进进出出，一看这块匾心里就堵得慌。心想，一场误会，却换了一个"神医"的名号，只是自己的本事自己知道，真让出去给人看病，八成得害死人。于是赵天顺废寝忘食，近乎疯狂一般四处拜师，钻研起医术来。赵天顺头脑灵活，既遵循古方，又加入自己的理解和感悟。几年下来，赵天顺真的成了远近闻名的神医。乾隆回京后下了一道圣旨，宣三姓赵天顺进宫做了御医，后来赵天顺不知什么原因，辞官回到老家，开医馆一直到终老。

讲述：刘忠生

整理：吴晓东

124. 乾隆与占卜先生

三姓城有个郎中叫张文，自幼跟随父亲行医，父亲去世后，他在三姓开了间药铺，当起了坐堂先生。由于赵天顺在三姓名声越来越响，病人都去找赵天顺看病，张文的药铺生意日渐惨淡，入不敷出。张文实在没办法了，索性关了药铺，背起药箱四处游医卖药。因为他本事实在一般，看病出现过几次失误，日子就更难过了，经常饿着肚子走街串巷。穷则思变，饿急了的张文，看占卜先生受欢迎，就买了一本周易八卦，经过几个月的精心钻研，张文就出师了。

这天三姓赶大集，张文找了个好地方，摆起了卦摊。不一会儿，从远处过来两个衣着华丽、气质不凡的富商。张文赶紧吆喝："铁口神算，不灵不要钱。"这俩人正是乾隆和刘墉君臣，正在集上瞧热闹。看见有占卜的，乾隆一时心血来潮就凑到卦摊前。张文一看来生意了，摆弄着铜钱儿说："批八字、看命运找我张先生，不准不要钱。"乾隆在卦摊前的小木凳上坐下说："请先生给我算算我的寿命？"张文让乾隆摇了六次铜钱，然后说："您能活八九十岁。""按理说历朝历代的皇帝中能活到八十岁的寥寥无几，只有武则天、忽必烈等屈指可数的几位。"乾隆又问张文："你再算算大清的国运？"张文也不客气推算一番后说："这大清朝有八百年国运，国运可以跟周朝不相上下了。"其实这张文是瞎编的，怕惹上麻烦，就说大清国国运可达八百年，也是历史之最高了。可他哪知道对面的这位乃是当今皇上，皇帝跟老百姓能一样？乾隆听后说："今后此卦验定，必有重谢。"让刘墉付卦金二两银子，后来乾隆果然八十九岁而终，江山八百年而不准。

讲述：刘忠生
整理：吴晓东

125. 乾隆与牧童

阳春三月，桃红柳绿，乾隆刘墉在三姓城东的山脚下游玩，忽然听见高亢清亮的牧童笛声。循声望去，一个十岁左右，穿着灰色褂子、黑裤子、头上扎着个冲天辫的牧童，骑在牛背上。手拿一根短笛吹得正欢，吹了一阵，牧童感觉累了，就用手拍了拍牛脖子说："老牛，我说个谜语，你来猜，要是猜对了，晚上回家给你加料。要是猜不对，就只给你吃草你，记住了吗？"也不知道老牛听没听懂，牧童说："一母生九子，俩儿子做官，俩儿子打扇，四个儿子种田，一个儿子打拳，你猜猜是什么？"老牛扬起头"哞"地叫了一声，也不知道听没听懂。牧童高兴地拍着牛头说："老牛，你真聪明，一下子就猜对了！晚上肯定让你吃饱饱儿的。"

乾隆见牧童活泼可爱，天真聪慧，打心里喜欢，想逗逗他。就上前说："小娃娃，我听你刚才跟老牛猜谜语挺好玩儿，我也猜上一猜好吗？"牧童见这陌生人满脸善意的笑容，不像是坏人就说："行，你猜吧！"乾隆成心逗牧童笑着说："老牛猜对了你还给它料吃呢！我要是猜对了，你给啥奖励？"牧童说："我只有这笛子，你要是猜对了我把它给你。可你要是猜错了呢？"乾隆说："我不要你的笛子，我要是猜不出来，我给你十两银子。我要是猜对了，就把这头牛牵走如何？”牧童当时就急了：“那可不行，我不跟你玩了，你看我是小孩儿想骗我的牛。这头牛是财主家的，我家穷我只好出来给人放牛，要是让你牵走了，财主非打死我不可。”说完牧童骑着牛就要走。乾隆不忍心再逗小牧童说：“那好吧，我不牵你的牛了，但我要是猜对了就刮你三下鼻子吧。”牧童到底是小孩心性说：“好，你猜吧。”乾隆假装猜不出来，嘴里直说：“这是啥谜，好难哪。”牧童催促他说谜底，乾隆半天才说：“我猜出来了是牛吧！”牧童惊讶地问：“你咋猜出来是牛呢？”乾隆指着牧童的牛说：“这一母生九子，两个儿子做官，就是两个牛角，高高在上。两个儿子打扇，是两个牛耳朵像扇子，呼扇呼扇的。四个儿子种田，就是四只牛蹄踩在田里，一个儿子打拳，不就是牛尾巴上下左右乱甩嘛！你说我猜得对不对？”牧童说：“你猜对了。我言而有信，笛子你拿去吧！”乾隆没有接牧童的笛子，笑着摸了摸牧童的脑袋说：“我不要你的笛子。这样吧，我也出一个谜语考考你。你要是猜对了，我还给你十两银子，你要是猜错了呢？我还是只刮你鼻子三下。”牧童说：“行，你说谜吧！”乾隆说：“你听着，不是金银珠宝，也不是西施嫦娥，我一开口你就苦苦想我，你猜猜这是啥？”乾隆心想，牧童肯定猜不出来，哪知牧童说：“谜底是猜谜。”乾隆心里十分吃惊，牧童小小年纪就如此聪明。这要是有钱读书，长大了准能成为人才。

乾隆不禁夸奖道：“你真聪明，猜对了，不过咱们得三局两胜。你再出个谜，让我猜猜？”牧童也不客气说：“那我就给你出个简单点儿的，五谷丰登你说是哪五谷？”乾隆心想，这牧童看我不像种田的，认为我五谷不分，可这分明难不倒我。就对牧童说：“黍、稷、麦、稻、菽这五谷谁不知道。我说出来了，快让我刮你的鼻子。”牧童摇头说：“你只说对了一点，那些是五谷不假，可只能算小五谷。你说说大五谷都是啥？”这回乾隆抓瞎了说：“五谷还分大小，这我真不知道。你告诉我都是啥？”牧童扳着手指头说：“大五谷是悬、蔓、角、根、穗。”乾隆说：“你给我解释解释，啥叫悬、蔓、角、根、穗。”牧童说：“悬，就是树上结的。你看桃、杏、梨、苹果、核桃各种果子，不都是上不挨着天，下不沾着地。生长在树上，不就是悬在那里吗！所以各种各样树上结的果子就叫悬。蔓，就是在地上田秧生长的东西，比如冬瓜、西瓜、黄瓜这叫蔓。角，就是黄豆、红豆、绿豆、芸豆、架豆，凡是在荚角里接种的都叫角。根呢，就是在地下生长的，你看胡萝卜、山药、土豆、花生就是根。穗，就是高粱、小麦、玉米、谷子，凡是有穗的都叫穗。这悬、蔓、根、角、穗就是大五谷，而不是你说的那几样粮食。”乾隆听完牧童的解释，高兴地拍着手说：“真是个小神童，让我涨了知识。没想到你小小年纪竟有如此智慧，让我心服口服。”让刘墉取出几张银票，数也不数就全塞在牧童手里。牧童吓得不敢要。乾隆对他说：“我是经商之人，颇有积蓄，这些银票你拿回去让你爹娘买房置地供你读书。等长大了，要参加科考报效国家，成为国之栋梁，也不枉费我一番苦心。”后来，牧童潜心读书，在乾隆五十多岁的时候考中了榜眼，成为三姓著名的清官。

讲述：刘忠生

整理：吴禹榉

126. 乾隆断母子案

一天，乾隆替富尔松阿在三姓衙门坐堂审案，快中午的时候，一个三十多岁穿着华丽富商模样的中年人拉着一个老太太来到大堂。俩人跪在堂前，中年人讲述了自己为何来告状。中年人叫张旭，不到三岁时，父亲因病去世了，母亲朱氏怕再嫁张旭会受继父白眼，就一个人咬牙把儿子拉扯大。张旭聪明过人，很有经商天赋，逐渐积累了财富，十五岁时就置办了宅院，并雇了丫鬟伺候母亲。

一转眼张旭娶妻生子了，生活相当富足，成了三姓城远近闻名的财主。就在张旭志得意满时，发现了母亲不寻常。朱氏外出回来时经常春风满面，高兴地直哼小曲。张旭不放心母亲，就偷偷跟踪朱氏。一次跟踪可把张旭气坏了，原来朱氏和卖鸡蛋的鳏夫老张头好了起来，他们好像热恋中的少男少女一样，每天有说不完的话，母亲还经常帮老张头洗衣做饭。张旭念在母亲拉扯自己长大不易，就想睁一只眼闭一只眼，不去管母亲的恋情。可没有不透风的墙，张旭母亲私找老头的事情，被演变成各种版本流传开来。张旭成了生意伙伴的笑柄，老丈人也登门大骂他一顿，并将女儿带回了娘家。张旭一看事情闹大了，就跪在母亲跟前恳求她和老张头一刀两断。可朱氏铁了心对儿子说："我含辛茹苦把你养大，如今我是吃穿不愁。可这么多年来，独守空房的日子是多么难熬你知道吗？我明天就搬出去和老张头一起过日子，不再连累你了。"张旭气坏了，就和母亲吵了起来，越吵越激烈。最后，张旭和母亲来到衙门，请大老爷断决，并声明要解除母子关系。

乾隆听完看看张旭又瞧瞧朱氏也犯起了难，这事儿实在不好解决，母子立场不同，谁都没有错。急得乾隆都快冒汗了，忽然灵光一现说："你娘养大你不容易，可张旭也有张旭的难处。这样吧，这件事交给老天来处理。张旭，你明天将你娘的衣服，洗干净后晾晒在院子里，如果天黑之前衣服晾干了，你娘就不改嫁。如果衣服晾不干，你就也不用阻拦你母亲改嫁了，说明天意如此。"第二天一大早，张旭亲手将朱氏的一件外衣洗净晾在院子里，此时万里无云，好一个大晴天。张旭心中暗自高兴，心想，这回母亲无话可说了吧！可是不一会儿，天空突然乌云遮日，大雨倾盆，刚半干的衣服转眼就被暴雨浇透。最后雨一直下到天黑。朱氏看着仍然滴水的衣服说："儿子这是天意，天意不可违啊！"张旭无可奈何地说："天要下雨，娘要嫁人，由你去吧。"

讲述：刘忠生
整理：吴晓东

127. 乾隆断借钱案

三姓城有对交情过命的异姓兄弟，大哥叫张能，兄弟叫王林，二人相邻而居，王林的儿子结婚时因手头不宽裕，向张能借了二十两银子，说好过一年就还钱。王林要打欠条，张能仗义地说："不用，这么多年的感情用不着这套，否则影响兄弟感情。"一晃一年过去了，王林也没有还钱的意思。张能只好试探着提了几次，可王林装聋作哑地不搭茬。张能见王林要耍赖，索性直接要钱，王林竟然昧着良心不认账了，非说二十两银子早就还了，气得张能到三姓衙门告状。原告被告,因为都没有证据,公说公有理,婆说婆有理,吵吵半天,富尔松阿也没有审出个头绪。晚上乾隆、刘墉和富尔松阿在都统府喝酒,席间富尔松阿讲述了张能、王林借钱案。认为此案非常挠头,乾隆说:“你看我的,明天我替你审理此案。”

第二天一大早,王林刚起炕,几个衙役冲进屋,不由分说将他绑了起来,带到衙门。乾隆坐在大堂上一拍惊堂木说:“大胆王林,你犯了持刀抢劫的案子,速速将案子交代清楚。”王林吓得磕头如捣蒜,口称冤枉。乾隆吩咐衙役动刑,王林哭着说:“青天大老爷,我真没有抢过劫,你就是打死我,我也没做过,老天爷能给我作证。”乾隆说:“你的同案犯已经交代了,你还嘴硬。好吧,让你死得心服口服,你将你家的所有财产列上清单,并且说明来源,我会一一查实。如果清单上有遗漏,就是你抢劫的赃款。”王林都快吓尿裤子了,将家里的银子、粮食、家畜等一一写出来,其中借张能的二十两银子也写上了。乾隆看完清单哈哈大笑说:“你果真欠人家二十两银子不还。”王林此时才明白过来上当了,于是羞愧地认了罪。乾隆让王林不但还了钱、赔了理还进行了处罚。

讲述:刘忠生

整理:吴晓东

128. 乾隆与猎户

一天乾隆、刘墉在珠山秘访时,突然听到有小孩的哭声。二人循着哭声找去,看见一个小孩坐在一棵歪脖核桃树下,抱着一头死去的牛哭泣。乾隆二人忙走过去关心地问:“小孩,为何在此哭泣?”小孩说:“我给吴财主家放牛,可牛被猎户放置的捕兽铁夹夹死了。我家穷没有钱赔,吴财主非打死我不可,这可咋办啊?”乾隆见小孩可怜,就给他出主意:“如果牛是被猎户的铁夹夹死的,你可以找猎户赔你的牛。”小孩哭着说:“没有用的,山下屯子的猎户有十几个,你也不知道谁放的,就算知道谁放的,他不承认,你也没招儿。”乾隆十分同情这个小孩,就和刘墉商量了半天。想到一个办法说:“小孩你放心,我有办法帮助你找出猎户,并让他赔你牛钱。”然后吩咐小孩怎样办,听完乾隆的主意,小孩止住哭声,擦擦眼泪,向山下屯子跑去。

小孩进了屯子就高声喊:“我放牛时,发现山上夹住了一头大野猪,有三四百斤沉,谁放的铁夹快点去收。”这屯子也不大,小孩一吆喝,转眼间就围上了十多个猎户,向小孩打听夹住野猪的地方。小孩见人差不多了就说:“你们都放了铁夹吧!为了不争不抢,你们说各自在哪儿放的铁夹,铁夹又做了什么记号儿?”众猎户觉得小孩说的有道理,就一一说明自己放置铁夹的方位和特点。小孩找出了夹死老牛的猎户,但不动声色地追问:“那棵歪脖核桃树下的铁夹是你放置的?”那个猎户喜出望外连忙说:“那是当然,等我卖了野猪,少不了你的赏钱。”小孩带着猎户和看热闹的人向夹死老牛的歪脖树赶去。等到了地方,猎户这才发现夹死的不是野猪,而是小孩放的牛。在众目睽睽之下,猎户无从狡辩,只好掏钱赔了牛的钱。

讲述:王占宇

整理:吴晓东

129. 乾隆说马

一天乾隆、刘墉骑马去三姓城南五十多里地屯子秘访。二人边走边聊，聊着聊着就聊到马身上。乾隆说："还是宫里的御马骑着舒服。"刘墉问："掌柜的，良马和劣马的区别是什么？"乾隆说："好马的食量很大，每天都吃好几担鲜嫩的草料。夜间不但吃草料，还要加几升豆子，而且还要选非常好的精饲料，否则它们就不吃。除此之外，好马喝水也很讲究，不干净的水不喝。每次遛马时，要先给它们配好马鞍，然后松开缰绳开始奔跑。起初并不是很快，一溜儿小跑，跑着跑着，开始加速，越跑越快，一口气能跑二百多里。既不出汗，也不气喘，毫无疲劳之感，这才是好马。刘墉又问："那劣马又是什么样的呢？"乾隆说："劣马食量要小很多，就像现在咱们骑的马，每天几斤草料就够了。不但吃得少，渴时什么脏水都能喝下肚。每次遛马，缰绳还没抖开，马就懒洋洋地跑起来，感觉马跑得毫无精神。跑不了几里地，就气喘吁吁，浑身冒汗，一副疲惫不堪的样子，这样的马就是劣马。"刘墉若有所思地说："看来马的好坏不但取决于先天素质，就和饮食也有很大的关系。"乾隆说："是，好马在饮食上要求精良，而且食量大，因此就有足够的体能抗御疲劳，奔跑时有体力，有耐力。而劣马吃不进很多饲料，身体素质就差，跑不了多远就疲惫不堪。如同人一样，头脑里的知识越多，人就越聪明，更加有才智，才是人上之人。"刘墉感叹道："好马和劣马的区别，不正是人才和庸才的区别吗。"

讲述：刘忠生
整理：吴晓东

130. 乾隆与农夫

一天，乾隆、刘墉和富尔松阿去郊外踏青。一行人游兴正浓，偏偏天上下起了雨。富尔松阿怕皇上淋雨就赶紧张罗着往回走。这时，旁边的稻田里突然跑出来一个赤着上身的年轻农夫，乾隆的马受惊，一个蹶子好悬没把乾隆从马背上掀下来。富尔松阿一看惊了圣驾，这还了得，立即吩咐兵丁将青年农夫拿下。回到三姓城，乾隆的衣服被雨淋得湿透了，他回都统府刚换过衣服富尔松阿就来请乾隆去审青年农夫。乾隆来到衙门，那青年农夫吓得跪在地上大喊冤枉，乾隆心想不知者不罪。惊了圣驾那乃是大罪，可今天自己是私访，农夫并不知道自己是皇上，放过他吧！想到这，乾隆见农夫赤着上身，衣服在胳膊下夹着。问道："你衣服为啥不穿？"青年农夫说："这衣服是我媳妇儿刚给我做的，怕被雨浇湿了。"乾隆又问："那你这具身体是谁给你的？"青年农夫回说："身体发肤受之父母。"乾隆说："对呀，你爱惜媳妇做的衣服，却不珍惜父母给的身体，这不是有罪嘛，冤枉什么？赶紧回家给你的父母磕三个响头，退堂！"

讲述：刘玉成
整理：吴晓东

131. 乾隆体察民情

乾隆扮成占卜先生在三姓体察民情，一天和刘墉在城北五十多里私访。一进屯刘墉就高声吆喝，不大会儿工夫，跑过来一个中年人，将乾隆、刘墉请回了家。中年人姓鄂，也不知道他爹是咋想的，给他起了个名字叫鄂运。也不知道是名叫得不好，还是时运不济。种地大旱，养牛牛瘟，吓得鄂运只好窝在家里。老婆天天甩脸子，儿子娶不上媳妇也埋怨当爹的。鄂运听见有占卜先生进村，赶紧请回家，给自己算算到底问题出在哪儿？乾隆听完笑着说："鄂运鄂运，人人叫你鄂运，你就是有好运也被人叫没了。"鄂运一拍大腿，"可不是，要不先生你给我换个名字吧。"乾隆摇摇头说："不用，我给你一个方法，保你时来运转。"第二天天刚亮，鄂运一改常态起了个大早，第一件事是将木门摔得当当响，这样邻居听见就会说鄂运起来了。然后在屯里溜达，碰见的人都说鄂运走了，坚持了半个月。鄂运干溜达也没意思，就干脆下地干活，果然秋后打的粮食比往年多了很多，真的变成了好运。

讲述：刘忠生

整理：刘玉成

132. 乾隆智审案件

一天，乾隆无事就替富尔松阿坐堂审案。正在审阅积压的案卷，就听堂外鼓响，命衙役带进告状之人。乾隆问堂下跪着的一个双目失明的老者和一个十五六岁的少年："你们谁是原告？"少年人说："大老爷，我是城南演武基人，今早赶牛车进城卖柴，我娘把织的两匹布也拿城里卖掉。走到半道，这个老头儿拦住牛车，想搭我的车进城。我见他是个盲人，年纪又大，怪可怜的就扶他坐上车。谁知到城里下车时，他说我娘织的布是他的，非要抱走，我这才击鼓鸣冤望大人明察。"老头也磕头说："大老爷，我今天进城就是卖布，顺道坐他的车。哪承想他竟讹我的布，请大老爷替我做主。"乾隆问二人："你们都说布是自己的。这布多少尺多少寸，你们可知道？"少年哭丧着脸说："我娘只交代我卖布，也没告诉我多少尺多少寸。"老头儿急忙说："大老爷，布是我的我知道。这块布一尺二寸宽，两丈四尺长，两块宽窄长短都一样。"乾隆让衙役取来尺子，当着众人一量，与老头说的尺寸分毫不差。乾隆大怒一拍惊堂木："年纪轻轻，好大的胆子，竟敢讹诈身有残疾的老年人，真是天理难容。"少年急得泪流满面，说不出话来。这时乾隆说："这块布染得湛蓝湛蓝的，颜色挺漂亮。"少年纳闷儿，这分明是块白布。老头得意地点头说："那是自然，我侄子是开染坊的，我让他把这两匹布染了颜色，为了卖个好价钱。"乾隆和堂上的众人都哄堂大笑，老头听众人大笑，慌了，忙说请大老爷做主。这时乾隆说："大胆刁民，人家好心让你坐车，不但不感谢，反而讹诈人家布匹。明明是白布，哪来的颜色？还不从实招来。"老头还要抵赖，乾隆吩咐衙役动刑。老头怕受皮肉之苦，只好从实招来。原来老头一上车，少年见车上没地方坐，就让老头抱着两匹布。老头趁机用手偷偷量了布匹的长短，心里暗暗记下。乾隆狠狠地斥责了老头，但念其是盲人,年纪又大,免了责罚,命其给少年赔礼,又将布匹还给了少年。

下午又有人来告状,乾隆问所告何事?告状人说:“草民王平,告邻居张三。张三父亲在世时,将房屋作价五十两银子卖给我,我现在要张三腾房子,可张三打赖不倒房子,所以望大老爷为草民做主。”乾隆问王平:“张三父亲卖房给你可有房契?”王平从怀中掏出契约说:“有,有契约。”说着递给衙役。衙役接过契约呈给乾隆。乾隆拿着房契看了半天才说:“房屋买卖可有中间人?”王平说:“不但有中间人,还有好几个证人,能证明张三父亲把房子卖给我,他们几个就在堂外候着。”乾隆让衙役将中间人、证人都带上堂,乾隆一看这帮人,衣帽不整,面带奸诈,都不像本分之人。乾隆问:“张三父亲把房子卖给王平你等知道详情吗?”这帮人七嘴八舌地回答:“确实有这事,我们都知道。”乾隆命衙役传张三上堂。张三急匆匆走上堂,给乾隆跪下声泪俱下说:“大老爷,小民实在是冤枉,望大人为小民做主。”乾隆问:“你可是张三?”“小民正是张三。”乾隆又问:“你父亲生前把房子卖给王平,你为什么不肯搬家腾房?”张山哭着说:“我家与王平是邻居,王平去年盖房。就找我父亲商量,把祖屋卖给他用来扩建。我父亲因这是祖上留下来的产业,不肯卖给他。王平就领一帮无赖,隔几天就来捣乱生事。气得我父亲一病不起,死在家中。这王平逼着我搬家,我拼命抵抗,他就恶人先告状,我何时见过卖房钱。”乾隆听了张三哭诉,又看看堂下跪着的王平等人,心里也明白了几分。立即命衙役,把中间人、证人都带下堂去,只留下王平。乾隆问他:“王平,交接房契时,你可曾设宴款待中间人和证人?”王平说:“卖房置地设宴招待中间人和证人是老规矩了,小人自然少不了的。”乾隆又问:“刚才的证人和中间人都在场吗?”王平答道:“在场,都在场。”乾隆命衙役将这一帮人逐一带上堂,一个一个地问:“王平买房吃酒席时你可在场?”“在场在场。”“在哪里坐?”这帮人万万没想到,乾隆会问这些事,现商量已经来不及,只好胡诌一气,随便说个方向,乾隆命刘墉一一记下,并签字画押。然后让衙役搬来桌椅,让中间人、证人按照自己说的方位对应入席。这帮人顿时乱了套,刚要瞎坐,衙役拿着纸说:“坐得不对,再瞎坐,棍棒伺候。”哆哆嗦嗦的这帮人,有俩人挤了一个凳子,有的三人坐一张椅子。乾隆问王平:“你买房设宴是主人,你就这样安排座位的?”王平见事已败露,就一五一十地招了供,把找人伪造房契,串通酒肉朋友做假证的经过都交代了。乾隆宣判道:“刁民王平,欺压良善,伪造房契。拉下去,重打五十大板,日后若再作奸犯科,定要严惩。其他人打二十大板。”张三谢过乾隆,高高兴兴地回家了。

讲述:刘玉琢

整理:吴晓东

133.乾隆劝财主向善

乾隆、刘墉扮成算卦先生在江北的一个屯子借宿,晚上没事时与这家人闲聊,打听收成、对官府的态度、有没有苛捐杂税。唠着唠着,这家的老太太跟乾隆讲述这个村子的首富钻钱眼儿里的事。首富姓钱,乡亲们都说他是属铁公鸡的,给他起了个外号“钱公鸡”。今年村里赶上大旱,庄稼都晒死了。村子里的两口井也都没水了。唯独钱公鸡家门口的井,打在水脉上,不但没干枯,水还挺充沛。可把钱公鸡高兴完了,成天说这是祖上保佑,就让人用一个大石板盖住井口,井旁还拴条狗守着。向村民在规定时间卖水,一桶水两文钱,其他时间不让任何人打一滴水。这家的老太太渴得实在受不了了,就拿个瓦罐想打口水喝。水没喝着,还被狗咬伤了。老太太儿子和亲戚朋友去找钱公鸡理论。钱公鸡反咬一口,说老太太偷他的井水咬死活该。气得老太太咬牙切齿地骂:“这个钱公鸡咋不瘟死。”她儿子也说:“这个钱公鸡一点人性也没有,他要死了,村里人谁也别给他抬棺材,就是臭在家里,也没人理他。”

说来也巧,第二天钱公鸡家就死人了,但死的不是钱公鸡,是他爹。头一天还好好的,早上叫老人吃饭时,发现老人已经身子冰凉。钱公鸡对外人一毛不拔,但对他爹还挺孝顺。棺材用的是最好的木材,还请来和尚、道士给他爹念经,超度亡灵。可是除了儿孙外,村里没一个来吊丧,灵堂是空空荡荡、冷冷清清。乡亲们私下都商量好了,谁也不去钱家帮忙。就让他爹在灵堂躺着,看他家的笑话。钱公鸡毛脚了,这丧事没有乡亲们的帮衬,就没人抬棺材,遗体还不得烂家里。钱公鸡咬牙和老伴挨家哀求,谁给他爹抬棺材,就给一两银子。按说价给得也不低了,可乡亲们受够钱公鸡的气了,愣是没一个人来帮忙。钱公鸡又开出了二两银子的价,乡亲们还是不干。又挺了一天,钱公鸡急得快给乡亲们跪下了,让乡亲们自己开价,只要说个数,他全都照办。真有人开价,要想抬棺材可以,要一步一文钱。抬到钱家祖坟有多少步算多少钱。钱公鸡一听乐坏了,一步才一文钱就答应下来。

出殡这天,乡亲们都来帮忙了,丧事终于能正常进行了。乾隆和刘墉也跟着看热闹,几个壮汉把棺材抬起来,乡亲们哭着往外送。刚迈一步,旁边有专门记步的人就喊“一”,钱公鸡心里这个气,棺材还没出灵堂这就算上了。再走一步,就听喊“二”,乡亲们诚心治钱公鸡,都商量好了走碎步。等棺材慢吞吞地抬出院,已经走了五百多步了。这可是五百多文钱,四个人就是两千多。钱公鸡心都在滴血,乡亲们抬着棺材拐着弯儿走。等出了村,走了整整三千步,钱公鸡一算一千文就是一两银子,四个人就是一十二两银子。这才出村口,离祖坟有还好几里地呢!心疼得钱公鸡直拍大腿,明白自己上当了。一路上钱公鸡也没心思哭了,暗暗地查着步数,怕乡亲们骗他多查。走了能有一半,钱公鸡查不下去了,彻底崩溃了,一屁股坐在地上哇哇大哭。乡亲们给弄愣了,都停下来看着钱公鸡。钱公鸡掰着手指头说:“这才一半的路,就已经三万多步了,就是三十多两银子。四个人就是一百二十多两银子,这要是抬到祖坟就得二百多两银子。我实在撑不住了,这是要把我家底掏干喽!干脆就地挖坑,把我爹埋了算了。”乡亲们说:“行,但挖坑也不能白挖,一锹土一文钱。”钱公鸡吓坏了:“这咋还要钱?”乡亲们说:“吃你一口井水你都要钱,谁白帮忙你干活?”钱公鸡苦苦哀求乡亲们,乡亲们把棺材往地上一放,就要往回走。钱公鸡连哭带号地商量,顿时乱成一锅粥。这时,乾隆喊了一声:“乡亲们,听我说一句。”大伙儿一看,算命先生有话要说,就都静了下来。乾隆对乡亲们说:“死者为大,棺材放半道是对逝者的不敬,大伙对钱公鸡恨不能算在死者身上。”转过身,对钱公鸡说:“你看到了吧!与人方便,自己方便。人在做,天在看。因果循环,你别怨乡亲们刻薄,这都是你给逼的。这事儿怎么办,还得看你。”钱公鸡擦擦眼睛,似乎明白了些什么。对乡亲们说:“我承诺一步一文钱,就一步一文钱。”大伙儿一听,抬起棺材,三步并作两步,一会儿就到了祖坟。回到家钱公鸡把井口的石板搬掉,让乡亲们随便打水。从此,村里谁家有事钱公鸡都帮着张罗,处处替乡亲们着想,大伙也不管他叫钱公鸡了,都叫他“钱善人”。

讲述:王国政

整理:吴晓东

134. 给乾隆做菜

这几天富尔松阿上老火了。皇上在自己府上,每天吃菜只夹几筷子就说没胃口,急得十个大厨轮班换花样地做山珍海味,珍禽佳肴,乾隆也吃不几口。又请三姓的名厨做风味小吃,乾隆也没胃口。急得富尔松阿将府上厨师一顿臭骂。

这天中午,富尔松阿亲自到厨房看看,给皇上做的饭菜咋样了?到厨房一看,厨师们有气无力地切着菜,他就气不打一处来。心想不敢跟皇上计较,我还收拾不了你们了。指着厨师们就是一顿暴骂,越骂越难听。什么“手艺是师娘教的”“炒的菜跟狗屎一样难吃”厨师们被骂得低着头,大气儿不敢喘。这时,给富尔松阿府上送菜的菜农刘二挑了两担青菜来到厨房,富尔松阿也是气糊涂了,指着刘二说:“我白养你们这些废物,就他做菜都比你们强。”有个厨师相当机灵,帮刘二放下菜就拽住刘二说:“你快说说会炒哪个菜?我给你打下手。”刘二哆哆嗦嗦地说:“我就会炒一个菜。”厨师们都掩口偷笑。“什么?只会炒一个菜。”“我们这些人哪个不炒百十道菜。”大家交头接耳地议论。富尔松阿也是病急乱投医,急昏了头,就问刘二:“你说说你会做哪道菜?”刘二稳稳心神,压压心跳说:“我就会做罗锅钻席筒。”富尔松阿一听连声说:“好好,你赶快做,我要看看这罗锅是怎么钻席筒的。

刘二吩咐厨师:“给我来鲜葱十根,虾仁半斤,油、盐、酱、醋备好。”厨师们也不敢多说,赶紧将葱、虾仁、调料都端上来,然后在一旁看刘二炒菜。刘二先将葱洗干净,切成两段,只要绿的葱叶,不要葱白。然后水烧开,将虾仁往开水锅里烫,用笊篱捞出。另起锅烧热油,把虾仁放进去,煸炒片刻,又放姜末等调料炒了几下,把葱管倒进锅,扒拉几下就出锅了。厨师们咬着耳朵说:“什么罗锅钻席筒?这不就是大葱炒虾仁吗?”富尔松阿见通红的虾,碧绿的葱,搭配在一起,菜色鲜明,更好笑的是炒熟的虾弯着腰,好像是要往葱管里头钻呢!难怪叫罗锅钻席筒。富尔松阿端着菜给乾隆送来,乾隆一看挺高兴。夹起一个虾仁送进嘴里一嚼,嘎巴脆,满口香,乾隆边吃边叫好。不一会儿,乾隆把一盘菜吃了个精光。然后问富尔松阿:“这道菜叫什么名字?”富尔松阿说:“叫罗……罗汉钻席筒。”为啥改叫罗汉钻席筒?因为刘墉在乾隆旁边站着哪。

讲述:李　林

整理:吴晓东

135. 乾隆买牛

这天，乾隆、刘墉来三姓的牲口集市来买马，十里八乡的村民都在集市上交易牲畜。集市上有个规矩，讨价还价都用手势和眼神交流，不许说出来。所以集市上虽然人来人往，但十分安静，非常有趣。乾隆进集东瞧瞧西瞧瞧，感觉新鲜。忽然发现一个墙角下站着一个二十岁左右的年轻妇女，头上戴着白花，身穿青衣。不用说这是寡妇，集市上都是一群男人来买卖交易，很少有女人出现，何况一个年轻漂亮的寡妇。很多人都盯着她看，乾隆见小寡妇手里牵着一头小黄牛，就忘了买马的事，对刘墉说："多可怜的小寡妇，咱们帮帮她，问问她的牲口什么价钱？"买牲口要用手势暗语，买卖双方在袖子里比画数字，外人是看不到的。乾隆过来，刚想与寡妇抬手问价，小寡妇赶紧躲开说："哎呀，俺一个妇道人家，怎么能跟陌生男人拉手呢！"乾隆问："那你这头牛怎么卖？"小寡妇说："我这头牛一口价，小二姐扑蚂蚱。"乾隆傻眼了，挠挠脑袋问刘墉："啥叫小二姐扑蚂蚱？"刘墉也一头雾水，急得乾隆说："什么叫小二姐扑蚂蚱，我给你个小寡妇上坟怎样？"这句话勾起了小寡妇的伤心事，想起了死去的夫君，眼泪不自主地流了下来。哭了一阵，擦了擦眼泪说："行，就这么定了，你掏钱把牛牵走吧。"乾隆也就是顺口一说，根本不明所以。迟疑半天，也不知该掏多少钱。小寡妇脸色一沉说："怎么要反悔？看你穿戴像个有钱人。快拿钱来，牛你牵走。"乾隆尴尬不已陪着笑脸说："我刚才是跟你开个玩笑，你别当真。"说完转身要走。小寡妇不干了拽住乾隆说："俺一个妇道人家跟你开什么玩笑？我婆婆病重，我才卖牛换钱。你竟然要戏弄于我，大家快来评评理。"

集市上的人都来看热闹，越围人越多。一个来集市上卖包子的师傅也端了一笼包子过来瞧热闹，听明白了事情原委后。包子师傅上前劝解，"多大点儿事，你也别小二姐扑蚂蚱了，你也别小寡妇上坟了，各让一步，就包子凉了另上笼吧。"小寡妇寻思片刻点头说："也行，我急等钱给婆婆看病，就照你说这个价吧。"乾隆一句也没听懂这个价是什么价，卖包子的师傅这才明白，这位是外行。笑着说："人家要小二姐扑蚂蚱，是五两五的意思。你给人家小寡妇上坟，不就是七两七吗。你出价比报价高，她自然愿意卖给你。我出的价是包子凉了另上笼，就是六两六。这样她也不吃亏，你也不上当，正合适嘛。"乾隆这才恍然大悟，慷慨地说："大丈夫一言九鼎，我给你'小寡妇上坟'，就出'小寡妇上坟'的钱。"掏出七两七钱银子递给小寡妇，与刘墉牵着牛，迈着轻盈的步伐出了集市。

讲述：王占宇

整理：吴晓东

136. 乾隆留对联

乾隆和刘墉一天去烟筒山附近体察民情，一路欣赏山色风光。刚进村，乾隆感觉口渴，看见路旁一户人家门前围着一群人十分热闹。乾隆是个爱凑热闹的人，凑上前去，打听这家人在干什么。原来这户人家姓李，主人叫李二，今天李二家盖新房上大梁。左邻右舍亲朋好友都拿着礼物前来贺喜。李二正乐呵呵地迎接前来贺喜的亲友，见人群中有一张陌生的面孔，就上前抱拳询问。乾隆还了一个礼说："我二人是外地客商，路经贵村，想讨杯水喝。"李二是好客之人，便请乾隆进屋喝茶。乾隆客气地说："不必麻烦了，我们喝完水就走。"李二说："哎！相逢不如偶遇，我今天备好了待客的好茶，你尝尝。"说着把乾隆、刘墉请到不远的老房子。

老房子里坐着村里的两位先生，都是给李二写上梁对联。可对联儿只有一副，两个先生，谁也不好意思写，就坐那互相谦让。正巧这时李二领着乾隆进屋，其中一位先生说，人有三急，先去方便一下就走了。另一位见状，也找个借口走了，李二见两位先生都走了，马上着急了，谁写对联？就出去撵两位先生，屋里只剩下乾隆、刘墉二人。乾隆自己动手倒了一杯茶，喝完后还没人来便起身想走。刘墉说："掌柜的，这家主人热情好客，今天又是大喜日子，乡村的先生谦让不肯写，不如您留下一副对联，以感谢招待之情。"乾隆看见文房四宝摆在桌上，手就有点痒痒，一听刘墉这么说，高兴地提起笔在纸上写道：上梁正逢黄道日，竖柱巧遇紫微星。写完便起身出门。李二把先生请回后，先生一见对联已写好，那字写得铁笔银画，力透纸背，再细看对联，吓得出了一身冷汗。对李二说："咱们真是有眼无珠，刚才那位乃是当今皇上。"李二也吓得够呛，哪还敢将对联贴房梁上，仔细地收好，留作传家之宝。

讲述：刘忠生
整理：吴晓东

137. 乾隆难村妇

一天，乾隆与刘墉在牡丹江边游玩，看见江边一户人家的门前贴着一副对联。上联写：千家不及我，下联写：万事不求人。乾隆心想：什么人家如此大的口气，怕是连我也不敢说这样的大话，于是和刘墉走到门口拍打门环。"请进。"一个女人说。乾隆推门进院，见院里一位妇人，正在织布。就开门见山地说："这位大姐，我对你们家门上贴的对联甚是不解，你能否为我们解惑?"妇人见二人气宇轩昂，就解释说："因为我手巧，这都是大伙跟我开玩笑呢！"

乾隆晚上和富尔松阿吃饭时讲了此事："这妇人口气甚大，咱们难为难为她吧！"第二天一大早，师爷领着几个衙役去了妇人家。师爷对妇人说："听说你手巧，大人命你三天内织出一匹布，要将城外的山全都盖住，否则将你一家问罪。"妇人的丈夫一听，连忙跪在地上磕头求饶。可妇人却说："好吧，请你转告大人，我一定完成。"妇人的丈夫非常着急，帮着妻子忙前忙后。可一天也只能织出来几丈。到了第三天，妇人仍不慌不忙。她丈夫唉声叹气地说："咱们是吃定官司了。"这时师爷又来了，进院就问："布织好了吗？大人可说了，要是织不好，可要治罪了。"妇人笑着上前说："布已经织好了，就是不知道城外的山有多少丈长？

你回去跟大人说，量好山的尺寸，再回来取布。”师爷回来一学，乾隆和富尔松阿只得互相一笑，就此作罢。

讲述：刘忠生
整理：吴晓东

138. 乾隆祭祖

马上要过年了，乾隆对富尔松阿说：“每年的春节，朕都要在坤宁宫举行祭祀仪式，今年在三姓城咱们就去神树寺举行吧。虽简陋，但礼不可废，一切还需按程序进行。”富尔松阿领命置办齐一切物品。

第二天和刘墉陪着乾隆去神树寺祭祖。祭祀完毕，富尔松阿命士兵将猪下水和稻谷放进索伦杆的锡斗里，进行最后一项吃祭肉。祭肉就是白水煮肉，以前满人生活条件艰苦，当时没有盐和其他任何佐料，后来这种吃法一直在沿用。而且祭肉必须全部吃完，否则就是对祖宗的大不敬。乾隆亲自割了三大块猪肉，其余给士兵们分吃，富尔松阿瞅着手里的猪肉，好家伙，四四方方一大块，足足有三四斤，油乎乎的肥膘子，看着直想吐。可又不敢不吃，只好捏着鼻子忍住恶心，咬一口嚼半天艰难吞咽。就在富尔松阿像上刑一样吃肉时，发现一旁的刘墉从袖子里头掏出一张纸，然后用纸包着肉吃，吃得还挺香。富尔松阿冲刘墉使了个眼色，意思是你也给我张纸，可刘墉好像没看着似的低头只顾自己吃肉。原来刘墉以前在这件事上吃过亏，一大块白水煮肉吃下去，好像过鬼门关一样，苦不堪言。昨天听说要祭祖，刘墉就提前用高丽纸泡盐和酱油，晒干后叠好装进袖子，吃猪肉时被热气一熏，盐味儿就出来了。虽然不好吃，可比没咸味的白水煮肉强多了。再难吃也得吃，富尔松阿吃得直翻白眼儿，还得装出一副好吃的样子，好不容易把一大块肉吃完，富尔松阿差点没背过气去。

讲述：刘忠生
整理：吴晓东

139. 乾隆典当

乾隆在三姓城东五六十里的一个村子体察民情，因为见不得穷人受苦，就这个给十两银子，那个给二十两。最后刘墉说：“掌柜的，咱连盘缠都没有了，拿啥打尖住店？”乾隆还埋怨刘墉：“你咋不提醒我点，这回咋办？”刘墉哭笑不得说：“我说爷，你要给人钱，谁敢拦着，说啥也没用了，还是想想怎么解决问题吧。不行找个村子里的富户借点，等回三姓城再派人送来呗。”乾隆一瞪眼：“从古至今，你听说哪个皇帝找人借钱？再说了，就算咱肯借，也没人能借咱们哪！你再翻翻兜儿，看看还能不能找到钱。”刘墉摸索了半天，一个大子儿也没找着，急得直抖擞衣服说：“哪还有钱？一个子儿也没有了。”乾隆忽然看见刘墉腰上挂着一块玉佩，一把给撸下来说：“找个当铺把它当了，咱不就有钱了吗？”刘墉说：“这块玉不是古董，不值钱，谁肯当？”乾隆说：“管它值不值钱，不试试咋知道。”

二人来到村里唯一的当铺，进门将玉佩交给柜台上的一个小伙儿：“你看这玉佩能当多少银子？”小伙儿打个唉声说：“你拿走吧，我家当铺马上就黄了，啥也不当了。”乾隆说：“别呀，我二人经商，路过此处，遇上了难处，身上已经分文没有了。你看看能不能多少给当点儿？”小伙儿接过玉佩看了看说：“这玉不值钱，我看二位肯定是遇到难处了。这样吧，我给你当二两银子，你看行不行？”乾隆一想，二两银子够回到三姓城了。于是就收下银子，拿着当票回城了。过了两天，乾隆骑马又来到当铺想赎回刘墉的玉佩，又与小伙儿聊了半天。要走时，乾隆掏出一个鼻烟壶说：“你看看这个。”小伙儿接过来仔细端详了半天才说：“莫非你想当它？”乾隆点了点头。小伙儿又问：“你想当多少银子？”乾隆反问：“你能给多少银子？”小伙儿说：“因为我爹经营不善，这个当铺已经开不下去了，给你的二两银子已经是所有的活动钱了。说实话，我没钱收你这个鼻烟壶。”乾隆说：“这个鼻烟壶，就当五两银子，你看如何？”小伙儿心想这么好的东西才当五两银子，于是出去借了五两银子交给乾隆，并约定十天赎当。半个月过去了，乾隆也没有出现，鼻烟壶算是归当铺了。有了这个鼻烟壶在，当铺就仍然经营着。慢慢的生意越来越好，到了年底，一盘算竟然赚几百两银子。

一天，刘墉发现乾隆经常把玩的鼻烟壶不见了，就问乾隆鼻烟壶哪儿去了，乾隆说我送给当铺的小伙儿了。刘墉惊讶地问：“那个鼻烟壶是圣上最爱的东西，乃是无价之宝，你怎么会舍得送人？”乾隆一笑说：“东西再好它也是死物，善心才是最珍贵的。在你困难的时候，能倾其所有帮助你的人才是最值得珍惜的。”

讲述：刘忠生
整理：吴晓东

140. 乾隆写对联骂老板

一天乾隆、刘墉在一个村子私访。走得又累又渴的时候，发现前面不远处有个小酒铺。二人进店点了几个酒菜吃喝起来。结账的时候刘墉一摸兜，坏了，一个大子儿没有。就问乾隆：“掌柜的，我这没钱了，你那有没有？”乾隆说：“银子都在你那，我这哪有？”刘墉说：“那咋整，咱这吃完喝完却没钱结账。”乾隆召唤老板过来，“我二人今天出门忘带钱了。酒钱我明天给你送来行不行？”老板一听：“不行不行不行，看你们穿得溜光水滑，谁知道是竟是表面光鲜。我这小店利薄，禁不住赊欠，今天你不给钱就别想出这店门。”乾隆生气也说：“这就仨瓜俩枣儿的钱，我还能黄了你不成。只不过今天手头不方便，明天我给你双倍怎么样？”老板一撇嘴又说：“哟！说大话谁不会，还不差这俩酒钱，那你倒是掏钱呢！”乾隆脾气上来了说：“我今天就没钱了，你愿意咋办就咋办。”乾隆这一横，老板倒没招了，看这二人不像是没钱的主，万一得罪狠了，没准吃亏的是自己。于是把话又拉回来：“一看二位也不是打赖之人，明天还钱也行。这样我在后屋又开一间酿坊，你给我写副对联。比如夸我小店干净卫生，我酿的酒香、醋酸，养的猪个头大等等，反正都是好话吧！对联一定要工整大气，写得好就让你们走。”乾隆暗想：“这抠门老板事还不少，待我戏弄你一番。”于是乾隆满口答应,让老板备好纸笔写道:养猪大如牛老鼠头头死。下联写:酿酒缸缸好造醋坛坛酸。横批:人多病少财旺。然后指给老板念:养猪大如牛,老鼠头头死,酿酒缸缸好,造醋坛坛酸,横批:人多、病少、财旺。老板高兴坏了,忙张罗着把对联贴好,趁老板找糨糊的工夫,乾隆用笔把对联断成:养猪大如牛老鼠,头头死。酿酒缸缸好造醋,坛坛酸。横批:人多病,少财旺。对联贴出,门前就围满了人,一个个看得捧腹大笑。老板走出来一看,是这么回事,气得他嘴唇发青好悬没昏过去。

讲述:刘忠生
整理:吴晓东

141.乾隆写寿联

一天乾隆与刘墉二人在土城子地界私访。路过一个村子时,听见一户人家的大院里人声鼎沸,热闹非凡。爱凑热闹的乾隆拉着刘墉进院去瞧个究竟。乾隆进院一打听,原来今天是这家的老太太的八十大寿。老太太老伴死得早,她一个人把一帮儿女拉扯大。儿女们也争气,做官的做官,经商的经商,而且十分有孝心。这不老太太八十了,儿女们决定给母亲好好过个生日,这才大操大办地宴请全村和亲朋好友。乾隆也找了个座位坐下来。

开席前人们纷纷献上寿礼。宴席上,挨着乾隆座位的是个老头,见乾隆两手空空进来,坐在这也不吱声,就挤对乾隆说:“瞧着你眼生,你是老太太的远方亲戚?这大喜的日子,咋还空手来的?”乾隆说:“谁说我空手而来的,一会儿我给寿星老写副对联贺寿。”这老头一听站起来大声高喊:“大伙都静一静,这位先生要给寿星写副对联。”他这一吵吵,满院都静下来看向乾隆。老太太儿子说:“此事甚好,正好缺一副寿联。这样一来,这寿宴就圆满了。我等才疏学浅,怕写不好,先生真是雪中送炭啊!”说完忙备好纸笔,乾隆也不谦让,走上前拿起毛笔蘸饱墨汁唰唰写道:“这老太太不是人”。围观人顿时愣了,这大喜之日咋带骂人的呢?大伙儿刚要发作,就见乾隆后边写:“九天仙女下凡尘”。大伙这才松口气,心想原来是这么回事。乾隆写上联:“生的儿女都是贼”,老太太的儿女们都不乐意了,怎么写出这样不雅的寿联。乾隆不慌不忙地接着写:“偷得蟠桃献母亲”。众人待乾隆写完对联,完整一念,连连称绝。

讲述:刘忠生
整理:吴晓东

142.乾隆讲述神树寺的来历

乾隆、刘墉和富尔松阿在都统府喝酒,乾隆吩咐富尔松阿备齐祭祖的礼品。刘墉问乾隆:“为什么叫神树寺呢?”乾隆放下酒杯:“这要从我们满族的起源说起了。”

三位仙女在长白山天池里沐浴,忽然飞来一只鸟叼了一颗朱果,放在了岸边的衣服上,三位仙女中最小的妹妹佛库伦吃了仙果,生了一个男孩起名叫布库里雍顺。他生下就会说话，一会儿就长成了小伙子。佛库伦给儿子编了个筏子，让他顺水而下，去平定叛乱。

布库里雍顺坐在树条筏子上，沿江而下，他一面欣赏江两岸的景色，一面回想着母亲的叮嘱，他的出生就是要到鄂多里城去平定三部的争斗，使百姓过上安居乐业的生活。筏子在激流中随波起伏，飞快地向前驶去，走了能有大半日的路程，速度渐渐地慢了下来，南岸出现了一座城池，高高的城门上门额上竖着写三个字“鄂多里”。布库里雍顺心想这里就是母亲佛库伦所说的三个部落争斗的地方了。于是，他弃了筏子走向南岸，学着母亲的样子，在岸边的树上折了些柳树条，编了一把座椅，然后端端正正地坐在椅子上。

鄂多里城由三个不同姓氏的部落组成，分别是卢、舒、葛，由于这三个部落互相间都要争当首领，统一其他两个部落，长期以来摩擦不断，动不动就要刀枪相见。有时候因为一件小事就打得难解难分。在不断的战争中，男人们流血丧命，妇女和小孩儿流离失所，家园被毁了，牲畜被抢光了，人们过着食不果腹、衣不遮体的生活。但是战争却无时无刻不在进行着，人们越来越厌恶战争，祈求和平。可是战争就像恶魔一样，死死地缠着厌战的人们不肯离去。和平快乐的生活，无论人们怎样祈祷，依旧是无影无踪。灾难和失去亲人的痛苦却始终笼罩着鄂多里，像巨石一样沉甸甸地压在人们的心头。几天前，为了在狩猎中争夺一只梅花鹿。卢、葛两个部落便厮杀起来，先是小股争斗，没有分出高低，整个部落的男人全部参战，直到打得尸横遍野血流成河。舒氏部落乘机出面调停，但争执的双方仍然各执己见，都不肯放弃梅花鹿。最后梅花鹿归了调停的舒氏部落。当舒家兴高采烈地抬走了梅花鹿之后，卢、葛两个部落才醒悟过来，觉得十分后悔，双方白白争斗了一场，失去了几十条鲜活的生命，最后却是鹬蚌相争渔人得利。于是乎，卢、葛两个部落又经过协商后，联合起来攻打好心调停的舒氏部落。而舒氏部落认为卢、葛两家背信弃义，反复无常，也在磨刀霍霍地准备迎战。就在这个节骨眼上，布库里雍顺来了，鄂多里城外卢、葛两个部落的队伍在出征的号角声中披挂集合，战马在不安地嘶鸣，妇女、老人和孩子在哭泣，而部落的头人正在慷慨激昂地演说。为了一只梅花鹿打得死去活来的两个部落如今握手言和，一起去征讨他们共同的敌人了，头人们鼓舞气势，接着便是焚香拜天。杀白马、乌牛盟誓，然后卢、葛俩部落的头领饮血酒，准备共同出战，不获全胜誓不罢休。出征的战士们吃饱喝足后，便提着木桶出城来，打江水饮马准备出发。

当打水的人们来到江边时，发现了一个相貌奇伟的少年男子，端坐在一把柳条椅子上。是那样的庄重安详、气宇轩昂，一派仙风道骨，如天神一般，使人望而生畏。人们忘记了去打水，心里都在嘀咕：“莫不是天神下凡来拯救我们了吧！”一个年龄较大的士兵壮着胆子走到布库里雍顺的近前，小心翼翼地问：“你是谁？你在这里干什么？”“我叫布库里雍顺，是仙女佛库伦的儿子。我生来就是为了平息你们鄂多里城的战乱，快去把你们的头人找来。听了布库里雍顺的话，士兵们觉得有救了，仗可以不打了，也不会有人牺牲了。他们敲打着木桶，一边唱歌一边跳舞，闻讯而来的人越来越多，他们和着舞蹈的拍节拍着巴掌，嘴里还“空齐”“空齐”地随着舞步助唱着。

城外江边出现了天神的事，早就有人进城报告了正在准备出征的卢、葛两部落的头人。与此同时，舒氏派出打探卢、葛部落军情的哨探，也把这个消息报告给了舒氏部落的头人。

舒氏部落是鄂多里城三个部落中力量最弱的部落，他总是在战斗中对联合对象，靠着以智斗勇才能偏安一隅。这次调停卢、葛纠纷中占点小便宜，没想到为了一只鹿，卢、葛两家联合起来共同讨伐他，舒氏部落知道，卢、葛联军的进攻氏是不可能以自己的武力能阻挡得了的，就硬着头皮做了死拼到底的准备，然后这场力量悬殊的战争，就连舒氏的头人也觉得毫无胜算，这次战争“国”是必亡了。舒氏部落里家家流泪、人人自危，因为头人已经下令，破城之前，家家都要按照规定把妇孺杀掉，免做俘虏遭到那不堪想象的蹂躏，同时还要在决战之前，将卢、葛两个部落在这里做抵押的头人子侄处决，悬首城门，以示决心。当然舒氏部落在另外两个部落作为人质的子侄肯定也免不了同样的命运。就在舒氏部落以必亡的心态准备拼死一搏的时候，哨探飞快地赶回来，把布库里雍顺的出现以及卢、葛部落的士兵厌战的表现报告给头人。舒氏部落立刻轰动起来，不管布库里雍顺天神身份是真是假，只要有人站出来平息这场生死存亡的战争，就是他们当前的大救星。士兵们放下刀枪一起拥到头人的住所前，又是欢呼又是焚香，要求头人率领部落去叩拜天神。头人和手下的头领们商议后，决定抬着梅花鹿去交给布库里雍顺，这样卢、葛两部落出兵讨伐的借口就堵住了。再把两部落人质交还，这样以布库里雍顺为担保要回自己的人质，即使战争再打，也会降低伤亡，人质得以安全。主意已定，头人率全城的百姓和士兵未持刀枪，抬着梅花鹿，簇拥着人质，唱着歌向江边走来。卢、葛两个部落的头人早已赶到江边，正和布库里雍顺交谈着，布库里雍顺的出现他们也是半信半疑。俗话说杀敌一千自损八百，舒氏部落拼死抵抗，自己即使赢了，也要也要付出惨痛的代价。就在犹豫不决时，有人大喊：“舒氏部落来了！”人们顿时紧张起来，纷纷举着刀枪准备迎战。然而人们看到是一支载歌载舞的队伍由南而来，片刻间舒氏部落的头人带队来到近前，先是向卢、葛两部落头人请安，然后拥抱致意。又叫人抬上来梅花鹿，并表示了自己不应该在调停中坐收渔利，收受这份不属于自己的猎物，最后交还了人质，发誓永远和好，不再发动战争。卢、葛两部落的头人被这诚挚友好的行为、善良的语言感动了。三个部落的头人将梅花鹿献给了布库里雍顺，布库里雍顺将梅花鹿分成三份，每个部落各分一份鹿肉，再一次饮血盟誓，永不争斗。人们激动得又是流泪，又是欢呼。他们把布库里雍顺抬起来，举过头膜拜。

鄂多里城东边有一个强大的熊部落，打探到今天鄂多里三个部落决斗，就想趁着三部落你死我活的时机，逐一吞并。于是熊部落的部队正在逼近鄂多里城，熊部落来犯的消息让正在江边欢庆和平的人们心头又是一紧，三个部落人们目光纷纷投向布库里雍顺。布库里雍顺振臂高呼：“真正的敌人来了，我们要团结一致，共同抵抗外敌。”三个部落的人马迅速地集合起来，排成三个方队，整齐地站在城前。布库里雍顺在三个头人的簇拥下站在队伍的最前头，军队中鸦雀无声，执戈以待。熊部落的人马在离城两里以外便停住了脚步，他们惊奇地望着早有准备、严阵以待的鄂多里三部，熊部落各个击破的战略落空了，他们急忙后退，然后拼命逃跑。“我们胜利了，我们胜利了！”鄂多里的三个部落的人们又一次欢呼起来，他们亲身体验到了联合力量的强大。从此三个部落再无战争，布库里雍顺给鄂多里城起了个新名字，“依兰哈拉”城（依兰哈拉是满语，也就是三姓的意思）。三姓城在布库里雍顺的带领下逐渐繁荣起来，他被供奉为三姓的首领，人民的生活从此安定下来。

布库里雍顺在百姓生活富裕后，领兵将周围的大小部落逐个统一，使三姓城的范围逐渐扩大，兵力也不可同日而语。春秋寒暑，冬夏往来，三姓城的和平安宁又被破坏了，布库里雍顺的后代子孙，居先主之功，慢慢地骄奢淫逸起来，残酷的压榨和盘剥，使百姓没有了活路。部众们揭竿而起直捣城主府，杀掉了府里的所有人。就在这时，布库里家族一个叫凡察的孩子，他只有六七岁，看到愤怒的人们冲进了自己的家，杀掉了亲人，他先是吓呆了，躲到了马棚。而越来越近的杀声吓得他要赶快逃离这个可怕的地方，不然性命难保。于是他跳出了院墙，飞快地向西南方向的荒郊里奔逃。太阳已经偏西了，部众们还在首领府里继续搜索仇人，一个领头的人说："大家要仔细地搜查，不要漏了一个仇人，不然将来后患无穷。"人们逐一翻看尸体，认真地数着，忽然一个部众说："人数不对，少了一个叫凡察的孩子。"为首的人说："一个小孩能跑哪儿去？仔细地搜。"人们仔细找遍了府里的所有角落，仍然没有找到。为首的人说："凡察一定是跑了，这样咱们兵分几路去追。"说着带领十几个部众出府门跨上马，沿不同的方向追去。

凡察在旷野里拼命地跑着，他不时回头张望，看有没有人在追他。凡察心慌意乱，只想躲过这场灾难。可是能逃多远？逃到哪里去？连他自己也不知道。反正只要跑得远远的，离开这个可怕的地方，他不断叮嘱自己要跑得更远才行。然而凡察毕竟是个孩子，他跑了大半个时辰，已经心头乱颤，气喘吁吁，一点力气也没有，奔跑的速度降下来，慢慢地连走也走不动了。他越是心里着急，两条腿越是不听使唤，急得他哭了起来，家已经没了，自己的死活尚且未知。凡察只有一个信念，赶紧逃命，只要有命还在，就能延续爱新觉罗氏族。我凡察，布库里雍顺的后代，要建立一个新的家，一个更大更好的家。"凡察正在迷迷糊糊地胡思乱想，忽然听到由远而近的马蹄声，他回过头去，看见远处扬起的灰尘越来越近，仇人追来了。凡察吓呆了，怎么办？跑已经跑不动了，躲又能躲在哪儿呢？他四下环顾着，这里一片旷野，无遮无盖，连一块较大的石头都没有。再往前就是江边的一座山拦住了去路，山上只是稀稀拉拉地长着几棵小树，哪里躲哪里藏？急得凡察出了一身冷汗。心想难道我今天要命绝于此吗？还不如在府里和亲人死在一起。追兵越来越近了，不消片刻杀身之祸就会临头。而此时凡察是一点力气也没有了，一步也跑不动了，只好无奈地拖着疲惫的双腿挪动到牡丹江边上的一棵被雷火烧枯的老榆树下。双手抱着树干，凡察心想："来吧，等你们追到近前，我就跳河自尽，绝不会落入敌人的手中。"

说来也巧，随着落日余晖，这棵枯败的榆树迎来了乌鸦的返巢。这一大群乌鸦密集地落在枯树上，把凡察遮得严严实实。他们那悠闲自得的样子，仿佛这个世界上除了他们，没有任何生物。他们有的相互呱呱地叫着，似乎在唠着家常；有的伸腿展翅，用尖尖的嘴巴梳理着羽毛，一派祥和的景象。追兵们赶到了，他们跳下马来，向四下看了看之后，就在坡下搜寻起来。搜了一阵后，什么也没搜到。他们奇怪地问道："刚才好像看见一个小孩站在这里，怎么这一会儿就不见了？凡察只是一个几岁的小孩，根本跑不远。你们刚才是看清他在这里了吗？""没错就在河边的枯树那。"为首的人笑着说："你眼神真是不好使啊，枯树落满了乌鸦，要是有人，乌鸦怎么会落在那儿，被不住他吓得掉江里了。"其余的人也随声附和，为首的人下令，又搜了一遍，仍然一无所获，只好掉头向来路奔回。凡察在乌鸦的保护下得救了,爱新觉罗氏的子孙才得以繁衍。凡察长大后,招兵买马重新统一了三姓城,并建立了后金汗国更名大清。为了不忘乌鸦的救命之恩,爱新觉罗氏的后代子孙便在门前竖起索罗杆,把食料和杀猪剩下的猪下水放在杆顶的锡斗内,任乌鸦啄食。后来在牡丹江边三棵榆树之侧,建了一座庙,叫神树寺也就是三皇庙。

讲述:刘忠生

整理:吴晓东

143. 乾隆东山打猎

四月底,芒种刚过,青草已经长得没了马蹄子。一场小雨过后,桃花绽开了粉红的笑脸,万物复苏,一个美好的初夏来到了三姓城。

三姓城也像这季节一样,漫长的严冬过后复苏了。冷清了半年的五行八作又兴盛起来,各种担挑推车的小贩,一早就涌进城里。城里的饭馆、酒家更是热闹,铁匠铺一大早就叮叮当当地捶打着各种生活用具。敲打竹板、手提黄雀笼子的卜卦者,在大街小巷里游窜着,嘴里吆喝着:"黄雀抽贴、善卜灵卦,看面相看手相,能知人吉凶祸福。"沿街两侧卖菜的、耍把戏的、各种买卖人的吆喝声使三姓城充满了生机和活力,一片繁荣景象。站在街头的乾隆对身边的富尔松阿说:"我大清祖地在你的治理下,如此安定和兴盛,爱卿劳苦功高。"富尔松阿得到皇上肯定,心里乐开了花,但脸上不敢有太多的表现,恭敬地施了个打千礼说:"能为圣上分忧,臣万死不辞。"乾隆说:"草龙已除,三姓城又如此兴旺朕甚是欣慰,在三姓城发生的一切事情都历历在目。这个月份是打猎的季节,朕已经有点迫不及待要赶回家了。"富尔松阿一听赶紧说:"三姓城四周都是山,而且野兽众多,咱明天就去东山打猎,保证让您过瘾,体验与木兰围场一样的感觉。"乾隆闻言大喜点头说:"好,那明天就去。"

第二天一早,一队骑兵由都统府一直向东奔去,一边疏散着路上的行人,一边撒下了警戒线。紧接着三十余人组成的骑兵大队随后过来,乾隆在刘墉、富尔松阿的左右簇拥下,骑着一匹黄骠子马走在队伍中央。乾隆腰挎短剑,背后背着一张弓和三角铁头快箭十几支。出了东城门,向东山疾驰而去。东山山势延绵,沟壑纵横,荒草没顶,獐狍麋鹿、雏鸡野鸭、狐兔熊狼、山猫旱獭栖息其中,真是一处绝好的狩猎场。队伍来到山脚下,士兵在指挥下迅速散开撒下了围网。一声"呜呜"的海螺响声之后,分散在四周的士兵一边大声叫喊着,一边也吹起了海螺,同时射出哨箭,用"日日"的响声惊起野兽。小心翼翼地步步缩小包围圈,把惊起来的野兽赶向一块洼地,以便形成围歼之势。野兽被惊起来了,一支鹿群拼命地奔跑着,士兵们放过了鹿群打头的壮年鹿,截住了后面老弱的鹿。鹿群见前面受阻,便掉头向回跑,恰恰对面也有阻拦,它们不知所措地向四面八方突奔着。但无论如何也跑不掉,只能在逐渐缩小的包围圈里乱窜。夹在鹿群中间的还有一只野猪,它不知道发生了什么事,先是跟着乱跑,接着它愤怒了,龇着獠牙,想要决斗,可又找不到对手。它吼叫着,在乱哄哄的鹿群中谨慎地移动着。包围圈形成了,四周围猎的士兵都登上了四周的丘陵。乾隆在刘墉、富尔松阿的保护下,骑着坐骑跑到西南一块较高的山石上。铜锣一响,乾隆摘下弓,搭上箭，瞄准一只满身斑点的公鹿后手一松，箭离弦而出，“嗖”的一声正中这只快速奔跑着的公鹿咽喉，那只公鹿猛地向前一蹿，接着便“扑通”一声倒在了地上。

士兵们欢呼着，纷纷摘弓在手，瞄准自己的目标，一阵快箭离弦的“嗖嗖”声，伴随着野兽的嚎叫声，一个个地倒下了。那头野猪因皮糙肉厚，尽管身上已经中了四五箭，却依旧东窜西突，企图侥幸逃生。当奔闹了一阵，知道一切都无济于事后，它被彻底激怒了，似乎下定了决心，要拼死一斗。正好这时又一支箭射中了它的臀部，它瞪起了小小的眼睛，憋住了浑身的劲儿飞快地向站在高处的乾隆所在的方向奔了过去。富尔松阿迅将弓拉满，一松手箭如流星一般射向扑来的野猪，不知道是因为紧张，还是角度不好。箭从野猪的头顶上擦了过去，射在了石头上，迸起来一溜火星。野猪更加狂怒了，它咆哮着快速地扑来，眨眼工夫野猪离乾隆只有几丈远了，富尔松阿和两侧的士兵再想射箭已经来不及了，刘墉见乾隆站在原地不动，便急忙去扯乾隆的袖子，准备闪向一旁，劲使大了，一下把乾隆的袖子“刺拉”一声拽了下来，野猪听见了响声，见前方有人，就不顾一切地朝这里奔来。乾隆把刘墉推到一旁，“唰”的一声，抽出了护身保剑。这时，受了伤的野猪已经到了近前，它竖起了粗壮的前肢，张开血盆大口扑向乾隆。乾隆已经嗅到了野猪身上的土腥味。连它那呼哧呼哧喷出来的热气都扑到脸上了，只要野猪的前肢落下来，搭在人的双肩上，它就会用尖刺般的獠牙咬断人的喉咙。此时，刘墉、富尔松阿和士兵们都惊呆了，只是张着嘴发出恐惧的叫声，连完整的话都说不出来，有一种灵魂出窍的感觉。乾隆瞧准野猪的前肢从竖起来最高点刚刚向下一落，他一个进身抢上去，左手一晃，右手提剑猛力一次，正刺中野猪的胸口。接着顺势把剑向下压，这一下剑插进野猪腹内，能有二尺来深，还没等野猪扑下来，乾隆的宝剑已经抽了出来，并且使了个兔子蹬鹰的动作。身子向后一仰，左腿下蹲，右腿用力向上踹去，正踹在野猪的脖子上，只见野猪被一剑一脚攻击发出一声惨叫，笨拙的身躯在空中划了一个弧形，“噗”的一声滚到山坡下去了，惊呆了的人们这才长长地出了一口气。

富尔松阿一身冷汗地跑到乾隆跟前结结巴巴地说：“臣罪该万死，臣罪该万死！”乾隆若无其事地看了一眼滚下山坡的野猪，又看了看那心爱的龙泉宝剑，在靴底上蹭了蹭沾在剑身上的野猪血，用手在剑刃上试了试锋芒，就熟练地把剑送回剑鞘里。乾隆一见富尔松阿诚惶诚恐的样子，扬起手笑着说：“好了，把野猪收拾收拾，咱们中午就吃烤野猪肉。”士兵们高兴地开始收获猎物，并清理出一块空地，架起火烤鹿肉、野兔、山鸡等。大家吃着烤肉，笑语连连，使得这山谷充满了生气。乾隆、刘墉和富尔松阿单独在一旁吃着烤肉，富尔松阿连着喝了几大口酒，心才稳定下来。为了给乾隆祝酒兴说：“八旗军队能征善战，精骑善射，圣上来一趟三姓城也不容易，就让士兵们比试比试射箭，若能得到圣上夸赞，也是他们的福气。”乾隆高兴地答应了。一会儿工夫，士兵们草把编成射箭用的靶子。外面包着毛青布，画着大小不同的六个圆围，靶心涂成白色。按照规定，射中的白色圆心的为一等，紧挨圆心的两圈算二等，第三第四圈为三等。参加射箭的士兵，每人射三支箭，谁的等级高为胜者。乾隆拿着一条野猪腿，胃口大开地啃起来，一边吃一边兴致勃勃地欣赏士兵们的射箭比赛。随着一声海螺响，比赛开始了，只听见箭射出时发出的嗖嗖声，随着红黄二色小旗的摆动弯弓张手士兵嘴里喊着“中、中”声、报靶的喊声、命中靶心者的欢笑声、脱靶者的懊恼叹息声，汇成一片欢乐的海洋。乾隆也兴奋看着命中率高的士兵，问及姓名，家庭和武艺情况，并要给他们赏银。比赛进行了一个多时辰，在一阵海螺号声中结束了。富尔松阿把获胜的士兵们集中在一起跪在地上，然后说："勇士们，我身边的这位京城高官，对你们的表现十分满意，要赏赐你们，你们都磕头谢恩吧。"刘墉拿着银票，一人赏了一百两银子，对于没参加比赛的和未射中的士兵，乾隆也大方地一人赏了十两银子。乾隆又喝了一会儿酒，才心满意足地在士兵的欢呼声中结束了打猎。

讲述：刘忠生
整理：吴晓东

144. 乾隆演武基观武

乾隆和刘墉商议回京的日期，富尔松阿见皇上真要走了，也不知道皇上啥时候再来，为了让皇上对三姓留下深刻的印象，就邀请乾隆去演武基的教场观看三姓八旗士卒的操练。乾隆也想看看三姓驻兵的情况，于是欣然同意了。这一天早上，由满洲、蒙古和汉军组成的八旗将士就来到了演武基教场，他们一个个精神抖擞，刀枪雪亮，军马嘶鸣，十分威武壮观，整齐的列队等着阅兵演武。乾隆也起了个大早，他顶盔贯甲，环弓佩剑，左肋下仍然挎着他那把最心爱的绿鳄鱼皮方头金鞘、双锋线的龙泉宝剑。只见他在刘墉、富尔松阿的簇拥下，神采飞扬地跨上黄膘子马，朝南奔了下去。出了南城门，马队的速度更加快了，简直像一阵旋风，卷起了漫天的尘土。演武基越来越近了，教场的围墙已经看得十分清晰了，马队的速度渐渐慢了下来。乾隆随着队伍走进了教场，士兵们吹响了号角。

乾隆目光示意富尔松阿开始。富尔松阿一摆手说："操练！"随着喊声，教场值月官摆动黄旗，"呜呜"的海螺声吹响了，演武开始了。首先是步兵长枪队，只见他们随着螺号步伐有力地快速刺杀，忽左忽右，忽进忽退，长枪在士兵的手中上下翻飞，刺挡有序，喊声整齐，震天动地。接下去是步兵的朴刀队，他们几个人一队，相互砍杀，时而纵身腾起，时而就地翻滚，刀闪寒光，嗡嗡作响。士兵们身体灵活，左闪右挪，随着一阵锣声，朴刀队改变了队形，他们整齐地把背在背后，快速地向前奔跑，跳过战壕，翻过木障快速跑过独木桥。一个个生龙活虎，操练得十分认真，仿佛真的攻城拔寨。朴刀队演练过后，战车队出动了，只见每三个士卒推着一辆双轮木车，车的最前面竖着一个宽四尺，高八尺的厚木板，推车的士卒全都被遮在木板的后面，车上还各坐着五名士兵，他们手里拿着绳索和能折叠的木梯，战车队是攻城的士兵，后面还跟着拿着锹、镐、火药的士兵，这是八旗士兵攻城的传统做法，如果前头部队的云梯受阻，士兵们就在战车的掩护下，利用锹镐放置火药。只要轰开城墙的一角，后面的骑兵和步兵就一拥而上，攻进城去。接下来骑兵登场了，他们首先操演了马上的刀兵对阵，只见二马盘旋，刀来枪去，兵器的碰撞声和战马的嘶鸣声混成一片，忽而疾驰追逐，忽而对阵格杀，教场里人欢马炸，尘土飞扬。一阵锣声过后，厮杀停止了，士兵们纵马快速跑回各自的队伍。最后一项骑射开始了，在教场的西面，竖起了一个人形草靶，随着三声号炮的响声，精选出来的射手跃身上马。他们拉弓搭箭，在一个圆形的跑道上，向距离一丈有余的人形草靶射箭，而且都做到了马不停蹄，箭不虚发。把乾隆看得热血沸腾，拍手叫好，夸赞："三姓的军队，无论在阵法、技法、纪律和精神面貌上都有鲜明的特点，个个素质都十分突出，如果大清的八旗士兵都有这样的战斗力，朕的江山就稳如磐石了。"

富尔松阿的军队在乾隆面前露了脸，他也高兴地说："圣上，我还准备了一场角牴比赛，请您看看我三姓八旗军的风采。"教场上演练的设施和工具被士兵们快速地撤了下去，他们手脚麻利地搭起来一个五尺高，长宽各为一丈的木头台子，台子下面堆起了布沙袋，为了防止有人摔伤。一阵铜锣响过之后，比赛正式开始。比赛采取的是淘汰制，就是先由一人对一人在台上拼摔，如果有一方被另一方扔下台视为失败，失败者则无资格再登台了，其余的人可以自报上台，如果一个人连续战败所有对手，那他就是最后的胜利者。参加比赛的选手都脱去袍子裸露上身，再穿上一件无领无袖的百衲短袄，禁带硬器、暗器，只比拳脚背摔，而不许借物伤人。首先跳上台的是一个步兵头领叫巴图的蒙古大汉，只见他双臂肥肉隆起，背宽肩厚个子能有将近六尺，长得十分勇猛彪悍。他上台之后用眼睛打量台上的参赛选手，看哪个对手敢与他登台较量。这时候一位二十出头的小伙子蹿上台去，裁判员摆动一下黄旗，这是开始比赛的信号，他俩一东一西地站好之后，互相抱拳行礼，然后就拉开架式比试起来，巴图半弯着腰儿，双手前伸两眼瞪得溜圆，小伙也专注地看着巴图不断移动的步伐，寻找机会，忽然巴图一个箭步蹿上去抓住对方的腰绳，侧身一别。便使那小伙子双腿离了地，他向前猛跑两步，"呀"的一声就把对手摔下台去。巴图的动作是那样迅速，简直是让人猝不及防，那小伙子还没等用力反抗就已经掉下台。四周响起了一阵掌声和喝彩声，乾隆爷也热烈鼓掌。

巴图赢了一场，显得那样轻松得意。他一抱拳向喝彩的士兵还礼，掌声和喝彩还没落，只见一位三十岁左右的矮墩墩的士兵跳上了台。他抱拳说："俺叫葛仁，请赐教。"巴图还礼后，俩人围着圈再转，巴图的这个对手比起刚才的小伙子要老练得多，葛仁死死盯住巴图脚步，移动得非常慢，巴图几次想扑上去抓住葛仁的腰绳，都被葛仁急速地闪开。当巴图转到台口，葛仁突然抢上去，想趁势将巴图摔下台，可巴图早已防备了这一手，他突然向旁一闪，想趁葛仁立足未稳，变不利为有利占据先手，哪知道葛仁并不是径直扑入，而是中途停住脚步，一个急刹把头一低，双手去抄巴图的腿，巴图急忙把双腿前后岔开。可是已经晚了，葛仁双手抓住了巴图的一条腿狠命地向上提，巴图趁势两手抱住葛仁的腰向下压，两个人的力气不相上下，僵持了好一阵。巴图忽然臀部着地用腿猛一蹬，葛仁便越过他的头顶摔在台子上。当巴图腾腾起身的时候，葛仁也双腿一压，转过身来站到了他的对面。这个回合的较量，双方都未占到便宜。乾隆和台下的人都为这两个人较量动作看得发呆，直到双方都站起来重新较量，才长出了一口气。

两个人又在转圈子，寻找着下手的机会。在第一回合里，巴图吃了一个让人抄腿的亏，这是对方以短制长的一个绝招。因为对方个子矮，想要取胜必然得采取以低制高的方法。巴图一边转着圈，一边想好了战术。他突然急进几步，然后又转过身子，这一转身正好将背部让给了矮小的葛仁，矮小的葛仁一见这个机会就抢步上前，在背后抱住了巴图的腰，连推带抱地使劲把巴图向台下推去。巴图则以逸待劳，消耗着葛仁的体力，当葛仁快要把他推到台口的时候,巴图突然一弓腰,葛仁的双脚便离开了地面,巴图双手从自己的腿间抓住了对方的小腿,然后直起腰来猛烈晃动身体,一来这动作可以消耗葛仁的大量体力,二来葛仁双腿悬空,浑身使不上劲,乱战中葛仁双手在巴图的短袄上一滑,便失去了控制。巴图趁机撤开一只手,急忙跨过左脚,同时手抓住了葛仁腰上的绳索。巴图一手提腿,一手抓绳,猛力将对方向台下一扔,葛仁便翻滚着冲下台去了。这场精彩的比赛,使得在场的众人着了迷,喊声、掌声和口哨声汇成一片,大伙还喊起来他的名字"巴图英雄""巴图英雄"。巴图一面喘着粗气,一面抱拳回敬大家的掌声和欢呼声。被摔下去的葛仁是三姓八旗军中出类拔萃的摔跤手,有名的大力士。他的失败使在场的大多数参战选手望着台上的巴图而胆怯了,主持角牴比赛的裁判一连问了几遍,选手们都面面相觑,没有人敢应战,半天无人敢上台。巴图掩饰不住内心的高兴,他在台上蹦来蹦去,展示胳膊上的肌肉,是示威又是挑战。台下的几个角牴选手商量了一阵,推出了一个身体较瘦,但手脚麻利的选手,他系了系腰间的粗绳,登上了台子。但由于精神上的紧张,他的四肢在发抖。巴图因体力还没有恢复到巅峰,一见又上来一个人,心头先是一紧,然后他见对方特别紧张,就想好了对策。双方行过礼之后,巴图先声夺人,大喝一声,猛地向对方扑去。上面一个双手虚晃,跟着脚下一个扫蹚腿。那人上台后,正不知如何是好,一声吼叫已经使他的压力倍增。等巴图扑上来时,他只好被动地伸出手招架,哪想到下盘露出破绽,被巴图一绊便倒在台上。跟着巴图飞起一脚,正踹在他的软肋上,小伙"啊"地叫了一声,连滚带爬地摔下了擂台。这时台下开了锅,士兵们有的叫好,有的大喊"犯规"。巴图也自知失了手,因此他困惑地望着乾隆和富尔松阿坐着的方向,见富尔松阿他们没有其他反应,甚至面带微笑地看着他。巴图胆气一下壮了起来,他举起拳头向台下怒吼,向一切敢于跟他较量的选手发起了挑战。而台下的角牴选手们都垂下了头,虽然他们眼睛里喷射出愤怒的像火一般的目光,但没有一个人敢登台跟巴图比试了。裁判员又催叫了几遍,仍然寂无答声,无人应战。眼看巴图就要得到这次角牴比赛的冠军了。这时,富尔松阿背后站着的一名武将快步走到乾隆等人的跟前,向富尔松阿行了打千礼说:"小人想上台试试,请都统大人恩准。"富尔松阿一看,这个人是属于正白旗的一员猛将,名叫卢勇。因为一向骁勇善战,屡立战功,已是一名中级将领,所以没有报名与士卒们一起参加角牴比赛。今天他本来是负责富尔松阿和京城来的朋友的安全,见台上的巴图仗着身材高大,力气过人,拳脚利落而出脚伤人。恃强凌弱的行为引起了卢勇的不满,这才要上擂台教训教训这个得意过分的巴图。乾隆本身也是个武痴,看角牴比赛的兴致正浓,一见无人敢于巴图较量,正觉得扫兴,卢勇站出来要参赛,正中他的意。乾隆笑着对富尔松阿说:"都统大人,快让他俩比试一番吧。"乾隆一发话,富尔松阿哪敢不听。就对卢勇说:"你去试试吧,不过可别大意,巴图非等闲之辈,你要自己走下台,不要被摔下台。""嗻。"卢勇答应一声,退了下去,换上短袄。稳了稳神,便昂然地上了台。巴图一看上台与自己比试的是三姓著名的猛将卢勇,心里一阵紧张。转念又一想豁出去了,如今只有拼死一战了。只要再胜了卢勇,冠军就非自己莫属,只要获得了冠军,以后地位就会水涨船高。想到这,巴图心里暗暗给自己加油。两人行过礼后,角牴开始了。卢勇早已看出了巴图在前几场比赛中的破绽,巴图所以能取胜,一是靠突然进攻,先下手为强。二是靠身高力大,迫使对手双脚离地,然后取胜。卢勇心想:"论力气,我肯定不会输于你。巴图已经力战三场了,消耗了大部分体力,自己等于是以逸待劳。要论身高,我与巴图差不多。他的战术对自己无效,而我却可以以力制力,以高制高。"两人转了几圈子,都谨慎地看着对方,寻找着下手的机会。又转了一圈之后,俩人都停了下来。巴图突然一个近身,拉住了卢勇的一只手,然后猛一转身,使足全身的劲,准备给卢勇来个大背。卢勇起步回转身,急忙将胳膊回缩,并且用膝盖抵住了巴图后腰。巴图一看大背不成,顺势向后一搡。卢勇一只脚落地噔、噔、噔倒退了好几步,险些坐在台上。巴图急忙转过身来,就势扑了过去。卢勇站稳了脚步,迎了上去,两人都揪住对方的短袄,在台上绊腿轮摔。但双方势均力敌,相互僵持起来。卢勇紧紧地抓住巴图不放,以消耗巴图的体力。就这样,两人来来往往地转了十几圈儿,巴图已经汗水淋淋,体力渐渐不支了。他喘着粗气,急于摆脱卢勇,但卢勇却死死不放手。他们忽前忽后,忽左忽右,来来回回地撕扯着。巴图明白这样下去对自己不利,就想速战速决,以免体力耗尽,更用力地左摆右晃。可是这样的动作使体力耗费得更加快。渐渐的,巴图的步伐越来越沉重,头也有些发晕,眼睛也被汗水冲得看不清对手,只是被动地应付着。卢勇见时机到了,他强扭着对方到了台口,突然伸手一绊,巴图便来了个趔趄,卢勇接着撤出一只手,抓住对方腰上的绳子。另一只手抱住腿,猛力往起一举变把巴图扛了起来,然后身子一低,双手向前一送,巴图便像口袋一样,"噗哧"一声被扔下台,台下顿时爆发出山呼海啸般的疯狂呐喊声,掌声也像过年的爆竹一样噼噼地响个不停。乾隆看得十分过瘾,重赏了卢勇和巴图。

讲述:刘忠生
整理:吴晓东

145. 乾隆巧计除恶霸

乾隆在三姓秘访时,来到城东一百多里地的村子里。在山脚下的一户破败的院门前,看见一个老太太往门前一个树上挂了根绳子,站在小板凳下,就要把头伸进去。乾隆和刘墉连忙上前制止,乾隆大叫:"老人家,万事好商量,千万不要轻生。"刘墉把老太太从小板凳上扶下来,老太太眼泪哗哗直流,说道:"你们救我干啥?让我死了算了。我家的地被占了,儿子被打死了,就剩我一个孤老婆子活着有啥意思。"说完老太太还要上小板凳。乾隆对老太太说:"我是京城人士,路经此处,你有何冤情只管对我说。你放心,我一定能为你报仇雪恨。"老太太听完抹了抹眼泪说:"你是外地人,跟你说也没用。"乾隆笑着说:"老人家,我与三姓都统富尔松阿是朋友,应他之邀我才来三姓经商,我肯定能帮上你的忙。"

老太太半信半疑地说出了原因:老太太丈夫早亡,她一个人辛苦把独子抚养大。儿子孝顺能干,她家日子越过越好。可就在这时,村里的恶霸韩三因为要扩建祖坟,就要买与她家祖坟相邻的老太太的地。老太太儿子不肯卖,没过多久老太太儿子在一次上山打柴中被害身亡。几天后,韩三拿着一纸文书,说是她儿子生前把地卖给了自己。老太太本就对儿子遇害存疑,见韩三又有卖地文书,她顿时明白原来是韩三对儿子下的毒手,就因为了霸占自己家的地。老太太上门找韩三理论,被韩三一顿毒打赶了出来。她要去三姓衙门告状,没走多远被一帮地痞流氓捉回来,再一顿打。老太太实在没活路了,这才要寻死,去陪儿子。

乾隆听完勃然大怒,决心要惩治恶霸韩三。就给老太太出了一个主意,老太太为了替儿子报仇,就点头应了下来。第二天,乾隆打扮成算命先生,在村子里挨家收集韩三的消息,刘墉则回三姓搬救兵。老太太忍着伤心去邻居家闲唠嗑,邻居见老太太腰里挂着一块玉佩,就问她哪里得来的,老太太说:“这是祖传的,本来是一对。儿子死后,家里没有值钱的东西陪葬,怕儿子在阴间没钱花,就把另一块玉佩随儿子下葬了。两块玉佩要是合在一起值老多银子了。”邻居的老太太是个长舌妇,很快全村人都知道了这件事。这天晚上,老太太刚要插门睡觉。两个蒙面人忽然冲进来,一个拿匕首顶在老太太脖子上,另一个人对老太太进行搜身。找到玉佩后一把拽下,然后俩人转身就跑。老太太也不惊慌,反而露出欣慰的笑容。与此同时,老太太儿子坟前,一帮人打着灯笼在挖坟,一个人挺着肚子指挥着。不大会儿工夫,棺材露了出来,几个人把尸首抬出来,然后在棺材里乱翻。正在这时,一个算命先生领着一队士兵冲出来,将众人包围。大肚子男人惊慌失措地说:“何事惊动各位官爷?误会了,误会了。”算命先生也就是乾隆冷笑一声说:“没误会,抓的就是你韩三,你狗胆包天,竟敢掘坟盗墓。”韩三这才明白上当了,吓得瘫倒在地。乾隆利用韩三的贪婪,用一块玉佩就替村子铲除了恶霸。

讲述:刘忠生

整理:吴晓东

146. 乾隆的预言

乾隆秘访三姓时,有一次在一个屯子借宿。借宿这家主人叫张三,张三有两个儿子,大儿子八岁,小儿了六岁。老大不善言辞,一脸憨厚相,老二聪明伶俐,见啥人说啥话,深得张三的喜爱。睡觉还早,乾隆就与张三闲聊,张三问乾隆:“万先生,你看我这两个儿子,哪个以后我能借上光养活我?”这事乾隆咋说,就打马虎眼说:“二位公子聪明伶俐,以后都能孝敬你。”张三说:“此话差矣,老大烟不出火不冒,不会出息。这老二能说会道,以后会有很大的成就。”乾隆一听,掏出一个银元宝,拿着递给老大说:“好孩子,来,你打你爹一嘴巴,我就把这个元宝给你。”老大也不说话,只是摇头。乾隆笑着说:“你不打?我可不给你。打了我就给你。”不管乾隆怎么诱惑,老大也不接元宝,还瞪了乾隆一眼。乾隆把元宝又递给老二:“你大哥不要来给你,只要你打你爹一个嘴巴,这元宝就是你的了。”老二瞅着元宝十分高兴,二话不说伸出小手照张三就是一个大嘴巴,然后接过元宝高兴地玩儿去了。张三也高兴地对乾隆说:“你看老大傻吧,有银子都不知道要。还是老二聪明,我以后就得指着二儿子了。”乾隆摇摇头说:“兄弟,以后能让你享福的是老大不是老二。”张三惊讶地问:“这话从何说起?”乾隆说:“因为老大有孝心,重情不重利。老二见利忘义,不知孝义。”刘墉也在一旁连连点头。张三嘎巴嘎巴嘴,也不知道说啥了。

张三的两个儿子长大后,老大因为老实只好靠种地为生,而老二头脑灵活,外出闯荡经商为生。张三成年见不着二儿子,只好跟大儿子生活在起。后来张三有病,卧床不起,大儿子整天守在爹的身边。为了给爹爹治病,把家里能卖的都卖了,最后没办法就靠要饭养活爹。张三一看,大儿子实在太辛苦了,就托人捎信给在外经商的二儿子,让他拿点钱回来。可老二听说爹有病了,连理都没理,也托人给捎了几句话:“做生意哪那么容易呢,哪有钱给你看病?岁数大了,早死几天能咋的。”张三伤心地哭了,一下子想起以前在自己家借宿的万掌柜的话来。

讲述:刘忠生

整理:吴晓东

147. 乾隆考厨师

乾隆和刘墉有一天在三姓城寻找风味小吃。二人东走西窜,在一条街上看见一个小饭店,门旁的对联写着“调尽天下美味,招来八方客人”,横批:“知书味浓”。乾隆十分纳闷,自己也算见多识广,但从未见过饭店与书本有牵连,一定进去见识见识,就与刘墉进了这家饭店。

饭店不大,但窗明几净,几张桌子都坐满了客人。伙计见来了客人,就找了一张桌子让二人坐下。然后倒了一壶茶,问二位客官想吃点什么。乾隆对伙计说:“看你这饭店不大,口气可不小,你真能做出天下的美味?”伙计赔着笑脸说:“也不能这么说,但只要您能点出来,小店儿就能做出来。”刘墉说:“我们点的,你要能做出来我们有赏。可你要是做不出来呢?”伙计说:“要是做不出来,分文不收不说,任凭客官发落。”刘墉一听:“好,我就点吹三口,打三下。”伙计听完说:“好嘞,二位客官稍等,菜马上就得。”工夫不大,伙计端上一盘炭火烤饼。刘墉对伙计说:“你给我解释解释为什么这叫吹三口,打三下?”伙计说:“吃烤饼前得吹去饼上的灰,再拍打三下饼上落的木炭。”乾隆说:“倒也不错,想不到这厨师如此聪明,我再点一道白虎卧沙滩。”刘墉说:“我点一道黑瞎子耍棍。”伙计面色不变地说:“稍等,马上就好。”不一会儿,端了一盘大豆腐,底下一层盐面说:“白虎卧沙滩好了,又递给刘墉一盘黑木耳炒豆芽说,你的黑瞎子耍棍也好了。”

乾隆见没难住厨师就说:“我就问一句,你店门口的对联是咋回事?”伙计说:“不瞒二位,这炒菜的厨师满腹经纶,可因家穷,没钱去赶考,给耽误了。一来二去岁数越来越大,就干脆开个小饭店谋生。其实就是以文会友,结交八方学士。这师傅,只要你说出一首诗,它就能根据诗的意思给你做出一道菜或者是汤。”乾隆听完十分高兴地说:“既有此绝招,我就不客气了。就以杜甫的绝句为题,给我做四个菜,让我们开开眼界。”不一会儿,伙计端着托盘上菜来了,第一道菜是两个半个鸡蛋黄儿放在葱叶上。伙计说:“两个黄鹂鸣翠柳。”第二道菜是汤,只见十几片蛋清漂在汤中,“这叫一行白鹭上青天。”第三道菜用蛋清撒在碗里,

“这叫窗寒西岭千秋雪。”最后一道菜是两个半个蛋壳在汤上漂着，“这叫门泊东吴万里船，四个菜齐了。”乾隆瞅着四个菜，连声说佩服。虽然不太贴切，但也别具一格。

讲述：刘忠生

整理：吴晓东

148. 乾隆识神童

这年夏天，天气无比炎热，乾隆和刘墉手拿扇子到城南的莲花泡去游玩。天近晌午，二人在泡子边的树下乘凉。忽然看见一个小牧童跳入荷塘之中，寻找着什么。乾隆就问牧童：“你在水里找什么？”牧童也不怕生回答说：“当然是找藕了。”说着在水底摸出一根藕，洗干净后就吃了起来。乾隆逗牧童说：“你能给我一根藕吗？”牧童说：“想要藕容易，可是你会对对子吗？只要你能对上我的对，我就给你藕吃。”乾隆惊奇地说：“想不到你还会对对子，好，你出对吧。”牧童举着藕说：“藕入泥中，玉管通地理。”乾隆听后大吃一惊，这小小牧童竟出口不凡，如此有才华。想了一会儿，见水中荷花盛开就说：“荷出水面，朱笔点天文。”牧童拍手大笑：“大叔，对得太好了。你等着，我给你二人摘藕。”说完摸出两根藕，洗净后递给乾隆和刘墉。

乾隆二人正吃着鲜藕，忽听树枝鸦鹊在啼叫。就对牧童说：“我也有一对，你若能对出，我手里的这把扇子送给你。”牧童问道：“说话算数？”乾隆说：“君子一言九鼎。”牧童说：“那你出上联吧。”乾隆说：“鹊噪鸦啼，并上枝头谈祸福。”牧童低头寻思一会儿说：“你输定了。听着，燕来鹊往，相逢路上话春秋。”乾隆乐地拍着手说：“你哪是牧童，分明是个神童，这把扇子给你了。”然后又问：“你小小年纪如此聪明，为何不读书，却出来放牛？”牧童一听，沉默不语，眼泪都快下来了。半晌才说：“我父亲早就去世了，我母亲体弱多病，家里拿不出钱供我读书，我就是在私塾外偷听先生教书。”乾隆叹了口气，拿出一百两银票递给牧童说：“这些足够你读书用了，快回去求学吧！”

讲述：刘忠生

整理：吴晓东

第三部分　依兰民间传说

149. 盘古的传说

在多少万年以前，出了一位上古大仙叫盘古。他看整个天地总是混沌沌的，分不出东西南北，哪高哪低。他难受极了，手拿神斧往四外一抡，只见金光一闪，这混沌沌的东西上下分开了。往上去的越来越高，颜色发蓝；往下去的越来越低，颜色发黑。他一看，上边这个蓝东西中间高、四下低，要掉下来的话，那可不得了。就伸出双手把它托住，一托托了六十万年。他想：天地分开了，总这样冷飕飕地也不行啊！要有一个东西放光发热，让人们知道是白天，再有一个放光不发热，让人们知道是黑天有多好啊。后来他累死了，他的两只眼睛变成了日月，两手两脚变成了四大天柱，肚子变成了湖海，大血管变成了大江，小血管变成了小河，大骨头变成了大山，汗毛变成了树木。

讲述：刘忠生

整理：金洪仁

150. 玉皇大帝的传说

玉皇大帝姓张名叫玉皇，外号叫张不量。说起这个外号还有一段来历：张玉皇卖粮时不用斗量，可劲往斗里倒，直到装不下为止，时间长了人们叫他张不量。他家哥儿三个，老二叫天师，在外学道。老三叫张奎，在学馆念书。

颛顼老了，天上地上的人一天比一天多，一个人天上、地下来回跑实在太累了，他想把天地分开管理，就召开了各部落长商量，商量的结果是大伙都愿意分开管理。他又到天宫里问了一下，大伙也都愿意。这样天上、地下的人共同找到一个办事公正，心眼善良的人去当天帝，大家一致推举了张不量。张不量他们老两口子没有儿子，只有九个姑娘，女儿们也随着父母上天了。

讲述：刘忠生

整理：金洪仁

151. 南天门的传说

自盘古开天辟地之后，传说地上有五大天帝，天上没有神。这五大天帝是：南方天帝神农氏（炎帝），西方天帝少白，东方天帝少昊，北方天帝颛顼，中央天帝黄帝。东西南北四大天帝受中央天帝管辖。中央天帝除了管理地上的人和事之外，还管理天上的人和事。那时地上通天的道路有几百条。凡人可随便上天,天上的人也可任意下凡。

多年之后,黄帝、炎帝、少白、少昊都死了,颛顼当了中央天帝。他看天上地下的人来来往往太乱了,就派人把几百条通天的道给拆了,只留下三条。一条在昆仑山黄帝行宫院里,一条在雪山,一条在波斯国人参果的树顶上。这三条道都有天梯,人们拿着各天帝的信物,依然可以自由地上天下地通行。

颛顼老了,看人们上天下地还不见少,最后他决定把这三个天梯也撤了。天上用天罗、地上用地网扣起来,把天和地分开管理。在天上又修了三丈六尺高的大院叫天宫,天帝办公的地方叫灵霄殿,在天宫正南修了一座大门叫南天门。不论佛祖、仙圣、诸子百家上天下地,必须要从南天门出入,否则没别的路可走。

姜子牙封神时,把守南天门的四个大将军封为四大天王。这南天门从此越来越神了,名气也越来越大了。

讲述:刘忠生

整理:金洪仁

152. 二十八宿的传说

传说,鸿钧老祖有三个徒弟。老大叫太上老君,老二叫元始天尊,老三是通天教主。他们三个人都修炼了万年以上。

一天,鸿钧老祖说:“你们三个下山吧,回到自己的洞里,好好修炼,兄弟之间要和睦,不要拼杀。”三个人下山后,就各自张罗收徒弟。老大只收了一个徒弟叫灵宝大法师,老二收了十二个,老三一个也没收着。老三几次哀求大师兄给从中说情,把二师兄的徒弟过给他一个,老大不答应,老二也不愿意,十二个徒弟谁也不愿去。这个事从尧开始,又到商朝建立时也没有商议妥。通天教主火了,他怒冲冲地发誓:“我这么大的道行连个徒弟也没有,要这些金丹有啥用?把它倒在江海山坡上废了吧!”他拿起装金丹的葫芦,驾起祥云在空中边走边撒,一个来回走了五千多里,把金丹撒完,他也回碧游宫养性去了。

不几天,一些獐狍野鹿、鱼龟虾蟹吃了金丹的都变成人形,先后来碧游宫认师学艺。通天教主一看来了几千个弟子,可把他乐坏了,把吃了八千年金丹的叫作多宝道人,把吃了七千年金丹的母老龟叫作龟灵圣母。

后来武王伐纣,通天教主的徒弟诛仙阵上死了一些,在九曲黄河阵上死了一些,在万仙阵上死了一些。姜子牙在封神时把一些披毛带角、道行又小的都封在二十八宿以内。

讲述:刘忠生

整理:金洪仁

153. 寿星老为啥大奔喽头

据说当年南极子在元始天尊的十二个徒弟中长得最漂亮。

南极子看老师和师伯、师叔每隔十天半月就去师爷鸿钧老祖那里听讲经法，他也要去。元始天尊连连摆手说："不行，不行，你师爷经过了三个混沌，眼睛放出的金光实在太厉害，你道行太浅能把你身子看化了！"南极子又苦苦哀求说："师父，我钻进你的袍袖里，不动弹不出声，偷偷地看一眼就行。"元始天尊心一软，就把他装进袍袖里带去了。

南极子在师父的袖子里，听师爷说话声音如打雷一样，他慢慢地爬到老师的袖口一看，哪知被鸿钧老祖看见了，问元始天尊："二徒儿，你袖子里是什么人？"元始天尊不敢撒谎，忙跪下说："是师父的徒孙南极小童。"鸿钧老祖笑了："来了就大大方方地听经讲法吧，下次不能违犯道规！"元始天尊站起来把南极子往出一拉，他的脑袋已化了半个。元始天尊大喊："师父不好，你徒孙的脑袋化了！"鸿钧老祖一看，想叫小童去万宝楼拿金丹都来不及了。他顺手拿起木鱼，"啪"的一下扣在南极子头上，接着又吹口仙气，南极子活了。因鸿钧老祖着忙救人，没看清木鱼的倒正，把大头扣在前边了。从那以后，南极子的脑袋就变成大奔喽头了。

讲述：刘忠生
整理：金洪仁

154. 铁拐李为什么背葫芦

相传，八仙中的铁拐李原来是个种地的，家里穷得叮当响。有一年他媳妇马上就要生孩子了，可家里连一粒下锅的米都没有。铁拐李被逼得没办法，咬着牙夜里去财主家偷。他钻进粮囤刚扛起一袋米，就被财主的家丁发现了。铁拐李慌忙逃跑，家丁举着刀在后面追。眼瞅着撵上了，家丁一刀向铁拐李砍去，没想到砍到房檐下挂的葫芦上了，刀被夹住拔不下来，铁拐李趁机跑了。

铁拐李没敢马上回家，在荒山里躲了好几天。这天，他看见两个白发老人坐在一块青石板上，一边下棋一边吃杏子。铁拐李饿了好几天，趁老头没注意，偷着捡起一个杏核吃了，只觉得神清气爽，也不饿了。太阳快下山时，两个白发老人棋下完了，相视哈哈大笑。其中一个穿黄衣服的老人对铁拐李说："你吃了我的杏核，已经得了仙骨。快回去斩断尘缘，再来与我相见！"说罢长袖一挥，铁拐李只觉得身子轻飘飘的，离地而飞，转眼到了家门口。满街的人全不认识他，见他衣服破烂，以为是外地来讨饭的。这时，一位七十多岁的老太太拄着拐杖从里屋走出，打量了铁拐李好半天，然后放声大哭。边哭边说："你是人还是鬼呀？这五十年你去哪里了？"铁拐李这才认出老太太就是自己的结发妻子。他心里纳闷，离家只有五天，怎么变化这样大呀？猛然悟道，山上五天，即是尘世五十年。老太太招呼儿子、孙子、曾孙出来与铁拐李相见，一家人团聚。儿孙们问起铁拐李这些年的经历，铁拐李吟道："家穷没米我去偷，一刀砍破葫芦头；躲进深山遇仙道，五天即是五十秋；从此儿孙自勉励，我当离家四海游。”儿孙们放声大哭，苦苦哀求铁拐李在家里尽享天伦之乐。铁拐李不肯，让儿子拿来一个葫芦背在身上说：“这是我的救命之物，今后与我相伴。”说罢头也不回，朝大山里走去。后来，铁拐李终列仙班，那个葫芦成了他贴身的宝物。

讲述：刘忠生

整理：王德志

155. 杨二郎三只眼

一提起杨二郎来，人们就想起他是三只眼，手使三尖两刃刀，后跟哮天犬，会七十三变。在师兄弟中他是最邪乎的一个。

杨二郎下生就是三只眼，他爹就要把他扔了，可他妈说啥也不干。但还怕别人看见笑话，就把他包得紧紧的。谁来也不叫看，就这样把他养到百天。

百天后不论生了儿子、女儿都要抱回娘家让姥爷、姥姥看看。杨二郎的妈把他抱去时，她的大姐（东海龙王敖广的妻子）、二姐（托塔天王李靖的妻子）、六个没出嫁的妹妹都向她道喜，又都争抢着要看孩子，可她说啥也不让姐妹们看，差一点和姐妹们翻了脸。正在这时，司宴官传旨：“玉帝口谕，请娘娘和九位仙姬入席。”

席间，玉皇大帝看了三女儿一眼说：“三儿，你三只眼的儿郎可好？”老三慌忙站起说：“托父皇和母后的福，小儿一向都好！”众姐妹一怔，齐问：“三只眼小儿？”玉帝笑了，“我的三仙姬生了个三只眼小儿，你们别看他不起眼，他可是我冲天冠前一颗灵珠转世，长大要在姜子牙帐下任正印先行官，保武王伐纣。”后来杨二郎肉体成圣，镇守在灌江口，被玉帝封为二郎显圣真君。九位姐妹这才明白为啥这小儿是三只眼。

讲述：刘忠生

整理：金洪仁

156. 土地佬的传说

相传土地佬本是韩湘子的叔叔。韩湘子成了仙，他叔叔一再商量让韩湘子也渡他成仙。

有一天，他们在上界观光。他看见自己的媳妇正在劈柴，圈里猪饿得嗷嗷直叫唤，不觉动了凡心。正巧身边有黄豆，便顺手抓起一把扬了下去。“哎呀，你闯了大锅！”韩湘子伸手去夺已经来不及了。土地佬突然醒悟，一激灵竟失足摔了下来。

因为土地佬凡念未绝，玉帝下令不准他上天，就叫他在路边做了土地佬。人们常说：“土地佬，本姓韩，不是东北就是西南”，指的就是这件事。

讲述：刘　颖

整理：常静文

157. 姜子牙的传说

提起姜子牙来,人们都知道他是元始天尊的小徒弟。骑着四不像,背插杏黄旗,肩背封神榜,腰挎打神鞭,手使太古宝剑,是斩将封神的祖师。

姜子牙本是只黑熊,吃了一粒通天教主的小金丹,变化成人。他到三教主宫前一看,众徒弟都是一些披毛带角的玩意,他不愿意和他们在一起学艺。就走到逍遥宫元始天尊的洞前,看十二弟子个个都有祥光,就跪在洞前,求天尊收他为徒弟。元始天尊知道他是只黑熊不收他,还叫白鹤、梅花鹿把他撵走。他说啥也不走,每日在洞外跪着,一跪跪了四十年,连累带饿就死了。他死后阴魂不散,投胎到姜家。三十岁父母去世,他又到逍遥宫拜师。元始天尊还是不收,广成子给他说了情,元始天尊才收了他。元始天尊说明了他的身世,告诫他:"你前生是只黑熊,吃了我三弟的金丹,所以现有了灵气。你心灵秉直能辨善恶,今后要尊师敬兄、扶善除奸。"

后来他在昆仑山学艺四十年,七十二岁时下山保文王,后封为丞相,又保武王伐纣,建立了八百年的大周天下。

讲述:刘忠生

整理:金洪仁

158. 太阳为什么不晒马食菜

农村人都知道,铲地铲下来的草一会儿就蔫了,可是马食菜却还能保持新鲜碧绿。年纪大的人就说,马食菜救过太阳,太阳不晒马食菜。

相传,太阳神是一只大红公鸡,他有十个儿子。有一天玉皇大帝宴请诸神,他把日宫里的事交给十个儿子,就赴宴去了。往日是十个儿子轮流推着太阳车去照大地,可今天老的不在家,他们把太阳车一齐推了出去。晒得人间井也干了,地里庄稼也一片枯焦。后来下界出了个后羿,射箭百发百中。为救百姓,他一连射落了九个太阳,当他要射到第十个太阳时,一看太阳没了,原来太阳跑到地面上,藏到了马食菜的叶子底下。所以直到今天,太阳还不忘马食菜的救命之恩。

讲述:刘忠生

整理:王　凌

159. 崇祯皇帝说反话

传说,崇祯皇帝是观音菩萨转世。

一天,观世音菩萨到天宫参见玉帝,玉帝对他说:"菩萨,明朝还有三十六年执掌天下,这最后一帝请菩萨去执掌吧!"观世音菩萨施了一礼说:"明朝气数已尽,最后一帝是亡国之君不好当,还是请玉帝派别的大仙去吧。"玉帝又说:"菩萨你去吧,在位十六年,你要啥我给啥，你说怎么办，我就怎么办，我要不照你说的办，你回天庭来找我。”观世音菩萨没法，只好领旨下凡投胎。

在他当皇帝的前二年，天下就颗粒不收，饿得人们叫苦连天，愁得他闷闷不乐。登基后在清明节那天，他按先祖的规矩，在皇宫院里亲自扶犁，丞相赶套，皇后娘娘送午饭，真真假假地比量一阵，然后摆香案祭天。崇祯祷告苍天：“老天爷今年还不收成？”玉皇大帝听四值功曹回禀说：“观世音菩萨说了，今年还不收成。”玉帝点了点头：“好吧，那今年就不收成。”接着五月节开始下雨，一连二十多天不开晴。此时崇祯又对苍天祷告：“天哪，还不晴天？”四值功曹又回禀给玉帝：“观世音说了，还不晴天。”玉帝传旨说：“观世音要雨就多给些日子。”

就这样一连十六年，年年这样说，可把老百姓坑苦了，饿死了无数人。逼得人民走投无路，各地都纷纷造反。

好个大明天下，结果被闯王李自成给推翻了，后来崇祯也在煤山上吊自杀了。

讲述：刘忠生

整理：刘玉琢

160. 顺治归山

清朝年间，五台山的主峰北台有个庙，庙里隐居着一位仙人，名叫崩山老祖。他有一个忠诚老实的徒弟，为人极其善良，从小就跟着崩山老祖学道。

有一天，崩山老祖对徒弟说：“为师快要归天了，把后事向你嘱托一下吧！”徒弟走上前来，崩山老祖拿出一幅画轴，展开一看，画的是一位英武少年，手握日月乾坤伞，山光水色，无一不美，就是英武少年缺一左眉。崩山老祖对徒弟说：“我圆寂（死）之后，你带这轴画云游天下，谁在此画上把英武少年的左眉给添上，就是我转世重生，你必须向他说明缘由，劝他来北台主持这个庙。”

第二天，师父让徒弟看着庙后面一块大石头，如果崩开，马上回来。徒弟从此就天天守在石头旁边。过了五天，石头还没崩，徒弟惦念师父的病，就撒了个谎。他回来对师父说：“庙后那块石头崩了。”话音没落，就听“嘎的”一声巨响，震得庙瓦都掉落了，徒弟也被震昏了过去。等徒弟醒来，见师父已经圆寂了。

师父死后，徒弟遵照遗嘱，背起那幅轴画，下山云游去了。

再说北京皇宫，顺治皇帝已做皇帝十八年。这天在宫中无事，想起人生一世，或穷或富，都免不了要衰老死亡，不觉感到世态炎凉，对权位厌恶。他想找个长生不死的办法，摆脱轮回之苦，但无论如何，也办不到。于是，他满心不快，就自己偷偷骑上小毛驴，出去散心。

顺治帝来到东华门，见一个和尚背着幅放着红光的轴画，他觉得新奇，就叫住和尚，要看这幅画。这和尚自从师父死后，已云游了十八年，从未有人要看这幅画，今天遇到了，喜出望外，忙把轴画递给顺治皇帝。

顺治帝打开轴画，见上面画的少年很像自己，不禁爱不释手，仔细观看起来。忽然他发现，这少年缺一左眉，损伤了少年的英武之气，于是惋惜地对和尚说："这人物怎么没画左眉？我要是带笔，给你添上。"和尚忙掏出笔墨，对顺治说："我这儿有，如果你有心添，或请给我添一笔吧！"顺治接过笔，蘸了一下浓墨，一挥腕子，把左眉添上了，顿时，这少年的英武之气增加了好几分，简直同真人一般。

和尚见来人添了左眉，忙双膝跪倒，口称："师父，让我找得好苦！"顺治听了这话，愣了半晌，不知何故。和尚就把崩山老祖临圆寂时的一番话从头至尾说了一遍。顺治帝听后如梦方醒，提笔写了一首归山词夹在毛驴的笼头上，在驴背上拍了一掌，毛驴独自跑回宫中，他便随着和尚出了京城。

国不可一日无君。顺治走后，大臣、太监找遍全城没有踪影。太监们在毛驴头上发现了归山词，才知万岁已脱离凡尘，宫中没有办法，只好扶持太子登基。当时太子康熙才三岁，不懂政事。大臣们想出一个办法：天增一岁，地增一岁，文武百官增一岁，黎民百姓增一岁，加在一起共七岁，将太子扶上皇帝宝座，由太后垂帘听政。

再说顺治同和尚出了京城之后，和尚问："师父，我们到哪里去？"顺治说："我想先去三姓，拜一拜祖庙，然后再回五台山。"于是，两人晓行夜宿，直奔塞外。

这一天来到三姓城地界，正赶上满族始祖布库里雍顺的诞辰日，大小官员都从四面八方赶来祭扫神堂。顺治同和尚混在人群里，找了个挑泔水的差事。正巧，有一个知县也因事出家，来这里祭扫神堂，被分配挑泔水。他心中不满，边挑边发牢骚，"我这么大个知县，让我挑泔水，要是当初哪能干这种活！"顺治听后一笑："一个臭知县还值得一提？我一朝人王帝主还挑泔水呢！"知县一听，吓了一跳，仔细一瞧，慌忙跪倒，口称："万岁，在下该死！"顺治忙说："快起来，别叫人知道！朕赦你无罪。"

当天夜里，顺治同和尚偷偷离开三姓城，回五台山去了。光阴似箭，转眼康熙已做皇帝四十年。这一日，康熙朝毕回宫，去见母后，谈话之间忽然想起自己的父亲，他对母后说："人生在世都有父母，何况我是一朝人王帝主，自幼连父亲什么样都没见到，百姓们会说三道四的。"母后长叹一声告诉康熙："皇儿，你父亲做了十八年皇帝，看破红尘，出家去五台山修行了。他临走前，写了许多诗，极言修道的好处。"母后说着拿出来交给康熙，康熙读道：

其一

天下丛林凡是山，
钵盂到处任君餐，
黄金白玉非为贵，
唯有袈裟披最难。
朕为大帝山河主，
忧国忧民是精烦。
百年三万六千日，
不及僧家半日闲。

其二

来时欢喜去时悲，
空在人间走一回，
不知不来也不去，
也无欢喜也无悲。
悲欢离合多劳逸，
何如清闲免尘俗。
未曾生我谁是我，
生我之时我是谁？
长大成人才是我，
合眼蒙胧又是谁？

其三

十八年前不自在，
南征北剿几时休。
我念撒手归山去，
谁管千秋与万秋。

康熙读完，对父亲更加想念，心中顿生寻父之意。次日早朝，他对文武百官说："老王爷在五台山修道，我要前去寻找，见父亲一面。"百官齐说："万岁要去五台山寻父，我们愿保驾前往。"康熙挥手说："五台山乃是佛祖圣地，此去不需带更多人马，只需文官两名，武官四名，御林军五千，准备明日起程。"

一队人马出了京城，康熙在轿上见路边乞丐成群，白骨成堆，心中不悦。他想：我做皇帝是指望国富民足，怎么能有这么多穷人呢？这样去见父亲，有什么脸面？出家人都以慈善为怀，普度众生为本，父亲会骂我无能的。想到这里，他立即降旨回京，大开国库，救济穷人。过了三日，康熙派人沿路寻访穷人，发现救济穷人的钱都一串串挂在树枝上！他暗叹道，这是父亲在点化我呀！于是，他命人把钱收回，全部捐献给五台山修庙。

过了几天，康熙选了一个良辰吉日，第二次带人上五台山寻父，到了五台山下，康熙命随行人马在山下安营扎寨，独自一人上山。到了北台，见一人坐在亭中，七八十岁，白发苍苍。老人开口问："你是何人？来此圣地干什么？"康熙帝忙答："师父，我是康熙皇帝，前来寻找父亲顺治。"老人听后仔细端详了一阵康照，随手拿起笔来，写了"八乂"二字，交给康熙说："你拿着这两个字回去吧，即使你找到父亲你也不认识。"康熙接过纸，抬头一看，老人没有了。四处寻找毫无踪影，心中不知何故。再打量这座亭子，见上边有"川页水台"四个大字。康熙默默回到山下，降旨回京。

拜见母后，康熙把五台山一行情况详细说了一遍，拿出纸条给母后看。母后接过纸条，一见是"八乂"二字，惊呼道："皇儿，这'八乂'放在一起不是'父'字吗！那老人就是你父亲啊！"然后又问还看见了什么，康熙说："还看见亭子上写着'川页水台'四个字。"母后听了又惊呼道："川页水台正是'顺治'二字分开写的！没有错，那老人就是你父！"

听了母后的解释，康熙帝恍然大悟，后悔自己当初没认出父亲。于是他决心再去一次。母后阻拦说："你父亲已成正果，你再去他也无意见你。"康熙不信，又带领人马奔向五台山。到了山下，还是独自一人上山。上了山顶，遇见一个大和尚，手执铲杖，迎面而来。康熙急忙施礼，和尚问："施主，你有何事？快讲。"康熙说："我是康熙皇帝，前来寻父顺治，请求师父指教。"

和尚说："我是杨五郎，看在你是帝王的分上，让你见父亲一面，随我来吧。"杨五郎把康熙领到一个禅堂里，让他坐下。康熙坐下不久，进来一个道童，十二三岁，手托一个茶盘，恭恭敬敬端给康熙。看了一眼，就转身出去了。康熙喝完茶，又等一会儿，还不见父亲来见面，就问杨五郎："我父亲怎么还不来？"杨五郎笑笑说："刚才不是见过了吗！"康熙这才明白，刚才送茶的道童就是父亲！后悔莫及，急忙又央求杨五郎，让他再见一面。杨五郎说："你回去吧，他见你这一面，就得重修行三百年呢！"说完，也转眼不见了。康熙帝向禅堂拜了拜，下了山。

回到京城，康熙帝把此行经过向母后诉说了一遍。母后听完对康熙说："今后再不要想你父亲了，他已修成正果，他会保佑你和你的江山的。"

自此以后，康熙帝还是时常想念父亲，深信修道能超出三界，不在五行之中，解脱沉沦之苦。

收集整理：张俊亭、刘忠生、白东星

161. 金圣叹的传说

名字的来历

著名文学家金圣叹祖居江苏省吴县，出身于开了八辈子的屠户人家，金圣叹是第九代。据说生他时，供奉的圣人孔夫子长叹了一声，家里因此取名叫他金圣叹。

金圣叹六岁熟读四书五经，十岁就会吟诗对诗，二十岁考中了头名状元。金榜题名时，金圣叹的奶奶哭了，邻居问她为什么哭，老太太说："我们全家杀了八辈子大牛，如今突然出了个状元，这不是福，是祸呀！"老太太哭了一会儿又吩咐晚辈人："我死后千万别埋进金家祖坟，另找个地方埋吧。"

金圣叹批《三国》

金圣叹亲笔批了许多才子书。他批《三国》批到关公保甘、糜二位皇嫂一段突然停笔了，他怀疑关公有越轨行为，书上写的不真实，打算在后面打个问号。这时，就听背后有人高喊："金老先生笔下留情！"金圣叹回头一看，是关公显圣，于是知道自己怀疑错了，于是立即在后面批上"亘古一人"四个字。关公见了十分满意，连说："就凭这句话，我保你实足。""实足"同"十族"是同音，金圣叹当时不了解其中的含意。

反清遭祸

清军入关,顺治皇帝知道金圣叹是个大才子,就赐给他一身黄马褂,顶戴花翎。可金圣叹是明朝的官,他不愿意为清人效劳,就把花翎插在屁股上,爬着上金銮殿。顺治皇帝一见大怒,传旨祸灭金家九族。金圣叹说:“你灭我十族我也不服!”

这个噩信被金圣叹的一个随从听到了,他骑快马回江苏老家报信。不知道跑了多少日,换了多少匹马,才赶到吴县。可是皇帝圣旨早到一步,县衙门的兵早已把金家包围,全家被捉拿就地正法,并且掘了祖坟。只有金圣叹的奶奶的坟得以幸免。

改金姓丛

金圣叹的大儿子在山东省文登县做官,正巧这时告假进京去看父亲。离城不远听到了父亲被杀、祸灭九族的噩信,立即逃命。有一天逃到一片高粱地,正赶上清兵搜查,就钻进了高粱丛里。清兵到后,看见成群的乌鸦落在高粱丛上,以为这里一定没人,于是就走了。

金圣叹的大儿子钻出高粱丛,跪在地上,先给天上乌鸦磕了响头,又给高粱丛磕了响头,感谢它们救了自己。为了躲避官兵,他隐姓埋名。他看着高粱丛,口中念道:“丛者多也,多者众也,就改姓丛吧!”名叫一个“根”字,意思是金家就剩下他这一条根。此后,丛根逃到关外吉林省伊通县安了家,这个地方后来叫丛家屯,据说此地人都是金圣叹的后代。

讲述:丛万山、丛双奎、丛　福
整理:刘忠生、白东星

162. 道台桥的由来

在依兰城东六十里处有一个大镇,叫道台桥。提起这个镇名,还真有些来历。多年前,一个姓韩的财主住在此处。多少年来,这地方连年受灾,不是旱灾就是水灾,因此这里的百姓是叫苦连天,怨声载道。官府对百姓的疾苦不闻不问,有钱的几家财主更是依仗官府的势力无恶不作,鱼肉乡里。

宣统二年,朝廷派下一个道台,让他下来察访民情。此人姓王名瑚,字铁山。当下王瑚来到三姓这个地方。这天正赶上四月十八日逛庙会,男女老少,成帮结伙都到韩家屯上的韩家庙烧香上供。此时正赶上勃利河涨水,河上仅有一座只能一人行走的独木小桥;下面是汹涌澎湃的河水。王道台来到这里,见一群男女老幼拥挤着从独木桥上走过,很是危险,这时只见一个年过六旬的老妇人被人们挤下桥去,被奔腾的河水卷走,王道台一拍大腿,高喊一声:“过往行人止步!”当下一些穷苦百姓听说喊话之人是朝廷派下来的大官,一时纷纷跪倒在王瑚面前痛说农民疾苦。王道台一一安慰。

当晚,王道台回到公馆,回想起白天发生的事情深感痛心。于是饭也没顾得吃,亲自到韩家屯察访民事。当他得知每年勃利河水都会发生几次水灾,听到小桥上每年都有人马掉进河里的情形时更是心急如焚。这位爱民如子的父母官第二天便派部下找当地有钱有势的苗子精、赵晓义、韩百万、陈洪彦四位财主,命令他们四家出钱、出粮、出料修桥,如在十天内所派下去的钱粮数目不及时上缴，就拿国法处置他们。几家财主听说王瑚是朝廷派下来的大官，连县太爷都惧怕他，哪个敢不答应。当下于十天之内把所分派的钱物都交到道台府。王瑚见万事俱备，一时号召韩家屯众百姓出人修桥。两个月之后，一座八米长、四米宽的木桥修好了。打那以后，人们再也不受勃利河的威胁了。为了纪念王瑚，从此把韩家屯改名为"道台桥"。

搜集：曹忠贵

整理：栾国栋

163. 王道台赐匾

一九一〇年春，依兰县一道台大人姓王名瑚，带兵打仗，因王道台手下一亲兵大腿被打折，经许多名医治疗月余也不见好，后来王道台听说在东三家子村有个神医名叫杨五，于是王道台亲自去请杨五爷。五爷听说王道台是一清官，于是骑马来给治病。五爷打开伤口见骨折处已由红变紫，伤口化脓，甚是严重，那伤兵已经不能动弹。王道台问杨五："请问老医师，不知此病能否治好？"杨五答道："能治好！"王道台问："需几日能治好？"杨五答道："不出七日，保他能下地走动！"王道台又问："如七日不见好呢？""如七日不见好，我杨五爷头朝下爬出三姓！"王道台听后，一拍大腿"好个神医，如能治好此人，我重重赏你！"

七天之后，那伤兵果然能拄棍走动了。王道台十分感谢杨五，亲自送去重礼作为答谢。杨五手一摆说："老大人为民造福深受此处百姓爱戴，我杨五万万不能受此厚礼！"王道台见杨五果然仗义，于是亲自写了块"妙手回春"的牌匾，挂在杨五爷的大门楼下，并号令："从本日起，十三县官员到此下马。"打那以后，杨五爷的名字就更响了。

讲述：金洪仁

整理：刘忠生

164. 李杜在三姓

"民国"十四年，三姓南大营有一个机枪连，连长姓赵，官虽不大，根子却挺硬。沈阳张大帅（张作霖）手下有个金将军，是赵连长的姥爷。赵连长仗着这个势力，在三姓横行霸道。他本是位军人，可是还做粮商的买卖，每年大斗进小斗出，掺糠拌水，盘剥百姓。

三姓的西江沿有一户开豆腐房的穷人家，老两口领着一个如花似玉的女儿过日子。清明节这天，赵连长吃饱喝足去江沿溜达，走到豆腐房门前时，恰好姑娘出来倒水，不小心泼到了赵连长身上。这个恶棍狗眼一瞪，刚要发作，一看是位美貌女子，不禁起了邪念，立即赔着笑脸说："不要紧！"姑娘也不好意思地对他一笑，转身进了屋。赵连长看呆了，半天才恋恋不舍地离去。

过了几天，豆腐房的老头刚套上磨，就听有人敲门。老头开了门，闯进来一个当兵的，张口就给老头贺喜，自称是南大营赵连长的亲随，奉连长之命前来说亲，要娶姑娘做第五房太太。老头听了这没头没脑的话，气得半天说不出话来。亲随拿出四盒礼物，还有赵连长的庚帖，放在桌子上，转身要走。老头忙一把拉住说："老总，行行好吧，我就这么一个姑娘，哪能……"亲随打断他的话："老头子，少废话，我是上指下派，该回去交差了！"老头又说："我们不要这点礼物，不能姑娘嫁给他！"亲随发狠道："你还是放明白点，得罪了赵连长，谁还能活得了！"说完，一甩手去了。老头拗他不过，回身拿起礼物和庚帖，三步两步撵上亲随，将东西摔在了他的脚下，又气冲冲回到屋里，关上大门，豆腐也不做了。

到了第二天，豆腐房的老头早晨起来去挑水，怎么推门也不开，怀疑是被什么东西给顶上了。他叫来女儿和老伴，三人一齐用力，只听"嘎吧"一声响，门推坏了，房檐上吊着一个人！三人吓得不知如何是好。女儿上前仔细一瞧，发现地上有五六个脚印，还有拖拉的痕迹，被吊死的是个要饭花子。心里暗暗断定，准是昨天爸爸得罪了赵连长，夜里派人安的赃。正在这时，来了三个大兵，是守备队的人，不容分说把老头五花大绑押走了。娘俩抱在一起放声大哭，惊动了四邻，都围来观看，有一位邻居知道了事情的经过后说："别哭了，快去找十三县镇守使李杜，他是个清官，你一告就能赢！"

正巧，这一天李杜要去私访，远远听见此处有人哭，就赶来寻问。他听到围观人的话，知道了事情真相，就回到衙门，派人去找赵连长。不一会儿，赵连长大模大样地来了。李杜对他说："赵连长，我今天找你有点小事，请你看几封信。"说完，他拿出一厚沓状纸，"啪"一声摔到赵连长面前。赵连长一看，都是状告自己的，有三五十份，立刻惊呆了。但过了一会儿，他镇定了一下，辩解说："大人，这些个刁民诬告你也相信吗？""是诬告？"李杜变了脸色，从桌下拿出两只斗来，放在赵连长面前说："这斗是谁的？为什么同样写着'一斗'二字，却是一大一小？"赵连长瞥了一眼，马上否认说："这斗不是我的！"李杜一拍桌子，对门外喊："把斗官带上来！"立刻，四个斗官跪在堂前。赵连长见赖不掉了，老老实实地承认了大斗进、小斗出，掺糠拌水剥削百姓的事。李杜听完一笑问："人命几条？说！"赵连长脸都吓青了，"嗵"一声跪下，连说："大人饶命，今后再也不敢了！""饶命？哼，杀人偿命，这是古来的王法！来人，把他绑起来！"赵连长见求饶不行，转身站起来，对李杜说："李大人，别得寸进尺，这些事就算是真的，你能把我怎样？张大帅属下的金将军是我的姥爷，有能耐找他去！"李杜微微一笑说："别说是金将军，就是张大帅我也不怕！快给我绑起来，打入死牢！"赵连长被李杜抓起来的消息，被赵连长的一位小老婆知道了。她备上快马，星夜赶到沈阳，找到金将军，说明了情况。金将军立即找到张大帅，得到了一道亲笔赦书，派人送往三姓。五日之后，快马来报，呈上赦书。李杜手拿赦书，迟迟不肯打开，他对周围的人说："我现在不能拆开看，等处决完了赵连长再看不晚。"他立即派人把赵连长从死囚里提出，当着百姓的面，处决了这个恶棍。然后，写了一封回文，内容是说明赦书已晚了，昨天刚处决因此无法执行。

从此，李杜在三姓周围十三县，名声远扬。

讲述：刘忠生

整理：白东星、刘玉桐

165. 李杜赠刀

“民国”十五年，十三县镇守使李杜在依兰微服私访民情。一日在江堤上信步向北走来，不觉已走到了北商埠附近。这时见一群人围成一个大圈，李杜好奇，便走到跟前观看。原来圈内是一个外来的青年在这拉场子练功夫，李杜便在旁瞅着。开始那青年耍了一套棍术，接着又耍起了长枪。一套枪法耍完，那青年一抱拳，说了些江湖上的客套话。然后就要收场。这时突然从人群中走出一个五大三粗的汉子来，那汉子走进场子，也不搭话直奔那青年，一拳照那青年前胸打去。那青年哪知道这大汉会来踢场子，根本没有防备，挨了大汉一拳，一个趔趄摔倒在地。围观的群众一阵哄笑，那青年见群众嘲笑自己，心中大怒，一个鲤鱼打挺站了起来，拉开架式就要和黑大汉动手。突然人群中一声大喝：“住手！”众人一惊，只见一个高个子走出人群。黑大汉一见，发现是师父。于是在旁垂手而站，不敢吱声。来人便是依兰有名武师名叫毕士亮，那黑大汉是毕士亮收的徒弟。青年一见黑大汉这样怕毕士亮，心中一阵发慌。害怕栽在此人手里。过了一会儿，发现黑大汉的师父却没有交手之意，年轻人行了个江湖礼，彼此寒暄了一阵。毕士亮请青年到自己家中一叙，青年推辞不过，只得跟着毕士亮往回来。

李杜在人群中一见，不禁暗暗佩服此人的武德。于是向旁边的观众一打听，才知道这人就是毕士亮，他曾听参谋长说过毕士亮的事，心中早已有些佩服，今日一见，果然名不虚传。回到旅部，李杜修书一封，聘请毕士亮为二十四旅总教习。当时李杜在三姓的人民心目中名声非常好，大伙都叫他李青天，他为人们做了不少好事，还枪毙了老百姓痛恨入骨的赵连长，毕士亮对李杜也很敬佩。看了李杜聘书，当即答应。

由于毕士亮武功精湛，很受李将军器重，后来李杜亲自赠给毕士亮两把纯钢的宝刀，以示钦慕之心。这两把刀不少人见过，毕士亮总是挂在练功房的墙上。

讲述：金洪仁
搜集：刘忠生
整理：李瑞亭

166. 毕士亮

清光绪年间，山西省太原府榆次南村住着一户姓毕的庄稼人，这家人家是武术世家，尤其在形意拳上很有功夫。毕家幼子士亮从小多病，毕老汉为了使他的身体强壮些，便把一身的武功全部教给了他。到了士亮十四岁那年，已经是臂力过人、体格健壮的小伙子了。

一天，王家修房，士亮也去帮忙。这王家是南村有名的大财主，和毕家是邻居。王家有一子名字叫王铁柱，这小子生得五大三粗，但性格鲁莽，心术不正。这天，他正和士亮一起在房上抹泥，士亮在用泥板子捣泥时，不小心溅出些泥落到了王铁柱的身上。因毕士亮武功胜过他，所以王铁柱对士亮非常嫉恨，总想在乡人面前治一治他，可是总没有机会，今天机会总算来了。他不露声色,见毕士亮捣完泥回过头去抹泥时,趁他不注意,一脚把他蹬下房去。这一脚正踹在他的脖子上,士亮因为没有防备,脖子闪了筋,歪向一边,不能动弹。王铁柱在房上只是嘿嘿冷笑。士亮碍于王财主在乡人面前的脸面,也没吱声,忍痛回了家。

从那天起,由于脖子闪了筋,士亮又憋气又窝火,于是一病不起。毕老汉心急如焚,找了许多医生医治都无济于事。数月以后,毕老汉家门口突然来了个要饭的和尚,老汉心地非常善良,尽管儿子病成这样,还是给和尚做了些好吃的。和尚很高兴,见士亮病成这个样子,临走时扔下了三包药,让士亮服下。士亮吃下药,不到三天病全好了,全家这才知道和尚不是凡人。毕老汉感激和尚,访遍了太原府,找了整整两年也没见到。

有一天,毕老汉领着儿子去赶庙会,老汉一眼看到人群中一个和尚非常眼熟,走近一看,急忙拉住了他。和尚回头一笑道:"客官,您认错人了。"毕老汉忙道:"没错,就是您,救了我的儿子士亮!"于是老汉把和尚请到家里,一日三餐供奉,士亮殷勤伺候。和尚见父子二人这样也不勉强,不觉在这里住了一年多。

一天,和尚把毕老汉叫到跟前道:"毕大哥,我要走了。我想把您的贵子带走,三年之后送回来。"毕老汉一听,满口应承。和尚这才告诉了毕老汉自己的身份。原来他是少林寺的游僧庆风和尚,毕老汉早就知道这个行侠仗义、武艺超群的英雄,只恨相识太晚。庆风和尚很喜欢士亮,加之他天资聪慧武功底子又很强,品德也好,这才决定带着他去少林寺学艺。

搜集整理:刘忠生

167. 毕士亮卖粉

日本鬼子占据了依兰以后,毕士亮不再教武,开了个小铺。以卖酸辣粉坨为主,过上了隐居生活。

一天中午,毕师傅的小徒弟李淑兰刚收拾完碗筷,就见外面进来一个大个子日本宪兵。这宪兵进屋就气势汹汹地用生硬的中国话喊道:"粉坨的干活,米西米西!"李淑兰一见,忙给宪兵切粉坨。

日本宪兵边吃边挑毛病,一会儿说咸了,一会儿又说淡了;一会儿说酸了,一会儿又说辣了,把个李淑兰折腾够呛。吃完粉坨,那日本兵不给钱就要往外走。李淑兰一见急了,大声说道:"哪有吃完东西不给钱的!"日本兵一听,拉开了架势,就要和李淑兰动武。

这时,只见门帘一挑,毕士亮从门外走了进来,笑道:"这位客人,吃完了粉坨想不给钱哪?"日本兵一见毕士亮的大个子,再看一下李淑兰的凶气,说道:"这粉坨不好吃,切得也不好。"毕士亮一听,说:"你想吃什么样的?"那宪兵想了一下道:"切得要匀乎"!"好!"毕士亮走到门外搬了一块大青砖,进屋拿了抹布一擦,吩咐李淑兰取一坨酸辣粉皮来。

不大会儿,李淑兰把一坨粉皮递了过来。毕士亮把那些粉坨放在青砖上,用手一条条地切了下去。日本宪兵一见大嚷道:"这不行,太脏了!"毕士亮一笑道:"你说的可是匀乎,不是要匀乎的吗?"说着粉坨已切好了。他手一抖落,各个成条,非常均匀,李淑兰忙端了上去。

宪兵还要说些什么，只见毕士亮一提青砖，那一整块青砖也都变成了小条条了。宪兵一见，目瞪口呆，马上给了钱，然后灰溜溜地走了。

讲述：金洪仁
搜集：刘忠生
整理：李瑞亭

168. 不畏强暴

三姓城住着一个王守备。一年清明节，王守备上山踏青，走在半山腰，所骑之马被路旁一野鸡所惊，王守备从马上摔下，摔坏了腿。王守备回来之后，派手下两个当差的去请杨五爷。两个差人腰别着枪，头戴礼帽，进屋就说："杨老五，我们长官掉坏了腿，派我们二位来，让你速去治病！"五爷见来人气势汹汹，回答道："我没工夫！"二人一见五爷挺冲："你没工夫，我这玩意让你有工夫！"说着，两支黑洞洞的枪口对准了五爷。五爷一见，哈哈大笑几声，说："朋友，这玩意我五爷见过！"说着，脱掉衣服，用手一拍前胸说："来，有种的往这打！"两个当差的见五爷不吃这一套，又怕五爷动硬的不去，他们回去交代不了，于是连忙收回枪，给五爷跪下了。五爷见两个小子软了，这才骑马前去。

五爷到了守备府，见王守备谈吐不雅，傲慢非常，于是拂袖而去。几天以后，王守备伤势日重，不得已只得亲自套车前去五爷家。见面低三下四，说了很多软话，五爷才把他的伤给治好了。治好之后，五爷又要了很多诊费。打那以后，三姓城的百姓们都说："杨五爷治伤是穷汉子治病，富汉子花钱。"

讲述：金洪仁
整理：刘忠生

169. 快马杨五

快马杨五，姓杨名永，常骑一匹白马，因马脚力快，他又排行老五，所以人称"快马杨五"。

杨五原籍山东省莱阳人，后迁居河北束鹿县（今辛集市），又在辽宁省黑山县住过一段时期。于一八八四年来依兰县东三家子村（今演武基乡远大村）开荒占草。他生于一八五四年，卒于一九二六年。

杨五爷家有家传秘方"金鸡全骨散"，专治黑红伤。任你骨断筋折，敷上此药，重则十余日轻则三五日，便可完好如初。本人秉性耿直，仗义疏财，疾恶如仇。给穷苦人治病从不要钱。更值得赞颂的是杨五死后，秘方毫不保守，传给后人，并一再嘱咐后人："我死后此家传秘方传给尔等，且记，只可给那些救国救民的人和穷苦百姓治病。万不可巴结官府，与那些害国害民之人为伍。"

杨五死后，后人谨遵父命。一九三四年，我党地下工作者刘希斌潜伏在依兰北庙当和尚。一次到杨五爷家拿走“金鸡全骨散”三百余服交给郑万昌，送到方正。抗日战争时期，杨五儿媳王殿凤、孙子杨忠、孙媳陈凤英配此药支援抗日联军，分文不收；抗联交通员高贵曾三次取药送交抗联三军，治好伤员无数。抗联战士反映：“杨五爷的药真好使，有了它，我们啥也不怕！”由于杨家与抗联有密切联系，“金鸡全骨散”治好抗日英雄无数，从而增强了抗联的战斗力，也增强了抗联英雄们团结抗日、光复中国的决心。后人为纪念杨五，曾留诗十余首，今选一首附后：

重阳把盏哭杨五，
今日菊花少雁行。
白马疾风同水逝，
黄沙枯草对斜阳。
才通文武医贫富，
义贯天云救贱良。
朗朗乾坤不见翠，
几回掩油忘秋霜。

讲述：刘忠生
整理：栾国栋

170. 路救荷花

依兰县晨光村有一姓苏的人家。老两口子都已经六十出头，膝下只有一女，取名荷花。这荷花年方十七，不但长相出众，人品也是百里挑一。那年月，匪盗横行、民不聊生，老夫妻二人怕荷花姑娘受欺侮，于是便把姑娘送到老龙岗村有名的拳师刘四彪子处投师学武。

这年腊月初二，姑娘的父母都得了伤寒病。荷花闻讯急忙从师父处拿了几个钱去三姓为父母抓药。走到老龙岗后的沙坨子附近，遇见两个胡子。这两个胡子见荷花相貌出众，于是便起了歹心。二匪躲在沙坨子后，荷花走到跟前，二匪高喊一声：“小妞妞，哪里去！”荷花见是两个歹人，于是双手握拳，岔开丁字步问道：“二位哥哥，我们素不相识，今天在此拦截，有什么事吗？”二匪一听，一阵冷笑：“嘿嘿，今日这事你还不知道吗？”荷花见二人不怀好意，于是破口大骂：“你家也有姐和妹，难道你们不怕伤天害理吗？”两个匪徒一听，恼羞成怒，于是动起手来，荷花此时边打边喊救人。恰巧这天杨五给一农民接骨回来路经此处，听前面有喊救人之声，把马一提，双腿一磕，那马四踢蹬开，不一会儿，就到了三人面前。此时其中一个大个子匪徒已把荷花按倒在地，正要行那不仁之事，见面前站一长须老人，老人二目圆睁，正怒视着他。于是大个子匪徒照荷花抬手一枪，荷花中弹倒在地下。其中另一匪徒掏枪刚要打杨五，杨五扬手一枪，把小个子匪徒右手腕子打断；回手又一枪，大个子匪徒左耳朵被穿了个窟窿。两个匪徒一见大势不好，急忙逃走了。杨五回头看这姑娘，见她手扶着一棵小树，面色苍白，呼吸困难，左腿已被打折。杨五问明住处，不由分说，把她扶上马背送回家去。

七天以后，在杨五的精心治疗下，荷花姑娘能走动了。杨五不但分文没取，还把荷花父母的伤寒病也治好了。

讲述：金洪仁
整理：刘忠生

171. 得胜壕与得胜庙

这是清朝同治初年的事了。三姓黑背发生了一场惊动全国的农民大起义，大首领叫葛成龙。这伙起义军专杀满人、贪官污吏，声势越来越大，可把清廷吓坏了。皇帝一连给三姓副都统富尼扬阿下了好几道圣旨，命他限期剿灭义军。富尼扬阿愁得没办法，他领兵与起义军对阵，已经吃了不少败仗。朝廷追得很急，再派兵进山去围剿，等于是盲人点灯——白费蜡，可怎么办好呢？

没多久，富尼扬阿这条老狐狸终于想出了一条诡计。他打听到葛成龙的养子万世才是个贪财好色之徒，就趁他化装进城逛窑子时，用金钱和美女收买了他。从此，万世才落入了富尼扬阿的圈套，暗中给清兵提供义军的情报。这一天，富尼扬阿从万世才那得知起义军要在九月初九重阳节那天夜里偷袭三姓城。他悄悄调动了大批兵马提前埋伏在城外，预谋歼灭起义军，活捉葛成龙。

葛成龙不知道内部出了奸细，攻城行动已经走漏了消息。九月初九这天深夜，他带领一千多名弟兄悄悄摸到三姓城下，只见城门紧闭，城内一点声音也没有。葛成龙心里纳闷儿，正犹豫间，突然一声炮响，杀声四起，清兵从四面八方包抄过来。葛成龙知道中了计，急忙命令弟兄们撤退，富尼扬阿和几名协领带着好几千清兵穷追不舍。天慢慢亮了，义军且战且退，忙不择路，正在撤退间，突然被一条大壕挡住了去路。这壕有一丈多深，两丈多宽，两头望不着边，不知多长，壕壁立陡的，根本没办法过去。眼瞅着清兵就要上来了，前后都断了退路，葛成龙挥臂高喊："弟兄们，咱们拼了！"清兵队伍里富尼扬阿在大声喊叫："活捉匪首葛成龙，赏银五千两！"真是重赏之下必有勇夫，清兵像潮水一样围上来，把义军队伍逼到了壕边。葛成龙和将士们抱着一死的决心，全力拼杀，可是寡不敌众，眼瞅着包围圈越来越小。正在这紧要关头，忽然遮天盖日起了一阵大雾，一支队伍像是从天而降，呼喊着杀向清兵。在雾里看不清面孔，只见他们个个人高马大，浑身放着金光。为首的一个大将骑着一匹赤色宝马，挥动一把青龙偃月刀，像一尊金甲天神在东砍西杀，清兵的脑袋像西瓜一样纷纷落地。富尼扬阿和清兵众将官被这突然杀出来的人马吓呆了、吓傻了，醒过腔来就掉转马头没命地往回逃。葛成龙带领起义军趁机在后面追杀，杀得清兵血流成河，尸首满地。富尼扬阿臂上也挨了一刀，仗着马快才逃回了城里，义军大获全胜。这时天已大亮，雾消云散，那支神兵已不见踪影。葛成龙和众将士心里纳闷儿，只见壕边上有一座小庙。进去看，庙堂上是威风凛凛的关公，两侧是关平、周仓。刀枪上还沾着血迹，泥塑的战马似乎刚刚冒过汗，浑身上下湿淋淋的。葛成龙顿时明白了，是关公显圣救了义军。他和几个头领给关公像磕了几个头，就带着队伍回黑背大营了。

没多久，关公显圣帮助义军打胜仗的事像风一样传开了。百姓们自发地捐集银两，在这里为关公扩修庙宇，再塑金身，并请三姓城里最有名的秀才题写一块“得胜庙”的金匾挂在庙门上。从此，得胜庙里常年香火不绝，时间长了，庙前那条壕也就被叫作“得胜壕”了。

讲述：于明谦

整理：王德志

172. 巡按坟

依兰县南三十五里处有一个小屯，屯名叫“欢喜岭”。别看这里是个不大显眼的地方，可在这欢喜岭下的土岗上还埋着一座八府巡按的坟呢。

当年有个名叫李长青的八府巡按，富锦县人。二十七岁时流落到三姓，李长青八岁念书，一直念到二十七岁。这期间曾去京城赶考，连试三第不中。落第后，李长青自觉无脸回乡见乡中父老，身上又无分文，于是从京城回来走到三姓这个地方。

这天，他走得又饥又渴，在一片森林里坐下休息。他坐在树下独自叹息，想到自己手无缚鸡之力，现在又是穷途末路，要吃没吃，要穿没穿，举目无亲。想来想去，最后牙一咬，心一横，找个小绳挂在树上，想一死了之。他刚把头伸进绳套里，只见一个老道来到身边，口内念道：“无量天尊，善哉，善哉，你这书生，不知有什么过不去的事要自寻短见？”李长青见有人救他，于是长叹一声，把自己的经历一五一十地告诉了道长。

原来此道长法号法静，住在欢喜岭下。当下法静道长见李长青眉清目秀，举止端庄，虽穷途末路，但此人日后必有大为。于是法静道长告诉他，让他去找三姓城里悦来老店里的陈掌柜的。道长说：“此人菩萨心肠，专好助人为乐。”李长青一听，大喜。于是跟随法静来到三姓。到了三姓，找到了陈庆生陈掌柜，陈掌柜果然收留了他，并让他管理账目。打那以后，凡陈掌柜吩咐李长青办的事没有出漏洞的。账目也管得分毫不差。几个月后，陈掌柜、法静道长和李长青三人拜了干兄弟。从此，陈掌柜啥活也不让李长青干了，只让他攻读诗书。陈家嫂子也是个贤惠人，李长青衣服稍一埋汰，大嫂就给洗。法静道长也常来三姓看望兄弟二人，有时还指点李长青如何写文章。就这样，李长青在悦来客店又过了两个春秋。二十九岁这年，京城又开大考。陈掌柜和法静道长给他准备了盘缠，陈嫂子把他应该穿的衣服洗好，打成包裹，准备得整整齐齐。离考期还有几个月，法静道长与陈家夫妻二人就打发李长青上路了。临走时，一再嘱咐，不管考上考不上，也要回来。

半年过后，这天，陈掌柜的正在屋里拢账，忽然门外敲锣打鼓，两个差人进院，手内高举红帖向陈庆生报喜道：“陈家大人，你家兄弟如今高官得中，回家祭祖，已来到门外，特派我二人前来送信！”陈庆生一听，知是李家兄弟得官，连忙迎出门外。兄弟二人一见面，李长青痛哭失声：“大哥呀大哥，此番如没有大哥与二哥，我李长青哪有今日！”

再说法静道长听说兄弟得中八府巡按之后也很高兴。于是弟兄三人在三姓城团聚数月有余。打那以后,李长青不管公事多忙,每年都要来三姓几次与两位兄长团聚。每次来都给陈家嫂嫂带来不少礼品。多少年来,他从没忘记法静道长与陈掌柜的恩义。等李长青临故去时,下人按着他的嘱咐,把他的遗体葬入欢喜岭下。

李长青死后,光绪皇帝念李长青做官德政,加之对法静道长和陈掌柜的恩义,从国库拨来银两,给李长青在欢喜岭下重修了坟墓,并派专人看管。一直到现在,欢喜岭的人们为纪念这个知恩能报的巡按大人,每到年头节近,都来这里烧香上供。一直到现在,不但巡按坟完好如初,就连香火都没断过。

讲述:金洪仁
搜集:刘忠生
整理:栾国栋

173. 王道台筹款修江坝

(一)

依兰镇内有个石猴街,石猴街有个黑门楼的石猴院。过去官分几等:门前有石狮子的是官居王位;门前立石猴的是官居侯位。据说三姓的这位侯爷过去是个总督,管辖的地盘比现在的东北三省还大。他家财万贯,良田千顷。总督的后人依仗祖上的威风在县内作威作福,欺压百姓,民愤很大。后来被王道台知道了,王道台就想治一治他。这时正赶上松花江涨水,王道台想让他拿出一笔钱修江坝。如果明着让他拿钱他肯定不肯拿,必须想个办法让他乖乖地拿出钱来,想了很久也没想出个好主意。这天,王道台听说侯爷家死了一个长辈,达官贵人们都去吊丧,王道台此时计上心来,于是马上吩咐下人:“快带我到侯爷府吊孝!”到了侯爷府祭奠完毕,侯爷府的当家的一看是地方道台,不敢怠慢,于是请到后堂休息。闲谈中王道台问道:“听说你祖上有很大的功名,不知有皇封否?”原来当年的侯爷是皇上封赐的,没有皇封的人家无论有多大的财势也不能建黑门楼,门前也不能随便地立个石猴。当家的一听王道台的问话急忙答道:“回大人,我祖上是受皇封的,有皇上赐的龙头拐杖为证。”王道台讲:“拿出来我开开眼行吗?”当家的赶紧拿出了龙头拐杖给王道台看。王道台边看边讲:“这是皇上授给祖上的,应当随葬,我看你们这次就叫老人家带走吧。”当家的一听王道台叫随葬,也没敢留,就把龙头拐杖做了随葬品。

过了一些日子,王道台又去他家问道:“你门前凭什么立两个石猴呀?不知你家祖上是多大的官还用个黑门楼。有皇封的证据吗?”当家的一听傻眼了,急忙解释:“皇上封赐的龙头拐杖,我们遵照大人的吩咐已随老人下葬了。”王道台讲:“好啊!你祖上也不知是哪辈子的威风如今使到我头上来了。你这个无赖,马上给我挖坟,看一看你的龙头拐杖在哪儿呢?”

在当时挖祖坟是犯大罪的，所以晚辈就更不敢挖自己的祖坟了。当家的一听说要挖祖坟吓得直哆嗦，无话可讲。王道台一看是时候就说：“没有就算了，先打当家的二百军棍，送到大狱押起来，要想要人就拿出二百担小米，限三天之内送到道台衙内赎人，方能饶你不死。”说完，王道台一甩袖子走了。不出三天这家果然送去了二百担小米。就这样王道台为修江坝又筹到了一笔费用。

讲述：王福江

整理：王伟兰

（二）

在依兰的西湖景村，有个叫王德安的大财主，提起这个大财主，方圆百里没有不知道的。他家里良田千顷，骡马成群，劳工成队，家中设宝局、牌局等各种赌场，光护院的保镖也不下三五十人。

农闲时节，他家的赌局开得更盛。他有个杀人不见血的绝招，冬闲时把在他家干活的留下开赌场，先叫赢几个钱，等玩上瘾了就开始输钱。一年春、夏、秋的三季工钱就这样又输给了他家开的赌局，多数人还得欠他几个赌账，只好来年再干活还欠账。就这样不花钱用工，让劳工干吃哑巴亏。天长日久他的所作所为引起了民愤，有的人告到了王道台的衙门。王道台一听这是笔不义之财，取之无愧，正好用在修江坝上。

有一天王道台带着他的随从护卫，乔装打扮成押宝的赌徒，来到了他的宝局，在宝局观看了有一头午也没有下注。照管的一看他总也不押，还占个地方，就说话了：“你这位没钱不押就给好人让个位。”王道台说：“你怎么知道我不押呢？还没到时候呢。你的局太小，不够我押的！”照管儿的一听，这个人口气很大，就问他能押多少。王道台当时就从怀中摸出了两根金条说：“我先押这些，不够这儿还有。”一指身后的护卫，照管的一看吓了一大跳。开宝的一看这阵势无法开宝，急忙跑到后屋正房请出了掌柜的王德安。王掌柜的一听：“好，我看什么人来捣乱。”急忙走到局场一看，照管儿的说道：“见此人不凡，前呼后拥的带了一帮打手，这些打手个个身强力壮，好像都是行伍出身。王德安是个老奸巨猾的赌头，看到这里知道不是好斗的主，于是先客客气气地把王道台请到后屋，摆上了大鱼大肉，好酒好菜的先要招待一顿。王道台既不吃，也不喝，稳稳当当地坐在太师椅上就问：“你家的赌局开了几年了？交了多少税呀？财没少发吧？”王掌柜的一听就火了：“朋友，我拿你当个朋友对待，好酒好肉你不吃，什么人管到我的头上来了，来人啊！给我打出去！”王道台的随从护卫一听齐声喝道：“大胆奴才，这是三姓城内掌管十三县的王道台，我看你有眼无珠，还不跪下请罪！”王掌柜的一听，“扑通”一声急忙跪下求饶：“道台大人饶命，小人有罪！”王道台说：“你成年放赌，劳工在你家一年到头没挣钱，还得欠下你利滚利还不清的债，你的招够毒的啊！不义之财没少取呀！有人告下了你，你是认打呀还是认罚呀？”王掌柜急忙讲：“小人有罪，认打认罚靠大人的恩典。”王道台讲：“按你的罪过应当去蹲大狱。如果认罚可免罪。”

王掌柜一听有门，忙说："道台大人，小人认罚，要多少给多少！""好吧，罚你五百担小米，限五天送到道台衙门。"就这样王道台又为修江坝筹到了一笔款。

讲述：王福江

整理：王伟兰

174. 黄淑芬片言退匪

"民国"八年农历七月十三这天，三姓道台阮忠直和孟督军去省开会，临行前把一切事务全都托付给了副手赵丙才。

七月十六这天，一个匪号叫"天罡"的胡子，领着三百多人打进了三姓城，放火烧了房屋，把三姓城的人吓得东躲西藏。

那火烧得正旺时，天罡又气冲冲地说："弟兄们，现在当官的没好玩意，走，咱们去烧道台府！"

听说胡子来烧道台府，把赵丙才吓得什么似的，老早就藏起来了。

天罡领着弟兄们来到道台府高喊一声："点着火，给我狠烧！"此时室内传出一个女子的声音："众位义士慢着！"话音未落，从里面走出一个女人来。此人面对众匪神态自若，面无惧色。天罡面对此女恶狠狠地问道："你是什么人？"那女子说："我是阮道台的原配夫人黄淑芬"！她拢了拢头发，又镇静地说："我虽是女流，但生死二字早已置之度外。我本不该参与政事，只因赵丙才贪生怕死，畏刀避剑。你们若是为钱来的我可以给你们，如果继续放火杀人，我当以死拼之！众义士你们吃打饭的，但也要重伦常，不杀善人，不抢孝子，不走花路，杀富济贫。阮公从到任以来，两袖清风，一贫如洗，我们自己的家私还不如一般的土绅，众位也能有所闻，如果诸位用钱我愿把全部家私奉献！"

天罡听后，点了点头，觉得此女人非比寻常，深明大义。后来黄淑芬领头召集绅士们集些钱，把他们打发走了。

讲述：刘忠生、金洪仁

整理：关丽珠

175. 庙岭

在依兰县团山子乡西五六里的地方，有一条不太长的小岭，这就是远近闻名的庙岭。

有一年，岭上来了个名叫班龙的和尚，在半山腰间搭了个窝棚就住了下来。这和尚每天总是忙忙碌碌，不是进山采药，就是走村串户化缘行医。班龙和尚医术非常高明，而且给穷苦人看病从来不要钱。因此，当地的老百姓都非常尊敬他。

一天，和尚采完药刚下山，忽然，从山下跑来一个小伙子。这小伙子来到和尚面前，跪在地上，一连给班龙和尚磕了三个头。和尚非常奇怪，连忙扶起小伙子问道："小伙子，你有什么事吗？"小伙子二话没说，拉起和尚就走。来到路旁的一棵大树下，只见树下躺着一个老太婆，老太婆已是病得奄奄一息了。班龙和尚一见，心里全都明白了。于是他忙上前给老太太切脉。好大工夫，只见和尚面露难色，站起身来，摇了摇头，转身就要走。小伙子急了，一把拉住和尚说："师父医术高明，手到病除，远近闻名，难道今天我老娘的病您治不好吗？"和尚一听，叹了口气，说："小伙子，这病我不是治不了，是缺治这种病的药。"小伙子一听忙说："师父，不管花多少钱，用什么药，您只管说，只要世间有的，我就是上刀山，下火海，也得给我老娘弄来！"和尚见小伙子如此心诚，叹了口气说："这药确是不好弄，药名叫'二龙骑盖水'，'状元长寿汤'，这两味药只怕世上难以找到啊！"和尚说完，转身走了。

小伙子眼望着和尚远去的背影，无可奈何地背着老娘走了。好大工夫，背上的老娘突然叫道："儿呀，娘好渴，快给娘找点水喝！"小伙子放下老娘，连忙去找水。这地方远不挨村，近不着店，上哪里找水呢？小伙子走呀走，忽然在前面的墓碑旁发现一个死人的脑瓜骨，脑瓜骨里全是水，水里有两条曲蛇在蠕动。小伙子发现了，也顾不得许多，用小棍儿把两条曲蛇拨拉出来，然后捧着脑瓜骨连忙回到老娘身边，说："娘啊，儿实在找不到别的水了，您要是实在渴，就把这水喝了吧！"

老太太渴急眼了，也顾不了许多，双手把脑瓜骨接过来，一扬脖，把那里面的水全喝光了。喝完水，小伙子背着老娘继续赶路。走着走着，老太婆又说："儿呀，娘刚才喝了水，觉着身上轻松多了，现在心里饿得慌，能不能给娘弄点吃的。"小伙子一听，心里挺高兴，心想：老娘多少天不想东西吃，今天饿了，想必是病见好了，于是起身给老娘找吃的去了。

小伙子走着走着发现前面有一小村庄，村头有一户人家，大门开着，从屋里呼呼冒热气，门口挂着一块红布。小伙子明白了，知道这家里有人坐月子。小伙子有心不进去吧，又怕再往远走耽误时间饿坏老娘，进去吧，又觉着不方便。正在左右为难的时候，忽听屋门"吱呀"一声，从里面走出个七十岁左右的老婆婆，老婆婆手拿一块孩子的尿布。小伙子一见老婆婆慈眉善目，于是走上前深施一礼说："大娘，我是过路的。因为我的老娘身患重病，现在路旁等着我给弄吃的，求大娘施舍一碗粥饭，救救我的老母亲！"老太婆见小伙子老实诚心的样子，忙说："好吧，你先等一会儿。"原来，这家的儿媳妇在十多天前生了个胖小子。老婆婆正给儿媳煮面条，听小伙子说了这一番话，马上回屋盛了满满一碗面条递给小伙子。小伙子千恩万谢，端了这碗面条来到老娘身边。说来也怪，老娘吃了这碗面条，打了两个饱嗝，立刻觉得神清气爽，病竟然全好了。

打那以后，老娘在家纺线织布，小伙子种地。过了三年为了答谢和尚，小伙子把积攒的家财全都拿出来，在班龙和尚住的窝棚旁盖了个大庙，把和尚接了进去。和尚的日常生活需要的柴米油盐全都由小伙子供给。后来人们就把这个盖了大庙的岭叫作庙岭。

搜集：薛长瑞
整理：李瑞亭

176. 班龙烧庙

自打班龙和尚出药方治好了这小伙子的老娘之后，他的名声就更大了。方圆百十里的人都来求医讨药，烧香上供的人络绎不绝。就在这年夏天突然从岭下来了两个当差的。这两个官差见了和尚，二话没说，亮出家伙就要下手。

班龙原是山东人，从小力大无穷，班龙的父亲不但武艺超群，而且还是远近闻名的郎中。班龙随父学医习武，十八岁那年，父亲给他成了家。婚后，小两口恩恩爱爱，生活很美满。可好景不长，有一年四月十八逛庙会，班龙的媳妇正在庙里上香，被县官的儿子发现了。这花花公子一见这如花似玉的美人，顿时起了歹心。一天，趁班龙外出行医的机会，这衙内便领几个打手把班龙媳妇抢了去。抢进府内，这公子硬逼着班龙媳妇与他成婚，班龙媳妇不从，趁人不备，撞墙自尽了。班龙得知此事后，气得暴跳如雷。当天夜里，他带上一把刀，偷偷潜入县衙内，杀了县官的儿子，报了这血海深仇，连夜就逃走了。

班龙逃到依兰这地方，出家当了和尚，多少年来也平安无事。谁知人怕出名，由于和尚治好了附近很多穷苦百姓，又有人在这里给他盖了寺庙，一来二去，这消息传到山东，被县官知道了。

今天这两个当差的就是奉了县官的命令到此拿人的。班龙一见这两个衙役，心里就明白了。于是不慌不忙地说："二位长途跋涉，一定很辛苦了吧？可贫僧一贫如洗，请二位稍等，贫僧去烧杯清茶，权当给二位接风洗尘。"

两个差官只当班龙要借机逃走，哪里肯放过。于是一前一后，手握钢刀气势汹汹，拉开架式，就要动手。班龙一见一声冷笑："出家人以慈悲为本，从不杀生害命，今天二位既是这样不讲情面，贫僧也只好让二位见识见识了！"

和尚说完，飞起一脚，"咔喳"一声把身边一棵碗口粗的柞树拦腰踢断了！然后抬手一掌，把小树断成两截。和尚手握树干，瞪着双眼，说："二位要是知趣的话放我一条生路，否则，和尚要开杀戒了！"

两个官差被班龙吓得目瞪口呆，舌头伸出嘴外半天缩不回来，齐齐跪在班龙面前说："我二位是奉了上司的命令来此，实属无奈，万望师父高抬贵手，放我二位回去，我们再也不敢了！"说完两个人见和尚并无加害之意，于是灰溜溜地下山了。

和尚见他们远去的背影，心中暗想，官府既已知道了自己的下落，肯定不会放过他的。于是转进庙内，烧了一炷香，对着寺庙磕了几个头，口念"阿弥陀佛"，然后，下山远走高飞了。

搜集整理：薛长瑞

177. 富阿达的传说

在倭肯河东，哈达山南坡上住着一户人家。勤劳正直的富阿达就住在那儿。富阿达家养了三头牛，两头黄牛和一头小公牛。富阿达的格格[①]非常喜爱那头小公牛，每天都给小公牛饮水、喂草。

春天到了，富阿达早早起来拴好牲口下田耕地。谁知三头牛拢不到一块儿，耕起地来小公牛总是跑在头前儿，那两头黄牛慢腾腾地往后挣，别扭得很。富阿达解开绳套儿先让小公牛试试。没想到，小公牛耕起地来快得一溜烟，不到半天工夫，二百来亩山地全耕完了。这下可乐坏了富阿达和格格。一收工，格格唱着歌儿牵着小公牛先回到了家。

晚饭过后，富阿达正坐在院儿里抽烟。邻居葛左那仁过来唠嗑儿，富阿达就把小公牛耕地的事讲了。没过几天，这事儿就传到了城里苏三爷的管家耳朵里。管家忙去禀报苏三爷。苏三爷的二娘娘[②]一听，把眼睛都乐没了。忙说："快去！快去……"苏三爷一摆手："慢，还是花银子买来为好。"

管家来到富阿达家，说："富阿达，苏三爷相中你家的公牛，用十五两白银买下了……"话还没说完，富阿达哈哈大笑起来："苏三爷家有的是牛，穷人家的牛都是稀屎牛，老爷牵去怕不吉利，这牛我可不能卖！"管家一看说不通，想瞪着眼睛使横儿，却又怕富阿达的强硬不好惹，只好先回去了。

没过几天，刚好京城下圣旨让送供品。管家一见机会来了，又给苏三爷出了个损招儿。派富阿达赶着公牛车送供品，再派两个人押车，等送完供品就把公牛抢走。富阿达一眼看穿了他们的诡计，却装着不知道的样子，第二天就赶着公牛上路了。

在富阿达走的当天晚上，管家就派人去富阿达家说媒，几次都被富阿达的娘娘和格格轰出家门。管家恼羞成怒，于是派人去抢亲。

再说富阿达到了京城交上供品，晚上，两个押车的逛窑子去了，他一个人在店里歇着。刚要睡觉，听见公牛嗷嗷地叫唤，忙走出去，只见公牛扯着缰绳往车那边挣。他上前抚摸着小公牛说："今晚好好歇着，明早还得赶路呢！"谁知牛叫得更欢了。富阿达心里感到纳闷儿，就松开了绳子。牛跑到车辕中间，淌着眼泪嗷嗷直叫。富阿达毛了，顺手把车套上。他上了车只听得耳边呼呼风响，车像飞的一样，不到两袋烟的工夫，就到了家门口。他娘娘见他回来，哭着跑出屋，告诉他格格被管家抢走的经过。富阿达气得撒腿就向三姓城里跑去。

刚跑到管家大门口，就听见院里鬼哭狼嚎，乱成一团。富阿达一脚跨过歪倒的大门扇儿，就冲进院里。只见小公牛已把西厢房推塌了一半儿，尖尖的牛角正冲着管家豁去。富阿达怕闹出人命，忙吆喝了一声小公牛。小公牛听到主人的声音回过头又嗷嗷地叫了两声，就直向后院跑去。管家用手捂着划破了的肚子，没命地喊着："快，快把公牛截住……"这时，富阿达家的小黑狗也跟了进来，盯着一个打手就咬住不放，别的打手都吓傻了，谁还顾得上去截小公牛呢！富阿达跑到后院，小公牛已经驮着格格撞破了门窗，撞塌了院墙。飞一样地往家里跑去……

---

① 格格（满语）：姑娘。

② 娘娘（满语）：妻子。

富阿达怕管家伤好后来报复，就先让格格牵着小公牛去姑姑家了，随后，他和娘娘也搬走了。

讲述：赵东升

整理：朱迎春

178. 宝井的传说

依兰县愚公乡有个宝井村，村子是根据水井而得名的。这口井说起来挺怪，天怎么旱也不干涸，下多大的雨也不冒漾，人们传说这是口宝井。

多少年前，这里住着十来户以捕鱼、打猎为生的赫哲族人家。这里东是苏木河，南是倭肯河，西北两面都是山，作为打渔、打猎的场子那条件是再好不过了。

一年，不知从哪来了一条恶龙，这个家伙凶恶极了，经常行风降雨，搅乱了这里的安宁。人们再也不敢下河打渔了。有些人搬走了，有些人改行种了地，河边上只剩一户姓葛、一户姓尤的两家人。

老葛和老尤都正值壮年，两人的妻子又都怀了孕。一天，她俩同时生产，老葛的媳妇生了个小子，取名叫"长命"，老尤的媳妇生了个姑娘，取名叫"百岁"。这两个小孩生下来就会说话，十几天就会走路，半年的工夫就有六七岁孩子那么大。他俩天天在一起玩，见了面就摔跤，摔累了并排躺在草地上晒大阳。两家大人也认为他俩是天生的一对，只等到了岁数，就给他们完婚。

一年小，二年大，又过了六七年，他俩长得和父亲一般高了。两个人不但能帮助老人下河捕鱼，有时还拿着猎叉上山打猎。

一天，老葛、老尤正在起网，猛然发现一只斑斓猛虎从山里蹿出来。他二人刚想跑回家去送信，冷不丁看见丛林中跳出穿一身白的"长命"和头上梳着两个小抓髻穿一身红的"百岁"，两人手拿钢叉从老虎左右两边包围过来。老葛老尤同时大声喊叫："快别撵，那是山神爷，得罪不得啊！"长命、百岁不听邪，身子向前蹿了几蹿，就像红白两朵云彩飘落在老虎前面，两把钢叉一交叉，拦住了老虎的去路。老虎立即向百岁扑来，百岁扔了钢叉，双手抓住它的前爪，在空中支起黄瓜架来；长命也扔了钢叉，双脚一跺地，骑在老虎背上，双手扭住老虎的耳朵，两脚猛踢老虎的肋骨。经过一场恶斗，老虎被降服了，脚在地上任凭他俩脚踢拳打，就不动地方了。好一会儿他俩一人拽着一只老虎的耳朵，牵回家中。回到家，用铁链给老虎戴上了脖套，拴在树桩上。

长命、百岁抓住老虎的事，很快传遍了四面八方，大伙都来看热闹。这老虎脾气也太暴了，一有人来，它就抖威风，长命和百岁不论谁来，它就像耗子见猫一样，再老实不过了。人们都说他俩是天生的神力，天神降世，不但能缚虎，长大也能降龙。

一天，他俩把老虎喂饱了，又饮足水，两人一起在草地上睡着了。蒙眬中，长命拉着百岁的手向前走着。走着走着，前面是一片汪洋大海，两人跳进海里自由自在地玩着，这时猛然发现岸边有一位白胡子老头在捕鱼。老头笑着对他俩说:“你俩学浮水很不得法,我可以教给你们。”说完跳进水中,告诉怎样划水、睁眼、呼吸、打架,这些套数俩人一学就会了。老人又教给他俩专门降龙的三十六滚,七十二抓。老人一招一式的教,他俩一招一式地学。三十六滚翻,七十二抓套数很快记住了,老人就叫他们多加练习。练着练着长命的手抓在百岁的胳膊上,百岁的手抓在长命的脸上,两个人同时醒了。醒后觉得这个梦挺奇怪,于是他俩跳进苏木河里按着套数练起来。俩人一下河,好长好长时间不出来,老虎回家扯着他俩的父亲衣襟拽到河边。只见河里有两团白浪在上下翻腾,左右转动。这两个人以为恶龙来了,抹回头就想跑,谁知老虎扯住衣服不放。不一会儿,水面平静了,长命拉着百岁的手跑上岸来,此时两个人的父亲才知道自己的孩子学会了降伏恶龙的本领。他们高兴极了,此时倒是盼望恶龙的到来。

一天,他们正在撒网,突然,苏木河下游白浪滔天,不一会儿,河水就冒了漾。长命和百岁发现一跳多高:“好东西,你到底来了!”他俩跳进河中,顺流而下迎了上去。

这下子河水开花了,一团大白浪与两团小白浪合在一起。刚开始大白浪挺凶猛,后来两团小白浪逐渐增大,把大白浪压得慢慢沉了下去,最后连浪花也看不见了。

岸上两对老夫妻不停地喊着:“使劲,使劲!”老虎也嗷嗷叫着给他俩助威。老半天,水哗啦一响,恶龙满身是血,从水中蹿了出来。老虎立起身举起前爪,向恶龙头部抓去。哪承想被恶龙一爪抓在空中,抛向远方。长命、百岁跟着跳出水面,左右两边靠近龙身,施展出三十六滚,七十二抓的本领,把恶龙的麟片抓得纷纷落地。真是“树怕扒皮,龙怕揭麟”,它疼痛难忍,吐出唯一的护身法宝——宝珠,朝长命打来。百岁趁此机会,在它头上猛拍一掌。这一掌不下万斤之力,把恶龙打得脑浆迸裂。它身子一滚,向前一挺,落在了牡丹江东沿,就是今天依兰县演武基乡老龙岗村西边的老龙岗。那个宝珠被长命一掌打落在苏木河西山坡下,把地砸了一个很深很深的窟窿,不一会儿就冒满了水,它就是现在宝井村的那口宝井。老虎呢?它被恶龙抓起来扔在愚公乡愚公村的西北角上,变成了小山,叫卧虎山。它头冲东南,看着长命、百岁降承恶龙的地方。

恶龙被根除了,倭肯河、苏木河风平浪静了。搬走的人们又回来了,改行的人们又驾起渔船,家家又过上了好日子。不久,长命和百岁也结了婚。

讲述:刘忠生

整理:金洪仁

179. 一棵松

在清朝初年,有一个年轻的小伙子在丹清河的深山老林里居住,他以打猎为生。练了一身武艺,尤其箭法,更是百发百中。他养了一只白鹰,叫“海冬青”。海冬青有一双明亮的眼睛,锐利的双爪和一个尖硬的利嘴。它跟随小伙子多年,是他打猎的好帮手。

再说在这附近住着一个千年大蟒蛇和八百岁的老虎。它俩结拜为弟兄,在这一方为非作歹。小伙子早想为民除害,消灭这两个猛兽。一天,小伙子带足干粮,领着海冬青下山寻找恶虎。说来也巧，在一个悬崖上，小伙子发现猛虎正追赶一只山羊。小伙立刻拉满弓，一箭射去，射中老虎脖子。只听到一声山崩地裂的狂啸，老虎丢掉山羊，带着箭逃去。白鹰圆睁双眼，紧跟老虎踪迹，给小伙子带路。整整追了一天一夜，猛虎逃到大蟒蛇跟前死去了。大蟒蛇一见自己的结拜兄弟死了，脖子上还带着一支箭，跟前站着一个膀大腰圆的小伙子，便知是他射死的。于是大蟒蛇急了，瞪着两只铜铃般大的绿眼睛，张开血然大口恶狠狠地向他扑来。见大蟒扑来，便握刀迎了上去。白鹰这时见主人干粮吃光了，水也喝没了，连忙振起双翅，给主人寻找吃的去了。过了一个时辰，白鹰抱着一个大松塔，嘴里含着水飞回来了。它见主人浑身是血，已经精疲力竭，便迎着大蟒蛇扑来。大蟒蛇来不及躲闪，被白鹰用双爪抓掉了一层皮，用尖嘴琢瞎了一只眼睛，大蟒蛇疼痛难忍，急忙逃走。

白鹰落在主人身边，见主人已不省人事，忙把松塔放在他嘴里，把自己嘴里剩下的那点水也给他送了进去。但已经晚了，主人已死了。

白鹰见主人已死，便立即去找大蟒蛇搏斗。大蟒蛇由于身上带伤，正想进洞养伤，见白鹰飞来，无奈只好忍痛与白鹰搏斗。它俩斗了一天一夜，不分胜败，第二天又继续斗。这样整整斗了一年，白鹰终于凭自己锋利的双爪，坚硬的利嘴，有力的翅膀把大蟒蛇啄死，为主人报了仇，为这一方除了害。

大蟒蛇死后，白鹰落在主人身边，见主人尸体已烂，只剩一堆白骨。但放在嘴里的那棵松塔不但没有腐烂，反而长出一棵小松树。白鹰留恋主人，每天从河中含水来浇灌，烈日当头时，白鹰振起双翅为小松树遮阴凉；刮风下雨时，白鹰站在树顶给其遮风挡雨。这样年复一年，白鹰终于累死在松树下。

由于松树周围淌下了大蟒蛇的毒血，所以一直不长别的树，后来人们又叫它“一棵松”。

讲述：刘忠生

整理：白东星

180. 琴女峰的传说

很早以前，在烟囱山下，住着一家，这家主人姓王名成，以牧羊挖参为生。王成娶妻阎氏，只有一个女儿，取名春花。春花聪明过人，小时能跟山中鸟雀唱小曲，长大之后抚得一手好琴，老夫妻二人视为掌上明珠。小春花每天赶着羊群进山放羊，她边看着羊儿吃草，边坐在石头上弹琴，弹到动情处，连山中的飞禽走兽都伏在草中偷听。

山那边有个放羊小伙子。这小伙会吹笛子，吹得非常好，时而曲调悠扬婉转，时而悲愤激昂。每天每日，两个人隔着一座山，她在这边弹琴，他在那边吹笛子。久而久之，两个人都在猜测对方是个什么样的人，都想见上一面。小伙子心想，但愿她是一个漂亮的姑娘，姑娘心想，但愿他是一个精干的小伙子。

这一天，姑娘再也忍耐不住，便赶着羊群翻过高山要去会会吹笛子的人。姑娘翻过山头一看，在不远的一块石头上坐着一个魁梧的小伙子，手里握着一把笛子。姑娘走到小伙跟前，四目相对，都互相低下头谁也不出声。老半天，春花对小伙说：“小哥哥，你的笛子吹得真好听。”小伙子这时慢慢抬起头对姑娘说：“小妹妹，你的琴弹得也好。”打那天以后，两人每天在这见面，在一起放羊。日久天长，两个人便山盟海誓，订了终身。

谁知晴天飞来横祸。一天，两人正在一起说说笑笑，从山下过来一帮打猎的，这帮人来到二人面前都站住了。前面那人有五十多岁，头戴礼帽、身穿长袍、一脸横肉，三角眼睛滴溜溜乱转。他走到春花姑娘跟前，对春花说：“这小女子长得可真够漂亮的了！我是这一方有名的财主，姓李名豹，人称西霸天。我看你一弱小女子在这放羊，也够孤单的了。你就跟我去吧，到我家有吃不尽的大米白面、穿不完的绫罗绸缎，管你一生荣华富贵。”春花一听，气不打一处来，便指着李豹说道：“我是有夫之女，不要胡说八道！”李豹一听恼羞成怒，便喝令家奴动手抢人。众家奴一拥而上，把春花倒绑了双手，扔在马背上驮走了。这小伙追了一程，被众家奴一阵拳打脚踢昏了过去。

再说李豹把春花抢到家里，要强迫成亲，春花又哭又闹，宁死不从。李豹无奈，把她锁入后厢房，派一个小男孩看着她。春花只是哭，越哭越伤心。哭声感动了小男孩后，他悄悄打开房门，走进屋里。当小男孩问明了详细经过，便悄悄对姑娘说：“今晚半夜我把你放了，逃走之后，去找放羊小伙，你俩远走高飞吧。”

半夜之后，小男孩偷偷把姑娘放走了。放走之后，跑回门口，躺在那假装睡着了。下半夜巡更的路过发现姑娘不见了，小男孩假装惊慌连忙去找东家。李豹一听，气得暴跳如雷。一把拽住小男孩的脖领子，“我把你这个无用的奴才……”一阵拳打脚踢，可怜这个心地善良的小男孩，为了救春花，被李豹活活打死了。李豹见小男孩气绝身亡，仍余怒不息。率领打手四处搜寻春花。

再说小伙子苏醒过来之后，不见了姑娘，羊儿都趴在他的身边。他气愤已极，回家偷偷磨快了一把钢刀，准备去搭救春花。因围墙太高，跳不过去，他只好伏在李豹的墙外。等到下半夜，忽听院里院外人喊马叫，见李豹率领一帮打手从院里出来。小伙趁人多忙乱之际，一个箭步蹿到李豹身后，照准后背，一连刺了三刀，李豹“啊呀”一声，倒在血泊中，小伙撒腿跑进院里要去寻找春花。这时，奴才见李豹被人刺死，便不顾追赶春花，回头连忙捉拿凶手。小伙子还没找到春花，就已经累得筋疲力尽，被众家奴团团围住，用乱刀砍死了。

再说春花从李豹家逃出，半夜三更好不容易找到了家。第二天清早托人打听消息，那人回来说：“李豹打死小男孩，小伙刺死李豹，家奴砍死小伙。”春花听后，痛不欲生。她眼含泪花，抱着琴在烟囱山顶上弹琴，一连十多天不回家也不吃饭。琴声传到巴兰河，鱼儿游到河边不愿离去；琴声传到山里，山中野兽围在烟囱山周围仰望高峰，静静地听。后来春花姑娘死在烟囱山山顶上。死后，手指还按在琴弦上。打那以后，烟囱山又多了一个琴女峰的名字。附近居民每当下雨阴天，仿佛能隐隐听到从琴女峰上传来的春花姑娘的琴声。

讲述：张俊亨

搜集：刘忠生

整理：栾国栋

181. 金石滩

相传过去在巴兰河东岸有个地主，十分贪财。他家雇了一个小长工，每天上山砍柴。有一天，小长工在山腰发现一个石洞，里面装满金光闪闪的石头，就顺手拣了两块拿在手里玩儿。晚上回到家，地主发现了，这两块石头是金子！就盘问小长工是从什么地方弄来的。原来小长工不认识金子，就一五一十地告诉了地主。地主听完，立即拿起大口袋连夜奔山洞而去。

到了山洞，果然是黄金，他贪婪地装了满满一口袋，临离开洞口时，怕被别人发现还用石头把洞口堵上。老地主背着一口袋金子，下了山，一气儿跑到河边，累得气喘吁吁。为了多背几趟，他又继续背起大口袋过河。当走到河心时，因为水流急，脚下石头一滑，地主就摔倒了，一口袋黄金全都撒在了河里。他摸黑捞了半天，一块也没有捞到，自己还差点被水淹死。

第二天，老地主带人来河里打捞，到河岸一瞧，昨晚摔倒的地方水势凶猛，金子早就不见了，河水中却长出了一块块石头，在阳光下闪闪发光。从此，人们就把这里叫作金石滩。

搜集整理：白东星

182. 刻字石头的传说

三姓西南八十里远的地方有一座小城，城墙都是土垒的，当地人叫它土城子。土城子南边紧靠大山，山上原来有一块刻着字儿的大青石。也不知是什么时候，什么人刻写的。据讲，石头上刻的是这样一段话："九缸十八锅，不在南坡在北坡。要想得珍宝，请问李大哥。"

当时，南山脚下住着一户人家，家里就娘俩。儿子叫小山子，刚九岁，却很懂事儿。他见妈妈没白天没黑夜地干活儿，累得直不起腰儿来。就自己上山砍柴，卖出的钱交给妈妈用。有一天，小山子正在砍柴。一个穿着红兜兜的小孩儿来到离他有一丈远的地方，站那儿不吭声地瞅着他砍柴，从那以后，小孩儿每天都来。时间一长了，他俩也就成为好朋友了。

这一天，小山子正在砍柴，小孩儿蹦蹦跳跳地来到他跟前儿，对他说："山子哥，你到我家去玩儿好吗？""好哇。"小山子跟这个小孩儿翻过一个山又穿过一片密林。到他家一看，嗬，这地方太美了！三面环山四面是水，门前有花有草。小山子正看得出神，屋里走出一位白胡子老爷爷，笑呵呵地把他迎进了屋。给他端上许多好东西让他吃。他吃了一颗带着长了须子的果儿，可香了！这时，小孩儿招呼他出去，牵过来两匹金马驹儿说："走，我领你去看好东西。"他俩骑上金马驹儿，一眨眼儿来到了一个山洞口。小山子进洞一看，靠东边放着九个大缸，里边装着黄澄澄的东西；靠西边的十八口大锅，里边装的东西雪白雪白的。小山子不知道这是些啥东西，只见小孩儿一样拿了一块递给他说："山子哥，你把它带回去卖了，你妈妈就不会再挨累了。"

小山子回到家，把东西交给了妈妈，并跟妈妈讲了在山上的经过。妈妈寻思一会儿说："孩子，这是咱们的福分啊！"小山子这才知道，那个小孩儿是人参娃。第二天，妈妈领着小山子把东西拿到土城子去卖。这一卖可就不得了啦，不少人都来问小山子在哪儿得到的，小山子不说。土城子一个大财主知道了，派人到家央求小山子，还给小山子送来许多好吃的东西，小山子还是不说。财主就使了个鬼招子，把小山子的妈妈抓起来，逼着他领着上山去找。小山子实在没办法了，就领着财主天天上山去找，可怎么找也找不着。财主没办法，只好把小山子的妈妈放了出来。

以后，小山子到山上砍柴，就再也没有见到过人参娃娃。许多人不甘心，一次又一次地上山寻找，都无功而返。最后，在半山腰上找到了这块刻字的大青石。

据说，这块大青石前些年还在山上边，后来不知什么时候就不见了。有人说，那年省民研会来考察，把石头拿走了，也有人说，是一个白胡子的老爷爷领着一个穿红兜兜的小孩儿给背走的。不管怎么说，从那以后，刻字的石头就再也看不到了。

讲述、搜集：耿静波、杜　彬
整理：朱迎春

183. 马鞍山的传说

依兰县城东有一座倭肯哈达山，此山东靠倭肯河，北临松花江，是居住在这里满族人的狩猎场所。倭肯哈达山坐北朝南，原张广才岭余脉。山的南端，并排耸立起两座高峰，像一匹昂着翘尾的骏马。"马"的背上，还有两个对称的小山包，呈马鞍形，像一副鞍子备在"马"的背上。倭肯河从它的脚下淙淙流过，远处望去，活像一匹失去了主人的大青马，从战场上归来，到河边饮完水后在那儿徘徊，思念着自己的主人。

当地人们叫它马鞍山。"马鞍"上空无人骑，谁是它的主人呢？莫急，有一个关于它的动人故事，讲完就明白了。

相传很久以前，马鞍山上本没有如今的"鞍子"。那时，在脚下的倭肯河对岸，有家姓张的地主。这家良田千顷，房屋百间，长、短工无数。和所有的地主一样，这个姓张的也是个爱钱如命、狡猾奸诈、刻薄无情的家伙。他家雇了一个十三岁的猪倌，叫王小，放着三十多头猪。每天，王小把猪赶到河边吃草，自己就在河沿上玩，有时热了，还下河洗澡捉鱼摸蛤蜊。一天中午，太阳热得像盆炭火，王小放下鞭子，跳到河里洗澡。他正在水中游着时，见从对岸山上跑来一匹金黄色小马驹儿，闪着刺眼的光。

小马驹来到河边喝了几口水，又抬头向河中心看了看，然后撒开四蹄，在齐腰深的水里跑了起来。它边跑边叫，水浪溅起老高，还用尾巴往身上撩水。王小看着，心想，它一定是热得受不了也来洗澡。瞅着瞅着，忽然小马驹站住了，浑身摇晃着，高声嘶叫。王小一个猛子扎进水里，直奔马驹游去。到跟前一看，原来小马驹四条腿夹在石头缝里了。他用尽全身力气，搬开石头，把马腿从石缝中一个一个地给拔了出来。小马驹朝他点点头，嘶嘶叫了几声，慢慢上岸走了。王小转身向回游，没游多远，就听有人在背后叫他："王小，王小你别走，跟我来。"他回头一看，没有什么人，只见小马驹站在岸上，向他摇头摆尾。王小以为耳朵听错了，继续向前游。"王小，王小你别走，跟我来。"背后又传来召唤他的声音。王小奇怪了，回头仍不见有人，还是那匹小马驹朝岸摇头摆尾。王小年少好奇，心想，上去看看，到底是谁跟我捉迷藏。他转回身，三蹬两踹上了岸。小马驹大模大样来到他跟前，口吐人言说："小兄弟，谢谢你救了我，请骑到我的背上，到我家来我送你点东西，保你一辈子享福。"王小听见小马驹说人话，十分惊奇，站着一动不动。小马驹又说："小兄弟，别怕，我不会伤害你的。"王小又迟疑了一会儿，心想，去就去，看你一匹小马驹子能把我怎样？地主家的那匹大红骟马多厉害，我还敢骑呢！于是，他一跃骑在小马驹背上，小马驹四蹄蹬开，直奔山上跑去。

来到山前，小马驹站住了，王小从它背上蹦下来，小马驹对着高山一阵长声嘶叫，接着又来了两个短声，只见大山"轰隆"一下裂开一条大缝，中间出现一条小道，向山里头延伸。小马驹对王小说："小兄弟，请进吧，这就是我的家。"王小随着小马驹走进大门，见里面金光闪闪，一盘金磨，磨盘上满是黄澄澄的金豆子。小马驹又对王小说："我每天就在这儿拉磨，渴了就出去喝水。今天你救了我，我没有别的东西可以送你，这金豆子随便你拿。但是半个时辰之内你必须走，因为时辰到了山要关上。如果没拿够，十天后你再来，我每隔十天出去喝一次水。"王小没有多拿，只在磨盘上拣了一粒金豆。他准备用这粒金豆子给妈妈买件新衣服，给爸爸买双新鞋。当他告别小马驹，走出山门时，轰隆一声，山又合上了。王小游回对岸，穿上衣服，把金豆子藏在怀里，赶着猪回家了。

一进地主家的院子，就被骂了一顿："小穷种，都啥时候了才回来！你要把猪给晒死一头。我要你的狗命！"王小一声不吭，去厨房准备吃饭。地主又喊："今儿个不许你吃饭！给我挑水去！"王小默默放下鞭子，弯腰去拾扁担。不巧，那粒金豆子从怀中掉在地上，他自己也没发觉。老地主却在一旁看见了，王小走后，他拾了起来，不禁大吃一惊，"这不是金豆子吗？这穷小子从哪儿弄来的？"老地主两眼眯成一条缝，立刻计上心来。王小挑水回来，他满脸堆笑地说："累了吧？别挑了，刚才是我跟那个喂马的老穷鬼生气，你别见怪，快去吃饭吧，回头到我房里来一趟，哈哈哈……"王小被老地主突然转变的态度弄糊涂了，莫明其妙地放下水桶，刚转身，地主又叫住了他，"王小，这个金豆子是你才掉的，还给你，哈哈，好运气！"王小一惊，摸了摸怀里，果然那粒金豆子不见了，他的脸"刷"地红了，伸手接了过去，小跑着去吃饭了。

吃完饭，王小战战兢兢地来到老地主房里，心里寻思着，这老财迷一定是要使什么花招。走进屋，老地主笑脸相迎，"今天你到哪儿放猪去了？""河边。""那金豆子是哪儿来的？""在河里洗澡摸鱼时摸的。"王小没有把真话告诉他。"不对，河里怎么会有金豆子？"老地主沉不住气了。"真是从河里摸的嘛！不信你去摸摸试试！"王小心里慌了。"谁能证明？"王小吭哧了半天说不出证明人来。"好小子，你骗我，快说实话！不然，我把你送到县衙门，就说你是偷的！"老地主恐吓道。王小终因年少胆量小，被老地主这一招镇住了，最后吞吞吐吐讲了实话，把得到金豆子的过程一五一十告诉了老地主。老地主一听乐得直想蹦高，但对着王小，还是忍住了。他假装不当一回事似的说："你讲的我根本不信。不过，不许你对别人乱说，走漏了风声，我可绝不饶你。记住，去吧。”王小退了出来。

从这以后，老地主天天盼着金马驹喝水的日子到来，他偷偷缝好了一条比麻袋还大的布口袋，放在枕头底下。老地主整夜睡不好觉，一闭上眼睛就是堆成山的金豆子，大车小辆往自己家拉。觉睡不安稳，自然饭也吃不下，整天掰着指头数日子，真是度日如年。

好容易盼到了日期，这天他给王小放了假，说今天猪不放了，你可以回家休息一天。然后他拿上大口袋，偷偷划着船过河到对岸，藏在树林里。天近晌午，果然见一匹金马驹从眼前走过，直奔西岸。老地主悄悄从后面溜上前去，把那条长长的布口袋挽了个活套，一下子套在金马驹的脖子上，金马驹一惊，蹬开四蹄就往回跑，老地主跌跌撞撞死拽住不放。到了山前，金马驹一长两短地嘶叫了一声，“轰隆”，山开了，金马驹才钻进半个身子，老地主一个箭步闯了进去。这时金马驹说话了：“老地主，这里有成堆的金子，随你便拿吧！”老地主也没顾上听，撑开大布口袋，尽情往里装。可是装满了之后，怎么也搬不动。老地主又心生一计，他顺腰解下裤带，把大口袋拴在了金马驹的尾巴上，想让金马驹给拉出去。但金马驹百般挣扎，围着磨盘跟老地主打转转，气得他直骂。这样又耽误了一会儿，金马驹对老地主说：“你快走吧，半个时辰眼看到了。”老地主一听时辰快到了，急得不追了，拼命去拖那个大布口袋。可大口袋像生了根似的，纹丝不动。他没有办法，只好放下袋子，赶忙抓起金豆了往怀里、兜里、裤腿里揣。金马驹又在一旁催道：“老地主，时辰到了，还不快跑！”老地主哪里还能跑得动，连滚带爬往外冲，当冲到门口时，“轰隆”一声，大山合上了，把老地主的脑袋夹在了外面，身子却留在山里了。

老地主被夹死在山上的消息很快在附近传开了，人们都纷纷来看热闹，地主婆气急败坏，买通官府把王小送到县衙门，以诱骗地主致死为名，判了死罪。

打这以后，人们再也没看见金马驹出来喝水，那个山门也不再开了。王小死后不久，人们不知不觉中发现，山梁上不知啥时候长出了两个对称的小山包，像个马鞍子，从此人们就起名叫马鞍山。天长日久，夹在外面的地主脑袋，也变一块黑色巨石，镶在山腰上，像一只拴在马鞍子上的镫，等待着马的主人蹬上马鞍。

讲述：刘忠生

整理：白东星

184. 珠山的传说（一）

依兰城东南，有一座珠山，以前又叫猪山。这山的样子挺特别，老远一看，真像一头猪趴在那里。老辈人都说，山里头有金猪，过去有人亲眼看见过。

从前山里住着一个姓李的老头，采集药材为生。每当太阳落山的时候，老李头就看见一头挺大的母猪领着一群猪崽，在草地上自由自在地溜达，天黑了就不见了。老李头挺纳闷：这深山老林的，几十里也没有一户人家，哪儿来的猪啊？那群猪有时候溜达到老李头的窝棚跟前，老李头就拿些粮食喂它们。猪也不怕人，小猪崽个个滚瓜溜圆的，挺招人喜欢。天长日久，老李头和这些不知哪儿来的猪越来越熟，一天不见心里也惦记着是回事。那头大母猪也三天两头领着猪崽上老李头这儿找食吃,像是在主人家一样。老李头摸摸这个,拍拍那个,喜欢得不得了。

一天,来了一个外地人,说是来关外放山的,找老头讨水喝。闲聊当中,听老李头说起这事,外地人找了个借口就不走了。当天傍黑,那群猪又来了,外地人死死地盯着看,像是有啥心事。老李头心眼实,也没有在意。一天老李头出山卖药材,回来时天快黑了。老远听见猪叫声,三步变两步往回赶,只见那个外地人正死死地拽住一只猪崽的后腿,想抱在怀里,可怎么也抱不动,其余的猪叫着往山里跑,老李头上去说:“你这是干什么?”外地人见老头回来了,先是一愣,然后不得不说:“这些猪是金猪,是无价宝啊!刚来的那天我就看出来了。快帮帮忙,抓住了咱们对半分,保你一辈子荣华富贵!”老李头虽然穷,可最瞧不起贪财忘义的小人。他不但没帮着抓,反而劝外地人松手。外地人一分神,猪崽挣脱便跑了,他跟头把式撵上去,到了大山跟前,眼瞅着山开了一条缝,猪跑进去了,外地人也跟进去了。大山随即合上了,贪心的外地人出不来了。

打这儿以后,谁也没再能见到这群金猪,它们怕世上的恶人,躲在山里不肯出来。由于这件事,人们把这座山就叫作“珠(猪)山”了。

讲述:高永德、刘忠生等
整理:王德志、佟宝田

185. 珠山的传说(二)

很久以前,三姓城东北珠山脚下住着一个叫李纯仁的中年人,靠种地、采集山货和打猎为生。他为人善良、直爽,附近屯子里的人都愿意和他交往。

一天傍晚,李纯仁干完活回家,看见一位老太太拄着拐杖,坐在他的家门旁。李纯仁忙迎上前去,老太太眼含着泪告诉他,她姓林,儿子死了,媳妇改嫁了,在老家过不下去了,一路要饭来到这里。李纯仁听老太太一说,十分同情,就留老人在家里住下来。他给老太太请医看病、煎汤熬药、端水送饭,照顾得很周到,慢慢地老太太病好了,扔掉了拐杖,每天帮李纯仁做三顿饭,收拾屋子,处得像娘俩一样。

又过了些日子,老太太说,要到亲戚家去,李纯仁心里不愿意让老太太走,但也不好硬留。老太太临行前,从怀里掏出一个小纸包交给李纯仁说:“你心眼好我要报答你。这是一包倭瓜粒,你把它种上。结出的倭瓜中有一个最大的,在八月十五那天晚上,你把它摘下来,抱在怀里到珠山南坡喊一声‘山门开,山门开,灵山圣丹让我取宝来’。山开了,你把倭瓜夹在山缝里,然后进去取宝,够你一辈子用的了。记住,千万别在山里耽搁太长时间。”李纯仁是个厚道人,听了老太太的话,也没大往心里去,这时刮起一阵旋风,老太太忽然不见了。老李猛然省悟,自己是遇上了神仙。于是就按着老太太的吩咐把倭瓜籽种上了。三个月后,倭瓜结了满地,果然有一个大得出奇。李纯仁把它拴上红布条,细心看管,等待八月十五到来。

有一天,又来一个叫吴忠的年轻人,说是进山打猎,没地方住,李纯仁就让他住进了家里，一天三顿饭供着。谁知这吴忠是个见利忘义的小人。住了没几天，他就从李纯仁的嘴里知道了神仙赠宝的事，立刻起了贪心，心想这回可来了发财的机会。他等不到八月十五，八月十二这天半夜，吴忠趁李纯仁睡着了，偷偷溜到地里摘下那个大倭瓜，抱着来到珠山南坡，念完口诀，大山果然轰隆一声开了一条缝，吴忠把倭瓜塞进缝中，然后一溜身钻了进去。只见里面堆满了金银珠宝，金光闪闪的，里面亮得像白天一样。吴忠眼睛都看直了，他装了一袋子珠宝扛出洞外，贪心不足又返回去装，装到第二袋子时已经累得满头大汗。正当他不停地忙乎的时候，只听又一声巨响，山缝合上了，把吴忠闷死在里面。原来那当作开山钥匙的大倭瓜还差三天没长成，支撑不住，被大山夹碎了。

再说李纯仁后半夜醒来，炕上不见了吴忠，心里觉得纳闷，就出门四处寻找。走到倭瓜地，看见那个大倭瓜没了，心里马上明白了是怎么回事。他急忙来到珠山南坡，只见山门已经合上，山门外放着一袋子珠宝。李纯仁叹息了几声，扛起珠宝回家了，从此过上了富足的日子。

讲述：赵金宝、郭　祥

整理：王德志、依宪志

186.“黑背”屯名的来历

很早以前，上方有一个掌管宝库的神仙。一天，他手下的黑熊精偷了宝库中的金马、金磨下凡。逃到了三姓城南八十里的地方，在这兴妖作怪，到处伤人。这事被玉皇大帝知道了，派太白金星下凡拿他。黑熊精用金马、金磨抵挡，最后终于被太白金星用乾坤圈镇住黑熊精收回宝物。那乾坤圈放出万道金光，黑熊精趴在那里一动也不敢动。它死后化作一座黑山，因熊背朝天，所以人们便把这里叫黑背。

搜集整理：刘忠生

187.莲花泡的传说

很久以前，莲花泡南沿有个莲花屯，屯子里有个小伙叫王河，他待人仁义，勤劳能干，还有一股子刚强劲，老的少的都和他很合得来。王河刚刚娶亲，要说他的媳妇，那可真是百里挑一，俊得像天女下凡，脸盘像莲花泡里的莲花瓣一样好看。小两口恩恩爱爱，虽然穷，日子却过得很和美。

时间不长，王河娶了个俊媳妇的事被邻屯的恶霸地主于老三知道了。这家伙满肚子坏水，依仗有钱有势，专门欺负别人家的姑娘媳妇，十里八村的不少人家都被他拆散了、逼跑了。他自从打上了王河媳妇的主意，千方百计想弄到手，经常趁王河不在家的时候登门挑逗，回回都碰钉子。可于老三越看越爱、越看越想，终于想出了坏主意。他花钱买通了官府，在一个漆黑的晚上，来了一群如狼似虎的衙役，把王河五花大绑带走了，投进了大狱。丈夫无端被陷害，王河的媳妇整天泡在泪水里，不吃不喝，她心里打定了主意：“丈夫活着，要等他一辈子，丈夫有个好歹，自己也不活了。"

过了没几天，于老三领着几个恶奴，大摇大摆地来了。一进门，他就嬉皮笑脸地说："美人，王河那傻小子早死在大牢里了，你只要跟上我就有享不尽的富贵，快别死心眼儿了！"说着就把那张癞蛤蟆皮似的丑脸凑了上去。王河媳妇恨得咬牙切齿，半天说不出话来。于老三以为她活心了，就要动手动脚，冷不防被她挠了个满脸花。于老三恼羞成怒，大声吩咐恶奴赶快动手抢人。王河媳妇操起剪刀，抱着拼死的念头，就在几个恶奴犹豫时，她死命挣脱出来，呼喊着丈夫的名字，纵身跳进了莲花泡里，立刻被波涛淹没了。于老三好不窝火，捂着被挠破的丑脸，带着家丁回去了。

再说王河被关进大狱以后，受尽了折磨。他惦记着媳妇，更恨那些把自己投进大牢的仇人。在一个好心狱卒的帮助下，终于逃了出来，连夜跑回家。一进门，他愣住了，屋里乱七八糟的，媳妇也不见了。邻居大婶含着眼泪告诉王河他被抓走以后发生的事。王河脸色铁青，牙齿咬得嘎巴响。他操起雪亮的鱼叉，摸着黑潜入了于老三的家。于老三在正房里正搂着刚娶的小老婆喝酒说笑，哪寻思死到临头。王河大喊一声冲进屋里，用鱼叉把于老三穿了个透心凉。随后王河点起一把火，把于家大院烧着了。火势越来越猛，不一会儿就照红了半边天。于老三的家丁们拿着刀枪，喊叫着朝王河追赶过来。王河一阵猛跑，加上连日在狱里被折磨，体力渐渐不支了。跑到泡子边上，天已经放亮了，眼看快被追上了，泡子里突然升起一座大桥，王河来不及多想，跳上去朝对岸飞奔。到了对岸，王河听见身后一阵狼哭鬼嚎，回头一看，只见桥没了，那群家丁全掉进水里淹死了。王河过去听老人说过，泡子里住着一条成仙得道的黑鱼精，难道是它救了自己？正在他纳闷的时候，又是哗啦啦一阵水响，泡子里涌起大浪，不一会儿浪涛托起一辆四轮玻璃罩大马车，踏着水波朝岸边飞跑过来。王河看呆了，更没想到车上下来的竟是自己日思夜想的媳妇。小两口抱在一起，哭成一团。哭够了，抬头一看，马车早没影了。媳妇告诉王河，那天跳进泡子里以后，恍恍惚惚只觉得被什么东西驮着进了一个青砖瓦舍的四合大院，里面有一个青衣青帽的老头。老头对她挺和气，安慰她说，恶人必有恶报，她和丈夫不久就能团圆。王河听到这里，连忙拉着媳妇在泡子前磕了三个响头，然后朝大山里走去，从此再也没有人见过他们。

讲述：董开明

整理：王德志

188. 鲤鱼泡的传说

很久很久以前，在三姓城东董家屯西北方向六里地的马鞍山附近住着一对老夫妻。老夫妻俩孤苦伶仃，无儿无女，靠打鱼为生。一天，老头一早起来，背着网往河边走去。刚到河边，突然发现，在前面不远的河边雷鸣电闪，老头再抬头望望天空，见天空万里无云，根本不像要下雨的样子。老头心中疑惑，他往前走了几步，冷不丁发现前面不远处有黑红两条小蛇在打仗，那电闪雷鸣的光亮就是从两条小蛇身上发出来的。老头吃了一惊，知道这两条小蛇不是等闲之物。老头慢慢走到近前，见两条小蛇缠在一起，打得难解难分。小红蛇渐渐有些气力不支，被黑蛇咬得已经是奄奄一息了，老头见此情景，有些不忍心。于是，在河边树林里折了一根柳条棍狠狠地向黑蛇抽去。那黑蛇疼痛难忍，身子一挺，刮起一阵黑风，钻进水里去了。老头见黑蛇逃走，弯腰从地上抱起受了重伤的红蛇，鱼也没顾得打，便回家了。

几天以后，红蛇在老夫妻的精心伺候下伤很快就好了。老头见红蛇伤渐渐好了，心里很高兴。这天，老头临去打鱼之前对小红蛇说："小红蛇，你的伤已经养好了，今天我把你送到河里去吧。"小红蛇一听，摇了摇头，掉下几滴泪来。老头一见小红蛇不愿意走，也没说什么，背着渔网仍旧出去打鱼。等到老头晚上回来，发现小红蛇不见了，老头心里好生奇怪。第二天老太太早上起来喊肚子疼，不一会儿生下一个胖小子。那胖小子下生之后，腰一挺，不一会儿就变成一个膀大腰圆的小伙子。老夫妻二人明白了，这是小红蛇为了报恩托生给他们当儿子的。从此以后，老头就和儿子一起早出晚归出去打鱼，每天都是满载而回。

一天，儿子突然哭着对老头说："爹，我不能再陪伴您了！"老头一惊，忙问这是为什么，儿子说："上回和我打仗的黑蛇就要来找我报仇了，它要一来，会给咱家带来灾难！"说完，儿子又失声痛哭起来。老头一听，也悲伤起来，他对儿子说："儿呀，那就没有办法救你了吗？"儿子一见爹伤心的样子，便说："离此十里远的猪山脚下第三道沟里有块千年鲤鱼骨，那鱼骨几经日月光华，唯有找到那缺鱼骨我才能有办法保咱家平安。"

父亲依照儿子的话，渡过大河，来到猪山脚下找到那第三道沟子，在那里找了三天，终于在一棵老松树底下找到了那块鲤鱼骨。

儿子见父亲捧着那块宝贝鱼骨乐颠颠地回来了。于是从井里舀了一瓢水，然后把鲤鱼骨泡在水里。正这时，就见从西南方向铺天盖地地卷过一阵黑云来，黑云过后，只见小黑蛇摇头摆尾地向老头家扑来。这时小红蛇念动咒语，把碗里的水和鲤鱼骨向空中洒去。那鱼骨飞向天空，黑云顿时不见了，小黑蛇也吓得逃走了。从此小黑蛇再也没有来过，而那碗水落地便成个大泡子。从此以后，爷儿俩便在这个大泡子里打鱼，儿子一直把二位老人养到老。打那以后，人们就把这个泡子叫"鲤鱼泡子"。

讲述：胡凤奎
搜集：陈立安
整理：栾国栋

189. 丹清河

很早以前，有位仙人受上方玉皇大帝之命，来到人间在深山老林里炼仙丹。大山里有条小河，住在这里的百姓都吃这条河的水。可是这条河水很浑，不干净，吃这水的人不是大骨节就是罗圈腿。可是人们没别的办法，因为这是唯一的水源。

这天，仙人炼好了丹，就要返回天宫。人们听说仙人炼的丹是神丹，不但能治百病，还能使浑水变清。于是众百姓纷纷跪在仙人面前苦苦哀求："大仙，望你能把仙丹施舍一两粒普救众生。不求治百病，但求治好这一河之水！"仙人见众百姓痛哭失声，一时动了恻隐之心。于是从丹囊中取出一粒仙丹放在这条小河的中，这仙丹一扔进河里，河水立时就变得清了。从此这里的人们再也不生病了，从此，人们为了纪念这位大仙，就把这条河取名叫“丹清河”。

搜集：郭学峰
整理：栾国栋

190. 四顶山的由来

相传在很久很久以前，有一年九月初九，王母娘娘在斗牛宫举行蟠桃会，招待天宫有名的佛祖神仙。在蟠桃会上，有四个身穿一色青的少年，手端托盘在众仙的宴席间穿行招待，这四个青衣少年是四条青蛇精，他们奉了玉帝的旨意，在蟠桃会上当招待。当他们来到赤脚大仙身旁上菜时，就听赤脚大仙对托塔天王说：“天王，现在人间安居乐业，真是天下太平，我们为何不到人间一游呢？”李靖说：“好，好，大仙如此盛情，我李靖他日一定奉陪。”

四条青蛇精听来参加蟠桃会的众佛仙都这么说，心想：人间一定比天庭还美，为何不下凡快活快活呢？

这天，四条青蛇趁天庭不注意，下凡来到人间。到了人间一看，遍地是一片荒凉的景象，官府黑暗腐败，百姓妻离子散，宫庭内肉山酒海，荒野白骨处处。四条青蛇变成四个穿着一身青衣的少年。他们在人间走访了几天，发现官官相护，不论大官小官都变着法地搜刮民财。为了修造官府衙门，农民在春季不准种地，需先出工，到秋季还得交粮。

四条青蛇在人间住了一年。他们把看到人间的一切写成奏章，带回到天庭报告了玉帝。玉帝也算是个明君，他派太白金星下凡看看四条青蛇所说情况是否真实。太白金星回到自己的仙楼，没亲自去，他派手下的神仙下凡视察，结果是一级派一级，到最后派了一个神仙来到人间，他所到的地方并非皇宫，而是州府。宫内鼓乐之声不断，一片和平安乐的景象。于是返回天庭上报，每到一级都要加上几句好话，等到了太白金星的耳朵里，人间简直是世外桃源，这和四条青蛇所说相差太远了。玉帝听后勃然大怒，他认为四条青蛇有意往自己的英名上抹黑，加之又私自下凡，于是四条蛇被玉帝贬下人间。

四条青蛇在人间专杀贪官污吏，为百姓做了许多好事，后来众贪官买通了一位山神，让山神用四座大山把四条青蛇压在了山底下，这四座山据说就是现在依兰团山子乡境内的四顶山。

搜集、整理：吴向阳

191. 老龙岗的传说

很久以前，玉皇大帝在灵霄殿内大摆筵席，召集各路神仙询问世间的情况。各路神仙都在玉帝面前吹嘘起来，这位说人世间如何富足，如何感谢玉帝的恩赐；那个说人间如何安乐，如何的崇拜玉帝。玉帝高兴极了，他为自己的功德感到自豪。这时东海小白龙上前奏道：“陛下，现在人间正值春季，农民忙着种田，可现在大旱需要雨水，东海龙王整天吃喝玩乐，不但不去降雨，也不准我们去。”“那是为什么？”丞相太白金星问道。小白龙看了一眼坐在自己跟前的龙王说：“东海龙王每年都要百姓献上大批的猪、牛、羊、美酒和绸缎才去降雨，由于耽误了降雨时间，人间需要雨时大旱，不要雨时又涝了，这几年搞得百姓家破人亡，到处可见饿死的尸首。”宴席上瞬间鸦雀无声了，众神都瞪大眼睛盯着小白龙。

“啪”的一声，玉帝把美玉雕成的酒杯摔得粉碎，对着东海龙王大喝一声：“敖广，可有此事？”东海龙王不慌不忙地上前奏道：“陛下，小白龙恶语诬陷于我，陛下乃圣德明君，臣子对陛下更是忠心耿耿，陛下若不信，各位神仙可为我作证。”敖广说完用双眼向众神仙打了一眼。各路神仙平时都得了敖广的好处，加上方才又向玉帝吹嘘了一通，现怎么能不为敖广说话呢？玉帝一听，小白龙竟敢在宴席上诬陷东海龙王，勃然大怒，命令将小白龙拖出斩首示众。

这时，就听值宴官高喊一声：“三太子驾到！”喊声未落，哪吒已闯了进来。

哪吒怎么没来赴宴呢？原来哪吒知道在宴会上，众神都是互相吹捧，向玉帝献殷勤，哪吒最不喜欢溜须拍马屁的人，所以借说身体欠佳没来。方才哪吒游玩路过灵霄殿前，看到要斩小白龙，一问，知道小白龙说了真话才惹出杀身之祸，他哪能不管，于是闯进大殿对玉帝奏道：“陛下，小白龙所说全是实言，你错杀忠良实是冤枉了他！”“爱卿，小白龙诬陷龙王，这等臣子不杀如何得了！”后来，在哪吒一再请求下才免去小白龙死罪，被玉帝贬下人间。

小白龙落到了依兰演武基附近，龙爪被摔断了。人们看到常常背着龙王行雨的小白龙，如今受了伤行动不便，村民就整天用水往小白龙身上浇，渐渐地小白龙的伤好了，可没有龙爪的小白龙不能入海了，为报答百姓们的救命之恩，小白龙就把龙头插进牡丹江吸水，然后化成雨水降到地上浇灌禾苗。一年年过去，人们慢慢地富裕起来了，可是小白龙却因为长期未能入海而死了。小白龙死后化成一道长岗，这便是今天依兰演武基附近的老龙岗。

搜集整理：吴向阳

192. 三江口的传说

三江口位于三姓城附近，这里江面宽阔，水深流急。如果站在城东倭肯哈达山上向北看，就会看到汇流后的一江之中水分三色。发源于镜泊湖的牡丹江从南流来，江水呈碧绿色；发源于长白山天池的松花江从西流来，江水呈黄色；源于三姓东部平原的倭肯河水从东南流来，河水呈青色。这三色水在三姓城边汇入一处，向东流去，流出几里外，三种颜色仍然清清楚楚，此景乃是依兰一奇观。

相传在很久以前，三姓一带的松花江、牡丹江、倭肯河，经常泛滥成灾。每逢涨大水三姓城和周围许多村屯被水淹没，黎民百姓淹死无数，所有农田颗粒无收。为保三姓百姓不再受水灾，三姓知县广筹银两，在城北修了一座龙王庙，庙修好后，塑了龙王、牛王、马王、虫王、苗王、风神、闪神、雷神、雨神金身。从此，每逢农历六月十九，三姓百姓便到龙王庙烧香磕头，摆上全猪、全羊、白面馒头等各种供品，感谢龙王爷的保佑。这件事早有虾兵蟹将报知了东海龙王敖广。龙王听了甚是欢喜,便派龙孙独角大王将海中宝物——三眼宝壶放在三江口底,并命独角大王镇守在三江口,看护宝壶,保佑三姓永久风调雨顺,不发大水。这宝壶有三个进水壶眼,一个出水壶嘴儿。松花江、牡丹江、倭肯河三处流来的水分别从三个眼进入壶内,再由一个出水嘴流出去。自从三江口安放了镇江宝壶,三姓一带再没发生过水灾,年年雨水调和,五谷丰登。

几年后的一天,一个南方人和一个蓝眼睛、黄头发的外国珠宝商坐船到下江一带找宝。船行到三江口时,那南方人眼毒,看出三江口底有宝物,心中甚是欢喜,便叫停船靠岸。他想将镇江宝壶弄到手,卖给那外国珠宝商,发笔大财。要到江中取宝,就得和镇守在江里的独角大王有场争斗,争斗时必须找一个胆大的本地人帮忙。他在三姓城花钱雇了一个姓蓝的人,这人是个跑腿的,外号叫蓝大胆。那南方人将蓝大胆领到三江口边,拿出三把用桃木削成的木剑交给蓝大胆。南方人告诉蓝大胆,他下水后,只要伸出手要剑,就马上把剑递上去。蓝大胆寻思这还不容易,我这笔钱是挣到手了。南方人嘱咐完后,就脱衣跳下江去。不一会儿,只听江中雷声滚滚,江上的浪掀起三尺多高。这时江里伸出一只有簸箕那么大的手,蓝大胆急忙把桃木剑递上去。不一会儿江上的浪掀起有一丈多高,又从江中伸出一只大手,这次手掌有笸箩那么大,蓝大胆战战兢兢地又把第二把桃木剑递上去。这时江里雷声更大了,站在岸上就觉地动山摇。江上波涛翻滚,浪头足有三丈多高。这时江中又伸出一只大手,这次光手指就有大缸那么粗。蓝大胆见了吓得尿了裤子,“妈呀”一声,转身就跑。他边跑边回头看,见那只大手猛抓了几下就缩回江里去了。不一会儿,只听江水“哗”的一声响,一个黑乎乎的东西抛出江来,又“嗵”的一声落在江南岸上。蓝大胆提心吊胆地走近那东西一看,原来是那南方人的人头。蓝大胆再看那三江口上已风平浪静,江水已被血染得通红。

再说那外国珠宝商这时也在山头上看着南方人取宝,一看那人没得到宝物又送了命,吓得当天就坐船回国去了。

讲述:刘忠生
整理:廖怀志

193. 洞见红烛

日本人投降的前一年,流传着这样一个故事。在依兰县境内,有一个黑风洞,这个在深山背后的古洞不仅常刮着阴风,还不时发出奇怪的声音。日本人认为这里是一个有神有灵的地方,所以始终没人敢下去看个究竟。

有一天,日本人抓来一个上山砍柴的小伙子,用枪逼着他下去。他们用绳子把他放下去,绳头上拴着一个铃铛,告诉小伙子,如果有什么事,用手一拽绳子,上边铃铛一响,就把他拽上来。砍柴的小伙子下了洞小心地往前走着,越往前走越亮堂。不知走了多长时间,他感到肚子饿了,想找些吃的,可是能充饥的东西根本找不到。他又往前走了一程,这时看见前面不远处有一个小马架子,马架子里一个白发苍苍的老太太正坐在门旁做着针线活。

在她的身边点着一支红烛，有一头小猪正在一个槽子里吃糠。槽子里的糠已经不多了，老太太也不去管。小伙子好奇地走上去问："老奶奶，槽子里的糠已剩不多了，您怎么不再添些呢？"老太太不慌不忙地说："小伙子，你不知道等猪把糠吃光了，天也就快亮了！"小伙子懵懵懂懂，不知老太太说的是什么意思，他也不去打听，只要了些吃的。这时，天已经黑了。老太大对小伙子说："天黑了，你在这住一个晚上，明天再赶路吧。"小伙子见老太太态度诚恳，又感到有些乏困了，于是就在这里睡下了。半夜时，小伙子做了一个奇怪的梦，梦见无数的小鸟、小鹿鸣叫着从四面八方向这里走来，它们的头上都顶着印着红色星星的树叶。小伙子好生奇怪，一下子惊醒了，抬头看，四周什么也没有，连老太太与吃糠的小猪也不见了。他四处瞧瞧，发现他身旁放着一本书，他翻开看了看，因为自己不认字，也没看明白书上写的是什么，于是合上书本顺原路往回走。

小伙子到了洞口，拽了拽绳索，守在洞上的日本人把他拽了上来。小伙子把那本书递给了日本人。日本人看了几页，再也看不下去了，于是个个痛哭起来……

第二年，日本鬼子就投降了。可是那本奇怪的书究竟里边写的是什么内容，到现在人们也不清楚。

讲述：陈桂芳

整理：高　锴

194. 燕子为啥是红脸

在三姓城流传着这样一个传说，北方天帝颛顼看世间人们越来越多，光靠打鱼、打野兽来过日子是不行了。他听说南方天帝神农氏带苗人七十二家种五谷给人们当吃的，人民都很快乐，颛顼也想种地。种地没籽种不行啊，他召集了部落长、百兽、百鸟共同商议，最后派一种黑雀、一种灰雀去南方借籽种，这两个鸟王带领全族飞了七天，到南方见到神农氏借了籽种又飞回北方。到家后灰雀把籽儿从嘴里吐出来，黑雀不知道啥时把籽给咽到肚里。颛顼天帝恼火了，要斩黑雀。凤凰替黑雀求情说："天帝，这黑雀往日英勇杀敌，来回送信功劳不小，我看给它起个名字，叫它永记终生的过错。"颛顼点了点头说："好吧，看在往日的功劳上免去它死罪！凤凰你给它起个名字吧。"凤凰想了一下说："灰雀借来籽种功劳不小，各家有粮吃能安居乐业，就叫它家雀吧，黑雀把籽儿咽了就叫它燕子吧。"

颛顼乐了，立即传话："黑雀叫燕子，因为它在空中把籽儿给吃了，今后只准在空中找虫吃；灰雀叫家雀，可吃粮食！"

燕子一听又恨又羞，脸也气红了。等它消气儿的时候听见人们喊又它燕子，于是它又气红了脸。从那以后，燕子听见人们一喊它，它的脸就红。直到现在也没有消气儿的时候。

讲述：刘忠生

整理：金洪仁

195. 挂葫芦

五月端午这一天，家家门前都要挂上漂亮的葫芦。为什么要挂葫芦呢？这里还真有段来历。

传说有一年，地狱里跑出来三千六百个恶鬼投生到了人间，等阎王爷知道时，这些鬼怪都已投胎成人了。阎王爷大怒，派鬼判官曹七带些鬼怪夜叉到阳世间，把私跑的小鬼提回来。

判官领了阎王的旨意，装扮成平民百姓模样。先独自来到人世间，这一天正赶上民间传统的端午节。一清早，山上、村里、田野到处是一片歌声笑声，穿着鲜艳衣裙的姑娘媳妇们一边采着艾蒿，一边说笑着；老人们用汗巾沾着露水洗脸，据说用端午这天早上的露水洗脸可以使容颜不衰老。

判官一路走着，忽听前面隐约传来孩子啼哭声。他顺声望去，见前面麦田拐弯处，走来一个妇女，带着两个小孩。奇怪的是妇人背上背的孩子有六七岁了，可后边跟着的正啼哭的却只是三四岁。

判官心里好不恼火，天下哪有这等事。看一看那妇人，他心里一愣，这妇人左眉心有一颗豆粒大的黑痣，提拿回地狱的勾魂簿中就有她一个。

他走上前，深施一礼说："请问这位大嫂，我有一事不明，您为何不背那年小的孩子，却要背年岁大的孩子呢？"妇人见是个生人站在面前。愣了一下，随后看了看身后啼哭的孩子，叹口气说："唉！这位大哥你有所不知啊，我背上的孩子乃是我邻居的，只因他父母双亡无人照顾，我收养了他。所以我宁可自己的孩子遭点罪，也不敢让这可怜的孩子受委屈。后边那个才是我的亲生骨肉呢。"她指了指身后的孩子，那孩子哭得眼泪和鼻涕都淌出来了。妇人心痛地用手抹去孩子脸上的眼泪和鼻涕。"你说的可是真话？""我何苦要撒谎呢！"妇人不解地望着面前的陌生人。

鬼判官被这善良的妇人打动了，他从袖中拿出一只黄色的葫芦递给妇人道："大嫂，上天也会被你的善心感动的，你把这只葫芦带回家挂在房檐下，它会给你驱灾降福的。"说完扬长而去。

妇人回到家，照判官的话把葫芦和采来的艾蒿挂在房檐下，打那以后，鬼怪夜叉们到此见这家屋檐挂着黄葫芦，便知道是被判官赦免的就绕道过去了。

妇人告诉左邻右舍，端阳节挂黄葫芦可以驱灾避祸带来吉祥。人们争相效仿，也用黄纸叠扎起葫芦挂在房檐下。

打那以后，民间就留下了端午节挂葫芦的风俗。人们把葫芦看成一种吉祥的象征，这个风俗一直继续至今，不过葫芦的颜色已不是单一的一种黄色了。

搜集整理：姜　燕

196. 荞麦的传说

相传很早以前，地上有两家大粮户，一家叫猪皮斗，一家叫张不量。

猪皮斗姓朱用猪皮做斗，买粮时用水把斗泡涨了，卖粮时把斗用火烤干，这里外相差不少粮食。张不量呢，买粮时斗口量得平平的，卖粮时斗口带尖，从不量斗，人们都叫他张不量。

一来二去，这一善一恶的事被天帝知道了，天帝总想要惩治一下猪皮斗。一年，该到下冰雹的时候了，天帝一看，这些冰块下到庄户地里，得坑害多少黎民百姓。他就叫掌管风、雷、雨、雪四天仙把这些冰块都送到猪皮斗地里去。四位天仙一合计，张不量这小子可能不是好东西，就把他的地横、直量准了，把冰块匀匀乎乎地撒在他的地里。这时，正是过了头伏进二伏，庄稼冻死了，没冻死的也打完了。

猪皮斗得了便宜卖着乖，他仰天大哭："都看活人享福，谁看死人遭罪！"四位天仙向天帝回禀说，把张不量的地打光了。天帝恼怒了，重重地惩治了他们。事后又叫他们用风雪把猪皮斗的地毁掉。这下可好了，风在前可劲儿刮，雨在中间拼命冲，雪在最后深埋三尺，连续三年，猪皮斗颗粒没收。

天帝又向蚩尤借来巧麦，把张不量的地都给种上了。正好是三伏的头一天，当年就得了好收成。以后人们把巧麦叫成荞麦了。人们直到现在还流传着"头伏萝卜二伏菜，三伏种荞麦"的妙诀。

讲述：刘忠生
整理：金洪仁

197. "人参姑娘"的传说

很久很久以前，在大兴安岭北麓住着户人家，这家夫妻俩，膝下一个女儿。男人叫张铁，是个勤劳、善良的庄稼人，村里人都管他叫张老实。张铁农忙时在家种地，农闲时就上山采药、砍柴，一年到头拼命地干活，一家三口才能勉强度日。张铁的妻子王氏是个勤快、贤惠的农妇，虽说家中生活清苦，可她从无怨言。

一晃女儿已长到六岁，这孩子生得娇小可爱，也很懂事，爹妈给她取名叫山花。张铁夫妇很疼爱女儿，视为掌上明珠。小山花很听话，每当爹妈出外干活时，就把她自个儿锁在家里。

这年秋天的一个早晨，山花爹去地里干活，王氏到山下村子里磨面，临走时把山花锁在家里，并嘱咐她好好在家待着，妈妈晌午就能回来。王氏走后不多时，从外面来了个跟山花年岁相仿的一个小姑娘，这小姑娘头扎红缨，身穿红袄、红裤，脚穿红鞋。她跑着、跳着，悄无声地来到了山花家门前，屋门虽锁着，可这个不知姓名的小红孩竟无声地走进来了。她一进屋就笑眯眯地对山花说："你爹妈不在家，你自个儿多闷哪，我来跟你玩好吗？"小山花很高兴，于是二人在一起说呀、笑呀、蹦呀，那个高兴劲就不用说了。将近中午，小红孩说：“你爹妈快回来了，我得走了，明天你爹妈不在家时我再来。”说完小红孩就没影了。

小红孩刚走，张铁和王氏就回来了，山花把小红孩来跟她玩的事一五一十地说了。他们听后很惊讶，猜想这可能就是老人说的“人参精”，以后她再来一定想法把她留住，可用什么办法呢？他们思索了半天，最后还是王氏心细，想出了办法。曾听老人们讲：“人参精”非得用红线拴上才能留住，于是她预备了个大红线团。第二天早晨夫妻俩仍旧出去干活，王氏临走时把红线团交给山花，并嘱咐女儿小红孩再来玩时，等她要走前想办法把红线拴在小辫上，可不要让她知道，她走你就放线，到放不动时你就别放了。说完，仍就把门锁好。果然，不多时，小红孩又和昨天一样来到了山花的身边，像昨天一样高高兴兴地和山花玩。时近中午，小红孩又说：“你爹妈快回来了，我得走了”！山花上前拉住她说：“再玩一会儿吧！”说着，趁小红孩不注意，山花忙把红线拴在她的小辫上。小红孩说：“不玩了，明天再来。”说完又没影了。于是，小山花赶紧放线。

再说张铁夫妻回来后，他们顺着红线一路找去，红线一直放到山顶上。他们走到跟前一看，原来是一棵六品叶的人参娃娃，红线拴在人参叶上。他们小心地把人参挖出来，卖了很多钱。从此一家人再也不用愁吃穿了，勤劳、善良的老实人打那以后过上富足的生活。

讲述：于云和

搜集整理：于桂清

198. 解冤寺

在依兰县道台桥乡，过去有个寺庙叫“解冤寺”，提起解冤寺来，这里还有段神奇的故事呢。

从前有个叫王二的家住山东，有个叫王三的住在辽宁。两个人为了生活，离开家乡到处转悠，后来碰在一起。两个人一盘问，王二比王三大两岁，王二当了哥哥，两人拜了把子。他俩到处做零工，后来听说黑背金矿淘金挣钱多，他俩背起行李，来到了黑背。快到八月节了，俩人淘着一块很大的金蛋，这哥俩乐坏了。趁着夜深人静时，收拾收拾神不知鬼不觉地溜走了。第二天晌时，两人到了庙岭。前后一看，一个人也没有。哥俩在一棵树下坐了下来，老二拿出干粮，老三拿出一瓶酒，哥俩边吃边喝。喝着喝着老三就把老二灌醉了。这时老三抽出事先准备好的刀子恶狠狠地说：“王二，今天这里就是你的坟地，我告诉你个明白，这块狗头金咱俩分了谁也发不了大财，不如都归我。有心留你一条命吧，又怕你以后到我家找麻烦。你要有灵就到阴间地府去告我，要不来世你再杀我！”说完一刀插进王二的心窝，王二连哼也没哼一声就死去了。

王三回到辽宁，卖了金子，买了房子买了地。有钱以后，他当起甩手掌柜的来了。可是好景不长，王三自从杀了王二，自觉亏心，每日神情恍惚，不长时间便死去了。

过了二十年，又是一个轮回的王二、王三来到三姓，又碰在一起了，一搭话就成了好朋友，好得像一个人似的。这俩人不仅认了一家子，又拜了干兄弟，哥俩合计又去黑背金矿淘金。时间不长，这哥俩得了一块狗头金。夜间，哥俩溜走了。第二天太阳出来老高到了庙岭，在一棵树下喝酒吃饭，王三把王二灌醉了，把他绑在树上，解开衣襟，经这一折腾见了些凉风，王二有些醒酒了，睁眼一看愣了，他问："兄弟，你把我绑在树上干啥，有话好说。哥平常待你不薄，把话说开也就是了，也不值得要我的命啊！"王三恶狠狠地告诉他："咱俩得的狗头金，归你吧，我不甘心，归我吧你也不干，就得把你杀了，金子归我。"王二哭了，哀告说："兄弟，咱俩无冤无仇，为了一块金子你何必要我的命呢。你把我放了吧，我家中有老母还有妻子、孩子，我死了谁养他们啊！金子归你，我今后就是穷死也不找你麻烦！"王三笑了："你说得好听，把你放了早晚也是我的祸害，你要觉着冤屈就到阴间地府去告状！"王二一看这王三非杀不可，他灵机一动说："兄弟，咱们在一起两年多，我早晚也是死一回，现在我渴得受不了，看在哥哥的面上，你给哥哥整点儿水喝！"王三四下一看没有人，绳子绑得又挺结实，想跑也跑不了，就说："行，让你喝个饱也算尽到了兄弟之情。"王二乐了："好兄弟，够朋友，哥哥死在九泉之下也忘不了你的恩情。"王三端起小盆就走了。王二看他走远就大喊起来："来人哪，救命啊！来人哪，救命啊！"他只喊了两声，从林中小道上走出一个手拿马尾蝇的道士，没等王二说明根由，道士就笑了："哈哈，又是你们俩呀，你应该死，前辈子你是王三，他是王二，你为了独吞狗头金就在这个地方把他杀了，今生你转生王二，他转生王三，他来杀你还不应该吗！"王二不服气地问："道长，你说我前世把他杀了，有人能证明吗？"老道士点头："有，我就是一个，你前世杀他的刀就埋在你身后的石下。"老道说完用蝇甩一甩，一把生满了红锈的刀从地中蹦出来。老道捡起刀递到他面前说："看看吧，你前世就用这把刀杀的他。这叫一还一报，命中注定，你死得一点儿也不冤屈啊！这叫善有善报，恶有恶报，不是不报，时辰未到，时辰一到，万事都报！"老道说完就走了。

这时王三回来端一盆水递到他嘴边："喝吧，你喝个饱吧。"王二闭上眼睛说："兄弟，你杀了我吧，看在兄弟的面上给我个痛快，别叫哥哥多遭罪就行了。"王三有些愣了，方才还苦苦哀求别杀他，现在这是怎么回事。于是问道："王二我问你，你现在怎么愿意死了？"王二满眼流泪就把老道和他说的又说了一遍。王三大吃一惊："哥哥，那个老道上哪儿去了？"王二把头一甩："进林中往西去了。"这时从林中传出敲磬念经声。王三操起刀跑到王二的身后，王二以为王三要下手了，把眼睛一闭等死了。王三麻利地用刀把绳子割断说："哥哥，这老道不是凡人，是神人来给咱们解冤仇的，快去庙里给道长烧香磕头！"王二、王三背起包袱来到庙里一问，一个老道说："怪了，这庙里就我一个出家人，再没有什么人！"王二就把看见的老道穿戴打扮一说，道士一听吃惊地高声喊着："无量天尊，侍者显圣了。"说完领王二、王三到三清正殿，见西头站着一尊王二看见过的泥像。王二用于指着："就是他，就是他！"道士问明了根由，笑着说："三清教主侍者显圣说破了你们的前因后果，劝你们回心转意，现在你们明白了就好，不然今世你杀他，来世他又杀你，杀来杀去，这冤仇啥时能完，今后你们要一心向善，方能逢凶化吉。"

王二、王三跪在三清教主像前，对天盟了誓。今生今世愿同生死共患难，如有三心二意，天诛地灭。接着在神像前又重新拜了干兄弟，拜了三清教主的侍者和道士。道士为他们封了经文。之后，王三提笔写了“解冤寺”三个大字。

讲述：刘忠生

整理：金洪仁、孟宪吉

199. 塔头参

三姓财神庙前有个陈家老店，住的客人多是些收购山货的商行老板、放山和伐木的工人。

陈家老两口都五十开外了，身边只有一个姑娘，今年十七岁。姑娘长着一双水灵灵的大眼睛，粉红的脸蛋上一边一个小酒窝，模样俊极了。姑娘待老人非常孝敬，对人说话总是笑眯眯的，街坊邻居都夸陈家老两口养了个好姑娘。老两口那个乐呵劲儿就别提了，越发把姑娘看作掌上明珠。老两口盼着早点给姑娘说门亲事，好有个依靠。说媒的人哪天都有，连副都统的师爷也托来媒人给儿子说亲，可姑娘从不搭理，有时问急了姑娘就说：“别忙，到时自有姑爷上门。”

俗话说：知道女儿心，还是老母亲。天长日久当妈的就问出了女儿的心事。姑娘悄悄地跟妈说：“你姑爷是我救命恩人的儿子，他今年十八岁了，再有三五天就能来到，他来了我才能下山。”这没头没脑的话儿，可把老母亲弄蒙了：“丫头，你说些啥呀？谁是你的恩人？他儿子是谁？”

“妈，我的恩人就是十四年前住在咱家店里放山的王把头。他儿子叫王全，现正往这走呢。实话跟妈说吧，我是一苗仙参，长在江北的山沟里，为了报答王把头的恩情给他儿子当媳妇，才托生来咱家。我真身在北山里，只有王全到了才能背我下山。”母亲把姑娘的话原原本本地向老伴儿说了，老店东也猛然想起王把头来。有一回他俩喝酒，说了几句笑话：“王把头，你有个小子我有个丫头，咱俩做亲家吧。”王把头笑着说：“不敢高攀，只要陈掌柜的不嫌弃，咱们就一言为定。”俩人同时举杯一饮而尽。王把头已走十四五年了，连个口信也没有，如今他儿子找上门来可好了。但他对姑娘的话还是半信半疑。

过了三天，姑娘跑进屋喊：“妈妈，他来了！”母亲忙问：“在哪儿呢？”“前屋哪！”母亲忙招呼老伴儿来到前店房。见一个小伙子端端正正、朴朴实实地坐在那儿。见老两口进来，忙站起来，迎到跟前。老头子和他唠了一会儿嗑，知道他确实是王把头的儿子，王把头临终时还嘱咐他来三姓认这门亲事，老头子高兴地说：“王全哪，你爹虽然不在了，可咱这门亲事在。从现在起，你就吃住在咱家。等放山时你进山采一苗八两重的人参，回来就给你们完婚。”

一转眼，放山的季节到了。姑娘为王全整好了行装，王全带着吃的就随同把头上山了。刚进小兴安岭，把头就领着大伙儿往沟里转。一天刚过午，把头笑着说：“好家伙，在这猫着哪！”众人一看，沟里一片红光，转眼间又不见了。把头说：“这苗是成货，最少能有七八两重，把它整住可就发财了！”第一天扑了空，第二天早晨满沟里红光，等人们一进沟，红光又没了。人们回到戗子里,红光又出现了。一连七八天都是这样。把头疑心了:"嗯?明明是在这沟里,怎么就放不下山来呢?还是看错了地方?""没有错,肯定在这趟沟里。"一个有经验的老伙计说。一个月过去了,天天扑空,两个月过去了,还是天天扑空。把头无可奈何地说:"这苗人参已通了灵气,命中注定不是咱们的财,别强求了,明天到别处放些旁岔子吧!"

下山的时候到了,伙计们放了好几十苗四品叶,五品叶还有几苗六品叶。唯独王全两手空空,眼巴巴地看着人家张罗下山。别说是八两重的没放着,就连"灯台子""二甲子"也没得着,怎好意思回去!思来想去横下心来,他请把头捎口信回去:"我一定要放苗成货,放不着不回去!"这个信明着是捎给陈家老两口的,实际是捎给姑娘的。

王全送走了把头,愁得他迷迷糊糊回到戗子里就睡着了。这时,门"嘎吱"一声开了,走进了一个身穿绿裤的姑娘。这不是陈家姑娘,自己的未婚妻吗?她一个人来这里干什么!只见她来到王全跟前,笑盈盈地说:"王郎,你愁啥?我就是你要找的那苗人参。二十年前,你爹领人来放山,他一眼就看见了我,一伸手就抓住我的胳膊,索脖棍往地上一插,带大钱的红头绳要套在我的头上,眼看就没命了。我哀求他放了我,跟他讲我已修行了快两千年,再有两三年就能成为仙参。放了我二十年后给你儿子做媳妇来报答你的恩情。你爹把我放了,我也长成了,就到陈家去托生,一直等你来背我下山,咱们好完婚。"

王全猛地醒来,细想梦中之事,不信吧,明明是自己的未婚妻告诉过去的事,和老爹临终时说的一样,又见梦中图样就摆在身边。于是他照着图样编了背筐,刚编完姑娘又来了,他俩手拉手进了沟里。姑娘指着一个塔头说:"王郎,我的真身子就在这儿。"王全一看,呀!这个塔头真出奇啊,有三尺多高一尺多粗,上面长满了乌拉草,中间有棵碗口的硬梗。姑娘和王全小心翼翼地把塔头挖下来,装进背筐里。姑娘告诉王全:"王郎,我先回三姓告诉爹妈,准备块红布,到家前你千万千万别把背筐交给别人,要是落到于大老板手里,我就没命了。路上遇见什么险事都别害怕,在塔头上连拍三下,我立刻就来。"说完,红光一闪就不见了。王全高高兴兴地背着背筐走了。走啊走啊,他想试试姑娘的话真假,拍了三下塔头,红光一闪,姑娘站在塔头上问:"王郎,出了什么事?"王全脸红了,不好意思地说:"我有点害怕,也想你。"姑娘亲了亲他:"别怕,我就在筐里呢。"红光一闪姑娘又不见了。

下山的把头,小股子、伙计们请于大老板开行,于大老板说:"你们那些都是旁岔子,成货今天上午就到,到了就开行议价。"说完,于大老板借口去街上办事,出了店房直奔商埠地走去。离挺远就看见王全背着筐扇乎扇乎地走来了。他迎上去:"王全老弟累了吧?来,老哥哥替你背一下。"说着就要背筐。王全记住姑娘的话,忙摆手说:"不累,不累,到店中再说吧。"于大老板皮笑肉不笑地问:"哎,自家兄弟客气啥,你歇歇我来背。"说完伸出手就去夺筐。王全机灵地一躲,这时,陈家老两口也正急急忙忙地朝这边走来。王全忙撒腿就跑,边跑边喊:"爹妈快来呀,于老板要抢筐啦!"老两口大吃一惊,拼出了老命猛跑了几步接过了背筐,老母亲把一块红布盖在塔头上,才长长喘了口气说:"这回啥也不怕了。"

席宴上,于大老板问王全要个什么价,王全急得直瞅姑娘,姑娘答话了:"于大老板,我就是你等了多年的成货,你要买我的身子还是买我的衣服?"

于大老板一怔:"姑娘你说些啥啊,你不知道我是收山参的老板吗?"

姑娘笑了，说了声请看，只见满屋红光，她站在塔头上说："于老板，我就是塔头参，和王全成了夫妻，我可以把衣服卖给你，价钱嘛……九万六千两银子，少一两也不行！"红光一闪，她又站在父亲和王全中间。放山的小把头、小股子、伙计们都笑了！"啊，北山里那片红光是你啊？"姑娘笑眯眯地点了头。

于大老板好一会儿才说："陈兄，就照姑娘喊的价钱办吧。"

姑娘和老妈进前屋不久，手捧一身淡青色的衣服出来，眼瞅着这衣服就变成了满身皱巴巴的山参外皮。于老板用秤一称正好是八两，他连声说："陈兄得了宝物，又是儿子又是姑爷，恭喜呀，恭喜！"陈老东家乐得胡子都颤悠起来，连说："同喜，同喜！"姑娘摇着爹的肩膀："爹，八两重的人参到了！"老爹爹连忙答应："好，好就今晚给你们办喜事。"

当晚小两口拜了天地，又拜了爹娘入了洞房，后来生了俩小子。陈老夫妇故去后，王全一家四口又回到了北山里。后来，有人在山里看见过小哥俩，据说都有二百多岁了。

讲述：刘忠生
搜集：金洪仁
整理：朱迎春

200. 蜘蛛精的传说

从前在依兰县小营盘住着老两口子。老头年年放山，老太太在家招待过往行人，一来二去，老太太与这些进山的人都混熟了，不是叫她老嫂子，就是叫她大娘，再不就叫婶子。

冬天，老头没啥事下了些枷子、套子。这枷子能枷住狍子、野猪、狼；套子能套住野鸡、山兔什么的。肉是吃不了地吃，皮张也攒了不少。

腊月二十三过小年，老两口包饺子，快要包完了，就听门"嘎吱"一响，走进来一个黑胖黑胖的大姑娘，进屋就帮着包饺子。老头子一看来了帮手，下地烧水去了，老太太把碗、碟子、筷子洗了又洗擦了又擦。水烧开了，老头进屋去端饺子，一看那个黑姑娘正大把大把地抓饺子吃。这老头本来对她就有怀疑，因他们这块一共十来户人家，哪家也没有这么个姑娘，于是认定她是什么精灵变的，所以也没有惊动她，拿起大斧照准她的脑袋就是一下子，这姑娘一歪脖，砍在肩头上，随后"哧溜"一道火光不见了。这老两口着急忙慌地背着被褥到邻居家去了。

第二天太阳出来老高，老两口和邻居回来了，离挺远就看见小窝棚一片白，还不时闪闪放光。到跟前一看，这白光是一寸左右宽的蜘蛛丝，把小屋缠得严丝合缝，在门口有一个方圆一尺左右的小洞。老头笑了："好家伙！这玩意还在里面呢，放火烧啊！"

老头子点着火，烟火吹进屋去，就听见里面吱吱地叫唤，这火越着越旺，蜘蛛丝断了，在烟火中拨拉出一个有盆那么大一个蜘蛛。邻居老头说："这是个母家伙，多亏老哥老嫂子跑了，要不昨晚就叫它给害了！"

讲述：宋忠荣
整理：金洪仁

201. 麒麟的传说

很久很久以前，在三姓城的深山老林里住着一家子，两口子领着个儿子过日子，家里还养了头老乳牛。

有一天，早晨刚刚起来，就听见老乳牛在外面没好声地叫唤，媳妇叫丈夫出去看看，丈夫出去了，挺大的雾啥也看不见，就回屋了。小儿子好奇地出去看了一会儿，突然喊道："爹！我看见老牛身上有一条蛇，嘴好像大盆。可吓人啦！"

过了一年多，老乳牛肚子一天比一天大起来，后来生下了一个怪物。牛蹄龙头，一身都是发光的鳞片，它跟小牛犊子一样每天吃奶，吃完奶就借着雾不见了。

不到半年工夫，它就比乳牛大了。这家人觉得奇怪，不知是啥，它身上长着鳞，所以都叫它"奇鳞"。后来人们就叫成"麒麟"了。

讲述：金洪仁
整理：刘忠生

202. 小咬的来历

据说，在宋朝以前没有小咬，那时只有瞎虻（牛虻）。小咬又叫瞎糠，一飞来就是成千上万地往脸上叮，一拍满手都是血。

相传，宋朝大奸臣秦桧死后到了阴间，阎王先让他爬刀山，然后下油锅，再被鬼卒用刀剁成成千上万的碎块，最后用磨磨，用磨拉下来的粉末被一阵风吹散了，人们都说这些粉末变成了小咬，但它还是见血就叮。

讲述：金洪仁
整理：刘忠生

203. 蛇为什么没腿

很早以前，龙和蛇都有腿。有一次玉皇大帝大宴群仙，百兽跳舞助兴。跳得最好要算蛇了，它翩翩起舞，看得群仙拍手叫好。正当它被捧得得意忘形时，一下子有几只腿伸进了玉帝喝酒的杯中。玉帝大怒说："这个畜生太放肆！"令昴日鸡把它腿都拔下来。昴日鸡得令，几口就拔掉了它十二条腿。蛇痛得满地乱滚，一溜烟逃向下方。所以至今蛇再也没长出腿来，同时它和鸡也结下了仇，见着鸡就咬。

讲述：金洪仁
整理：刘忠生

204. 三姓为什么出美女

凡是到过三姓(今依兰)的人,都一致赞扬这儿的姑娘长得美丽。确实,三姓的姑娘长得白嫩、水灵,面似桃花、发若背丝、身同杨柳、秀气苗条、温柔大方。自古以来就是个出美女的地方,有多少官宦人家之子都来依兰讨媳妇。

这为什么呢?因为她们喝的是牡丹江水。牡丹江很长,为什么上游、中游的地方不出美女呢?她们不也吃牡丹江的水吗?偏偏在下游三姓的地方出美女呢?别急,听我给你们讲讲这里面的原因,你就明白了。

很久以前,三姓还是个小屯子时,人长得并不美,相反却十分丑。特别是女人,丑得更厉害,当时牡丹江没有现在这么宽,这么深,只是一条十几米宽、水将能没腰深的小浅水沟子。三姓屯子里的人因为长得丑,男的娶不到媳妇,女的嫁不出去,别的部落根本没人来这里求婚,因此只好自相婚配,这样就一代更比一代丑了。

屯子里有一户人家,三口人,母亲领着一儿一女。这一儿一女丑得出奇,就连屯子里的其他丑男丑女都相不中。男的快三十岁了,女的也二十八了,还都没有订婚,愁得老母亲整天唉声叹气,头发都快掉光了。可这一男一女相貌虽然丑陋,心却非常好,他家在牡丹江边有五亩地,兄妹俩每天在地里干活时,碰到有老弱病残的人要过江,就主动下水给背过去,男的背老头和孩子,女的背老太太和妇女,天天如此,从不间断。时间久了,远近都知道在牡丹江岸边有一对好心肠的兄妹。

有一天,长白圣母从这儿路过。她变作一位老太太,拄着拐杖,一步三摇地来到江边,望着江水叹气。正在地里干活的兄妹俩看见后,妹妹就放下手里的活,主动上前去搭话:“老奶奶,要过江吗?”“是呀。”长白圣母抬头一看,见这姑娘长得又黑又瘦,刀缝眼睛,塌鼻子,厚嘴唇儿,脸上全是雀斑,一张口露出一排里倒外斜的黄牙,真是丑极了。

“我背你过去吧,老奶奶,请你趴在我的背上。”姑娘说着俯下身子。“不行啊,姑娘,咱们也不认识,怎么好让你背我。”

“你说差了,老奶奶。咱们虽然不认识,可谁没有个老了的时候?我现在年轻,背你也不费啥劲,快来吧!”

长白圣母见这姑娘长得虽然丑,心眼可挺好,于是就答应了,趴在了她的背上。

等长白圣母趴好,姑娘往起一直腰,掂了掂,觉得这老太太长得虽然干瘦,却挺沉,没走几步,就压得喘不过气来。她怕到江中心摔倒,淹着老太太,就把老太太放下,喊哥哥来背。

哥哥听见妹妹召唤,应了一声,跑着来到妹妹跟前,长白圣母一搭眼,啊,又一个丑八怪!只见这小伙子罗圈腿,水蛇腰,蒜头鼻子,三角眼,咧着嘴,淌着口水,还一脸大麻子。心想,这对兄妹可算天生一对儿,一个比一个丑。

“来吧,老奶奶,趴在我的身上。”小伙子说着跪在地上。

长白圣母没有推辞,就趴在了小伙子的背上,他站起来,掂了掂,觉得老太太确实沉。

回头对妹妹说:“你去干活吧,我一会儿就来。”

走到江心,长白圣母问:“小伙子,今年多大啦?”

“三十了。”

“还没娶媳妇吗?”

“没有。”

“咋不快点成家呢?”

“唉,长得这么丑,谁肯嫁呀!”

“你心挺好啊!”

“心好有啥用,姑娘们一搭眼就呕了。唉,今生今世算别指望了,做点好事盼来生变个模样吧!”

“别愁,小伙子。”长白圣母劝道,“你要是信得着我,我给你做媒,帮你娶个媳妇。”

“别开玩笑了,老奶奶。”

“你不信?真的,我还能保管你娶上个美女呢!”

“美女?嘿,我这辈子算不想了,你要是真心帮助,就给我妹妹找个婆家吧,她现在愁得天天晚上蒙被子在被窝里偷着哭。”

两个人唠着,已到了对岸。小伙子把老太太轻轻放下,说道:“老奶奶,你什么时候回来,只要在江边喊一声,我就再来背你。”

过了三天,第四天的正晌午,兄妹俩刚要回家吃饭时,忽然听到了那位老太太的喊声:“小伙子,你的媒人回来了,快来接我们过江。”

兄妹俩一齐来到江岸,蹚过去一看,果然是三天前那位老太太,身边还领着一位如花似玉的大姑娘。

“小伙子,我这个媒人当定了。瞧,我给你送来位大姑娘,要不要?”

小伙子的脸刷一下红到了脖子根,低下头说:“我这个丑八怪。人家不嫌弃就行。”

那姑娘大大方方走到小伙子跟前,说:“你长得丑,听说心好,我情愿。”她脸上不红不白,一点儿也不害臊。说完伸手从兜中掏出一个纸包,递给小伙子,“给你,这是老奶奶送你的药,吃下去会立即变成一个美男子。”

小伙子接药在手,心想,世界上还有这么好的药,真是不该我丑陋一辈子!他十分高兴,把纸包打开,刚要吃,又停住了。

为什么他不吃?因为想起了妹妹,女人家的外貌比男人重要,还是让给妹妹吃吧,只要她能幸福,自己丑一辈子也认可。

“妹妹,这药给你吃吧!”哥哥把药递过去。

“我不。哥哥,还是你吃了吧,现在你比我需要。”她心想,嫂子长得这么美丽,哥哥却这么丑,两个人多不般配呀!要是哥哥不变成美男子,将来他家庭不会幸福的,还是让哥哥吃了吧。因此,她推托不接。

哥哥见妹妹不收，急了，就把药包硬往妹妹手里塞，兄妹俩推来搡去，谁也不肯吃，

长白圣母一旁道："这包药叫九转换容丹，一共是十粒，你们兄妹二人谁也别推，每人五粒，吃下去都能变美。"说着，她把药包接过来打开给兄妹二人各分了五粒。

可是，妹妹还是不肯吃。长白圣母问："姑娘，你为啥还不吃呀？"

妹妹慢慢说道："老奶奶，我们屯子里大姑娘很多，我今天自己变美了，她们怎么办？我打算把药带回屯子，化成水，每个姐妹都喝一点儿，哪怕不能变得十全十美，稍稍变一变也可以呀。"

姑娘的一番话感动了长白圣母，她赞叹说："你真是世界上心最美的人啊！"长白圣母又从兜里掏出一大包说："这样吧，这是我全部的九转换容丹，都送给你，你把它撒在江里，屯子里的人吃到这江水，就会慢慢都变美的。"

姑娘一听，心里喜出望外，她接过药包，急忙打开，连同自己手中的五粒一起撒在江中。立时江水变绿、变清、变甜，三姓人喝了它，都改容换貌，由丑变美了，特别是姑娘，变得更加美丽。

从此，三姓就成了个出美女的地方。由于这药撒在江的下游，所以居住在上游的人吃不到带药的水，因而也就出不了美女。

三姓出美女的名声传出去后，牡丹江就出了名。

搜集整理：刘忠生、白东星

205. 山羊庙

很早以前，在松花江边住着姓孙的一家。这家四口人，一个七十多岁的老母亲领着一个三十来岁的儿子。儿媳妇因病死去，扔下一个七岁的小子和五岁的姑娘。这年农历七月，松花江涨大水，这水不一会儿就把老孙家的房子淹了。这可吓坏了小伙子，此时，房上的椽子檩子"咔咔"直响，眼看就要落下！两个孩子哭闹着直往爸爸的身上扑，老太太也一个劲劝儿子，让他快把孩子救出去。小伙子犹豫了一会儿突然推开两个孩子，上炕背起老母亲开门就往后山跑，任凭老母亲怎么劝说，儿子就是不放下母亲。来到后山，把母亲放下，儿子这才返回去背孩子。可晚了一步，房子早被大水冲倒，连个影儿也看不见了！老太太在后山哭天嚎地地大骂儿子不该把孩子扔下，说自己这么大年龄还能活几年，不如把两个孩子先救出来，说完，老太太就要往水里跳。此时儿子一把抱住母亲哭着说："妈妈您老人家养了我这么大，我不能眼看着大水把您淹死！"

儿子说完，也哭了起来。正这时，娘俩忽然发现在波涛汹涌的江水面上浮过来一个老山羊，山羊身上坐着一男一女两小孩。那小男孩还扳着山羊犄角玩呢，小姑娘也紧紧抱着山羊脖子。小伙子一瞅，山羊身上背着的孩子正是自己的两个孩子。这时山羊来到了小伙子面前，两个孩子从它身上下来，笑嘻嘻地来到爸爸跟前。老山羊上了岸，走到小伙子跟前

抖了抖身上的水，对着小伙子点了点头，然后跳进水里去了。

小伙子抱起自己的子女乐得不知如何是好，老妈妈对着江水直劲磕头。后来据说男孩子十八岁那年科场考试，竟中了头名状元。男孩为了报答老山羊的救命之恩，回家祭祖时在江边盖了座大庙，取名“山羊庙”。

讲述：张玉兰

整理：孟庆涛

206. 百步草的由来

依兰的许多农村，还都保留着一个古老的风俗。五月初五端午节这天的清早，太阳未出之前，到野外采集艾蒿和青草。一步一把草，称为“百步草”。晒干熬水，能治很多种疾病，有关百步草的来历，还有一段神奇的传说！

很多年以前，东山坳里有个很小的村子。一天，一家办丧事，死者是个八十多岁的老人，出殡的当天夜里，老人的儿子做了个奇怪的梦。梦见一个老头对他说：“你把下葬的东西拿回来吧，我随神仙到长白山修道去。”第二天，老人的儿女们到坟头扒开坟墓，棺材空空，真不见了老人。

再说老人随仙人乘着五色祥云，来到长白山上。见苍松翠柏，飞流瀑布，虎啸鹿鸣，景物甚是幽雅，仙人告诉他：“饿了就吃点青草叶，但不能多吃，不然就会化成石头。”

老人用树枝搭了个窝棚，能遮风挡雨，又按仙人说的，饿了就吃点青草叶，渴了喝点泉水，不知不觉到了一百天。刚来时，老人觉得处处新鲜，可日子一久，就开始怀念田园耕地的生活，还有那儿孙满堂的家了。

老人拿一大把青草，对着山顶呼唤，仙人飘然而降，老人说明缘由，仙人给他一包草籽，驾云把他送了回来。老人回到了村里，人们都用异样的眼光打量这位虽是白发苍苍，却面色红润的老者。老人心想：我走了才一百天，房子就比以前多多了，自己家也找不到了，人一个也不认识，穿的衣服也不一样了。他向人打听他的家，村里人惊奇地说不知道。后来一个老太太说好像听说有过那么一户人家，可这已是一百年前的事了。

老人顿悟，他在长白山上一百天，尘世已过一百年，儿孙们都已先后死去，再也享受不到人间的天伦之乐。老人感到一阵孤独和凄凉，他把草籽撒在野外，然后把带回的仙草都吃了，化成一块石头。

老人撒下的草籽，很快长成茂盛的青草，到处可见，后来人们就把这些能治病的草叫“百步草”。

搜集整理：姜　燕

207. 孔明与诸葛亮

从前,有两个过路人,一个是年轻人,一个上了年纪,两个人因为孔明和诸葛亮的问题吵了起来。

年轻人说:“孔明是孔明,诸葛亮是诸葛亮,他俩是两个人。”那个上了年纪的人说:“不对,不对,孔明、诸葛亮是一个人。”年轻人说:“孔明姓孔,诸葛亮姓诸葛,怎么是一个人!你连这点事儿都不知道,太蠢了!”上了年纪的人说:“是你太蠢了!诸葛孔明谁不知道是一个人!你蠢得连这点事都不知道,还教训别人!”俩人越说声越高,年轻人脸红脖子粗地嚷道:“怎么说,他们也是两个人!就是两个人!”老者更不示弱:“一个,就是一个!”这时,迎面走来一位相貌清秀身着长衫的读书人,老者像看到了救星一样奔了过去,“这位先生,请您评评理。”他的话还没说完,年轻人也赶到了跟前抢着说:“对,你给评评理,我说孔明和诸葛亮是两个人,他偏说是一个人,天下哪有像他这样的蠢人。”老者接过来说:“孔明和诸葛亮本来就是一个人,可他非强说是两个人。”年轻人没等那个读书人开口就又吵起来:“是两个人。就是两个人!”读书人微微一笑,对他说:“你说得很对,孔明和诸葛亮是两个人。”年轻人听了哈哈大笑,一脸自得的样子,冲着老者喊:“怎么样,我说的对吧?孔明是孔明,诸葛亮就是诸葛亮!”说完,带着一副不可一世的样子走了。

老者被读书人弄得目瞪口呆,半晌才说:“您这个读书人,怎么连这点事儿也不知道?”读书人笑呵呵地说:“这种人,你怎么告诉他,他也不会听,事儿不大让他糊涂一辈子吧!”老者听了读书人的话亦觉好笑。

讲述:刘振玉
整理:刘夙彬

208. 八仙醉月

依兰县丹清河岸东北有一座气势宏伟,怪石嶙峋的山峰,人们叫他八仙醉月——聚仙峰。山顶上,不知哪位天公巧手,雕塑了许许多多或仰或立的石像,气势十分壮观。不时还有云雾笼罩山头,又忽而直线般散去,真是自然奇景。说起它,这里还有一段传说。

当年八仙居于蓬莱,一日众仙酒后兴致正浓,曹国舅提议说:“江南风光无限好,我等都已游览观赏,当年在朝为官时,听说塞外有一处宝地,山清水秀,我等何不前去一游。”大家听后齐声叫好。这一天众仙驾祥云来到丹清河上空,只见层峦叠嶂,古树参天,云烟缭绕,紫气环空。众仙一时诗兴大发,禁不住脱口吟道:

空行虚无久藏仙,
几处深谷几重天。
幽草溢香松滴翠,
泉下流清水含烟。

真是雄似东岳，险似少华。众仙就座，推杯换盏，饱尝深山佳肴。饮至傍晚时值中秋之夜，一轮明月当空。韩湘子操笛吹奏，悦耳笛声引出月宫嫦娥飘飘而来，在众仙面前翩翩起舞，于是众仙也跟着纷纷起舞，好不热闹。何仙姑边舞边掏出一把花籽撒向四方，立时花苗破土而出，转眼间开出鲜艳的花朵，芳香四溢，八仙大醉。唯有张果老与铁拐李还在对坐下棋，至今那个棋盘还留在山上。现在山周围盛开的野花，还是当年何仙姑撒下的花籽呢！以后这里山峰始终是云雾缭绕，有一股仙气。后人起名叫它“八仙醉月”。

搜集整理：陈福生

209. 一线天

依兰县丹清河的密林中有一处叫作一线天。此处真是天地造化，犹如刀劈斧削。两座陡峭山峰紧紧地靠在一起，中间都是不足一米宽的山中曲径。这里还有一段传说。

很早以前，在这山脚下住着一猎户。在一次打猎时，猎人被山中的蛇精吃掉，妻子因此哭瞎了双眼。几年后，儿子长大，一心想为父报仇，并且他听说用那毒蛇的双眼能治好妈妈的眼睛。一天，儿子瞒着妈妈，带上弓箭，上山去寻毒蛇。走着走着发现前面有一棵大树。由于又累又乏，小伙子就在树下睡着了。梦中见一青衣老者站在面前，那老者取出一粒丸药放进他的嘴里，并告诉他，吃了这药能避毒气。只有让毒蛇将他吞进肚内，然后破腹而出，方能将毒蛇杀死，然后又递给他一把刀子。老者说完将他提起，直上高山。小伙醒来，见自己站在山顶，手中握把刀子。小伙知道这是有神仙指点，于是他奔向蛇洞。忽然蛇从洞中蹿出，一口将他吞进腹中，小伙就按着老者的嘱咐，用刀将毒蛇肚子挑开。那蛇疼痛难忍，腾空而起，尾巴向山崖砍去。只听轰的一声，山被一劈两半，毒蛇死在山腰，小伙爬出蛇腹，取出蛇精双目，顺着蛇劈开的一线石缝下山，回家后治好了妈妈的眼睛。“一线天”由此得名了。据说那梦中老者是清风老祖。云游到此，点化他为地方除去一害。

搜集整理：陈福生

210. 邱生造律

汉高祖刘邦当了皇帝之后，怕一些有功老臣夺了他的江山，就今天杀一个，明天找碴又杀一个。弄的满朝文武心中惶惶，不知哪天灾难落到自己的头上。

直谏邱大夫的儿子叫邱生，别看他年岁小倒挺有见识。他劝父亲说：“爹，高祖心胸狭窄，妒贤嫉能，萧何又诡计多端，杀了这些有功的老臣，依儿之见，咱们不如回家去种地。”可老爹爹说啥也不干。在刘邦再次杀一个有功的老臣时，他说了几句公正话，刘邦恨在心里，后来找碴把他也杀了。

邱生埋葬了爹爹，和母亲回了老家——洛阳东北邱家庄。后来。他知道父亲被杀还是萧何捣的鬼。他下了狠心，替父报仇。可萧何是丞相，有很多兵丁保护，要想杀死他，那根本办不到。他想啊想，到底想出了办法，豁出自己的命来，借刘邦之手杀死萧何。

想好了之后，就白天黑夜不停地写，分上下册两本。书可写成了，他也累病了。临死前向他母亲说："妈呀，我爹的仇能报啦。我死之后，把那本红皮的给我带去，放在我枕头底下，你拿那本白皮的到洛阳去卖，专门卖给萧何。别人买要五万两银子，萧何要买要他五两银子。"

不久，邱生就死去了。母亲照他说的办了。老太太挎着篮子装着白皮律到萧何家房前屋后，上下朝必经之路去卖。一天，她看萧何大轿来了就高声地喊起来："卖律了，卖律了！"萧何感到很怪，派人把她叫来，说："我看看你的律。"老太太把律递上去。萧何翻开一看"啊！这律可太好了，写得明明白白，打架斗殴罚几天苦役；偷鸡摸鸭罚十天苦役；偷驴盗马罚几年的苦役……"他心想，我是丞相正愁治理不好国家，有了它，人民犯了罪，打开书一看就明白了。就说这书是我写的，高祖看完对我萧何更得尊重了。他给了五两银子，带着律乐颠颠地上朝了。朝贺完了，就把律送上去说："万岁，臣为了治国，写了一本律，请万岁过目。"

三天后，汉高祖把萧何宣上殿说："老爱卿，你这律没写完，这上册三百六十样，都是轻罪，有轻就有重，快把犯重刑判死罪的下册交上来，期限三天，过期按欺君之罪论处！"萧何蒙了，买时也没看看里面写些啥，这死刑可怎么写呀。突然他想起老太太，忙派人四处寻找。真巧，第二天就在集市上找到了她，忙问："有没有下册。"可老太太说："有呀，叫我儿子带去了，你自己到坟里去拿吧！"萧何一听心里开了两扇门，带了人马到邱生坟上。挖开土打开棺材盖，在枕头底下找到了下册。乐得他连家都没回，就带着律上朝，交给了刘邦。刘邦打开一看笑了，又看了萧何一眼。萧何一看这情景乐坏了，心想这回万岁要赏我几千两、几万两银子，绫罗绸缎、珠宝玉器、封官晋爵……正在他扬扬得意做着美梦的时候，刘邦脸色一变，一巴掌差点没把龙书案拍碎了，厉声对萧何说："萧何！你知罪吗？"萧何一惊，跪爬半步说："万岁，臣不知所犯何罪？"刘邦又把龙书案一拍："大胆的萧何，你犯了欺君之罪！这律不是你写的，上册是些罚苦役轻罪，下册三百六十样是死罪，你犯了最后一条！"刘邦指点律念："挖坟掘墓乃死罪，邱生造律萧何死，不斩萧何律不全！"说完，目视镇殿将军："拉出去，斩首！"还没等萧何分辩，精壮的卫士们，摘掉了他的纱帽，扒下了朝服，五花大绑推出去斩了。

汉高祖本来就想找碴杀他，正愁无计可施，借邱生卖律之事把他杀了。岂不知邱生是借他的手杀了萧何。从那以后，律就传下来了。

讲述：刘金

整理：金洪仁

211. 神树寺的另一传说

依兰县城西牡丹江桥头，有一个寺院叫"神树寺"。虽然这个历史遗迹已不存在了，但神树寺的故事多少年来始终在这里流传着。

当年，罕王努尔哈赤的祖先蒙哥铁木尔的儿子番查占据着三姓这个地方，可当时有一群号称六姓野人的许多人很不服番查,始终与他作对。一天,六姓野人召集不少部落里的人来捉番查。番查得知后,已来不及召集人马,孤身一人逃走。当逃到牡丹江边的时候,已经累得筋疲力尽,再也跑不动了。这时他发现江边有一棵大柳树,柳树伸枝抖叶,像一把大伞遮着树下。番查甩掉追兵,到了树下躺下就睡着了。这时一群乌鸦飞到这里落到树上,不鸣也不叫,相互在枝头间跳跃玩耍。六姓野人撵到这里,发现树上落满乌鸦,以为番查不会在这里,于是众人又向另一个方向追去。

追兵走远了,这时满树的乌鸦顿时鸣叫起来。叫声惊醒番查,他一翻身爬起,发现树上乌鸦乱叫,远处尘土飞扬,知道追兵远去,是乌鸦和这棵大树保住了自己。于是跪在地上给乌鸦和大树磕了几个头,然后离去。

后来番查为纪念这棵救了自己命的大树,便在树旁建了座寺庙,庙名叫“神树寺”。

讲述:芦锡鹏

整理:李瑞亭文展

212. 偿命庙

民国初年,在依兰县演武基乡山嘴子村里住着一户姓邹的大地主。这家地主对穷人很刻薄,尤其他的儿子,虽然不足二十岁,可强奸妇女、拦路抢劫,啥坏事都干。一天晚上,从道台桥方向过来一挂大马车,车上装满粮食。大车刚拐过北山崴子,忽然,邹家大公子领着几个歹徒从一旁闪出,这小子伸手拽过里套马就要劫盗,并声称不把这车粮卸下来就甭想从这过去。没承想他拽里套马的时候,辕马毛了,车就往下坡走,老板怎么扳刹车也没停下,邹大公子被马裹进车底下活活轧死了。几个歹徒一见出了人命,忙进村去找老东家。老东家见轧死了他的儿子,非让车老板偿命不可。车老板与跟车的声称只要不偿命,就把这四马一车带一车粮食全给他们,结果还是不行。车老板一看没办法,跪在地下给辕马磕了几个头,然后解开扎腰的小围裙把头一包,往车底下一钻,喊声“嘚儿驾”,没等跟车的拦挡,四马用足劲,呼地抬腿就跑,一个满载粮食的大车从老板子身上轧过去了。众人正在惊疑不定的时候,只见老板从地上翻身爬起,解开围裙拍拍身上的土,追上马车,跳上车耳板,喊声:“我偿命了!”也没搭理邹大地主,大车飞也似的离去了。邹大地主与周围的人眼看着远去的大车目瞪口呆。

第二天,车老板与跟车的在三姓卖了粮食返回山嘴子,在山根底下盖了个小庙,后来人们就把这个庙叫“偿命庙”。

讲述:赵海山

整理:栾国栋

213. 牡丹江的由来

很早很早以前，牡丹江是一条小溪。西岸是陡峭的山峦，山上长满了山梨、葡萄、山里红、桑树、柞树、白桦……芬芳馥郁；东边是一片开阔的平原，土沃草肥。平原上，依溪住着一个部落。部落里的人都喝这条发甜的溪水，男的长得结实，女的长得苗条。他们以渔猎为业，男勤女俭，老翁领着孙子放着如雪的羊群，少女唱着山歌，这里也算一块很幸福的地方。

天有不测风云，人有旦夕祸福。有一天，三个少女到溪边来洗衣服，她们发现水边多了一块很大的黑石，正好可以坐在上面洗刷，谁也没有在意。其中一个小姑娘刚往石头上一坐，人和石头一起翻进水里，接着就不见了，另外两个姑娘吓得大哭大叫。一个牧童听到哭声，跑来问明情况，又急们跑回部落通知乡亲。多亲们闻讯赶来，拿钓竿铁齿到溪里捞好一阵子，结果是活不见人，死不见尸。有许多人干脆跳到溪水里捞，还是没有捞着。姑娘的妈妈哭得死去活来，乡亲们只好劝慰，把姑娘的妈妈搀扶回家。

这件事给部落带来很大不安。怪事继续发生，那天捞人时下水的人，回家后都觉手脚奇痒，一天比一天邪乎。日子久了相貌开始变化，脸像蛤蟆皮似的，两眼向外鼓着，大大的嘴丫，像妖精似的。以后，凡是路过小溪的人，不过三天就变丑。过去一条产出甜水的小溪，现在竟然给人们带来这么大的灾难！

这是怎么回事呢？原来是来了一个蛤蟆精，住在溪水中的石洞里，把抢来的姑娘作为压洞夫人。蛤蟆精每天到溪水中洗澡、吐毒，好端端的溪水变成了毒水。姑娘被抢来以后，百般不从，蛤蟆精用魔法制住了她，于是她又想到死。但转念一想又不妥，乡亲们都蒙在鼓里，无辜地受着毒害，应该把蛤蟆的罪恶告诉乡亲，共同除掉这个妖精。她逃了几次，都被抓了回来。眼看乡亲们遭受磨难，姑娘心里像刀绞一样，她每天都哭，一直寻找出逃的办法。

在部落中变得最丑的有这么兄妹两人，他俩原先是部落中最英俊、最美丽的，那天捞人时数他俩在水里的时间长，中毒比别人厉害，所以成为丑中之丑了，哥哥整天愁眉苦脸，妹妹眼泪不知流了多少，后来哥俩为了让别人不再受害，主动到溪边背来往行人过溪，哥哥背男的，妹妹背女的。由于天天受毒水浸泡，这哥俩的面容越来越丑陋。

有一天，镇山的长白圣母听到了凄凄惨惨的哭声，循着哭声找去，原来是顺着溪水传来的。她屈指一算，便知道是蛤蟆精肆虐，在残害生灵。于是她变成一位白发苍苍的老太太来到小溪边，她望见有一男一女在背行人过溪。到近处一看，这男女二人的长相可真吓人。

妹妹以为老太太要过溪，就急忙跑过来说："老额娘，您千万别下水，我背您过去。"

"我为何不能下水呢？"老太太惊奇地问道。

兄妹二人便把这里发生的事情原原本本地告诉了老太太。老太太被兄妹二人的善良深深地感动了。老太太问哥哥："你还没成亲吧？"

"老额娘，我这个长相，怎么会有人看中呢？"哥哥的心中不禁涌出一种悲凉之情。

"心地善良，终结正果。"老太太像是安慰，又像自言自语，过了一会儿又说："你们叫乡亲们多寻些烟油子来，我明天来此派用场。”说完便飘然而去。

第二天，兄妹二人依照老太太的吩咐，带领乡亲们准备好了烟油子。这时老太太领着一位美貌的少女来到溪边。少女洒洒脱脱、落落大方，好似出水芙蓉，美丽动人。

老太太对哥哥说：“小伙子，我把媳妇给你带来了。”

哥哥惊呆了。他看看老太太，又看看美貌的少女，慌乱地说：“不，不，这使不得，我是个丑八怪，怎么忍心与这样美的人订下终身。”

这位美貌的少女双眼含笑，启动朱唇：“哥哥，我喜欢你，喜欢你像花一样美丽的心灵。”

哥哥听了很受感动，可他怎么会做损害他人的事情呢？他说：“我们兄妹这样做，就是为了减少别人的苦楚，乡亲们少遭灾难，是我们最大的心愿，过去、现在还是将来，我们没想过，也不需要别人的恩赐，谢谢老额娘和这位姑娘的好意。”说完，转身便走。

“请哥哥留步。”美貌少女说着，从长袖里取出三粒药丸，“这是转容丹，吃下去便可恢复原来容貌，给你拿去。”

哥哥没有接药，疑惑地打量对方，这两天发生的事使他感觉蹊跷，问道：“请问姑娘是何方人士？”

美貌少女神秘地笑着说：“吃完药我便回答与你。”

哥哥接过药，刚送到嘴边便停住了，他把药递给妹妹说：“妹妹，这药你吃了吧，你原来也是一个美貌的姑娘，你因现在的丑貌偷偷地流泪，我看在眼里，疼在心里。姑娘的容貌就是命啊，你就吃了吧。”

妹妹没等说话，眼泪就涌了出来。她用力推回哥哥伸过来的手，连连说，“你吃，哥哥你吃，吃了好和嫂子般配，你倒快吃呀！哥哥！”妹妹的真挚感情使在场的乡亲们都感动地落下泪来。许多人都对哥哥说：“你吃了吧，大家都盼着你吃呀。”哥哥看着不同程度丑相的乡亲们，忽然心里一亮，他说，“谁也不吃，我们把药化成水，大家都喝。”乡亲们听了都很高兴。

“看来我们神仙还不如凡人。”一直在注视着人们的老太太说话了，“我是长白圣母，她是牡丹仙子。我们今天是来帮助你们解除苦难的。霸占这条溪水的是一个千年蛤蟆精，此妖不除，苦难消。除掉它得用一个人的一腔血，把血倒在溪里，引蛤蟆精上钩，然后再倒烟油子，蛤蟆精喝了人血再喝烟油子，就会昏浮上来，你们趁机捉住它，用火烧死它，此害便除。”

哥哥听了，抽出身上佩带的短刀，走到水边，把刀刺进自己的脖子。他倒下了，妹妹忙把他抱起。殷红的血喷到溪中，溪水渐渐地变红。牡丹仙子来到哥哥身前，把他手里的三粒丹药放在他的嘴里，又从容地咬破左手中指，把血滴进小伙子的嘴里，一滴、二滴、三滴，牡丹仙子脸上渐渐失色，只听“咕噜”一声药被咽进去了，哥哥很快就变成一个英俊青年。然而他已经奄奄一息了，他脖子上的鲜血还在淌着。

这时候，乡亲们把烟油子撒到溪水里，约有一袋烟工夫，溪里好一阵翻花，水面上漂起一个比笸箩还大的蛤蟆，大伙用钩子把它搭上岸来，剁成肉泥，用火烧了。

长白圣母又打发一个水性好的青年，到水里救出被抢走的姑娘，母女见面，自然一阵欢喜。

这时，牡丹仙子从容地咬破右手中指。满了三滴血洒到溪里，牡丹仙子支撑不住倒下去了。变成一株牡丹花，溪水开始变清、变碧……

哥哥躺在妹妹怀里，从昏迷中醒来，看见发生的一切欣慰地笑了。他吃力地向乡亲们点点头，慢慢地闭上了眼睛，妹妹失声痛哭，乡亲们呼唤着他的名字。长白圣母说："乡亲们不必难过，我收下他们。"说完，神袖一甩，哥哥、牡丹花和长白圣母同时不见了。

溪水受了仙血，水变甜了，溪变深了，成了一里多阔的江。为了纪念牡丹仙子和哥哥，人们将这条江叫作牡丹江。从此，三姓部落的人喝牡丹江水，人都变得聪明，变得美丽，特别是姑娘，生得尤其美貌。

千百年来，牡丹江奔腾不息，流淌着一个涓涓动人的美丽传说……

讲述：刘永义
搜集：刘忠生
整理：朱万山

214. 贵山由来

在三姓城东七十多里的愚公乡境内，有一座很高的山，当地人都叫它"贵山"，其实它原来叫"归山"。提起归山，据说还是乾隆皇帝私访时给它起的名字呢。

乾隆认识了船老大，店小二，饭馆老三之后，他们四个人就像天生有缘一样，说话也投机，办事也随心。

乾隆在三姓城内，到各庙堂打听有没有姓陈的出家和尚，始终没有打听到。有一天，他和船老大租了两匹马出县城往正东走去。一路上游山玩水，来到当时还没有名字的贵山顶上。一看，呵！四面都能看出好几十里远，真是宽阔。他越看越高兴，再也不想到别的地方去了。正在这时大路上尘烟滚滚，数不清的马队手持大刀、长枪向山上跑来。老大吓傻了，忙说："兄弟，不好了，我们遇到强盗了！"乾隆一听心里乐了。他笑着对老大哥说："别怕，他们是来接我们的。"船老大还将信将疑，不一会儿只见兵部尚书，九门提督、三姓副都统都过来向乾隆叩拜，请他回城。船老大心想，我兄弟一定是个大官，要不副都统怎能叩拜他呢！可他做梦也没想到，他兄弟就是当今皇上。

乾隆长叹一声，"到此为止我们回去吧，这个山岗就叫归山吧。"说着看看山，又远望松花江笑着说："铜帮铁底松花江，笑贫不笑娼，船老大、店小二、饭老三，得救整三次，孤家永不忘，久后重逢日，全都厚封赏。"

从此以后，这座山就叫归山了，叫来叫去就叫成"贵山"了。

讲述：刘忠生
搜集整理：聂恒茂

215. 吴大舌头冲锋

吴大舌头没发迹之前，是一个马贩子，他很懂马的性情。当兵以后一直是“火头军”（做饭的）。有一次，团长不知从哪弄来一匹烈马，谁也骑不了，吴大舌头因为颇知马性，就从团长那儿把这四马要来了。

没过几天，赶上了一次战斗。那天，他正在给弟兄们做菜，敌人就围上来了。他一脚踢翻菜锅，拎着吊锅飞身上马，吊锅把马烫得拼命奔跑，一下跑到队伍的前头，团长看见了，大喊：“弟兄们，跟着吴俊生冲啊！”

这次，吴大舌头立了大功，一下子提到连长。

讲述：刘玉戈

整理：刘夙彬

216. 吴大舌头阅兵

当年吴大舌头当黑龙江省督军的时候，曾来三姓松花江北阅兵，被三姓南大营的营长张作诗邀来做客。张作诗是张大帅（张作霖）的堂弟，所以吴大舌头也是欣然应允了。大兵们早就列好了队，张作诗请大帅阅兵，吴大舌头步上阅兵台，顺手要过花名册准备点名。排头第一名叫翟旺俊，秘书知道吴大舌头不识几个字，怕他丢丑，小声提醒。但秘书是南方人说话口音重，他小声地对吴大帅说：“大帅再往（翟旺）……”秘书心想：大帅叫吴俊生，这俊字不用告诉他他也会念，所以只念了两字，吴大舌头听到再往两字时高声地喊：“再往后！”大兵们“刷”地一下退了三步，秘书急了，再次提醒：“是再往（翟旺）。”“再往后！”大兵们又退了三步。后面的兵大声说：“大帅，再往后靠墙了！”吴大舌头怒冲冲地跳下了将台，一把抓住排头兵问：“你叫什么名！”“我叫翟旺俊。”吴大舌头抬手就是个大嘴巴：“你俊个屁，胡子拉碴的！”

讲述：刘玉戈

整理：刘忠生

217.“猪踢河”名字的来由

依兰和方正两县交界处有一条河，叫“猪踢河”，怎么会叫这么个奇怪的名字呢？这个故事还得从依兰的猪山说起。

宋朝末年，金兵进犯中原，掳了许多汉人当奴隶，其中有一对夫妻趁金兵疏忽，逃到了猪山脚下，砍树为棚，掘土为坑，盖了个地窨子，靠打野兽，采山菜度日。

有一年三十晚上，两口子用木耳、干蘑、兽肉做了几样菜，以水代酒，接神守岁。忽听“轰隆”一声，一头大老母猪带一帮小猪崽闯进地窨子，又拱又叫，又蹦又跳。两口子纳闷，山里没人家，哪跑来的猪呢？但年三十晚上，猪来串门也是客呀！于是喂些菜饭，猪吃完后又撒了一阵欢就跑出去了。两口子赶紧收拾被猪拱得乱糟糟的屋子，收拾完天已放亮，开门一看，雪地里根本没有猪的踪迹。

第二年三十晚上，这窝猪又来了。丈夫忽然一拍自己脑门，对妻子说："听老辈子人讲，这猪山有宝，有福的人就能遇得着。怕是应了这句话了吧？"妻子听了说："是宝咱也不能贪，一是金人天下咱有宝没用，二是咱过这清心日子更不错。"丈夫笑笑，对妻子的话很佩服，于是又喂猪些菜饭，任由猪玩耍一气。从此，每年三十晚上，夫妻俩总是多备些菜饭喂猪。

多少年过去了，这对夫妻已成了老头和老太婆，这窝猪却没变。年三十晚上，老两口正和猪一起守岁，听外面隐隐约约传来金兵呐喊声。夫妻俩开门一看，一排火把向地窨子移来，里面夹杂着叽哩咕噜的叫喊声。老两口不由心里一沉，"糟了，金兵咋摸到这来了？"刚要躲避，猛想起屋子里还有猪，是宝绝不能让金兵夺去，不是宝也不能白填金兵肚子。于是转身回屋就往外撵猪。哪知猪只顾吃，咋撵也不走。金兵喊声越来越近，老头急了眼，随手抄起镐头向大猪屁股打去。大猪还以为和它玩，一撒欢，把脑袋凑了过去。镐头落下，一下子把猪耳朵刨了下来。母猪猛地一惊，号叫着蹿出门外，小猪崽也顾不得吃，一边叫一边跟着跑出去。这时，金兵已到门前。因他们不养猪，又极爱吃猪肉，见这窝猪可乐坏了，一哄声围上去抓。猪在前边跑金兵后边追，一直撵进密林中去。

天亮后，这两口子发现刨下来的猪耳朵是一块黄澄澄的金子！老两口子已和宝猪结下感情，为此在猪山脚下一直住到死，每年三十晚上都备下菜饭等猪来吃，可是这窝猪却再也没去过。

原来，那群猪沿松花江水面向上游疾奔，跑到东南山下，因为遍山满岭是棒柴荆棘，小猪崽跑不快，跟不上，后边金兵追得紧，大母猪急得用嘴拱、用脚踢，活生生地开出一条沟来。等金兵追来，母猪踢出的沟道已满是水，形成了一条河，把金兵隔在对岸，后来人们就把这条河叫"猪踢河"。

搜集整理：田　鸣

218. 栓柱屯的传说

很久很久以前，三姓城江西一带有个村屯叫龙屯。屯里有四五十户人家。有一家姓王的，除了年轻夫妻外，还有一个十二三岁的男孩，名叫王栓柱。家里很贫困，栓柱给人家放羊。

这天，栓柱在草地上放羊。羊撒着欢，吃着草。放一会儿，栓柱觉得眼皮直打架，在一块平坦的大青石上躺下。刚一闭上眼睛，忽然所见旁边有人说话："咦，这是谁呀，睡到我的大青石上啦？"栓柱睁开眼睛，坐起来一看，只见面前站着一个和自己差不多的小男孩，只是身上穿的衣服都是黑色的。那个小孩用异样的目光打量着自己，栓柱说："怎么能是你的石头呢？""我天天上这块青石上来睡觉、玩耍，怎么不是我的呢！"栓柱是一个知情懂理的孩子，听他这么一说，便从石头上滑下来。那小孩见状，忙说："我并没有让你下来，咱们俩在一起坐吧!”说完,那小孩就把栓柱往石头上拉。栓柱被拉到石头上,心想:这小孩倒是挺乖的,心眼好。他和那小孩亲热地唠了起来,唠了一会儿,栓柱才知道这个小孩是山下那个屯里的人,名叫黑虎。两个小孩谈得很投机,约定每天傍晚都来这里玩。

可是,没过几天,村里人发现唯一供人们吃水的大河逐渐变小了,人们非常害怕河水干涸,眼见河水要断流,都想找找原因。

这天晚上,栓柱又来到了大青石上,见黑虎并未来到。自己在大青石上躺下来,不一会儿就睡着了。睡梦中,看见黑虎来了,他刚想招呼,发现黑虎马上变成了一条黑龙,腾云驾雾向前飞去。栓柱猛然睁开眼睛,果真见一条龙在空中飞舞。栓柱急忙从大青石下来,向黑龙飞去的方向跑去。跑了一会儿,眼见黑龙落下地来,栓柱跑上去一看黑龙已爬到了河边。栓柱怕黑龙发现,便躲在草丛里,想看看黑龙要干什么。只见黑龙在河边,把大嘴一张,用力一吸,河水眼见断了流。栓柱看到这里,心里明白了,怪不得河水少了呢,原来是它在作怪!还说自己叫黑虎呢,他这是骗人。想到这里,栓柱非常生气。从草丛里偷看黑龙还在那大口大口地吸着河水,河水哗哗地流入黑龙的嘴里。这时可急坏栓柱。他见身旁有一棵树,于是拿过用力折断,然后蹑手蹑脚地溜到黑龙背后,朝黑龙就是一下子。黑龙上下翻腾一下就倒在地上了,栓柱又朝头上连打了几下,黑龙断了气。这时栓柱已累得筋疲力尽了。他坐了一会儿,回村叫来乡亲们,大家一齐动手把黑龙扔到了山涧里去了。

乡亲们簇拥着栓柱往回走,当走到大河岸时,眼见河水泛起波浪,一个劲地往上涨,原来打死黑龙的地方出现了一个泉眼,清澈的泉水流向河里。人们见此情景欢腾雀跃。多少年后,人们为纪念栓柱,便把龙屯改为“栓柱屯”了。

搜集:李玉英
讲述:刘忠生
整理:刘　瑶

219. 人能成仙吗

在依兰县道台桥乡南面,有一条东西大岗,这条大岗叫长岭子。长岭子的主峰叫元宝山。传说,很多年之前,张天师用银元宝在这里扣住一条大蛇,山形像元宝,故得名为元宝山。在元宝山南坡半山腰里有一个突出的小砬子,都说这砬子是大蛇的脑袋。就在这个地方流传着两个小猪倌成仙的故事。

清朝时候,元宝山下有个小屯子,屯里住着满汉十几户人家,其中有一家叫王会清,还有一家叫张达明。张王两家雇了本屯吴家哥俩放猪。这哥俩是叔伯兄弟,一个叫吴三,一个叫吴四。

那年月,三姓这地方有个坏习气,人得了病都请大神来治。这大神可多了,有人家的地方就有大神。下来的神不是狐仙就是黄仙。一家跳大神,全屯人都去看热闹。这吴家小哥俩晚上没事儿,也常出来看跳大神。

真是跟什么样人,就学什么事。这小哥俩把大神唱的词记住不少,等把猪赶到甸子里,就在小砬子底下一坐。吴三当大神,吴四当二神。拿草帽当鼓,小棍儿当鼓槌儿就跳起大神来。一开始哥俩身上觉着麻酥酥的,几十天后就觉着身子晃悠,好像要起空。

吴三的阿爸是个打猎的,他进山三个月以后回来,看儿子面黄体瘦,就问老婆:"咱们小三是不是得了什么病,瘦成那样,你也不张罗给他看看!"他老婆说:"我问了多少回,他都说没病。"阿爸说:"再不这孩子是苦夏?要是苦夏可以不用治,立秋凉快了就好了。"

两个月过去了,吴三、吴四跳起大神,身子就晃晃悠悠地起空了,半天又慢慢地落下来,头些日子只离地一二尺,如今能离地三尺多高了。他俩听说过百天就能腾空驾云,飞上天成仙了。他俩可乐坏了,吴三把成仙的事向额娘说了,额娘又把这事告诉了他阿爸。阿爸猛想起儿子黄皮拉瘦的脸,好像有种神邪东西戏弄着他。他亲自问了儿子:"你们在哪儿修炼?""在小砬子底下。"阿爸猛一愣,想起老人讲过,小砬子那块有条蛇,小三起空的事,是不是它在作怪?他告诉儿子,下午还去元宝山放猪。

吴三、吴四把猪赶在甸子上,到小砬子底下,对面一坐又跳起大神来。

这时吴三的阿爸端着装满铅豆子、火药的猎枪,悄悄地来到了小砬子。从树空儿一看,真的发现两个小孩子身子忽地离地三尺,又慢慢落下来,又升起又落下来……

他觉着挺怪。抬头往砬子上边一看,可把他吓坏了。此时一条碗口粗细的大蛇,吐着三尺多长血红血红的舌头,正在吸引两个小孩。它一抽气,小三、小四身子就离开地面;一出气他俩又坐在地上。他定了定神,慢慢地端起猎枪,瞄准它的脑袋就勾火了。"轰"的一声枪响了,这一枪真准,把大蛇的脑袋打得脑浆迸裂。它"嗞"的一声,蹿出石缝儿,在地上翻滚了一阵就死了。

过了一段时间吴三、吴四身体逐渐恢复过来,从此再也不信人能成仙了。

讲述:宋忠荣

整理:金洪仁

220. 敖其侯的传说

清末宣统年间,三姓敖其那个地方出过一个"敖其侯"。他是朝廷封下的侯爵之官,在本地横行霸道。凡是走江道的,路过敖其侯的地盘,都得孝敬一下这位侯爷,敖其就成了雁过拔毛的地方了。

这一年,上来个王道台,是个清官。听说敖其侯仗势欺人,他手里还有根御赐的龙头拐杖,不管谁要犯他手里,打死莫论,王道台就一心想要治治他,给一方黎民百姓和过往船只除去一害。

有一回,王道台穿着便服,带着几个随从大摇大摆经过敖其侯的地盘,又没给他拿好处,敖其侯听闻,操起御赐龙头拐杖,对准那王道台就要下狠手。王道台见龙头拐杖要到没到,抢前一步,就将那拐杖给夺过去了。敖其侯还想施威风,因为他那拐杖受过"皇封",背后有撑腰的呀,没想到今天遇上王道台,是个"吃生米的"没在乎他那一套,愣是把敖其那段江道给打通啦。把敖其侯收拾过后,那个地方就再没人讨麻烦了。过往行人,为官做生意的,再路过敖其也不再担惊害怕了。

讲述:卢锡鹏

整理:文　展、郭崇林

221. 参皮

这是很久以前的事了。一个叫张福的年轻人,从山东老家逃荒来到三姓,在江北红石砬子下面搭了个马架。开了几亩荒地,自耕自食。闲时采集些山珍、药材。他为人仗义,有求必应,附近屯子里的人都知道“小山东”心眼好使。

一个夏天的晚上,忽然有一个小男孩进屋找水喝。小孩长得白白胖胖,身子上只围块红兜肚,十分讨人喜欢。张福舀了半瓢水递过去,小孩咕嘟咕嘟喝完了水,欢天喜地地走了。打这以后,这个胖小子每天晚上都来找水喝。时间长了,张福不由犯了嘀咕:离这儿最近的屯子也有三四里地,晚上哪来的这么小的孩子呢?他想起以前听老放山的人讲老山参能变人的故事,就留了个心眼儿。等这个胖小子再来的时候,张福偷偷把一根纫着长线的缝衣针别在小孩的肚兜上。小孩不知道,喝完水又走了。

第二天早上,张福顺着长线找去,到砬子半坡,线到头了,只见缝衣针别在一片碧绿的叶子上。张福仔细一瞧,高兴得心都快蹦到嗓子眼儿了,这是一棵六品叶的老山参!他大喊一声“棒槌!”然后用红线拴住,拿出家伙小心地挖起来。挖到傍晚,才把这棵老山参整个剥露出来。张福左手拉住红线,右手握住参头,稳稳当当往上一提,呀!只拽下一张参皮,人参早从地下遁走了。看这参皮,上面皱皱巴巴的满是像龟甲的花纹,原来是一根稀世之宝“百年龟参”。张福别提有多心疼了,费了一天劲,才弄了一张参皮,扔了又有点舍不得,留着做个念想吧。

张福回到家,顺手把参皮朝屋里一扔,凑巧扔到了水缸里。

他怕弄脏了水,赶忙拿水瓢去捞,只听缸里“咕噜咕噜”直响,转眼时间半缸水变成了满缸水。张福感到十分奇怪,忙舀了半瓢,喝一口清香甘甜,顿时消除了疲劳。张福高兴极了,就把参皮留在水缸里。从这天起,水缸里总是满满的水,怎么舀也舀不完。张福吃着这缸里的水,身体更加强壮,有使不完的力气。

又一年夏天,赶上大旱,旱得河枯井干。大地里庄稼一片枯黄,眼看这一年算完了。唯独张福的几亩地里庄稼碧绿碧绿的。有人看了觉得奇怪,张福就把参皮的事儿说了,并走遍附近的村屯,招呼乡亲们都来他家挑水浇地。一时间,张福家门前排起了长龙。十里八村的乡亲们用张福水缸里的水浇了地,快要枯死的庄稼马上变绿了,秋后大家都获得了好收成。大伙儿异口同声地说:“张福真是咱们的救命恩人哪!”张福笑着说道:“不是我,是那张百年老参皮救了大家呀!”

讲述:郭　信

整理:王德志、依宪志

222. 棒槌鸟

很早以前，有一对结拜兄弟，哥哥叫王刚，弟弟叫李武，两个人都是放山的把头，经常到三姓的北山里去放山。

有一年，哥俩又进山去挖棒槌。先在近处挖，结果挖到的都是两年多生的小棒槌，后来就连小棒槌也找不到了。哥俩合计一下决定到深山老林里再去找。

有一天，兄弟二人来到了一座大山下。只见这大山又险又陡，大树又高又密，真是个挖参取宝的好地方。兄弟二人把身上带的干粮一分两半，约定在山顶上相会，就分头从两侧进山了。走出二三里就发现了不少山参。他们边挖边往山里走，走着走着光顾找参忘了记路，结果越走越远。等想起了在山顶上相会的约定，天已经黑了。再找上山的路已经记不清了。王刚大声地喊着李武，李武大声地喊着王刚。两人转来转去，边走边喊无人答应。想下山又找不到路，两人在山里迷路了。第二天，他们还是在山上边喊边转悠，天天这样，没过多久，就都饿死在山里了。

王刚和李武死后，变成了两只鸟。王刚变的这只鸟总是不停地叫着："李武，李武！"李武变的这只鸟也总是不断地叫着"王刚！"因为这两只鸟吃棒槌籽，凡有这种鸟叫的地方总有棒槌。时间久了，放山的人都把这种鸟叫作"棒槌鸟"。

搜集整理：谷鸿宾

223. 人参姑娘看戏

在很早以前，三姓城南有一个临江屯，屯后有一座山，因为山的形状像猫耳朵，当地人取名叫猫耳山。

山上有一个水泡子，泡子周围长满了青草和树木。满山遍野到处都是各种各样的山花，开花时万紫千红，非常好看。传说就在这泡子边上长着两棵人参，年头久了，成为能变人的人参精了。这消息传出之后。很多人想得到它，可就是找不着。有人爬到山顶，站在泡子这边，看到人参的影子在那边，站到那边，又看到人参影子在这边。

有一天，临江屯晚上演戏，挤得人山人海，有两个穿着漂亮的姑娘也挤在人群中看戏。当大家正看得入迷时，就听见一个女人的尖叫声，"哎呀！救命呀！"大家一看，一个老汉正抓住其中一个姑娘的衣服，像打架一样。过来几个人打抱不平，损了老汉一顿："这么大岁数了，还调戏小姑娘，真够丢人的。"边说边上来给拉开了。就在拉架的当儿，就听"撕拉"一声，姑娘的衣服被撕下一个角来，那两个姑娘乘机挤出人群不见了。这位老汉哭了起来，边哭边说："你们不要冤枉我，看看这是什么？"大家这才看到老汉手心里抓着一片人参叶子。

原来，这位老汉是个南方人，他早就听说在猫耳山上有两棵成气候的人参，一心想得到它，可始终没有机会。正好这天看戏，他看出个这两个姑娘是人参精变的，就钻进人群，想一个人独占一笔大买卖，可是被大家给放跑了。眼看到手的一笔大财，就这样溜了，他哭得好伤心，搅得大家那天晚上谁也没有看好戏。从此以后，人参姑娘看戏的故事一直流传到今天。

搜集整理：宋云宗

224. 王二得宝

很久以前，在依兰县珠山脚下，住着一个姓王的小伙，排行老二。夫妻二人，拉扯一儿一女，日子过得很紧巴。

一天，王二上山砍柴迷了路，正赶下大雨，道路难走。王二越走越冷，走着走着，突然看见前面有一个木桶，就急忙钻进了桶里。他在里面蹲得时间长了，伸了一下腰，打了个唉声，自言自语道："我的命呀。"

事也凑巧，他在桶里说的话，被一个正在玩耍的小猴听到，小猴一听木桶说："命呀"，以为命是好吃的东西。于是小猴一蹦一跳地来找虎大哥，这时虎大哥正为没晚餐发愁，听猴子说木桶中有个"命呀"，于是便和猴子来到了木桶旁。虎在木桶旁走了一圈停下了，它对猴说："猴老弟，你用你的眼睛看看，命是什么样的。"猴子向桶里一看，桶里黑乎乎的，看不清楚。猴子说："虎大哥，把你炼的夜明珠拿来照一下就行了。"老虎一听，走到桶的跟前，张开大口，"呼"的一下从嘴里蹿出一个夜明珠来。王二在桶里蹲着，见上面下来一个亮东西，一伸手接住了。他闻了闻，清香扑鼻，就咕嘟一下吞进肚子里了，顿时感到不饿了。

猴子一看夜明珠到里也不亮就说："虎大哥，你再拔一根虎须看看。"老虎听后拔了根虎须，在桶中一照，这时猴子看清楚了。猴子颤声说："虎大哥，这是一个穷神！"老虎一听吓了一跳，知道猴子说的穷神非常厉害，于是用尾巴往桶里探了探。王二在桶中一见上面垂下条虎尾来，就一把拽住。老虎感觉有人拽尾巴，以为是"命"在吃尾巴呢，撒腿就跑。猴子一见虎大哥跑，也跟在后面逃跑了。

第二天，天刚放亮，王二从桶中爬了出来往家走。走着走着，觉得肚子有些痛，心里感到恶心，"哇"的一声吐出一个亮东西来。捡起一看，知道是昨天晚上吃的珠子。他把珠子揣在怀里，慢慢地坐了下来，靠在一棵树下睡着了。这时一个白胡子老头拄着拐杖到王二面前，笑着说："你怀中的那颗珠子是个夜明珠，你有什么事就跟它说吧！"王二一觉醒来，跟前却什么也没有。他想起了刚才梦中老人说的话，就把珠子取出来，对着夜明珠说到"夜明珠啊！快把我送回家吧！"奇迹发生了，王二眼前很快出现了一间小草房，妻子和孩子正在迎接他呢。

王二到家后，便把得夜明珠和遇见白胡子老头的经过说了一遍，媳妇非常高兴。她说："王二呀，我和孩子实在太饿了，你就给我变些饭菜吧"。王二对着夜明珠说道："夜明珠啊！给我些饭菜吧"。王二面前马上就出现一桌饭菜。

从此以后，王二家的日子也一天比一天富裕起来。

讲述：金洪仁、陈立安
整理：刘忠生、张　洪

225. 避风珠

在很早以前，三姓城住着一个叫马文辛的人。这人虽满腹经纶，却喜欢游山玩水，不愿管理家业，致使家境十分贫困。

一天，马文辛对妻子说："贤妻，咱们家境贫寒，不如我上关里闯上几年，或许能挣上几百两银子，咱们就可以过好日子了。"妻子想了想，点头答应了。

马文辛一路晓行夜宿，好不容易来到关里，他到处找活，却没碰到一样自己能干的活计。足足受了一年苦，也没挣上几两银子。

一日，马文辛来到座大山口，突然发现山上有一个白东西闪闪发光。他觉得奇怪，走到跟前一看，原来是一个蜘蛛网。奇怪的是，这个蜘蛛网有房子那么大，每根蛛丝足有牛尾那么粗。他伸手碰了碰，那蜘蛛网只是轻轻地晃了晃，网中有一颗石蛋，在闪闪发光。马文辛看这石出是稀罕物，便拿在手里，走下山来。他刚走到山下，就听背后的山上"轰隆"一声，回头看时，那蜘蛛网已不见了。

马文辛藏好石蛋，继续向西行走。后来他在一个村里找到了生意，两年挣了三百多两银子，就带着那个石蛋乘船返回家乡。

途中，突然遇上了大风浪，江上其他船都被掀翻，马文辛坐的这只船却稳如泰山。撑船的是个识宝之人，知道自己的船上有人带了避风宝物。于是他盘问船客，船客没有一个承认自己带有宝物。当问到马文辛时，马文辛掏出了那颗石蛋，撑船的一看，急忙把马文辛让到客舱中。马文辛也是聪明之人，见他这般殷勤，知道自己手中的石蛋是个宝物。撑船的问："客人，你的珠子卖不卖？"马文辛一听高兴万分，便道："卖。"撑船的一听说卖，急忙问道："多少钱？"马文辛一想，还是让他给个价吧！于是便说："您看着办吧。"那撑船的一听，道："这样吧，给你五千两银子怎么样？"马文辛一听，吓了一跳，想不到这颗小小的石蛋值这么多钱。撑船的当即就给了马文辛五千两银子，把石蛋买去了。

马文辛回到家中后，用这五千两银子，买了一座漂亮宽敞的房子，又添置了一些桌椅，建了一所学堂，过起了富裕的日子。

讲述：张俊亭

整理：刘忠生、陈立安

226. 巧

依兰城里有一对非常喜欢听故事的小两口，一天，吃过晚饭，来了个要饭的老头。老头一进屋，小媳妇就问："老头，你会讲故事吗？"

老头一听，知道她爱听故事，有心说不会吧，还怕不给吃的；说会吧，自己还真不会。想来想去，顺口说道："我这么大岁数，干别的不会，讲故事还真行！"

小媳妇听说会讲故事，马上给端来饭菜，并留他在家住一宿。吃完饭，老头为难了。讲什么呢？正在琢磨，这家养的鸡炸窝了，有一只母鸡进了屋。老头一见，心想，就讲它吧。

于是老头说:“进来了,进来了!”母鸡进屋,趴在地上,老头又说:“趴下了,趴下了!”小两口一听,老头讲的是啥呀,这不是顺嘴胡诌吗!正这时,母鸡站起往外走。老头一见,说:“寻思寻思就走了!”母鸡走到鸡架旁,老头心想,鸡该进架了,要不跑了还得去找。于是又说:“快回来,别等我找你就麻烦了!”小两口一听,不满意地说:“行了,你走一天也累了,快歇着吧”!老头一听,人家这是不满意的话,心想,我吃饱了,人家白供咱一顿饭,也该替人家干点活。随口说道:“我不累,先去撵鸡去!”

正在这时,从门外哆哆嗦嗦走进一个人,这人进屋就跪在小两口面前说:“求您饶了我这一遭吧,我今天来偷鸡,没承想让您家来的老头看见了,实在对不起!”

进屋这人一番话把小两口弄糊涂了,不知是怎么回事。原来老头正说“进来了,进来了”的时候,正巧这小偷进屋要偷鸡,他以为老头看见了,就趴在地上,正巧老头说“趴下了趴下了”,这下子可把小偷吓毛了,连忙站起要溜,这时正赶老头说“寻思寻思就走”,小偷更吓坏了,连忙往外跑。此时赶上老头说道:“快回来,别等我找你就麻烦了!”小偷听到这里,愣了一下,此时屋里老头又说:“我不累,出去撵鸡去!”这小偷更吓坏了。寻思,要是让老头抓住可更砢碜了,不如自己进屋赔礼道歉。于是小偷进了屋把偷鸡的经过对小两口学了一遍。

讲述:刘忠生
搜集整理:金洪仁

227. 把黄瓜切了喂驴

在很久以前,三姓城内的饭店里,发生过一件很有趣儿的事。

一天,一个庄稼人打扮的老头,牵着一头毛驴,领着四个岁数差不多的年轻人进了饭店。老头对小伙子们说:“你们吃啥要啥,可不能喝醉了。”四个年轻人要了不少菜,大吃大喝起来。

老头呢,一个人坐在另一张桌子旁,要了四两老白干儿,大豆腐拌大酱,独自喝起来。

下馆子的真是啥样人都有。不一会儿进来两个头戴三元水獭帽、镶着二鬼把门金牙的青年人,进屋后就吹五吆六地吵叫:“小二,哪里有座位?”跑堂的赶紧过来,点头哈腰地打着手势:“二位少爷,里边有雅座,早给您留着呢!”这两个在单间里坐下就问:“有什么新鲜菜?”跑堂的边摆碟筷边说:“您二位可真有口福,柜上刚从玻璃窖买来的蒜苗、韭菜、黄瓜,看看下哪儿道菜?”两个阔少一合计说:“用三样新鲜菜,配两凉两热、三鲜馅儿水饺、一斤高粱红。”

两个人喝着酒,冷不丁发现老头吃大豆腐喝烧酒,觉着挺奇怪,就先后说起风凉话来:“贵人吃贵物,穷人吃豆腐。”“枣是猴吃的,老母猪吃了怕倒牙!”老头斜了他俩一眼,六只眼睛碰到一起了,两个阔少同时发出了嘻嘻嘿嘿的笑声,这老头也没搭理他们。一般人见好就收呗,他俩却越说越有劲儿。这时,老头领来的四个年轻人,有的“啪”地把筷了一摔,有的忽地站起来。老头瞪了他们一眼,他们又悄悄地坐下去吃饭。老头喊了一声:“小二,你们灶房里有多少烂黄瓜、臭韭菜?”“没多少了。”“你过过秤,切吧切吧倒在外边喂喂我的驴。”跑堂的一愣。“哎呀,老头,那玩意可挺贵啊,能买得起吗?”老头笑着从怀里掏出一根金条说:“这个玩意值不值你那些烂菜钱?”跑堂一看傻眼了,连连说:“用不了,那可用不了!”

两个阔少火了,质问老头:“你这个老东西,人吃的东西你为啥要喂驴?这不是明摆着骂人吗?你是不是有点活腻歪啦?”“骂人?你们两个花里胡哨地够个人吗?我有钱愿意买啥喂驴就买啥,你能管得着吗?”两个阔少从单间里走出来,互相一挤眼,四只胳膊同时向老头打去。那个老头连地方也没动,用右手向他俩一划拉,只见那两个家伙站在原地,连地方也没动,干瞪两眼哇哇直叫。掌柜的一看老头会点穴法,知道有些来历,得罪不起,可又不敢得罪这两个阔少,只好两面调和:“老人家,你是外地人不知道,这二位是税捐局夏总局长和公所郎巡官的公子,看在咱柜上的面子,有话好说。”老头怒道:“仗着老子当个臭官就横行霸道,不给他们点颜色瞧瞧,他们不懂得怎么做人。”掌柜的又连连求情,老头这才给两个阔少解了穴道。两个阔少连连叩头,饭也没吃完,就灰溜溜地走了。

讲述:刘忠生
整理:金洪仁

228. 哑巴救兄

以前,在三姓这个地方,有这么哥俩,哥哥长得窝里窝囊的,媳妇可挺好看;弟弟不会说话但心眼挺灵,天天跟哥哥下地干活。

农闲了,哥哥一个人在地里忙活,弟弟在家里铲铲园子干点零活。一天,他冷不丁看见一个贼眉鼠眼的男人慌里慌张地溜进了他们家,进屋就和嫂子说说笑笑、掐掐捏捏,搂脖子抱腰的。弟弟觉着不是好事,也就留上心了。又过些日子弟弟病了,早晨没起来吃饭,哥哥告诉嫂子:“兄弟病了,等会儿你给他打几个鸡蛋做些面汤,叫他发发汗。”说完下地干活去了。

嫂子做好面条,弟弟没吃几口就把被往头上一蒙又躺下了。

下午,弟弟觉得轻松多了。他掀开被子,正好那个男人也进屋了,他连忙又蒙上被。那人进屋搂过嫂子的脖子就亲了个一口,又用手去解她的腰带。嫂子用手指了指打盹的弟弟,那人悄手蹑脚走到眼前,轻轻掀开被,看他睡着没。弟弟赶紧闭上眼睛,打起呼噜来。那个男人又轻轻地把被放下,笑着说:“放心吧,弟弟睡着了。”两人宽衣解带上炕倒下了。

这些丑事,弟弟看得一清二楚。把他气得恨不能下地把他俩毒打一顿。正在这时,那个男人从兜里掏出一包药来交给了嫂嫂。嫂嫂问他:“这是什么药?”那个男人伸出两个手指,又往外一分,形成一个八字。弟弟心想:“啊!这是八步断肠散哪!”嫂嫂接过药倒在面条盆里,用勺子搅拌几下,然后放在柜子上。弟弟心里明白了,她这是想药死全家,然后拿东西好跑啊!

太阳快落山了,嫂嫂去园里摘菜,可她什么也不摘,只是往四处看。这时小侄儿放学回来了,不会说话的叔叔比画面条有毒,摆手不让他吃,又告诉侄儿赶快去告诉他爸爸。

事情也凑巧,每天哥哥都从大道上回家,今天干完农活从草甸里抄近道回来了,爷俩没碰上。哥哥卸完犁杖,进屋还没等坐下,嫂嫂把一碗面条放在面前说:“做多了,兄弟没吃,你吃了吧。”弟弟看哥哥端起碗就要吃,他抛过来一个枕头,把面条碗给打翻了;哥哥又端起第二碗,弟弟一个箭步,猛抬手把碗给打在地上。哥哥干了一天活,又累又渴又饿,恨不能一口吃饱才好,眼看挺好的面条叫弟弟给糟蹋了。他来气,拿起一个空碗朝弟弟打去,正好打在弟弟的太阳穴上,半个碗边砍在肉里。弟弟看了一眼哥哥,又气又急,还说不出话来,当时倒在地上死了。哥哥心疼了,抱起兄弟尸体痛哭。这时儿子回来进院就喊:“爸爸,爸啊,可别吃面条啊,叔叔比画说面条里妈妈下毒药啦!”哥哥明白一切了,他揪住老婆到衙门告了状。衙门把面条倒给狗试吃,狗吃了蹬蹬腿就死了。后来衙门把嫂子和那个奸夫判了凌迟死罪。

讲述:刘忠生
整理:金洪仁

229. 刘教头招婿

很久以前,三姓东南演武基有个刘教头,外号叫刘四彪子,此人武艺高强,从未遇到敌手。

有一天,老教头喝了几盅酒,借酒兴说道:“谁能打我一掌,我给十两银子,谁能踢我一脚,我给十两金子。能把我弄一个大跟头,我把姑娘给他做媳妇。”三姓城没有人不知这个刘老教头的功夫,刘老教头的女儿也俊俏无比。虽已二十出头,但还没有许配人家。

单说演武基有个姓苏的勇士,由于家穷二十出头还没有说上媳妇。一天,有人逗他说:“苏风,你何不去把老教头弄一个跟头,天天在这练何时能讨上媳妇?”虽然说是开玩笑的话,苏风记在了心上。这天他想了一宿,终于想出了绝妙的办法。

第二天,老教头练过武正在休息,就见门人慌慌张张地来报:“有一人身穿重孝要见教头!”教头一听,好似晴天打了霹雳,心想:莫非是关里的姐姐出了事?十多年姐俩也没见面了,是外甥来了?不等教头多想,那人已闯进屋来,跪在地上,只是呜呜地哭。刘老教头忙走上前来搀扶,没等说话,只见来人一个黑狗穿裆,老教头没加防备被摔了个跟头。

原来这个戴重孝的人就是苏风,他装成老教头的外甥,假装前来报丧。趁老教头搀扶之机,用了一招黑狗穿裆,老教头未曾提防,被摔倒在地。

老教头一个鲤鱼打挺站了起来,厉声问:“你是什么人,为何这般无礼?”苏风连忙跪倒:“岳父大人,您老人家可是有言在先,谁把您摔个跟头,谁便是您的姑爷!”老教头迟疑了一下答道:“小伙子,我不是反悔,你用的是智取,而我所说的是力取,这怎么能算呢?如果动武的话我甘愿奉陪!”苏风灵机一动,忙道:“老教头,我苏风不论是智取,还是动真刀真枪都是不服您的,现在我已经把您弄了个跟头,我也算知足了,如果您要反悔,您不怕武林中人耻笑吗?”老教头被他说得哑口无言,没办法,只得答应了这件事。

后来，老教头专心教苏风学武艺，苏风也是勤学上进。几年以后省里武举开考，苏风考了第三名。

讲述：金洪仁
整理：刘忠生

230. 别小看穷人

光绪年间，三姓这里有个叫四季春的饭店。四季春掌柜的财大气粗，军政大员、知名人物与饭店都有联系。掌柜的门头硬，伙计们也跟着神气，一般平民百姓很少到这里消费。

一天，一个穿戴不起眼的老头，背着筐进了四季春饭店。在旮旯里找了个座位坐下来，问了一声："掌柜的，有什么吃的？"跑堂的斜着看了他一眼，用鼻子哼了两声，端着盘子进厨房去了。老半天，老头又问了一句，堂倌冲他一笑："吃啥有啥，吃活人脑汁现砸！你要吃不起，到外边买点大葱大酱吃几个烧饼得了，别占着好窝不下蛋。"这几句话说得客人们哄堂大笑，目光都集中在老头身上。老头笑呵呵地指着他问："活人脑汁多少钱一个？"堂倌说："可贵了，看你这身穿戴就知道你够土气的了，能买得起吗？""你喊个价，有价不算贵吗！"堂倌伸出两个手指："两块'吉林大翅'。"老头在筐里摸出两块银元宝放在桌上："那就先给我砸一个尝尝，要顺口再来三个五个的！"堂倌愣了，两块白花花的"吉林大翅"摆在桌上，可到哪儿去砸活人脑汁啊。这时老头大声喊叫着："别愣着，快把活人脑汁端上来呀！"老头这一喊，掌柜的可吃不住劲了，赶紧跑出来给老头赔礼道歉。这老头说啥也不答应，又从筐里拿出十八个"吉林大翅"说："我在山里转悠了半辈子，攒下这千两银子，正愁花不出去。听说你们四季春的活人脑汁好吃，我也没白托生一回人，就可这些钱先来十个活人脑汁！"看热闹的不怕事大，有的说风凉话："四季春这回可赚大钱了！"

掌柜的好说歹说把老头请到里屋，又请来了好多人说和，最后好歹算把老头劝走了。打那以后，四季春饭店里的伙计们再也不敢小看穷人了。

讲述：刘忠生
整理：金洪仁

231. 哑信

很久以前，三姓这个地方有兄弟俩，两个年轻人感情非常好。

成家后，他俩合计到三姓城里谋生计。到了三姓城，一个做买卖，一个学剃头。白天两人忙着各自的生意，晚间住在一起。

一天，剃头匠对买卖人说："明天我想回家，你和嫂子有啥事没有？"买卖人想了想说："没啥事，给你嫂子捎回去几个钱，告诉她我在这挺好的就行了。"

第二天，买卖人交给剃头匠四锭银子和一封信，剃头匠挑起剃头挑子上路了。到了中午坐在一棵树下歇脚吃干粮，心想，哥哥离家一年多，一定想嫂子了，看看信里写了什么体己话,要有我好逗逗嫂子。他拿出信一看,愣了,这哪是信哪?信纸上一个字也没有,就画了四个苍蝇,四把酒壶,三摞馒头,每摞八个。他想了半天也猜不出是啥意思。

到了家,他带着银子和信来到嫂子家,交给她三锭银子和一封信,把一锭银子放在炕上,笑嘻嘻地也不说是谁的,嫂子看完信说:"他二叔,这钱不对吧,少了一锭银子。"剃头匠把脑袋摇得像拨浪鼓一样:"没错,你要说错了就得把哥哥的信说明白。"嫂子笑了:"该死的老二,你竟捉弄人,不知道我和你哥哥都不认字,每次我俩捎信就使这些哑号。"她把信铺在炕上说:"你看,这四个蝇子是说四个银子,四把酒壶是四九三十六两。三摞馒头每摞八个是说三八二十四两,一共是六十两。你给我三锭银子四十五两,这不少十五两的一锭银子吗,这回听明白了吧?"

剃头匠笑了:"啊!你和我哥哥还会这一套呢。我在树下看了好大一会儿也没琢磨透,这回明白了。"他把银子推给她:"再给你一块对了吧?"

几天后剃头匠告诉嫂子:"我明天要回走啦。有啥事写信吧,我给哥哥捎回去。"嫂子说:"家中大人孩子都挺好的,有封信交给他,他一看就明白了。"

剃头匠又走到前几天歇阴凉的那棵树下,喝点水,吃点干粮。他忽然一下又想起信来,拿出一看更蒙了!开头画了两只鸽子一只鸭,又画了一只死鹅,一条细长的线,一个短木炭头,一匹马跑得汗水淋淋。这些是啥玩意?他想使个坏,拿出笔在马的前面画了一个马槽,然后装进信封里。挑起挑子又上路了。

晚上,他把信交给哥哥。这个买卖人乍看挺乐,看着看着脸色就变了,着慌忙地问:"我家出了什么事?你嫂子对你说了些啥?"剃头匠不紧不慢地说:"嫂子说家中大人、孩子都挺好的,没有什么事。""不对!这回我可完了,你嫂子变了心!"剃头匠也蒙了。他连忙说:"哥,我不糊弄你,真的没出什么事!"买卖人指着信说:"你看看,这两只鸽子一只鸭是说哥哥呀,这个死鹅是说想死我,这条线和木炭是说,想得我长思短叹,这匹马是叫我骑快马回去。这些都没有坏事,就是这个马槽,是说你要再不回来,我就要跳槽远走高飞另嫁他人了!"老二听后笑了,他告诉买卖人马槽是他给添上的。他把经过说了,买卖人擦了一把汗说:"哎呀,可把我吓坏了,我真寻思她要嫁别人哩!"

讲述:刘忠生

整理:金洪仁

232. 醉鬼的故事

从前,三姓城外的一个小村子里住着一个好喝酒的年轻人。一天,他上集市又多喝了几杯,回家时迷了路。正走着,就看见前面有个密林中有个小孩在哭。年轻人是个善心肠,便抱上小孩继续走,那个小孩这时也不哭了。

不知走了多长时间,年轻人终于走回家门口。他连忙叩门,妻子正在屋中等丈夫回来。听有人叩门,便开了门。见丈夫醉醺醺地走了进来,轻轻地把怀中孩子放在炕上说:"这是我在密林中捡的孩子,我看他一个人在那里啼哭,怪可怜的,把他抱了回来。"妻了一听,笑道:“你这个醉鬼,这明明是块木板,哪来的孩子?”年轻人一听,端来灯照近一看,吓得一哆嗦。原来抱来的是一块发朽的棺材板!年轻人一病就是三四天。

从此以后,这个年轻人就再也没有喝过酒。

讲述:姜兰才

整理:陈立安

233. 宋大秧子

宋家屯有一个叫宋发的财主,家里是牛羊成群、粮食满仓。宋发有一个儿子取名叫宋继富,从小娇生惯养,好吃懒做,不读书、不劳动、游手好闲,逢人便夸他家富有,乡里人送了他一个外号叫“宋大秧子”。

宋发去世后,“宋大秧子”没人管教,更放荡了。没用几年就把父亲留下的财产挥霍得一干二净。如今是要吃没吃,要穿没穿,可“宋大秧子”恶习难改,遇事总要摆摆阔气。买不起肉他就弄了块猪肉皮,每逢出门都用肉皮把嘴擦得油光光,以显示他整天吃肉。

有一天他用肉皮擦完嘴就到邻居家串门去了。正当他吹嘘在家吃大鱼大肉时,他的儿子突然来找他,进屋就喊:“爹!你擦嘴的猪肉皮叫狗叼走了!”“宋大秧子”说:“叫你妈去追!”儿子说:“我妈裤子不是叫你穿来了吗!她怎么去追呀?”

宋大秧子听后,羞得面红耳赤,半天抬不起头来。

讲述:于云和

搜集整理:于桂清

234.“李闯王”进三姓

民国时候,在依兰县有一伙胡子,胡子头姓李,真名没人知道,只叫他“李闯王”。为什么叫他“李闯王”呢?原来这个胡子打仗勇敢,不怕死,他率领手下的弟兄专门杀富济贫,从不欺压穷苦百姓。把他叫“李闯王”,是对他的尊敬。

有一年,三姓这地方闹灾荒,庄稼颗粒无收。城里城外哭声遍地,而官府对百姓的疾苦不闻不问。这事气坏了“李闯王”。一天晚上,他带领手下弟兄打开了官府的粮仓,把粮食都分给了穷苦百姓,把县官吓得领着家眷跑了。这县官是张作霖的一个亲属。当下县官跑到张大帅处告了一状,这下把张作霖气坏了。于是派了大批队伍来打“李闯王”。由于“李闯王”的队伍人少,加上没受过正规训练,武器也不行,所以奉军一来就被打得落花流水。“李闯王”与众弟兄被奉军撵到依兰县的大八浪、小八浪、道台桥、三道岗、草帽顶子、连珠岗,最后在罗圈河边又与奉军打了一仗。以后,队伍被打散了,“李闯王”也就不知去向了。打那以后,在百姓中流传出这样一段顺口溜:

大八浪,小八浪,
草帽顶子连珠岗,

罗圈河边打一仗。
打了四百八十炮,
炮炮打不上李闯王。

原来人们不希望这个救苦救民的英雄被打死,而希望他成为当年的李闯王。

搜集整理:王伟兰

235. 学本领

从前三姓城有家很有钱的财主,只生了一个儿子。这个儿子傻里傻气的,十六岁那年定了亲。老丈人让他去串门,他说:“等我学会本领再去吧。”

一天,父亲给儿子拿了五百两银子,叫他去学本领。他准备了一下,第二天,就动身了。这一天他走到一片树林里,看见一群山雀喳喳乱叫。忽然,一只老鹰飞了进来,山雀马上都不叫了。这时,一个砍柴的人从旁边经过,见此情景,砍柴人说道:“一鸟进林百鸟压音啊!”财主儿子一听急忙问道:“大哥大哥你说啥?”砍柴人问:“你问这干啥?”财主儿子说:“你告诉我,我给你银子。”砍柴人听了笑着说:“我说一鸟进林,百鸟压音。”财主儿子给了他五十两银子。

又走了好几天,见一个拄着双拐的人过独木桥。那人过桥很吃力,边走边唉声叹气地说:“双桥好走,独木难行啊!”财主儿子一听,急忙走上前问道:“大哥大哥你说啥?”那人问:“你问这干啥?”财主儿子说:“你告诉我,我给你银子。”拄拐的人将刚才说的话告诉了财主儿子,财主儿子又给那人五十两银子。

财主儿子又走了半日,来到一条河边,见岸上有个钓鱼的老头儿。老头儿好半天也没钓着鱼,便对着河说道:“河水清清不见鱼。”财主儿子一听,急忙走上前去问:“大爷,大爷,你说啥?”老头儿没钓着鱼心里正不太高兴,又遇到财主儿子在旁搅和,有些火了,骂道:“一边去!”财主儿子道:“大爷,大爷,你告诉我给你银子。”老头儿一听有银子,对财主儿子说:“好小子,我说的是‘河水清清不见鱼’。”财主儿子给了老头儿五十两银子,又往前走。

来到一家屠夫店,见一个屠夫正在杀猪,用嘴往猪腿里吹气,用棒子往猪身上打了几下。财主儿子觉得很新鲜。走上前去问道:“大哥,你这是干啥?你告诉我我给你银子。”屠夫道:“我这叫吹起来再打。”财主儿子又给了屠夫五十两银子。

财主儿子出来好几天了,觉得学了不少,就往回走。快到家时,看见一个老头领着一个五六岁的小男孩。那个小孩直劲耍熊,向他爷爷要烧饼吃。爷爷给了他半个烧饼,他打了爷爷一个嘴巴。爷爷说:“你再打爷一个嘴巴,我还给你半拉。”财主儿子一摸腰包里没银子,暗暗地记了最后一句话。

回到家后,第二天财主儿子便上老丈人家去了。老丈人家早就听说女婿傻,但图财主儿子家有钱,才把姑娘许配给他。财主儿子进屋后,一家人都没吱声。财主儿子一见没人搭话,自己先说了一句:“一鸟进林,百鸟压音。”老丈人一听姑爷说的话学问不浅,急忙喊道:“准备酒饭。”小姨子故意给财主儿子拿了一根筷子。他一看说道:“双桥好走,独木难行啊!”老丈人一听,心里暗暗佩服,又喊道:“看茶!”岳母一听姑爷说话咬文嚼字的,心里十分欢喜,忙端来一碗白水送到了财主儿子面前,财主儿子一看是一碗白水,说道:“唉,河水清清不见鱼呀。”老丈人心花怒放,急忙让老伴泡上好茶。

也许是岳母高兴大劲了,一不小心把茶水洒在自己脚下,滑倒了。财主儿子抱起岳母大腿就用嘴吹,还让媳妇拿条子打。小姨子一看姐夫:“你这是干什么?”财主儿子大声说:“我这是吹起来再打。”“啪”的一声,小姨子给他一个嘴巴,财主儿子推开岳母边擦脸边说:“好!打得好!再打爷一个嘴巴,爷还给你半个烧饼。”

讲述:刘忠生

整理:廖怀志、张洪林

236. 乾隆点探花

清朝乾隆年间,三姓演武岭下住着一个老舒家,这家有个儿子,取名叫舒亮,舒亮自幼聪明过人。一次给人家放牛,一不小心,被牛回头角撞瞎了一只眼睛。这以后,他不但没有放松学业,反而比以前更加勤奋了。

一年大考,他的文章夺了魁。主考官见他是个一只眼,就没敢点他状元,随后把这件事跟乾隆皇帝说了,乾隆说:“明天殿试我再考一考他。”

第二天,乾隆临朝,亲笔点了状元和榜眼。一看探花眉清目秀,就是一只眼,顺口说道:“独眼不登龙虎榜。”舒亮一听,心凉了半截,但他还是不服气地对道:“半月依旧照乾坤。”乾隆想:这小子文采很好,又说道:“东启明、西长庚、南簸北斗朕乃摘星手。”

舒亮略微沉思一下答道:“春芍药、夏牡丹、秋菊冬梅臣乃探花郎。”乾隆听完非常高兴,说道:“爱卿,你是真的探花。”

讲述:张俊停、金洪仁

整理:刘忠生

237. 大才子

依兰东山脚下,住着个张老大。此人喝了半生墨水,满腹文章。可叹中年丧妻,膝下一女一男。女儿自幼许给邻村李老四的儿子李小毛为妻,这李小毛从小娇生惯养,虽念书多年,仍是目不识丁。李老四终日忙于衙门事务,其母却又护短,把个李小毛娇惯得在家是说一不二。

张老大的儿子张小明,年方十二,聪明伶俐,张老大自幼教他念书。闲暇无事,张老大到山上与老和尚下棋,每次临走时都留下功课让儿子做。前些日子,张老大借了李老四几两银子买了头小毛驴。这天,李小毛媳妇生了个胖小子。一家人很高兴,准备办几桌酒席庆贺一番,无奈手头不宽裕,于是李老四便让儿子李小毛去岳父家报喜,顺便讨回张老大借去的几两纹银。可李小毛百般不去，没办法李老四只好自己走一趟。

李老四来到张家，见张家小明正在门前给毛驴添草。小明一见姐姐的公公来了，忙上前深施一礼说："什么风把伯父您老人家吹到寒门来？"李老四一听甚是惊奇，心想，小小的年纪竟如此有礼貌，还会说话。随口应道："特抽空来看看你们爷儿俩。"说罢来到毛驴跟前说："你爹买的这头毛驴不错。"小明回答道："小小毛驴何足夸奖！"说完小明忙把伯父往屋里让。走进堂屋，李老四见张家的房子盖得很讲究，问道："这房子盖得这样好，该要花多少钱？"小明回答说："众人帮凑的。"

来到屋里，李老四见墙上的画画得很好，连夸"好画好画"。小明说："这是唐伯虎的淡白三尺何足为奇！"李老四又问："你爹干什么去了？"小明回答道："家父上山与老僧弈棋，早则回归，晚则与僧同宿。"

李老四听后连连点头，又问道："你姐姐坐月子了，等钱花，不知你爹手头有没有钱？"小明说："家父之事小子不知。"

李老四回到家，当着老婆儿子把小明夸得了不得，将来一定有出息，能成为大才子。儿子小毛越听越不是滋味，把嘴一撇："什么大才子，大才子的，说这几句话就是大才子，真没见过世面，你儿子也能说出这几句话，将来也能成为大才子！"李老四说："好吧，明天你老丈人一定来，他来时，我和你妈在屋里躲一躲，看你能不能说出这番话！"小毛说："等着吧，不用你教我保证会说！"

第二天，张老大果然来亲家拜访。女婿小毛看见，赶忙迎出门外，走到岳父面前，说："什么风把伯父您老人家吹到寒门来了？"老丈人一听，姑爷怎么了，岳父不叫，叫伯父？也没理他。这时他发现李小毛五岁的弟弟在门前玩，长得虎头虎脑，很讨人喜欢。他忙过去抱起端详了一会儿说："李老四真有福，养了这么个好儿子。"李小毛一听，慌忙上前说："小小毛驴何足夸奖！"张老大一听，这小子是怎么的了，又没理他，随手放下小孩，走进屋来。这时，张老大发现李小毛的妹妹正在屋里梳头，随口夸道："多日不见，这丫头真出息多了。"

李小毛一听，忙说："众人帮凑的！"

老丈人一听，再也忍不住了，回头骂了一句："胡话！"李小毛说："不是胡画，是唐伯虎的淡白三尺何足为奇！"

老丈人一听气不打一处来，强压住怒火问道："你爹不在家，你妈呢？"

李小毛接着回答："家母上山与老僧弈棋，早则回归，晚则与僧同宿。"

老丈人一听真是哭笑不得，又问："我女儿生了个什么孩呀？"

小毛说："家父之事小子不知！"

老丈人这回再也忍不住了，抬手给了他一耳光："混蛋！畜生！"说完，气得女儿也不看，转身就走了。

小毛挨了岳父一耳光，手捂着脸，走进里屋。见他爹气得昏了过去，他妈气得直抽风。李小毛连忙把他爹拉起来说："爹爹，看把你高兴成这个样。我说我是大才子，你还不信呢！怎么样？一个字没落吧！"

此时,李老四已经清醒过来,一听儿子还在那吹呢,甩手又给了他一巴掌:"好个大才子,今天非打死你不可!"

搜集:陈浩生
讲述:何庆恩

238. 唇枪舌剑退敌兵

达斡尔族很早就居住在黑龙江岸边了。从他们开始在这里生活那天起,一直到现在,不知有多少江河变成了森林,又有多少森林变成了江河。就连这白浪滔滔的黑龙江,也变了三变,打了九十九个滚儿。

达斡尔人是打猎、捕鱼的能手,祖祖辈辈靠弓箭和渔网过日子。他们自古就臣服于中原王朝,在中原皇帝的保护下,安居乐业,无人侵扰。

可是,1651 年夏天,像一只秃鹰飞进鸟群,一股污水流进清池,这里突然来了一伙异邦人。他们各个都长着大鼻子、黄头发、蓝眼珠,像古代神话中的妖精。这伙异邦人抢走达斡尔人的猎物中最珍贵的貂皮,烧毁达斡尔人的城堡,杀死达斡尔人的妻女,企图强占这块美丽富饶的土地,把这个幸福的乐园闹得鸡犬不宁。

这伙异邦人就是哈巴罗夫带领的所谓远征队。他们声称是奉沙皇之命来收复这块遗忘了的土地,喝令达斡尔人在三天之内必须搬走,否则就得归顺沙皇,年年给莫斯科上贡,如果违抗,就杀个片甲不留!

再凶猛的野兽达斡尔人也能对付,再顺滑的鱼达斡尔人也能捉住。他们的酋长戈古达尔下令所有的部落都武装起来,与强盗决一死战。他说:"我们是皇帝的子孙,大清王朝的臣民是最勇敢不怕死的人,战斗吧,我们要像这手中的箭,宁折不弯!胜利属于我们。"

第二天,双方开战了,强盗们包围了达斡尔人的城堡,得意忘形的哈巴罗夫正来去匆匆地布置火力,准备进攻。就在这时,戈古达尔在城头上将手一挥,万箭齐发,如暴雨倾盆,顿时平地上好像长满了庄稼。当场就有许多哥萨克丧了命,哈巴罗夫本人也身负重伤,不得不下令收兵。

回到营寨后,哥萨克被达斡尔人的神箭吓得胆战心惊。哈巴罗夫也因为首战失败,大伤士气而非常苦恼。他为了给部下壮胆,必须尽快想出一个速战速胜,而又伤亡很小的办法。否则,他这次远征黑龙江的计划就要破产。这时,他的翻译乌利耶夫想出了一条"妙计",哈巴罗夫的脸上立刻露出了笑容。

这个翻译想出了一条什么妙计呢?原来乌利耶夫是个中国通,哈巴罗夫第一次远征黑龙江时他就参加了。这次是沙皇亲自派他协助哈巴罗夫,并答应他回来后升官晋级。乌利耶夫是带着野心来研究中国历史的。他狂妄自大,看不起任何人,更何况这些生产落后的达斡尔人。他认为,这些达斡尔人除了打鱼狩猎之外,什么也不知道,是天生的无知。对于这样野蛮的敌手只能文攻不能武打。所以,如果跟他们进行舌战,只要我略施小计,就能取胜,这远征黑龙江的头功也就是我们的了。于是,他就跟哈巴罗夫提出了文攻舌战的妙计,哈巴罗夫心中也对达斡尔人的箭法望而生畏，一听乌利耶夫这个办法不动一兵一卒，就二话没说点头同意了。

火红的太阳从窗外投进一束强光，小鸟在屋檐下向窗内探头张望，双方舌战开始了。乌利耶夫企图先发制人，抢先开了口："黑龙江，无爹娘，好似孤儿乱流浪，今天我们来收养，快快跟我归沙皇！"戈古达尔立刻答道："黑龙江，有爹娘，达斡尔人把它养，收起你那菩萨心，我们的主人是清王！"说完，戈古达尔在心里骂了一句："这条疯狗，从这里下口了！"乌利耶夫又接着说道："黑龙江，自古荒，无人来，无人往，哥萨克是开发者，怎说主人是清王。哈哈哈，真荒唐！"戈古达尔压住怒火接着回答："黑龙江，不荒凉，自古就是我家乡，哥萨克是后来者，这段历史怎知详！"

乌利耶夫一看没有战败对方，反倒于己不利，就改了一个题目，想钻个牛角尖，考考戈古达尔。于是他晃着脑袋，接着戈古达尔的诗尾，得意扬扬地说道："怎知详，就知详，我读过五帝和三皇，今天就来考考你，最后谁输谁投降。"说到这儿，乌利耶夫故意停了一会儿，瞥了戈古达尔一眼，又接着说："夏商周，哪三王，春秋战国几列强，自从盘古开天地，哪个朝代最久长？"戈古达尔没有立刻回答，他假装答不出来，苦苦思索琢磨，吞吞吐吐。这时乌利耶夫简直乐得都不知东南西北了，又是喊叫又是吹口哨，活像个大流氓。等他表演得差不多了的时候，戈古达尔突然张口，以高亢的腔调，跑马射箭般的速度说道："夏为禹，商为汤，周朝文武共三王，齐楚燕韩赵魏秦，春秋战国七列强，国家天下八百载，开天辟地最久长！"一口气说完，惊得乌利耶夫目瞪口呆。戈古达尔心里想："好小子，这回我再就此题目考考你，于是他反问道："你不是自称读过三皇五帝吗？那好，我来考考你，哪一代开始有国家，哪一朝立下家天下，是谁领民来治水，你快快给我来回答！"

乌利耶夫一听题目顿时浑身冒汗，两眼不敢正视戈古达尔，直往鼻梁后面藏，活像一个受审贼。他想了好半天，连个影也没有想出来只好狡辩："这个问题不算啥，三岁孩子都会答，因为我今年四十五，所以早就忘……"刚说到这，哈巴罗夫在一旁踢他一脚，吓得他赶紧把话一转，接着胡诌起来："一是三国开始有国家，刘备立下家天下，曹操领民来治水，大运河就是他挖！"在场的达斡尔族老小都哈哈大笑。戈古达尔指着乌利耶夫的鼻子骂道："不懂装懂！随便编造历史，正是你们这伙强盗才能干出来的。你不是说连三岁小孩都知道吗？那好，我今天就让小孩来教教你，让你知道达斡尔族的孩子也比你懂得多！"说着，他从一位母亲身后拉出一个十二三岁的少年，跟他说："你把刚才那几道题给他讲一下，让他听听。"这位少年捏紧拳头，双眼瞪着乌利耶夫说道："长毛怪，你仔细听着，夏朝开始有国家，夏王立下家天下，夏王领民来治水，答案都是一个夏！"

哈巴罗夫一见乌利耶夫丢了丑，就灰溜溜地走了。乌利耶夫不服气，他给戈古达尔说："今天我输了，明天再来一次，要是我再输，一定投降。"戈古达尔没有拒绝，只是说："你小子要记住，达斡尔人的弓箭是懂得爱和恨的，下次输了再不投降，就请你尝尝这箭头的滋味！"没有等到第二天晚上，月亮还没有出来时，乌利耶夫就耀武扬威地来了，他一进屋，就声明这次咱不对诗，打哑语，谁输了立即投降，说完他就用手摸摸自己的大鼻子，伸出一个大拇指，戈古达尔不慌不忙地拍拍自己的胸脯，指了指天，又指了指地。心想，这小子想搞突然袭击,真是个老奸巨猾的家伙。乌利耶夫又摸了摸自己的鼻子,把手向南一指,在空中画了一条曲线,戈古达尔也又拍拍胸脯,将手向北一指,在地上面了一座楼房。乌利耶夫正了正军帽,用两个手指交叉成一个十字,戈古达尔做了一个骑马的姿势然后抓了一把草,折了一段树枝。乌利耶夫拍拍腰上的火枪,把胳膊用力一挥,戈古达尔抽出一支箭,在乌利耶夫眼前晃了晃。乌利耶夫一枪打中了树上的乌鸦,戈古达尔一箭射中了一只正在飞的蜻蜓。这时,只见得乌利耶夫脸色苍白,连说:"投降!投降!"连滚带爬地跑下城堡,消失在夜色中。

回到营寨后,哈巴罗夫问他怎么样,乌利耶夫像输光的赌徒似的,无精打采地说道:"厉害呀,快撤兵吧,达斡尔人能文能武,不好惹呀!"接着他就把打哑语的情况向哈巴罗夫述说了一遍:"我用手势表示俄国在世界上强大无比,他回答说清王朝顶天立地;我说俄国的边界在长城以北,他说清朝的边界在莫斯科以南;我说俄国有十万大军,他说清朝草木皆兵;我说我们有洋枪洋炮,杀你们片甲不留,他说达斡尔人有神箭在手,不信你尝尝它的厉害。我最后拔出手枪,一枪打死了一只乌鸦,可他却拉弓一箭,射中了一只正在飞的蜻蜓,我仔细一瞧,那箭头正中在蜻蜓的脑袋上,吓得我魂不附体,事先准备好的词全忘了,就赶忙认输跑了回来。"

哈巴罗夫听了之后,心中不但不怒,反而喜形于色,因为有了替罪羊。这败给达斡尔人的责任不是可以推到乌利耶夫身上了吗?他想到此,眼珠子一转,顿时翻了脸,命令两名哥萨克将乌利耶夫捆起,抽了四十鞭子,然后押回莫斯科,交给沙皇治罪。

第二天清早,太阳还没出来,这群强盗便灰溜溜地拔营逃跑了。达斡尔人在城头上用箭雨欢送了他们之后,大摆宴品,男女老少欢乐了三天三夜,来庆祝这一胜利。

讲述:刘忠生

整理:白东星

239. 哥哥和弟弟

从前,在三姓城一个偏远的山村里,住着一户姓郑的人家。家中只有三口人:郑老大和他的媳妇还有弟弟郑老二。这哥俩从小没爹没妈,相依为命、骨肉情深。老大是个精明人,常出门跑个小买卖。老二憨厚老实,会一手好庄稼活儿,嫂子更是个勤劳又贤惠的人。一家三口和和气气过日子,村里人没有不夸奖和羡慕的。

话是这么说,殊不知人群中啥人都有。东村有个马倌专好拨弄是非,又好打女人们的主意,名声很臭,因此都快半辈子了还没娶上老婆。看见郑家日子那么顺心,郑老大媳妇又那样年轻美貌,打心眼儿里眼气。算计好久,这一天,他把郑老大叫到跟前,悄悄地对他说:"老大,你在外没少赚钱吧?你这精明人可别光要钱不要人啊。"老大听这话里有话,问道:"你葫芦里装的什么药,有话痛快说吧。"马倌故意绷起来:"不能说,这可不能说。"老大转身就走,马倌一把拽住他小声说:"嘿嘿,满街都传遍了,人家说,你们哥俩娶一个媳妇,你不在家,你媳妇就是你兄弟的了。""浑小子,你胡说什么?是不是吃饱了撑的?"马倌见老大动了气,忙说:"信不信由你,反正我是为你好,嘻嘻……"下面他还说些什么,老大一点也没听进去，只觉得脑袋发涨。

俗话说：耳不听心不烦。自那以后，老大的脸上始终不见笑容，往日家中欢乐的气氛不见了。弄得他们叔嫂二人莫名其妙。老大走路也耷拉着头，总觉得背后有人指他脊梁骨，心中憋着气，一连多少天什么也不干。

这一天吃过午饭，老大告诉他们说要马上出趟远门跑桩买卖。同往常一样，贤惠的妻子忙为丈夫收拾随身带的东西。等把丈大送上路，天已黄昏。回到家，老二对嫂子说："我哥这一走不知啥时才能回来，我送你回娘家住些日子吧？"嫂子说："那谁给你做饭吃呀？""我这么大人还能饿着？嫂子放心好了。"等把嫂子送回十八里以外的靠山屯，老二回来时天已全黑下来。

老二急匆匆地往前走着，忽听不远处有呼救声。老二大步流星赶过去，只见两个黑影在厮打。老二大喝一声："干什么的，站住！"一个黑影嗖的一下钻进路旁的树林中去，走近前，老二看到一个姑娘愣愣地站在那儿，一动也不动。半晌儿，那姑娘颤声说："谢谢你，要不是你赶来救我，我就要遭殃了。"老二安慰了她几句，说："你赶紧回家吧。"没想到，姑娘反倒伤心地哭起来，她说："我哪有家呀，爹妈死后我来找舅舅，谁知舅舅搬走了，我倒不如死了的好。"小伙子看她可怜的样子心软了。想了想说："要不，你先在我家住一宿，明个天亮再想办法。"就这样，老二把姑娘领到家中安排住下，自己卷起行李卷出去了。

路过马棚时，见屋里灯还亮着，老二抬手敲门。听见有敲门，马倌满心不高兴，懒洋洋地说："谁呀，三更半夜地干什么？""开门吧，借个宿。"老二说着挤进来，摊开行李卷和衣倒下了。马倌一想：是他们哥们干仗了还是他哥哥不在家？随即便追问起来，实心眼的老二便把事情的缘由全都说了。

郑家西院有个老太太，这老太太手脚不大干净，总好偷点别人家的东西。她听说老大出门，媳妇又回娘家了，觉得这可是个发财的机会。半夜里，她弯着腰，蹑手蹑脚地从隔壁杖子空钻过来。再说那姑娘本来受了一场惊吓，又来到这人生地不熟的地方，哪能睡得着？忽听门响，心里一哆嗦，来不及多想，左瞅右瞧，见柜门没锁，便钻了进去。老太太摸进屋来，刚要伸手拿东西，外面门"吱"一声，把她吓了一跳，这时往外跑已经来不及了。说也巧，她看见炕上有个空被窝，就像抓着救命草似的爬上炕，用被子把自己捂起来。一个黑影摸进屋里，径直奔炕上去了，他不吭声也不言语，把衣服脱了就钻进被窝里。正在这工夫，门咣当一声开了，一阵风似的闯进一个人来。这人不是别人，正是郑老大。原来，他假说出门，其实是使了个招儿，常言道："捉贼拿赃，捉奸要双"，他想冷不防回来捉奸。他见炕上被窝里有两个人，气不打一处来，一把拽下被子，没容分说，只听"咔嚓，咔嚓"两声，手起刀落，两个脑瓜子下来了。老大把人头包了用手拎着，摸黑直奔县城。县官老爷升堂审问，老大口称自己的媳妇与小叔子通奸，叫他给杀了，来投案自首。县官吩咐他打开包袱，老大低头这一看，这人头一个是马倌，一个是西屋老太太。顿时傻了眼，一句话也说不出来了。

再说老二一觉醒来，想起昨晚的事，急忙回到家中，只见屋里房门都敞开着，炕上有两具无头死尸，不知究竟生了什么事儿。他转身要走，忽听柜中有动静，拉柜门一看姑娘蜷缩在里面发抖呢。姑娘见了恩人，才不那么紧张了，慢慢爬出来，把昨夜发生的事一五一十地讲给他听。这时,两个官差从外面走进来喊道:“郑老二上堂。”老二不知何故,惊讶地问道:“你们为什么抓我?”“不是抓你,你哥哥杀人了,老爷有事问你,快走吧。”姑娘一听,忙迎上去:“我也去,是我给你们家添了麻烦。”

大堂上,听了姑娘和老二的述说,县官判道:“马倌夜闯民宅,居心不良,老太太趁主人不在,入户偷窃,二人被杀死有余辜,赦免了老大。”三人赶回家中,老大惭愧地对弟弟和媳妇说道:“我心眼儿小,听了别人的闲话,冤枉了你们。”说着泣不成声。老二忙劝道:“能平安地回来,就是万幸,过去的事别再提了。”打这以后,夫妻更加恩爱,一家三口和好如初。经过这场磨难,老二和姑娘结下了缘分,两人都有了爱慕之心,再有嫂子从中撮合,不久便结成了美满姻缘。

搜集整理:张继敏

240. 孝子

从前三姓城有个许氏,生了两个儿子,两儿子生下来就是瘫痪,二十岁那年得病死去了。许氏每天在坟头哭泣,她想儿子得了一场大病,整天躺在炕上动不得。

大儿子开始厌恶起来,从不过问母安,也不请大夫给治。一天老太太想吃顿饺子。儿子不作声,儿媳妇斜着眼,撇着嘴说了一句:“你想吃饺子不难,面、肉都有,自己动手吧!”老太太听后伤心透了,但又向谁诉苦呢,只能病在炕上等死了。到了晚上,许老太太见二儿子端来了一大碗饺子,跪在面前说:“生前儿不能行孝,愿在地府为母效劳。”许氏知道儿子已死,却也不觉害怕,就把饺子吃了。老太太得到二儿子的精心护理,几个月间病情慢慢好起来了。大儿子和媳妇发觉家中面和肉经常丢失,开始以为贼偷去了,后来才知道是二弟回来闹事。

一天晚上,二儿子又来到母亲面前,说他不是她的儿子,是狐狸变化的。因许氏心肠好,感动了狐仙,派它来伺候老太太。它说的话都叫大儿子和媳妇听到了,狐狸临走时又说,它以后不再来了,大儿子和媳妇总会孝顺母亲的。说完向许氏拜了几拜,闪道火光不见了。从这以后,大儿子和媳妇对老太太真的好起来了。

讲述:姜兰才
整理:关丽珠

241. 巧女

从前三姓城内有个张木匠,他的手艺十里八村儿都说好。张木匠有个女儿,不但长得好看,还心灵手巧。张木匠给她起了名字叫巧女。

一天张木匠出门揽活,路过杨家烧锅。正赶上烧锅掌柜的坐在树下乘阴凉。这个掌柜的腰里有钱,但是脾气古怪,平时不爱说话,张嘴就是哑谜,所以屯里人管他叫“杨怪人”。

杨怪人把张木匠招呼跟前:“我要做几个木桶,不知你有空没有?”张木匠连忙说:“有空有空! 不知你要打几个什么样的桶?”杨怪人说:“我想打个门里桶、门外桶、炕上桶、炕下桶、中间有人两头桶、两头有人中间桶。”张木匠听了,想了半天也不明白,一赌气挑起家伙回家了。

巧女一看爹回来了,忙问:“爹,你不是出门干活了吗? 怎么又回来了?”张木匠打了个咳声:“别提了。”接着把碰上杨怪人的事,从头到尾学了一遍。巧女一听笑了:“爹! 这有什么难的。你听我给你讲,门里桶,是喂猪桶;门外桶,是马桶;中间有人两头桶是水桶;两头有人中间桶,是手拐磨桶。”张木匠拍着大腿叫好:“好聪明的闺女,爹算佩服你了。”

张木匠再次来到杨怪人家,拿起锛凿斧锯干了起来,没几天就交活了。杨怪人听说是巧女给解的谜,也很是高兴,非要和张木匠结亲家。两家选了个黄道吉日,杨家的二小子就把巧女娶过门来。

快过年了,杨怪人对大儿媳和巧女说:“你们带些东西回娘家住几天吧。回来的时候,大媳妇给我带回点光出溜和毛出溜。二媳妇给我带回点里红外白菜和外红里白菜。”巧女笑着点点头,大媳妇瞪着眼睛想了半天,也没醒过腔来。

出门后,巧女拉住大嫂的衣襟说:“大嫂,你别着急。”在嫂子耳边低声细语,你如此如此,这般这般就行了。这时,大媳妇才露出笑模样。

过几天,巧女和大嫂回来了。大嫂带回一瓶酒和一只鸡,巧女带回一角猪肉和大萝卜,杨怪人接过去,点点头。他心里明白了,这是巧女解的谜。

一晃到了铲地的时候。一天清早,杨怪人要出门,临走嘱咐大儿媳:“阴街头铲油田,高田吃饭包,网驮茶。”说完一摇一摆地走了。大媳妇左也猜不着,右也解不破,急得哭了。巧女一看,忙劝大嫂:“大嫂别哭,这事好办。我问你咱家有没有地靠乱尸岗子?”“有哇,”“我再问你,这块地种的什么?”“种的黄豆啊。”“那就对了。咱爹让你安排伙计去这块地取黄豆,晌午给伙计蒸馒头,再用毛驴驮些西瓜送到地里。”大嫂擦擦眼泪转身安排去了。

杨怪人办完事特意到黄豆地去看一趟。一看伙计们正在地头高兴地吃着馒头,啃着西瓜,手摸着胡子笑了:“这保准又是巧女的主意。她真是个巧女呀。”

讲述、搜集者:陈洁生

242. 杀狗的屠夫

从前,在三姓城有一个专门杀狗卖狗肉的屠夫,生意非常好。可这人就是有一样缺点——不孝顺,经常喝完酒打他母亲。一天,他买的狗被他杀光了,只剩下一个母狗和一个狗崽儿。于是就把这个狗崽儿绑上,准备杀掉卖肉。当他绑好了狗,摆上个接血盆正准备动手杀的时候,一回身,发现刀不见了! 他屋里屋外怎么找也找不到,急得他用脚踢门旁的母狗。母狗任凭他怎么踢就是不动地方。后来把母狗踢急眼了,跳起来,叼着身底下的刀子跑了。屠夫这才恍然大悟,他自言自语道:“看来哑巴畜生都通人性,真是有不孝的儿女,没有不疼孩子的爹娘啊!”

从此以后,屠夫放下屠刀,不但不杀狗了,对他母亲也好了。

搜集整理:刘忠生、林　郁

243. 闹笑话

早些年的时候,三姓城北住着个李老大,他只有一个宝贝闺女,叫凤姐。城南住着个陈老五,只有一个宝贝儿子,叫陈小虎。陈李两家指肚结亲,早就成了儿女亲家。

陈小虎十岁的时候,一天与邻居家的小男孩们在街里玩,玩着玩着,来了一队当兵的,后边有个骑马的人大声喊着:“我是总督衙门大管家。我家老爷要选一个男孩做书童,被选中的重重有赏。”管家边吆喝边四处寻找,一下看见了挤在人群里的陈小虎,他看陈小虎虎头虎脑,挺灵气,忙招呼手下的兵把陈小虎抱过来。大管家不管小虎怎么哭喊撕挠,抱着他回府交差去了。消息像一阵风儿似的刮到老陈家,陈老五两口子哭喊着一溜小跑撵到总督衙门,苦苦哀求还他的孩子。大管家出来对陈家夫妻说:“你们老两口放心,老爷绝不会亏待你家孩子,日后自有骨肉团圆的日子。这是五十两银子,你们拿回去安生过日子吧。”说完,把银子递到陈老五手里,转身进了衙门。陈老五万般无奈,只好在邻居们的陪伴下回家了。

一晃十年过去了。再说,城里有个财主姓张,因为他坏得出奇,大伙都管他叫“张驴头”。“张驴头”就一个儿子,长得尖嘴猴腮,没有一分人样,就这德性,张驴头还非要给他挑个俊媳妇,挑了多少家也不可心。这天,他冷不丁想起了李老大家的凤姐。虽说凤姐从小许给了陈家,可陈小虎被抢走十年了,音讯没有,生死难说。又听说凤姐已经出息得像小水葱似的,何不把她娶过来给儿子当媳妇呢。他想好了鬼点子,就打发人把懒汉吴二找来。

这吴二是有名的懒蛋子,专门给人家保媒拉线,赚点银子混个吃喝。他来到张驴头家,张驴头跟他说了自己的主意,让他这么办,又给了吴二五两银子。告诉他事情跑成了,还另外补付。吴二点头哈腰,乐颠颠地走了。

吴二来到李老大家里。李老大两口子正坐在家里犯愁呢。因为陈小虎被抢走十年了,凤姐一天天长大,小虎又生死不明。再给凤姐找个婆家吧,怕陈家不答应,不给凤姐另找婆家吧,还怕凤姐守一辈子活寡。左右为难,急得整天唉声叹气。

李老大两口子看见吴二进来,知道有事,忙迎上去,端茶倒水。吴二屁股刚一挨板凳,就虚呼上了:“大叔,咱爷俩交情怎么样?”李老大点头:“那还有错。”吴二说:“对了,就因为不错,我才来告诉你一个信儿。”李老大一听吓了一跳:“咋的啦?”“哎,大叔,陈小虎因为调戏老爷家的小姐,让老爷给杀了。我有个朋友偷着捎出信来。这事我瞒着陈老五呢,可我不能瞒你呀。大叔,他陈小虎死了,我大妹子可怎么办呢?”李老大本来就有心给凤姐另找婆家,一听这信儿,在地上转了几个圈,问:“你说咋办?”吴二一看李老大上套儿了,就凑上去说:“大叔,我看哪,您老得拿准主意,可不能让大妹子守一辈子寡呀。得给大妹子另找个婆家。”李老大寻思一会儿,为难地说:“那一时半会儿也找不到相当的。”吴二说:“现成的。

城里张大财主有儿子,你要把凤姐嫁给他,不但大妹子吃香的喝辣的,就是你老也跟着享大福了。"

李老大一听活心了:"那能行吗?"我就是受张大爷托付才来说媒的。你老要是愿意,八月二十五就完婚。来年开春,张大爷就要进京赶考,到那时,你老可就十字加两点——抖起来了。"李老大想了想,一咬牙一跺脚:"好! 就这么办。"吴二起身,向张家报信去了。

一转眼到了八月二十四。陈老五两口子听说凤姐明天就要过门,不由得又想起了儿子陈小虎,老两口都流下了眼泪。忽然,从东面跑过来一匹高头大马在门口停下了。一个壮汉从马上跳下来,进屋就喊:"爹! 妈!"把陈老五两口子愣住了,来人说:"我是小虎!"老两口左看右看,是小虎,三口人抱头大哭。哭了好大一会儿,老太太才说:"儿啊,这么多年,你怎么一点信也没有呢?"小虎说:"妈! 我自到总督衙门,一直侍奉老爷,他挺喜欢我,有空就教我读书、识字、练武。三年后他回京做官,把我也带去了,从不让我离他左右,因此也没能托人给二老捎信儿。今年全靠老爷举荐,我也在京谋个官职,老爷让我回来完成两件事,一是完婚,二带全家去京城上任。"小虎他妈叹了一声:"儿呀,你回来是好事,可是回来得不巧哇。明天就是凤姐的正日子啦。"接着小虎他妈把事情的头尾学了一遍。小虎听完,抬腿就往外走:"妈,我去一趟,看他们怎么向我说。"

陈小虎来到李家,一看客人不少,正里外忙活着。有一个老头在比比画画地说着什么。虽然年纪有些老了,但小虎一眼就认出是李老大。他上前磕个头:"岳父大人,女婿陈小虎给您磕头了。"李老大一听,心里一激灵,低头细瞅,哟,可真是陈小虎! 立时就冒冷汗了。这可怎么办呢? 他没笑挤笑,赶紧把小虎让到屋里,"哎呀,小虎哇,你走了十年,怎么连个信儿也不来呀?"小虎把跟他妈说的一番话,又从头到尾说了一遍。李老大一听更冒汗了,心想:"坏了,我把凤姐许给了张家,就已经对不起小虎了,现今又当了官,我这是对不起又加惹不起了。张家明天来接亲,小虎今天来要人,我这不是老母猪钻障子——进退两难吗? 哎,有了,我躲起来,明天张家把凤姐一接,你陈小虎去找张家要人去吧!"他打定主意,就说:"小虎你先喝茶,我去安排人给你做饭,咱爷俩喝两盅。"说完就转身溜了。

再说凤姐天天想着陈小虎,后来听说陈小虎死了,她爹把她嫁给了张驴头的儿子,就头不梳,脸不洗,日夜啼哭,暗暗发誓死也不嫁张家。她准备今晚就上吊自尽。她走到门前,正听见小虎跟李老大说他被抱走以后的事,心里立时就像开了两扇门,心口窝扑登扑登直跳。她听到爹要去安排饭,就闪身躲在门后,等李老大走远了,她急忙进了屋,"小虎哥!"小虎正在低头喝茶,见进来一个女的一愣神,但很快就认出来的人是谁了。凤姐说:"你多亏今天回来,晚了就见不到我了。"小虎故意问:"咋的了?"凤姐就把爹妈逼她嫁给张家儿子的事和自己的打算说了。

小虎说:"既然如此,你怎么办呢?"凤姐说:"好办,来个明娶暗嫁。明娶叫他娶不着;暗嫁,你现在回家简单置办一下,晚上掌灯时分,你到城北三里的郑家屯,见门前有棵老柳树,房后有棵钻天杨,那是我二姨家,击三声掌为号,我在老杨树下等你,今晚咱俩就拜堂!"小虎说:"此话当真?"凤姐说:"你我自小定亲,我还能骗你,你快走吧!"小虎也顾不得李老大了,马上出屋上马回家准备去了。

再说凤姐回到自己屋里以后，梳了头，洗了脸，换身新衣服。

她妈一看还以为凤姐回心转意了，心里可乐了。凤姐说：“妈呀，我二姨咋还不来呢？”“嗨！你二姨一个人守寡，眼下又是秋天忙季，她备不住不来了。”“妈，那可不行。我一辈子就出一回门子，二姨再忙也得来呀，要不我去接她。”她妈劝她半天，凤姐非要去不可，并说明天一早和二姨一块回来。她妈没办法，只好让她去了。

凤姐离开家，急急忙忙顺小道跑到她二姨家，偷偷地钻进小仓房，天黑了又偷着钻出来，找到那棵老杨树，不大会儿听有人拍三声巴掌。她知道是小虎来了，就赶快跑过来，跟小虎回到李家当晚就拜堂成亲了。

第二天，张公子骑着马，吹吹打打地来到李家接亲。进院半天了，也不见凤姐上轿。吴二赶快找到李老大：“哎呀，我的大叔，赶紧让大妹子上轿吧！”自从昨天后晌凤姐去她二姨家后，一直到现在还没回来，可把李老大两口子急坏了。听吴二一催，实在没招了，就实话实说了：“哎！这丫头，说去接她二姨，到现在也没回来，也不知出了什么事，真急死人了。”吴二一听，吓了一跳，这不要坏菜吗？一旦出点什么岔头，怎么向张家交代呀？吴二跑到张公子跟前说：“公子，凤姐去她二姨家了，现在还没回来。她二姨就是郑寡妇，我知道她家，咱们到那接去吧。”张公子想媳妇都快想疯了，一听说这事，也忙不迭地说：“快去！快去！”一班人马吹吹打打朝郑家屯去了。

再说张驴头等接亲的走了以后，本想闲闲腿儿。他几个舅子凑上来，跟他开玩笑：“大姐夫，今天你儿子娶媳妇，我们要乐和乐和。待今儿个新媳妇一下轿，我们非让你跪地上学驴叫不可。”

张驴头一听：“这不是要我当众出丑吗？我得出去躲躲。到哪儿去呢？有了。反正家里有人张罗，我何不躲到我相好家里去呢？”

他相好的是谁呢？正是凤姐她二姨郑寡妇。郑寡妇自打丈夫死后，就和张驴头勾搭上了。凤姐的事就是张驴头听郑寡妇说的。他连忙安排完家里的事，趁人不留意赶紧出门跑到郑寡妇家。

郑寡妇正在家里收拾东西，看见张驴头来了，一脸不高兴：“你个老鬼，儿子娶媳妇你不在家张罗，大白天跑这干啥，让外人看见咋办。”张驴头说：“我那帮小舅子要戏弄我，我出来躲躲。这几天乏得很，正好在你这睡一觉。”说罢张驴头上炕捞床被，躺了半天也睡不着。原来这几天忙活得忘换内衣，身上长虱子了。他起来把衣服脱个溜光，拿被子一裹，蒙头盖脑就睡上了。他刚刚睡着，听见门外喇叭响，一伸头，看见进来一帮人，起也起不来，穿也不赶趟了，只好把被裹得紧紧的。

张公子领着一帮接亲的人来到郑寡妇门前，郑寡妇毛了，连忙挡住不让进屋。吴二领几个人把郑寡妇拽开，进了屋里，见炕上有人裹着被直挺挺躺着。拽也拽不开，拉也拉不动。吴二以为凤姐怕羞不敢露面呢，就说：“哎！新媳妇怕羞，咱们别拽了，连被一起抬上轿。”大家七手八脚把张驴头抬上了轿。等把轿抬到家，张家院里院外都挤满了看热闹的人。有个喜婆领两个搀轿喜娘来到轿前，一边拽新娘被，一边唱喜歌：“花轿落门台，搀轿喜娘两边排，轿里请出贵人来……”刚说到这里，忽见从轿里蹿出一个光腚老头来，直向上房跑去。胆小的吓得乱叫;胆大的一看原来是张大驴头。大家伙直喊:“可不得了啦!新媳妇变成驴老爷子啦!”不一会儿,这事就传遍了全城,都知道张驴头家儿子娶爹了。

搜集整理:陈浩生

244.公鸡的故事

从前,在一个风景秀丽的山脚下,有个小村叫驼峰山。全屯只有几十户人家,百十口人,屯里有个叫龚纪的大财主,外号叫“野公鸡”。他有房屋百间、良田千顷,长工不下三五十人。这人长了酱块子脑袋,刀条子脸,绿豆眼睛,雷公嘴儿,秃头顶上由前往后凸起一排肉瘤,下巴底下长着两个小肉坠儿。腿儿短身子粗,横量竖量长短差不多。他走路像捣蒜,说话就像鸡叫唤。

这老东西整天想的除了是金钱美女,就是吃喝玩乐。为了搜刮民财,他家除养了一群打手外,还指派了一名更倌,白天管着门户,晚上打更守夜。每天夜里三更鼓打过就得把长工们叫起下地干活,更倌若稍有差错,就要受到惩罚。

龚纪怕伙计偷懒,还专门派他的小老婆监视更倌和长工们。

有个姓张的更倌,年纪五十开外,为人老实厚道,从小就给老龚家做劳工。快一辈子啦,还是过着孤苦伶仃的生活。

一天,老更倌由于劳累过度,终于睡过去了,早上龚纪醒来时,发现长工们耽误了干活时间,这还了得!于是他喊了声:“来人哪!把老更倌给我叫来!”话音刚落,只见几个打手早把老更倌连推带搡拥了进来。龚纪为了杀一儆百,当即发话:“马上把老更倌给我捆起来,狠狠地打!”这时,早有几个手持棍棒的打手们把老更倌按倒在地。就这样,这个为老东家卖了一辈子命的老更倌被一顿乱棒子给活活打死了!当天夜里,长工们把老更倌的尸体偷偷地抬到村子后边,在驼峰山下埋葬了。

第二天,龚纪又用了一个名叫李强的四十多岁的更倌。此人当了更倌以后,每天都提心吊胆地过日子,他辛辛苦苦地干了半年多。连累带病,身体也实在支持不住了,在一天夜里不知不觉地昏睡过去。又是更夫失职,长工们误了上工的时间。结果不用说,李强也遭到同样的毒打后丧生。

李强被打死的当天夜里,长工们把他的尸体抬到驼峰山下,在老张头坟旁埋葬了。李强被打死之后,龚纪的小老婆又出了鬼点子。她对龚纪说:“到岁数人不扛磕打,这回选个年轻的做更倌。”龚纪听信了小老婆的话,于是选了一个身强力壮的姓王的小伙子做了更倌。结果年轻人觉大,小更倌又有好几次因睡觉耽误了招呼长工们干活,而又被活活打死了。

小王被打死的当天夜里,长工们把他的尸体埋葬在两个死者的坟旁。

再说这三个惨遭毒打致死的更倌,生前都是非常要好的朋友。这天夜晚,三个更倌的魂凑到一起说起话来了。老张说:“这座山上有个仙人洞,住着一个山神,很有神灵,头几年还显过圣,搭救受苦受难的百姓。事到如今我们怎么不去找他申冤报仇呢!”老李、小王听了这番话，顿时高兴起来，马上表示赞同："走！找山神爷告状去！"于是他们三人就在月光下一同往山洞走去。

没到洞口老远就听见洞里的谈笑声，走近一瞧，原来是山神们正在围桌下棋，他们三人走上前细细说明了龚纪的罪恶，山神爷气得拍案大叫："人间竟有这类孽种，来人哪！把龚纪给我拿来问罪！"

于是，神兵神将在当夜三更天，将龚纪拿上山来。在山神爷的审问之下，在三个更倌的证实下，龚纪不得不承认了打死更倌的罪恶。但他怕受皮肉之苦，苦苦央求山神爷的宽恕。并说："只要饶了我，过后定给山神爷修建庙宇，每日焚香叩拜。"山神爷听罢，沉思了一会儿说："你罪大恶极，怎留得在人间胡作非为。你已不配做人，既是怕受刑，今日就不给你用刑，我让你变作一动物吧！"话音刚落，只见山神爷吹了三口仙气，口念咒语说声"变"！只见龚纪的身子渐渐缩小，不一会儿，衣服变成了鲜艳的羽毛，上肢生出了翅膀，双脚变成了鸡爪，头顶上那排肉瘤变成锯齿形的鸡冠。嘴与飞禽相似，后屁股长出几根长长的羽毛。还"哏儿"地叫了两声，众人看了颇感新奇。山神爷说道："此乃雄鸡也。"

这个向来胡作非为的龚纪，如今真的变成一只芦花大公鸡了。此刻，山神爷对公鸡说："你去人间为黎民百姓啼明报晓，不得有误。"老公鸡听罢频频点头，立即走向他原来的村庄。

龚纪的小老婆也在山神爷的法术下变成了老母鸡，给人们下蛋孵卵，一代一代地传下去，直到如今。

搜集整理：蒋绍忱

245. 找佛

从前，有这样一个小伙子。他虽然相信神佛，可就是不孝顺，经常打他母亲。一天，他听说东海边有一个成了佛的花子，于是决定去找佛，求长生不老成仙得道的妙法。他走啊走，一连走一个多月，这天来到了东海边。他看见一个叫花子坐在一朵莲花上，在海水中晃来晃去。小伙子走到海边，认定此人必是成佛之人。于是跪在地上口称："我佛慈悲。"这时花子说话了："你是来找佛的吧？"小伙子回答："正是！"

花子说："你回去吧。等你发现有一个反穿衣服倒穿鞋的人，那就是活佛！"小伙子听后，一抬头花子不见了。

小伙子站起身来就往回走。走到家门口，已是半夜了。他用力敲门，屋里老妈听是儿子的声音，忙得也不顾反正披上衣服，下地拖拉着鞋就去开门。小伙子一见妈妈反穿着衣服倒穿着鞋，立时想起花子的话来。此时他啥都明白了。

从这以后，小伙子再也不打母亲了。

搜集整理：刘忠生

246.“出黑儿”先生

旧社会的人，大多数都信神信鬼，尤其在农村，迷信的人更多。谁家要是死了人，都要请个先生来作法，以求驱邪逐鬼，保家中太平。人们把这类先生，也叫“出黑儿”先生。这类先生为了能迷惑人，都预备个黑驴蹄子和根银针，做法时嘴里嘟嘟囔囔，用黑驴蹄子乱打一通，以求人们相信，借此骗些银两。

有个姓宋的“出黑儿”先生，几年来没少巧取钱财。每次从外地回来都吹嘘一通，说自己如何作法，如何念经，如何晚上到阴间去和鬼神相聚，如何整治阴间多少恶鬼等，都和邻居炫耀一番。本村有一个姓张的年轻人，虽说没念几年书，可宋先生这套骗术他根本不信。他母亲去世时，由于父亲信神信鬼，所以把宋先生请来闹腾了整整一夜。临走时宋先生还没少要钱，把那个张家小伙子气得什么似的，总想找个机会整治一下宋先生。

这天，宋先生从外地回来，见到邻居又是大吹一通，说自己在外村拿鬼，回来的半路上又碰上一个大鬼，自己如何用黑驴蹄子把鬼打倒在地。张家小伙子见他比比画画、吹五作六的样子，本想顶撞他一顿，转念一想，自己何不找个机会吓唬吓唬他，看他如何应付。

说来也巧，第二天，邻村一家又死了人。不用说，宋先生又被请了去。晚上回来时，途中经过一片乱坟岗子。当他正大大咧咧地走在路上时，突然从乱坟后跳出个“大鬼”来。这“鬼头”有三盆子那么大，身上穿着一件灰布长衫。当它迎面过来时也不说话，抬手就给了宋先生一个耳光子。宋先生走在路上未曾防备，被从坟后跳出的“大鬼”打了个趔趄，此时早吓得什么似的，于是抬腿就跑，边跑边喊：“救人哪，救人，有鬼，有鬼，鬼来了！”此时他也顾不得拿什么黑驴蹄子和银针了，只顾没命地奔跑。这“鬼”从后追上来，又拳打脚踢地揍了他一顿，然后又飞身钻进乱坟岗子里去。

第二天早上，张家小伙子来宋先生家串门。一进屋见宋先生躺在床上，脸上好几处还流着血。小伙子问宋先生：“您脸上的伤是怎么弄的？”宋先生答道：“昨天晚上，去邻村拿鬼，因多喝了几杯酒，路上摔倒了，被树枝剐破了皮！”

张家小伙子听后，暗自发笑。宋先生受这一次惊吓之后，再也不敢吹唬自己如何拿鬼了。

搜集整理：孟宪吉

247.小咬子

在从前，有家亲哥俩，老大叫张有仁，老二叫张有志。有仁娶妻孙氏，夫妻俩早起晚睡忙里忙外，从不让老二干活，一心让他读好书，长大弄个一官半职的。据说老二生下时，妈妈就咬掉他一个小手指头取个乳名叫小咬子，意思是能长命百岁。

这有志也真有志气，每天读书到三更天。没用几年，诸子百家，四书五经背个滚瓜烂熟并写得一手好文章。兄嫂见有志出口成章，自是欢喜。

一晃十年过去了。这年正赶上京城开考，老二在县、省几番考试不仅名列魁首，而且声名大振。这次京城开考，哥嫂早已给打点好行装，准备让老二早早上路。可是由于多年积劳成疾非但没攒下家私，有仁及孙氏的身体倒一天不如一天。临走的前两天，嫂嫂一狠心剪下青丝卖了几个钱塞进老二的腰包里，含着眼泪告诉有志："小咬子，咱家穷，嫂嫂没有更多的钱给你，一路上小心为是。但愿马到成功，求得功名，嫂嫂死也瞑目了！"说完，叔嫂二人已是泣不成声了。

兄弟走了，哥嫂在家天天盼望佳音。一晃几个月过去了，也不见音信。这日有仁得了重病，一连三天卧床不起，请医调治也不见效，不几天便死了。孙氏不见弟弟音讯，又死了丈夫，于是变卖家产埋葬了有仁，孙氏思念弟弟及丈夫，哭坏了双眼。她两手空空，举目无亲，只好拎着打狗棍沿街乞讨了。

这天，孙氏正在讨饭，忽然大街上人喊马叫，众人纷纷议论，说是张家有志果然中了高官，回家祭祖来了。孙氏听说，乐得什么似的，冷不丁大喊声"小咬子！"便晕倒在路旁。这些平时连碗粥都舍不出来的刻薄之家此时听说有志得了官，连忙大呼大叫唤醒孙氏扶着她去见有志。

再说有志回来没找到嫂嫂，自己的家也换了别人，又听说哥哥死了，嫂嫂要饭了，只急得满头大汗。这时，大街上众人领着嫂嫂过来，有志连忙跑上前去抱住嫂嫂哭着叫了一声"嫂嫂，我是小咬子！"于是叔嫂二人抱头痛哭了一场。

后来有志把嫂嫂接到府中，有志对嫂嫂说："古来包公留下老嫂比母之说，从今以后您就是我的嫂娘！"

打那以后，有志对嫂嫂亲近无比，端茶倒水、煎汤熬药等都不用下人伺候。孙氏一直活到九十岁。死时，有志亲自顶丧戴孝，守孝三年。

讲述：李子臣

整理：朱万山

248. 雷劈母夜叉

很早以前，松花江边有个小村子，村子里住着个姓张的皮匠。皮匠半路丧偶，新近又续了邻村的一个外号叫"母夜叉"的女人，皮匠经常外出谋生意，家里一切都交给母夜叉和前妻留的女儿张桂花料理。母夜叉果然名不虚传，凡家里打水做饭、洗衣喂猪等一切累活都推在张桂花身上。母夜叉只享清福，啥也不干，对姑娘还非打即骂。

一天，桂花起早做好饭，去喊继母吃饭的时候，她敲了两下门，突然从屋子里慌慌张张地跑出个和尚来，这和尚帽子也没顾得戴，僧衣都穿反了。把桂花吓得舌头伸出老长，半天缩不回来。

过了几天，皮匠外出回来了。母夜叉给皮匠做了几个菜，打了一斤酒，皮匠高兴地喝起来。酒过三巡，皮匠问妻子："我这些天没在家，咱姑娘对你怎么样？"妻子听到这里，嘴一撇，把酒杯往桌上一蹾，气哼哼地说："还说呢，你一走，这死丫头就不服管了。真是姑娘大了留不得,留来留去就惹祸!"母夜叉反咬一口,告诉皮匠说,桂花与一个和尚私通。皮匠不信,母夜叉拽着皮匠到桂花屋里,从挂花的床底下翻出一个僧帽来。皮匠一见,气得目瞪口呆。

俗话说:"有后妈就有后爹",这话果真不假。这时桂花从外边挑水回来,刚放下水筲,皮匠一手拿着僧帽,一手抄起一把斧子,不容桂花说话,喊了声:"死丫头,你干的好事儿!"说完一斧子砍过去,桂花抬手一迎,手被砍掉了!母夜叉在旁不但没劝说,倒帮着皮匠把桂花撵出去了。

桂花一切都明白了。捂着手,哭着走了,走着走着,天傍黑时,她再也走不动了。肚子又饿,手又疼,又不知何处安身,她坐在野外哭起来。正这时,从一旁走过来一个书生,他发现这荒郊野外有一姑娘在哭,于是走上前来询问。姑娘把事情的经过原原本本地与小伙子学了一遍。小伙子听后,很可怜桂花,于是把她领回家去。

小伙子把姑娘领回家,与母亲一说,母亲也掉下了同情的眼泪,于是便把姑娘留了下来。

在老妈妈的细心照料下,姑娘的伤很快就好了。一来二去,小伙子与桂花有了感情,母亲见桂花贤惠无比,也不嫌她缺一只手,后来两个人结婚了。

一晃三年过去,小伙子的学业大有长进,桂花也生了个胖小子。这年赶上京城开考,小伙子打点好行装,安排好家务,便上路了。

也是老天作美,三场下来,一张榜,竟中了状元。小伙子走马上任之后,心中惦记着母亲和妻子,可自己公事在身,又走不开,于是写了一封信,派两个心腹之人马上带信回去接母亲和妻子。这两个人走了好几天,一天晚上投宿到一家客店。喝酒时,其中一个人说:"我家状元中了高官也没忘了他那半路上捡来的被他爹砍掉一只手的残废媳妇,真是可钦可佩!"

谁知屋里说话,屋外有人听。原来这个店家正是当年的张皮匠,张皮匠因皮匠生意不景气,母夜叉这个老婆又馋又懒,后来在这开了个小店,让老婆照看门面,招待过客。屋里两个人的一番话,被母夜叉听得一清二楚。母夜叉大吃一惊,心中想:"这状元媳妇定是我家桂花无疑,如果让她与状元团圆,当年之事非得露了不可,我这小命怕是活不长了!"想来想去,母夜叉想出一条毒计。当晚,趁二人酒后熟睡之机,她偷出了那封信,把信中接媳妇的话改成撵走媳妇,并让母亲等待儿子回去接她。改完后,又装二人兜里。

再说二人找到状元的母亲,交上信后,便匆匆回去了,状元母亲和桂花看完信后,桂花痛哭了一番,任凭婆婆怎么挽留也留不住,抱着儿子走了。

桂花抱着孩子走啊走,太阳偏西时走到一个江边就再也走不动了。她对着汹涌的江水想起了自己的几番遭遇,本想投江一死了之,但看到怀里的孩子,又痛哭起来。正哭着,忽然从旁走过来一个满头白发的老太太。老太太走到桂花身边,问明了情由,一把抱过孩子对桂花说:"快去到江边洗洗你的断手,然后我自有办法救你!"

桂花听信了老太太的话,来到江边,断手伸进水里刚要洗,正这时,从江中游过来一条大金鱼，后边还跟着五条小鱼。六条鱼来到桂花面前，说来也怪，它们竟牢牢贴在桂花的断手上。大金鱼变成了手掌，五条小金鱼变成了五个手指头。这可把桂花乐坏了！等她转身时，老太太不见了，孩子坐在那里正玩呢。桂花知是有神仙点化她，看来自己还能有点福分。于是她对天磕了几个头，抱起孩子走了。

走着走着孩子饿了，这时过来一位六十多岁的卖豆腐老头。桂花与老人把自己的身世一说，老人给孩子吃了点豆腐，并高兴地把桂花领回家去，原来老人无儿无女，靠做豆腐为生，好心的豆腐倌收桂花为自己的姑娘。从此，桂花便在这住了下来。

再说状元，见两个手下没接回媳妇，急了，于是亲自回家。到了家，一问母亲，母亲说："你不是当了官忘了结发夫妻了吗？信中明明写着让撵走桂花，怎么又反悔了回来接她了呢？"

状元听完，大吃一惊，知道出了岔头。于是各地贴出告示，寻求张桂花。再说豆腐倌，这天卖豆腐回来，发现城墙上贴的告示，心中纳闷。他暗想："告示上说的与我姑娘很相似，可就是我姑娘有手。"晚上回家把告示一事与桂花说了。桂花听后，便把自己如何寻死，如何遇到神仙老太太，如何在江里长上手一事详细对养父说了。豆腐倌一听可乐坏了，便马上要去揭告示。桂花对他说："他来接我也行，这种见利忘义之人必须一步磕一个头到咱家，不然我是不回去，情愿跟爹做一辈子豆腐。"

第二天一早，豆腐倌豆腐也没做，便揭了告示去见状元。状元听豆腐倌这么一说，高兴地答应了要求。于是出门就磕头去接桂花。豆腐倌在一旁好生不忍，扶起状元说："状元公如此磕头，我实是不忍。这样吧，到我家门口再磕头，我保准能劝女儿与你回来。"于是状元与豆腐倌来到家中，经豆腐倌一再劝说，状元也一再解释送信人中途发生意外之事，桂花这才高兴地与状元回去。

后来，状元细细盘问送信的这两个公差。问他们都与谁讲起回家接媳妇一事和都在什么地方住过的情形。两个公差仔细一回忆说："送信时就在一家客店提起过此事。"于是状元领着桂花和两个公差来到这个客店。

桂花走进客店，一眼便认出母夜叉和自己的父亲。她一时百感交集，眼里含着泪，轻轻喊了一声"爹"。此时皮匠也认出了自己的女儿，见她的手完好如初，一时既悔又羞。此时母夜叉见身着官服的状元领着张桂花进了客店，早吓得哆嗦成一团。张桂花见母夜叉那副狼狈样，心里早已明白一大半。状元去上前来详细盘问两个公差在这住店时的情形，母夜叉跪爬半步，磕着头对状元说："请大人高抬贵手，我们夫妻本是安分之人，如敢改大人的公函，天打五雷轰！"

这时，从院外走进来一个白发老太太，只见她把手中的一张纸对天空一摆，立时从西南方向飘过一团黑云。这黑云来到这里遮住小店，猛听得半空中"轰"的一声，一个炸雷响过，母夜叉被雷击死，张皮匠也昏倒在地。雷声响过，老太太不见了，那张白纸飘飘落地。状元走上前捡起一看，只见上面写道：

撵走张桂花，
和尚进你家。
善恶终有报，
雷劈母夜叉。

讲述：陈秀英
搜集：康丙太
整理：栾国栋

249. 狼死绝地

民国初年，在依兰县演武基有个姓卢的大地主。这家地主骡马成群，良田千顷，雇的长工、短工无数。不但家财万贯，而且与官府也有勾结。老百姓对他家是恨之入骨，却又奈何不得。

俗话说"穷不能结籽儿，富不能扎根儿"，这话一点不假。卢家好景不长，没过几年，这个人畜兴旺的大家族便衰败了。提起他家如何衰败的，那可真是天地之大，无奇不有，没有比这件事再巧的了。

有一年，从关里过来一个耍猴的，这个耍猴的在三姓城里摆好场子天就黑了，他收拾收拾便想连夜奔勃利县去。耍猴人身上背锣钹等一些东西，小猴在肩头上蹲着，连夜出了城。

那时这里才是真正的北大荒，方圆二三十里看不到人家，山牲口遍地、野狼成群。耍猴人肩驮小猴走着走着，突然从路旁的榛柴窠子里蹿出一匹恶狼来。冷冬数九，大雪封山，饿狼无处觅食，突然发现有人走在路上，便急不可待地向耍猴人扑去。耍猴人未曾提防，肩上的猴子却发现狼要伤它的主人，于是这猴子"吱哇"一声，从主人的肩上跳到狼的身上，用两个前爪搂住狼的脖子，两只后腿狠命地抠住狼腰。这饿狼本想伤人，未承想被这猴子搂住脖子抠住腰，饿狼也不知这是什么玩意，咬也咬不着，甩也甩不掉，吓得饿狼便没命地跑起来。谁知这狼越跑，猴子越吱哇乱叫，猴子越叫狼越害怕，也就越跑越快，狼跑得越快猴子的四只爪子抠得越紧。狼跑了一段路，猴子本想从狼身上跳下来，可是狼跑的速度太快猴子轻易不敢撒开。这时跑着跑着，路过一片乱坟岗子。坟岗子里有一个新坟，坟上插着一个用秫秸扎的引魂幡，几片黄纸被风一吹呼呼地响着。狼驮着猴子跑过此处，猴子本想搂住这个引魂幡从狼身上下来，于是它用两后腿抠住狼腰，两个前爪便去搂那秫秸。因是冬天坟上只是用几块冻土轻轻夹着那个秫秸，猴子双爪一搂，不但没有从狼身上下来，反倒把那个引魂幡连同秫秸搂进怀里。狼正没命地跑着，猴子又抓过来一个东西，那东西被风一吹，在狼背上呼呼直响，本来狼就害怕，背上又多了响动，这回狼更害怕了，更加没命地跑起来。当狼跑到村头卢家的门楼下面再也跑不动了，躺在卢家门外便死了。猴子发现狼死了，又不见主人前来，便抱着那个引魂幡蹿蹿跶跶地上了房。它到了房顶上搂着那引魂幡便晃了起来。

第二天早上，卢家老东家打开大门，猛然发现门楼前那只死狼，老东家愣愣地瞅了半天，常言说："狼死绝地"。老东家抬头又发现房顶上晃着引魂幡的猴子，真是气坏了！又不知是怎么回事儿。他仔细一打量，猴子晃的那东西不正是前几天他父亲死时他给扛的那引魂幡吗！老东家看到这里，三步并作两步地奔进屋里，从墙上摘下洋炮，不由分说，来到外面，对准猴子就开了火。猴子蹲在房上正等待主人，没想到身上挨了好几个窟窿，枪声响后，猴子掉在地上，死了。

再说要猴人，找了半夜，一直找到亮天才来到这里。他发现东家把猴给打死了，急眼了。对东家说："这猴是我的命根子，从关里到关外跟随我多年，昨晚又救我一命。今天你非得赔我个活猴子不可！"

老东家本来就很气恼，要猴人又让他赔个活猴子，就更气不打一处来。马上吩咐手下长工伙计围打要猴人。岂不知要猴人是个久闯江湖的绿林好汉，一见众人动手，他也拉开架式，打了起来。这些长工伙计平日恨透了东家，今日又遇上这个有武功的好汉，谁肯替东家卖命，不会儿便都溜之大吉了。老东家见长工们不肯动手，他便拿起洋炮对准要猴人要勾火。要猴人没等他开火便飞起一脚踢掉洋炮，抬手一掌把东家打倒在地。老东家吃了大亏，知道这要猴不是好惹的，于是答应赔他两匹马。要猴人跟着东家在马圈里挑了两匹好马，牵出门外，飞身上马，头也不回便骑去了。

打那以后，这个赫赫有名的卢大财主日子一天不如一天，没过几年，东家死了，这个卢氏大家族就更完蛋了。

讲述：宫学斗

整理：关丽珠

250. 老狼报仇

在依兰县演武基乡东三家子村住着一个姓耿的猎手。他每年种点地，入冬就进山打猎。一年春天的一个早晨，他吃完早饭，背着猎枪又进山了。在山里转悠了大半天，一个猎物也没发现。正当他无精打采地往回走的时候，忽然从前面不远的山窝里蹦蹦跳跳地蹿出两只狼崽来。耿猎户很好奇，便将两只狼崽抱回家来。到家之后，耿猎户的儿子很淘气，一天趁爸爸不在家，便用刀子把两个狼崽子的眼睛给扎瞎了。

再说老狼，出去觅食回来发现两个崽子不见了，于是它疯了一般嚎叫起来，不管黑夜白天都钻进村子里去寻找。闹得村里人心惶惶，大人小孩不敢出门儿。耿猎户见老狼闹得这么凶，一天晚上，偷偷打开大门。把两个瞎了眼睛的狼崽放了出去。两个狼崽子跑出大门外，喔喔叫着，不知东南西北地在耿家门口转圈圈。这时正好老母狼找崽来到这里，见两个崽子在这家门口乱跑，老狼奔上前来，发现两个崽子眼睛已经瞎了，于是老狼记清了耿家的住处，领着两个崽子回去了。

转眼到了种地的季节。耿猎户一早套好犁杖，领着儿子下地了。他家的地垄很长，老耿嘱咐儿子在地头好好玩，不要乱跑。于是他插上犁杖，鞭子一甩，向地的那头走去。

再说那个老狼，自那日在耿家门口领回两个崽子之后，每天都偷偷在耿家的房前房后转，寻找报仇的机会。这天，它发现耿猎户领着儿子出来了，于是老狼尾随在后。来到地头，老狼藏在一堆荒草里，见耿猎户手扶着犁杖向地那头走去，于是老狼猛地从草堆里钻出，几步扑上去，按倒老耿的儿子，只一口，就把小孩的脖子给咬断了。等老耿从地的那头赶回来时，老狼大摇大摆地离去了。

搜集整理：陈福生

251. 张二打猪

在依兰县南山里的一个小村子，住着一个姓张的猎户，因排行老二，村里人都叫他张二。张二小时就爱摆弄猎枪，到二十多岁时，已经成了远近闻名的好猎手了。这年冬天，张二对老婆说："来到年关了，家里缺吃少穿，我想进山去打几天猎，你在家好好照看孩子。"张二嘱咐完妻子，带上猎枪就进山了。

张二在山里转悠了好几天，不用说大猛兽，就连个野鸡也没碰着。带的干粮吃光了，水也喝没了。没办法，只好唉声叹气地往回走去。转过几道山，跨过几条沟，他走累了，刚想坐下休息一会儿，突然，从背后呼哧呼哧地扑上一头野猪来，张二见这野猪足有千斤重，于是他连忙抄起猎枪。当野猪离他还有十米远的时候，张二瞄准野猪张着的大嘴就钩火了。这一枪偏了点儿，打在野猪的眼睛里，野猪"嗷"的一声，更加凶猛地向张二扑来。此时张二再想装枪药，灌铅装砂子已经来不及了。于是他拎着猎枪，也顾不得背起干粮袋抬身就跑。野猪的一只眼睛被打瞎了，看人也不太清楚，于是更加疯狂地乱跑出去。

再说张二，跑着跑着，前面一棵倒木，张二连忙趴在倒木底下。这时野猪也撵到这里，它"嗖"的一声从倒木的这边跳过去，没承想，倒木底下还有一只黑熊躺在那里睡觉。野猪跳过倒木时正好踩到黑熊身上。大黑熊正在打呼噜，冷不丁被野猪踩醒，黑熊揉揉眼睛，发现面前一头野猪，于是抬起宽大的熊掌照野猪的身上打去。野猪挨了一枪，此时又找不到张二，正在气头上，又挨了黑熊一掌，更窝火了。于是一猪一熊在倒木前就打了起来。张二趴在倒木下，吓得大气都不敢出。他发现两个猛兽打了起来，于是慢慢地爬到倒木的那边去了。

再说这一猪一熊互不相让，打了好大个时辰，最后累得动弹不动了，互相坐在那里喘着粗气。这时张二慢慢抬起头，从倒木旁看见两个猛兽都累得不行了。张二稳了稳神，装上铅豆子，灌上枪药，瞄准黑熊前胸脯的那撮白毛开了火。枪响过后，黑熊一蹿高，不一会儿，倒在那里死去了。此时野猪累得已经不能动弹了，再说瞎了一只眼，被这突然的枪声吓坏了，站起身来，晃晃荡荡地刚想要跑，张二麻利地又装上枪对准野猪直吐沫子的大嘴就开了火。这一枪不偏不斜正打在野猪的嘴里，野猪也死了。

后来张二把两个牲口拉回家里，卖了一大笔钱，两口子过了个快乐年。

搜集整理：刘凤彬

252. 店小二

一年,乾隆爷坐船私访。来到松花江边,在三姓一家小客店住下了。到了店里,乾隆在掏钱时,镶金线的腰带让一个强盗看见了。这个家伙挺认货,一眼就看清了乾隆这条腰带不是一般人能有的。等乾隆吃完饭,这个强盗也悄悄地跟在身后,他想这个人是跑商行的大老板,带的钱不能少了,今晚把他干掉!不用说钱财就是我的,这套衣裳也值几百两银子,强盗的一举一动都被店里的小伙计摸清了,所以对他十分注意。

事也凑巧,保驾的人不知道是吃多了,还是突然有病了,他回到店房里就开始拉肚。喝杯茶的功夫,就出去三四趟,快到小半夜时他竟出去二十多次,最后拉地走路都打晃了。他手扶着墙回到单间里,头朝下就睡过去了。乾隆一觉醒来起身去解手,强盗在暗中跟着,他俩一前一后走向院中。强盗边走边掏出匕首,小伙计一看不好,手提着茶壶也紧紧地跟上来。土匪刚想下手,小伙计随手一甩壶正好打在他的后背上。只听“嘣”的一声壶碎了,一壶滚开的开水全浇在强盗身上,烫得他没好声地叫唤,胳膊一哆嗦匕首也掉在地上。乾隆吓了一跳,回头看,心中明白了。他大喊一声:“大侠快出来!有刺客!”这一喊不要紧可把强盗吓坏了,他也顾不得身子疼痛,一蹿高跳墙跑了。等保驾的人跑出来,强盗早跑没有影了。乾隆皇帝得救了,他把这个救他的小伙计叫小老弟,后来觉着不太顺口,就改嘴叫小二了。从那以后,店里的伙计就叫小二了。

讲述:刘忠生
整理:金洪仁

253. 对水的是我孙子

很早以前,牡丹江叫作虎尔哈河,一百多年前,这个地方出了个奇事。

虎尔哈河挺宽挺深,来往行人非坐船不可。渡口被一个地痞霸占,他勾结官府对过河人敲诈勒索。少给一文钱,就别想过河,不然就得把东西留下,所以往来行人对这个恶棍恨之入骨。

一天,来了个木匠,背着家伙上了船。船家向他要钱,木匠说:“到对岸给吧!”船家翻脸了:“有钱过河,没钱下去!”木匠笑了:“不坐你的船就不能过河吗!你可不要后悔啊!”船家把脸一绷:“后悔?哪有那些后悔的,不给钱下去!”

木匠背着家伙下了船,站在河边上用手一划拉,怪了!水齐刷刷地分开了。中间出了一条大道。有了道来往行人再也不坐船了,从此船家没事可做,又不会种地,日子一天比一天不好过。人们都说这是对他的报应。

三年过去了,来了一个小孩要坐船过河,正巧碰上了那个船家。船家告诉他河里有道,过河不用坐船。小孩说他在河里走也害怕,不如坐船,船家把船摆到中间,小孩朝水中比画,水“哗”的一声响又合严了,道没有了,来往行人过河又得坐船。由于船家吃了三年来的苦头,买卖重新开张后格外珍惜,有钱也过河,没钱也让过河了。

又过了几天，来了一个白胡子老头要过河，问船家，没带钱让不让过河。船家连连说：“行，行。”还把他背上了船。这老头问船家：“听说你以前挺刻薄，现在为啥这样行善？”船家把木匠分水和小孩“对”水的事向老头一五一十地讲了。老头笑了：“分水的木匠是我的儿子，对水的小孩是我的孙子！”

讲述：刘忠生

整理：金洪仁

254. 状元汤

这一年冬天，地上积了厚厚一层大雪。正是三九天，滴水成冰，烟炮儿一刮，冻得人出不去屋。有钱人狐狸皮大衣貂壳帽子一捂，所以出门在外的都是富人，穷人哪有防寒衣物，只能躲在屋里。

依兰西江坝外住着几户人家，都是靠给城里大户人家打短工、干点零活挣钱糊口的穷苦人。靠坝根有间很小的茅草房，主人姓陈，夫妻二人都三十多岁了，还没有孩子，这年快到腊月了，媳妇生个儿子，两口子那个高兴劲就甭提了。

外面虽然刮着烟炮，可小屋还算暖和，炕下放着一盆炭火。老陈点着火，煮了半锅小米粥，又把仅剩的两个鸡蛋放到锅里。

饭做熟了，夫妻俩看着心爱的儿子，老陈对媳妇说：“赶明天烟炮儿停了，我上东家再去借点小米。”

老陈把鸡蛋盛在粥碗里，端到媳妇跟前，就在夫妻相互推让的时候，小屋的门被推开了，随着一股冷风，踉踉跄跄进来个衣衫褴褛的老妈妈。老妈妈瘦得皮包骨，戴着一顶破旧的狗皮帽子，额前的白头发挂着一层霜，手里拄着根棍子。

老陈赶紧起身把老妈妈扶到炕头。夫妻俩问她从哪里来，老人浑浊的眼里闪着饥饿的光，嘴里喃喃地说：“乌金蛋啊，状元汤，我吃了病就能好哇。”

老人太饿了，老陈看了看媳妇，她示意把碗递给老人。老陈看了着熟睡的婴儿，转身把粥端到老人面前：“大娘，俺们没有乌金蛋，也没有状元汤，你把这鸡蛋吃了吧。喝点粥暖暖身子。”“吃点吧，暖和暖和。”媳妇也附和着说。

老妈妈说：“给我吃了，那你们呢？”“锅里还有呢。”夫妻俩看着老人可怜巴巴的样子，只得这样说。

老妈妈吃完一碗又让给盛。老陈又给盛一碗粥，她又喝完。不一会儿，半锅粥就见了底。老人用袖口擦了擦嘴，站起身来对夫妻俩说：“我的病好了，多亏了这乌金蛋和状元汤。好心的人，你们的儿子将来就是个状元哪。”说完来到襁褓前，用枯柴般的手摸了摸孩子光滑的小脸蛋。

老人走了，老陈想送送她，紧随她走到门外。可一抬头，外面除了满天烟炮之外，连个人影也没有。

据说那个老妈妈是上苍的一个神仙变化的，常到人间私访，后来这对夫妻的儿子聪明过人，长大后真的在一年科举应试中，中了头名状元。

讲述：王术芬

搜集整理：姜　燕

255. 蛤蜊泡

很早以前，依兰县城东防洪堤外，有一个方圆三十多平方米的小泡子。泡子里除了有蛤蜊之外，别的什么也没有，时间长了人们都把它叫“蛤蜊泡”。

别看这泡子不大，倒是有些怪事，怎么旱也不干，下多大雨也不冒漾。一天半夜时，这个泡子里突然起了两片火光，在远处看就像着火一样。泡子西边的人拿着打火的家伙往东跑，东边的人又往西跑，南边的人往北，北边的人往南，跑到一起一碰头，哪块也没着火，不少人都说是怪事。正当人们四处寻找时，这火光从泡了里又出来了。一个老头高声喊着：“蛤蜊泡里来精灵啦！”这一喊人们也都看清了，只见泡子上面有两片火光，从两个蛤蜊嘴里射出来，有几个上了年纪的人说：“这两个蛤蜊珠子成啦，谁要是命大，把它整上来，得了珠子那可发了横财啦！”

蛤蜊泡有了宝，这事像上了翅膀传遍了四面八方，到这找宝的人越来越多，想发财的人把听说过的、自己想的、老人传下来的一些法子，都亮出来了。什么用网拉，用滚钩滚，用铁笼子装，用乱麻秧缠，能用的法子都用上了，可谁也没整上来。时间长了也都泄气了，红光出来不出来，也没人当回事了。

一年种地时，来了两个父子拉着骆驼，驮着药，住在城东大车店里。这位老先生也不给人看病，也不去街头摆药摊，吃完饭就去蛤蜊泡里转悠。一连转了两天，他就变招了，白天睡觉晚上二更天出去，鸡叫三遍才回来。头两天谁也没留神，第三宿就叫大车店里的豆腐倌给瞄上了。老先生前脚走，他悄悄地跟在后面，两个人一前一后来到蛤蜊泡。老先生往四外看了一下，然后不知往水里扔了两个啥玩意，就听扑通两声水一翻花就看不见了。不大一会儿，水哗啦哗啦地响，豆腐倌吓了一跳，呀！泡子中间蹿起两个大水柱子，接着两个蛤蜊就漂上来了。老先生拿出一把新筷子，一根一根往水里扔，两个蛤蜊抢着吃，吃了一双又一双的，一直吃了四十双，老先生才背着空兜回店了。豆腐倌刚想去和老头套话，就听见那爷俩唠起来。儿子问老头：“爹，你天天去看蛤蜊泡，里边到底有没有蛤蜊呀？”老头小声地说：“有，真有两个，它俩都活了二百多年，那个长方形的左右两个鼓包里，各有小碗口大的珠子；那个尖尖的，在头顶高有一颗珠子，这三颗宝珠得到手，说不上值多少钱！要是给万岁皇爷进贡，最少也能赏给几万两银子。”年轻人又问：“怎么能把珠子拿出来？”老头又告诉他：“每晚间喂它俩四十双新筷子，连着喂七天。头几天它们能把筷子嚼碎嚼烂，三天后就嚼不烂了，四五天筷子能把嘴给支住，七天就能把嘴给支开，想闭嘴也闭不上了，想往下沉也沉不去了。用绳把它打上来，把咱们的药塞进它的嘴里，那时它两就像死的一样，咱们就可以把珠子拿出来了。”老头又告诉儿子：“另外，需要加小心，它还有破解的办法。就是用竹子油瓶装上卤水，再放上一两步断肠散，扔进它的嘴里，它咬破了竹子，卤水和断肠散灌进肚里能药死它俩，宝珠中了毒也炸坏了，那就全完了！”

谁知爷俩说的话，全叫豆腐倌听去了。他想，人都说见面分一半，这个好事可不能错过，明天去找老先生。

第二天，豆腐倌提起这个事来，老先生死不认账。豆腐倌把他们爷俩说的话端出来，老先生急眼了，硬说没那回事，并告诉他儿子，把东西准备好，下晌回县办点事后就回南方。这个小伙子，真的把账算完了。吃完午饭，拉着骆驼辞去了，豆腐倌心里明白，不管你搬到哪儿，我守住这泡子就行。

当晚三更天，豆腐倌来到蛤蜊泡刚藏好，老先生就到了。两个蛤蜊又吃了四十双筷子，老先生连头也没回，往马鞍山方向去了。豆腐倌回到大车店，数着手指算，已过去了四天，跟他劈份的事又不答应，他想你不劈给我，我也不能叫你独吞，就用你说的办法把它药死。他立即准备好竹筒子、卤水和断肠散，在三更天他又来到泡子边上，正赶上老先生给蛤蜊喂筷子，他不慌不忙地把两个油瓶扔进蛤蜊的嘴里。那个老先生一愣神，蛤蜊已把油瓶咬碎，不大一会儿就听见“轰轰轰”响了三声，接着红光不见了，蛤蜊也沉下去了。

老先生猛听见三颗珠子炸了，蛤蜊也死了，他正在发愣，豆腐倌笑嘻嘻地对他说：“老先生你别费心了，我按着你说的办法，把它俩炸死了，你不分给我，你也得不着独食！”老先生一听脸也气白了，身子也哆嗦了，说话都岔声了：“你做事也太绝啦！完啦！完啦！全完啦！”

从那以后，没过几年泡子就干了。

讲述：刘忠生
整理：金洪仁

256. 人和鬼打架

马家沟有一个叫张立的小青年，人称张大胆。

一年深秋，他打完了场，就下起了大雪。家中没活干，去丈人家串门。在丈人家喝了些酒，不一会儿天就黑了。丈人、丈母娘、小舅子两口子都不让他走，他对丈人说：“爹，我不回去不行啊，你姑娘说她就是这儿大的月子，我住下万一她要生了家中没人照料。”丈人点了点头说：“那就回去吧，道上加点小心，树林里有坟，还有狼。”

张立出了丈人家，到外边被风一吹，酒劲就上来了，有些昏头涨脑的，东一脚西一脚不走正道。他走进树林里。看见一个挺大挺大的坟，心里纳闷，这是到哪儿啦？原来树林里的坟也没有这么大呀！走差道了吧？这数九寒天的我可别抱路倒哇（指冻死人），想到这不由得打了一个冷战。他揉了揉眼睛仔细地看了一下，觉着眼前有个东西，一闪白光又不见了，他不由得倒退一步，大声地喊叫：“啊，有鬼啦！”他一喊不要紧，先头看见那白光就在他眼前。只见它三丈高，头发有一丈多长，浑身上下白花花的，一条红舌头伸出有二三尺长，鼻子、嘴、耳朵有些看不清楚。这一惊一吓，他出了身冷汗，酒劲也下去了，他想回头往丈人家跑，又怕跑错了道，再说那家伙那么大也跑不过他呀。他把心一横，我有力气，豁出命来和他拼了，鬼还怕恶人呢！他仗着胆子喊着："我是人不怕你，你赶快滚开！"他跑到那家伙面前，两手一使劲就把腰给抱住了，觉着他的腰硬邦邦的，他心想鬼是人变的，人死了挺尸腰也不软乎，不管怎么样我先把你撂倒再说。他用了全身的力气往前一拽往后一推，没承想那家伙连动也没动。他一看不行，长长地喘了口气。这回他把吃奶的劲都快使出来了，屁股往下一中蹲，两手拼命往上一提，想把他抱起来，然后猛地一扔把他摔倒在地上，就好办了。哪承想这家伙还是纹丝没动，就这两下子，他出了身透汗，酒劲全没了，眼睛也清亮了，仔细一看，忍不住"嘿嘿"地笑了。哪有什么鬼，刚才抱的是一棵白桦树，血红的舌头是不知什么人在树杈上挂的一条三尺长的红布，一丈多长的头发是树枝子。他笑着朝它踢了一脚，擦了擦汗顺着小道回家了。

讲述：刘忠生
整理：金洪仁

257. 三姓新娘

光绪年间，从松花江下游蹿上来一股沙俄匪徒，他们借着黎前的大雾，偷偷靠近了三姓城码头。这股沙俄匪徒是由哥萨克组成，首领叫托尔诺夫，是个准尉。这小子是个流氓成性的歹徒，曾因为奸情犯罪被流放到西伯利亚。后来沙皇侵占东西领土，到处招募士兵，才把他起用。由于他是贵族出身，又是个亡命徒，所以在几次战斗中立了点小功，经几次提升，才当了准尉，这次是他受沙皇派遣，侦察松花江沿岸军情，为大部队入侵提供情报。

托尔诺夫长得十分出奇，西葫芦一样的脑袋，橘子皮一样的脸，鼻子又高又长，几乎能碰到上下嘴唇，吃饭说话都碍事，一看就叫人恶心。还是在路上时，托尔诺夫就想入非非："都说三姓的大姑娘好看，又白又嫩，能说会道，这回我非弄她一个不可。"

天亮了，他把翻译官叫到跟前："快上岸去跟满洲人打招呼，就说我们是沙皇的天兵，为了开发新的边疆，扩大帝国的领土，特到这里来勘测，让他们快快打开城门，礼炮三声，红毡铺地，杀猪宰羊来迎接我们。快去！快去！"翻译连连应诺。但他心里想，这满洲人也不是好惹的，一路上吃的亏还少吗！

进城后，驻守在三姓的副都统召见了翻译。当面斥责他们违反条约规定，无视中国主权，公然越过界河黑龙江，侵犯内河松花江的罪行。勒令他们必须在日内撤走，否则，事情弄大了，清政府不负任何后果。

翻译回去后，将副都统的这番话告诉了托尔诺夫。并详细介绍了他在三姓城里看到的情况："房子整整齐齐，门前有两个大石狮子，张着血盆大口在那里蹲着，屋脊上还有张牙舞爪的石龙，显得非常森严。市场上各种山珍海味，鸡鸭鱼肉，绫罗绸缎，样样齐全。大街上车水马龙，人来人往，男男女女，笑脸相迎。那男的长得膀大腰圆，威武英俊；那女的长得清秀美貌，如花似月……"

托尔诺夫听得出神，特别是当翻译讲到女的如何美时，一连气咽了三四口口水，馋得心直痒痒。于是，没等翻译讲完，他就挥了下手，示意翻译不要再讲下去了。命令他立即再往三姓城里走一趟，跟那位副都统说："如果撤兵，得有一个条件，需要三姓城里选出一个漂亮姑娘，作为友谊的象征，送给准尉托尔诺夫，托尔诺夫将按照中国的礼节回送重重聘礼。"

这个翻译也巴不得有机会再进一次三姓城，所以，二话没说转身就走了。他拜见了副都统，说明了这次的来意，就退到二堂等待回信。过了一刻钟，副都统传下话来，让他回去告诉托尔诺夫："三姓人答应了你的请求，今天晚上就可以把新娘送到船上，跟你拜花堂。"翻译乐呵呵回到船上，将喜讯报告了托尔诺夫，托尔诺夫一听，简直乐得像个哈巴狗一样，在甲板上直打滚，他求偶心切，下令赶紧准备聘礼，越多越贵重越好。下属们为了讨好长官，把一路上抢来的所有东西：金子、银子、各种首饰、貂皮等等全部包好，乖乖地送到城里。

傍晚，三姓城门大开，骑马坐轿，前呼后拥，吹吹打打，乐声震耳，将新娘热热闹闹地送到船上。托尔诺夫跑前跑后，手舞足蹈，总想看看新娘长得什么样，但为了遵守中国的风俗——不到入洞房时不能揭"盖头"，急得他团团转。

好不容易盼到三姓的人要回城了，托尔诺夫连送都不送，急急忙忙钻进洞房。他刚想去掀盖头，转而想到，让我先逗上一逗："娘子，你跟我愿不愿意呀？你是真爱我还是假爱我呀？"

新娘子一动不动，坐在床上不回答。

"一定是这话不好意思说出口，我再问个别的吧。"托尔诺夫自己给自己解释说。于是又问道："你是谁家的女儿呀？今年多大啦？"托尔诺夫边说边脱衣服，往前靠近，见新娘子还不回答，实在忍不住了，一步扑上前去，一只手将新娘搂在怀里，一只手掀去盖头。

当他的大嘴啃在新娘的脸上时，吓得他"嗷"一声惨叫，掉头就往房外跑，没命似的喊叫："来人哪，快来人！"

哥萨克们都喝得烂醉如泥，哪里还能动一动。就听"轰隆"一声巨响，火光冲天，连船带人，都见了上帝。

原来，副都统将计就计，召集全城的能工巧匠，造了一个会动的假新娘，在"新娘"肚子里装满了炸药，中间放进去一枚拉火地雷，把导火线拴在盖头上，然后穿上花衣服，打扮得漂漂亮亮。这伙自称是沙皇的天兵们就这样丧了命。

从此，三姓城里传开了一首民谣：

沙皇兵，野心狼，
来到三姓娶新娘，
娶了新娘不说话，
等到说话一命亡。

搜集整理：白东星

258. 弃儿反得弃儿济

很久以前，有一家老两口，养了九个闺女，九个姑娘一个比一个长得水灵，人人见了人人夸。可是，这九个闺女长大了，却愁坏了老两口，人多嘴多吃得就多，有什么好吃的东西，不等老两口沾着一点就被孩子们吃光了。老太太偏偏又有个馋嘴的毛病，一天老太太实在馋急眼了，就商量老头子说："哎，我说老头子呀，我想吃鸡蛋，咱那篓子里我还偷攒了十个鸡蛋，等晚上啊，她们都睡着了，咱俩煮着吃，你五个，我五个，你看行不？"老头听她这么一说，也高兴地答应了。

晚上，九个闺女板儿挨板儿地睡着了，老两口把煮好的鸡蛋端上来，老太太拿出一个鸡蛋朝着炕沿磕破皮，三下五除二地扒完了，正要往嘴里填。大闺女起来了说："妈呀，您吃的啥呀？"老太太赶紧把扒好的鸡蛋塞进大闺女嘴里小声说："轻点，别让你二妹她们知道。"大闺女把鸡蛋吃了，老头也扒好一个刚要吃，二闺女起来了说："爹，您吃的啥呀？"老头赶紧把扒好鸡蛋塞进二闺女嘴里，轻轻地说："轻点声，别让你三妹她们听见。"老两口扒好了第三个鸡蛋，三闺女又起来了；扒好了第四个，四闺女也起来了；第五个……直到扒好最后一个，九个闺女一家一个都吃完了，老两口还没吃上一口，你看看我，我瞅瞅你，只好把剩下的这一个掰开，一家一半。

这一宿，老两口没睡觉，商量来商量去，最后一狠心，决定把长得丑，不喜欢的老大、老二扔出去不管。

第二天一早，老头跟大闺女、二闺女说："今天，我领你们两个去姥姥家串门。"大闺女和二闺女一听都乐得跳了起来，连忙打扮起来，妹妹们一个个也都嚷着要去，老太太把眼一瞪，说："先让你大姐、二姐她们去，等她们回来再让你们去。"老头领大闺女二闺女走了。天黑了，他们来到一座高高的大山脚下，老头把两个闺女带到一块大块石头旁说："等会儿翻过这座大山就到你姥姥家了，我去找点水，你俩在这歇会，不要动。"说完就走了。

姐俩等了好半天，仍不见父亲回来。二闺女害怕了，她一头栽到大闺女怀里说："大姐，爹怎么还不回来，我怕！"大闺女搂着她说："二妹，别怕，等会儿爹就会回来的。"天完全黑下来了，老头还没有回来。大闺女终于明白了，对妹妹说："二妹呀，爹和妈不喜欢咱俩，是要把咱俩扔在这大山喂野兽哇！"姐俩抱头放声大哭起来。天越来越黑，也越来越冷，大闺女终于停止了哭泣对二闺女说："二妹，我们得找个能过夜的地方，想办法活下去呀！"妹妹听姐姐这么一说也马上不哭了，她们俩互相搀扶着向前摸去。隐隐约约发现前面有灯光，等到近处一看是几间破草房，里面点着松树明子，姐俩悄悄地张望了一会儿，没有发现一个人，就推门进了屋。这屋里只有一铺土炕，一个很大很大的瓦锅。姐俩正准备上炕休息，听见外面传来叭拉叭拉的脚步声，姐俩赶忙躲在门后面。这时看见一个黑黑乎乎、胖滚滚的东西滚了进来。啊，是黑瞎子！接着的是满身松油的野猪，再接下去是浑身花斑，头上刻着王字的老虎，还有一匹两眼发绿的恶狼。这四只野兽一进屋就大声嚷嚷开了，狼首先跳到地中央摇头摆尾地说："各位兄弟，我今天可是饱餐一顿，吃到了一只大肥羊！"野猪唉声叹气地说了一声，"唉！我只啃了一肚子松子。"隔了半天狼说："怎么有一股生人气味？"黑瞎子和老虎对望一眼，然后同声哈哈大笑起来。黑瞎子拍拍圆溜溜的大肚子说："不瞒兄弟说，这股生人气是因我今天吃了一了小孩。"老虎眼睛半睁半闭地说："我吃了一个砍柴的大人。"

到了该睡觉的时候，又吵吵上了，恶狼和老虎主张睡土炕，黑瞎子主张睡瓦锅。正在争执不下时，野猪说话了："你们今天都吃荤了，就我没有，睡觉得听我的，我喜欢睡锅，咱们都睡锅吧，少烧点火还热乎。"于是，它们点着了一小把柴火纷纷跳到锅里，盖上锅盖，一会儿就听见野猪和黑瞎子打呼噜的声音。大闺女冲二闺女一摆手，俩人悄悄地退出了屋子，到外面搬回了两块大石头，一一地压在锅盖的上面。又在灶下续了柴火，一会儿就闻到一股燎毛的味，四个野兽一齐嚎叫，姐妹俩开心地笑起来。狼说："好姐姐，你饶了我们吧。"黑瞎子说："姐姐行行好，别烧了。"野猪说："好大姐，别烧了，我出来把我的宝贝献给您。"老虎也说："我把我的宝也献给你们，我一点儿也不留。"大闺女说："快说，宝贝都放在什么地方了？说了就放。"恶狼说："门前一棵树，那树上的果全是宝。"黑瞎子说："屋后一块地，地里的瓜全是宝。"老虎说："房上一层草，那草全是宝。"野猪说："门前一池水，那水里的蛤蟆蝌蚪全是宝。哎呀受不了了，快给我们打开吧！"二闺女当真就要去搬石头，大闺女拦住说："你们这些吃人的野兽，以为告诉我们就饶你们不死吗？狠烧，烧死你们，正好我们也饿了！"姐俩猛往里添柴火，一会儿就把四个野兽烧死了，她俩饱餐了一顿。天亮之后，她俩收拾好了房子，又按照野兽们说的一一清点了宝物，从此在这里过上了好日子。

却说那老两口，自从把大闺女、二闺女扔出以后，日子越过越穷。没办法又扔掉了两个闺女、卖了两个闺女、送人两个闺女，剩下一个最喜欢、最好看的老闺女，最后也给饿死了，老两口，只好讨饭过日子。有一天，老头拄着拐棍，挎着要饭筐来到两个闺女的门前，由于几天没吃饱饭，再加上山路遥远，他一头栽下去就爬不起来了。大闺女和二闺女刚从外面干活回来，一眼就看见院子里躺着一个人，扶起来一看正是自己的亲爹。姐俩马上把他抬到屋里，又哭又叫地把老头唤醒了。姐俩做了很多好菜，焖了最白的米饭，让老头饱餐了一顿。吃过饭，这才叙起了别后的情况。老头一边说一边哭，大闺女、二闺女也让他哭得好心酸。临走时，大闺女到门前的水池里捞了十几个蛤蟆蝌蚪，用手绢包好了递给老头说："爹，当初您和我妈没看上我们，家里又穷，把我们扔到这里来了。没想到我们不但没死，现在生活也好起来了，总不能眼看您和我妈受苦，这点东西您拿回去换点粮吧。"老头说了不少感激的话，然后辞别了两个闺女。一路上老头边走边想：悔不该当初哇，唉，先看看这里面装的是啥玩意再说。他打开手绢一看，原来十几个蛤蟆蝌蚪，这下他可来了气，一抖手绢十几个蛤蟆蝌蚪就被扔在地上，只眨眼工夫，小蛤蟆就蹦跶没影了。老头回到家里把怎么遇到大闺女、二闺女，她们是怎样款待他的，又是怎样拿蛤蟆蝌蚪骗他这些事，一五一十地跟老太太学了一遍。老太太明白这事，她一拍大腿："咳！那可都是宝哇，快再看看手绢里还有没有了。”老头掏出里里外外又抖了几抖，好歹还抖落下来一个，只见那蛤蟆蝌蚪蹦儿蹦一下变成一个大金豆子，渐渐变大，一直长到拳头那么大。老两口喜出望外，赶忙拿到集市上换回了粮食，从此，老两口也过上了好日子。

搜集整理：张加锡

259. 老虎妈子

从前，有一家子，四口人，妈妈领三个姑娘过日子。大姑娘叫门插关儿，二姑娘叫有钉吊儿，三姑娘叫扒火铲儿。有一天，妈妈对三个姑娘说：“明天是你姥姥的生日，我带点礼品给你姥姥上寿去，你们要好好看家，晚上谁来叫门也别开。”三个姑娘答应说：“妈妈放心吧！我们一定看好家，谁来叫门也不开。”妈妈嘱咐好女儿之后，便带着礼品，挎着篮子上姥姥家去了。

妈妈在路上走着走着天渐渐地黑了，走到一个山脚下，实在累了，就坐到一棵大树下的大石头上休息。正在这候，从山后面来了一个老太太。老太太走到妈妈面前问：“大嫂，大嫂你上哪儿去？”“我妈明天过生日，给妈妈上寿去。”老太太又问妈妈从哪儿来？家住在哪儿？家里还有什么人？妈妈都一一回答了。接着老太太又说：“大嫂，你脖子上怎么有个虱子呢？你低下头，我给你拿下来，你看看。”妈妈低下头，等着老太太给拿虱子。这时老太太张开血盆大口，一口就把妈妈咬死了。原来老太太是老虎妈子变的。老虎妈子吃掉妈妈后，摇身一变，变成了妈妈的模样，挎着妈妈的篮子，顺着妈妈来的道，走向了妈妈的家。

老虎妈子来到门口一看，门关得紧紧的，她就学着妈妈的声音，一边拍门，一边叫：“门插关儿呀，妈妈回来啦，快给妈开门吧！”门插关儿一听，不像妈妈的声音，同时想起了妈妈临走嘱咐的话，就回答说：“天黑了，谁来也不能给开门。”老虎妈子接着又喊：“有钉吊儿呀，妈妈回来啦，快给妈开门吧！”有钉吊儿也牢记了妈妈临走时嘱咐的话，也说：“天黑了，谁来也不能开门。”老虎妈子接着又喊：“扒火铲儿呀，妈妈的老姑娘，妈妈回来啦，快给妈妈开门吧！”扒火铲儿忘了妈妈临走时嘱咐的话，边答应边下地把门开开了。

老虎妈子进屋以后，大姑娘、二姑娘要点灯，老虎妈子怕点灯现了原形，便说：“大亮的月亮，别点灯了，省点灯油好炸锅。”这时大姑娘和二姑娘一看进来的老太太，既像妈妈，又不像妈妈，屁股后头还有一个大尾巴。就问：“妈妈，你屁股后头怎么毛茸茸的呢？”老虎妈子说：“咳！那是你姥姥送给我一绺麻，我没处放，夹在屁股上了。”不一会儿老虎妈子说：“天很晚了，我也很累，咱们睡觉吧！门插关儿呀，妈搂你睡吧！”“我大了，不用妈搂。”老虎妈子又对二姑娘说：“有钉吊儿呀！妈搂你睡吧！”有钉吊儿说：“我也大了，不用妈搂。”老虎妈子又对三姑娘说：“扒火铲儿呀，你是妈妈的老姑娘，妈妈搂你睡吧！”扒火铲儿很快答应了，钻进老虎妈子的被窝。睡着睡着，大姑娘、二姑娘就听炕梢喀崩喀崩吃东西的声音。大姑娘问：“妈妈，你吃什么呢？”老虎妈子回答说：“咳！你姥姥看我咳嗽，拿点胡萝卜给我带回来压咳嗽。”二姑娘说：“妈你给我点吃吧！”老虎妈子说：“好吧！”就扔过来一个东西，二姑娘接过来一看,哪是什么胡萝卜,原来是小妹妹的小手指。这时两个姑娘吓坏了,她们俩一合计,非跑出去不行,不然的话一定要被老虎妈子吃掉。大姑娘说:“妈,我们要撒尿。”老虎妈子说:“就在炕上尿吧!”两个姑娘说:“炕有炕神,不能在炕上撒。”老虎妈子说:“在地下尿吧。”两个姑娘说:“地有地神,不能在地下撒。”老虎妈子没办法啦,只好答应两个姑娘出外头去撒尿。但怕两个姑娘不回来,就说:“快去,快回来。”两个姑娘悄悄地下了炕,走出了门。在外屋地下拿了一根大绳子爬上了院子里的一棵大槐树上,再也不下来了。老虎妈子在屋里等着两个姑娘,可是左等也不来,右等也不来,等了很长时间,两个姑娘也没回来。老虎妈子等急了,就到外边去找。到院子里一看,两个姑娘正在大槐树上摘槐花。老虎妈子说:“姑娘们哪,快下来吧,回去睡觉吧!”两个姑娘说:“妈,你看这槐花多好,又好看,又好吃,你也上来摘吧。”老虎妈子看着两个姑娘不下来,就答应也要上去摘槐花。可是老虎妈子不会爬树,上不去。这时两个姑娘说:“我们这里有绳子,你可以把绳子绑在腰上,我把你拉上来。”老虎妈子就按两个姑娘说的那样,把绳子紧紧地绑在腰上。这时两个姑娘用力往上拉绳子,老虎妈子起空了,越拉越高,眼瞅着快要到树尖了,两个姑娘一齐松了手,老虎妈子从两丈多高的高处掉下,实实在在地掉到地下,一下子把老虎妈子摔死了,两个姑娘才脱离了危险。

搜集整理:谷鸿宾

260. 阎二游地府

清朝年间,三姓城有个叫阎森元的人。他为官多年,清正廉洁,活到八十岁故去。他死后,子孙曾梦见他在阴曹地府当了五殿阎君。

阎森元有个孙子叫阎二,在三姓粮栈做事。有一天,掌柜的叫他去商埠地各家送米。他赶着驴车出了门儿,走着走着天下起了雾,四处灰蒙蒙的。当他走到一家门前时,正赶上一个妇人出门倒水。阎二上前问道:“大姐,我打听个道。”那妇人一抬头,见是阎二,高兴地说:“这不是二兄弟吗?你怎么到这来了呢?”阎二细一看,正是三年前病故的亲姐姐。阎二问:“姐姐你怎么在这里?”姐姐笑着说:“快进屋吧,你不要问这些。”阎二跟姐姐进屋后,四处看了看说:“姐姐我好渴,给我找点水喝。”姐姐拿起一把铜壶,把壶里水倒在外面,又去门前河沟里灌了一壶水,递给弟弟喝。阎二问:“姐姐,原来壶里的水就能喝,为啥还要新换一壶水呢?”姐姐说:“弟弟,你不知道,我倒掉的是阴间水,新灌的才是阳间水。”阎二看屋里摆设,不像姐姐一人独居,便问道:“姐姐又成家了吗?”姐姐说:“咱爷爷又给我找个婆家,你姐夫一会儿就能回来。”说话间,就听外面马蹄声响,进来一个武官打扮的汉子。那汉子问妻子:“这位可是你常说的阎二兄弟?”姐姐忙说:“正是二弟。”阎二忙起身给姐夫见礼。叙了一会儿家常后,阎二问姐夫:“姐夫,您在阴间做什么官?”姐夫回答说:“爷爷让我在他手下掌管刑罚。”阎二问:“我能跟你去看看吗?”姐夫犹豫了一会儿说:“你去也可以,但回去不可对人乱说。”阎二答应了。

阎二随姐夫走了一会儿,来到森罗殿。看见一个小鬼牵来一头灰色的毛驴,拴在一根木柱上，另一名小鬼拿着烧得通红的烙铁，往驴身上烙，烙得驴身上滋滋淌油，疼得驴没好声地叫唤。驴跟前还有一名小鬼拿着算盘问道："你还溜不溜须了？"那驴哭丧着说："再也不溜了。"驴受完刑后，被带了下去。

阎二跟着姐夫又往前走，来到一个平炉前。只见炉火正旺，火苗直蹿。这时有八个小鬼抬来一头大青牛，把牛放在平炉上，把牛烫得直叫唤。约有一个时辰，才把牛抬下去。阎二看见这般情景，吓得浑身直发毛。

回家的路上姐夫告诉阎二："那头毛驴是城里的王财主，他专门溜须官府坑害百姓。我们在这上刑，他身上哪里被烙过，那里就会长疮。那头青牛是城南外号叫'季香油'的地主，他对扛活的心最狠，所以要受阴刑。我们在阴间用刑，他在阳间就会疼得死去活来。你刚才看到殿上坐的那个阎君就是爷爷。人在阳间行善作恶，在爷爷那都有备案，作恶者或在阳间受阴刑，或在寿终时到阴间受惩治。总归是善有善报，恶有恶果。"说话间已回到姐姐家，姐姐正在门前迎候。姐夫说："天不早了，你该回去了。"姐姐、姐夫把阎二送出门外，姐姐含泪同阎二分了手，待阎二赶车过了一座小桥，回头看时，雾也散了，姐姐家也不见了。

阎二送完米回到粮栈，因在路上耽误了很长时间，掌柜的满脸不高兴。阎二干脆算了工钱，离开了粮栈，用自己积攒的钱，做起了小本买卖生意。阎二时常想着姐夫教导积德行善的一番话，做买卖时从不见利忘义。日子越过越富。后来娶妻刘氏，生一男一女。儿子聪明孝顺，女儿也相貌出众。

讲述：金洪仁
整理：刘忠生、廖怀志

261. 知县和城隍

清朝年间，三姓城有一任知县姓王。一天晚上，王知县外出巡视回城，路过一家客店，王知县从轿口看到客店门口挂着一对灯笼，灯笼上书有"三姓官府"字样，门口还有两名衙役把守。王知县觉得奇怪，此城除我身为县官以外，便没有别的官府。这里住的不知是何等官员，待我去会上一面，就知道了。于是下令停了轿，走到客店门前，让守门的衙役通禀，要拜会那位官员。得到允许后，王知县进入客店。一看客厅中坐着一位同自己官品一样的官员，并不认识。互相见礼落座后，一问才知那官员乃是三姓城隍。俩人叙谈一会儿，很是投机。临别时，两个人订下信守之言，在三姓为官，都不许徇私情，秉公办案，如果谁违反了就不得在此城做官。

再说三姓城有一户姓赵的人家，临街开了一个小酒店。一日，城内一位姓付的客人到酒店来喝酒。喝酒时，只见酒店掌柜的唉声叹气，姓付的客人一问才知赵掌柜的欠了不少外债。于是姓付的客人掏出五十两银子给了赵掌柜，并没说让他还。原来姓付的客人开了一家大杂货店，很富有，但凡有求借于他的，都满口答应。赵掌柜见姓付的客人仗义疏财，说了不少感谢的话。

常言道，天有不测风云，人有旦夕祸福。几年后，付家着了一把火，家产全部被烧光，落得个一贫如洗。付家生活无着，想筹借点钱修修店铺。平时受过付家周济的人家，大都很穷，帮不上付家的忙。姓付在危难时，想起了赵掌柜的。那赵掌柜的自从有了姓付的给的五十两银子后，不但还清了债务，又有了做买卖的本钱。从此，买卖越做越大，只几年工夫就发了。这一天姓付的到赵掌柜家，见赵掌柜正和几位三姓有名望的官员、富商喝酒。便说明了来意，哪知那赵掌柜的竟说姓付的讹他，不承认得过姓付的五十两银子。姓付的说："你敢不敢明天和我上城隍庙，咱们俩到城隍庙蹦台阶，如果我讹你，我摔折腿，如果你得过我的银子，你摔折腿。"喝酒的几个人说，赵掌柜你和他去，没做亏心事，不怕鬼叫门，你怕什么。当着众人面，赵掌柜不得不答应去。后进庙后赵掌柜毕竟心虚，晚上偷偷一个人先到城隍庙，进庙后摆上不少供品，跪在地上对城隍说："我真的得过姓付的五十两银子，求城隍保佑明天蹦台阶时，让姓付的摔折腿，别让我摔折腿。如果能保住我不折腿，我给你重修庙宇，再塑金身。"

第二天，三姓城不少人听说了他俩蹦台阶的事，都来看热闹。赵掌柜因昨晚给城隍上了供又许了愿，心里有了底，就让姓付的先蹦。姓付的说："好，我先蹦跳。"只见姓付的只跳了一个台阶，就摔倒了，腿虽然没折，却将膝盖摔伤了。赵掌柜一见乐了，他九个台阶都蹦完了，也没摔倒。姓付的站起来，把城隍大骂一通，一瘸一拐地走了。姓付的哪里知道，这几天城隍并没在庙里，进城去森罗殿阎王那里议事去了，家里只有判官在庙里。昨晚赵掌柜去庙里上供时，判官吃了供品，又听说赵掌柜许愿修庙。心想，我住的这个庙已很破旧，正需要修一修，就帮他个忙。但又一想，姓付的仗义疏财，已积了阴德，如果让他摔折腿城隍爷回来也不好交代，就让他摔个轻伤吧。

再说过了三日，城隍回来了。判官向城隍禀报了，赵掌柜和姓付的跳台阶的事。城隍听了大怒，对判官说："我已和王知县有言在先，谁不秉公办案，就离开三姓城，你给我惹了祸，我在这里是待不下去了。"便将判官重打了八十大板。城隍自己搬到城外一所破房子里去了，就在赵掌柜和姓付的到城隍庙跳台阶没几天，三姓城里发生了一件怪事。有人在城里一个空草房子里发现了一尊"泥像"。到庙里一看，庙里的城隍没了，判官倒在庙中地上，身上好几处都裂了，好心的百姓便将城隍像抬回到庙里。谁知，第二天城隍的泥像又回到那所空房子里，一连多天都是这样。这件事早有人禀告王知县，王知县也弄不清是怎么回事，甚觉奇怪。

一日，那个赵掌柜出门办货，住进一家客店，见店主人炕上有一只老母鸡，店主人每顿吃饭时，就给那老母鸡送饭吃。赵掌柜觉得奇怪，就问那店主人。店主人说："这只老母鸡乃是我母亲，因她活着时借了别人的钱，后来人家来要钱，她不认账，因此，做了损，死后托生为母鸡。母亲托梦给我，告诉我她托生在老刘家了。我花了钱将鸡买回来，放在炕上供养着，尽做儿子的孝心。"赵掌柜听了，心中害了怕，心想："我赖了姓付的钱，也是做损，将来也可能是这个下场。要托生鸡还真算不错，要是托生牛、马，天天挨鞭子抽，日日拉车拉犁杖，可就遭罪了。"他越想越怕，打算回去就把钱还给姓付的。

第二天，赵掌柜的拿着钱去老付家还钱。可姓付的却来了志气，说啥也不要，于是两个争执起来。赵掌柜的一看姓付的说啥也不要钱，就干脆来到县衙，向王知县自动投案。要求王知县给做主，说服姓付的将钱收下。王知县听了赵掌柜诉说了经过后，才弄清了城隍的泥像为何老跑到城外去。原来城隍不失前言，不好意思在三姓城里待了。王知县见赵掌柜认了错，诚心诚意要还钱，就将姓付的传来，让赵掌柜赔了礼，又令赵掌柜加倍还钱。姓付的一见县官给做主，就收了一百两银子。赵掌柜和姓付的给王知县磕了头，高高兴兴地走了。

这一天晚上，王知县做了一个梦，梦见城隍来到县衙，给王知县赔礼，并来告别。说赵掌柜和姓付的那件事发生时，他没在庙里，是判官自作主张做错了事。并说惩罚了判官，他已早搬出三姓城，但因没同王知县告别，因此没有走远，今日特来告别，打算改任别县当城隍，王知县听了说，咱们虽然有言在先，但这件事是你手下人做的，情有可原。你可不必到别处去，还是留在三姓。如果执意不肯在城内住，我可以在城外给你重建庙宇，再塑金身。那城隍想了一会，答应了。王知县送走城隍，忽然醒来，才知是城隍给自己托的梦。

第二天，王知县就拨了银两，请来精工巧匠数百人，只两个月工夫，便在城东建了一座新城隍庙。这座庙比原来的庙更加雄伟，年年香火不绝。从此，三姓也更加太平啦。

讲述：刘忠生
整理：廖怀志

262. 势利眼

在三姓这个地方，早些年流传着这样一句话："车、船、店、澡、衙，无罪也该杀！"先不论这句话的对错，来听一个势利眼店家的故事。

清朝乾隆年间，京试大考就要到了。全国举子先后来到京城，住满大小客店，温习功课，准备龙虎日参加大比。三姓有一个姓葛的书生，家境贫寒，在朋友那借了几十两银子，来到北京，不敢住大店，拣一个又偏僻又不干净的小店住了下来。这个葛秀才除了吃饭、睡觉之外，总是起早贪黑地读书、写字、做文章。店掌柜看他相貌堂堂，遇事稳重，又用心念书，这回十拿九稳的能考中，就对他格外地殷勤。天刚亮就先把洗脸水给端来，又问吃什么饭、什么菜。葛秀在家穷日子过习惯了，不管店掌柜怎么劝说，他总是一饭一汤。掌柜的每顿饭都给他多加一碟咸菜，他虽然每次都没给钱，可哑巴吃扁食——心中有数。

考期到了，掌柜的半夜就给他送来洗脸水，还特意给他做了两碗三鲜馅水饺。四个肉菜一个汤，并当面说明这顿饭分文不要，是送给他金榜题名的大喜饭。晚间回来了，一些举子都说葛秀才文章做得不错，大有金殿面试的希望，掌柜一听更高兴了，他整天围着葛秀才团团转简直忙得脚不沾地了。开口葛老爷长，葛老爷短，叫得那个甜哪，别的举子看了都笑他。

有一天，葛秀才没事可做，就和店掌柜闲唠起来。葛秀才问："你平白无故地为啥喊我老爷？"掌柜的满脸堆笑地回答："哎，葛老爷，这事说起来有点来由，就在你老下店的前天晚上，我做了一个梦，一个金甲神人对我说，你店里举子有一位中了榜眼，皇爷亲口封他为八府巡校，你要好生伺候，不得马虎。我将店中的举子看了又看，相了又相，只有葛爷您老人家带劲，别的举子我看就是拿钱到京城溜达溜达罢了，还想考中啊？老天爷下七七四十九天牛毛细雨，哪个雨点能轮到他们身上，真是癞蛤蟆想吃天鹅肉。葛爷您老就放心吧，小人愿你金榜得中，到时候不要忘记小人就行了。”

在放榜的前一天，一些举子都相约上街去溜达，葛秀才走到半路，推说头疼不得劲儿，就一个人先回店了。他想试试这个掌柜的，进店后就装出愁眉苦脸，满心悲伤的样子，往炕上一躺，不住地唉声叹气。掌柜的慌忙走过来问：“葛爷您咋的啦，身体欠佳，小人给您请郎中啊？”葛秀才头也没抬低声说：“完了，全完了，十年寒窗苦功算了白搭了，我落榜了。”掌柜愣了一会说：“不能吧，凭你才高八斗、学富五车，没考中太可惜了，别灰心下期早些来吧！”说完转身就走了。

晚饭时掌柜对他可就变样了，连问也不问一声，洗脚水、洗脸水再也不送了，别的举子也觉怪事，就是不知道盐是怎么咸的，醋是怎么酸的。葛秀才不禁心中暗暗好笑：“不怪人们常说，车、船、店、澡、衙，无罪也该杀呀，看起来，这些人真是势利眼哪！”到晚上，店掌柜和一些举子唠起来，他说：“你们都能考中，姓葛的也考不上，你看他憨头憨脑那个样，八辈子也都没出息……”这些话叫葛秀才一句不落都听到了。

第二天，天刚亮，小店门前挤满了看热闹的人，锣鼓鞭炮声中，报喜的宣读葛秀才金榜得中二十一名进士，出任知县。这时掌柜的又忙不迭地跑前跑后，对众人说：“我早就知道葛爷不是凡人，准能考中。”一些举子戏弄地说：“掌柜的，你不是说他八辈子没有出息吗，怎么现在看考中了又忙得脚不沾地了，你可真会看人下菜碟呀。”掌柜的弄了个脸红脖子粗，后悔都来不及了。

讲述：刘忠生
搜集：金洪仁
整理：聂恒茂

263. 宝鸭

从前，三姓城东南有一家哥俩，老大二十二岁，好吃懒做，办什么事都要盘算盘算，总怕吃亏，人送外号“大尖头”。老二才十五岁，在学馆里读书，为人十分和气。

这哥俩的父母相继去世，虽没有留下大富大贵的家产，但他们哥俩十年八年不种地也饿不着，冻不着。老大凭父母留下的家产娶了老婆，可娶的老婆比老大更加小气，他们总算计着把老二赶出去，自己独吞家产。

有一天，老二从学馆回来，老大两口子没好气地说：“二弟，你也老大不小了，只知念书，养家的苦处一点也不知道。这两年不是旱就是涝，粮食不丰收啊，咱们还是分家另过吧。”没等老二同意，老大两口子便分起家产来，只给老二没有能用的破烂家具。老大媳妇说：“只能给你这些东西，现有的房子、地、牛马卖了，只够雇工的钱，真没办法呀。”

老二无奈，只要了一把锄、一把镐、一把镰刀，便分家另过了。他在山根盖了个地窨子，就贪黑起早地刨地，种上了苞米、黄豆和一些蔬菜。

一晃两年过去了，他年年丰收，除了下地干活以外，还做了不少小板凳，供来往行人歇脚。夏天挑了山泉水又凉又甜又解渴，冬天他把屋子烧得热乎乎的，锅里开水总不断，来往行人都愿意进屋里暖和暖和。十七岁那年他和外村一个姑娘成亲了。

有一天，他正在刨地，只听一声响，地下冒出一股白烟，一位白发苍苍的老人拄着拐杖向他走来，可把老二吓坏了。他忙问："老人家，你贵姓，从哪儿来？"老人哈哈大笑说："小伙子别害怕，我是本屯土地，看你两口子心地善良，我要借你一只鸭子，好好喂养，它下啥你收啥，百天后在这个地方再把鸭子还给我。"说完把一只雪白的鸭子交给老二，转眼就不见了。老二把鸭子抱回家，媳妇忙问："哪儿弄来的？可真叫人喜欢。"老二告诉她道："这是土地老人借给咱的。"小两口非常喜欢，从此，便精心喂养起来。到第三天，鸭子开始下蛋了，老二拿起一看惊讶说道："哎，这哪是鸭蛋，是亮晶晶的银元宝！"这样，每天一个元宝蛋，约莫一个月，老二觉着够用了，便把鸭子送回去了。从这天起老二两口子便托人买木料、盖房子、买地买牲口，又开了杂货铺，小日子就像发面馒头一样"呼通呼通"发起来了。

这小两口发财的事一传十，十传百，传到老大耳朵里，他乍听不信，等到老二那里一看惊呆了。老大便请老二到家吃饭，边吃边向老二诉苦说："这几年我日子过得很紧，看在同胞兄弟分上，你帮我也发发财。"老二从来不会说谎，便把土地借鸭子的事一五一十都对老大讲了。老大便天天到借鸭子的地方假装刨地，专等土地老。有一天老大刨一阵，待一阵，忽然一声响，接着白光一闪，土地老人拄着拐杖来了，老大急忙跪地磕头，嘴里不住说："土地仙翁，我哥俩分家，把所有东西都给了老二，现在我太苦了。请仙翁帮帮我吧。"土地老人笑着说："行啊，我也借你一只鸭子，好好喂养，百天后在这里还我。"说完，给老大一只雪白鸭子便不见了。老大将鸭子抱回家便喂了起来，第三天便开始下元宝蛋，从此，老大两口子更不干活了。转眼百天已过，老大压根不想送还，还把鸭子锁得结结实实的。忽然有一天，鸭子下完元宝蛋，撞坏了笼子飞走了，老大没抓住鸭子，回头忙去笼子里抓鸭蛋，说来也怪，怎么也抓不住，鸭蛋骨碌碌乱滚，滚来滚去，一下子碰在墙上"嘭"的一声，元宝蛋碎了，从里面飞出许多小火球，有的飞到屋里，有的飞到房上，有的钻进牛马棚，有的滚到仓房粮囤，火球所到之处，立即起火，转眼间整个大院一片火海。

讲述：刘忠生

搜集整理：金洪仁、聂恒茂

264. 累死猪

在依兰县丹清河的深山老林里，早些年流传着一个累死野猪的故事。那时的丹清河山高林密，人烟稀少，野兽遍地，尤其在大山里边还有一头足有千斤重的野猪。这猪凶恶得很，它的窝附近都没有野兽敢住。它身上的松树油子足有指头那么厚，子弹打在身上像打在铁板上一样。几年来，这猪不知伤了多少条猎人的性命。因此，附近的猎户和农家不得不离开这里，到别处谋生。为了能治住这头猪，保一方百姓平安，县衙内贴出告示：有人能打死此猪，本县必有重赏。

告示贴出好长时间,也没人敢过问。这天来了一个小伙子,站在告示底下瞅了半天,然后伸手撕下,拿着去见县官。

县官听说有人揭了告示,顿时大喜,见面前站着一个二十多岁的小伙子。这小伙子个头不高,长得倒很结实,县官问小伙子:“你是哪里人氏?姓甚名谁,凭什么本事去打野猪?”

小伙子一听回答说:“俺是山东人,姓张,因排行老二,人家就叫我张二。俺凭的就是这个。”说着,小伙子举起手中的家伙。县官一看是一个有胳膊粗的柞木棒子,棒子头上镶着一个碗口大的榔头。县官一看,笑着问道:“你不怕死吗?你还需要什么帮助?”小伙子一听接着说:“俺不怕,俺敢立下生死文书,给俺带足够的干粮就行了!”

第二天,小伙子在县官面前写下了生死文书,然后带上馒头进山了。小伙子按着猎户指给的方向找到了野猪窝。他在附近端详了一会儿,然后用榔头往猪窝里一捅,只见那头猛兽“呼”的一下蹿了出来就往张二身上扑。张二见猪扑来,双手一拄榔头,飞身跳到猪的背后,不等猪转回身来,他握着榔头,抬手照猪的后屁股就是一下子,把猪打得身子一歪。猪忙回身来扑张二。当猪掉过身子时,张二双手一拄榔头,“嗖”的一声,又飞身跳到猪背后。这猪又胖又大,掉转身体很笨拙。不等它掉过身来,张二又灵巧地跳到猪的身后,抬手又是一榔头。就这样往返多少次,把这猪累得趴在地上,口吐白沫,呼呼直喘粗气。张二一见,也坐在野猪身边,说:“你累了,俺也累了,等俺吃饱了再揍你!”说完大口吃起馒头来。

张二吃饱后,又按着先前的办法对付这头野兽。一直日头落山时,把个大野猪连气带累弄得趴在地上再也起不来了。过了半天,那猪终于口吐鲜血死去了。

张二见猪死了,爬进猪窝里一看,见窝里猎枪无数,还有很多死人的头骨和破烂衣服。

县官听说张二把野猪打死了,带领手下差役来到这里,见猪果然死了。于是用车拉着死猪,并亲自把张二扶上马赶回县衙。

回到县衙,县官从府库中拿出不少银钱赏给张二,张二执意不收,县官见小伙不但为民除了害,而且如此仗义,很受感动,于是把张二留在身边,做自己的贴身护卫。

搜集整理:关丽珠

265. 老狼报恩

早些年,在依兰县三道岗镇丰旺村住着一户姓周的人家。这家无儿无女,就老夫妻二人,生活很困难。这天晚上,老两口躺在炕上唉声叹气。老头边抽着旱烟边对老伴说:“咱老夫妻一辈子吃斋念佛,到了晚年不但没儿没女,眼看年关将近,家里不用说买肉了,就连锅都要揭不开了!”

老夫妻俩正唠着,忽听外边一阵响动,老头忙点上油灯,刚要下地,忽然屋门开了,跑进来一匹老狼,这狼进屋就趴在地上张着大嘴直叫唤。此时老太太早吓得哆嗦成一团,老头胆大,手端油灯走到狼跟前一看,只见这狼光张嘴叫无论如何就是闭不上嘴。老头细一端详,原来老狼嘴里有一团子头发,头发里有一根簪子分别扎在狼的两腮上,弄得狼是嘴闭也闭不上,咽也咽不下。老头明白了,知道狼是让他给拔掉簪子。于是老头把手伸进狼嘴里,随手拔下那根簪子。拔掉簪子,老狼站起来,对着老头点了点头,然后一跛一拐地离去了。老头用抹布擦了擦这根带血的簪子,发觉很沉,擦去血迹,这才发现是根金簪。

第二天晚上,老两口正合计要卖掉这根簪子,忽然外边又有响动,老头开门一看,见院中站着那匹老狼。老狼见老头出来,点了点头,然后又一跛一拐地走了。

老狼走后,他才发现院中放着一块猪肉。老头把肉拿进屋去,把刚才发生的一切告诉了老伴。后来老两口用那根簪子换了不少钱。

讲述:王和廷

整理:陈　霞

266. 吃葱胖吃瓜瘦

从前三姓城东有这么一家子,两口人,后来生了个小孩,取名叫梁子。在梁子四岁这年,梁子的娘得个急病死了。一年后,梁子的爹又找了一个人,后娘到这以后又生个小子,取名叫柱子。他们家有两块地,一块种葱,一块种瓜。这年梁子十二岁了,柱子九岁了,后娘叫梁子去看葱地,自己的孩子去看瓜地。

两个月过去了,梁子一天比一天胖,柱子一天比一天瘦。后娘看了看两个孩子,心里挺纳闷,她就偷偷地问了邻居,邻居老头讲:“吃瓜吃常了就得瘦,常吃葱能使人胖。”后娘这才明白,这叫害人不成害了己。从此以后她对梁子和柱子一样好了。

讲述:刘忠生

整理:朱万山

267. 鹅吞宝珠僧遭殃

很久以前,三姓城内有座关帝庙。因它修在城南,人们又叫它南老爷庙。每年的五月十三,这里的热闹劲就不用说了。

一年,五月十三,三姓的道员和夫人、小姐坐着八抬大轿来赶庙会。

道员和夫人、小姐在正殿前下了轿,四平八稳地走上台阶,双手把香插在香炉里,跪在关帝像前祷告了一番。祷告完毕之后,方丈、住持请夫人、小姐到佛堂吃茶。

走进佛堂,方丈让一个小和尚给夫人、小姐沏茶。这时,道员三岁的公子张着双手叫小和尚抱。小和尚无奈,只好抱着公子在前后殿里溜达。当他出了文殊阁,又进了菩萨院,转到了鹅圈旁边,这时好几十只大鹅看见有人来了,都伸长脖子,张开翅膀嘎嘎乱叫。小公子乐的身子直晃,张着小手要抱鹅。这时正好公子的小鞋掉了,小和尚忙给他捡起来,弯要又给他穿上,一只公鹅伸着脖子把公子帽顶上的宝珠给吞了,小和尚只顾低头穿鞋,哪里知道。玩了一会儿,就抱着公子回来了。侍女接过公子吃惊地说:“夫人,不好了!公子帽顶上的宝珠没有了!”夫人一看,果然丢了宝球,当时就问小和尚:“你把公子的宝珠弄到哪儿去了,快拿出来!免得皮肉受苦!”小和尚蒙了,双手合十举在胸前:“阿弥陀佛,小僧没看见公子的宝珠。”夫人一听神色大变：“你个贼和尚，偷了宝珠还不承认！”她高声喊叫：“来人，拉下去，重打二十！”护卫们把小和尚按倒在地，重打二十大板，打得小和尚皮开肉绽。夫人又逼问：“快说，宝珠弄到哪儿去了？”小和尚双手合十举在胸前：“阿弥陀佛，小僧实在不知。”

“装什么糊涂，公子的宝珠在帽缨上，你抱走时还有，回来就没有了，不是你偷的是谁偷的！”“阿弥陀佛，小僧实在不知，请夫人明察。”夫人更生气了：“你还敢顶嘴，再打二十！”小和尚被打昏过去了，护卫用凉水把他浇醒。这时，看热闹的人越来越多，把经堂都围住了，正在佛堂说经讲法的方丈、住持、道员知道消息也来了。道员看了看小和尚向夫人问道：“因为啥把这位小师父打成这样？”夫人手指公子的帽子说：“孩子头上的宝珠叫他偷走了，怎么问他就是不认账，方打了他！”道员看了一眼，点了点头“嗯”了一声。

这下可把方丈、住持吓坏了，心中想，小和尚不是那样的人，再说在光天化日之下，他也不敢。

道员、方丈、住持回了经堂，住持向道员赔礼道歉，说了很多的客气话，然后向跪在地上的小和尚问道：“宝珠是怎么丢的？好好地说清楚。”

道员笑了：“别着急，还是先找一找，宝珠也就值千两银子不算啥！”方丈接着说：“金银财宝对我们佛门子弟，也就是斩去鹅毛的事儿。”小和尚听说一个鹅字忙说：“师父我觉着在鹅圈给公子穿鞋时，好像有一只公鹅在公子帽头上叨了几下，当时我也没留心。”

道员听后，慢声地说道：“这么说，宝珠叫鹅给吞去了，这可真是少有的事啊。”道员的师爷也讥笑说：“这可真天下奇闻，古今奇观了。”

在住持的建议下，道员、方丈和小和尚一些人来到鹅圈。正好养鹅的和尚来喂鹅，别的鹅都伸着脖子抢食吃，就一只公鹅蹲在地上张着嘴，伸着脖子喘气都费劲。不时地展开双翅拼命地挣扎着。

“就是它！”小和尚说完跳进鹅圈，一把抓住鹅的脖子，扒开嘴一看，哈哈地笑了：“师父、师父，这宝珠卡在它的嗓子眼里。”

“快捋住脖子使劲往上撸！”住持告诉小和尚。小和尚往上一撸，宝珠咕噜落在地上，大鹅拍了拍双翅，嘎儿嘎儿抢食吃去了。

道员看宝珠找到了，满脸愧色说：“这叫鹅吞宝珠僧遭殃啊！”

讲述：刘忠生
整理：金洪仁

268. 无缘对面不相逢

从前有个叫王小的人，靠打柴换米孝敬寡妇老母。一天他在山上捡了一只毛茸茸的小鸟。把它抱回家，起了个名叫“缘”。这缘能走路也能飞，王小上山打柴跟着，下田干活也跟着，他俩总是寸步不离。王小的老妈对他说：“你今年都十六七了，家穷成这样，啥时能说上媳妇？”王小没说啥，缘听了点点头，当晚就不见了。这娘俩到处找，也没有找到缘。第三天下午这缘嘴里叼着一只绣花鞋回来了。王小乐坏了，赶紧把它抱进屋里，妈妈把绣花鞋放到柜里。

过了些日子，就听说很远的一家员外小姐绣花鞋丢了一只，这小姐急病了，吃了不少药也没治好。老员外没办法就写了告示，谁能把小姐的绣花鞋给找着，只要年岁相当就把姑娘嫁给他。王小带着绣花鞋来了，姑娘一看，心中一乐，病就好了七分。老员外看王小又年轻，长得又好看，就把姑娘许给他了。员外给王小拿了不少银子，叫他回家置办。

成亲的日子到了，员外把姑娘送来了。在拜堂前，姑娘要看看缘是啥样，王小瞒不住了："你们来了我没啥招待，就把缘杀了做菜了。"姑娘一听笑了一下，转身上了车，对王小说："咱们是有缘千里来相会，无缘对面不相逢。"

讲述：刘忠生
整理：金洪仁

269. 火龙衣

传说过去有个恶霸地主，为了逼租讨债故抓来穷汉子关在磨坊里，数九寒天磨坊里滴水成冰。穷汉浑身冻得要命，就拿起磨杆拉起来，一会儿全身上下冒出汗来。恶霸在上房吃饱喝足，这才朝磨坊走来，心想这回看你还债不？他走进磨坊看见穷汉正在磨上用破帽子扇脸上的汗呢。恶霸觉得奇怪，问道："这么冷的天你哪儿来的汗呢？"穷汉附在他耳边偷偷说："我身上穿的是火龙衣，什么冷的天气都不怕！"恶霸一听眼红了，把自己衣裳脱下和穷汉换，又找给穷汉一些钱，穷汉乐哈哈地走了。

一天，恶霸去城里办事，走了一段路，全身冻得发麻，发紫，就向路旁一棵被火烧过的树跑了过去，躲在树洞里，不一会儿就冻死了。等家人找到树洞一看，都说火龙衣太热了，把树给烤着了。

讲述：姜兰才
整理：关丽珠

270. 扁古至今

很久以前，五国头城有个小鞋匠名叫关道成。关道成年方十九岁，自小没爹没妈，在鞋铺里做伙计。他肯钻好学，只用了两年就把师父的手艺学到手，成了三姓城里有名的小鞋匠儿。师父看他忠厚老实，就把姑娘给了他做媳妇。没料到，结婚才三个月，媳妇得场重病丧了命。小鞋匠儿整天蔫头耷脑的，师父怕他愁坏劝他到外边转转，散散心。小鞋匠儿猛地想起有个舅父在京城，就告别了师父往京城走去。

这一天，小鞋匠儿来到京城。见城门紧关着，门前挤着一帮人在看着什么，心想，天都不早了，这些人不进城还瞅什么热闹？他挤到跟前对守城的士兵说："我要进城……""你要认得这四个字就让你进城，皇上还招你做驸马呢！"小鞋匠儿这时才看清城门上挂块匾，匾上有四个大字,可谁能认得呢?原来,匾上写的是梅花篆字,是当今皇上的梅花公主为招驸马写的。匾都挂出九十九天了,只差一天就到了期限,可全国上下没有人能认得的。把公主急得让父王派人关上城门招亲。有谁能料到,这个桃花运却落在大字认不了几个的小鞋匠儿身上。城上的官儿多少天来只见有人看匾没人吭声,这时一听有人搭话,忙问:"你倒是认不认得?"小鞋匠儿忙说:"我一个也不认得。"不知是城高风大听不清,还是这个当官的耳朵背,连问三遍都听成"就一个不认得!"当官的一琢磨:四个字能认得三个,已是奇才了。对,向皇上禀告一声或许能行!皇上一高兴,说不定还能提我个一官半职的。忙叫小鞋匠儿等着,他撒开丫子跑到了城门,不一会儿,这个当官的跑回来了,后边跟着八抬大轿。他上气不接下气地嚷:"快,快开城门,请驸马爷进城!"城门打开,不由分说地把小鞋匠儿扶上轿子抬进了皇宫。经过梳洗打扮,给小鞋匠儿换上朝服就领到金銮殿见了皇上。皇上一看,还挺中意,当即吩咐去朝阳正院拜见国母,与公主成婚。

当晚,梅花公主坐在洞房干等驸马不来揭盖头,自己就偷着揭开了盖头,一看驸马年轻俊秀,心里挺乐。有心劝驸马早点上床亲热一番,可又一想,不行!得先问问驸马看他哪个字不认识,考考他,取个乐儿。哪承想,驸马一个字都不认得,正愁呢!公主一问,就将实情说了出来。公主天天想夜夜盼,盼来的是这么一个驸马。心里像被用刀子捅了一下,气得差点昏了过去。想去禀告父王把这个驸马废了,又怕自己成为小寡妇,不告吧,又怕父王明天在金殿上面试,欺君之罪,驸马还是免不了一死。怎么办好?公主也蒙住了。这时,鞋匠儿吓得跪在地上连连哀求公主救他性命。公主哪顾得上理他,小鞋匠儿急得哭了起来。公主怕惊动宫女把事情闹大,忙拽起驸马,长叹一声:"我就是这个命了。告诉你吧,那四个字是'盘古至今'。明天父王考你,你答对了就能救你的命!"小鞋匠赶紧背这四个字,像念经一样,嘴里不住地叨咕着。过了一会儿,公主问他:"记住没有?""记住了!"可是一打岔,不是少这个字,就是错那个字,总答不对,几次都是这样。公主气哭了,小鞋匠儿又跪在地上连连道过儿。公主一想,气也没用,还是想办法吧!看到装点心的盘子,便计上心来,用纸糊了两个小纸盘又口对口地糊在一起,叫他揣在怀里。公主问了一句:"那四个是什么字?"他伸手摸了摸纸盘,盘底向外鼓着,"啊!想起来了,'盘古至今'。"公主一见这法儿灵,就又用绒线织了两条小龙,告诉他明天父王或者大臣让他点戏时就点"双龙戏",当即练习了两遍。公主见他记住了,又用江米饭捏个小人,告诉他:"双龙戏是这个人编的,他名叫姜墨仁。"驸马都一一地记住了。

第二天,驸马上殿面试。皇上问道:"驸马,公主写的四个字是什么?"小鞋匠儿连忙用手摸摸盘子,咦!怎么扁啦?这可怎么答呢?汗从他脸上"唰"地淌下来……大臣们都瞪大眼睛,直盯着驸马,见他愣着,有的说起了风凉话。皇上沉不住气了,厉声地问:"公主写的什么字?"

小鞋匠儿一急,张嘴说出了"扁古至今"。大臣们愣了,从古到今,只听说盘古至今从没听说过扁古至今,真天下奇谈!皇上却仰着头大笑:"好,好!"他指着群臣说:"你们听清了没有了,我的驸马进城时就说认识三个,现在果真认得三个,你们这些久受皇恩的高官,哪个能认得三个字?"他又对驸马说:"公主写的是盘古至今,不是扁古至今,今后切记。"

在光禄寺御林琼宴上，酒过三巡，菜过五味，礼部韩尚书向皇上启奏："皇上，教坊来齐，请驸马点戏。"小鞋匠儿伸手摸了摸，坏了，这双龙怎么成了两个球呢？他张口就答："点双球戏。"文武大臣嬉笑，皇帝提醒他："驸马，是双龙戏吧？"他知道自己又弄错了，可在文武大臣面前不好改嘴啊，只好硬撑着说："是双球戏，没错！它出在我们五国头城，怕是传到了京城，才叫双龙戏吧。""有理，有理，"皇上连声说："驸马，你说这戏出在你们那儿，你可知道是谁编的吗？""知道，知道。"他又摸了摸江米小人，小人的脑袋也扁了，他抬头说："叫江扁头！"皇上和群臣都笑了。

"驸马，他不叫江扁头，叫姜墨仁。"小鞋匠儿又硬撑着说："这江扁头是我的表叔，因他脑袋扁，外人都叫他扁头。"

"哈哈……"皇上大笑起来，"怪不得我的驸马能认得梅花篆字，原来是天下闻名的姜墨仁的表侄儿啊！"群臣跟着吹捧了一顿，之后，皇上主持的"盘道"开始了。盘道，就是哑谜考试。主考官礼部韩尚书伸出三根手指朝头上拍了三下，驸马一愣，随后又一笑，用两脚跺跺地。韩尚书吓了一跳，眼睛直勾勾地盯着驸马，驸马也有些不满意的样子，就像两只斗架的公鸡在用劲儿。皇上大臣也都愣住了，只见韩尚书用手在肚子上拍了三下，驸马仰头大笑连连在椅子上颠了三下屁股。韩尚书又向前伸出三根手指头，驸马紧接着伸出五根手指，接着韩尚书又朝后伸出三根手指，驸马把手向后一甩，气呼呼地站起来走了。

韩尚书像斗败的公鸡，一下瘫在椅子上，长长地吁了口气高喊："我主万岁！驸马才高八斗，学富五车。多亏他走了，不然为臣连题也不敢再出了。"这时，大臣们齐吵乱嚷："你和驸马比画半天是说的啥呀？说出来让我们见识见识。"皇上也点头赞同。

"我先用三个手指头拍了三下脑袋，是说'我头顶三千古佛'。驸马跺了跺脚，两只脚成八字，说他是脚踩'八大金刚'。我信佛，他成了佛祖，第一题我输了。"

"接着我用手拍了三下肚子，是说'我是大肚弥勒佛'，驸马颠了颠屁股是说他'坐下沉香宝辇'。大肚子弥勒是三等佛，我又输了。"

"第三道题，我想着吹吹牛，吓唬吓唬驸马。我向前伸了三根个手指头，是说'我前知三千年'。驸马伸了五根手指头，又胜我两千年；我往后伸三根手指头，是说'我后知三千年'，驸马把手一甩，是说他'未来的事儿全知道'。我又输了。"

大臣们一听，这驸马爷的学问也太大了，今后可要小心，千万别惹他。

驸马府中，梅花公主正为驸马担心不安呢！看他回来了，心里的一块石头才落了地。刚想搭话，小鞋儿匠气呼呼地说开了："公主，这是不是欺负人？盘道就盘道呗，可这韩尚书他当着大伙的面就揭我的短。他开头就伸出三根手指头拍了三下脑袋，是说'他要做帽子'，我一看不行，我不会做帽子，就用脚跺跺地，告诉他'我是做鞋的'。他接着用手拍着肚子，是说'做鞋子也行，但要肚囊子皮'，我一看笑了，他也太外行了，做靴子哪有用肚囊子皮的，水一泡就胖胀了。我颠了颠屁股告诉屁股皮好。又待了一会儿，他向前伸出三根手指是说'给三两银子'，我伸出五个手指头告诉他给'五两银子，少了赔本'。这老家伙又往后伸出三个指头，是说'就给你三两'，还得晚间从后门送去，不然叫媳妇知道那还了得！我来气了，心想你韩尚书当那么大的官还怕老婆，真是没出息。我用手一划，告诉他去你的吧，不给你做!"

公主大笑不止。"哎呀,你们可都出笑话啦,韩大人的哑试不是那个意思,你想错了。你答的他也误解了。看起来你这'扁古至今'也给后人留下话把了。"

小鞋匠儿跪在公主面前说:"公主,我先前的媳妇死了,扔下两个老人,没着没落的,我想把双亲接来,你说行不?"

公主笑了,把他拉起来,连声说:"行,行,行!"

讲述搜集:刘忠生、金洪仁
整理:朱迎春

271. 梦话

三姓这个地方山多,有山就有宝。

一年,一伙放山的放下来不少各式各样的山参,把头和伙计们下山这天,到了三姓,住在一家小店里,住店的人三教九流,真是嗑瓜子出臭虫什么仁(人)都有。把头和伙计们合计,这些山参放到哪儿?他们在店房里,屋外院里看了好一会儿,总觉着放到哪里都不可靠,也不放心。正好一个伙计出去解手,他回来偷偷地向把头说,西树林里有棵站杆树,树干上有一个窟窿,我看放到那里准行。把头领几个上了年纪的人到那一看,这个树窟窿外边小,里边挺宽敞,几个人一合计就把山参放到树窟窿里去了。

吃完饭,睡觉前把头悄悄地告诉伙计们,三个一伙,两个一帮装作溜达的样子,到树林里去看看,回来的人说:"和原先没差样。"

到半夜前后,一个小伙计就说上梦话了:"哎,你知道我们这些人是干啥的,告诉你吧,我们是放山的,好东西可老鼻子啦,什么四品叶、五品叶、六品叶都不少、灯台子、二夹子那都不算数,东西都放在西树林的树窟窿里。"

他说的话全叫一个老头听去了,这个老头还领一个儿子。他们爷俩悄悄地起来,看打更的正在打盹儿,出了店房来到树林里,没费啥劲就找到了。这爷俩收拾收拾把人参又送到一座坟里,回到店房又躺下了。

第二天,天刚蒙蒙亮,把头把大伙叫起来,到那一看傻眼了,东西都丢。几个月的罪白遭了不算,还把米口袋都赔上了。把头和伙计老后悔了,心想,不如交给柜上或者分开保管了。

讲述:刘忠生
整理:金洪仁

272. 小抠

（一）

有这么对儿亲哥俩，分家有好些年了，住在南北二屯，是远近出名的小抠。

有一天，老大到老二家串门儿。老二躲了起来，让他儿子招待他大爷。老大问："侄子，你爹呢？""我爹上山打柴去了，大爷到屋里坐吧。"老大一听说："你爹没在家，我就不进屋了。这回来，没拿什么好东西，只给你爹捎两条鱼来。"说完，从兜里掏了一张纸递给侄子，侄子接过来一看，见纸上画着两条大脑瓜、小身子的鲤鱼。连忙道谢："大爷来串门还带来两条鱼，真是谢谢了。我爹没在家，侄子招待大爷吧。家里没啥好吃的，我给大爷烙张三鲜馅的馅饼吧。"说完用手比画一个饼的模样，双手递了过去。老大一看，心里咯噔一下，一边说："不吃，不吃！"一边转身走了。

老二见老大走了，忙从屋里走出来，上前打了他儿子一个耳光，破口大骂："你个小混蛋，我都看见了。你给他比画半个饼就够了。去！撵上他，再给我要回来半个饼来。"

讲述：刘忠生
搜集：金洪仁
整理：李瑞亭

（二）

一个有钱的财主，他花一文钱心都疼，有人在他家吃一顿饭，那就像在他身上挖下一块肉。他千方百计不叫人家吃饱。

一天，他表叔领着小儿子来了，他一看，这是上等客，不好好招待招待可不行。就叫老婆烙饼、切肉，张罗得可欢了。他表叔一看，心中纳闷，外人都说他是小抠，看来是冤枉他了。

吃饭的时间到了，桌上摆着一大盘瘦肉片、一盘萝卜、一盘白菜，还有一盘子咸鸡蛋。

当家的陪着表叔，小兄弟上桌了。连连让吃肉，表叔真的伸筷子去夹肉，哪承想上面切的是片，下边是个整块，夹不下来。这老头又用筷子去夹萝卜白菜，也都是那样。用手拿了一个鸡蛋，轻飘飘的，原来是空鸡蛋壳。

表叔一想，桌上摆的饭菜都是样子，根本就不想叫人吃，他给小儿子使了个眼色，这爷俩愤愤地下地回家了。

讲述：刘忠生
整理：金洪仁

（三）

早些年，依兰县有这么一家财主，家有好几百垧地，牛马几十头，猪上百，鸡鸭鹅就更不用说了。你别看他家大业大，可他小抠的名声却远近闻名。

这老财主好喝酒，可轻易不喝。一次，他大儿子到外边去办事，回来给他买了一瓶子酒，这酒咋喝呢？长工们发现，每到喝酒的时候，他拿一个又长又细的秫秸棍儿，在酒瓶中蘸一下，用嘴舔舔，每顿饭只蘸两回，多一回也不蘸，儿子在旁直生气，可又不敢说个不字。

他不但自己抠，对家里人也挺刻薄，除了年节给家里人做点好吃的外，平常日子想吃好的，那是没门儿。儿子看老爹对家人那样刻薄也很气愤。

他大儿子一天对长工、伙计们说："咱们在三天内，杀猪、吃焖肉、包饺子。"他这样说可长工们都不信，知道老当家的不发话谁也不敢。

第二天早晨，大儿子对老爹说："爹，昨天衙门里师爷捎来信，让你今天赶早到县衙，有事和你商量。"老头子真信了，揣了几个豆包骑上马就走了。

老头刚出大门，大儿子就叫老婆子、兄弟媳妇、摘菜、剁馅子，叫打头的领伙计们杀猪。老东家不在家，少东家发话了，长工、伙计们可乐坏了。大家动手，屋里屋外就忙乎开了。

过了一会儿，只见小猪倌跑进院说："少东家，可不好了，老东家回来了！"大儿子一愣神，忙问："来到哪啦？"小猪倌擦了一把汗："快到岔路口啦！"这下可把全家吓蒙了，大家都说："这事可不能叫老当家知道，知道了，都得挨揍！"大儿子一看全家人都愣了，他喊了一声："别害怕！快包饺子，我有办法！"他叫小猪倌牵出一匹马来，进仓房用麻袋灌了两簸箕黄豆，吩咐小猪倌把豆子倒在岔路口这边的道上。看见老东家下马捡豆子，就赶快回来吃饺子。他这么一说大伙干得更起劲了。不大一会儿，饺子煮好了，肉也炖烂了。大儿子说："饺子和肉随便吃，能吃多少拿多少，剩下倒在坑里。"

小猪倌骑马跑在岔路口，两手抓住麻袋底边走边拉。然后他跑出挺远，看见老东家下马，一粒一粒地捡豆子，他骑马回来吃饺子了。

老东家捡完黄豆回到家里，长工、伙计都下地干活去了。杀猪吃饺子的事一点儿也没看出来。大儿子问他："爹，你怎么回来了？"老东家说："我走在半路上，听见屯里猪叫，怕你们在家里买肉吃。"大儿子说："哎呀，爹，那不成了败家子儿，咱趁啥那么造！"老东家眉开眼笑望着大儿子说："嘿嘿，还是我儿子说的对，过日子不能胡造。我今天没去衙门办事也算走字儿，回来在半道上捡了半麻袋黄豆，还有条麻袋。"

讲述：刘忠生

整理：金洪仁

273. 白吃白喝

从前有三个酒友常在一起喝酒。每次喝酒都是老大、老二轮流掏钱。老三总是白吃白喝。一回两回还行，长了老大、老二就有点讨厌了，一喝酒就背着老三，可老三每回都能把老大老二找着跟着白吃白喝一顿。

一天，老大、老二合计想出一个办法，弄了一条船，到江心去喝酒，他们想："这样一来老三就没招儿了。"

快到晌午了，老三挨个馆子翻，也没找到老大老二。他俩能到哪儿去呢？老三一边寻思，一边走，不知不觉来到西江沿，一抬头看见江中间有一条小船，上面坐着两个人，好像是老大和老二。老三想："好哇！你俩喝酒躲着我，你看我怎么治你们！"老三到上游弄个大箱子钻了进去，盖上盖，让箱子顺水往下漂。

再说老大老二正在江心船上喝酒，看见上水上漂来一个箱子，老大说："老二，咱俩划船把箱子捞上来，兴许里面有金银财宝，咱哥俩可就发大财了。"等他俩把箱子捞上船，打开盖，老三从里面钻出来，老大、老二一看傻眼了。

老三从箱子里出来，端起酒壶就要喝，老大伸手拦住说："老三，先别着急。今天喝酒有个规矩，每人作一首诗，每句里得有糊里糊涂，明明白白，容容易易，难上加难这几个字。谁作上来谁喝酒，谁作不上来，谁不喝酒，还得花这顿的酒钱。"老三说："行。"

老大先说："天上下雪糊里糊涂，落在江里明明白白。雪变水容容易易，水变雪难上加难。"说完老大喝了一口酒。

老二接着说："一块墨糊里糊涂，一碗水明明白白，水变墨容容易易，墨变水难上加难。"老二也笑眯眯地喝了一口酒。

该轮到老三了。老三一边往杯里倒酒一边说："我在箱子里糊里糊涂，钻出箱子明明白白，我吃你们容容易易，你们吃我难上加难。"

讲述：陈浩生

整理：李端亭

274. 万年松和蛇虎二弟

有一棵参天的青松长在一座巍巍的山峰上。它身上终年盘着一条松花大蛇，脚下趴着一只斑斓猛虎，这棵松树就是靠这两个"卫士"安全地生长了一万年。现在山上的树木已被人们砍光，甚至连毛草都被割净去做烧柴，唯独这棵青松无人敢动。

日子久了，松树以为不是因为蛇、虎在身旁保卫，而是全凭自己这高大的身躯和威严的气势震慑了人们的结果。所以，渐渐地就厌恶起蛇、虎二弟来。有时它甚至感到世界上威胁自己安全的不是人们，而是蛇、虎二弟。如果把它俩除掉，自己就无所惧怕了，可以在山上称王称霸了。于是，它想出了一条妙计。

有一天，老虎下山打食，松树就对蛇说："虎临走时告诉我，它早就想吃掉你，你要特别小心呢!”虎回来后,蛇去打食时,松树又对老虎说:“虎弟,刚才你不在时蛇对我讲,它早就对你垂涎三尺,今天打不到食,回来就吃掉你,你可要小心提防啊!”

就这样,蛇虎之间互相斗了起来,直至双方累死在树旁为止。

刚巧,一群百姓上山砍柴,发现了蛇、虎的尸体,就准备抬回去剥皮吃肉。可回家用什么烧火呢?他们发起愁来。其中一个指着松树说道:“我们真笨,这万年松不是可以砍了吗!”

讲述:刘忠生
搜集整理:白东星

275. 老两口被盗

很久以前,有这么一对老两口,住在一个偏僻的深山里。自己刨地种庄稼,一年一年地维持生活。

老头天天下地干话,山里的蚊虻很多,咬得他受不了。实在没有办法,他就用泥巴,松树油子,往脸上、头上抹,抹得越来越厚,这样蚊虻就咬不着了。

老太太在家做饭也很懒,每天饭后从来不刷锅,这顿接着下顿,今天接着明天,油渍子积成很厚的一层锅鞘,一天,有一个小伙子家里没锅,准备晚上来他家偷。

深夜,小伙子果然来了,一进屋先给了老头一棒子,只所“哗”一声,脑袋上那层外壳打得粉碎,崩了可屋。然后就到厨房拔锅。一拔没拔动,心里想:怎么这锅这么沉?打了两棒子,小伙子再一看是两口锅在一起摞着,于是他就把上边那口锅拿走了。

这时,老太太急忙叫老头,心想这一棒子老头非完蛋不可,点着灯一看,老头不但没死脸上还挺白,老头一摸脸上透肉了,感到挺高兴。老两口到外地去看锅,拿灯一照锅鞘也没了,原来小伙偷的是锅上边的那层锅鞘。于是两人拍手大笑,老头说:“亏我二十多年没洗脸哪,要洗脸这一棒子非把我打死不可!”老太太说:“亏我二十多年没刷锅,我要刷锅这口锅不也得叫人偷去吗!”

搜集整理:曹忠贵

276. 三姑爷拜寿

从前有个王老员外,他有三个姑爷。大姑爷是个县官,二姑爷是个教书先生,三姑爷是个老实的农民。这天赶上老员外过生日,几个姑爷姑娘都回府祝寿。老员外格外高兴,吩咐厨师多烧几道菜,爷几个好好喝一场。

酒过三巡,菜过五味,大姑爷眼睛一眨来了道,他一看老三那个土气样,就想难为他一下。提出按照顺序哥三儿每人说一句乘法口诀,谁说完谁就吃菜,说不上的就看人家吃菜。二姑爷点点头表示同意。县官脑瓜一晃说了句:“二八一十六,县官吃口肉。”说着举筷子夹了一块肥肉放到嘴里。二姑爷更不费劲,张口就来:“二九一十八,两块一起夹。”说着真的一下夹两块肉,瞅着老三嚼起来。三姑爷一看,心里寻思:这不是存心难为我吗?心里自然着了急。忽然想起那天路过学堂时,学生背念的一句口诀。他说:“七九六十三,我给你连盘端!”说完,端起菜盘吃个溜光。老员外愣住了,大姑爷和二姑爷也都傻了眼。

讲述:王凤林

整理:佟宝林

277. 宰相选师

古时候有一位宰相,对皇帝非常忠诚。他很想把自己的儿子培养成一个十分出色的武将,来保卫朝廷。于是,贴出告文,出高价聘请老师来教儿子。

消息传遍全国,许多武艺高强的人纷纷登门,可他看到这些人举止言谈都很平常,武艺也不像他想象的那样高超,一个也没收留。他叹道:“看来国家真是缺乏人才呀!培养儿子已经迫在眉睫了。”因此,便决定到各地走一趟,亲自给儿子选择教师。

第二天,他刚走到一个地方,就听到远处传来一片喝彩声,走近一瞧,是一个人正在卖艺。他发现这个人长得很英俊,举止大方,口齿伶俐,仪表堂堂,十八般武艺样样精通,而且还能在钢丝上走路,心里赞叹不已。

“武艺出众的人总还是有的,只不过是没登我的门罢了,一定是他没有看见我的告示。”宰相心里这样想。就把这个卖艺人请到家里为师。

经过五年的时间,儿子完全学会了卖艺人的本领,宰相很满意。正巧这时敌人入侵,他就派儿子领兵去打仗,结果一交锋就被一个无名小将给杀了。

宰相听到这个不幸的消息,放声大哭,边哭还边骂儿子不争气,误了国家大事。旁边有一位知道详情的人说道:“不该埋怨儿子,应该怨你自己。因为你儿子学到的都是些表演用的花架子,而不是打仗的真本领。”

宰相听了这话,才明白是自己选错了教师,坑害了儿子。他深有感触地说道:“判断一个人是否有真才实学,不能凭表面现象啊!看去平平常常的人,却多是有本领的。”

搜集整理:白东星

278. 王虎学锤

唐朝时有一个青年人叫王虎,他一心想学到天下无敌的本领。朋友知道后都来劝他,这是一件不容易办到的事情。可他却百般不信,认为要做到这一点很简单,并不费什么劲。

当时,李元霸是天下第一好汉,因此他就千里迢迢去找李元霸。

“你凭什么无敌于天下呢?”王虎问。

“就凭这两个铜锤。”李元霸回答。

“你怎样使法呢?”王虎又接着问道。

李元霸就把自己的锤路全告诉了他,王虎牢牢地记在心里,告别走了。

回到家，他就花钱铸了两个同样大小的铜锤，并且吹嘘自己已经学到了天下无敌的本领，邀请朋友们来观看。

朋友们来到后，只见他穿好了盔甲，口中背诵着要锤的要领，双手握住两个锤柄，正准备当众表演呢。可是，当他想把锤提起来时，却怎么也提不动，费了半天工夫，铜锤连缝都没翘，累得他满身是汗。

这时，其中一位朋友说道："罢手吧，老弟，你虽然学会了使锤的方法，可力气还差得很远呢！还是先去练练力功吧。"

王虎红着脸说不出话来。

把一切事情都想得很容易，以为不需要付出多大代价，走一条捷径就可以达到目的，是行不通的。

搜集整理：白东星

279. 燕子和企鹅

很久以前，燕子和企鹅是结伴同行的，有一年夏天，它们一起飞到了南极洲。

"这里水域宽阔，敌害稀少，食物丰富，真是个好地方。"企鹅赞叹地对燕子说。

"好是不假，就是天气太冷了，要是再暖和点儿就十全十美了。"燕子非常惋惜地回答。

"哪有传说的那种地方，要过好日子就得克服困难。"企鹅白了燕子一眼，反驳说。

"我看咱们还是换一个地方吧，这里夏天都这么冷，冬天来了非冻死不可。"燕子开始提议。

企鹅生气地答道："我不同意，要走你自己走。"

就这样，它们分手了。

企鹅开始在这里定居下来。冬天，它冒着最低温度零下八十多度的严寒，坚持生活着。经过长期暴风雪的磨炼，它的身上新换了一套鳞片状重叠的羽毛，皮下积累了厚厚的脂肪。既不怕海水浸泡，又不怕寒冷的袭击，完全适应了这里的环境，从此，富庶的南极就成了企鹅独占的乐园。它们在这里生育、繁殖，世世代代过着丰衣足食的幸福生活。

而燕子呢，由于怕艰苦，却永远也经不起严寒。养成了在屋子里做窝，在暖天气捕食的坏习惯。为了吃饱肚子，只好从南到北，四季奔波，弄得身体瘦小枯干。

搜集整理：白东星

280. 逃兵捉鱼

辽沈战役期间，有一队国民党士兵从战场上败退下来，向军部逃跑。他们已经一天一夜没吃东西了，每个人都又饥又渴。

恰巧，在路上碰到一个池塘，他们在喝水时，偶然发现里面有一条十余斤重的大圈钱鲇鱼，就争抢着下去捉。

长官怕人多把水搅浑，就命令士兵站好队伍，不许乱动，只派一个人下水。可是，由于水阔鱼少，而鲇鱼又比别的鱼灵活，下去的士兵费了九牛二虎之力，也没有捉到手，急得岸上的士兵连喊带骂。

“不许瞎嚷嚷！听我的命令。”长官想出了一个好办法。

“出来四个人，分开距离把池塘围上，每人把好自己的位置，鱼跑到谁的跟前谁就用刺刀扎。记住，不许乱来，谁放跑了鱼我就要谁的脑袋！”他像指挥打仗一样声嘶力竭地吼着。

但是，这个“战术”并不管用，鲇鱼总是往两个士兵的中间地带钻，而士兵们怕违犯命令，都不敢离开自己的位置去刺。

“再来四个，站在那中间位置上，看它还往哪儿钻！”长官又命令道。

立刻又从队伍中走出四个士兵，按指定位置站好，端着刺刀等着。

鱼又找到了新的中间地带。在水中那个士兵的追赶下，它从这两个士兵的中间，游到那两个士兵的中间。仍然安全无恙。

长官急了，连续发着命令：“再来八个！”

“再来十六个！”

他边喊边撸着袖子，最后把手枪也拔了出来。

一队士兵全站上了，还是有中间地带。结果，白费了半天工夫，连个鱼鳞也没捞着，只好眼巴巴地走了。临走时，长官瞪了水中的鲇鱼一眼说：“便宜了你！我们要是人多的话，把池塘围严，看你还往哪儿跑。等着吧，下次老子带一个军来！”

“不是人少，而是你的命令本身有问题。”一个士兵偷偷地说。

搜集整理：白东星

281. 中国花神——红姑娘

洪荒时期，黄帝、炎帝、蚩尤三大部落争夺天下。炎帝部落老首领之子炽因不满父亲首领之位传于身世不明的炎帝而发动叛乱。炎帝平息了叛乱后，炽下落不明。不久，炎帝被黄帝打败之后，突然隐姓埋名远走他乡。多年后炎帝化名为神农，尝百草救世人。多年后，炽化名为瘟神，处处与神农作对，更制造出瘟疫，祸害世人，令神农苦苦无法破解。

炎帝部落的衰落使得争夺天下的大战将在黄帝和蚩尤间展开。一次，双方交战正酣，突闻各自部下来报：自己部落中正发生大规模瘟疫。黄帝和蚩尤立刻收兵，赶回各自部落查看救援。

黄帝发现自己的很多子民在这场大瘟疫中患病、丧生，忧心忡忡。人群中，黄帝发现了帮助救治病人的神农。两个老对手再次相逢，黄帝对神农既充满怨恨又十分敬重。尽管神农用尽了方法，也只能暂时控制瘟疫的蔓延，并不能够彻底地消除瘟疫。神农感怀世人疾苦，独自祈求上天，以祈求得清除瘟疫之法。

天宫中，玉帝的妹妹花神（又名红姑娘）生性豁达善良，眼中没有尊卑长幼之分。玉帝的七个女儿七位仙女更被花神认作是知心的好友。七位仙女虽然经常被花神的一些古怪想法和言行折腾得不知所以，苦不堪言，但是从心底尊敬和喜欢这位平易近人、性格爽直的长辈。花神带领七位仙女种植盘古大神死前留下的种子，试验无数次均遭失败，终于在一次偶然的机会下获得成功。在玉帝的建议下，众人把这种从未见过的东西以花神的名字命名为花。

玉帝被神农感动，召见神农。玉帝却表示此乃人间必然的劫数，天庭不便插手，神农失望欲归。花神久闻人间的神农尝遍百草，正好与自己兴趣相投，偷偷在南天门拦下神农，邀请神农互相切磋，交流心得。神农在花神处看到花，十分惊奇。神农研究后发现，百草的药性不足以清除瘟疫，而花正是清除瘟疫的良方。花神得知花除了装点天宫，在人间还有如此妙用，十分慷慨地送给神农花的种子和一些花瓣。

神农回到人间，尝试用花瓣和草药混合用药，成功地化解了这场瘟疫。蚩尤蠢蠢欲动，黄帝准备应战，神农置身事外精心栽培花种，爱人若兮默默从旁相助。

花神在天庭成功培育出百种花品。百花宴上众仙同贺，玉帝龙颜大悦。花神想起神农，对神农在人间种植鲜花的进展情况充满好奇。在七仙女的协助下，花神混出天宫，来到人间寻找神农。毫无下凡经验的花神落到河边的一个小村子里，遇到龙太子带着虾兵蟹将强抢民女，花神挺身而出，龙太子垂涎花神美貌，双方动起手来。花神发现自己的神仙法力无法在人间施展，终于失手不敌，被龙太子擒回龙宫。

玉帝发现花神失踪，七仙女只得说出实情，玉帝震怒，派出千里眼，顺风耳查找，竟未发现花神踪迹。太白金星说出未经玉帝批准下凡的神仙是没有法力的，七仙女更加担心花神的安危，主动提出要戴罪立功下凡寻找花神，在太白金星的力保之下，玉帝准奏，派二姑娘、五姑娘和六姑娘三人下凡。

再说龙太子把花神关押在龙宫密室，意图不轨。花神逃出龙宫，顺手拿走了龙宫中的宝物。花神逃到岸边已经筋疲力尽，龙太子尾随追来，黄帝偶遇落难的花神，上前阻止龙太子，龙太子欲置黄帝于死地，却被黄帝打伤逃走。黄帝把昏迷的花神救回军营之中。

花神醒来发现自己已经脱险。这边黄帝与蚩尤即将交战，劝花神离开。花神感激黄帝，决定先留下来帮助黄帝。花神充当黄帝的先锋出战，蚩尤轻敌被花神打败。黄帝也为花神的豪爽性情所感，把酒言谈中，二人结拜为兄妹。花神从黄帝处打听出神农踪迹。黄帝十分好奇义妹之身份。黄帝交给花神一个发簪，让花神遇到若兮后交给她。花神不明内情，还是答应。翌日黄帝酒醒，发现义妹花神已经留书作别悄然离去。

三位仙女下凡来到太古城，却因为相貌被玉帝变丑，处处遭人排斥。以酿酒换取物品为生的杜族族长杜康为人爽直，收留了三位仙女。遭到杜康夫人宝娘的算计，三位仙女被困在杜康府中干杂活。

神农培植鲜花未果，焦急中一夜白发，若兮安慰神农。神农初显咳血症状，瞒过了若兮。花神找到神农，神农大喜。花神留下一起与神农进行实验。

三位仙女帮宝娘打杂多日，在宝娘的刻薄之下未能脱身。宝娘前去太古城势力最大的赵族族长府说媒，被赶回。宝娘愤愤不服一心想要做成一回媒。

花神的努力也未能奏效，情急之下要去附近的太古城采集新的泥土和水样。若兮悄悄把花神捎来的发簪给花神做盘缠。神农发现了发簪,帮若兮留了下来。

花神在太古城遇到了三位仙女。三位仙女也因为找到了花神,完成了任务而被取消了限制,恢复了容貌。赵族族长之子赵公明偶遇六姑娘,竟然对六姑娘一见钟情。宝娘做媒婆的梦想再次得到空间发挥。

三位仙女催促花神返回天庭。花神见花在人间始终培育不出,也想回天庭查明原因。众仙子遂回到天宫,玉帝训斥了花神。其间龙王因丢失宝物带领龙太子向玉帝禀告请罪。龙太子发现花神竟然是玉帝的妹妹。于是,龙太子一番狡辩下让花神也有理说不出。龙太子又看上了五姑娘,正式向玉帝提婚。花神极力反对,玉帝不好回绝,两难下只得决定比武招亲。花神为五姑娘想到计策,在比武中用玫瑰花刺伤了龙太子,龙太子悻悻而去。

花神在太上老君的提醒下终于明白是人间水土不行。只有用盘古身躯和血液化成的净土和真水才能在人间种植出鲜花。花神决定再次下凡寻找分布于五岳的净土和天池的真水。花神最终说服了玉帝,带领二姑娘、五姑娘和六姑娘重新回到了处于五岳当中的太古城。杜康府成了众人的中转之地,神农也加入了进来。

在东岳,龙太子设计陷害众人,终被识破,其间花神等人还认识了孝顺的句芒。凡人进入东岳有去无回的谜团也被花神解开。花神与东岳之精女魃还结成了好姐妹。

在南岳,花神帮助村民赶走了年兽。把法宝噬火珠传给了五行属火的祝融。南岳中,花神等人被数个年兽一样的凶猛怪兽转困,却没想到在暗中操纵的正是花神好心救下的小狗小黄。花神受伤与众人失散,被一对神鹿了了和乐乐所救。众人被小黄引入神秘的神之禁地。花神请来二郎神帮忙。土地、灶王、灶婆、山魅等也赶来相助。神之禁地终于被破解。小黄也被二郎神收服。花神为小黄起名为哮天。

在西岳,花神结识了猎户后羿和嫦娥。西岳山神的儿子华山三郎是龙太子的朋友,他设计陷害了花神等人,却被神秘人救下。蟒精红姑娘被龙太子蒙骗,前来寻找花神为龙太子报仇。红菇娘受伤离去。六姑娘也身受重伤。赵公明和句芒分别心仪六姑娘和二姑娘,结伴前来西岳找寻,却救下了红姑娘。二人拜红姑娘为师。

在北岳,花神帮助了夸父族,解开了夸父追日之谜。红姑娘步步紧逼,花神却一再放过红姑娘。红姑娘开始对花神改变了看法。

神农失明,让大家虚惊一场。而踌躇满志的黄帝却被蚩尤和刑天的联军打得大败。若兮也在这场大战中不幸遇难。若兮的死彻底激怒了花神。花神不顾众人劝阻,帮助义兄黄帝追杀蚩尤。玉帝调查花神行踪时发现花神违反天庭禁忌,插手人间的争斗,怒而下凡,欲让黄帝输掉这场战役。黄帝与玉帝一战竟然是平局收场。黄帝也明白了自己的身世。原来女娲有三个子女:除了女儿花神外,玉帝掌管天宫,黄帝掌管人间。为保持平衡,黄帝在人间的法力是被封印住的。而为了不让天庭对人间横加干涉,为所欲为,黄帝在遇到神仙时,封印就会被解除。花神这才知道,义兄黄帝竟然是自己的亲哥哥。同时,花神也清楚了黄帝与炎帝神农以及本为黄帝爱人若兮之间的恩恩怨怨。

玉帝率众返回天庭,但仍对黄帝心存芥蒂。黄帝得知花神等人的目的,也极力支持花神找到净土与真水,让鲜花开满人间。花神等人再次踏上征程。神农却因伤心过度,独自离开。颓废的神农偶遇无名人，欲随之避世不出。无名人重新激起了神农对生活的信心。神农也知道了面前的无名人的真实身份：人王伏羲，自己的父亲。

在中岳，神农与凡人联手破除了连神仙都很棘手的五行阵。之后，花神违抗玉帝的旨意，从二郎神手中救下了朱雀。四圣兽齐聚花神麾下。龙太子修炼大战，出关擒下花神众人，逼迫五姑娘成亲。尾随花神等人的红姑娘出手相救，却被龙太子重伤打下山崖。花神等人慌忙中逃进一个山洞，发现此山洞机关重重，异常神秘。原来此山洞正是最后一处净土的收藏地，看护者乃是伏羲。伏羲拒绝交出净土，提出用比武的方式决定净土的归属。比武中，伏羲激发了神农巨大的潜力，让神农明白人类也可以掌握强大的力量。伏羲含笑死在神农手上。

瘟神的主人神秘人救下了红姑娘，并赐予她强大的力量。红姑娘假意投靠神秘人，接到的第一个命令却是暗中保护花神等人。

花神得到消息，黄帝终于打败了蚩尤，统一了中原。没多久，突变袭来。天上出现了十个太阳。玉帝取出盘古留下的神弓却无法使用。花神找到了后羿。后羿用神弓射下了九个太阳。后羿深爱嫦娥，谢绝了玉帝招他成仙的邀请，只是推辞不过，收下了王母赏赐的仙丹。后羿徒弟逢蒙觊觎仙丹，趁后羿出门想偷取仙丹却被嫦娥发现。争斗中嫦娥情急之下吞下仙丹飞天而去。后羿误会嫦娥，几欲射杀嫦娥。花神让后羿明白了事情的真相。逢蒙却被神秘人救走。

在天池附近，花神等人遇到了水灵族人。花神答应水灵族长老帮助解决水灵兽发狂导致族人断水一事。水灵族的共工跟随花神等人前去天池。花神等人敌不过水灵兽。花神和神农被水灵族上任长老救下，又得知了水灵族以及真水、水灵兽跟女娲之间的来龙去脉。与此同时，花神对神农的感情也慢慢发生了变化。花神收服了水灵兽。共工却吞下水灵兽的内丹成为水神，抢夺真水。祝融修行经过此地，与共工进行了一场水火大战。共工逃走，花神为了真水回到水灵村查询共工的下落，却发现水灵族人被逢蒙和红姑娘劫持。逢蒙要求花神交出真水。红姑娘杀掉逢蒙，独自离去。花神也接到消息，天庭再遭变故，玉帝失踪。人间的黄帝也忽得怪病，昏迷不醒。天人两界一片大乱。花神暂时放弃了取最后的真水，开始着手调查。

一直隐藏在暗处的神秘人魔帝终于现身，他从花神处偷得了部分净土，吸取了其中的力量，并占用了龙太子的身躯，妄图称霸天人两界。花神再次得知了令自己震惊的家族秘史；盘古开天后，筋骨血脉化为人间的净土真水。女娲吸收了天地之灵气，随后生下玉帝、黄帝与花神。女娲也开始造人作为黄帝的子民。正当女娲准备神游天外的时候，竟然又生下一子。此子降生时伴有天劫；天上破了一个大洞。女娲认为此子为不祥之人，补天后，把此子封印在九重天外。然后自己神游而去。魔帝默默孕育修炼，终于冲破封印，发现天上人间并无自己容身之处。不甘心的魔帝便开始了报复计划，意图统一天人两界。

花神连劝带斗仍然控制不住魔帝的扩张。危难中，赵公明和六姑娘等几对情侣也终于冲破了内心的顾虑，走到了一起，瘟神和共工战死。后羿、红姑娘、赵公明、句芒、宝娘等人也纷纷死在魔帝手中。花神不顾一切违反天宫第一禁忌进到盘古洞中，拿出开天斧，要和魔帝生死决战。不料花神自己被开天斧控制了神智，戾气大增，反而同魔帝联起手来。

水灵族长老用生命为代价救下神农，并传给他水灵咒。神农用水灵咒唤醒了花神。花神欲行刺魔帝被魔帝发现。魔帝开始追杀花神。岌岌可危之时，女娲回归，降伏了魔帝。花神劝说母亲放过魔帝。女娲遂开辟了冥界供魔帝职掌。

众人皆以为天上人间重归太平。不料女娲看见人间仍然是荒芜一片，纷乱四起，十分寒心，有了灭世的念头。玉帝和黄帝联手与女娲一战，终不是女娲的敌手。紧要关头，花神取得了真水，人间终于开出鲜花。女娲见此景象，认为人间尚有希望，打消了灭世的念头，再次神游而去。

天上人间重归和谐。神农也写出利用鲜花和草药制成的药方，供世人对付瘟神留下的瘟疫。神农再也隐瞒不住自己的病情，终于病发。原来神农尝遍百草，体内毒素已经到了不可控制的地步。神农再次拒绝了花神化身成仙的建议。花神含泪看着神农死去。花神率领七仙女在天上洒下鲜花。其中许多鲜花变成了红姑娘，仿佛在涤清人间一切污秽，又仿佛在默默怀念着神农。

讲述：刘忠生、田守一
整理：刘玉琢

282. 红姑娘传说

话说很久以前，在十万大山脚下，北部湾海边，有个村子叫竹山村，那里的人们勤劳、善良，以种地、捕鱼为生。

那时候的山林茂密，猛兽四出，危害百姓。夜里，有只饿虎从海对面的山脚下游水来到村边。这里的村子都有土地神守着，老虎不敢贸然入村，就到土地庙前问土地公，说要进村吃个人，问土地公答不答应，土地公当然不肯了，老虎很恼火，但它也不敢造次，只是用虎爪把香炉旁的杯子拨翻，再发出一声低沉的虎啸，把全村人震得大惊，然后悻悻而回。

村子有土地公护佑，海上则有三婆婆保护着，那岸上有三婆婆的庙宇，非常灵验，对渔民是有求必应。村的北边有座山叫尖山，秀丽挺拔，终年云雾缭绕，传说有仙人居住。尖山的东边靠近海的地方，也有座大山，方圆几百里，高山云端，常有怪兽出没，当地人称它为大岭。大岭的南部是广阔的北部湾海了，那条从西方赶来的北仑河在这里流入海里去。

在海边，有个后生叫方郎，长得高大英俊，他平时除了出海捕鱼，就在屋里读书，那琅琅的书声伴随着海风飘到很远，鱼儿成群地在海里边游边听他的读书声。有一天，方郎出海打鱼，抓到一条红色的鲤鱼，鲤鱼的嘴蠕动着，似乎在说什么，那眼睛看着他，泪水流了下来。方郎感到很惊异，也不忍心抓它回去，就放了红鲤鱼。晚上，方郎一回到家就看到有个身穿红衣服的姑娘在家里，这姑娘非常漂亮，自称是红姑，前来感谢方郎的救命之恩。原来红姑就是那北仑河的河神，她偶然来到海里游玩，听见他的读书声，再遇到方郎，产生了爱慕之情，就这样，俩人相识后相爱了。红姑经常带方郎去河里捕鱼，去海里抓龙虾，到龙宫里采明珠；方郎则带红姑上尖山摘鲜花，去大岭打野兽，到家里读书，他们非常恩爱。

却说当年法海和尚，把人家许仙和白娘子夫妻俩活生生地给拆开了，还把白娘子压倒在雷峰塔下，玉帝怪他多管闲事，涂炭生灵，要惩罚他，法海一时害怕，跑到螃蟹的壳里躲了起来。多年后，玉帝把这事给忘了，法海也偷偷地从蟹壳里钻出来，不敢跑多远，就在村里的大岭脚下，搭建寺院修炼。尖山上的仙人不愿与他来往，他也只好和大岭上的巨鼠怪兽为伴。说来也怪，那法海就是看不惯这些神仙眷侣卿卿我我的，原来法海就是当年牛郎放牧的那头牛。人家都说一人得道，鸡犬升天，可牛郎和织女上天了，却忘了把它带上来，它非常生气，跑到南海观音菩萨那里去诉苦，菩萨可怜它，把它收留下来，日子长了，居然修炼成人，有了佛法。可他却不学好，打着人神不能相爱的旗号，管人闲事。那天，被他看见方郎和红姑俩人，不禁妒火中烧，这下他们要倒霉了。

法海回到山上，差使两个鼠妖，偷偷地把方郎抓走了，方郎被关在一间小屋里，那两个鼠妖在外面把守。红姑回来看不到情郎，就四处寻找，问三婆婆，却说不曾看见，问那尖山上的仙人，也说不知道，问那村东头的榕树娘娘，还是不清楚去了哪里。到最后，村里的土地公告诉了红姑，是法海抓走了方郎。红姑知道法海法力高深，还有鼠妖的帮助，就连夜请了各路神仙朋友，决定与法海决一生死，救出方郎。

在大岭的山脚下，方郎被关进屋子，双手被反绑。高山的深夜里还有点冷，那两个鼠妖在屋外围着一堆火，把守着门口。方郎想念红姑，一直睡不着，快到天亮时，迷迷糊糊地合上眼，却见一个白胡子老人叫他赶快走，还把他推了一下，方郎一下醒过来，走到门口看了看，见那两个妖精在地上睡着了，于是他用火把手上的绳子烤断，悄悄地走了。

那天正好是三月三，红姑带领河兵河将来到海上，趁着海潮到大岭的山脚下。三婆婆踩着海浪前来相助，东边的千年榕树娘娘提着长长的树鞭飞过来，岸边守护一号界碑的碑神也扛着大石过来，还有其他各路的神仙都来助阵。法海和巨鼠怪命令大岭山上的妖精和这些神仙杀了起来。一时间，天昏地暗，雷鸣电闪，狂风暴雨卷着几丈高的海浪涌向大岭。大家正打得难分难解，尖山的仙人把尖山移动起来，飞向法海和巨鼠怪砸去，那鼠怪连忙伸长嘴，把身子变得非常大，用嘴巴把那尖山接住，三口两口，啃了一大半去，只剩下一小截飞回原处。这时候，北部湾海神从遥远的南海赶回，带着虾兵蟹将对大岭又发起另一轮进攻，而法海则祭起那钵盘，钵盘瞬间变得巨大，把这些兵将全都吸了进去。红姑赶紧念起咒语，大叫："水淹大岭。"顿时，几十丈高的巨浪扑向大岭，那些高山立即被淹没在海水当中，而这大岭平时早已被鼠妖们挖空了，被海水一浸泡，就松软了，慢慢倒了下来，只剩下两堆土岭，鼠妖们也大都被淹死了。法海见此大怒，又用钵盘把海水吸了，还要用钵盘把神仙们装进去，正在这危急关头，碑神赶紧祭起一号神碑，那神碑夹着道道金光往法海砸去，砸中了钵盘，落在地上，榕树娘娘用树鞭把它卷了过来，法海见大势已去，只得落荒而逃。剩下的那只巨鼠怪，也被神碑砸中，大吐一口黄水出去，倒下死了。

这一仗，红姑他们大获全胜，然而然那巨鼠怪临死前吐出的黄水却是毒水，洒向村里，村子的人都得了一种怪病，身子和脸上都黄黄的，全身无力。很多神仙都束手无策，无计可施，只有那见多识广的海神告诉红姑，要到天上的银河边偷取王母娘娘的玉薯才能治好村民的病，不过这玉薯由天上的织女种植，平时看得紧，要到七月七牛郎和织女一年一次的相会时才有机会。

那玉薯长在银河边上，三千年才能结一次薯，神仙吃了可以与天地同寿，凡人吃了可医治百病，长生不老。王母娘娘平时也舍不得吃，只有在三千年一次的玉薯大会时才拿出与各界神仙共享。自从织女私会牛郎后，王母就罚她种玉薯，每天用相思郎君的泪水浇淋，那晶莹的泪珠一滴滴地落下，玉薯就一点点地生长。

七月七日到了，红姑和方郎向碑神借来神碑，骑着它飞去银河。这时的织女与牛郎正在银河上空相会。很顺利地来到银河边岸上，在一片闪着晶光的薯地里，费了很长时间才能找到一条玉薯，红姑把它揣在怀里，然后和方郎骑着神碑下来。快要到竹山村上空时，却忽然看到黑压压的一大群天兵天将在北仑河上。原来，红姑和方郎商量去取玉薯时，被一只老鼠偷听到了，跑去告诉法海和尚，法海知道立功的机会来了。就在他们俩上银河时，法海就上天庭告诉了玉帝，玉帝大怒，叫法海带领天兵天将去捉拿。这法海狡猾，来个守株待兔，希望能够人赃俱获。

法海一见到他们，就大喊着，叫他们投降。红姑哪肯，想掉头就走，不料，那天兵举起弓箭，在法海的号令下，一阵弓弦声响，只见弓箭齐发，俩人顿时被万箭穿心，鲜血在瞬间染红衣裳，染红了洁白的玉薯。红姑在最后挣扎着把被血染红的玉薯，抛向大地，然后他们化为一道红光奔向西下的太阳，悲壮地死去了。而那条被染红的玉薯，一到地上就钻进地里，地上立刻长出绿油油的叶子，那叶子见风就生长，一会儿就长满了整个村子，还结出一串串的薯来，但那薯不是洁白的，而是红通通的，非常好看，村民们吃了，那怪病就好了。法海找遍了整个村庄却再也看不到那银河边长的玉薯来，只看到北仑河边长出的红薯，他丢了玉薯，害怕玉帝惩罚，又悄悄地躲进蟹壳里去，再也不敢出来。

村里的人们很爱吃红薯，小孩子们更喜欢用泥块砌的窑来烤红薯吃，那样烤出来的红薯粉晶爽口，又香又甜。可是，那大岭的巨鼠怪死后，变成窑鬼，偷吃红薯，聪明的孩子们就想出一个办法来骗它，那是用树叶包些木炭和泥块，走到河边，用力扔进水里，愚蠢的窑鬼不知道，以为红薯被丢到水中，就连忙跳进去捞取。有些到过村子的外地人惊奇地发现，这里的百岁老人很多，他们调查后得出的结论是，那些老人都爱吃红薯。于是红薯传出去了，传到很远，直到京城，而红薯也成了贡品，成了皇帝餐桌上的美食了。

红姑和方郎死后，变成一对海鸥，整天厮守着，永不分离。每到太阳西下时，它们就和那随风飘动的云朵相互追逐着，形成了海鸥飞处彩云飞的美丽景观。在这里，每到三月三，北部湾海面都要狂风暴雨，浪高几丈，那是海神在纪念红姑了，而到了七月七，成群的海鸥低低掠过海面，然后不停地发出沉沉的哀鸣声。当有人将红薯抛向空中时，那些海鸥就抢着衔回来，这成了当地一大奇观。人们为了纪念红姑，就叫这红薯为红姑，听久了，大家都听成了红姑娘。

讲述：刘忠生、田守一

整理：刘玉琢

283. 红姑娘港传说

在十渡风景区的马鞍村，村头东北方向有一条迷人的小山谷，每逢初秋之季，山谷之内便开满了鲜红艳丽的铃铛花。这里便是红姑娘港（又称红娘口），关于这个红姑娘港，在十渡马鞍地区还有这么一段众口皆碑的美丽传说。

据传在几百年前，一个逃荒求生的小伙儿，在此地搭个茅草屋住下，靠打柴火、烧木炭、开垦荒地以种粮谋生。有时烧炭忙到整夜都不能休息，有时候都顾不得做饭，更别提吃饭了。

有一天午时，他烧炭回来，忽见一盆橙黄的小米儿饭放在土炕上，旁边还有一盘咸菜，小伙儿心里兴奋异常。次日回来又见做好的窝头放在那里。一连一个星期，神秘的好心人都给他做了现成饭。他非常感激并想当面的谢谢那位好心人。

到了第八天快中午的时候，他藏在茅草屋后边的草丛里等待着这位好心人，没一会儿就见一位身穿红绸衣服的少女飘进屋去，手脚麻利，动作娴熟地操持起来。小伙子走出草丛，进得屋里激动地问："姑娘，你叫什么名字？为何对我如此热心？""看我这身衣裳便知我的名字，我家就住附近。看你昼夜操劳不知疲劳，实在心疼你……"

从此，这位姑娘天天过来给他洗衣做饭，帮他打柴、烧炭，俩人的感情也越来越深，某天的夜里，他同红姑娘商定，一起回红姑娘老家探望他的老母。红姑娘叮嘱他："进村后每走一百步便叫一声红姑娘。"

那天，俩人来到红姑娘老家，进村后快到家门时，小伙儿高兴得忘了叫红姑娘。忽然间红姑娘立刻不见了，小伙儿喊哑了嗓子，也没有听到她的回音。他急速返回茅草屋所在的山谷，郁闷地躺在炕上，思念着红姑娘。深秋的一天，这山谷里突然开满了鲜红艳丽的小铃铛花，红姑娘却始终没有来。

后来人们为记住这个美丽的传说，便把山谷叫作"红姑娘港"。

讲述：刘忠生、田守一

整理：刘玉成

284. 红姑娘

京城城墙上御敌的城楼，里外有五十座，高大深邃，常常被狐鼠所栖居。里城东北角的角楼内，有一只狐狸，变成女子，红衫翠裙，年约十六，艳丽异常。守城士兵常常看见她，都知她不是人，但没有不为她而神魂颠倒的，因为她衣服是红色的，所以都用"红姑娘"来称呼她。

有时有轻浮少年，偶尔在良宵微醉时，动了色心，来到楼下以轻薄的话来挑逗她，就听到娇滴滴的声音说："你不要乱来啊！"而轻薄者回家不是头疼难忍，就是嘴唇忽然肿得像桃子，必须哀求悔过，才能止疼消肿。所以大家都惧怕她，没人敢再说调戏的话。

步军校年已六十多了。一天晚上，上城头值夜，独自坐在铺位上，想喝酒而得不到。三更以后，听到门外有手指弹门声，赶紧询问，却听不到回答。开门一看，原来是个约十六岁的美丽女子，五色纷呈，不可形容，周身细看更耀人眼睛。身后跟着一对丫鬟，手捧酒盒，站在月下。

步军校向来有胆量，惊魂定下，就悟出这是狐狸。问她怎么会深夜来到这高城？她答道："我是洪氏，排行第三。知道您想喝酒，谨以家酿相赠。"

步军校大喜，请她进屋，就用她带来的酒肴借以款待不速之客。醉后步军校兴致很高，问："三姐来有什么要求吗？"女子说："以狐媚迷惑人，都是有求于人。您一身贫病，年纪又老，我对您会有什么要求呢？我来亲近您的原因，是您对我有很大的恩德。"步军校茫然不明白她所说的话。女子说："您难道忘了在松亭赎我的事吗？"步军校这才恍然大悟，叹惋了好长时间，于是认女子为义女。

从此，每当值夜，步军校必想方设法分散其手下，独自策杖到角楼下，祷告说："三姑娘，我今日上班了。"

到了晚上，女子果然来了，二丫鬟跟着献上酒肴，珍美杂陈，步军校夜夜饱餐。每当心里想什么，还没说出口，女早已先知道，无不顷刻办好。步军校曾以玉环相赠，女子再拜接受了，重重包裹珍藏好。步军校在与她聊天时，自念已是白发老翁，还早晚风餐露宿，不禁流下几行泪。女子说："不妨。我看爹还可再活三十年。"于是授给步军校导引之术，行之颇见效果。女子没别的异处，只是喜欢洗脸，一夜常四五次。

步军校小儿子正要娶妻，苦于没有杯盘，准备到市上去租用。女子说："不必了，我会为爹借来的。"到了婚期，果然有金银器物，杂陈于房中，家人不明白从哪儿来的，很奇怪，步军校以实情告诉家人，才欣喜接受。事后，器物就全部不见了。

步军校次子为护军，听说女子美貌，暗地上城头到值班处，从窗缝偷看，竟毫无所见，只有老翁一人，自言自笑自饮罢了。

步军校酒后，偶然藏下她带来的玉器，回家就不见了。真有急需时，女子则必定以巨金周济他，都是上好的白银。这样持续了十几年。一天晚上女子忽然忧伤地流泪说："我和爹爹的缘分已结束，从此永别了。"步军校惊问她原因，她却不回答。五更后，女了哽咽着走了。步军校也很心酸，但不明白她说永别的缘故。第二天，执金吾因步军校年已老，请示了朝廷，命令他退休，步军校这才叹息着明白了。

原来，步军校正当壮年，时为骁骑校时曾随军征讨噶尔丹。凯旋时来到松亭，同伴抓住一只黑狐，要杀掉取其皮毛。黑狐向步军校哀鸣，步军校生了恻隐之心，以二两银子赎下后放掉了黑狐。事已三十年了，不料到现在才得到其回报。后来步军校活到九十多岁，无疾而终，此狐也迁走他方，不知道何处去了。

讲述：刘忠生、田守一
整理：刘玉成

285. 红姑娘茶的故事

“红姑娘茶”，亦药亦茶。

它是一剂治疗热病的良药，由秋云姑娘首创。

秋云的父亲洪掌柜在襄阳城内青石后街上开了一家药铺，店内药材齐全，品质上乘，加上服务周到，生意十分红火。秋云聪明伶俐，很小的时候就把药性歌赋等中药知识背得滚瓜烂熟，年方十八就开始帮父亲打理药铺。

这年夏天，襄阳城里异常火热，人们纷纷涌到药铺来买清热解毒之药，服用之后效果却并不明显，而巷道里时依然感觉热浪滚滚。

洪掌柜命家人在药铺门前摆一口缸，里面装满了精心熬制的凉茶，免费供人们饮用，这一善举获得了大家的交口称赞，但还是抵挡不住热病的侵扰。

秋云一边熬制凉茶一边想，有没有一种特效药能尽快帮人们从高温火热中解脱出来呢？于是就去查找药书，一连几天食不甘味睡不安寝，却是无所收获。

这天晚上，秋云又在灯下熬夜，连日来的辛劳已让她透支不少精力，脸颊瘦了，眼窝陷了，父亲看在眼里疼在心上，就给女儿端来一杯蜂蜜水，劝她休息一会儿。

父亲走后，秋云又忙活开了。夜深人静的时候，她到底支撑不住了，就趴在桌子上睡着了。也不知道过了多久，她忽然坐到自家药铺柜台后面了。这时，一个浑厚的声音响了起来：“金叶银花一条根。”

秋云抬头一看，眼前是一个老者，头发眉毛都是白的，胡子有一尺来长，身穿青布长袍，颇有几分仙风道骨的样子。这老者莫非是在出对联考自己？秋云略略沉思一下回答说：“冬生夏草九重皮。”

老者微微点头，又说：“水莲花半枝莲，见花照水莲。”

秋云回答：“珍珠母一粒珠，玉碗捧珍珠。”

老者接着说：“白头翁牵牛耕熟地。”

秋云又回答：“女儿红佩兰种合欢。”

老者暗暗吃了一惊，心想这小女子不但心肠好，而且学问不少，就想再试试她的应变能力，于是就说自己要买样药：“称心丸、如意丹、烦恼膏、怨气散。”

秋云却说：“老师傅，你这四样药是有名无药。”

老者反问：“小姑娘既然晓得是有名无药，那你说一下都是什么吗？”

秋云就莞尔一笑说：“热情待客称心丸；有问必答如意丹；无事生非烦恼膏；药材精良怨气散。老师傅，不晓得我说得对不对？”

老者点了点头，又说：“我再买四味药，一是游子思亲一钱七；二是举目无亲七钱一；三是夫妻相敬做药引；四是儿无娘亲二三厘。”

秋云想了一会儿，转身从药柜里拿出四味中药，茴香、生地、蜂蜜、黄连，笑吟吟地看着老者说：“游子思亲当回乡（茴香）；举目无亲在生地；夫妻相敬甜如蜜；儿无娘亲黄连苦。”

老者就捋着胡须说：“秋云姑娘果然名不虚传。”

秋云反倒吃了一惊:“老师傅,你咋晓得我的名字?”

老者却笑而不答。秋云就想,看来这老者也是精通中药的,说不定还是一个世外高人呢,何不借此机会请教一下?急忙走出来请老者上座敬茶,随后便将襄阳城里热病流行的情况向老者说了,并请他开一服良方。

老者一连喝三杯茶,忽然从怀里掏出一张纸递给秋云,随后起身便走,一边走一边念唱:“世人皆为名利忙,哪懂秋月菊花香?清茶一杯烦恼解,道是心静自然凉。”

秋云看得目瞪口呆,一紧张就醒了。细细回忆梦中的情景,觉得十分奇妙,猛然抬头发现桌子上有一张纸,展开一看上面有行字:家养菊花、野生菊花、花红树叶等四味中药相配,可解热病。(应洪家后人的要求,为防止泄露商业秘密,故此隐去第四味中药的名字。)老者特别说明:家养菊花必须是白色或者黄色的小花头,而且一株上必须有五十多个花头。

秋云惊讶,急忙叫来父亲,洪掌柜看了一眼药方,却有些纳闷儿:“医书上说家养菊花有平肝明目的功效,而野生菊花有清热解毒的作用,两样药材一般都不同时服用,老者咋会开这样的方子呢?再说了,花红树叶一般只是人们用来代茶的东西,也是入不了药方的呀?”秋云点点头说:“是这个道理,可老者绝不像糊弄人的,难道这纸上另有玄机?”又低头看药方,果然在背面发现了一行小字:英雄不问出处,药材不分贵贱,用药妙在中和,不要拘于常规。

洪掌柜仔细揣摩一番,忽然一拍桌子说:“秋云,你遇到高人了!那老者很可能是天上的神灵下凡来解救深受热病之苦的芸芸众生。”急忙拉着女儿一起跪在药王孙思邈的画像下拜了三拜。

天亮后,洪掌柜让伙计们赶快四处收集四味药材交给女儿配制成药剂。秋云当天下午就熬好了一大锅,立即免费分给沿街店铺里的掌柜与伙计,人们喝下之后顿觉神清气爽,体内的火气慢慢降了下来。五天之内,全城的居民都喝过了,热病渐渐就被平息了。

人们感念秋云姑娘的善良,就把那凉茶称作“姑娘茶”。

秋天,一个叫樊天赐的小伙子出现了。他是枣阳县城里一家药铺的小工。襄阳城里热病流行的时候,有一天天赐正在药铺里忙碌,忽然看见几个伙计走了进来,说是洪掌柜女儿已经找到了治疗热病的良方,特意派他们过来收药材。众人听说是一个黄毛丫头找到了良方,顿然大吃一惊,又听说是神灵托梦点悟她的,更觉得不可思议。

天赐夹在人群中听得真真切切,当下就记住了秋云的名字。又听说那洪掌柜医术如何高明为人如何厚道,洪记药铺生意如何好,天赐想,既然有这么好的一家人,我为何不去投奔他们求一碗饭吃呢?凭我的一点中医知识应该没问题吧?

拿定主意后向东家告辞,背着一个包袱来到襄阳,走进青石后街果然就看见了洪记药铺的牌子,只见大门两旁挂着一副对联:只要世上人莫病,何愁架上药生尘。心想,这家药铺真的有点儿与众不同。

天赐抬脚走进药,向一个伙计说明来意,伙计立即进去通报,不一会儿洪掌柜就走了出来,开口就说:“这位小伙子,来我洪记药铺有何贵干?”天赐双手抱拳说:“想在洪掌柜这里讨碗饭吃。”洪掌柜微微一笑,说:“我这开的可是药铺呀。”天赐沉默了好一会儿才说出一番话来。

原来，他的父亲生前也在青石桥镇上开药铺，今年春上，父亲因抗交军饷而被枪毙，家产及姐姐均被霸占，母亲一气之下上吊自杀，天赐在好心人的帮助下才逃到枣阳，靠给药铺打短工为生，过着饱一顿饥一顿的日子……说着说着便掉下眼泪来，惹得洪掌柜也叹了几口气，就让伙计搬来一把椅子让天赐坐。

洪掌柜又问："你懂中药吗？"天赐说："家父在世的时候曾经专门教过我，晚辈虽然天生愚钝，却也学得一些皮毛，可在洪掌柜面前就是小巫见大巫了。"

洪掌柜随后便问了一些中药知识，没想到天赐竟然对答如流，洪掌柜就细细打量了一下他，只见小伙子虽然面容清瘦，但一双眼睛却是炯炯有神，跟其他的伙计明显不同，当下心里便有了几分发喜欢，于是又问："这襄阳城里有好多家药铺，你为何要到我这里来？"天赐就站起来指了一下大门说："洪掌柜，就凭你这门口的一副对联，就晓得你是一个心地善良的人，我樊天赐不才，愿拜在先生门下为徒。"说完便"扑通"一声跪在洪掌柜面前。

洪掌柜急忙伸手扶起天赐，正准备答应他的要求，忽然看见秋云从屏风后面走了出来，就想让女儿再考一下天赐，便给秋云使了一个眼色，又对天赐说："小伙子，这位是小女秋云。"天赐就施礼道："洪小姐好。"秋云明白父亲的意思，开口就说："刚才我都听到了，原来樊公子也是很懂中医的，又听樊公子说起我家大门口的对联，想必你对对联也是有所研究的。"天赐急忙说："不敢当，只是粗略懂一点儿。"秋云就说："那我们今天就切磋一下，用中药入对，如何？"天赐就说："恭敬不如从命。"秋云略加思索，指着一盆佛肚竹说："清暑最宜淡竹叶。"天赐说："伤寒尤需小柴胡。"秋云说："玫瑰花开，香闻七八九里。"天赐说："梧桐子大，日服五六十丸。"秋云说："神州处处有亲人，不论生地熟地。"天赐说："春风来时尽看花，但闻藿香木香。"秋云说："姑娘茶，茶如姑娘，姑娘如茶。"天赐说："男儿志，志远男儿，男儿远志。"

秋云沉吟一会儿，忽然抬头看了一眼天赐，脸却莫名其妙地红了，就说："看来樊公子的确也是有学问的人，小女子献丑了。"说完就扭身走进内室。

洪掌柜把这一切都看在眼里，当下就答应收天赐为徒，并吩咐一个伙计去"望江楼"饭馆里端回来几样卤菜，又拿出一壶上好的地封黄酒，给天赐接风洗尘。

天赐勤快，眼里有活儿，一天到晚闲不住；嘴巴很甜，尊重药铺里所有的伙计，对来往的顾客也以礼相待，没过多久便博得众人的喜爱；对洪掌柜更是俯首帖耳，每天给他端洗脚水，倒夜壶，把他伺候得舒舒服服，洪掌柜对天赐愈加器重。

秋云则有另外一种心思。姑娘大了自然就会思春，无奈媒人介绍了好几个都没有一个称心如意的。天赐的突然出现，就像一粒石子落入水池中一样在她的心海里荡起了涟漪。随着彼此交往的增多，慢慢就萌动了情感。那是一个月圆之夜，秋云正独自在一丛竹子下面赏月，天赐忽然从后面抱住了她。这是两人的第一次亲密接触，天赐笨拙且鲁莽，秋云混乱而紧张，一不小心踩到一只猫，一声哀叫引来了洪掌柜，他看见女儿跟天赐抱在一起，急忙咳嗽一声，天赐惊醒过来后飞奔而去。此番所见其实也在意料之中，或许还暗合了洪掌柜一些微妙的想法，于是开始着手安排相关事宜。

当天赐认识刘公的时候，他跟秋云已经定亲。

刘公，辛亥革命领导人之一。这年冬天，他从汉口回襄阳养病，时常到洪记药铺去拿药，对那个面容和善、为人和气的樊天赐印象尤为深刻。后来，刘公就请天赐到家里去给他看病，并亲自给他煮咖啡。刘公出身商贾世家，本人又在日本留过学，身上自然有一种洋派作风，言谈举止颇有些与众不同，令天赐耳目一新。最让天赐惊讶的是，刘公有好多新鲜的想法，比如"平均人权"，此前更是闻所未闻。天赐问："啥叫'平均人权'？"刘公就拍拍他的肩膀说："人人有饭吃，人人有话说。"天赐又问："我们天天不都在说话吗？"刘公却说："可我们能想说啥就说啥吗？所说的都是真心话吗？"天赐想想也对，从此就记住了这句话。刘公见天赐思想单纯，就有意给他灌输了不少新思想，天赐慢慢也知道了同盟会、共进会等新鲜玩意儿，并且有了同情革命的倾向。

第二年春天刘公返回汉口的时候，天赐决定跟他一起走。洪掌柜不同意，刘公就上门说情，说自己在汉口跟朋友合伙开了一家药铺，需要天赐去帮他打理。像天赐这样的年轻人就应该出去见见世面长长见识，将来才能干出一番大事来。洪掌柜只好答应下来。

心上人即将远行，秋云自然是难舍难分，那几天两人几乎是形影不离、如胶似漆。临行前，秋云把一大袋"姑娘茶"装进天赐的包裹里，说汉口夏天特别热，劝其多喝些凉茶可防暑降温。

这一别就是数月。当年八月的一天傍晚，天赐在洪记药铺出现的时候，秋云正在给病人把脉，猛抬头看见一身着灰色中山装、留着平头的年轻人站在门口笑吟吟地望着她。仔细一打量竟然是天赐，秋云急忙丢下病人跑过来一把抱住他，眼泪哗哗地流了出来。天赐瘦了，黑了，却更精神了。

洪掌柜设宴为天赐接风，席间问他此次回来还走不走？天赐说他回来是要帮刘公做一件大事。洪掌柜问啥大事，天赐说："刘公前不久通过关系捐了一个实缺道台的职位，马上就可以到河南走马上任，但需要白银八千两。"洪掌柜感叹一句："这么多钱呀？"天赐接着说："就这还是最低的价，还有好多人踮着脚尖，拎着钱袋等着哩，要不是刘公关系硬，哪里会轮到他？"秋云的后妈吴氏就说："天赐，你也捐一个回来呀，要是你能混个一半职，以后我们家就多了一个靠山，秋云也会跟着享尽荣华富贵，嘿嘿，花一些钱也是值得的。"洪掌柜白了女人一眼，她立即住口了。天赐就说："刘家凑够了五千两，还差三千两没有着落。我想要是在刘公最需要帮助的时候出一把力，他以后要是发达了，肯定不会忘记我。再说了，刘公对我很好，处处关照我，我得念这个情呀！"洪掌柜似乎听明白了，却只是笑而不语。秋云当然也听出了天赐话里的意思，心想，其实他当不当官并不重要，即便他当官了我还会继续经营我的"姑娘茶"。可他毕竟是我的未婚夫，关键时候我不帮他谁帮他？可她更晓得父亲的心思，就出面软磨硬泡，洪掌柜总算答应下来，拿出了一千两银票。天赐一高兴就说出一句："胸怀天下男儿志。"秋云接着说："悬壶济世姑娘茶。"

一个多月后，辛亥革命爆发了。是一九一年十一月二十八日，驻光化新军马队骑兵张国荃、李秀昂部率先起义，发布"光复汉族、驱逐鞑虏、兴汉灭满、保商保民"的安民告示，并于次日进取襄阳，城内早已人心惶惶，有钱人家纷纷跑路到外地躲避。吴氏的娘家也是当地大户，家有良田数十亩，庭院四五进，其弟弟后来从戎，成了新军的一个头目。襄阳光复后，他特意去洪记药铺探望姐姐，并以此安抚人心。洪掌柜手忙脚乱地端茶倒水，顺手给了几名军官一人一张银票，秋云则把配制好的“姑娘茶”分发给各位军人，连声说：“各位好汉鞍马劳顿辛苦了，喝点儿凉茶可安神去燥。”然而，情况不久之后就发生逆转。

1912 年 3 月，一队奋勇军进驻襄阳，以武力收编了张国荃部，吴氏的弟弟抗命不从被乱枪打死。消息传到洪家，吴氏顿然惊恐万状，颇有大祸临头的感觉，同时心里对奋勇军充满了仇恨。

奋勇军开始清洗反对势力，凡是跟吴氏弟弟有关的人都受到牵连，城内已有好几个商铺的老板被抓走，随后有的被处决，有的倾家荡产才保住一条性命。洪掌柜也有些担心，就在吴氏的劝说下到乡下避乱，把药铺交给管家打理。洪掌柜终究放心不下药铺，中间回去看了一次，恰好遇到一队奋勇军开进青石后街，领头的便是北伐左军总司令刘公。洪掌柜大吃一惊，他怎么成了革命领袖？再看旁边那位英气勃发的年轻军官，我的天啊，这不是洪家未来的女婿樊天赐吗？急忙回转乡下转告吴氏，吴氏当即跌坐在椅子上。秋云在旁边听得一清二楚，随后做出一个决定。

第二天午后，秋云把自己装扮成一个男人模样，在两个伙计的护送下奔赴勇军的驻地。在一座四合院门口停了下来，对卫兵说要找一个叫樊天赐的人，卫兵通报后不久天赐就走了出来。天赐显得胖了一些，白了一些，胳膊上的红袖章刺得秋云几乎睁不开眼睛。

天赐问：“你们找我？”秋云：“是啊，不认得了？”天赐仔细看了一下，说：“你是？”秋云说：“不会连‘姑娘茶’也忘了吧？”天赐说：“难道？你是？”秋云就取下头上的顶旧毡帽，露出了一头乌黑的长发。天赐恍然明白过来，上前拉住秋云的手说：“哎呀，秋云，原来是你呀！进城后我就到药铺里去找你，可管家说不晓得你们到哪里去了。你还好吗？是专门来看我的吗？”秋云就对着卫兵努了努嘴，天赐这才意识到有些失态了，于是笑了笑，把秋云带进院子。房门关上后，天赐伸手就要搂抱秋云，她却躲开了，说这是军营，别人看见不好。天赐只好作罢。

秋云开口就问：“那个刘公不是当道台去了吗？”天赐笑了笑，并不作答。秋云又问：“你不是说也要混个一官半职吗？”天赐就说：“我如今是刘公的副官，也是官哦。”秋云却说：“可你是革命军，是要革人命的。”天赐说：“我们是为了恢复中华大业。”秋云说：“我后妈的弟弟是你们杀的吧？”天赐说：“那是先锋队干的，他们的做法是有些过激，刘公来后就制止住了，我没有参与，刘公也没有参与。”秋云忽然问：“刘公那些钱是拿去捐道台了吗？”天赐就笑了起来，一边笑一边说：“实话对你说了吧，刘公一直在从事革命运动，当时经费紧张，他就骗家里人说要去捐道台，实际上那些钱都用在武昌起义上了。”秋云又问：“那，我家的那一千两银子呢？”天赐就说：“我都交给刘公了。”秋云说：“这么说，你也骗了我们？”天赐说：“我要是说了实话，你们肯定不会拿钱给我，我只好编了个瞎话。秋云，当时情况紧急，急需用钱，请原谅我没有对你说实话。”秋云说：“我们洪记药铺开了这么多年，从来都是童叟无欺，把信用看得比啥都重要，所以才有今天的招牌。你晓得我最讨厌啥样的人吗？我最讨厌别人欺骗我。"天赐说:"可那是为革命呀!"秋云说:"这我不管,反正我不喜欢说谎的人。"之后便是沉默。这是两人相识以来第一次争嘴。天赐低头不语,掏出烟来狠狠地吸着。秋云一边喝茶一边盯着自己的鞋子看,许久之后才说:"天赐,你愿意跟我回去继续经营药铺吗?"天赐好一会儿才回答:"可刘公更需要我啊。"秋云愣了一下,旋即低下头去。天赐又说:"还有,我家的仇还没报。"秋云问:"你就为这才参加革命的?"天赐答:"也不全是。"秋云就说:"冤冤相报何时休?"天赐却说:"秋云,要不你也到我们队伍里来吧?我们这里有好多女兵,而且你懂医术,可以当军医,救死扶伤,好不好?"秋云却放下杯子说:"我只想熬制我的'姑娘茶'。"说完起身便走,一边走一边抹眼睛。天赐追出门外,却见秋云走得很坚决,连头都没有回一下。天赐长叹一声,一屁股坐在门口的台阶上。

秋云步履沉重地回到乡下暂住的地方。夜幕降临后,洪掌柜好不容易敲开秋云的房门,却发现宝贝女儿的眼睛就像烂桃子一样,一道道泪痕在脸上交错纵横。洪掌柜再三询问,秋云就把自己去见天赐的经过说了出来。洪掌柜听完后闷声不语。忽然间,吴氏从门外冲了进来,扯着嗓子叫喊道:"啊,原来那个樊天赐跟刘公一样都是革命党?还做了他的副官?他们合伙杀了我兄娃(弟弟),天啊,我们还送钱给他们,还要招樊天赐为婿?真是瞎了眼!"洪掌柜烦躁地冲女人挥挥手。吴氏又号叫:"兄娃——,你死得好冤啊!"洪掌柜就推着女人走了。然而,吴氏回到卧房依然愤愤难平,哭哭啼啼了大半夜,把刘公和天赐的祖宗十八代骂了一个遍,直到骂累了才端过茶碗休息一会儿。尽管她对刘公跟天赐充满了怨恨,但他们两个人毕竟是遥不可及的,吴氏迫切需要一个近处的人来供自己发泄,于是就想到秋云。吴氏想,如果秋云不出面说服父亲送钱给刘公,刘公所参加革命也许不会成功;如果革命不成功,刘公就不会带着奋勇军到襄阳来;如果奋勇军不来襄阳,自己的亲弟弟就不会被杀死。吴氏的思路按照自己的逻辑往下走,渐渐就把一切责任都归咎到秋云身上,加上原来就想把秋云许配给自己的外甥却遭到秋云的拒绝,吴氏曾经为此事恼火过,如今新怨旧恨一起涌上心头,她决定实施报复了。

吴氏找到洪掌柜,开口就说:"老爷,听说那奋勇军容不下我们这些经商的人家,跟我们是死对头,那个樊天赐恐怕做不成我们家女婿了。"洪掌柜问"何以见得?"吴氏说:"要是樊天赐做了我们家女婿,怎么向刘公交代?刘公晓得我们家跟奋勇军势不两立,怎么会答应这门亲事?"见洪掌柜不说话了,吴氏知道自己的话起了作用,就接着说:"老爷,我晓得你要找的女婿是一个能跟秋云一起撑起洪记药铺的人,可如今那樊天赐一心想着革命,哪里还有心思经商?再说了,革命就是拿性命赌博,万一哪天牺牲了,秋云咋办?"

吴氏的话句句说在洪掌柜的心坎上,他经过一个晚上的辗转难眠后,第二天一大早就做出一个决定,随即宣布解除秋云跟天赐之间的婚约,同时将女儿许配给吴氏的外甥。秋云听到这个消息后当即傻了眼。其实,她跟天赐只是赌气,并不是真的要分手,她心里还装着天赐,等着他回心转意,于是就坚决不同意,并哭着对父亲说,洪家与天赐的矛盾并非不可调和,彼此各让一步就行了;她可以出面做天赐的工作,此事肯定能协商解决。然而,洪掌柜这次却表现得异常武断,没有同意。

秋云没办法，她能有什么办法呢？

一个月后，一顶花轿把秋云抬到了一个陌生的地方。一路吹吹打打热热闹闹，秋云的眉头却始终舒展不开。一方面是心里还牵挂着天赐，而天赐仍然杳无音讯；另一方面有一种隐隐地担忧却是不敢说出口的，并且希望能够蒙混过关。然而最终还是露出了破绽。

新婚之夜，丈夫发现秋云已不是处女，逼问之下才知道她跟天赐早就有过男女之欢。丈夫扇了秋云两个耳光后独自睡到另一个房间去了。第二天，一封休书被送到洪掌柜家。

秋云是从后门回娘家的，庭院里风景依旧，几十盆菊花已经含苞待放，而它们的主人却已成了残花败柳。洪掌柜没有责骂女儿一句，只是头发一夜间全白了。吴氏的冷言恶语不时飘进秋云的耳朵里，街坊邻居的闲言碎语也让她无地自容。于是就感到了绝望，深深的绝望。

在一个菊花盛开的晚上，秋云用一根绳子结束了自己二十一岁的生命。家人在清理遗物的时候，在案桌上发现了一副上联：男儿志，男儿志，男儿刚勇不降志。洪掌柜命人把上联刻在女儿的墓碑上。两年后，天赐终于回来了，等待他的却是一座坟墓。坟墓前已经长满了山姑娘儿。他跪在秋云的坟前哭了一阵，烧了几张纸，放了一挂鞭，随后请来石匠，补上了下联：姑娘茶，姑娘茶，姑娘温婉更爱茶。下联刚刚刻好，就见一道蓝光从秋云的坟墓里飞出，直奔云端，一个头发、眉毛都是白的，胡子有一尺来长，身穿青布长袍的老者而去。

随后，襄阳城里多了一名中医，专营“姑娘茶”。

讲述：刘忠生、田守一

整理：刘玉琢

286. 七夕巧果的传说

七夕巧果有什么传说？每年七夕，巧果都会成为很多场合的主角，那么为什么七夕巧果会受到大家的追捧呢？

相传很久以前，有一位姑娘叫小巧，她非常同情牛郎和织女的凄美爱情，于是在每年的七夕之夜，小巧都会做一种精致的小点心，这种小点心以红姑娘为原料，因此红姑娘又有七夕巧果的别称。小巧做好点心，便焚香供奉，希望牛郎和织女能在天上相见。当地的土地公被小巧的诚心所感动，将此事汇报到了天庭。玉帝碍于天规无法赦免牛郎织女，但是非常感谢小巧的心意，于是令月老牵线，促成小巧的美满姻缘。

此后，小巧和意中人厮守一生，夫妻不离不弃，和和美美，受到众人羡慕。不少女孩也向小巧学习，在每年的七夕制作性状各异的小点心，祈求姻缘美满，幸福一生，这种点心也被称为“巧果”，流传至今。

巧果以其独特的意义在几千年的七夕传统中保存下来，对于恋人们的恋爱长久也有很重要的暗示意义。每年很多恋人也会因巧果而在一起。所以，每年的七夕巧果都备受恋人青睐。他们寄希望于巧果可以给他们带来好运！

七夕巧果,在历年的七夕中已经成为一种恋人示爱的方式。送恋人巧果,也成为表达彼此心意最好的方式。所以,如果七夕巧果也逐渐成为爱情的象征。

讲述:刘忠生、田守一
整理:刘玉成

287. 白姑娘与黑姑娘

据说,在三姓的东边倭肯哈达山,山上有一条小河,穿过小河,绕过林林密密的树丛。可以看到一个七彩的宫殿。里面住着七种颜色的姑娘,分别是:红姑娘、黄姑娘、绿姑娘、黑姑娘、紫姑娘、白姑娘。故事就是从这里开始的!

一天,白姑娘照镜子,一边看一边说道:"我的身上怎么全是白色,太单调了!一点也不好看!"于是她先来到红姑娘家,咚咚咚!"谁呀?是我,你的朋友白姑娘!"红姑娘把门开了。"白妹妹,找我有什么事情吗?""红姐姐,你能给我一点红色吗?我身上的颜色太单调了!"白姑娘说道。"可以!"红姑娘很爽快地答应了!白姑娘又向其他颜色的姑娘借了许多颜色!就是没向黑姑娘借!白姑娘想:"这下我漂亮极了,让她们傻眼吧!"没想到的是:她在镜子面前竟然看到了黑姑娘!(其实就是她自己!)

这个故事忠告人们,对某种事物不满足,人为地想尽力办法刻意满足,反而弄巧成拙!

讲述:刘忠生、田守一
整理:刘玉成

288. 红衣姑娘和绿衣姑娘

从前有这样兄弟二人,奉父母之命进了倭肯哈达山去挖棒槌,进山以后才知道,季节已经过了。棒槌鸟不叫了,棒槌花也谢了。凡是放山的人都纷纷离开了倭肯哈达山。哥俩儿一看,附近满山都是红姑娘儿,既然不能在这里挖到棒槌,就干脆盖个房子住下来,秋天一到就采集红姑娘儿,然后再下山,赶到明年开山去棒槌。

哥俩儿拿定主意,就在山下选个地方,动手弄木头、和泥,盖起了房子。两个人到底是年轻,简单的房子也就几天时间就盖好了,屋里有铺炕,外地有锅台,可以在这里住下来生活了。

于是他们就在房前屋后挖了一块地,把山上的红姑娘儿栽在这里,这样房子的周围就长满了红姑娘儿。眼看着红姑娘儿都结了像"红灯笼"一样的果实,煞是好看。

有一天,哥俩儿吃完早饭,就带上工具进山去打柴。

中午回来发现锅里冒着热气,打开锅一看,里面有香喷喷的菜和饭,哥俩儿你看看我,我看看你,非常纳闷儿,是谁给做的饭?明明早晨走的时候没做饭,怎么到家就有满锅冒热气的饭菜呢?两个人急忙跑出房门到外寻找,也没看见人影儿。也是干活饿了,也不管三七二十一,两个人就把锅盖掀开,饭菜端出锅,就趁热吃上了。

第二天照常去进山打柴，中午回来依然锅里有热气腾腾、香喷喷的饭菜。以后连续六七天都是这样。

这一天早晨吃饭后，哥俩儿照常去进山。在山上干了一会儿活，哥哥说："咱俩提前下山回家看看，是谁给咱们做的饭，咱们不能装糊涂，白白这样吃，情不领，谢不道的。"弟弟非常赞同地说："就是啊，知道是谁为咱们做饭，咱也好感谢不是？"哥俩儿拾掇拾掇就下山往回走。他们俩快到家门口的时候，就放慢了脚步，轻声地渐渐接近了房门口，哥哥弟弟趴在门外的草窠儿伸长脖子往屋里望。就见一个非常漂亮的姑娘身穿着鲜红的衣服，在锅台前忙乎呢。只见那姑娘切菜刀起刀落干净利落，忙上忙下非常勤快。弟弟看看哥哥小声说："哥哥，她就我的嫂子啊。哥哥，快进去把她抱住，不要让她跑了。"哥哥捏了弟弟的鼻子说："咱们都不知道人家是人是鬼，是神是仙。也不知道人家能不能同意，就剃头挑子一头热，那可不行啊。"弟弟说："那咋整啊？"哥哥说："咱们得有礼节呀。"说着，哥俩儿就轻轻地站起来，一起走进门。那红衣姑娘见哥俩儿一起进门，想要跑，门被两个人给堵住了，三人就手足失措，竟然被弟弟抢了先："大姐，你就是我的嫂子吧！"那红衣姑娘脸更红了，低头不语。"哥哥，她同意了。"弟弟说道。"小妹妹，你家住在哪里？我弟弟说的话……"哥哥还没说完，那红衣姑娘就开口了："我看你们哥俩儿非常辛苦，就偷偷地为你们做饭吃。我做的饭好吃吗？""好吃好吃！""说到做饭，我还没来得及感谢呢，真是辛苦你了。""感谢啥？要是不嫌弃我做的饭，以后我就天天给你们做饭吃。""你愿意留下来吗？"哥哥问。红衣姑娘红着脸点了点头。弟弟拍着手高兴地跳了起来。红衣姑娘真像嫂子一样，亲昵地用手指点了弟弟的额头一下说："将来，嫂子给你做媒，也给你娶个媳妇！好吗？""嫂子，我的嫂子。你说话得算数！"弟弟淘气地伸出小指给红衣姑娘说，"拉钩儿，上吊，五百年不许变！"

哥俩吃饭之后，红衣姑娘说："我得回家去，明天我给弟弟带来一个好看的姑娘。说话得算数呢！""嫂子，你可不能撒谎呢，千万得来呀！"红衣姑娘愉快地答应着，转身就没了影儿。

第二天，红衣姑娘果然如约而至，带来一个和她一样美丽的绿衣姑娘。

红衣姑娘把弟弟介绍给绿衣姑娘，弟弟高兴地和绿衣姑娘拉起手来。哥哥和红衣姑娘看在眼里非常高兴，红衣姑娘主动握着哥哥的手，哥哥顺势就把红衣姑娘揽进怀里。

下午，红衣姑娘和绿衣姑娘发挥了神力，就在他们的地戗子上重新盖起了一栋三间大房子。

天将傍晚时分，哥哥说："你们两位姑娘，待我们哥俩儿情意深，但是婚姻大事，必须让我俩的父母知道，现在还不能马上成亲。"

绿衣姑娘说："哥哥，这个好办。我现在就把二老接来。""你是神仙吗？"弟弟不相信似的，拍了绿衣姑娘肩膀说："他们离这儿可远着哪！"

红衣姑娘看看弟弟和绿衣姑娘笑了，说道："弟弟，放心，咱们的阿玛和额娘会马上到咱们身边的。"

然后就见绿衣姑娘面对南方，默默念着什么，说句话的工夫，就见从天上飘来一枚树叶，树叶渐渐接近地面的时候越来越大，轻轻地落在地上，只见上面坐着两个老人，哥俩儿简直不相信自己的眼睛,像毯子一样的绿叶上竟然是自己的父母。

哥哥和弟弟正在惊愕之中,红衣姑娘和绿衣姑娘就把二位老人从绿叶上搀扶下来。他们在当晚上拜见了阿玛额娘,两对新人就成亲了。

他们以后就在倭肯哈达山下开荒种地,大面积栽种红姑娘儿,做成了红姑娘儿酒,制成红姑娘儿药材,为这一带的老百姓用。

你们猜,那红衣姑娘和绿衣姑娘是谁?正是山菇茑。

几百年以后,这里繁育出许多的红姑娘儿,由于发生了战乱,红姑娘儿渐渐地从这里消失了,可是红衣姑娘和绿衣姑娘的传说已经在这里越传越远。

讲述:刘忠生、田守一

整理:刘玉琢

后　　记

耄耋之年的刘忠生老先生为整理和抢救依兰的历史文化，一直笔耕不辍。熟悉他的人都知道老先生衣着简朴、常年素食，业余生活也只是下象棋。研究历史，练达文章，吟诗作赋，便成了他一生不懈的追求。周恩来总理曾说过：“人，总要有一点精神的。”坚持不是一阵子而是一辈子的事，刘老先生守得住清贫、耐得住寂寞的这一点精神，作为晚辈我对他的敬意油然而生！

这部《依兰民间故事》每一篇、每一段，字里行间都倾注了老先生和其他作者的心血，饱蘸浓汁，殚精竭虑，挖掘整理出的每一个故事都穿越了依兰的历史。传闻也好，戏说也罢，是古人的实践和今人的智慧的完美结合，口口相传才能让故事流传至今，足见其鲜活的生命力和感染力，其历史和文化价值不言而喻。翻开《依兰民间故事》，不仅领略到“依兰形胜、物华天宝、历史悠久、人杰地灵”，还可以从许多篇目中感悟到先民们的智慧和勇敢，如《三姓为什么出美女》《乾隆点探花》《唇枪舌剑退敌兵》等，既有历史的，又有传说的；既有自然风物的，又有家长里短的。娓娓道来、耳熟能详、脍炙人口……如山野之风、清泉小溪般透着清新和明亮。

习近平总书记要求：“中国人一定要讲好中国故事。”而我们依兰历史悠久，文化底蕴如此深厚，却恰恰缺乏讲故事的人。有人说：“依兰人实在，有的不说，没的更不说。”而依兰这么一位能讲点儿故事的刘老先生也已八十开外，如果再不传承，依兰的民间故事将会无人接力。

然而，《依兰民间故事》的汇集出版，让我们欣喜地看到，老先生的儿女正在脚踏实地地做此工作，将其发扬光大。这无疑是依兰非物质文化遗产的一座新的里程碑，是依兰历史文化百花园中绽放的一朵瑰丽的奇葩。同时，县委、县政府的高度重视，县委宣传部的大力支持，以及文体广电和旅游局工作人员的辛勤努力，才使得此书顺利出版，并以飨读者之需求。

“文章千古事，得失寸心知。”著书者不在乎其身份，而在乎其心声。抢救、挖掘、保护，任重而道远。也希望依兰的文化工作者和有识之士，担起一份责任，点亮一束火炬，照亮一片天地，送去一缕温馨。

再一次向刘老先生及作者们致以敬意！

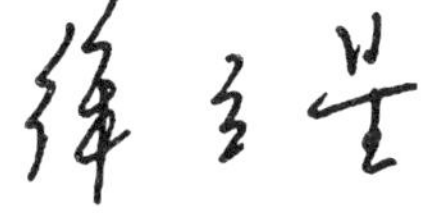

己亥年春节前于依兰县

（作者系依兰县文体广电和旅游局党组书记、局长）